DROEMER

KARIN ERNST

Über flieger

ROMAN

DROEMER

Besuchen Sie uns im Internet:
www.droemer.de

FSC
www.fsc.org
MIX
Papier aus verantwortungsvollen Quellen
FSC® C014496

Ein Imprint der Verlagsgruppe
Droemer Knaur GmbH & Co. KG, München

Redaktion: Dr. Clarissa Czöppan
Covergestaltung: ZERO Werbeagentur, München
Coverabbildung: plainpicture/Böhm Monika
Emojis im Innenteil: popicon / Shutterstock.com
Satz: Adobe InDesign im Verlag
Druck und Bindung: GGP Media GmbH, Pößneck
ISBN 978-3-426-28195-6

2 4 5 3 1

1

»Wa'umh hat der Junghe einh Ba-hath?«

Die Frage war völlig berechtigt, und alle lachten, als Heinrich sie laut herausbrüllte. Heinrich war der siebenjährige Sohn der Familie Hullemann; der Junge mit dem Bart war Raffael von Koppenstein, genannt Raffi, der gerade an der Hand seiner Mutter Claire durch die offen stehende Tür ins Haus der Hullemanns hineinmarschiert war: Die Hullemanns hatten ihre alten Freunde, die von Koppensteins, zum Essen eingeladen.

Heinrich Hullemann war auffällig groß und kräftig für sein Alter – so groß und kräftig, dass seine Eltern dazu übergegangen waren, seine Mahlzeiten zu rationieren und bestimmte, besonders kalorienhaltige Lebensmittel und Getränke vollständig aus ihrem Haushalt zu verbannen. Seine Stimme war sehr laut. Er brüllte mehr, als dass er sprach, was damit zusammenhing, dass er seit seinem ersten Lebensjahr an einem hartnäckigen Dauerschnupfen mit beidseitigen Paukenergüssen litt und deswegen schlecht hörte. Er musste schreien, um sich selbst zu verstehen. Wenn er mit seiner Schwester Lene im Garten spielte, konnte man ihn in der ganzen Siedlung hören; die Nachbarschaft war durch das Gebrüll, das seine normale Sprechstimme darstellte, immer über seinen Aufenthaltsort informiert.

Dauerschnupfen und Paukenergüsse hatten sich bisher allen Behandlungsversuchen widersetzt, obwohl Heinrich auf Anweisung seines Vaters, eines schwer arbeitenden, von der vielen Arbeit ganz ausgelaugten Oberarztes, täglich seine Übungen mit dem »Nasenballon« machte. Das war ein Luftballon, in dessen Öffnung man ein speziell dafür vorgesehenes Röhrchen schob, das man dann in ein Nasenloch steckte. Wenn man das andere Nasenloch zuhielt, konnte man den Ballon durch das Röhrchen hindurch mit der Nase aufblasen. Was dabei außer Luft noch alles aus Heinrichs Nasenlöchern herauskam, war unbeschreiblich, und das Röhrchen bedurfte täglich gründlicher Reinigung und Desinfektion. Zur Belohnung durfte sich Heinrich nach jeder erfolgreichen Sitzung mit dem Nasenballon die sogenannte »Sendung« auf dem iPad ansehen – eine Folge der *Sendung mit der Maus* nämlich, die Tinchen, seine Mutter, für pädagogisch besonders wertvoll hielt. Heinrich hatte schon Hunderte von »Sendungen« konsumiert; die Rotznase und die Schwerhörigkeit waren ihm geblieben.

Es gab auch noch andere, schwerer zu greifende und zu deutende Probleme, denen die Hullemanns seit Jahren mit der Hilfe von Ergotherapeutinnen, Logo- und Motopädinnen zu Leibe zu rücken versuchten, und vielleicht arbeitete Klaus-Werner Hullemann, der Internist, auch deshalb so viel und von Jahr zu Jahr mehr (bis er am Abend vor Erschöpfung kaum noch sprechen konnte), um den vielfältigen Schwierigkeiten seines Sohnes nicht ganz so oft aus nächster Nähe ins Auge blicken zu müssen. Die fünfjährige Lene, Heinrichs Schwester, schien sich dagegen bisher sehr gut und wie vorgesehen zu entwickeln. Sie hatte nur von ihrem Bruder die Angewohnheit übernommen, sehr laut zu reden, und war davon auch nicht mehr abzubringen: So, in dieser Lautstärke, redete man eben, wenn man ein Kind war, anders ging es nicht, und sie musste sich ja auch irgendwie Gehör verschaffen.

Im gefliesten Eingangsbereich des Hullemann-Hauses, in dem sich jetzt sieben Personen drängten, lagen und standen überall viele Spielsachen der Kinder aus auffällig stabilem und buntem Plastik und viele von den Kindern erstellte Bastelarbeiten herum. An der Wand gleich neben der Haustür hing ein selbst gemachter Fotokalender, und auf dem Augustfoto von Heinrich und seiner Schwester (beide in langärmligen UV-Schutzhemden) war noch mehr buntes Plastikspielzeug mit abgebildet: ein ganzes Haus aus Plastik mit einer Tür, Fensterläden und Fensterbrettern aus farblich abgesetztem Plastik, in das man hineingehen und in dem man Plastikobst auf Plastikgeschirr servieren konnte, wenn man klein genug war, was auf Heinrich schon nicht mehr zutraf, und ganz im Vordergrund das blaue Plastikgewirr eines Aquaplay-Bahnsystems mit allem Zipp und Zapp. Das Bild zeigte einen etwas jüngeren und dicklicheren Heinrich in Nahaufnahme, mit unvermeidlicher Rotznase, offen stehendem, schlaffem Mund – er konnte ja nicht durch die Nase atmen – und einer babyblauen Schirmmütze mit Nackenschutz aus Baumwollstoff. In der Hand hielt er ein Plastikboot, das er konzentriert betrachtete. Lene turnte glücklich und etwas verschwommen irgendwo im Hintergrund herum; beide Kinder hatten auffallend rote Wangen. (Übrigens wurden die Hullemanns von ihren Gästen, den von Koppensteins, zu Hause, wenn es niemand hören konnte, immer nur »die Hullis« genannt. Claire fand, dass der Name unglaublich gut zu ihnen passte: Die Hullis, das klang gutmütig und nett, aber auch ein bisschen beschränkt und langsam und grobschlächtig, und das waren die Hullis auch, jedenfalls im Vergleich zu ihnen, den von Koppensteins, fand Claire.)

»Wa'umh *hat* ea jetz eigligh einh Bath?« Im Trubel der wechselseitigen Begrüßungen war Heinrichs Frage bisher unbeantwortet geblieben. Sie war auch nicht leicht zu beantworten.

Der Bart. – Der Bart war ein ellipsenförmiges Stück Webpelz mit langen, verfilzten Zotteln, das sich an Raffis

Kinn schmiegte und links und rechts mit zwei Gummischlaufen an seinen Ohren befestigt war. Besonders irritierend daran war, dass die Zotteln exakt den gleichen Farbton hatten wie Raffis eigene, ebenfalls ziemlich lange und lockige Haare: ein dunkles Blond oder helles, cremiges Braun, die Farbe von sehr milchigem Milchkaffee, mit einem leichten Messingglanz darin. Der Gesamteffekt war irgendwie maritim oder hanseatisch: ein dunkelblonder Kinnbart ohne Oberlippenbart, der bis zu den Ohren reichte und auch noch einen Teil des Halses bedeckte, wie bei einem alten Seebären oder einem Matrosen auf dem Cover einer Seemannslieder-CD; nur der Ringelpullover und die Pfeife fehlten.

Claire lachte, während sie versuchte, auf Heinrichs Frage zu antworten: Sie war stolz darauf, wie witzig und originell ihr Sohn war. (So viel Originalität ließ eine ganz besondere Zukunft erwarten, keine Nullachtfünfzehn-Zukunft in einem Nullachtfünfzehn-Job, über die manche Kinder anderer Eltern – der arme Heinrich hier zum Beispiel – in Zukunft wahrscheinlich sogar froh sein konnten!)

Der Bart stammte aus einer Verkleidungskiste, die ein Weihnachtsgeschenk von der Oma gewesen war. Raffi hatte es sich, das war noch in Maryland gewesen, »einfach so« angewöhnt, nie, nie, *nie* ohne seinen Bart aus dem Haus zu gehen, und jetzt mussten sie alle jeden Morgen »stun-denlang« nach dem verfluchten Bart suchen, der natürlich jeden Morgen von Neuem verschwunden war und sich immer an den unwahrscheinlichsten Stellen versteckt hielt. »Mama, wo ist mein Bart?« – Das war eine Frage, die sie alle schon nicht mehr hören konnten, und wie es hygienemäßig um ein Stück Stoff bestellt war, das täglich viele Stunden lang von einem Fünfjährigen am Kinn spazieren getragen wurde, darüber musste man vermutlich kein Wort verlieren.

Jeden Morgen, wenn Niko sich im Bad rasierte, legte Raffi – gewissermaßen invers – seinen Bart an. Bei ihrem Flug nach Deutschland war der Bart fast ihre (Claires) größte Sorge gewesen, weil sie erstens befürchtet hatte, dass er irgendwo zwischen Washington und München verloren gehen könnte (»Ka-ta-stro-phe!«), und zweitens, dass sie möglicherweise am Flughafen ins Visier eines automatischen Gesichtserkennungssystems geraten würden und sie alle des Bartes wegen als islamistische Terroristen verdächtigt und festgenommen werden würden. »Wahrscheinlich werden wir wegen dem blöden Bart von der NSA überwacht! Mit Drohnen oder so!«

Diese Einzelheiten sprudelten mit viel Gelächter wie mit Kohlensäure vermischt aus Claire heraus, noch bevor sie ihre Jacken und Mäntel ausgezogen hatten. Beim Reden wandte Claire sich abwechselnd an Heinrich und an seine Eltern; mit Heinrich sprach sie in möglichst einfachen Worten und Sätzen und hob sich ihre Ironie, die geistreichen Formulierungen und die Fremdwörter für Christine und Klaus-Werner auf.

Das alles war ein bisschen viel auf einmal für die armen, arglosen Hullis. Klaus-Werner – oder einfach Werner (so nannten ihn seine Freunde; auf seinem Arztkittel kürzte er seinen Namen mit Dr. K.-Werner Hullemann ab) –, dem die Nachtschicht im Krankenhaus und sein ganzes entbehrungsreiches Leben im Dienste der Menschheit oder auf der Flucht vor seiner Familie noch in den Knochen steckte, blinzelte ganz langsam mit den schweren Augenlidern, als ob er kurz davor wäre, vor Erschöpfung ohnmächtig zu werden. Seine Nase glänzte rot, und seine Nasenflügel zuckten. Er wollte etwas sagen, aber seine Kräfte reichten nicht für eine Erwiderung. Vor lauter Müdigkeit hatte er ohnehin fast kein Wort von dem verstanden, was Claire ihnen erzählt hatte. Ihre Stimme kam bei ihm als eine Art angenehmes und fröhliches, auf seine Art erfrischendes, aber komplett unverständliches Vogelzwitschern an. Mit letzter Kraft, nur noch von seinem Pflichtbewusstsein als Gastgeber am Laufen gehalten, nahm er Claire den Mantel ab und hängte ihn auf einen Bügel.

Christine, die hübsche, tapfere, auffällig rotwangige Hulli-Mutter, die als Lebensmittelchemikerin in Teilzeit bei einem Kräuterquarkhersteller arbeitete, ihre Nachmittage zwischen der Koordination der Therapietermine für Heinrich und der Beschaffung neuer Plastikspielzeuge (bevorzugt mit dem »Spiel-gut«-Siegel) aufteilte und die Abende oft ganz allein verbrachte, während ihr Mann sich für fremde Menschen aufrieb, die sich nie beklagte und sich niemals die Frage stellte, womit sie eigentlich ein solches Leben verdient hatte, lächelte unsicher. Wie immer, wenn sie auf Claire traf, konnte sie sich einfach nicht entscheiden, welcher Teil von dem, was sie von ihr zu hören bekamen, ernst gemeint war und welcher nicht. Zum Beispiel die Sache mit dem Gesichtserkennungssystem: Wahrscheinlich war das nur eine Art rhetorische Ausschmückung und Übertreibung zum Zweck der Unterhaltung, sehr wahrscheinlich sogar (sie war ja nicht dumm!) – aber ganz sicher konnte man sich da eben auch nicht sein. Bei den von Koppensteins wusste man nie! Die von Koppensteins hatten etwas ganz Besonderes an sich; sie waren irgendwie ganz anders als alle anderen Leute, die sie kannte.

Sie persönlich, Christine »Tinchen« Hullemann, hätte zum Beispiel nie einen Satz über die Lippen gebracht, der nicht zu hundert Prozent den echten und überprüfbaren, mit Händen zu greifenden Tatsachen entsprach, wie man sie in den Nachrichten zu hören bekam oder wie man sie von seinem Mann oder von seinem Chef per Mail oder von den Therapeutinnen in den Therapiegesprächen oder von Lehrerinnen oder Kindergärtnerinnen oder Nachbarinnen oder Kolleginnen mitgeteilt bekam. Nicht nur hätte sie keinen solchen Satz über die Lippen gebracht – ein solcher Satz wäre ihr überhaupt nicht eingefallen! Sie wusste nicht, woher man solche Sätze überhaupt nahm. Wie kam Claire auf ihre Ideen, woher bezog sie sie? Das war etwas, was sie sich einfach nicht erklären konnte. (Dort, wo in Claires Kopf eine ziemlich schwefelhaltige Quelle aus einer Felsspalte entsprang, stand bei Tinchen der praktische Aufbewahrungsschrank »Trofast« mit abwaschbaren Einschubfächern aus Plastik.)

Andererseits war es doch auch beeindruckend und bewundernswert, wenn jemand so viel Fantasie besaß und sich so flüssig und gewandt ausdrückte und so schnell redete, dass man nur noch mit den Ohren schlackern konnte, und das war letztlich auch der Grund dafür, warum sich die Hullemanns trotz aller Unterschiede und obwohl sich das Leben der beiden Familien lange auf zwei verschiedenen Kontinenten abgespielt hatte, den von Koppensteins immer noch verbunden fühlten und sie jedes Jahr zu einem inzwischen schon traditionell gewordenen Treffen zu sich einluden; übrigens ohne dass die von Koppensteins sich jemals dafür revanchiert hätten. (In solchen Kategorien dachte Tinchen allerdings nie. Es gab überhaupt nicht viele Kategorien, in denen sie dachte, und die wenigen waren ehrlich, zuverlässig, freundlich und bescheiden. Ihr war tatsächlich noch kein einziges Mal aufgefallen, dass es immer sie, die Hullemanns, waren, die die von Koppensteins einluden und aufwendig bekochten, nie umgekehrt. Claire dagegen war sich dessen sehr wohl bewusst, hatte ein schlechtes Gewissen deswegen, sprach mit Niko darüber und über ihr schlechtes Gewissen und riss Witze über dieses Thema, die mit den Jahren immer gemeiner, moralisch zweifelhafter und lustiger wurden, worüber sie dann untereinander neue, noch bedenklichere Witze rissen.)

»Das ist also unsere Geschichte vom Barte des Propheten«, schloss Claire und schob gleich noch ein schnelles »Damit meine ich *ihn*. Raffi. Den, der da steht. Keinen *echten* Propheten!« an die Adresse von Heinrich nach, der auf sie nicht den Eindruck machte, als ob er irgendetwas von ihren Erklärungen verstanden hätte: Er stand da, atmete schwer durch den Mund, und sein rotwangiges Gesicht wirkte hochkonzentriert und gleichzeitig ausdruckslos, wie das eines Menschen, der gespannt darauf wartet, dass in seinem Inneren endlich ein dummerweise ganz unglücklich verkanteter Groschen fällt.

Heinrichs Schwester Lene, ein völlig unkompliziertes Kind vom Typus Bienchen Immerfroh, lachte dagegen fröhlich, nicht weil sie den Bart selbst oder Claires Ausführungen dazu so lustig gefunden hätte, sondern weil alle Erwachsenen lachten und sie sich über die allgemeine gute Stimmung freute, von ihr angesteckt wurde und durch ihr Lachen auch etwas dazu beitragen wollte, aus reiner Gutwilligkeit und Freundlichkeit ihres kleinen, elastischen Herzens heraus. Der Bart kam ihr sowieso wie etwas völlig Normales vor. Sie selbst hatte die Angewohnheit, beim Daumenlutschen Zeige- und Mittelfinger der gleichen, also der Daumenhand, in beide Nasenlöcher zu stecken. (Wie sie es schaffte, trotzdem die Versorgung ihrer Körperzellen mit Sauerstoff sicherzustellen, blieb über viele Jahre hinweg, bis sie in der zweiten Klasse von einem Tag auf den anderen mit dem Daumenlutschen aufhörte, ihr Geheimnis.) Die Gewohnheit, einen Bart zu tragen, ordnete sie instinktiv in die gleiche Kategorie unbedingt notwendiger, aber nicht notwendigerweise erklärbarer Handlungen ein, über die man deshalb auch gar nicht weiter nachzudenken brauchte.

Die von Koppensteins selbst hatten sich so an den Bart gewöhnt, dass sie normalerweise kaum noch an ihn dachten (außer wenn er gerade verschwunden war und gesucht werden musste). Sie waren jedes Mal überrascht, wenn andere Leute sich seinetwegen überrascht zeigten. Raffi dachte normalerweise auch nicht mehr an seinen Bart, mit dem er seit vielen Monaten herumlief. Der Bart kam ihm immer nur dann zu Bewusstsein, wenn er auf sein Fehlen aufmerksam wurde – entweder durch einen Anflug von Kälte an seinem Kinn oder weil ihm auf einmal der gewohnte sanfte und leicht kratzige Zug der verknoteten Gummibänder an den Rückseiten seiner Ohrmuscheln fehlte, oder weil er sich in einer von ihm als bedrohlich erlebten Situation wiederfand und sich mit nacktem Kinn plötzlich schrecklich schutzlos fühlte. Dann ging er sofort panisch auf die Suche nach ihm, oder er weinte so lange und ausgiebig, bis seine Eltern völlig entnervt für ihn auf die Suche gingen.

Und so war es dazu gekommen, dass Raffi ohne seinen Bart nicht mehr sein konnte: Zum ersten Mal hatte er ihn im vergangenen Winter während seiner Piratenphase angelegt. Diese Phase hatte viele Wochen gedauert, und in dieser Zeit hatte er sehr oft alle Piratenbücher gelesen, alle Piraten-CDs gehört und alle Piratenfilme gesehen, auf die ein Kind seines Alters Zugriff erlangen konnte. Er wusste bald sehr viel mehr über Piraten, als seine stolzen Eltern Claire und Niko oder seine genervte Schwester Cordelia je gewusst hatten. Von Verwandten, Bekannten und Freunden, die von seiner Leidenschaft erfahren hatten und sie amüsant oder aus akademischen Gründen fördernswert fanden, bekam er Piraten-Merchandisingprodukte geschenkt, Bleistiftaufsätze in Form von Totenköpfen, einen Captain-Jack-Sparrow-Schlafanzug, Plastik-Goldmünzen, einen abscheulichen schwarzen Porzellanbecher mit einem plastisch reliefierten Skelett darauf, den Claire aus Gründen des guten Geschmacks sofort heimlich hatte verschwinden lassen, Capt'n-Sharky-T-Shirts, Piraten-Socken, eine Hakenhand aus Plastik, Totenkopf-Zungentattoos und einen Papagei, den man sich theoretisch auf der Schulter festklemmen konnte, der aber so billig und schlecht gemacht und vor allem so kopflastig war, dass er sich nie länger als ein paar Sekunden halten konnte. Die ganze Zeit über hatte Raffi seinen Bart getragen und sich dabei auf wohlige Weise wie ein wilder, bärtiger Pirat gefühlt, und als sein Interesse an Piraten langsam abgeklungen war, hatte er festgestellt, dass er es nicht mehr wagte, den Bart abzulegen. Er hatte Angst davor. Vor allem in der Öffentlichkeit wollte er nicht mehr ohne Bart erscheinen, weil er befürchtete, ohne Bart irgendwie komisch auszusehen. Er hatte panische Angst vor den »Ja-wo-ist-denn-dein-Bart?«-Fragen der Erwachsenen und Kinder, die ihn da draußen seiner Meinung nach erwarteten, und diese Angst war es, die den Bart für ihn zu einem unverzichtbaren Accessoire hatten werden lassen. Komischerweise hatte er keine Angst vor den ebenso unvermeidlichen »Was-hat-der-Junge-da-im-Gesicht?«-Fragen, die ihn als Bartträger begleiteten. Im Gegenteil, diese Fragen ließen ihn weitgehend kalt; er konnte sogar die schmeichelhafte Aufmerksamkeit genießen, die mit ihnen meistens verbunden war. Das alles war ihm nicht bewusst, und er hätte es auch nicht erklären können, jedenfalls nicht so genau; er wusste nur, dass er sich schlecht fühlte ohne seinen Bart, dass die Bartlosigkeit ein Zustand war, den er immer so schnell wie möglich beenden wollte, und dass ihm bei dem Gedanken an eine Zukunft ohne Bart unweigerlich die Tränen in die Augen schossen.

Abgesehen von diesen komplizierten, den Familienmitgliedern höchstens zur Hälfte bewussten Zusammenhängen sah Raffi natürlich auch unglaublich süß aus mit seinem struppigen Vollbart, der so sehr im Kontrast stand zu seinen glatten, kindlichen Gesichtszügen, dem weichen Mund, den großen Augen und den lockigen Haaren, und das brachte seine Mutter Claire dazu, den Bart ganz und gar nicht als Problem, sondern einfach nur als eine lustige, kleine Marotte anzusehen: Wer sich daran störte, war ein engstirniger Spielverderber und selber schuld!

Auch Niko, Raffis Vater, der seit ihrer Ankunft im Haus der Hullemanns abwechselnd froh gelächelt und herzlich gelacht und dabei seine auffällig schönen Zähne gezeigt hatte, fand seinen Sohn, der sich aus Schüchternheit hinter Claires Bein versteckte, in diesen Augenblicken ganz besonders bewundernswert und war stolz auf ihn. Er überreichte Tinchen die Gastgeschenke und fühlte sich dann offenbar verpflichtet, eine Erklärung zum Verbleib ihrer Tochter Cordelia abzugeben: Sie war noch bei einem Meisterkurs für Klavierschüler und würde später nachkommen.

»Oh! Ein Meisterkurs! Das ist ja toll!«, sagten Werner und Tinchen ehrfürchtig, »spielt sie denn immer noch so gern?«

»Na ja, gern, ich weiß nicht«, sagte Claire, »Hassliebe trifft es schon eher, meiner Meinung nach.«

»Sollen wir ins Wohnzimmer rübergehen?«, fragte Werner, und schwerfällig setzte sich die kleine Gruppe in Bewegung.

»Beim Barte des Propheten, jetzt muss ich abtreten«, sang Niko leise und vergnügt vor sich hin, während er den anderen folgte. Das war eine Zeile aus einem Lied der Ersten Allgemeinen Verunsicherung, das er von früher kannte.

2

»Willdst dhu unsha Sphielhaus sehnh?«, fragte Heinrich in einer Lautstärke, als ob er gegen einen Orkan anschreien müsste. »Es is imh Gahthnh!«

Raffi wollte und löste sich von Claires Bein, um Heinrich und seiner Schwester durch die Terrassentür nach draußen zu folgen. Obwohl Heinrich nur zwei Jahre älter war als Raffi, war er zwei Köpfe größer und wahrscheinlich doppelt so schwer, dachte Claire, die einen Hang zu Übertreibungen hatte, nur Raffis *Kopf* war deutlich größer als der von Heinrich. Wenn man die beiden miteinander verglich, wie sie so einträchtig nebeneinander auf der Terrasse standen, der eine brüllend, der andere höflich lauschend, dann fiel auf, dass Heinrichs Hinterkopf platt, der von Raffi dagegen wunderbar ausladend und schön gerundet war. Diese Tatsache erschien Claire irgendwie vielsagend, obwohl Heinrich natürlich nichts für seine Kopfform konnte und solche Äußerlichkeiten ja auch gar keine Bedeutung hatten. Heinrich hatte dünnes, stumpfes, blondes Haar, durch das seine rosa Kopfhaut schimmerte, Raffi üppige Locken (und einen Bart). Lene und Raffi waren ungefähr gleich groß, aber Raffi war viel schlanker und flinker. Lene war trotzdem ein ausgesprochen liebenswertes Mädchen, das vor allem ein sehr ansteckendes Lachen hatte, sagte sich Claire schuldbewusst, während sie den Kindern nachsah. Eigentlich ist sie auch gar nicht viel zu dick, nur sehr drall, ein richtiger Wonneproppen eben, der seinen Eltern sicher viel Freude macht!

»Wir könnten spielen, dass wir Löwen sind«, sagte Raffi zu Heinrich, »aber Löwen, die *gepflanzt* werden, nicht geboren.«

»Häh? Geplanhzth? Wa'umh geplanhzth?«

»Ja weil, wir sollten halt vom Löwenzahn abstammen, und das sollte so ein spezieller Löwenzahn sein, der mutiert ist. Und wir sollten deshalb auch lauter so Chloroplasten in der Mähne haben.«

»Ach sooooo!«, blökte Heinrich.

Tinchen lief ihren Kindern aufgeregt mit ihren Mützen und ihren Softshelljacken in den Garten nach. Heinrich und Lene ließen sich die Kleidungsstücke widerstandslos überziehen; Claire betrachtete durch das große Wohnzimmerfenster lächelnd dieses ziemlich charakteristische Familientableau. Raffi war in seinen Schuhen natürlich barfuß unterwegs (er hatte sich geweigert, Socken anzuziehen), und natürlich trug er weder Jacke noch Mütze. Claire wusste, dass es schädlich war, Kindern ihr natürliches Kälte- und Wärmeempfinden abzutrainieren – abgesehen davon, dass es wirklich sehr, sehr schwierig war, Raffi in Socken oder Jacken hineinzubekommen –, und sah sich darin durch Heinrichs Fall eindeutig bestätigt. Ganz anders als das bescheidene Tinchen, das sich nie dazu aufgeschwungen hätte, über die von Koppensteins, ihre Erziehungsmethoden oder ihre sonstigen Verhaltensweisen zu urteilen und im Übrigen auch nicht das geringste Bedürfnis danach hatte, urteilte Claire immer sehr fröhlich und beherzt über die Hullemanns, genauso wie über alle anderen Menschen, die ihr über den Weg liefen, und glaubte, sehr genau zu wissen, was diese falsch machten. Heinrichs Dauerschnupfen kam ganz eindeutig von der viel zu warmen Kleidung, so viel war jedenfalls schon mal klar; komisch war nur, dass Werner, der ja immerhin Mediziner war, diesen Zusammenhang noch nicht selbst erfasst und seinem Tinchen nahegebracht hatte.

Durch das Fenster und die Terrassentür konnte man das Spielhaus sehen, das auf dem Kalenderfoto neben der Eingangstür abgebildet war. Abgesehen davon gab es in dem

Garten, der nicht besonders groß war, noch eine Rutsche, die einem Erwachsenen ungefähr bis zur Schulter reichte, einen Plastiksandkasten in Form eines Marienkäfers, ein zweites Spielhaus aus Holz, das auf Stelzen stand wie ein Hochsitz (»Dhas hat unhs dea Ostheahase gebhraghth!«), ein Kinder-Kunststoff-Gartenmöbel-Ensemble und ein Fußballtor – und das waren nur diejenigen Elemente kindbezogener Gartengestaltung, die vom Wohnzimmer aus sichtbar waren. In einem seitlichen, vom Haus aus uneinsehbaren Teil des Gartens standen zusätzlich noch eine Schaukel und ein riesiges Trampolin mit meterhohem Sicherheitsnetz, das die von Koppensteins schon bei ihrer Ankunft von der Straße aus bemerkt hatten, weil das Sicherheitsnetz über die Kirschlorbeerhecke hinausragte. Etwas später stellte sich heraus, dass das Hochsitz-Spielhaus von den Kindern weder benutzt werden durfte noch konnte, weil Tinchen sich vor para- und tetraplegieverursachenden Stürzen fürchtete und deshalb die untersten vier Sprossen der nach oben führenden Leiter abmontiert hatte. Auf dem Trampolin durfte aus dem gleichen Grund nur nach bestimmten Regeln – immer nur einer und vor allem keine Saltos! – herumgehopst werden.

Während die Kinder draußen spielten, blieben die Erwachsenen im Haus. Das Spätsommerwetter war zwar trocken, und manchmal ließ sich sogar kurz die Sonne blicken, aber Tinchen hatte nicht mit hinreichender Sicherheit ausschließen können, dass es vielleicht doch noch anfangen würde zu regnen, und hatte deshalb lieber darauf verzichtet, die Gartenmöbel aus Robinienholz von ihren durchsichtigen Regenschutzhüllen zu befreien.

Werner holte, vor Müdigkeit fast zusammenbrechend, zwei Flaschen Light-Bier aus dem Kühlschrank und bot eine davon Niko an. Wenn er redete, klang seine Stimme flach, monoton und schleppend, wie bei einem Depressiven oder einem Kassettenrekorder, dessen Batterie kurz vor dem Exitus steht. Er setzte sich mit Niko ins Wohnzimmer aufs Sofa, eine gewaltige, viersitzige Angelegenheit, die mit dickem cognacfarbenem Leder überzogen war, und die beiden machten ein bisschen pflichtgemäße Konversation, die allerdings keiner von beiden mit besonderem Eifer vorantrieb. Werner schien vor allem erleichtert darüber zu sein, sitzen zu können, nicht aufstehen zu müssen und vor seinem Diensthandy Ruhe zu haben.

Er und Niko waren alte Schulfreunde. Werner war groß und massig wie seine Kinder und hatte eine glänzende Rübennase und kleine, tiefliegende Augen. Seit Neuestem trug er eine dieser großen, auffälligen Brillen mit schwarzem Plastikgestell und sah damit erstaunlich gut aus, wahrscheinlich, weil sie die Aufmerksamkeit von seiner Nase und von seinem leicht fliehenden Kinn ablenkte. Niko machte ihm sofort ein Kompliment deswegen.

Sie unterhielten sich über den Umzug der von Koppensteins, die erst vor ein paar Wochen aus den USA nach Deutschland zurückgekommen waren, und über den Dollarkurs, der für sie erfreulich günstig war. Manchmal verfiel Werner beim Sprechen unwillkürlich in seinen Patientenkontaktmodus. Dann sah er Niko mit leicht schief gehaltenem Kopf besonders aufmerksam und wertschätzend direkt ins Gesicht und paraphrasierte einfühlsam, was dieser gerade gesagt hatte.

Das eigentlich Attraktive an Werner war – wie bei allen Ärzten – die völlig abstrakte Vorstellung von seinem aufopferungsvollen und sehr bedeutsamen Dasein als Arzt: dass ein so großer, schwerer, ernster Mann sich gewissermaßen freiwillig klein machte, sich nach unten beugte und in die Knie ging, um kranken Menschen, Frauen, Kindern zu helfen, und ganz sanft und zärtlich mit ihnen sprach. Das war eine Art von Attraktivität, die wahrscheinlich nicht von allen Menschen gleichermaßen wahrgenommen werden konnte. Manche hätten vielleicht nur die unförmigen grauen Filzpantoffeln an Werners Riesenfüßen gesehen (Größe 48) oder die Sportsocken oder seine billige Plastikuhr oder die sich oben am Kopf ausdünnenden Haare.

Niko war auf eine ganz andere, viel offensichtlichere Weise attraktiv als sein Schulfreund, auch wenn er, was den Haarwuchs betraf, noch sehr viel benachteiligter war, das heißt schon längst so gut wie kahl. Sowohl äußerlich als auch in seinem Charakter ähnelte er einem Jagdhund oder einem Rennpferd, das keine Vorstellung von seinem eigenen Wert und seiner Schönheit hat. Wenn er lachte, leuchteten die Zähne in seinem gebräunten Gesicht wunderbar weiß und nordamerikanisch regelmäßig, und seine Augen strahlten im gefährlichen Blau von David-Hockney-Swimmingpools oder Abklingbecken in Atomkraftwerken. Abgesehen davon hatte er gar nichts Gefährliches an sich, im Gegenteil: Er war ein völlig harmloser, höchst verträglicher Mensch, der fest an das Gute in der Welt und im Menschen glaubte, seiner Ehefrau Claire und seinen Kinder Raffi und Cordelia treu ergeben war und darüber hinaus – abgesehen von seinem Beruf – nicht viele andere Interessen hatte. Sein spärliches Resthaar rasierte er sich jeden Morgen unter der Dusche ab, was seiner Attraktivität aber so gut wie keinen Abbruch tat, so edel war die Form seines Kopfes. Er hatte die austrainierte, sehnige Figur eines Langstreckenläufers; nur seine Beine waren etwas zu kurz geraten, aber das merkte man nur, wenn man unmittelbar hinter ihm ging, und auch dann störte es nicht besonders.

In Maryland hatte Niko eine Unistelle gehabt; in Deutschland verdiente er sein Geld mit dem Programmieren von Software, ein ertragreiches Hobby, das er schon lange betrieb und jetzt zu seinem Beruf gemacht hatte. Er war spezialisiert auf bestimmte Arten von medizinischer Software. Eines seiner allerersten Programme hatte er schon zu Schulzeiten geschrieben und damit ein hübsches Sümmchen verdient. Werner hatte ihn seinerzeit sehr dafür bewundert, und diese Bewunderung hielt auch jetzt noch an.

Das Light-Bier schien Werner einen Teil seiner Lebensgeister zurückgegeben zu haben. »Nikko!«, rief er und hob seine Flasche, »Nikko! Willkommen zurück in Deutschland!«

Das Haus der Hullis war im gleichen Stil möbliert wie ihr Garten: Alles war groß, und von dem Großen gab es viel. Die Sicherheit ihrer Kinder war ein überaus wichtiger, allem anderen übergeordneter Gesichtspunkt; zum Beispiel hatte Tinchen an der Wand anstelle des alten, schon etwas wackeligen Treppengeländers einen neuen Handlauf aus einem matt gebürsteten, wahrscheinlich unzerstörbaren Edelstahlrundrohr unausreißbar in die Wand einzementieren lassen; das Rohr hatte einen Durchmesser von mindestens fünf oder sechs Zentimetern.

In der Küche bewunderte Claire ein raumschiffgroßes Riesengerät, das dort ungefähr ein Viertel der gesamten Arbeitsfläche einnahm: den Thermomix. Claire hatte keinen blassen Schimmer, um was es sich dabei handelte. (Ihrer Meinung nach klang der Name nach einem Spezialapparat für Alten- und Pflegeheime: ein Gerät, in dem man tiefgekühlte Convenience-Produkte aufwärmen und dann zahnlosengerecht pürieren konnte?)

Auch in der Küche hingen an jeder Wand und sogar über dem Herd (was angesichts des Hulli'schen Sicherheitsdenkens erstaunte) viele von den Kindern vollständig bis in alle vier Ecken und über alle vier Ränder hinaus mit Wachsmalkreiden ausgemalte Bilder, größtenteils die Ergebnisse langer Ergotherapiesitzungen. Es gab auch noch einen zweiten Fotokalender mit einem anderen Motiv, auf dem die Wangen von Heinrich und Lene aber genauso rot leuchteten wie auf dem Kalender neben dem Eingang und wie vermutlich auf allen Bildern, die je von den beiden gemacht worden waren.

Und hier, in diesem Gerät – in diesem Thermomix –, berichtete Tinchen, befanden sich genau in diesem Moment *alle* Bestandteile ihres Abendessens! (Das hieß bis auf die Nachspeise, die stand schon im Kühlschrank, und bis auf den Salat: Auf keinen Fall wollte Tinchen nämlich übertreiben oder gar lügen.)

»Wirklich?«

Ja, wirklich! In einem Thermomix konnte man nämlich:

– Fisch dünsten,
– Soße anrühren,
– Reis garen
– *und* Gemüse zubereiten, und das alles auf einmal.

Etwas verlegen und von ihrer eigenen Begeisterung beschämt deutete Tinchen auf die verschiedenen Ebenen und Vorrichtungen, die dieses Kunststück möglich machten, und erklärte auch die Funktionsweise des Spatels mit der patentierten Sicherheitsmanschette.

Tinchen liebte ihren Thermomix mit der ganzen Zärtlichkeit, die eine vernachlässigte Ehefrau ihrem armen, bescheidenen und abgerissenen, dafür aber handwerklich umso begabteren Geliebten entgegenbringt, der ihr in Abwesenheit ihres vielbeschäftigten Gatten in Haus und Hof zur Hand geht; er war für sie ein Trost und eine Erleichterung ihres komplizierten Fast-Alleinerziehenden-Lebens. Allerdings war sie sich bewusst, dass ein so besonderer und origineller Mensch wie Claire möglicherweise ganz andere Maßstäbe an die Essenszubereitung anlegte als sie, und schämte sich deswegen ein bisschen für ihre schlichte, proletarische Leidenschaft.

Claire zeigte sich beeindruckt, und das war nicht bloß eine Show, die sie aus Gründen der Höflichkeit abzog. Tinchen war eine so freundliche und ehrliche Person und sah so nett aus mit ihren roten Wangen und rehbraunen Augen und der braunen Streublümchentunika, dass sogar Claire das Lachen im Hals stecken blieb. Wenn man sich auch nur ein bisschen in Tinchen hineinversetzte, dann musste man einfach zugeben, dass so ein Thermomix wirklich eine super Sache war!

Tinchen ihrerseits war ehrlich beeindruckt von dem, was Claire ihr etwas später erzählte, während sie zusammen den Salat schnippelten. Sie sah sich dadurch in allem bestätigt, was sie schon bisher über die Familie von Koppenstein gedacht und geglaubt hatte. (Weil die Arbeitsplatte fast völlig mit Elektrogeräten zugestellt war, mussten sie die Schnippelei einander gegenübersitzend an dem winzigen Küchentisch erledigen und stießen dabei ständig mit den Knien aneinander.)

Raffi, der kleine, fünfjährige Raffi, sollte schon in diesem Herbst in die Schule kommen! Die von Koppensteins wollten ihn vorzeitig einschulen. Das erzählte Claire Tinchen, nachdem der Thermomix sich als Gesprächsthema erschöpft hatte. Raffi konnte lesen (schon ziemlich lange) und schreiben, allerdings nur in Großbuchstaben – »Aber irgendwas muss er in der Schule ja auch noch lernen!«, rief Claire und lachte. Ja, genau, in beiden Sprachen, Deutsch *und* Englisch. Ehrlich gesagt wurde es höchste Zeit, dass für ihn die Schule losging, bevor er sich selbst den ganzen Schulstoff in Eigenregie beigebracht hatte.

»Vielleicht ist er ja hochbegabt!«, schlug Tinchen mit verlegenem Kichern vor und schob, wie um sich zu rechtfertigen, gleich die Geschichte der Tochter eines Kollegen von Klaus-Werner nach, deren IQ sich als unmessbar erwiesen hatte – so hoch war er. »Und die Charlotte, die konnte nämlich auch schon so früh lesen, deshalb bin ich überhaupt nur darauf gekommen.«

Jetzt war es an Claire, verlegen zu lachen und dazu abwiegelnde Gesten und Geräusche zu machen. Tinchen hatte wahrscheinlich recht, und natürlich hatte sich Claire bereits ausgiebig mit dem Thema auseinandergesetzt, doch es war ein Gebot des guten Geschmacks, Tinchen gegenüber so zu tun, als ob sie diese Möglichkeit noch nie in Betracht gezogen hätte.

»Was, Raffi? Du meinst, dass *er* vielleicht …? Nein, das glaub ich nicht. Ich glaube, er liest einfach nur gern.«

»Und was – was liest er denn so?«, fragte Tinchen ehrlich interessiert, während sie eine Tomate mit einem speziell gezackten Tomatenmesser achtelte, das vorne abgerundet war.

»Ach, praktisch alles, was er in die Finger kriegt, meistens ein paar Sachen gleichzeitig. Im Moment ist er ganz wild auf *Harry Potter*. Ich glaube, inzwischen ist er beim dritten Band. Auf Englisch.«

Tinchen dachte an ihren Bald-Zweitklässler Heinrich, der noch weit davon entfernt war, Bücher zu lesen, weder nacheinander noch gleichzeitig, und schon gar keine fremdsprachigen Achthundertseitenschinken, und schauderte ein bisschen vor Ehrfurcht und Bewunderung. Sie war nicht neidisch. Sie war nicht einmal traurig oder wütend über die Ungerechtigkeit, mit der die Talente auf die verschiedenen Menschen verteilt waren. Stattdessen nahm sie sich ganz fest vor, sich unbedingt vom Beispiel der von Koppensteins inspirieren zu lassen, mit Heinrich noch regelmäßiger das Lesen zu üben und zusammen mit ihm dem beflügelnden Vorbild des kleinen, vermutlich hochbegabten Raffi nachzueifern, aus dem sicher einmal ein hervorragender Schüler werden würde.

3

Beim Essen erzählte Claire, wie schwierig es gewesen war, die Einschulung durchzusetzen, wie wenig die Entscheidungsträger offenbar von fantasievollen und schlauen kleinen Jungen verstanden und welche lächerlichen Einwände sie an den Haaren herbeigezogen hatten, um sie davon abzubringen, Raffi mit fünf in die Schule zu schicken. In ihren Augen waren das alles nur Beispiele für die typisch deutsche Bedenkenträgerei.

»Dass wir ihm ›seine Kindheit stehlen‹ und lauter so Zeug. Ha!« Über derartige Unsinnseinwände konnte Claire nur lachen. »Und bei ›solchen Kindern‹ würde ›das Soziale‹ ja auch oft nicht Schritt halten.« Durch ihren Tonfall brachte sie deutlich zum Ausdruck, was sie von diesen Argumenten hielt.

»So ein Blödsinn«, sekundierte Niko, »oder? Ich meine, was soll das überhaupt sein, ›das Soziale‹?«

»Gut – vielleicht hat er ja den Bart gemeint«, wandte Claire mit funkelnden Augen ein, »*wahrscheinlich* hat er den Bart gemeint. Der Bart hat ihn ein kleines bisschen aus dem Konzept gebracht. Vermutlich war Raffi das erste Kind mit Bart, das ihm unter die Augen gekommen ist.«

Werner und Tinchen hörten zu und nickten ernst und etwas angestrengt. Es fiel ihnen nicht ganz leicht, sich in die Situation hineinzudenken und zu -fühlen: Werner, weil sein übermüdetes Gehirn immer wieder sekundenlange Komplettaussetzer hatte, während derer er nur noch Vogelgezwitscher und Gekrächze wie von einer Krähe hörte (Letzteres immer dann, wenn Niko mit Reden dran war); und Tinchen, weil sie einfach viel zu sehr daran gewöhnt war, in dieses spezielle Fernglas von der anderen Seite her hineinzuschauen. Heinrich kam in der Schule gerade noch so mit. Er war nicht mit fünf und auch nicht mit sechs, sondern mit sieben eingeschult worden, und sogar das war vielleicht noch zu früh für ihn gewesen, und über »das Soziale« und was damit gemeint war wusste Tinchen, im Unterschied zu Niko, ziemlich gut Bescheid. »Er ist sozial eben noch nicht so weit«, hieß es über Heinrich, wenn die anderen Kinder auf dem Schulhof nicht mit ihm spielen wollten, wenn Viertklässler um ihn einen Kreis bildeten, in dem er von einem zum anderen geschubst wurde, oder wenn unbekannte Täter sein Federmäppchen in der Kloschüssel versenkt hatten, und das stimmte ja auch, denn anderen Kindern passierte so etwas nicht. Während sie für Lene, die auf ihrem unumkippbaren Tripp-Trapp-Stuhl saß und mit den dicken Beinchen baumelte, das Fischfilet sehr sorgfältig nach Gräten absuchte, bemühte sich Tinchen, sich in die Lage ihrer Freunde hineinzuversetzen. Hätte sie – wenn Heinrich mit fünf so weit entwickelt gewesen wäre wie Raffi jetzt – vielleicht genauso hartnäckig wie die von Koppensteins darauf bestanden, ihn in die Schule schicken zu dürfen? Wäre sie in diesem Fall genauso empört gewesen wie Claire und Niko, wenn jemand versucht hätte, das zu verhindern? Leider reichte ihre Fantasie nicht aus, um diese Fragen zu beantworten.

»Ich erwarte ja nicht mal eine besondere Förderung! Ein Kind wie Raffi kann man nicht schulisch auslasten, das seh ich auch so – geschenkt! Aber dass ein Kind geradezu *ausgebremst* wird, dass es daran *gehindert* wird zu lernen«, sagte Claire und gestikulierte mit ihrer Gabel, »das ist nicht okay. Wozu geht man denn in die Schule, wenn nicht zum Lernen?«

»Ja, genau, wozu?«, ergänzte Niko. Wenn Niko lächelte (so wie jetzt), dann machten seine weißen Zähne sein Gesicht noch schöner und sympathischer, wie eine besonders schmeichelhafte Beleuchtung. Man sah ihm an, dass er nicht aus Eitelkeit lächelte, sondern weil es ihm angenehm war, freundlich zu sein, und weil er wusste, dass er anderen dadurch eine Freude machen konnte.

»Genau«, rief Tinchen erfreut, »das stimmt. Schule ist zum Lernen da!« Sie war froh darüber, dass das Gespräch wieder an einem Punkt angelangt war, in dem sie alle übereinstimmten. Dass man in die Schule ging, um zu lernen, war eine Art kleinster gemeinsamer Nenner von Brüchen völlig verschiedener Größenordnungen.

Beim Anblick von Tinchens freundlichem, gutwilligem Gesicht kam Claire jetzt doch der Gedanke, dass es vielleicht (moralisch und menschlich) besser wäre, sich etwas zurückzuhalten. Oder war sie vielleicht sogar schon zu weit gegangen? Hatte sie Werner und Tinchen dadurch verletzt, dass sie Raffis Talente zu sehr herausgestrichen hatte? Sie wusste und dachte jetzt wieder daran, dass Heinrich ein Sorgenkind mit gewissen, unbestimmten Problemen war. Andererseits war das weder ihre noch Raffis Schuld, und sie konnten auch gar nichts daran ändern, versuchte sie, ihr aufsteigendes schlechtes Gewissen niederzukämpfen, und es ging ihr ja auch nicht im Geringsten darum, aufzutrumpfen oder anzugeben. Es musste doch erlaubt sein, davon zu sprechen, was sie beschäftigte; um nichts anderes ging es ihr. Ich hab es ja nicht böse gemeint, sagte sie sich. (Nur dass es manchmal eben nicht genügte, es nicht böse zu meinen, das wusste sie selbst.)

Tinchen beugte sich über Heinrichs Teller und begann, mit einer Gabel wie mit einem Rechen das Stückchen Fisch auf seinem Teller systematisch nach Gräten abzuharken. Wie beim Rasenmähen musste man dabei gut aufpassen, dass die Bahnen ganz genau aneinander anschlossen oder sich sogar überlappten und keine unbearbeiteten Streifen zurückblieben. Noch passender war vielleicht der Vergleich mit der Arbeit eines Minensuchers, der ebenfalls sehr gut daran tat, von dem abzusuchenden Stück Land kein Fitzelchen auszulassen. Wieder versuchte Tinchen, so gut sie konnte, sich vorzustellen, wie es wäre, wenn man Angst davor haben musste, dass das eigene Kind »nicht ausgelastet« oder gar »ausgebremst« wurde. Eigentlich war es ja ganz leicht: Sie musste nur Heinrichs Fall in Gedanken umdrehen. Sie musste nur Schwarz durch Weiß ersetzen oder Minus durch Plus oder leer durch voll. Es war eine einfache Aufgabe in Kopfgeometrie, eine simple geistige Gymnastikübung, die ihr aber trotzdem nicht gelingen wollte, obwohl sie sich Mühe gab.

»Dah hist eihnhe Ghäthe«, trompetete Heinrich plötzlich so laut in ihr Ohr, dass sie einen stechenden Schmerz im Trommelfell spürte. »Mhama! Ikh habh eihnhe Ghäthe gefundnh!« Triumphierend hielt Heinrich ein halbtransparentes, gebogenes Mordwerkzeug von der Länge eines Zahnstochers in die Höhe, das er aus seinem Fisch gezogen hatte, der nach der Versicherung des Fischhändlers hundertprozentig grätenfrei war. (Natürlich hatte Tinchen nachgefragt; sie fragte immer nach.)

Die Gräte glitzerte bedrohlich. Sie war an einem Ende dicker und am anderen tödlich spitz.

»Ah!«, rief Tinchen erschrocken, und das Rotkehlchenrot ihrer Wangen verbreitete sich über ihr gesamtes Gesicht, floss ihren Hals hinunter und in ihr sittsames und gar nicht tiefes Dekolleté hinein, »was ist denn *das*? Gut aufgepasst, Heinrich, gut aufgepasst! *Meine Güte!*« Sie legte sich eine Hand auf den geblümten Stoff in ihrer Herzgegend, um sich zu beruhigen, und schüttelte den Kopf.

»Heinrich – das hast du gut gemacht«, lobte Werner, der bei dieser Vorstufe eines medizinischen Notfalls schlagartig hellwach geworden war und sich am Tisch zu seiner ganzen imposanten Oberarztgröße aufgerichtet hatte. »Leg das Ding am besten hierhin, auf die Serviette! Gut so! Mann, Mann, Mann – das hätte auch schiefgehen können. Und jetzt sollten wir wohl besser alle noch mal unseren Fisch auf Gräten untersuchen.« Das war nicht mehr das zu Tode erschöpfte, kaum hörbare, schwer verständliche Murmeln von vorhin, das war die sonore, autoritätsgewohnte Stimme des Mediziners – die Stimme des Dr. med. habil. K.-Werner Hullemann.

Claire zog ein bisschen den Kopf ein, zog ein bisschen die Augenbrauen hoch, unterdrückte nicht ganz erfolgreich ein Grinsen und schaute vorsichtig zu Niko hinüber, um herauszufinden, ob ihm die Verwandlung auch aufgefallen war und um ihn gegebenenfalls darauf aufmerksam zu machen. Diese hysterische Grätenfurcht war ja wieder mal total übertrieben, aber auch ziemlich typisch für die Hullis, oder? Und gleichzeitig auch wieder irgendwie nett und liebenswert! Das telepathierte sie, lautlos, aber unmissverständlich, so klar und deutlich, als ob sie es mit lauter Stimme ausgesprochen oder aufgeschrieben und den Zettel über den Tisch gereicht hätte, zu Niko hinüber, wie es nur zwei Menschen möglich ist, die einander seit Ewigkeiten kennen, eine enge innere Verbindung zueinander haben und deshalb wechselseitig ihre Gedanken lesen können.

Parallel dazu spielte sich auch zwischen den Hullis ein kleiner unhörbarer Dialog ab: Werner, alias Dr. K.-Werner Hullemann, schickte nämlich über seinen Teller hinweg einen ziemlich strengen Blick zu seiner Frau hinüber. Sie hatte entweder falsch eingekauft oder falsch gekocht oder beides. Jedenfalls war ihr ein Fehler unterlaufen. So etwas durfte nicht passieren, da waren sie sich ja wohl einig. Gleichzeitig drückte sein Blick auch aus, dass er wusste, dass jeder mal Fehler machen konnte und dass Tinchen sich deswegen keine zu argen Vorwürfe machen sollte. (Die Ehe der Hullis war eindeutig nach ganz anderen Prinzipien konstruiert als die der von Koppensteins.)

Tinchen senkte ergeben und schuldbewusst den Kopf, denn Werner hatte recht: So etwas durfte nicht passieren. Wenn es allein nach ihr und ihren mütterlichen Instinkten gegangen wäre, dann hätte sie ihren Kindern überhaupt keinen Fisch serviert, niemals! Aber Fisch war doch so gesund, hieß es überall! Sie hatte es doch selbst im Studium gelernt! Und die Omega-3-Fettsäuren waren doch so gut für das kindliche Gehirn! Das hatte auch ihr Kinderarzt Dr. Gutmann bestätigt. Oder stimmte Werner etwa nicht mit ihr in der Auffassung überein, dass Seefisch – nicht Süßwasserfisch! – unverzichtbar für eine ausgewogene Ernährung war und dass es für Heinrich kaum etwas Wichtigeres gab als eine ausgewogene Ernährung? Und wie sollte man absolut sicher sein, dass in einem garantiert grätenfreien Fischfilet sich nicht doch noch irgendwo eine Gräte versteckt hielt? Wenn die Gräten sich so tief im Fleisch versteckten und sich so hinterhältig tarnten? Das war doch überhaupt nicht möglich! Dagegen kam nicht einmal ihr Thermomix an!

»Fisch macht mich Power«, äußerte die kleine Lene plötzlich etwas rätselhaft, »aber Gräten sind ganz dolle gefährlich!« Sie sprach sehr laut und einigermaßen deutlich und baumelte dabei begeistert mit den Beinen.

»Von Ghäthnh kannh manh tot wheadnh«, schrie Heinrich.

»Aber man muss sie doch nicht mitessen«, sagte Raffi verwundert.

»Abha wennh! *Wennh* du die Ghäthe mhithisst, dannh bisth du tot! Stimpt'sh, Mama?«

Das eigentlich Irritierende an Heinrichs Redeweise war, dachte Claire, die ihre guten und edlen Vorsätze schon wieder vergessen hatte, dass sein Brüllen immer den Eindruck erweckte, als wüsste er nicht, in welcher Umgebung er sich befand. Man wollte ihn unwillkürlich darauf hinweisen, dass er sich täuschte, dass er weder in einem Maschinenraum stand noch auf dem Deck eines sturmumtosten Schiffs und dass derzeit auch kein Hubschrauber neben ihm startete oder landete, dass es deshalb auch wirklich keinen Grund gab, derart zu brüllen.

Nach dem Grätenzwischenfall, den die Hullis offensichtlich für sehr viel gravierender hielten als ihre Gäste, war die Stimmung am Tisch gedämpft.

Besteck klapperte auf Tellern, dickwandige Saftgläser wurden mit einem lauten Klonk auf dem Tisch abgesetzt, und die Beine von Werners Stuhl schabten in der peinlichen Stille unangenehm kreischend über das helle Birkenlaminat, als er halb aufstand und sich über den Tisch lehnte, um sich noch etwas Reis aus dem Thermomix-Garkörbchen zu nehmen, das genau in der Mitte der Tischplatte stand wie ein besonders prunkvoller, ererbter Tafelaufsatz.

»Sport heißt auf Englisch ›stark‹«, behauptete jetzt Lene, die Königin des unterhaltsamen Tischgesprächs, fröhlich ins Blaue hinein.

Raffi runzelte die Stirn. »Was meinst du damit eigentlich?«

Tinchens Stimme klang belegt, als sie Claire und Niko zu trinken anbot. Claire ließ sich Sprudelwasser aus einer Plastikflasche mit blauem Boden geben. (Die Hullemanns waren auch im Besitz einer Soda-Club-Sprudelmaschine, und zwar vor allem deshalb, weil Tinchen hoffte, mithilfe von hausgemachtem Sprudelwasser Heinrichs Saftkonsum und damit auch seine Kalorienaufnahme drosseln zu können; in der Küche stand der Sodabrunnen zwischen dem Thermomix und einer Schweizer Espressomaschine, die besser und größer, viel größer und auch höher war als viele Profigeräte und in Fachkreisen als »Espresso-Rolex« bekannt war.)

Die Familie Hullemann sah, wie sie da so aufrecht und steif und mit rechtwinklig abgewinkelten Armen um den Massivholzausziehtisch herumsaß, wie eine Versammlung von vier Moai-Idolen von den Osterinseln aus, die in einer zu kleinen Hütte zusammengekommen waren: die gleichen massigen Körper, die gleichen grimmigen Gesichter (nur bei Lene nicht; sie baumelte immer noch voller Schwung mit den Beinen und ordnete das Essen auf ihrem Teller zu einem Muster an, dessen Bedeutung nur sie selbst verstand). Die Hullikinder waren alles in allem verblüffend gut erzogen, vor allem im Vergleich zu Raffi, das mussten der Neid und Claire den Hullis lassen: Messer und Gabel handhabten sie mit bewundernswerter Geschicklichkeit, und sie fassten, anders als andere Kinder, auch nicht mit den Fingern ins Essen, um bei der Nahrungsaufnahme nachzuhelfen.

»Kann ich noch Nudeln, bitte!«, fragte Heinrich sehr höflich, wenngleich aus vollem Hals.

»Ich auch, ich auch, bitte! Kann ich bitte noch Nudeln?«, jubilierte Lene.

»Nudeln!«, sagte Tinchen und warf Claire und Niko einen sonderbar bedeutungsschwangeren, schamerfüllten und flehenden Blick zu. »Aber gerne!«

Es half nichts. »Was? Das sind doch gar keine Nudeln«, sagte Niko, der manchmal wirklich sehr begriffsstutzig sein konnte, als er bemerkte, dass Tinchen ihren Kindern grüne Bohnen auf die Teller legte, »das sind doch – ach so. Ach so, *diese* Art von Nudeln! Ich verstehe.« Claire hatte unter dem Tisch nach ihm getreten.

Werner hatte sich noch mehr aufgerichtet und machte sein ernstes, strafendes Oberarztgesicht. »Wir essen diese

Art von Nudeln deshalb so gerne«, dozierte er und sah seinen Freund Niko dabei an wie einen besonders dämlichen Medizinstudenten, der bei der Chefarztvisite einen schlimmen und eigentlich unverzeihlichen Fauxpas begangen hat, »weil diese Art von Nudeln so viele Vitamine hat. Fast so viele Vitamine wie echtes Gemüse, aber Heinrich mag leider kein Gemüse. Deshalb gibt es bei uns auch kein Gemüse. Nur Nudeln. Das ist sehr schade, aber *es geht leider nicht anders.*«

Niko sah jetzt weniger nach edlem Rennpferd aus als nach Schaf. Bei seinem Anblick musste Claire schon wieder ein Grinsen unterdrücken. Heinrich und Lene fielen heißhungrig über ihre wieder aufgefüllten Teller her, ohne sich darum zu kümmern, was die Erwachsenen von sich gaben.

»Kann ich auch noch ›Nudeln‹ haben, bitte?«, fragte Claire mit einem Sphinxlächeln und hielt Tinchen ihren Teller hin.

»Papa!«, rief Raffi plötzlich, offenbar weil sein schafgewordener Vater ihm leidtat und er ihm zu Hilfe kommen wollte, »Papa, she's calling them ›Nudeln‹, because they won't eat them otherwise, you understand? It's a ruse. A ruse, to make them eat their vegetables! And I'm talking English, so that they won't understand me. Otherwise the whole thing wouldn't work anymore!«

Tinchen schaute Raffi so erschrocken an wie eine übernatürliche Erscheinung. Der Bart, die Einschulung, die dicken Bücher – das war eigentlich schon mehr als genug für sie. Diese letzte Szene überzeugte sie endgültig davon, dass Raffi ein Wesen war, das man überhaupt nicht mit normalmenschlichen Maßstäben messen durfte. Claire lächelte Raffi zu und schaffte es immerhin, ihre Freude über den Scharfsinn ihres Sohnes und über seine ganze bärtige Drolligkeit (eine Freude, die sehr groß war und sehr tief ging) nicht übermäßig deutlich zu zeigen. Werners Gesichtsausdruck dagegen war überhaupt nicht mehr zu deuten, so viele Gefühlsregungen vermischten sich darin, und so sehr versuchte er gleichzeitig, alle diese Regungen zu unterdrücken und sie nicht nach außen dringen zu lassen. – Es war nicht einfach, an die alten Zeiten einer Freundschaft anzuknüpfen, wenn erst einmal Kinder im Spiel waren!

Als Buße für seine Verfehlung tat Niko sein Bestes, um Werner zu einem weiteren Light-Bier zu überreden, und Claire fing etwas unvermittelt von ihrer neuen Stelle an, die der Grund dafür war, dass die von Koppensteins die USA verlassen hatten und nach Deutschland zurückgekehrt waren.

»Ehrlich gesagt war es reines Glück, dass ich die Stelle gekriegt habe«, sagte sie.

»Sie hat überhaupt nicht auf die Ausschreibung gepasst«, sagte Niko.

»Nein, überhaupt nicht. Ich war eigentlich nur die Quotenfrau. Aber dann –«

»Ihr müsst dazu wissen, dass dieses Departement aus zwei Instituten besteht …«

»… die miteinander total verfeindet sind! Und zwar seit Jahren. Das soll angeblich schon in den Sechzigern losgegangen sein.«

»Claire war am Anfang nur auf Platz drei der Liste.«

»Richtig. Und auf Platz eins und zwei waren die jeweiligen Wunschkandidaten der beiden verfeindeten Institute.«

»Sie konnten sich nicht einigen! Sie konnten sich nicht einigen!«, rief Niko. »Deshalb haben sie Claire genommen. Erzähl doch noch mal das mit Darmstadt, Claire!«

»Was? Ach so, ja. Also, das war so: Der Chef des ersten Instituts hatte gerade einen Ruf nach Darmstadt bekommen, und er hat dem Minister dann damit gedroht, dass er den Ruf annimmt und nach Darmstadt geht, wenn der

Kandidat des anderen Instituts die Stelle bekommt. Und der Chef des *anderen* Instituts wollte lieber in den vorzeitigen Ruhestand gehen, als mit dem Kandidaten des ersten Instituts zusammenzuarbeiten.«

»Und deshalb mussten sie Claire nehmen!«, wiederholte Niko triumphierend.

»Ja, als Kompromisskandidatin. In Wirklichkeit können sie sich natürlich glücklich schätzen, dass sie mich bekommen haben!«, sagte Claire lachend. »Übrigens, das geht schon seit Ewigkeiten so bei denen. Das ist so eine Art Blutrachesystem, wie in Albanien: Weil du mir meine Stellenbesetzung versaut hast, versau ich dir deine.«

Niemand dachte mehr an Gräten oder Nudeln. Werner erinnerte sich jetzt daran, dass er irgendwann in grauer Vorzeit, damals, als er noch jung und schön und gut ausgeschlafen gewesen war, ähnliche Geschichten von Chefarztberufungen gehört hatte, und jetzt fiel ihm auch das Schatzkästchen voller Medizineranekdoten wieder ein, das er immer in der Hosentasche mit sich herumtrug, auch wenn er in seiner Totalerschöpfung die meiste Zeit nicht daran dachte. Von manchen Details mancher dieser Geschichten wurde Niko, der in solchen Dingen sehr empfindlich war, angst und bange und sogar ein bisschen übel.

4

Niko hatte schon ein paar Mal besorgt auf seine Armbanduhr geschaut und sich ein paar Mal bei Claire erkundigt, wie lange Cordelias Kurs denn eigentlich ging und ob sie den Weg von dort zu den Hullemanns auch wirklich kannte und ob sie womöglich ihr Handy zu Hause vergessen hatte, und immer hatte Claire ihn vertröstet und beruhigt und sich dabei ein bisschen über seine übertriebene Besorgnis lustig gemacht. Gegen Ende der Mahlzeit, als Tinchen schon aufgestanden war und damit begonnen hatte, die leergegessenen Riesenplatten abzutragen und ihren Geschirrspülautomaten damit zu bestücken, und Werner davon sprach, in Bälde seine Espressomaschine anwerfen zu wollen (die Espresso-Rolex, die für ihn das zu sein schien, was der Thermomix für Tinchen war, wahrscheinlich weil sie ihn so zuverlässig mit einer Wachhaltedroge versorgte, auf die er für sein familiäres und berufliches Funktionieren unbedingt angewiesen war), erschien Cordelia, das zweite – nein: das *erste* Kind der von Koppensteins dann endlich doch noch auf der Bildfläche.

Sie war nicht ganz zwölf Jahre alt, wirkte aber deutlich älter. Auf den ersten Blick schien sie auch größer und wohlgenährter zu sein als ihre zierlichen Eltern, obwohl das in Wirklichkeit – wenn man sie alle drei nebeneinandergestellt oder mit Maßband oder Waage nachgemessen hätte – gar nicht der Fall war. Zwischen ihrer zarten Mutter und ihrem drahtigen Vater sah sie aus wie ein fast erwachsener Kuckuck, der von zwei überaus bemühten Zaunkönigen gepflegt und gehätschelt wird. Sie war früher ein dickes Kind gewesen – auf völlig andere, energischere, explosivere, sehr viel weniger teigige und schlaffe Weise dick als Heinrich –, für das man immer Hosen einer bestimmten Marke hatte kaufen müssen, weil ihr alle anderen zu eng gewesen waren. Dann war sie im Laufe eines Jahres sehr gewachsen, und alles, was bisher zu viel gewesen war, hatte sich neu über ihren gestreckten Körper verteilt, sodass sie jetzt fast ideale Proportionen hatte. Ihr welliges, dickes braunes Haar, das sie von wer weiß wem geerbt hatte (jedenfalls nicht von Niko, ihrem glatzköpfigen Vater, und auch nicht von der eher fusselhaarigen Blondine Claire), trug sie mit großem Stolz offen und achtete peinlich genau darauf, immer einen Teil davon über eine Schulter nach vorne fallen zu lassen, um bloß nicht zu strebermäßig rüberzukommen. Ihrer Mutter sah sie auffallend wenig ähnlich: Weder hatte sie Claires elegante Stupsnase noch die veilchenfarbenen Augen noch das herzförmige Elfengesicht und zum Glück auch nicht Claires eher unansehnliche, kleine Zähne mitbekommen. Die einzige äußerliche Gemeinsamkeit zwischen den beiden war der sehr schön geschwungene Mund, der aber im Kontext von Cordelias anders geformtem Gesicht eine ganz andere Bedeutung annahm, sodass die Ähnlichkeit erst auffiel, wenn man sich die Mühe machte, ihre Gesichter Punkt für Punkt miteinander zu vergleichen.

Ja, Cordelia war hübsch, sogar noch hübscher als ihre gutaussehenden Eltern; hübscher als ihr gebräunter, blauäugiger Vater mit seinem edlen Haupt und sogar hübscher als Claire. Das dachten sie unwillkürlich alle, dachten es sozusagen im Chor, als Cordelia hinter Werner, der auf ihr Klingeln hin die Haustür aufgemacht hatte, das Wohnzimmer der Hullemanns betrat.

Klar war außerdem, dass Cordelia zu den Menschen zählte, die durch ihr bloßes Erscheinen die Temperatur in einem Raum verändern konnten.

»Und warum darf er mit Bart essen?« Das war das Erste,

was Cordelia sagte, noch bevor sie gegrüßt oder die Gastgeber auch nur eines Blickes gewürdigt hatte. Ihre Aussprache war auffällig präzise: Niemand sollte sich damit herausreden können, dass er sie nicht richtig verstanden hatte. »Ich denke, das ist verboten?«

Obwohl das ein unfreundlicher Akt und auch nicht besonders höflich oder wohlerzogen war, lachten Claire und Niko wie über die ungewöhnlich drollige Äußerung eines viel jüngeren Kindes und gingen im Übrigen nachsichtig über den Fehltritt hinweg, der anscheinend von ihnen beiden mit pubertärer Geistesverwirrung oder allgemeiner Cordeliahaftigkeit entschuldigt wurde. Cordelia begrüßte ihren Vater (und nur ihn), indem sie ihm im Vorbeigehen zärtlich und herablassend die Glatze tätschelte, und setzte sich dann auf einen freien Stuhl.

»Und? Wie war's?«, fragte Niko neugierig.

»Wie wohl.«

»Oh! Da bin ich wohl besser still!« Besänftigend hob Niko die Hände und machte gleichzeitig ein zärtlich-belustigtes Gesicht, als ob die Grobheit seiner Tochter eine genauso harmlose und amüsante Marotte wäre wie Raffis Bart, eine Marotte, die niemandem wehtat und an der sie alle gemeinsam ihren Spaß haben konnten.

»Wir haben eine Gräte gefunden«, informierte Lene Cordelia freundlich über die Vorgeschichte, »beinahe wären wir gestorben.«

»Ikh!«, korrigierte Heinrich hastig, mit dem Übereifer des ewigen Underdogs, der es sich nicht leisten kann, auch nur auf den allerkleinsten Erfolg zu verzichten. »Ikh hab die gefudnh. Stimmbt's, Mama? Dhas wa ikh! Die wa nämlikh hiesenghoß, die Ghäthe, soooo ghoß wa die! Ud die wa in meim Fisch dinh.«

»Genau, mein Bruder hat die nämlich in seinem Fisch gefunden.« Lene strahlte und nickte.

»Aha. Dann frag deinen Bruder doch mal, warum er so schreit. Ach, und richte ihm aus, dass er sich die Nase putzen soll. Weil, *das* ist wirklich widerlich. Wäh!«

»Cordelia!« Claire und Niko hatten gleichzeitig den Namen ihrer Tochter gerufen. Sie lachten verlegen und waren jetzt doch peinlich berührt von Cordelias Benehmen.

»Jetzt aber mal ehrlich, Cordelinchen!« Niko war unter seiner gleichmäßigen Teakholzbräune rot angelaufen (was interessante Farbspiele auf seiner Glatze ergab); Claire wies Cordelia streng wegen ihrer »Unhöflichkeit« zurecht. Leider war es ihr nicht möglich, ihrer Tochter ausdrücklich und aus vollem Herzen zu widersprechen. Ganz kurz dachte sie über diese Option nach und verwarf sie gleich wieder: Nein, einen Satz wie »Das ist gar nicht widerlich« oder »Das ist völlig normal« brachte sie einfach nicht über die Lippen, weil er nicht stimmte. Mit einer gewissen Traurigkeit und einem gewissen Selbstvorwurf erkannte sie, dass sie dazu ein sehr viel freundlicherer, großzügigerer und einfühlsamerer Mensch hätte sein müssen, als sie tatsächlich war.

Werner hatte in seinem Aussehen wieder etwas Strenges, Oberarztmäßiges angenommen; aus irgendeinem Grund schien er wütend auf seinen Sohn und seine Frau zu sein, und seine glänzende Rübennase bewegte sich auf sonderbare Weise. Tinchen, ziemlich rot im Gesicht und bis in den mausezähnchenbesetzten Halsausschnitt ihrer Tunika hinein, war schon aufgesprungen und so schnell sie konnte nach Papiertaschentüchern gelaufen. Eigentlich hatte sie sich ganz fest vorgenommen, immer eine Packung Tempos zur Hand zu haben und Heinrich regelmäßig zum Naseputzen anzuhalten, und zwar, um das Eintreten genau dieses Falles zu verhindern: dass irgendjemand sich von dem Anblick ihres Sohnes belästigt fühlte oder gar darunter leiden musste, und sie machte sich Vorwürfe und schämte sich, weil sie an diesem Abend so von ihren Gastgeberpflichten abgelenkt gewesen war, dass sie einfach nicht mehr daran gedacht hatte.

»Dash is dokh bloßh Hotz!«, sagte Heinrich zu Raffi und zuckte gleichgültig mit den Schultern, aber seine raue Stimme klang dabei weniger laut als sonst. Sie klang fast leise.

»Nimm doch einfach den Ärmel«, schlug Raffi vor, »so mach ich das immer. Oder hier oben an der Schulter, wenn man kurzärmlig ist.« Raffi machte Heinrich vor, was er meinte.

»Oder vielleicht abschlecken?«, meinte die pragmatische und unbekümmerte Lene.

»Oder sollen wir spielen, dass wir Außerirdische sind, die keine Nasen haben?«, fragte Raffi, »und wir haben eine Kieme hier am Hals. Und wenn wir uns die Nase putzen, dann sollten wir uns halt nicht die Nase putzen, sondern die Kieme. Und statt in der Nase zu bohren, bohren wir dann immer hier in unserer Kieme, schaut mal, so! Und dann sollten wir geschimpft kriegen von unseren Eltern, weil wir in der Kieme bohren. Und unsere Eltern sollten aber eben halt auch Aliens sein.«

Lene und Heinrich kicherten, während Raffi hingebungsvoll vorführte, wie er in seiner »Kieme« bohrte.

»Wäh!«, sagte Cordelia, »Mama? – Außerdem, das heißt ›Kiemen‹ und nicht ›Kieme‹. Kie-men!«

Für Cordelia etwas zu essen zu finden war nicht ganz leicht, obwohl sie nach eigenen Angaben »voll viel« Hunger hatte, weil ihre Eltern ihr zu ihrem Kurs »voll wenig« Proviant mitgegeben hatten. Tinchen bot ihr zunächst die Reste des allgemeinen Abendessens an, die sie »ratzfatz« für sie aufwärmen könne (genau: im Thermomix), aber Cordelia mochte keinen Reis und keine Soße und keine »Nudeln«, und der Fisch, den sie vielleicht gegessen hätte, war schon weg, wofür Tinchen, der Grätengefahr wegen, heimlich dankbar war.

Während Tinchen in dem bauchigen Küchenkühlschrank herumfuhrwerkte, der die Ausmaße einer mittelgroßen Abstellkammer hatte, und aufzählte, was sie Cordelia alles anbieten konnte (Birnen? Vollkorntoast? Fettreduzierter Putenaufschnitt? Fettreduzierter Käseaufschnitt? Kernlose Trauben, für deren absolute Kernlosigkeit sie sich allerdings nicht verbürgen konnte? Fleischsalat von Du darfst? Vollkornknäckebrot? Rote Bete aus dem Glas? Schmelzkäseecken (Fettgehalt 15 %)? Blumenkohlsuppe von gestern? Oder sollte sie vielleicht noch schnell drei, vier TK-Brötchen für sie aufbacken?), stand Cordelia gelangweilt in der Küche herum und ordnete ihr Haar.

»Tiefkühlbrötchen?«, also das klang ja nicht gerade ... »Ach, egal!« – Was bitte war »Tomaterich«? – Ein innovatives Produkt aus der Kräuterquarkforschung, das sich noch in der Erprobungsphase befand, aber auf gar keinen Fall gesundheitsschädlich war, dafür hätte Tinchen nicht nur die Hand, sondern ihre ganze Person ins Feuer gelegt. – Nein, vielen Dank, das wollte Cordelia dann doch eher nicht probieren. »Aber trotzdem, vielen Dank! Nein, wirklich! Vielen Dank!«

Schließlich entschied sie sich für den letzten 0%-Fett-Naturjoghurt, der eigentlich für Heinrichs Frühstück vorgesehen gewesen war, und für ein Stück Apfelstrudel, das Werner sich unter erheblichen Qualen vom Mund abgespart und in einer vor Tinchens luftdichten Dosen aufbewahrt hatte, um es vor dem Kühlschrank stehend zu verschlingen, wenn er von seiner nächsten kräftezehrenden Sechsunddreißig-Stunden-Schicht nach Hause gekommen sein würde. Becherchen und Tellerchen nahm sie mit ins Wohnzimmer, zog die Deckelfolie vom Joghurt ab und legte sie sorgfältig mit der schmutzigen Seite nach unten auf den Tisch, entweder mit Absicht (was Werner, der sie scharf ins Auge gefasst hatte, durchaus für möglich hielt), oder weil sie zu sehr mit sich selbst beschäftigt war, um auf die Details ihrer Umgebung zu achten. Niko und Claire beobachteten sie liebevoll von zwei Seiten beim Essen; es fehlte nur noch, dass Niko bei jedem Löffel Joghurt, den sie sich in den Mund schob, seine eigenen Lippen mitbewegt hätte. Dabei fragten sie sie nach dem Klavierkurs aus, von dem sie gekommen war. Waren die anderen besser gewesen als sie? Wie hatte sie gespielt? Und dann, was hatten die Dozenten dazu gesagt? Und über die Arpeggios in der Mozartsonate? Waren sie bis zu der schwierigen Stelle mit dem Übergreifen gekommen? Wie ging es jetzt weiter? Hatte sie neue Freundinnen gefunden? Waren ihre Fingersätze okay gewesen? Und vierhändig, hatten sie dort vielleicht auch mal vierhändig gespielt, in den Pausen zum Beispiel?

»Ich hab das Lartscho gespielt«, sagte Cordelia.

»Largo!«, verbesserte Claire.

»*Ich* sag aber *Lartscho!*«

Cordelia hatte die Angewohnheit, den Löffel zu weit vorne anzufassen, sodass sie ihre Fingerspitzen ständig in den Joghurt tauchte. In Momenten, in denen sie sich unbeobachtet fühlte, putzte sie sich dann die verschmierten Joghurtfinger ganz unauffällig an der Unterseite der Tischplatte ab oder manchmal auch an den Seiten ihrer gutsitzenden Jeans – und das, obwohl Tinchen schon längst in die Küche gespurtet war, um eine neue Rolle Küchentücher zu holen, und sie mit einem freundlichen, auffordernden Lächeln in Cordelias Nähe auf dem Tisch platziert hatte.

Wenn Cordelia einen Löffel mit Joghurt in den Mund gesteckt hatte, zog sie ihn halb gefüllt wieder heraus und begutachtete voller Interesse die Spuren, die ihre schönen

Zähne in der weißen Masse hinterlassen hatten. Sie fummelte aus dem Apfelstrudel mit den Fingern zuerst alle Rosinen und dann auch noch die Äpfel heraus: Wenn sie eines hasste, dann »matschiges Obst«, erklärte sie. Von der Blätterteigumhüllung aß sie etwa ein Zehntel und zerstocherte den Rest mit der Gabel zu einem bröseligen Brei.

Werner sah ihr durch seine große schwarze Brille dabei zu, und mit jedem Akt der Zerstörung, den Cordelia an seinem Apfelstrudel vollzog, der ihm dabei immer mehr ans Herz wuchs, bis er ihn schließlich fast so lieb hatte wie eines seiner eigenen Kinder, wurde ihm klarer, dass die von Koppensteins, insbesondere sein alter Freund Niko, auf dem Cordeliaauge blind oder jedenfalls ziemlich fehlsichtig waren. (Claire schien in Bezug auf ihre Tochter ein paar Dioptrien weniger zu haben als ihr Mann, war aber nach Werners Einschätzung immer noch ziemlich weit von der Normalsichtigkeit entfernt.)

Warum sagten sie nichts? Warum saßen sie nur lächelnd da? Das war doch nicht in Ordnung!

Das Sonderbare, das eigentlich Unverständliche an der Sache war, dass diese Erkenntnis Werner nicht etwa traurig stimmte. Im Gegenteil, sie machte ihm Spaß und ließ ihn fröhlicher werden. Der Verlust seines Apfelstrudels betrübte ihn jetzt nicht mehr ganz so sehr. Und seine Laune wurde sogar noch etwas besser, als Tinchen für sie alle die Nachspeise auf den Tisch brachte: einen Glaszuber, der bis zum Rand mit knallgrüner Götterspeise gefüllt war. Götterspeise war kalorienarm und kalziumreich und stand deshalb bei den Hullemanns ganz weit oben auf der Liste der zugelassenen Desserts.

Claire und Cordelia lehnten höflich dankend ab. Nur waschechte, in der Wolle gefärbte Lebensmittelchemikerinnen, dachte Claire, konnten es fertigbringen, sich vor diesem Grün nicht wenigstens ein bisschen zu gruseln: Es war die Farbe ausgekochter Frösche. Das dachte sie nur ganz heimlich für sich; Cordelia dagegen bemühte sich erst gar nicht, ihren Widerwillen zu verbergen.

Niko dagegen hatte nichts gegen Götterspeise einzuwenden, ganz unabhängig von der Farbe. »Da sag ich nicht Nein!«, rief er mit einem Lächeln der Vorfreude und nahm schon mal einen Löffel in die Hand, um sofort loslegen zu können, wenn es so weit war.

Heinrich und Lene warteten artig, in aufrechter Steinkoloss-Positur und mit rechtwinklig abgeknickten Armen, bis sie an der Reihe waren, sagten »Bitte« und »Danke« (was machte es schon aus, dass sie dabei ein bisschen zu laut wurden?), breiteten ihre Servietten über ihren Beinen aus und verzehrten gesittet die ihnen zugeteilten Portionen, ohne übertrieben gierig nach mehr zu schreien – aber Raffi!

Raffi konnte nicht warten, er drängelte sich vor, schmierte die Glibbermasse großzügig überall herum – »Der Bart!«, rief Claire, »gib mir den Bart!« – und bediente sich am Schluss sogar selbst aus der allgemeinen Schüssel, und dabei schreckte er nicht einmal davor zurück, auf die Tischplatte zu klettern.

»Runter da!«, entfuhr es Werner.

Ein zärtliches »Dir schmeckt's wohl?« war alles, was Claire dazu einfiel, während sie den Bart mit einem Stück Küchenpapier von grünlichen Anhaftungen zu säubern versuchte, und das war der Punkt, an dem Werner endgültig klar wurde, dass in der Erziehung der beiden Kinder seines Freundes einiges schiefgelaufen war.

Am späten Abend, nachdem die von Koppensteins sich von ihren Gastgebern verabschiedet hatten und mit viel Trara und Lachen in die Nacht verschwunden waren wie ein abziehender Wanderzirkus, begann für die Hullemanns die Spätschicht. Tinchen machte sich am Geschirrspüler zu schaffen; Werner scheuchte mit letzter Kraft die Kinder ins Bett, für die es schon längst allerhöchste Eisenbahn war, bevor er wie ein Infarktpatient auf einem Küchenstuhl aus nordischer Kiefer zusammensackte. Sein Blick war glasig, die Haut über seinen Wangenknochen glänzte und spannte, und er hatte weiße Flecken auf der Stirn, die nicht gerade gesund aussahen.

»Raffi liest schon richtig dicke Bücher«, sagte Tinchen, während sie Mixtopf und Mixtopffuß liebevoll von Hand reinigte. Beide Teile waren laut Herstellerangabe spülmaschinenfest, aber sie ging lieber auf Nummer sicher. »Mit fünf! Und Cordelia spielt wahnsinnig gut Klavier ... sicher ist sie total musikalisch.«

»Ja, ja«, sagte Werner böse, »toll! Aber warum hast du ihr *meinen* Apfelstrudel gegeben?« Finster starrte er vor sich hin und dachte daran zurück, wie Cordelia sein schönes Gebäck in seine Einzelteile zerlegt hatte, doch dann hatte er plötzlich eine Eingebung: Man konnte einen Strudel doch trotzdem noch essen, auch wenn er schon völlig zermatscht war! Ganz kurz erschrak er, weil er befürchtete, dass die wertvollen Strudelreste schon im Müll gelandet sein könnten, doch das war zum Glück nicht der Fall. Er holte sich eine saubere Gabel aus der Besteckschublade und aß alles, was Cordelia übrig gelassen hatte, bis zum letzten Brösel auf.

5

Der erste Schultag war da, und die von Koppensteins hatten sich aufgeteilt: Niko war mit Cordelia losgezogen, während Claire Raffi zur Einschulungsfeier begleitete.

Über dieses Arrangement hatte es am Vorabend Streit gegeben, weil Cordelia der Meinung gewesen war, Anspruch auf Begleitung durch ihre beiden Elternteile zu haben.

»Hallo? Es ist mein erster Schultag *in einem fremden Land!* Ihr begleitet mich beide.«

»Ja, sicher«, Claire nickte ironisch und überdeckte damit das schlechte Gewissen, das sie plagte, weil sie lieber mit Raffi gehen wollte. »Wir begleiten dich, und Raffi marschiert dann einfach mit der Schultüte in die Schule und schult sich selber ein.«

»Na und? Was hat das mit mir zu tun? Außerdem, bei *ihm* ist es nur ein ganz kurzer Weg, und ich muss mit der U-Bahn durch die ganze Stadt fahren. Und überhaupt, warum kann er morgen nicht einfach mit Luca gehen?«

»Mach dich bitte nicht lächerlich, Cordelia. Glaubst du im Ernst, dass ich Raffi an seinem ersten Schultag mit den Nachbarn losschicke?«

»Warum nicht? Sabine ist total nett! Außerdem findet sie Raffi voll süß.«

»Cordelia?«

»Das hat sie mir selber gesagt!«

»Darum geht es doch überhaupt nicht.«

»Cordelia, Cordelinchen, Linchen …«, murmelte Niko besänftigend.

»Wir machen es so, wie ich gesagt habe«, bestimmte Claire.

Cordelia rannte aus der Küche und warf die Tür hinter sich ins Schloss.

»Cordelia«, rief Claire ihr nach, »du knallst hier *nicht* mit den Türen, verstanden?«

»Das war doch kein Türenknallen«, Cordelias Gesicht erschien noch einmal im Türrahmen, »*so* geht Türenknallen!«

Jetzt war es Morgen, und die innerfamiliären Wogen hatten sich geglättet. Niko und Cordelia waren bereits vor einer Stunde aufgebrochen, weil für Cordelia die Schule schon um acht Uhr anfing, und Claire durchquerte zusammen mit Raffi einen kleinen Park. Sie trug die Schultüte im Arm, die sie mit Raffi gebastelt hatte. Sie hatte ihm die Tüte abgenommen, nachdem er sie vor lauter Aufregung und Zappeligkeit gleich zweimal hintereinander hatte fallen lassen, wodurch bereits die untere Spitze abgeknickt war. Die Tüte war grün und mit Rennautos beklebt; oben hatte sie einen Verschluss aus grünem Filz. Einige der Fahrzeuge hatten ihre Räder verloren, und der grüne Karton war überall mit glänzenden Klebstoffflecken verschmiert, die aussahen wie Kriechspuren von Schnecken: In seiner Begeisterung hatte Raffi die Heißklebepistole etwas zu schwungvoll gehandhabt.

Der Tag war bedeckt und windig; weiße Wolkenfetzen trieben unter einer lückenlosen grauen Wolkendecke entlang und veränderten dabei ununterbrochen ihre Form. Die meisten Bäume und Sträucher waren noch grün; nur die Blätter der hohen Kastanienbäume, die von Miniermotten befallen waren, hingen verfärbt und eingetrocknet von den Ästen.

Zu ihren Füßen auf dem Kiesweg schimmerten, rotbraun und verlockend, die ersten Kastanien des Jahres, doch Raffi war viel zu aufgeregt, um auf sie zu achten.

»Was ist, wenn wir heute ganz viel lernen?«, fragte er, hängte sich an Claires freie Hand und riss so fest daran, dass ihr die Schulter wehtat. »Glaubst du, dass wir heute gleich einen Test schreiben? Hoffentlich schreiben wir gleich einen Test, ich würde mich *so* bemühen! Glaubst du, die Lehrerin freut sich, wenn sie sieht, was ich schon alles kann? Was ist, wenn ich gleich einen Freund finde? Was ist, wenn alle Kinder schon lesen können und wir uns gegenseitig spannende Bücher vorlesen? Was ist, wenn wir die netteste Lehrerin von allen kriegen? Was ist, wenn wir lauter Sachen lernen, die nicht mal *du* weißt? Oder Geheimschrift?«

Claire konnte der Versuchung nicht widerstehen und bückte sich nach einer Kastanie, die noch in ihrer frisch aufgeplatzten grün-weißen Stachelhülle steckte.

»Ja, stimmt, echt schön«, sagte Raffi geistesabwesend, ließ die Kastanie in seine Jackentasche gleiten, ohne sie anzusehen, und gab sich wieder seinem Redebedürfnis hin, das heute unstillbar zu sein schien.

»Ich freu mich so, ich freu mich so!«, rief er. »Und die Schultüten, glaubst du, wir dürfen die Schultüten gleich aufmachen?«

Während Raffi vor sich hin plapperte, sah Claire ihn von der Seite an und bewunderte sein glattes, bartloses Kinn. Gleich nach dem Aufstehen hatte Raffi die restliche Familie über seinen Entschluss informiert, in Zukunft auf seinen Bart verzichten zu wollen.

»Weil ich das halt irgendwie besser finde«, war seine Begründung gewesen, mehr wollte er nicht dazu sagen. Claire freute sich darüber, dass er ganz von selbst, ohne dass sie ihn dazu hatten drängen müssen, diesen Entwicklungsschritt vollzogen hatte.

Je näher sie dem Schulgebäude kamen, desto aufgeregter wurde Raffi. Vor Vorfreude und Begeisterung fing er an zu hüpfen; in seinem nagelneuen Schulranzen, der ein wildes Muster aus Dinosauriern, explodierenden Vulkanen und Urzeitpflanzen hatte, fielen Federmäppchen, Trinkflasche und Brotzeitbox mit dumpfem Klappern durcheinander.

Sie liefen jetzt an einer breiten, stark befahrenen Straße entlang, die direkt auf eine große Kreuzung zuführte. Von hier aus konnte man schon das Schulhaus sehen. Es war ein kastenförmiger Bau aus den Fünfzigern oder Sechzigern, der die gesamte Umgebung dominierte, teils durch seine Höhe und Kastigkeit, teils durch die zwei Zifferblätter, die hoch oben an der Fassade übereck angebracht waren. Man konnte die Kreuzung nicht betreten, ohne unwillkürlich einen Blick nach oben auf die goldenen Zeiger zu werfen. Die angezeigte Uhrzeit stimmte allerdings nicht ganz mit der von Claires Armbanduhr überein: Entweder ging ihre eigene Uhr vor, oder die Schuluhr ging nach.

Auf den Gehsteigen sah man jetzt immer mehr Elternpaare und Familien, die ihre Töchter und Söhne an ihrem ersten Schultag zur Schule begleiteten. Man erkannte sie an den riesigen Schultüten; außerdem waren viele Eltern und Kinder auffällig herausgeputzt. Die Mädchen trugen Kleider, die ihnen zu weit und zu lang waren, weil sie erst noch hineinwachsen sollten, und dazu weiße oder rote Strickjacken, die ebenfalls ein oder zwei Nummern zu groß waren; viele hatten aufwendige Flechtfrisuren. Die Omas hatten ihre Perlenketten angelegt, sich in flieder- oder apricotfarbene Blazer geworfen und balancierten unsicher und mit schmerzverzerrten Gesichtern auf ihren beigen oder weißen Lackpumps von vor ein paar Jahren, die ihnen seitdem leider viel zu eng geworden waren. Die Opas hatten sich dazu überreden lassen, unter der abgewetzten Lederjacke wenigstens ein frisch gebügeltes Hemd anzuziehen. Viele Väter trugen Anzug und Krawatte, und die Mütter schoben Kinderwägen vor sich her, hielten jüngere Geschwister an der Hand oder richteten nervös die Krägen ihrer übertrieben ordentlich gekämmten Söhne, die diese Prozedur auffällig ruhig, schicksalsergeben und wie betäubt über sich ergehen ließen.

Claire sah sich neugierig nach Nachbarn oder anderen Bekannten um, denen sie sich vielleicht hätten anschließen können. Sie wunderte sich über die vielen harten, ängstlichen und angespannten Gesichter um sie herum. Fast niemand lachte oder lächelte, und die Bewegungen und Schritte der Menschen, die auf das Schulhaus zuliefen, kamen Claire steif, verkrampft und sonderbar verlangsamt vor, als ob sie sich gegen einen inneren Widerstand dazu zwingen müssten, einen Fuß vor den anderen zu setzen. Sie konnte gar nicht begreifen, woher diese Angst und diese Anspannung kamen, und hatte das Bedürfnis, allen Ängstlichen und Verzagten von ihrer Warte überlegenen Verständnisses aus aufmunternd zuzunicken und -zulächeln: Lernen war doch etwas Schönes, es gab überhaupt keinen Grund, sich davor zu fürchten!

Die Schülerlotsen an der Kreuzung – lauter ältere, wohlbeleibte Herren und Damen, die nur mit Mühe in ihre langen, engen Mäntel passten und darin aussahen wie große grellorange Raupen – waren überraschend unfreundlich. Claire war an diesem Tag freudig und festlich gestimmt und ging davon aus, dass alle anderen, die auf die eine oder andere Weise an dem feierlichen Akt beteiligt waren, genauso froh und gerührt sein müssten und sich genauso über Raffis Lerneifer und sein bartloses, kleines Kinn freuen müssten wie sie selbst; es kränkte sie geradezu, dass die Schülerlotsen diese Empfindungen offenbar nicht teilten. Der erste, an dem sie vorbeimussten, ein korpulenter Mann mit rotem Gesicht und grauem Schnauzer, sah Raffi nicht einmal an, so wenig interessierte er sich für ihn, und erwiderte auch Claires Kopfnicken nicht, und als sie darauf warteten, dass die nächste Fußgängerampel auf Grün schaltete, beobachtete Claire erschrocken, wie die Lotsin, die für diesen Übergang zuständig war, erbost auf einen schon etwas größeren Jungen zuschoss, der die Straße im Laufschritt überquert hatte, und ihn beschimpfte. Zum Glück hatte Raffi, der immer noch pausenlos auf sie einredete, nichts davon mitbekommen.

Auf dem Schulhof herrschte ein unglaubliches Gedränge. Sofort fühlte Claire sich abgestoßen von der unfrohen und hektischen Atmosphäre, die hier herrschte. Was ist hier los? Wo müssen wir hin? Alles war ganz anders, als sie es sich vorgestellt hatte, und anders, als sie es von Cordelias Einschulung her in Erinnerung hatte. Suchend sah sie sich um und zog Raffi an der Hand hinter sich her, während sie sich einen Weg zwischen einander schubsenden und rempelnden Kindern und ins Gespräch vertieften Erwachsenen hindurchbahnte, die gar nicht daran dachten, für sie zur Seite zu treten. Raffi, der beim Anblick der Menschenmenge verstummt war, hielt ihre Hand so fest gepackt, dass ihre Finger schmerzhaft gequetscht wurden. Erst als sie zwischen den Beinen, Hinterteilen und Umhängetaschen der Herumstehenden ein auf Hüfthöhe angebrachtes Hinweisschild entdeckte, verstand Claire, wonach sie Ausschau halten musste. Das Täfelchen mit der richtigen Klassenbezeichnung war nur ein paar Schritte von ihnen entfernt. Sie begriff jetzt auch, dass es auf dem Schulhof tatsächlich so etwas wie eine Ordnung gab, die aus in chaotischer Aufstellung wartenden Gruppen und Grüppchen bestand. Sie postierte sich mit Raffi in der Nähe der Hinweistafel, die die Aufschrift *1g – Meier* trug, und fing wieder an, sich nach Bekannten umzusehen.

Sie warteten einige Zeit, ohne zu wissen, was als Nächstes passieren würde. Dann erschien plötzlich auf einer Bühne der Schulleiter Dr. Säcklein. Er hatte ein Mikrofon in der Hand, in das er zur Probe ein paar Mal hineinblies. Ein ohrenbetäubendes Rückkopplungspfeifen fegte über den Schulhof; die Empfindlicheren unter den Umstehenden fassten sich an die Ohren und machten vorwurfsvolle Gesichter.

Von Dr. Säckleins Ansprache war bis auf ein paar Satzfetzen nichts zu verstehen. Dr. Säcklein hatte eine von einem Haarkranz umgebene Glatze. Seine Brillengläser blitzten, und der Wind brachte seine Krawatte und die Schöße seines Mantels zum Flattern. Als er fertig war, kletterten ein paar Kinder auf die Bühne, die ein Lied sangen und sich dabei auf Orff-Instrumenten selbst begleiteten. Eine Frau in einem langen beigen Parka mit Taillenzug stand vor ihnen und dirigierte sie mit weit vorgebeugtem Oberkörper und zur Seite ausgebreiteten Armen. Sie krümmte sich im Takt der Musik; die Bewegungen ihrer Arme waren übertrieben energisch, als ob sie mit aller Gewalt ein besseres Zusammenspiel der kleinen, bunt zusammengewürfelten Truppe erzwingen wollte.

Es war eine jämmerliche Darbietung, die durch die miserable Akustik noch jämmerlicher wurde, und niemand von den Anwesenden schien sich besonders dafür zu interessieren; alle warteten nur darauf, dass es weiterging, während die Kinder eine Strophe nach der anderen vortrugen und dann auf eine Kopfbewegung ihrer Dirigentin hin sogar noch ein zweites Lied anstimmten, das erst recht niemanden mehr interessierte.

Endlich war die Vorführung zu Ende; die Menge applaudierte kurz und kraftlos. Als Nächstes stieg eine Frau auf die Bühne, sah sich aufgeregt um und versuchte, das Mikrofon aus dem Ständer zu nehmen. Sie war aber zu ungeschickt oder zu nervös dazu, und Dr. Säcklein musste ihr zu Hilfe kommen. Die Frau nahm das Mikrofon von ihm entgegen und fing an, das weitere Prozedere zu erklären.

Zuerst hielt sie das Mikrofon nicht nahe genug an ihren Mund, sodass man nur ihre dünne Stimme von der Bühne her hörte. Dann wies Dr. Säcklein sie auf ihren Fehler hin, und sie fing noch einmal von vorne an, wobei sie immer wieder zweifelnd auf das Mikrofon in ihrer Hand hinunterblickte.

Alle künftigen Erstklässler sollten sich bei ihren Lehrerinnen einfinden und ihnen ins Klassenzimmer folgen.

Nach dieser Ankündigung wurde die Lage auf dem Schulhof noch unübersichtlicher. Kinder und Erwachsene rannten durcheinander; nur die wenigsten schienen zu wissen, wohin sie wollten. In einiger Entfernung verlas eine Person mit Pferdeschwanz, die Claire nur ab und zu für den Bruchteil einer Sekunde sehen konnte, wenn sich in der Menge eine Lücke auftat, eine lange Liste mit Namen. Das musste Raffis Lehrerin Frau Meier sein. Sie gefiel Claire nicht besonders, aber der erste Eindruck konnte bekanntlich täuschen.

Raffis Name war noch nicht aufgerufen worden (oder sie hatten ihn überhört), als auf einmal Bewegung in die Menge kam. Eine hohe Tür im Schulgebäude hatte sich geöffnet und saugte die Menschenmenge ein wie Wasser, das durch einen Abfluss strömt. Fast sofort verlor Claire die Lehrerin aus den Augen. Sie musste sich anstrengen und große Schritte machen und Raffi an der Hand festhalten und ihn fast gewaltsam hinter sich herziehen, um wenigstens in der Nähe der anderen Eltern zu bleiben. War diese Frau im schwarzen Trenchcoat, die vor ihnen herging, wirklich die Person, neben der sie gerade noch auf dem Schulhof gewartet hatten? Sie hatte keine Ahnung. Trotzdem folgte sie ihr, vor allem weil sie nicht wusste, was sie sonst tun sollte.

Sie stiegen eine Treppe hinauf und bogen in einen langen Gang ein, der auf ein Fenster zuführte. Dann sah Claire plötzlich die Frau mit dem Pferdeschwanz wieder; sie stand in einer Klassenzimmertür und begrüßte die Eltern und Kinder ihrer Klasse mit Handschlag.

Während sie mit Raffi in der Schlange vor der Tür stand und wartete, hatte Claire Zeit, sich Raffis Lehrerin genauer anzusehen. Frau Meier war nicht dick, aber ihr Bauch und ihr Oberkörper wirkten unförmig und aus dem Leim gegangen, und überall zeichneten sich unschöne Buckel und Wülste ab. Ihre Nase war zu lang und spitz und drückte von oben auf ihre Mundpartie, die dadurch etwas Gequetschtes, Verkniffenes bekam. Obwohl sie deutlich jünger sein musste als Claire, war sie bereits völlig grau; trotzdem machte ihre Pferdeschwanzfrisur mit dem akkurat nach vorne gekämmten, langen und ganz gerade geschnittenen Pony einen sonderbar kindischen Eindruck – als ob ihre Besitzerin sich weigerte, erwachsen zu werden, und trotzig darauf beharrte, weiterhin ein kleines Mädchen zu sein. Dazu passte Frau Meiers Angewohnheit, ihren Kopf angriffslustig schräg zu legen und die Ponyfransen mit einer ruckartigen Bewegung zur Seite zu schleudern oder sie sich mit vorgeschobener Unterlippe aus dem Gesicht zu blasen, bevor sie etwas sagte. Nein, sie ist nicht sympathisch, dachte Claire mit einem Gefühl der Enttäuschung und Bestürzung, aber vielleicht irre ich mich, und es ist nicht so schlimm, wie ich denke. Die Hauptsache ist ja, dass Raffi sie mag!

Die Lehrerin streckte Raffi die Hand hin.

»Aha! Ein echter Bayer!«, sagte sie aus irgendeinem Grund zur Begrüßung, vielleicht, weil Raffi ein kariertes Hemd anhatte.

»Nein, ich bin doch aus Amerika!« Mit freudig aufgerissenen Augen strahlte Raffi seine Lehrerin an.

»Amerika.« Frau Meier nickte ironisch und sah zu Claire hin, die schnell die notwendigen Erklärungen abgab.

Frau Meiers Begrüßungslächeln verwandelte sich in einen Ausdruck von Abwehr und Skepsis; unwillkürlich verschränkte sie die Arme vor der Brust und trat einen Schritt zurück. Claires Hochdeutsch, ihre gewählte Ausdrucksweise und ihre ganze zierliche und elegante Erscheinung stießen sie unwillkürlich ab – und dann waren diese Leute auch noch aus Amerika!

Die ganze Begegnung dauerte nicht einmal zwei Minuten, dann wurden Claire und Raffi von den Nachdrängenden in das völlig überfüllte Klassenzimmer geschoben. Die meisten Plätze an den Tischen waren schon belegt. Im Mittelgang und zwischen den Bankreihen standen Mütter und Väter in Mänteln oder Jacken und erteilten ihren Sprösslingen letzte Instruktionen. Blitze von Fotoapparaten zuckten durch den Raum, und eine sehr kleine und kugelige Frau, die mit beiden Händen eine winzige Digitalkamera vor ihrem üppigen Busen in Bereitschaft hielt, kommandierte ihre Familie mit erstaunlich sonorer Baritonstimme im Gedränge hin und her, um sie in optimale Fotoshooting-Position zu bringen.

Ein Mädchen mit langen blonden Zöpfen betrachtete von seinem Platz aus ruhig und nachdenklich das Treiben. Der Stuhl neben ihm war leer, doch bevor Claire und Raffi sich an Schultern, Rücken und Bäuchen der Herumstehenden hatten vorbeidrücken können, flankte ein Vater in Polohemd und Lederjacke von vorne über die Bank.

»Besetzt! – Maxi? Hierher!« Er grinste und zeigte dabei seine Zähne.

»Mama?« Raffi klang zum ersten Mal an diesem Tag verunsichert. »All the seats are taken!« Seine Stimme zitterte. Eine Frau beugte sich über ihn und reichte einen Schulranzen über seinen Kopf hinweg weiter. Wild entschlossen kämpfte Claire sich durch das Gedränge, und tatsächlich fand sich ganz hinten in der Ecke unter einem Wandhaken, an dem mehrere Jacken hingen, noch ein freier Platz. Das Jackenbüschel stand weit von der Wand ab und versperrte die Sicht nach vorne zur Tafel, aber wenigstens hatten sie überhaupt einen freien Stuhl gefunden. Claire half Raffi dabei, seinen Ranzen und die Schultüte zu verstauen, und lehnte sich hinter ihm an die Wand. Raffi verrenkte Schultern und Hals, um ihr zuzulächeln; er hatte seine Zuversicht schon wiedergewonnen und richtete jetzt in Erwartung großer Dinge seine Aufmerksamkeit nach vorne.

An der Tafel räusperte sich Frau Meier laut und bedeutungsvoll. Sie stellte sich vor, gab den Termin des Elternabends bekannt und bat dann die Eltern, das Klassenzimmer zu verlassen.

»Weil, Ihre Kinder sind schließlich nicht aus Spaß an der Freude hier«, sie legte den Kopf schief und schleuderte ihre Ponyhaare aus der Stirn, »sondern um was zu lernen! Und damit fangen wir am besten jetzt heute schon gleich an.«

Claire ging zwischen den Bänken in die Hocke. Raffi machte einen verstörten, jämmerlichen Eindruck und schien plötzlich Angst vor dem bekommen zu haben, was ihn erwartete. Claire verabschiedete sich von ihm und lächelte ihm aufmunternd zu; dann stand sie auf und fädelte sich in den Strom der Eltern ein, die nach draußen drängten.

An der Tür drehte sie sich noch einmal um. Das Letzte, was sie von Raffi sah, war sein kleines, blasses Gesicht, das immer wieder von den Körpern der Erwachsenen verdeckt wurde, die aus dem Klassenzimmer hinausströmten. Er saß übertrieben aufrecht und mit auf den Tisch gestützten Ellbogen da und hatte seinen Mund auf eine sonderbare Art verzogen; seine Augen kniff er zusammen wie jemand, dem eine unangenehme medizinische Prozedur bevorsteht, und blickte starr nach vorne auf Frau Meier, die von irgendwoher eine riesige Handpuppe mit orangen Wollzöpfen hervorgeholt hatte, mit verstellter Stimme sprach und dazu den hässlichen, lippenlosen Puppenmund auf- und zuklappen ließ.

6

Claire ging nach Hause; zwei Stunden später war sie wieder an der Klassenzimmertür, um Raffi in Empfang zu nehmen. Auf dem Rückweg wollte sie wissen, wie sein erster Schultag gewesen war, doch aus Raffi war kaum etwas herauszubekommen. Claire war ein bisschen enttäuscht; insgeheim hatte sie darauf gehofft, dass Raffi vielleicht schon am ersten Tag positiv aufgefallen sein könnte, doch das war offenbar nicht der Fall gewesen.

An den darauffolgenden Tagen lief es ähnlich. Wenn man ihn auf die Schule ansprach, nahmen Raffis Augen einen sonderbar glasigen und abwesenden Ausdruck an, und er fing unvermittelt an, von etwas anderem zu sprechen. Begeisterung sah anders aus.

Zum Elternabend in der zweiten Schulwoche gingen Claire und Niko gemeinsam, obwohl Cordelia nicht erfreut darüber war, den Babysitter spielen zu müssen. Sie erschienen zehn Minuten zu früh im Klassenzimmer und setzten sich an ein Pult in der vorletzten Reihe. Frau Meier, die vorne am Lehrertisch stand, erwiderte mürrisch ihren Gruß und machte sich dann wieder an ihrem Fahrradkorb zu schaffen, wobei sie es vermied, zu ihnen hinzusehen.

Claire und Niko sahen sich neugierig im noch fast leeren Klassenzimmer um. Leider machte es keinen besonders heimeligen Eindruck. Fast alles, was sich darin befand, war schmutzig, alt oder beides: die schlaff herunterhängenden senfgelben Vorhänge an den hohen Fenstern, die Fensterscheiben, die staubig und von außen mit Vogelscheiße bekleckert waren, die seit vielen Jahren nicht mehr gestrichenen Wände und die hölzernen Tische und Stühlchen, die zusätzlich zu den üblichen Kritzeleien und Tintenflecken auch noch mit einer schwärzlichen Schmutzpatina überzogen waren. Es gab auch eine Leseecke; sie bestand aus einem niedrigen Sperrholzregal, das neben einem kleinen Stapel großformatiger Bilderbücher nur ein paar einzelne, dünne Büchlein enthielt, die schräg an den Seitenwänden lehnten (solche Bücher hatte Raffi mit drei oder vier gelesen, wenn überhaupt!), und einer sperrmüllreifen Bank mit einem Sitzkissen, aus dem an einer Seite die schmutzige gelbe Schaumstofffüllung herausquoll. Außerdem war die Decke des Klassenzimmers unnötig hoch, bestimmt vier oder fünf Meter, sodass man den Eindruck bekam, sich auf dem Boden einer riesigen Kiste zu befinden, in die man irgendwie hineingefallen war. Wieder spürte Claire eine gewisse Enttäuschung: Auch das hatte sie sich anders vorgestellt.

»Schau mal!« Sie stieß Niko an und deutete auf eine Reihe von Bildern an der Rückwand des Klassenzimmers: Das war die allererste Hausaufgabe gewesen, die darin bestanden hatte, eine Schultüte auszumalen. Raffi hatte die Aufgabe, deren Sinn ihm nicht eingeleuchtet hatte, nur unter Zwang und höchst widerwillig erledigt, und genauso sah sein Bild auch aus, vor allem wenn man es mit den farbenprächtigen Werken in seiner unmittelbaren Nachbarschaft verglich. Aber das machte nichts; Raffi würde schon noch zeigen, was er konnte, wenn es erst einmal mit dem echten Lernen losging! Davon war Claire überzeugt. Während sie Raffis Gekritzel mit einem liebevollen Lächeln bedachte, ärgerte sich Niko darüber, dass sein Sohn sich nicht wenigstens etwas mehr angestrengt hatte, und nahm sich vor, ihn in Zukunft zu ermuntern, seine Hausaufgaben gewissenhafter zu erledigen.

Vorne an der Tafel verschränkte Frau Meier die Arme vor der Brust und beobachtete mit gemischten Gefühlen, wie der Klassenraum immer voller wurde, wie sich die Eltern überall ausbreiteten und häuslich einrichteten, ihre Jacken über die Stuhllehnen hängten und miteinander redeten und lachten, als ob *sie* die eigentlichen Hausherren wären. Sie hatte damit gerechnet, dass ihr die Eltern der neuen Erstis unsympathisch sein würden, und genauso war es auch. Die Eltern ihrer Schüler kamen Frau Meier manchmal vor wie ein Rudel blutrünstiger Wölfe, das nur darauf wartete, über sie herzufallen und sie zu zerfleischen. Aber da waren sie bei ihr an die Falsche geraten! Frau Meier handelte meistens nach dem Motto, dass Angriff die beste Verteidigung war, und war damit bisher immer sehr gut gefahren.

Ihr Blick blieb an Claire hängen, und sofort fiel ihr wieder ihre erste Begegnung mit der Frau ein, die ihr als vage unangenehm in Erinnerung geblieben war. Inzwischen hatte sie schon herausgefunden, dass mit ihrem Sohn – Raffael hieß er – nicht besonders viel los war. Er stellte sich auch nicht schlauer an als die anderen, Amerika hin oder her. Die Frau hatte also nicht den geringsten Grund dafür, ein so dummes und selbstzufriedenes Gesicht zu machen!

Es war so weit. Frau Meier ging zur Tür und warf einen Blick in den Gang hinaus. Dann kam der schwerste Moment: Sie musste sich ans Pult stellen – dorthin, wo alle sie sehen und über sie urteilen konnten – und das Wort ergreifen.

Obwohl Frau Meier ihr Publikum nicht mochte, war es ihr nicht egal, wie sie bei ihm ankam. Während sie ihren Namen langsam und in Schönschrift an die Tafel malte, war sie sich auf quälende Weise der vielen Blicke bewusst, die auf ihr ruhten.

Nachdem die erste Hürde überwunden war, ging es leichter. In ihrer Ausbildung hatte Frau Meier gelernt, dass es gut war, wenn man gleich am Anfang eine persönliche

Note einfließen ließ. Deshalb verriet sie pflichtbewusst ihr Alter (34), ihren Familienstand (verheiratet), ihre Lieblingssendung (die *Musikantenscheune*), ihr Hobby (sie sammelte Diddlmäuse) und dass sie einen vierjährigen Sohn hatte.

Der nächste Punkt war der Lehrplan und was er für dieses Schuljahr vorsah: »Ihre Kinder werden es Ihnen ja zu Hause vielleicht schon erzählt haben: Unser Buchstabenzug ist inzwischen bei der dritten Haltestelle angekommen. Bis zum Ende des Schuljahrs müssen wir alle Buchstaben durchkriegen. Das ist schon ein straffes Programm, und in Mathe geht es auch bis zur Zwanzig hoch. Wir machen hier keine Kuschelpädagogik! Aber keine Angst, das wird natürlich alles der Reihe nach eingeführt, schön langsam, und dann nehmen wir uns noch mal extra viel Zeit zum Wiederholen.«

Claire runzelte die Stirn und fragte sich, wann Frau Meier endlich auf das Wesentliche kommen würde: Was würde Raffi im ersten Schuljahr *lernen?* Das, was Frau Meier bisher aufgezählt hatte, konnte ja wohl nicht alles sein. Nach Claires Erfahrung waren Buchstaben und Zahlen Dinge, die ein Kind im Vorübergehen aufschnappte. Es *musste* noch etwas anderes geben!

Frau Meier war inzwischen bei den organisatorischen Fragen angelangt. »Erstens – gesundes Pausenbrot.« Und sie zählte die Regeln auf, die in ihrem Klassenzimmer galten: keine süßen Brotaufstriche, kein Weißmehlgebäck, keine fettige Wurst, kein Kuchen (außer an Geburtstagen), keine Süßigkeiten.

»Und ja, da gehört auch eine Kindermilchschnitte darunter, oder ein Knoppers – obwohl es ja immer noch Eltern geben soll, die glauben, sie tun ihren Kindern damit was Gutes!«

»Da haben wir jetzt aber ein kleines Problem«, sagte die

kleine, kugelige Frau mit der Baritonstimme, die am ersten Schultag ihre Familie im Klassenzimmer fotografiert hatte, »und zwar, weil die Melina, die isst eigentlich von Haus aus nur Nutella.«

»Sie werden sehen, das regelt sich alles von ganz von allein«, antwortete Frau Meier, »da sorgen schon die anderen Kinder dafür. Die kriegen das nämlich sofort spitz, wenn ein Kind was Ungesundes in seiner Brotzeitbox hat, und dann fangen die an: ›Schau mal die, die hat ja ein Nutellabrot, das darf man nicht! Igitt, ein Nutellabrot‹, und so weiter. Das kommt meistens nur am Anfang ein paar Mal vor, dann hat sich das erledigt.«

»Sie kennen meine Melina nicht!«

»Ihre Tochter wird schon nicht am Hungertuch leiden!«

»Und was ist mit Geburtstagskuchen?«

»Mein Sohn hat nächste Woche Geburtstag!«

»Und Apfelmus, was ist damit?«

Ein weiterer Punkt, der Frau Meier sehr am Herzen lag, waren die Getränke. »Und da hab ich einen ganz klaren Grundsatz: Bei uns wird nur Wasser getrunken. Weil, können Sie sich vorstellen, was das für eine Sauerei ist, wenn hier eine Flasche Spezi ausläuft?«

Eine Mutter wollte wissen, welche Trinkflaschen zugelassen waren. Kunststoffflaschen kämen für sie persönlich nicht in Betracht, wegen dem Bisphenol A, dem Dimethyldicarbonat und dem Dings, dem Acetaldehyd – alle krebserregend! Edelstahl könne bekanntlich Nickel abgeben, und deshalb habe sie für die Emily jetzt eine Glasflasche bestellt, die so Schaumstoff außenrum habe – ob das in Ordnung gehe? Jemand erkundigte sich nach Schulmilch. Ein Vater mit Brille und schütterem Haar schlug eine Mineralwasser-Sammelbestellung vor. Leider meldete sich niemand, der bereit gewesen wäre, sich darum zu kümmern. »Schade!«, rief der Vater enttäuscht. »Wie gesagt –

ich würde es auch selber machen, wenn ich beruflich nicht so stark eingespannt wäre.«

Es gab noch weitere Fragen. Durften die Kinder während des Unterrichts trinken? Durften sie ihre Trinkflaschen in die Turnhalle und auf den Sportplatz mitnehmen? Gab es im Klassenzimmer und auf dem Pausenhof die Möglichkeit, leere Trinkflaschen aufzufüllen? Frau Meiers Antworten (»Nein«, »Nein« und »Nein«) lösten lebhafte Proteste aus. »Es ist doch so wichtig, genügend zu trinken!«

»Ja, aber dann müssen die doch andauernd aufs Klo«, verteidigte sich Frau Meier und leitete dadurch zum nächsten Tagesordnungspunkt über. »Ach so, ja, und wenn ich schon dabei bin: Die müssen auch lernen, gleich am Anfang der Pause aufs Klo zu gehen und nicht immer erst fünf Minuten nach dem Klingeln. Das können Sie ihnen ruhig daheim auch mal verklickern.«

»Soll das heißen, die dürfen gar nicht immer aufs Klo, wenn sie müssen?«

»Das ist Körperverletzung!«, rief jemand von ganz hinten.

»Thema Hausaufgaben!«, trompetete Frau Meier in die aufkommende Diskussion hinein. »Hausaufgaben gibt es bei mir jeden Tag. Und da mach ich auch keine Ausnahme. Wenn ihr Kind also heimkommt und behauptet, es hat nichts auf, dann ist das gelogen.« Die Eltern waren für die Erledigung der Hausaufgaben verantwortlich, erklärte sie weiter. Das hieß aber selbstverständlich nicht, dass sie ihren Kindern die Arbeit abnehmen sollten! Frau Meier war nämlich sehr gut in der Lage zu unterscheiden, ob ein Mandala (»Ein was?«, fragte ein Vater) von einem Kind selbst oder von seiner Mama ausgemalt worden war. Es war natürlich nicht nötig, dass die Mutter andauernd danebenhockte, während das Kind seine Hausaufgaben machte.

Sie musste aber jederzeit verfügbar sein, falls das Kind Fragen hatte. Am besten war es, wenn sie in der Zeit ihren Haushalt machte – Bügeln oder Fensterputzen zum Beispiel.

»Was Sie aber bitte *auf keinen Fall* tun, ist Fehler korrigieren. Das Kind soll ruhig mit seinen falschen Hausaufgaben in die Schule kommen. Es bringt ja keinem was, wenn ich weiß, wie schön die Mama schreiben kann oder wie gut der Papa im Rechnen ist. Und wenn Ihr Kind mal was nicht verstanden hat, dann gilt genau das Gleiche. Mir ist es lieber, ein Kind hat die Hausaufgaben nicht, als dass Sie ihm daheim was Falsches beibringen. *Ich* hab dann nämlich die Scherereien, weil *ich* darf den Kindern dann den Blödsinn, den sie von daheim mitbringen, wieder austreiben.«

Claire sah sich im Klassenzimmer um. Sie suchte nach Eltern, mit denen sie ein ironisches Augenbrauenheben oder ein winziges, verwundertes Zucken der Mundwinkel teilen konnte, wie eine schnelle Zigarette vor dem Lesesaal der Staatsbibliothek – leider ohne Erfolg. Die Eltern um sie herum glotzten entweder, vor Langeweile der Bewusstlosigkeit nahe, vor sich hin oder hingen anbetend an Frau Meiers Lippen. Manche schrieben sogar mit und lagen dabei so tief über ihren mitgebrachten Collegeblöcken wie übereifrige Oberstufenschülerinnen, die ihrem gutaussehenden Lieblingslehrer lauschen. Ein paar Väter wischten verschämt auf ihren Handys herum, die sie unter den Tischen versteckt hielten. Niko, der vor Langeweile schon nicht mehr still sitzen konnte, bewegte unter dem Tisch unruhig die Beine.

»Noch einen Punkt hab ich«, sagte Frau Meier und warf einen Blick auf einen Zettel, den sie in der Hand hielt. »Sie müssen nämlich wissen, und das wird Ihnen auch jede erfahrene Mutter sofort bestätigen: *Alle Kinder lieben ihre*

Lehrerin! Was die Lehrerin sagt, ist für ein Kind heilig. Dagegen kommt man als Elternteil nicht an, also versuchen Sie das am besten auch gar nicht. Denn uns allen, mir und Ihnen«, deklamierte sie plötzlich, von ihrem Zettel ablesend, mit feierlicher Stimme, »und das kann ich Ihnen wirklich aus vollem Herzen versichern, geht es immer nur um das eine – das Wohl und Wehe Ihrer Kinder. Ich bitte Sie deshalb, unterstützen Sie uns nach Kräften bei unserer Arbeit! Untergraben Sie nie die Autorität der Lehrkraft – *denn nur wenn wir alle, wenn Lehrer und Eltern gemeinsam an einem Strang ziehen, kann Schule heute gelingen!* So, und jetzt müssen wir noch die Elternsprecher wählen. Irgendjemand freiwillig?«

7

Claire war ein Mensch mit vielen Vorzügen. Sie war gebildet, witzig und gutaussehend. Sie sprach Englisch auf Native-Speaker-Niveau. Französisch und Italienisch beherrschte sie fließend, und sie hatte sich sogar im Selbststudium die Grundzüge des Russischen und Althebräischen beigebracht. Sie hatte die seltene Fähigkeit, über sich selbst lachen zu können. Sie war einfallsreich und offen für neue Erfahrungen. Sie war beruflich erfolgreich und führte eine glückliche und harmonische Ehe, und außerdem kümmerte sie sich liebevoll um ihre Kinder, die beide hübsch, liebenswert und wohlgeraten waren.

Sie hatte aber eine große Schwäche: Sie war übertrieben stolz auf ihre eigene Intelligenz und auf die Intelligenz ihrer Kinder. Ihre zweite Schwäche war ihre unfassbare Sturheit, und die beiden Schwächen waren miteinander verknüpft: Sie war so vollkommen überzeugt von sich und ihrer Cleverness, dass sie einfach keinen Grund dafür sah, warum sie ihren als richtig erkannten Standpunkt aufgeben sollte, nur weil andere (sprich: dümmere) Menschen ihr nicht dorthin folgen konnten.

Außerdem glaubte sie daran, dass der Erfolg ihrer Familie auf ihrer Intelligenz beruhte und dass deswegen immer weitere Erfolge gewissermaßen vorprogrammiert waren. Alles, was gut lief, lief deswegen gut, weil sie alle miteinander so schlau waren und es deshalb schlau angestellt hatten. Wenn doch einmal etwas danebenging, dann nur deshalb, weil andere Leute dumme Fehler gemacht hatten. Ihre außerordentliche Intelligenz erlaubte es ihnen aber zum Glück, diese Fehler der anderen dann jedes Mal schnell wieder auszubügeln, sodass für sie nie etwas schlecht ausging oder auf Dauer schlecht lief. Claire fühlte sich ausgesprochen wohl in diesem Gedankengebäude, das sie um sich herum errichtet hatte, und sie blickte aus seinen Fenstern sehr frohgemut und zuversichtlich in die Zukunft – in ihre eigene und in die ihrer Familie.

Über all das dachte sie nicht bewusst nach. (Sonst wäre ihr vermutlich aufgefallen, was für seltsame Blüten diese Logik gelegentlich trieb.) Es war eher eine Sache des Gefühls oder der inneren Einstellung. Wenn sie zum Beispiel an einem Sonntagvormittag bei schönem Wetter einen Ausflug machten und es dann nach dem Mittagessen zu regnen anfing, freute sie sich darüber, dass sie – wieder einmal – eine kluge und richtige Entscheidung getroffen hatten, und war für den Rest des Tages sehr zufrieden. »Das haben wir gut gemacht«, sagte sie dann, während sie durch das Fenster nach draußen in den Regen schaute. Wenn sie hörte, dass einem Freund oder Bekannten etwas Unangenehmes oder Schlimmes passiert war, hatte sie Mitgefühl mit ihm und legte sich gleichzeitig innerlich sofort eine Begründung dafür zurecht, warum sie und ihre Lieben vor Missgeschicken dieser Art geschützt waren, und diese Erklärungen hatten meistens etwas mit ihrer überlegenen Intelligenz und dem daraus resultierenden erhöhten Standpunkt zu tun, der naturgemäß eine verbesserte Übersicht mit sich brachte. – Ein Freund hatte sich beim Skifahren zwei Rippen gebrochen und musste sechs Wochen lang ein unförmiges Korsett tragen? Ihnen wäre so etwas nicht passiert: erstens, weil sie sportliche Aktivitäten dieser Art schon immer gemieden hatten, und zweitens, weil sie natürlich viel vorsichtiger gewesen wären und sich gar nicht erst auf die schwarze Abfahrt begeben hätten, auf der es zu dem Unfall gekommen war. – Ein Bekannter hatte im Kroatienurlaub versehentlich ein Kind gezeugt, für das er die nächsten zwanzig Jahre unterhaltspflichtig sein würde? Ein klarer Fall von mangelndem Überblick! – Tinchen war unglücklich, weil sie in der Kräuterquarkfabrik einen narzisstischen Soziopathen als Chef hatte? In Claires Augen lag das einzig und allein daran, dass Tinchen allgemein nicht so genau wusste, wo es langging. Sonst hätte sie sich schon längst einen neuen Job gesucht oder ihrem Leben schon gleich von Anfang an eine vollkommen andere Richtung gegeben. Das war es jedenfalls, was Claire an ihrer Stelle getan hätte, und sie wäre deswegen auch gar nicht erst in die unerquickliche Lage geraten, in der Tinchen sich jetzt befand.

Genauso dachte Claire über ihre Stelle in Deutschland. Den Hullemanns gegenüber hatte sie es zwar so dargestellt, als ob ihre Berufung auf die begehrte Professur reine Glückssache gewesen wäre, doch das war nur aus Rücksichtnahme und Höflichkeit geschehen. In Wirklichkeit verhielt es sich völlig anders: Sie war eben klug genug gewesen, um sich im richtigen Fach dem richtigen Spezialgebiet zu widmen, sie war klug genug gewesen, um zur richtigen Zeit die richtigen Aufsätze zu veröffentlichen und dadurch mit den richtigen Leute in Kontakt zu kommen, und hatte aus diesem Grund die Stelle bekommen. Niko besaß so viel Grips, dass er es sich leisten konnte, seine Unistelle in Maryland aufzugeben und sich stattdessen auf seine Programmiererei zu konzentrieren, und sie selbst war schlau genug gewesen, um sich aus dem Pool der Bewerber ein so prächtiges Exemplar wie Niko herauszufischen. Sogar die Tatsache, dass sie in München im Haus von Nikos verstorbener Oma wohnen konnten, das seine Mutter ihnen für eine lächerlich niedrige Miete überließ, führte Claire gefühlsmäßig auf das geheimnisvolle Wirken ihrer übergroßen Intelligenz zurück. Und weil die Kinder ihre Intelligenz geerbt hatten, stand ihnen höchstwahrscheinlich ein ähnlich erfolgreiches Leben voller richtiger Entscheidungen bevor.

So reimte sich Claire die Dinge zusammen. Manchmal staunte sie selbst ein bisschen darüber, wie viel sie richtig und wie wenig sie falsch machten und wie schwer es im Vergleich dazu anderen Leuten zu fallen schien, die richtigen Entscheidungen für ihr Leben zu treffen. Glück und Erfolg schienen ihnen einfach im Blut zu liegen!

Claires Größenwahn hing auf komplizierte Weise mit Cordelia zusammen.

Claires erste Schwangerschaft war auf etwas ungünstige Weise zeitlich mit dem Auslaufen ihrer Assistant Professorship in Berkeley zusammengefallen. Wenn ihr die Schwangerschaft und Cordelias Geburt nicht in die Quere gekommen wären, hätte sie sich nach dem Auslaufen der Stelle um eine Associate Professorship beworben, und zwar nicht in Berkeley, sondern anderswo. Niko, der zwei Jahre jünger war als sie, hatte zu diesem Zeitpunkt noch mindestens vier Jahre als Assistant Professor in Berkeley vor sich, und sie entschieden gemeinsam, dass sich Claire vorerst nicht außerhalb bewerben würde. Statt sich auf zwei Städte aufzuteilen, was mit einem Neugeborenen undurchführbar gewesen wäre, blieben sie zusammen in Berkeley. Claire wollte als Lecturer weiter unterrichten, in Fachzeitschriften publizieren, zu Kongressen fahren und allgemein darauf achten, in ihrem Fachgebiet nicht den Anschluss zu verlieren.

So weit die Theorie. In der Praxis gestaltete sich der Anfang ihres Lebens als Familie viel komplizierter als erwartet. Cordelias Geburt – exakt am errechneten Termin – konnte Claire noch einigermaßen mühelos in ihr ironisches Weltbild einordnen. Wenn sie darüber redete, beschwerte sie sich lachend darüber, wie »öde« die sechsundzwanzigstündige Wartezeit davor gewesen sei, in der man der lästigen Wehen wegen kaum zum Lesen käme. Außerdem habe sie sich in präpartaler Umnachtung als einzige (!) Lektüre den *Wilhelm Meister* eingepackt, was sich schon sehr schnell als »folgenschwerer Fehler« herausgestellt habe. An den Geburtsvorgang selbst erinnerte sie sich nur bruchstückhaft; im Apgar-Test gleich nach der Geburt hatte Cordelia Höchstwerte erzielt.

Über die Zumutungen der ersten Babyzeit kam Claire dann nicht mehr so leicht hinweg. Es war einfach scheußlich, wie unförmig und unappetitlich der eigene Körper geworden war! Wochenlang fühlte sie sich wie ein schwitzendes, klebriges, aufgequollenes Monster. Wenn man an einer Milchpumpe saß, durfte man keine Sekunde lang darüber nachdenken, wie man dabei aussah, was dieser rhythmisch keuchende Apparat da eigentlich mit einem anstellte und was es für das eigene Selbstbild als denkender, selbstbestimmter, unbedingt ernst zu nehmender Mensch bedeutete, dass man sich nach allgemeiner Ansicht dieser Demütigung widerspruchslos zu unterwerfen hatte.

Und Babys? Die waren alles andere als süß und nett. Auch ihre neugeborene Tochter nicht – auf Claire wirkte Cordelia eher beunruhigend in ihrer totalen Pflegefallhilflosigkeit. Am oberen Ende erbrach sie schwallartig ihre letzte Mahlzeit, und unten kam gelboranges Zeug aus ihr heraus, das am Rücken aus der Windel floss und dann bis zum Nacken hochquoll, sodass mehrmals am Tag eine Komplettreinigung im Waschbecken mit anschließendem Garderobenwechsel fällig wurde.

Ganz am Anfang war es vor allem Cordelias unerwartete Fremdartigkeit gewesen, die ihre Eltern verstört hatte. Die Vektorschwärme aus langen schwarzen Haaren, die unmittelbar nach der Geburt Cordelias Nacken und Schultern bedeckten, zeichneten ein Muster aus Wirbeln, das unverkennbar tierisch war. Nichtmenschlich waren auch Cordelias blanke, blicklose, wie von innen beschlagene Augen, die kleine, platte, wächsern glänzende Nase, die blaurotgelb gefleckten Extremitäten und die wurmdünnen Fingerchen mit ihren ledrigen, sich über die Fingerkuppen rollenden Nägeln. Der Nabelschnurrest unter seiner Kompresse erinnerte Claire an eine trockene, verkrümmte Schote, einen ursprünglich fleischigen, langsam verdorrenden Stängel.

Das alles war nicht schön, oder weniger schön als erwartet. Es wurde auch nicht viel schöner, als Cordelias Blick mit den Wochen immer wacher und agiler wurde. Immer öfter versuchte sie jetzt vergeblich, mit einer ruckartigen Anspannung ihrer schwachen Halsmuskeln den viel zu schweren Kopf in eine bessere Position zu bringen. Immer größer wurde der Gegensatz zwischen ihrem brennenden Interesse an den Dingen um sie herum und der Unfähigkeit, die eigenen Gliedmaßen zu kontrollieren. Platt auf dem Rücken liegend, heftig mit Armen und Beinen rudernd und zuckend, schien sie unendlich weit davon entfernt, ihrer Neugier nachgehen, ihre Wünsche befriedigen zu können. Manchmal schlug sie sich selbst ins Gesicht oder kratzte sich blutig, ohne etwas dagegen tun zu können. An ihrem Hinterkopf hatte sich vom Liegen zwischen den schwärzlichen Härchen eine schuppige rote Glatze gebildet – noch so ein Detail, von dem man überrascht wurde, weil in den Babyzeitschriften und -büchern nie die Rede davon gewesen war, und mit dem man dann ganz alleine fertigwerden musste.

Die meiste Zeit verging mit den unvermeidlichen, stumpfsinnigen Instandhaltungsarbeiten, mit Wickeln, Füttern, Baden, Umziehen, Baden, Füttern, Wickeln, mit der Beschaffung von Unmassen an Windeln, Schnullern und Baby Wipes oder damit, Cordelia während ihrer Schreiphasen herumzutragen oder ihr das rote, entzündete Hinterteil zu föhnen. Im Grunde hatte Claire keine Ahnung, was sie mit diesem Wesen anfangen sollte und zu was die viele Mühe, die man auf es verwandte, eigentlich gut sein sollte.

Manchmal nahm sie sich aus einem vagen Gefühl der Verpflichtung heraus vor, mit ihrer Tochter zu »spielen« oder zu »sprechen«, aber das ging nie lange gut. Wenn sie sich lächelnd und mit den besten Absichten über Cordelia beugte, waren ihre Vorräte an lustigen Lauten und Grimassen schon nach ein paar Sekunden aufgebraucht. Was übrig blieb, war tiefe Langweile, in die sich unangenehm die Enttäuschung über ihre eigene Unfähigkeit mischte. Wie oft konnte ein Mensch – ein intelligenter, gebildeter Mensch, der Proust im Original las (oder irgendwann einmal gelesen hatte) – lustig schmatzen oder schnalzen oder den Mund auf- und zuklappen, bevor diese Tätigkeit aufhörte, Spaß zu machen, und einfach nur sinnlos wurde? Wie viele von den tausendvierhundertvierzig Minuten eines Tages konnte man ernsthaft mit solchen Beschäftigungen füllen? Sieben? Elf? Achtzehn? Achtzehn Minuten grunzen und schmatzen und schnalzen? Und dann? Was war mit dem Rest, den tausendvierhundertzweiundzwanzig restlichen Minuten des Tages?

Alle Tage waren gleichzeitig zu kurz und zu lang; zu kurz, weil es zu viele Aufgaben gab, die man der Reihe nach abarbeiten musste, ohne die Aussicht auf ein Ende der elenden Plackerei; und zu lang, weil zwischen Füttern, Wickeln, Baden und Herumtragen tiefe, unauffüllbare Löcher der Sinnlosigkeit und lähmenden Langeweile klafften.

Sie legte Cordelia im Wohnzimmer auf eine Decke, setzte sich neben sie, den Rücken ans Sofa gelehnt, und versuchte eine frustrierende halbe Stunde lang zu lesen, ohne sich jemals wirklich in irgendetwas hineinvertiefen zu können, weil das Wesen auf dem Boden alles tat, was in seiner Macht stand, um ihre Aufmerksamkeit auf sich zu ziehen.

Es ächzte, jammerte und heulte in Tönen, die in perfekten Dissonanzen auf die Wellenmuster von Claires Gehirnströmen abgestimmt waren, und ließ sich auch nicht von einem halbherzig mit der freien Hand vor seinem Gesicht geschwenkten Spielzeug ablenken. Und dann ging es auch schon wieder los mit dem Wickeln, Baden, Füttern, dem Sterilisieren von Schnullern und Fläschchen und dem Ausleeren des Windeleimers, ohne dass man die verdiente, ersehnte, unverzichtbare Pause gehabt hätte.

Und wenn dann endlich Ruhe war, wenn der unerbittliche Quälgeist schlief, für eine, zwei, drei oder auch nur eine Viertelstunde (im Voraus wusste man das nie), dann gab es entweder noch unaufschiebbare Dinge zu tun, die oft genauso lange dauerten, bis wieder der gefürchtete, heisere Schrei erklang, oder man musste schlafen, sich so viel Schlaf holen, wie man kriegen konnte, denn die Nächte verliefen genauso wie die Tage, nur dass sie dunkel waren statt hell und dass jemand da war, ein zweiter Erwachsener, der Teile des Wickelns und Fütterns übernehmen konnte. In der Nacht kostete es Claire oft große Anstrengung, ihre Augen aufzumachen. Sie erinnerte sich daran, gelegentlich etwas davon gelesen oder gehört zu haben, dass das eigene Leben erst durch Kinder einen Sinn bekam. Ihr Leben war durch Cordelia sinnlos geworden: Sie steckte in einer Tretmühle, und der einzige Zweck der öden Schufterei bestand darin, einen Menschen heranzuziehen, der sich dann später in die gleiche, sinnlose Tretmühle begeben würde – und so immer weiter, jahrhunderte- und jahrtausendelang.

Es war ein Drama – Claire empfand es als ein echtes Unglück, das ihr widerfuhr –, wenn jemand an der Haustür klingelte, während Cordelia schlief, und sie dadurch früher als nötig weckte. Vom frühen Nachmittag an zählte sie die Minuten, bis Niko nach Hause kam, und manchmal glaubte sie, es nicht mehr bis dahin aushalten zu können.

8

In dieser Zeit hatte Claire eine Bibel. Sie hieß *The Big Book of Parenting – from Birth to Age Six,* und Claire hatte sie im Charity Shop antiquarisch für 2,79 $ gekauft. Mehrmals täglich konsultierte sie die Entwicklungstabellen auf den Seiten 17, 47 und 63, um zu erfahren, wann die ersten kleinen Fortschritte zu erwarten waren. Wann würde Cordelias quälend langsame Entwicklung endlich Fahrt aufnehmen?

In dem Buch war eine große Anzahl teils gelb-, teils rotstichiger Farbfotografien von selig lächelnden Müttern und Paaren mit ihren Babys in hoffnungslos und rührend veralteten Outfits und Frisuren der Siebziger und Achtziger enthalten. Sogar die Gesichter hatten etwas Unmodernes, als ob dieser Menschentypus seitdem ausgestorben wäre. Es gab auch Handzeichnungen, die die verschiedenen Stillpositionen und Wickeltechniken zeigten, und diese Zeichnungen waren im gleichen unfreien, um wissenschaftliche Exaktheit bemühten Stil gehalten wie die Illustrationen in *The Joy of Sex* (dem Alten Testament eines früheren Lebensabschnitts, das inzwischen vom Evangelium des *Big Book of Parenting* überholt und abgelöst worden war).

In ihrem Neuen Testament markierte Claire sich die Tabellen *Motor Skills*, *Cognitive (Thinking) Skills* und *Language and Social Skills* mit neonfarbenen Klebezetteln. Auf ihrer Grundlage berechnete sie, wann Cordelia voraussichtlich in der Lage sein würde zu sitzen (rund um Ostern), zu stehen (in den Semesterferien), zu laufen (an Thanksgiving) und das erste Wort zu sprechen (zwischen

Halloween und Weihnachten). Die Zeit bis dahin kam ihr unerträglich lang vor.

Irgendetwas stimmte nicht mit den Tabellen.

Zuerst schob Claire die Abweichungen auf Ungenauigkeiten der Formulierung. Es war schließlich schwer zu sagen, was *Baby sits erect unsupported* genau bedeutete: Dass das Kind nicht sofort wieder in sich zusammenfiel, wenn man es aufsetzte? Dass es erst nach ein paar Sekunden ganz langsam zur Seite kippte wie ein gefällter Baum? Dass es in der Senkrechten blieb und genüsslich ein Buch durchblätterte? Dass es sich selbst aufsetzen konnte?

Dazu kam noch, dass sie selbst ihrem eigenen Eindruck nach geistig nicht ganz auf der Höhe war – der Schlafmangel, die Hormone. Vielleicht war das eine weitere Erklärung für die Unstimmigkeiten, die sie zu beobachten glaubte. Sie konsultierte ihr Buch noch öfter und eifriger und bemühte sich dabei um Konzentration. (Es war wirklich traurig, wie vergesslich und zerstreut sie geworden war!)

Dann beobachtete sie eines Morgens, wie Cordelia, auf dem Bauch liegend und fröhlich mit den Beinen strampelnd, mit Daumen und Zeigefinger zielsicher etwas Undefinierbares, jedenfalls aber sehr Kleines vom Teppich aufpickte.

Das war eindeutig! (Oder?) Claire fuhr mit einem gekrümmten Zeigefinger in Cordelias nassem, zahnlosem Mund herum und entfernte ein durchnässtes Wollfädchen, das mit einem vertrockneten Nudelrest verklebt war. Sie schüttelte sich ein bisschen vor Ekel und entsorgte das Konglomerat im Küchenmülleimer. Dann schlug sie in der Heiligen Schrift nach:

9 Months: Baby picks up small things with thumb and forefinger.

Okay, das passte. Sie blätterte weiter und stieß auf Folgendes:

12 Months: Well developed pincer grasp.

So konnte man es auch ausdrücken.

Cordelia war viereinhalb Monate alt – nicht neun und schon gar nicht zwölf. Diese Diskrepanz konnte man nicht mehr mit Ungenauigkeit oder hormoninduzierter Konzentrationsschwäche erklären.

Die Bibel immer zur Hand, begann Claire, ihre Tochter noch schärfer zu beobachten. Bald stellte sie fest, dass diese Beschäftigung ihr Spaß machte; außerdem war es eine Aufgabe für ihren unterbeschäftigten und verwahrlosten Intellekt.

7 Months: Baby points at toys.

8 Months: Baby sits erect unsupported.

9 Months: Baby produces two syllable sounds (ma-ma, da-da).

11 Months: Baby understands gestures: waves bye-bye, raises arms to signal »Pick me up!«

Alle diese Fähigkeiten hatte Cordelia gemeistert, bevor sie volle sechs Monate alt war. Claire blätterte immer ratloser und verwirrter in ihrem Buch herum. Die tatsächliche Entwicklung ihrer Tochter war mit den biblischen Prophezeiungen einfach nicht mehr zur Deckung zu bringen.

Kurz nach Ostern hatte sie dann endlich die erlösende Eingebung: Die Übersichten in ihrem Buch waren absichtlich verfälscht! Es gab keine andere Erklärung. Wahrscheinlich waren es volkspädagogische Gründe, die die Autoren – einen gewissen Dr. Richard King zusammen mit Lillian Stoppard *(Registered Nurse, Certified Childbirth Educator and Breastfeeding Consultant)* – zu der Fülle falscher Angaben veranlasst hatten.

Claire legte sich die Sache so zurecht: Alle Eltern sollten glauben, dass ihre Kinder sich so gut entwickelten, dass sie den Tabellen weit voraus waren. Sie sollten Stolz empfinden und ihre Kinder umso mehr lieben und ihnen dadurch umso bessere Eltern sein. Davon würden die Kinder auf jeden Fall profitieren, auch wenn die Zuwendung und Zärtlichkeit ihrer Eltern teilweise auf falschen Voraussetzungen beruhte. Das war der Grund dafür, dass die Zeitangaben für alle Meilensteine der kindlichen Entwicklung in dem Buch so absurd weit nach hinten verschoben worden waren. Zum Wohle der Kinder sollten die Eltern übertölpelt werden – eine raffinierte Form des Social Engineering. Das *Big Book of Parenting* war voller gut gemeinter Lügen! (So hatte es Claire, ganz begeistert von ihrer Entdeckung, eines Abends auch Niko erklärt, der sich aber viel weniger als sie dafür interessierte und deshalb gar nicht weiter darüber nachdachte, das Ganze nur als weiteren Beleg für Claires bewundernswürdigen Scharfsinn nahm und sofort wieder vergaß.)

Bei den wöchentlichen Treffen der New Moms Group, der Claire beigetreten war, um der totalen Vereinsamung und Verblödung entgegenzuwirken, fiel Cordelia bald dadurch auf, dass sie mit der ihr eigenen Zielstrebigkeit rücksichtslos über ihre wie eine Seehundkolonie auf dem Boden lagernden Kollegen hinwegkletterte und -stieg, ihren verfrühten Pinzettengriff dazu nutzte, an abstehenden Ohren und interessanten Applikationen auf Strampelanzügen zu reißen und eine weitere frühreife Errungenschaft *(10 Months: Baby uses index finger to poke around in holes)* an wehrlosen Näschen und weichen, feuchten Mündchen ausprobierte. Die New Moms waren empört. Claire musste Entschuldigungen und abwiegelnde Erklärungen abgeben, während sie die in ihrem entschlossenen Griff keuchende und sich windende Cordelia auf ihrem Schoß durch hektisches Kniewippen ruhig zu halten versuchte.

Es schien so, als ob sich die anderen Kinder der Gruppe durchaus im Rahmen von Dr. Kings Übersichtstafeln bewegten. Keines bohrte in fremden Nasen, keines zog sich am Fensterbrett hoch. Das war seltsam. Doch anstatt ihre Theorie (Dr. King als Betrüger aus Paternalismus) dadurch als falsifiziert zu betrachten und aufzugeben, nahm Claire ihre Zuflucht lieber zu ergänzenden Ad-hoc-Hypothesen: Entweder waren die Kleinen durch den Trubel und die Anwesenheit so vieler anderer Mütter und Kinder völlig verschüchtert und verstört und hielten deshalb mit ihren wahren Fähigkeiten hinter dem Berg, sodass sie zurückgebliebener wirkten, als sie tatsächlich waren. Oder der Zufall hatte es so gefügt, dass sich ausgerechnet in dieser Gruppe außer Cordelia nur solche Kinder versammelt hatten, mit denen irgendetwas nicht stimmte, die entwicklungsverzögert oder besonders unreif waren. (Letzteres erschien Claire wahrscheinlicher, so schlaff, träge und uninteressiert wirkten die fremden Babys auf sie.)

Mit elfeinhalb Monaten machte Cordelia ihre ersten Schritte – ausgerechnet bei einem der Treffen der New Moms. Von einem Augenblick auf den anderen erhob sie sich, breitete die Arme aus und versuchte sich, noch ziemlich wackelig, am aufrechten Gang. Unter ihr krochen, robbten und rollten ihre Altersgenossen durch- und übereinander wie Hummer im Aquarium eines Feinkostgeschäfts. Claire freute sich genau so lange über Cordelias Leistung, bis sie auf die anderen Mütter aufmerksam wurde, deren Blicke sich auf Cordelia geheftet hatten: Auf allen Gesichtern lag dasselbe dünne, tapfere Lächeln; die Gespräche über Durchfall, Verstopfung, normalen Stuhlgang und die fließenden Übergänge zwischen diesen Phänomenen waren schlagartig verstummt.

»I'm walking«, sagte Cordelia mit der überdeutlichen Aussprache, die sie schon damals hatte, und fiel dann hart auf ihr windelgepolstertes Hinterteil. Wie auf ein geheimes Signal hin wandten sich die New Moms, alle ohne Ausnahme, von Cordelia und von Claire ab und einander zu und nahmen ihr vorheriges Gespräch wieder auf, nur etwas lauter und lebhafter als vorher, so als ob sie eine groteske Peinlichkeit überdecken müssten, die in ihrer Mitte stattgefunden hatte. Niemand sagte etwas zu Claire, niemand lächelte sie an oder sah zu ihr hinüber. Man zeigte ihr in kollektiver Entschlossenheit die kalte Schulter.

Claire, die ziemlich unbequem auf einem winzigen Kinderstuhl hockte, wurde langsam rot, aus Scham und Gekränktheit, während das Geschnatter der anderen Frauen um sie herum weiterging.

Sie wusste sehr gut, was Neid war. Neid war ihr nicht fremd, sie war sehr oft neidisch auf andere, und sie konnte sich ausgezeichnet in die New Moms einfühlen. Wahrscheinlich wäre sie auch neidisch geworden, wenn sie an der Stelle einer der anderen Mütter im Raum gewesen wäre und Cordelias Performance hätte mit ansehen müssen. Als Mutter eines der zurückgebliebenen Babys hätte sie wahrscheinlich das Gleiche gefühlt – aber sie hätte sich anders verhalten! Sie hätte vielleicht eine nette, anerkennende Bemerkung gemacht und das fremde Kind gelobt, auch wenn es ihr schwergefallen wäre! Was konnte Cordelia dafür, dass die anderen Kinder zurückgeblieben waren? Und was konnte sie, Claire, dafür, dass sie Cordelia als Tochter hatte? Es war unfair, sie beide dafür zu bestrafen! (Weil Claire Claire war, konnte sie, auf ihrem Stühlchen mit Minnie-Maus-Lehne kauernd, von diesem Punkt aus allerdings noch weiterdenken: War es wirklich unfair? Bestand die wahre Ungerechtigkeit nicht darin, dass die anderen Kinder so eindeutig gehandicapt waren? Hatten diese Mütter nicht recht, wenn sie versuchten, mit allen Mitteln, die ihnen zur Verfügung standen, für einen Ausgleich zu sorgen? War sie deshalb nicht sogar moralisch verpflichtet, es gut zu finden, wie sie von den New Moms behandelt wurden?)

Ein paar Tage später kam Claire zu dem Schluss, dass sie

wahrscheinlich einfach zu viel in die Sache hineininterpretiert hatte. In Wirklichkeit war überhaupt nichts vorgefallen, was irgendwie von Bedeutung gewesen wäre: Cordelia hatte laufen gelernt, und das war ein Anlass zur Freude, nichts weiter. Trotzdem hinterließ der Vorfall ein schlechtes Gefühl bei ihr.

Claires Geisteszustand und ihre Laune verbesserten sich zusehends, als sie endlich wieder ernsthaft mit dem Unterrichten und mit ihrer wissenschaftlichen Arbeit anfangen konnte. Im darauffolgenden Sommer flogen die von Koppensteins mit Cordelia zum ersten Mal nach Deutschland, um dort ihre Familien und außerdem die damals noch kinderlosen und rührend frischverliebten Hullis zu besuchen, die in einer Wohnung in Erlangen zusammen hausten. (Klaus-Werner war dort Assistenzarzt an der Uniklinik, und Tinchen saß an ihrer Diplomarbeit.) Das war der Beginn ihrer seitdem traditionell gewordenen jährlichen Treffen gewesen.

Mit dreizehn Monaten *(Baby utters partial words: »ba« for »ball«)* fing Cordelia an, sich nach den Versalien in ihren Bilderbüchern zu erkundigen (»Was ist das? Und das?«), und kannte noch vor ihrem zweiten Geburtstag alle Groß- und Kleinbuchstaben sowie die Ziffern von 0 bis 9, konnte auf Englisch bis 100, auf Deutsch bis 29 zählen, den digitalen Tachometer (»Mama, du fährst viel zu schnell!«) und die vollen, halben und viertel Stunden auf der Küchenuhr ablesen, ihr Geburtsdatum, ihre Adresse und Telefonnummer hersagen und alle Farben einschließlich der Zwischenfarben benennen.

Claire platzte fast vor Stolz, mehr aber auch nicht. Dann lernten sie und Niko bei einer Party in Berkeley eine Kinderneurologin kennen, die eine frappierende Ähnlichkeit mit der zweiten Ehefrau von Dr. Greene in *Emergency Room* hatte. Sie hieß sogar Elizabeth; der Hauptunterschied zwischen ihr und Dr. Elizabeth Corday aus *ER* bestand darin, dass sie nicht mit einem gefakten britischen Akzent redete. Aufgrund der Ähnlichkeit nahm man ihr auch sofort ab, dass sie Ärztin war, und konnte sich gar keinen anderen Beruf für sie vorstellen.

Diese Elizabeth zeigte sich ihnen gegenüber sehr erstaunt darüber, dass Cordelia im Alter von sechsundzwanzig Monaten ohne erkennbare Gleichgewichtsprobleme lässig mit den Händen in den Taschen ihres Jeansrocks herumspazierte. Claire fand ihre Aufregung etwas übertrieben, aber nicht unsympathisch. Etwas später an diesem Abend geriet Elizabeth ganz aus dem Häuschen, als sie Cordelia beim Legen eines Hundert-Teile-Puzzles erwischte. Sie fing an, von schulischen Begabtenprogrammen zu reden, und kam irgendwann auf den Jungen zu sprechen, der es im Jahr zuvor geschafft hatte, an allen acht Ivy-League-Universitäten gleichzeitig aufgenommen zu werden.

Vielleicht war es die doppelte Autorität dieser Zufallsbekanntschaft (als reale Ärztin und als Elizabeth-Corday-Lookalike), die Claire so schwer beeindruckt hatte. Infolge dieses Gesprächs wurde ihr jedenfalls einiges klar. Sie gestand sich ein, was sie bisher, aus einer Art politisch korrekter Verblendung, aus einer zwanghaften demokratischen Bescheidenheit heraus, nicht zu denken gewagt hatte: Cordelia war ein sehr besonderes Kind.

Dr. King und seine Co-Autorin hatten nicht gelogen. Die Tabellen waren richtig. Es war Cordelia, deren Entwicklung spektakulär anders verlief als die der anderen Kinder.

Einmal in Claires Organismus eingedrungen, wo er ein gänzlich unvorbereitetes geistiges Immunsystem vorfand, breitete der Gedanke sich ungehindert aus, nistete sich in den Nervenknoten ein und rief entzündliche Veränderungen der Denkprozesse hervor, die Cordelia mit täglich neuen, immer erstaunlicheren Proben ihrer Fähigkeiten noch zusätzlich befeuerte: Wenn Cordelia ein so besonderes Kind war – was war dann sie, Claire, selbst, und was war Niko? Nur zwei ehemalige Klassenbeste aus Deutschland, die einander zufällig auf dem Campus einer der besten Universitäten der Welt über den Weg gelaufen waren? Oder waren sie vielleicht selbst besonders – auf die gleiche Weise besonders wie ihre Tochter? Und warum war diese Tatsache bisher niemandem aufgefallen? Warum hatte niemand sie darauf hingewiesen? War es nicht auffällig, wie sich in ihrem Leben immer alles so günstig gefügt hatte? Konnte das eine Folge der Besonderheit sein, die sie mit Cordelia gemeinsam hatten?

Vor der Kinderzimmertür stehend, belauschte Claire ihre Tochter, die, auf dem Boden vor ihrem Gitterbettchen sitzend, den gesamten sechzehnseitigen Text von *Aschenputtel* in der Fassung der Brüder Grimm auswendig und praktisch fehlerfrei aufsagte; sie dachte dabei an *Little Man Tate* und an einen Film mit Matt Damon, dessen Titel ihr nicht mehr einfiel und von dem ihr nur eine einzige Einstellung in Erinnerung geblieben war (Matt Damon, der eine sehr lange Garagenauffahrt entlangging).

Wie hatte Cordelia auf einmal gelernt, rechts und links zu unterscheiden? Claire hielt es für ausgeschlossen, dass eine Zweijährige das Konzept einer abhängig von der eigenen Orientierung wechselnden Positionsangabe erfassen konnte; andererseits handelte es sich hier um eine Zweijährige, die vom Kindersitz des Fahrrads aus darüber räsonierte, dass es besser war, Pflastersteine in Längsrichtung zu verlegen, damit es beim Darüberfahren weniger holperte, und die gleich im Anschluss daran anfing, ihren nicht gerade kurzen Namen langsam, aber korrekt rückwärts zu buchstabieren.

Vor diesem Hintergrund bildete sich langsam Claires mehr oder weniger unbewusste Überzeugung aus, dass sie, die von Koppensteins, alle miteinander hochintelligent waren, und dass alles Gute, was ihnen widerfuhr, im Wesentlichen auf diese ihre überragende Intelligenz zurückzuführen war. Sogar Niko, der eigentlich die Bescheidenheit in Person war (und zum Beispiel auf sein blendendes Aussehen wenig bis gar nichts gab), ließ sich von Claire anstecken und übernahm ihre Sicht der Dinge.

Das erste Wort, das Cordelia völlig selbstständig entzifferte war »Sub-Zero«. Kurz vor ihrem vierten Geburtstag las sie ihr erstes Buch. (Es war ein völlig zerfleddertes Exemplar von *Wasser, Wasser will mein Fisch* von P. D. Eastman, mit dem Claire selbst das Lesen gelernt hatte; sie hatte sich das Buch von ihrer Mutter aus Deutschland schicken lassen.)

Als Raffi auf die Welt kam, war Cordelia sechs Jahre alt, ein etwas pummeliges, sommersprossiges Mädchen mit zwei lustigen, dicken Haarpinseln, die waagrecht von ihrem Kopf abstanden. An ihrem neugeborenen Bruder zeigte sie kaum Interesse. Inzwischen war die Familie nach Maryland umgezogen, wo beide Eltern mit sehr viel Glück und noch mehr Verstand passende Associate Professorships hatten an Land ziehen können. Cordelia besuchte die Deutsche Schule in Washington. Sie war dort nicht immer glücklich, obwohl ihre Leistungen sehr gut waren: Sie hasste es, wenn ein Lehrer sie dazu zwingen wollte, sauberer und sorgfältiger zu arbeiten, wies ihre Klassenkameraden auf Fehler und Regelverstöße hin und war sagenhaft stur und uneinsichtig, sobald ihr irgendetwas gegen den Strich ging. Die Oma aus Deutschland, die sich am Schulgeld beteiligte, bezahlte auch den Klavierunterricht für Cordelia; bei den regelmäßigen Vorspielen, die ihre Lehrerin veranstaltete, ließ sie keinerlei Lampenfieber erkennen und stach selbst viel ältere Konkurrentinnen aus.

Raffi stand seiner Schwester in nichts nach, wie sich zu Claires Erleichterung sehr bald herausstellte. Auch er scherte sich von Geburt an nicht um Dr. Kings Tabellen, was umso mehr auffiel, als Claire inzwischen gelernt hatte, ihrer eigenen Wahrnehmung zu trauen, und nicht mehr versuchte, die Realität ihres Kindes an Dr. Kings Raster anzupassen. (Die Bibel zog sie nur noch zurate, wenn es um den Umgang mit Milchschorf oder Ohrenschmerzen ging.) Und Raffi war ein so fröhliches, liebenswürdiges und mitfühlendes Kind, dass es Claire gar nicht schwerfiel, darüber hinwegzusehen, dass er erst mit zwanzig (statt mit dreizehn) Monaten damit anfing, sich für Geschriebenes zu interessieren. Wie zum Ausgleich dafür tauchte er, als es endlich so weit war, vollständig und mit aller Begeisterung, deren er fähig war (und das war eine ganze Menge), in die Welt der Buchstaben ein. Er sah T und Ypsilon in Astgabeln und Pflasterfugen und knabberte seine Pretzels wahlweise zuerst zum B, dann zum P, dann zum F, dann zum I, oder aber vom B zum E zum C und schließlich zum L. Er erfand ein Spiel, das darin bestand, dass er einen Buchstaben verkörperte, den der Rest der Familie erraten musste. (Cordelia erfand ein anderes Spiel, in dem es darum ging, Raffi unter dem Vorwand, mit ihm »Schule spielen« zu wollen, die Buchstaben falsch beizubringen, und nannte es »Raffi ein X für ein U vormachen«.)

Jedes Jahr im Sommer ging es für ein paar Wochen nach Deutschland und in Deutschland für einen Nachmittag oder Abend zu den Hullis. Deren Sohn Heinrich präsentierte sich ihnen jedes Mal ganz anders als Cordelia im gleichen Alter – in vielem hinkte er sogar Raffi hinterher, obwohl Raffi zwei Jahre jünger war! (Das war etwas, was Claire nicht entging: Jeder kleinste Unterschied wurde von ihr genauestens registriert.) Bald fingen seine Eltern, die Hullis, damit an, sich die ersten ernsthaften Sorgen um ihn zu machen, in Claires Augen völlig zu Recht.

Cordelia übersprang die vierte Klasse und wurde danach fast sofort wieder Klassenbeste. Raffi eroberte überall, wo er hinkam, die Herzen im Sturm. Claire ergatterte die Stelle in Deutschland, und Niko zog einen Riesenauftrag an Land, für den es egal war, ob er in München oder Maryland wohnte. Das Haus von Nikos verstorbener Oma stand gerade leer; es war frisch renoviert und hatte eine ausgezeichnete Nahverkehrsanbindung, und Raffi würde zu Fuß in die Schule gehen können (ein Luxus, der in Maryland für sie undenkbar gewesen wäre). Das alles bestätigte Claire in ihren Ansichten über den Zusammenhang von Intelligenz und Erfolg. Sie waren eine Familie von Intelligenzbestien und Glückskindern; mit diesem Bild im Kopf kam sie nach Deutschland. Es war ein Bild, das ihr angenehm war und ihr gefiel, und dieses Bild war es, das ihr lange vollkommen den Blick darauf versperrte, dass Raffi ein gewaltiges Problem hatte.

9

Von Tag zu Tag wurde es schwieriger, Raffi morgens wach zu bekommen.

Der morgendliche Ablauf im Hause von Koppenstein war immer gleich: Um sechs Uhr zwanzig schaltete sich der Wecker an. Es war ein Radiowecker, der auf Nikos Bettseite stand und auf einen Klassiksender eingestellt war. Nach fünf oder zehn Takten eines Cembalokonzerts oder einer frühbarocken Oboensonate war Niko wach genug, um den Ausknopf ertasten und drücken zu können. Claire durfte liegen bleiben, bis er auf dem Klo gewesen und in die Küche hinuntergegangen war. Nach einiger Zeit, wenn sie am Geschirrgeklapper hörte, dass Niko unten damit angefangen hatte, den Tisch zu decken, stand sie auf und ging ins Bad, um zu duschen.

In der Küche drehte Niko als erste Amtshandlung die Heizung auf, damit die Kinder später beim Frühstück nicht frieren mussten. Draußen und überall im Haus war es noch vollkommen dunkel. Die billige Ikea-Energiesparglühbirne, die sie bei ihrem Einzug vor ein paar Monaten in der Küche installiert hatten, brauchte fast zehn Minuten, um hell zu werden. Wenn man auf den Lichtschalter drückte, hüllte sie sich anfangs nur in eine trübe bläuliche Aureole, die auf die Seele verheerender wirkte als die schwärzeste Finsternis. Mit ihrem schwachen, mutlosen Glimmen schien sie Niko jeden Morgen die Botschaft überbringen zu wollen, dass das Leben eine mühselige und traurige Angelegenheit war, die sich im Grunde nicht lohnte.

Auch Niko brauchte lange, um wach zu werden. Wenn der Wecker ihn aus dem Schlaf riss, war seine erste Empfindung in diesem Herbst fast immer ungläubige Fassungslosigkeit: Konnte es wirklich wahr sein, dass jemand von ihm verlangte, sich schon jetzt aus seinen Träumen zu verabschieden?

Dieses Gefühl des Unglaubens dauerte noch lange an, nachdem er sein warmes Bett verlassen hatte. In der halbdunklen Küche beobachtete er sich selbst dabei, wie er Schränke und Schubladen öffnete, nach Messern und Tassen griff und Wasser aufsetzte. Im Halbschlaf goss er das kochende Wasser manchmal in den noch leeren Teefilter, oder er vertat sich mit der Teesorte und erwischte Darjeeling statt Assam. Manchmal starrte er lange in einen geöffneten Oberschrank, weil er vergessen hatte, was er eigentlich darin suchte. Langsam und schwerfällig deckte er den Tisch und machte die Pausenbrote für die Kinder fertig.

Die erste, egoistische Freude des Tages bestand für Niko darin, Raffi wecken zu dürfen, und wenn er gegen Ende der Frühstückszubereitung mühsam den schwachen, ausgefransten Strahl seiner Aufmerksamkeit auf diese Aufgabe richtete, wurde er endlich völlig wach und erlangte die Fähigkeit wieder, planvoll zu handeln und seine Handgriffe zu beschleunigen.

Raffis Reich lag ganz oben unter der Dachschräge. Wer zum Bett wollte, musste sich erst mühsam einen Weg bahnen. Es war schwer zu verstehen, wie Raffi es fertigbrachte, in seinem Zimmer immer wieder ein derartiges Chaos anzurichten. Warum verstreute er zum Beispiel beim Spielen fast täglich das gesamte Monopolygeld (von dem sie sogar zwei Sätze besaßen) gleichmäßig bis in die letzten Winkel und Ecken? Beim Aufräumen musste man sich unzählige Male bücken, um die einzelnen Scheine wieder einzusammeln, und bekam dabei von Raffi keinerlei Hilfe. (Er wälzte sich, statt beim Aufsammeln zu helfen, lieber auf dem Boden herum oder blätterte in Spielzeugkatalogen.)

Der Boden von Raffis Zimmer hatte Ähnlichkeiten mit einem Acker, dessen Humusschicht aus einem gut durchmischten Substrat aus Legosteinen, Playmobilmännchen und -zubehör und den überall herumrollenden Kugelelementen eines Magnetbaukastens bestand, aus welchem sich die Ruinen einzelner, halb zerstörter oder nie vollendeter Bauwerke erhoben wie große, noch unzerteilte Lehmklumpen. Dazwischen lagen mit Seilen verknotete Kleiderhaufen, *Asterix*-Hefte und Bücher, schmuddelige Schleichtier-Imitate vom Flohmarkt, Pokémonkarten, Schlümpfe, rosa Glücksies, ausgerissene Seiten aus Katalogen, Bälle aller Größen, Papierflugzeuge und Federballschläger, Schwerter aus Holz und Schaumgummi, Stöcke und Steine, ausgekippte Puzzles, Zettel mit daraufgekritzelten Botschaften und Symbolen, Ritter- und Feuerwehrhelme, gelbe Kügelchen und blaue Plättchen (die Munition für diverse Plastikwaffen), Faschingskostüme und Teile von Faschingskostümen, Sammelkarten aus dem Supermarkt, Stofftiere, Puppenkleider, Papierschnipsel, Gummiringe, Stifte mit oder ohne Kappe, echtes und Plastikgeld, angefangene Bastelarbeiten und Zeichnungen, die nie mehr vollendet werden würden, die gelben Innenkapseln von Überraschungseiern, Korken, steinhart gewordene Gummibärchen, unlösbar miteinander verknotete Wollfäden und Metallketten, Papiertaschentücher, deren einzelne Lagen aufgedröselt und auseinandergezupft worden waren, Silberpapier von Kaugummis, verschrumpelte und geschrumpfte Luftballons und dazu noch viele verschiedene Einzelteile, die keiner Kategorie angehörten oder bei denen nicht zu erkennen war, um was es sich dabei handelte oder irgendwann einmal gehandelt hatte. Die Türen des Kleiderschranks standen offen, und davor türmten sich herausgerissene Pullover, Hosen und Unterhosen, die teilweise noch in den Stapeln zusammenhingen, auf die Niko sie gelegt hatte, als er am Wochenende die Wäsche gemacht hatte. Ein Teil der Kleidungsstücke war in der offen stehenden Sockenschublade gelandet, aus der Gürtelenden und Schlafanzughosenbeine heraushingen wie Zungen aus einem aufgerissenen Maul.

Niko suchte den Teppichboden nach freien Stellen ab, auf die er treten konnte, um zum Bett zu kommen. Von Raffi war nur ein kleiner Teil, ein Siebtel oder Achtel, seines Lockenschopfes sichtbar, so fest und unlösbar war er noch mit seinem Kokon aus Decken, Kissen und Stofftieren verwachsen. Niko setzte sich an den Bettrand, rief leise seinen Namen und zupfte vorsichtig an der Decke.

Raffi tat ihm leid; es fühlte sich nicht richtig an, ein Kind zu wecken, das so tief und regelmäßig atmete und dessen schlafendes Gesicht noch so glatt war wie eine fest geschlossene Knospe.

»Raffi«, rief er leise, »tut mir leid … du musst aufstehen!«

Jeden Tag hoffte Niko, dass Raffi leicht und froh erwachen würde, und jeden Tag klammerte sich Raffi, sobald er im Schlaf die Anwesenheit seines Vaters und seine sanften Wecksignale spürte, noch entschlossener und gieriger an sein Bettzeug. Niko zog ihm langsam, voller Mitleid, aber unerbittlich die Decke ab, so wie man ein verklebtes Pflaster von einer Schürfwunde ablöst. Auf der Suche nach Wärme und Schutz kroch Raffi auf der Matratze herum wie eine neugeborene Maus mit noch ungeöffneten Augen, und wenn Niko nicht aufpasste, brachte er sich mit überraschender Geschwindigkeit unter dem am Fußende zusammengeknüllten Bettzeug in Sicherheit.

»Raffi, bitte!«, flehte Niko. »Bitte, Raffi! Du musst aufstehen!«

»Raffi?«

»Büttö aufstöhn!« Niko sprach mit Bärenstimme und bewegte dazu Stumpelnase, Raffis Lieblingsstofftier, hin und her.

Raffi kniff die Augenlider noch fester zusammen und saugte noch entschlossener an seinem Daumen. Zum Schluss blieb Niko nichts anderes übrig, als selbst Hand anzulegen, Raffi aus dem Bett zu zerren, ihn hochzuheben, auf die Füße zu stellen und dabei festzuhalten, damit er nicht gleich wieder in sich zusammenfiel wie eine Stoffpuppe.

Schlaftrunken torkelte Raffi in das kleine Bad hinüber und kletterte auf die Kloschüssel.

»Ich hasse Schule«, sagte er mit rauer, tiefer, bitterer Stimme, »Schule ist scheiße.«

Niko stand wartend an der Tür; er wusste nicht, was er sagen und wie er Raffi aus seiner schlechten Laune heraushelfen sollte.

Raffi lehnte sich vor, bis sein Brustkorb auf seinen Knien zu liegen kam, und fing an, in einem Buch zu lesen, das noch vom letzten Mal aufgeschlagen auf dem gefliesten Boden vor der Kloschüssel inmitten vieler anderer aufgeschlagener Bücher und Zeitschriften lag. Er war jetzt völlig nackt, weil er die Unterhose ausgezogen hatte, in der er geschlafen hatte.

»Raffi?«

»Raffi, bitte komm jetzt!«

»Raffi! Du musst jetzt kommen!«

»Ja! Gleich!«, schrie Raffi böse, »Seite fertig!«

Er war noch immer so müde, dass er auf seinen traumschlaffen, noch nicht vollständig ausgehärteten Beinen wankte und einknickte und sich am Geländer festhalten musste, während er die Treppe hinunterkletterte. Niko ging neben ihm, passte auf, dass er nicht stolperte, und hielt schon die Hand ausgestreckt, um ihn notfalls auffangen zu können. Auf dem Weg nach unten klagte und jammerte Raffi ununterbrochen.

»Warum gibt es keine Ausschlafschule?«

»Warum kann ich nicht weiterschlafen und dann in der Zeit zurückspringen?«

»Mir ist ka-halt.«

Am Frühstückstisch kauerte er sich mit angezogenen Armen und Beinen, den Rücken nach oben, wie ein Käfer auf die Sitzfläche seines Stuhls und versuchte verzweifelt weiterzuschlafen.

»Kann er wenigstens eine Unterhose anziehen?«, maulte Cordelia, die selbst im Nachthemd frühstückte. Ihre langen Haare waren ungekämmt, und sie sah so, mit leicht geröteten Wangen, auf denen sich das Faltenmuster ihres Kopfkissens als Ornament abzeichnete, und mit kleinen Knotennestern in den vom Schlafen aufgeplusterten Haaren, sogar noch hübscher aus als sonst.

»Raffi, du musst dir was anziehen«, sagte Claire und streichelte Raffis mageren Rücken.

»Mir ist so ka-halt!«, heulte Raffi, war aber nicht dazu zu bewegen, die Kleider anzuziehen, die Niko für ihn geholt hatte. Er deckte sich lieber mit einem Geschirrtuch zu, das zum Trocknen auf dem Heizkörper gelegen hatte und deswegen angewärmt war.

Missgünstig beobachtete Cordelia über den Tisch hinweg, wie Claire sich fröhlich und gutgelaunt um Raffi bemühte, bestrich träge ihr Brot und achtete dabei so wenig auf das, was sie tat, dass sie den Tisch, den Teller, ihre Finger und nackten Arme, ihr Nachthemd und sogar ihre Haare mit Nutella beschmierte.

»Schau mal, was du gemacht hast, Cordelinchen!« Niko lächelte.

Raffi weigerte sich, sich sein Brot zu bestreichen. »Mein Arm ist zu kurz«, behauptete er und tat so, als ob er das Nutellaglas, das auf dem Tisch vor ihm stand, mit der Hand nicht erreichen könnte. Er schüttete auch keine Milch in sein Glas; alles mussten andere für ihn erledigen.

»Schneid mir die Rinde ab!«

»Raffi, bitte, das ist Toastbrot.«

»Doch, die ist zu hart, die kann ich nicht essen.« Raffi legte seinen Kopf neben den Teller auf den Tisch und schloss die Augen.

Warum Raffi das Aufstehen plötzlich so schwerfiel, warum er sich auch nicht daran gewöhnte, sondern immer schlechter in den Tag fand, immer öfter weinte, wenn er die Treppe hinunterstolperte, und manchmal sogar Wutanfälle bekam und unverständliche Dinge schrie wie ein alter, verwirrter Mann, konnten seine Eltern nicht verstehen.

Er hatte ja auch in Maryland den Kindergarten besucht, Cordelia war dort zur Schule gegangen, und damals hatte der Wecker nur ein paar Minuten später geklingelt als jetzt. Damals hatte es nie Probleme mit dem Aufstehen gegeben. Ganz im Gegenteil: Zu Preschool-Zeiten war Raffi morgens, kaum dass Claire zu ihm ins Zimmer gekommen war, wie auf Knopfdruck in die Höhe geschnellt. Wenn sie sein Bett erreicht hatte, stand er meistens schon aufrecht da und strahlte, schlang ihr fröhlich die Ärmchen um den Hals, stieß sich mit den Füßen von der Matratze ab und landete so geschickt in ihren Armen wie ein Mongole auf seinem Pferdchen, voller Vorfreude auf den Tag und gierig auf all das Neue und Schöne, das er ihm bringen würde.

Das war sogar einer der Züge gewesen, die in der Familie früher als besonders raffitypisch gegolten hatten: Cordelia war morgens mürrisch, und man musste sich vor ihrer schlechten Laune in Acht nehmen, Raffi dagegen war immer gutgelaunt, sogar am frühen Morgen. Davon war nichts mehr übrig, und schon bald erinnerte sich niemand mehr daran. Jetzt war Raffi derjenige unter ihnen, der morgens am schlechtesten aus dem Bett kam, und Claire brachte ihm aus der Stadt ein T-Shirt mit der Aufschrift *Morgenmuffel* mit, das er mit bitterem Stolz trug wie eine Uniform in einem Krieg, an dem teilzunehmen er gegen seinen Willen gezwungen wurde.

10

Niko saß mit Raffi am Wohnzimmertisch und blätterte in einem DIN-A5-Heft.

»Gut, okay, das haben wir gleich«, sagte er. »Was musst du denn noch machen? Hm ... also – na ja, Schönschrift ist das hier ja nicht gerade ... Ich glaube, das kriegen wir noch besser hin, oder?«

Claire war in Düsseldorf bei einer Tagung, und Niko war mit den Kindern allein. Er hatte Raffi etwas früher als sonst von der Mittagsbetreuung abgeholt, weil er noch mit ihm in die Bücherei wollte. Beim Abholen hatte er von der Betreuerin gehört, dass es ein Problem mit den Hausaufgaben gegeben hatte.

»Das haben wir gleich«, wiederholte er munter, »das kann ja nicht so lange dauern!«

Raffi baumelte mit den Beinen und machte ein unbeteiligtes Gesicht. An seinem flackernden Blick war zu erkennen, dass er darüber nachdachte, ob er – nur seinem Papa zuliebe! – am Tisch sitzen bleiben sollte oder ob es nicht vielleicht doch besser wäre, bei der nächsten Gelegenheit die Flucht zu ergreifen.

Er konnte einfach nicht glauben, dass es den Erwachsenen um ihn herum tatsächlich ernst war mit den sinnlosen Aufgaben, die sie ihm täglich vorsetzten. *Er* war es doch, Raffi, der kleine, fröhliche und aufgeweckte Lockenkopf, den alle so gern mochten und dem in seinem ganzen bisherigen Leben nichts Schlechtes widerfahren war! Er war es, Raffi, der sich freudig auf alles Neue stürzte, der immer so viele Pläne hatte, immer so arglos und freundlich und lustig war und der deshalb von allen – seiner Mama, seinem Papa, seiner großen Schwester, von Kerstin und Ingrid aus der Betreuung, von seiner Oma und sogar von wildfremden Menschen in Geschäften oder in U-Bahnen – bewundert und geliebt wurde, der alle zum Staunen und Lachen brachte, ganz allein dadurch, dass er die lustigen und lieben Gedanken aussprach, die ihm zu jeder Tageszeit durch den Kopf gingen! Es lag außerhalb seines Vorstellungsvermögens, dass sich alle diese Menschen plötzlich zusammengetan und gegen ihn verschworen hatten, um ihm etwas so Unangenehmes und gleichzeitig völlig Unnötiges abzuverlangen, wie es die Hausaufgaben waren. Warum sollten sie so etwas tun? Sie mochten ihn doch und hatten ihn gern! Sicher hatte es irgendeine Verwechslung oder einen Irrtum gegeben, und das Beste war, sich den Anforderungen so weit wie möglich zu entziehen, bis alle wieder zur Vernunft gekommen waren.

»Hm«, sagte Niko und starrte mit vor Konzentration gerunzelter Stirn den letzten Hefteintrag an:

Der	*Ei*		*am*	*Sand.*
Die	*Meise*	*ist*		*Ast.*
Das	*Eimer*		*im*	*Nest.*

Unter den (schief) eingeklebten Aufgabenzettel aus graubraunem Umweltschutzpapier hatte Raffi geschrieben:

Der Ei am Sant
die meise ist Ast.
das Eimer Im net

»Was ist denn das? Komisch ... Ah – da steht es ja: *Bilde sinnvolle Sätze!* Und was hast du hier gemacht? Ach so, du hast es einfach abgeschrieben. Du hast die Aufgabe falsch verstanden, Raffi. Man soll es nicht abschreiben, man soll Sätze daraus bilden. *Das Ei ist im Nest, Der Eimer ist im Sand* und so weiter. Das haben wir gleich! Das ist ja babyleicht, oder? Warte, ich helf dir beim Radieren, dann geht es schneller!« Mit der flachen Hand hielt Niko das Heft fest, während er mit der anderen den Radiergummi über das Papier bewegte.

Raffi hatte beim Schreiben fest aufgedrückt, und Niko musste lange radieren. Sorgfältig kehrte er die Krümel mit der Hand zur Seite, radierte noch einmal mit einer anderen, weniger stumpfen Ecke des Radiergummis, um die letzten und am tiefsten eingegrabenen Spuren zu beseitigen, und strich so lange die Krümel fort, bis das Blatt wieder ganz sauber und schön war.

»So. Jetzt kannst du loslegen! Jetzt weißt du ja, wie es geht.« Er gab Raffi das Heft und stand auf, um sich in der Küche eine Tasse Tee einzuschenken. Leise vor sich hin summend, machte er sich noch ein bisschen an der Spüle zu schaffen, warf den halb leer gegessenen Joghurtbecher in den Müll, den Cordelia auf der Arbeitsplatte hatte stehen lassen, räumte den benutzten Löffel in die Spülmaschine, wischte die Marmelade- und Zuckerspuren von der Abtropffläche, schraubte das offene Marmeladenglas zu, putzte die joghurtverschmierte Türklinke sauber und dachte dabei mit Nachsicht und Zärtlichkeit an seine unordentliche, wählerische, anspruchsvolle, schlaue und hübsche Tochter.

»Fertig?«, rief er fröhlich, als er wieder ins Wohnzimmer zurückkam. »Ich hab mir gedacht, dass wir heute vielleicht mal mit der Trambahn in die Bücherei fahren könnten. Was meinst du?«

Raffi hatte sich nicht von der Stelle gerührt. Er stützte das Kinn auf eine Hand und bewegte seinen dicken, dreikantigen Schreiblernbleistift waagrecht vor seinem Gesicht hin und her. Träumerisch folgte er der Flugbahn des Stiftes mit den Augen und machte dabei leise Explosionsgeräusche: »Bsch, bschbsch, bschbschbschbsch!«

»Ach Raffi …« Nikos Blick war auf die Seite in Raffis Heft gefallen, die immer noch genauso leer wie vorhin war. Raffi hatte keinen einzigen Buchstaben geschrieben.

»Was? Ach so! Ja, genau. Jetzt fang ich an!« Ein plötzlicher, starker Impuls, seinem Papa zu gefallen und ihm eine Freude zu machen, triumphierte über Raffis Unlust, er schenkte Niko ein liebenswürdiges Lächeln und beugte sich schwungvoll über das Heft.

So schwungvoll, dass ihm der Bleistift aus der Hand flog. Der Stift glitzerte unheilvoll, während er einen Bogen durch die Luft beschrieb.

»Oh! Jetzt ist er mir runtergefallen.«

Niko seufzte. Wieselflink schlüpfte Raffi unter den Tisch, um sich den Stift zurückzuholen, krabbelte über den Teppich, kroch, schon langsamer werdend, auf seinen Stuhl zurück, nahm seine alte Position wieder ein und sank in sich zusammen. Er stützte den Kopf schwer auf die Hand und begann, mit den Stiften in seinem Federmäppchen zu spielen, während sein Blick ins Leere ging: das perfekte Abbild eines Erwachsenen, der eine lange, fruchtlose und öde Dienstbesprechung über sich ergehen lässt. Sein Eifer war so plötzlich verschwunden, wie er gekommen war, und er schien völlig vergessen zu haben, warum er eigentlich hier saß, an diesem Tisch, mit einem Stift in der Hand und einem aufgeschlagenen Heft vor sich. (Was für ein platter, uninteressanter, erstickende Langeweile verströmender Gegenstand!)

»Raffi? Die Hausaufgaben! Wir wollen doch noch in die Bücherei.«

»Muuuss – daaas – seiiiin?« Raffis Stimme klang tief und dumpf, und er zog jedes einzelne Wort in die Länge.

»Hm.« Niko atmete tief ein und wieder aus und bemühte sich um einen besonders freundlichen, einfühlsamen Tonfall. »Du hast wohl überhaupt keine Lust, oder? Das verstehe ich. Pass auf, ich diktier dir die Sätze. Dann ist es leichter! Okay? Das – Ei – ist – im – Nest. – Raffi? Raffi, du musst schreiben! Das – Ei – ist – im – Nest. Das – Ei …«

Raffi lag wie ein Schwerverletzter mit dem Oberkörper halb auf dem Tisch. Langsam und widerwillig hob er die Hand und streckte sie nach seinem Stift aus, der davongerollt war. Dann begann er, immer noch auf der Tischplatte liegend, in sein Heft zu schreiben:

Das Ei

»Papa, weißt du was«, er hob den Kopf, »wie lädt man eigentlich jemanden zu seiner eigenen Beerdigung ein? Das hab ich noch nie verstanden.« Er richtete sich auf und wirkte auf einmal wieder sehr lebhaft.

»Was meinst du?«, fragte Niko überrascht und bereute schon im nächsten Moment, dass er sich auf ein Gespräch eingelassen hatte, statt darauf zu bestehen, dass Raffi weiterarbeitete und zügig seine Aufgabe erledigte.

»Ja, eben, wenn man tot ist – dann *kann* man doch niemanden mehr einladen.«

»Nein, Raffi, das …«

»Oder schreibt man die Einladungen schon vorher? Habt *ihr* eigentlich die Einladungen für eure Beerdigung schon geschrieben? Darf ich sie mal sehen? Bitte, bitte, darf ich sie sehen!«

»Nein, Raffi, das ist, du, wir – ach, egal. Du musst jetzt weiterschreiben, sonst werden wir nie fertig. Okay? Das – Ei – ist …«

»Und weißt du, was *auch* noch total komisch ist?«

»Das – Ei – ist«, wiederholte Niko, der sich diesmal nicht überrumpeln ließ.

»Wenn man sagt: ›Darf ich was fragen?‹«

»Das – Ei – ist – im – Nest.«

»Das ist komisch, weil wenn man das sagt, dann *hat* man ja schon was gefragt! Verstehst du? Dann braucht man auch nicht mehr zu *fragen,* ob man was fragen darf.«

Niko vergötterte seine Kinder und hatte alles Verständnis der Welt für Raffis Lebensfreude und Freiheitsdrang; er konnte sich sogar jetzt über Raffis drollige Begeisterung und seine glänzenden Augen freuen, aber er war auch fest entschlossen, seinen Sohn dazu zu bringen, die drei oder vier dummen Sätze (und sie waren wirklich von unfassbarer Stumpfsinnigkeit!) so schnell wie möglich hinzuschreiben. Für Niko war es undenkbar, ein Kind ohne Hausaufgaben in die Schule zu schicken, und er wollte Raffi und sich selbst heute doch noch so gerne das Vergnügen eines Büchereibesuches gönnen. Also mussten sie die Sache hinter sich bringen, und zwar ohne weiteren Zeitverlust, weil die Bücherei wahrscheinlich spätestens um sechs zumachte.

»Das – Ei – ist – im – Nest.«

»Wie viele Arme hat General Grievous?«

»Das – Ei – ist – im – Nest.«

»Wie viele Arme? Du kannst auch raten.«

»Das – Ei – ist – im – Nest.«

»Dieses blöde Ei! Das ist wirklich nullo interessant«, klagte Raffi, »nullo!«

»Das – Ei – ist – im – Nest.«

»Weißt du eigentlich, dass ich dich unglaublich lieb habe?«

»Das – Ei – ist – im – Nest.«

»Und du? Du hast mich wohl gar nicht lieb, oder?«

»Das – Ei – ist – im – Nest.«

»Aha! Du hast mich also überhaupt nicht lieb!«

»Das – Ei – ist – im – Nest.«

Endlich hatte Raffi eingesehen, dass sein Widerstand nichts brachte. Er nahm den Stift und setzte zum Schreiben an. Niko lächelte, weil es ihm gelungen war, sich durchzusetzen.

Dann brach die Bleistiftmine ab.

Raffi gluckste hocherfreut, wie über ein unerwartetes, besonders possierliches Kunststück eines Haustiers, und betrachtete vergnügt die Spitze seines Stifts. Im Federmäppchen waren nur stumpfe Buntstifte. Niko wollte in der Esstischschublade nach einem Ersatzstift oder Spitzer suchen, doch die Schublade klemmte und ließ sich nur einen Spaltbreit öffnen.

»Ach, was ist denn das jetzt schon wieder! So ein …!«

Niko zerrte an der Schublade, die sich keinen Millimeter bewegte. Interessiert und erfreut beobachtete Raffi ihn dabei, wie er versuchte, mit den Fingern in den Spalt zu kommen. Das Erste, was er, eingeklemmt zwischen Zeige- und Mittelfinger, herauszog, war ein Amnesty-International-Leuchtstift, dann erwischte er eine Spule mit Drachenschnur, und zuletzt förderte er noch ein gebogenes Metallteil zum Festklemmen von Blättern in Leitzordnern zutage. Frustriert zerrte und rüttelte er wieder an der Schublade, bis ihm klar wurde, dass er im Schubladeninneren nach der Ursache der Blockade tasten musste. Er schob seine Hand in den Spalt und brach sich fast die Finger bei dem Versuch, das widerspenstige Teil zu fassen zu kriegen.

»So eine *verdammte* … Ha, na endlich!«

Der Übeltäter war ein Buntstift-Etui aus Blech, das sich in der Schublade schräggestellt und verklemmt hatte. Niko schüttelte den Kopf und wühlte in der geöffneten Schublade herum. Hurra, da war ja auch ein Spitzer!

»Schau mal, Papa! Ich mach meine Hausaufgaben einfach *damit*«, sagte Raffi, »toll, oder?«

Während Niko mit der Schublade beschäftigt gewesen

war, hatte Raffi das abgebrochene Minenstück des Bleistifts zwischen Zeigefinger und Daumen geklemmt und damit seinen Namen in zittrigen, schiefen, drei Zeilen hohen Riesenbuchstaben quer über zwei Seiten in sein Heft geschmiert. Für einen Moment wusste Niko nicht, was ihn mehr aufregte: die sinnlose Kritzelei an sich, deren Entfernung sie noch mehr Zeit kosten würde, oder die Tatsache, dass Raffi es zusätzlich fertiggebracht hatte, auch noch seinen Namen falsch zu schreiben (»rafi«).

Trotzdem gelang es ihm, einigermaßen ruhig zu bleiben.

»Ja, stimmt, gute Idee. Aber … Raffi, nein, hör auf damit. Nein, Raffi, nein, hör auf! Nein, du sollst nicht – gib mir das! – Okay … Okay, gut …«, er atmete tief ein und wieder aus. »Ich spitze jetzt deinen Stift, und dann machen wir weiter. Das heißt, vorher muss ich noch das hier wegradieren. Das ist wirklich nicht schön, was du da gemacht hast!« Er schüttelte traurig den Kopf.

Natürlich brach beim Spitzen immer wieder die Mine ab. Jedes Mal musste Niko den Spitzer aufschrauben – aus dem Auffangbehälter quollen zusammengepresste Zedernholzspäne und stäubten schwärzliche Grafitpartikel und Splitter von gelben und roten Buntstiftminen auf seine Finger und auf die Tischplatte – und mit der Ecke eines Lineals, das für diesen Zweck eigentlich zu dick war, das stecken gebliebene Minenstück durch den schmalen Spalt neben der Klinge nach oben ins Freie befördern, um weiterspitzen zu können. Raffi sah angstvoll dabei zu, wie sein Stift (dem er bisher keine besondere Beachtung geschenkt hatte, der ihm aber jetzt, da ihn ein gefräßiges Monster von Spitzer mit der völligen Vernichtung bedrohte, plötzlich unendlich wertvoll und bemitleidenswert erschien) immer kleiner wurde.

»Nicht so viel, nicht so viel!«, rief er aufgeregt, »du machst ja meinen Stift ganz klein. Der arme Stift!«

»So, jetzt aber!« Niko tat so, als hätte er nicht bemerkt, dass Raffis Augen voller Tränen waren. Er reichte Raffi den Bleistiftrest, radierte grimmig die Seite sauber, schob Raffi das Heft hin und diktierte mit Nachdruck. Raffi schrieb.

»Was …? Zeig mal! *Das Ei ist im Sand,* hab ich das diktiert? Unsinn, das muss doch ›im Nest‹ heißen! Im Nest. Das Ei ist im Nest. Ich bin schon ganz wirr im Kopf. Lass mich schnell radieren!«

Niko musste feststellen, dass er nicht mehr mit Sicherheit sagen konnte, ob »Das Ei ist im Nest« ein sinnvoller Satz war oder nicht. Der Satz löste bei ihm keine Empfindung von Sinnhaftigkeit aus, wie ein zu lange gekauter Kaugummi, der keinen Geschmack mehr abgibt, egal wie heftig man ihn mit den Zähnen bearbeitet. Immerhin konnte er sich ein Ei im Nest bildhaft vorstellen; außerdem erinnerte er sich (oder glaubte sich zu erinnern), dass er diesen Satz vor einiger Zeit noch für sinnvoll gehalten hatte. Das musste genügen.

»Das – Ei – ist – im – Nest.«

Raffi schien taub geworden zu sein. Niko musste den Satz vier oder fünf Mal wiederholen, bevor er überhaupt irgendeine Reaktion zeigte.

»Aber danach hören wir auf!«, erklärte Raffi und begann widerwillig zu schreiben. »Das ist der letzte Satz, den wir schreiben. Danach hören wir auf.«

Niko antwortete nicht; er brauchte seine Kraft für andere Dinge, zum Beispiel dafür, sich davon abzuhalten, laut loszuschreien oder einfach aufzustehen und wegzugehen. Außerdem durfte er beim Diktieren keine Fehler machen.

Warum hielt Raffi das Heft beim Schreiben nicht mit der linken Hand fest, sodass es bei jedem Strich, den er mit dem Bleistift machte, auf dem Tisch hin und her rutschte? Kein Wunder, dass er die Zeilen nicht einhalten konnte und dass seine Buchstaben so schief und unregelmäßig wurden! Und was war das eigentlich, was er da geschrieben hatte?

Das Ai istim Ment

Nikos Herzschlag beschleunigte sich; er mahlte mit den Backenzähnen. Mühsam rang er sich dazu durch, sowohl über die Rechtschreibfehler als auch darüber hinwegzusehen, dass Raffis i-Punkte sinnloserweise so dick wie Erbsen waren, obwohl er sich über beides ärgerte. An solchen Feinheiten konnten sie später noch feilen. Zuerst einmal mussten sie es schaffen, überhaupt etwas Sinnvolles zu Papier zu bekommen.

»Ment«, informierte er Raffi so sachlich wie möglich. »Du hast ›Ment‹ geschrieben.«

Raffi sah ihn verständnislos an.

»Es muss ›Nest‹ heißen! Du hast ›Ment‹ geschrieben.«

»Nnnnnnnnh!« Raffi machte ein zorniges Geräusch, das tief anfing und zum Schluss hin immer höher wurde, wie eine startende Rakete. Bevor Niko eingreifen konnte, hatte er das falsche Wort schon mit dicken, wütenden Bleistiftstrichen überkritzelt. Das durchgestrichene Wort sah jetzt aus wie ein großes, kompliziertes, vielflügeliges und vielbeiniges Insekt, das jemand auf dem Heft totgeschlagen hatte. Aber egal, dachte Niko, der schwer atmete; Hauptsache, sie kamen überhaupt weiter.

Das Ai istim ~~Ment~~neST.

»So. Fertig!«, sagte Raffi und betrachtete wohlgefällig sein Werk. »Ich hab hinten sogar einen Punkt gemacht. Gut, oder? Und jetzt hören wir auf.« Er klappte das Heft zu und ließ sich von seinem Stuhl gleiten.

»Was? Nein!«, rief Niko.

»Du hast gesagt, dass wir nach dem Satz aufhören.«

»Nein.«

»Doch! Das hast du gesagt!«

»Nein!«, widersprach Niko. Er konnte sich nicht mehr daran erinnern, was er gesagt hatte, hielt es aber für unwahrscheinlich, dass Raffi recht hatte. Und selbst wenn er recht gehabt hätte: Sie konnten jetzt noch nicht aufhören. Sie hatten noch nicht einmal die Hälfte der Aufgabe geschafft.

»Du hast gesagt, dass wir nach dem Satz aufhören!«, wiederholte Raffi. Er schien so fest davon überzeugt zu sein, dass Niko unsicher wurde.

»Nein, nein, Raffi, nein – ich glaube, das hast *du* gesagt.«

»Nein, du! *Du* hast gesagt, dass wir nach dem Satz aufhören. Das hast du gesagt!«, zeterte Raffi mit rotem, wutverzerrtem Gesicht und stampfte wild mit dem Fuß auf.

»Raffi, Raffi, Raffi! Jetzt beruhige dich doch mal. Hör auf damit, du tust dir noch weh!«

»Du hast es aber gesa-haaaagt!«

Raffi fing an zu schluchzen. Er schluchzte herzzerreißend, und Tränen liefen über sein Gesicht. Niko hatte Mitleid mit ihm; gleichzeitig war er fester als je zuvor entschlossen, auf keinen Fall nachzugeben. Auf unbestimmte Weise fühlte er, dass es ein großer Fehler gewesen wäre, jetzt nachzugeben. Er musste standhaft bleiben, aus Liebe zu seinem Sohn, auch wenn es ihm schwerfiel und Raffi ihm leidtat.

Er holte Küchenpapier aus der Küche, damit Raffi sich das Gesicht abtrocknen konnte, und brachte ihm zum Trost und zur Stärkung einen Riegel Kinderschokolade mit. Er suchte den Stift, hob das Heft auf, das Raffi im Zorn zu Boden geschleudert hatte, befestigte den halb abgerissenen Umschlag daran, schlug es an der richtigen Stelle auf und glättete mit der Hand das Papier, das inzwischen schon ziemlich mitgenommen aussah.

»Wir machen das jetzt einfach ganz schnell fertig. Nur noch zwei Sätze, das geht ganz schnell. Okay, Raffi? Das haben wir gleich. Gut, wo waren wir?«

Raffi saß mit finsterem Gesicht auf seinem Platz und warf ihm böse Blicke zu. Dann schüttelte er heftig und abwehrend den Kopf, beugte sich über das Heft und begann zu schreiben. Offenbar hatte er sich entschlossen, die Sache jetzt schleunigst hinter sich zu bringen und dabei auf Nikos Hilfe zu verzichten.

Niko fühlte sich in seinem Entschluss, hart zu bleiben, bestätigt. So schwer es für ihn auch gewesen war, Raffi weinen zu sehen – viel wichtiger als ein paar Tränen und sein eigenes schlechtes Gewissen dabei war die Lektion, die Raffi heute von ihm gelernt hatte: Es führte kein Weg daran vorbei, dass man seine Aufgaben erledigte, und je zügiger man anfing und je konzentrierter man dabeiblieb, desto schneller wurde man fertig.

11

Er nahm einen Schluck von seinem Tee, der inzwischen kalt geworden war, lehnte sich in seinem Stuhl zurück und wartete darauf, dass Raffi fertig wurde. Er freute sich auf die Bücherei. In der Bücherei war Raffi in seinem Element; dort zeigte er sich immer von seiner besten Seite.

In Büchereien wurden sie oft auf ihre Kinder angesprochen, meistens am Ausleihschalter, wenn sich andere Eltern über die Bücherberge wunderten, die sie nach Hause schleppten. Schon als Zweijähriger hatte Raffi in der Public Library von Maryland die Regale der Kinderabteilung geplündert. »*Das* ist interessant und *das* ist interessant und *das* ist interessant und *das* ist interessant!«, hatte er gerufen und ein Buch nach dem anderen in seinen Korb gepfeffert. Einmal war Claire sogar von einer neiderfüllten asiatischen Tiger-Mom angehalten und gefragt worden, wie sie es gemacht habe, dass ihr Sohn sich so für Bücher interessierte. Niko lächelte, als ihm diese Geschichte einfiel.

Raffi war mit seiner Schreibarbeit fertig. Mit zusammengezogenen Augenbrauen und gesenktem Kopf schob er Niko wortlos das Heft hin. Er schien immer noch böse auf ihn zu sein. Aber das würde bald vorübergehen. Jetzt konnten sie den Rest des Tages auf eine angenehmere Art und Weise verbringen, und Raffi würde sicher sehr schnell wieder zu seiner angeborenen Fröhlichkeit und guten Laune zurückfinden. Daran hatte Niko keinen Zweifel.

»Zeig mal her!« Erwartungsvoll lächelnd beugte er sich über das Heft.

»*Nein!* Nein, du sollst doch …« Seine Enttäuschung war unverhältnismäßig groß. »Man muss *alle* Wörter verwenden, in den Sätzen müssen *alle* Wörter vorkommen! Nicht nur ›Ei‹! Du hast ja immer nur ›Ei‹ geschrieben! Ich hab dir doch erklärt, wie es geht!«

Das Ai istim[redacted]neST. Das das Ei ist im Sanddas Ei am Ast

Niko begriff sehr gut, dass Raffi diesen neuerlichen Unsinn nicht aus Bosheit produziert hatte, um ihn zu ärgern, oder aus Dummheit, weil er nicht in der Lage gewesen wäre, die Aufgabenstellung zu begreifen. Nein – es waren einzig und allein Raffis *Unkonzentriertheit,* seine *Faulheit*, sein *Unwille,* sich auch nur für *eine* Minute anzustrengen und sich zu überlegen, was eigentlich von ihm verlangt wurde, die zu diesem Ergebnis geführt hatten!

Niko sah den Weg jetzt völlig klar vor sich. Es gab keine Zweifel mehr, die ihn bedrängten. Er war sich sicher, dass Claire, wenn sie hier gewesen wäre, zu dem gleichen Schluss gekommen wäre.

»Das musst du noch mal schreiben«, befahl er kalt.

»Nein!« schrie Raffi unerwartet laut und wild. »Das ist alles nur deine Schuld!« Sein liebes, rundes Gesicht mit der lustigen Stupsnase war zornverzerrt, und Tränen liefen ihm aus den Augen. »Warum hast du das nicht gleich gesagt? Wegen dir hab ich alles falsch gemacht! Man *muss* gar nicht alle Wörter nehmen. Das ist nicht wahr! Das muss man gar nicht. Das ist gemein, du bist gemei-hein!!« Vor Zorn und Hilflosigkeit laut aufheulend, radierte Raffi wie wild drauflos. Unter seinen unbeherrschten und gewaltsamen Radiergummihieben faltete sich die Heftseite ziehharmonikaartig zusammen und riss sofort an der Mittelfalte ein.

»Lass das!«

Während er Raffi den Radiergummi abnahm, ihn beruhigte und tröstete, ihm die Tränen trocknete und die Nase putzte, ihm über die Haare streichelte, ihn an sich drückte und mit stärkenden Süßigkeiten versorgte, blieb Niko innerlich völlig gelassen. Er wusste mit der Gewissheit des Gläubigen, was er zu tun hatte.

Er betrachtete das Heft, das inzwischen in einem beklagenswerten Zustand war. Nicht nur, dass die von Raffi malträtierte Seite stark zerknittert und eingerissen war, auch die früheren Korrekturaktionen hatten ihre Spuren auf dem Papier hinterlassen und seine ursprüngliche, glänzende Elfenbeinglätte zerstört: Reste von unsauber wegradierten Wörtern und Buchstaben schwebten mahnend in den Ecken wie die Geister verstorbener Kalligrafielehrer, und dort, wo Raffi beim Schreiben mit einem viel zu spitzen Stift viel zu fest aufgedrückt hatte, zogen sich Narbenmuster über das Papier, die man mit den Fingern ertasten und auf diese Weise vermutlich sogar entziffern konnte. Genau in der Mitte der Seite verunzierte eine Art Furunkel das Papier: An dieser Stelle war Raffis Amok laufender Radiergummi auf eine hinuntergetropfte Träne getroffen; Radiererschmutz, Tränenflüssigkeit und Papierabrieb hatten in unheilvollem Zusammenwirken einen hässlichen grauen Krater erschaffen. Niko schüttelte energisch den Kopf, packte die Seite an der oberen Ecke und riss sie mit einem Ruck aus dem Heft.

»Du hast mein Heft kaputt gemacht! Du hast mein Heft kaputt gemacht!« Raffi, noch rotgesichtig und aufgelöst von seinem vorhergehenden Ausbruch, fing sofort wieder an zu schluchzen.

»Schschsch!«, machte Niko, um ihn zu beruhigen, und konzentrierte sich darauf, die Lage zu analysieren.

Leider, leider befand sich auf der Rückseite der – vielleicht doch vorschnell? – herausgerissenen Seite noch ein anderer Eintrag:

Unsere Lernwörter

Ei
Sand
Meise
Ast
Eimer
Nest

Das stand auf einem eingeklebten Zettel. Darunter hatte die Lehrerin mit der Hand jedes Wort einmal in Rot vorgeschrieben; Raffi hatte den Rest der Zeilen jeweils brav mit Wiederholungen aufgefüllt.

Ei Ei Ei Ei Ei Ei Ei Ei Ei
Sand Sand Sant Sant sant
Meise meise Meise mese
Ast At Ast Ast Ast Ast ast
Eimer Eima Eima Emer
Nest nest Nst Nest n

Die Vorstellung, dass Frau Meier – ein erwachsener Mensch mit Abitur und abgeschlossenem Studium, eine Frau, die geheiratet und ein Kind geboren hatte –, dass eine solche Frau offenbar tatsächlich bereit war, sich ruhig und gefasst an einen Tisch zu setzen und der Reihe nach in fünfundzwanzig Hefte mit Rotstift die immer gleichen sechs Wörter einzutragen, in einer musterhaften, völlig regelgerechten Schönschrift, die nicht die geringste Ungeduld, kein Zittern der Hand oder Abschweifen der Gedanken verriet, bewirkte bei Niko eine spürbare Veränderung der Gehirnchemie, ein ernüchterndes Versickern von Serotonin und anderen, das Wohlbefinden fördernden chemischen Substanzen im Untergrund seines Nervengewebes.

Kein Wunder, dass Raffi schlampte und trödelte. Niko las sich durch, was Raffi geschrieben hatte, und versuchte sich vorzustellen, wie es sein musste, klein und jung und solcher Monotonie ausgesetzt zu sein.

Leider hatte Raffi auch diese Aufgabe alles andere als sorgfältig bearbeitet. Und leider konnte Niko nicht anders, als sich an Raffis Fehlern zu stören; sie sprangen ihm geradezu ins Auge. Warum machte Raffi, warum machte *sein Sohn* so viele Fehler bei einer so einfachen Aufgabe? Ausgerechnet Raffi, der mit Sicherheit das Zeug dazu hatte, absolut untadelige Arbeiten abzuliefern? Waren das T am Ende von »Sant«, die vergessenen Is und Es, die wiederkehrenden Kleinbuchstaben am Wortanfang nicht die Vorboten späterer, ernsthafterer Häresien? Konnte aus einem Kind, das so unordentlich arbeitete, überhaupt ein Erwachsener werden, der so war, wie man zu sein hatte, wenn man ein wertvolles Mitglied der Gesellschaft sein wollte?

Es war überhaupt nicht vorschnell, sondern vielmehr *sehr gut und sehr richtig* gewesen, dass er das Blatt aus dem Heft gerissen hatte! Eine so schlampige Arbeitsweise durfte man gar nicht erst einreißen (haha!) lassen. Sie mussten die ausgerissene Seite *insgesamt* rekonstruieren, und zwar so, dass danach nichts, aber auch wirklich gar nichts mehr daran auszusetzen war – nicht einfach, aber machbar.

Er musste systematisch vorgehen. Der erste und am leichtesten durchführbare Schritt bestand darin, das (glücklicherweise unbeschriebene) Gegenstück der ausgerissenen Seite aus den Mittelklammern zu lösen und zu entsorgen.

»Aber nicht wegwerfen! Das brauch ich noch!«

»Was? Wozu denn?«

»Das brauch ich noch!«

Raffi riss Niko das leere Blatt aus der Hand und brachte es auf seiner Seite des Tisches in Sicherheit. Niko machte sich daran, die kopierten Aufgabenzettel vorsichtig von der Vorder- und Rückseite der ausgerissenen Seite abzulösen. Man konnte nicht sagen, dass das besonders gut geklappt hätte: Er musste ein Küchenmesser zu Hilfe nehmen, und trotzdem bekamen die Aufgabenzettel Risse, durchscheinende Stellen und Löcher.

Raffi baumelte mit den Füßen. Jedes Mal wenn sein linkes Bein nach vorne schwang, polterte er dumpf mit dem Schuh gegen ein Tischbein, und dieser sich regelmäßig wiederholende Aufprall, dessen Wiederkehr auf so angenehme Weise vorhersagbar war, schien ihn nicht nur nicht zu stören, sondern geradezu zu befriedigen und sein eigentliches Hauptinteresse im Leben auszumachen.

Die nächste Aufgabe, die Niko zu lösen hatte, war wieder etwas einfacher: Er musste die abgelösten Aufgabenzettel ordentlich und an der richtigen Stelle in das Heft einkleben und dabei darauf achten, dass dazwischen genügend Platz für die Lernwörterübung blieb. Dann kam der letzte Schritt, der Schritt, den er für den schwierigsten und heikelsten hielt: Er musste nämlich mit einem roten Stift die von Frau Meier vorgeschriebenen Wörter abpausen, und dabei durfte ihm auf keinen Fall ein Fehler unterlaufen.

In Wirklichkeit war das Abpausen leichter als gedacht, und das Resultat sah überraschend echt aus. Wenn das Gesamtergebnis nicht vollkommen überzeugend wirkte, dann lag das vor allem an den recycelten Aufgabenzetteln, die mit ihren verschlissenen, sich einrollenden Rändern auf dem sauberen weißen Papier den wenig vertrauenerweckenden Eindruck von Landstreichern machten, die es sich ohne Einladung in fremden Betten bequem gemacht hatten. Trotzdem war es, wenn man seinen Perfektionismus unterdrückte, alles in allem möglich, mit dem Ergebnis einigermaßen zufrieden zu sein. Wenn Raffi sich jetzt beeilte und zügig die Aufgaben erledigte, konnten sie in ein paar Minuten fertig sein.

12

Draußen war es schon fast dunkel. Im Fenster des gegenüberliegenden Hauses loderte eine kleine, beunruhigende Feuersbrunst: Die Nachbarin hatte ihren gläsernen Tischkamin entzündet. Niko legte Raffi das Heft vor.

»Nein, das mach ich nicht. Das kannst du vergessen!« Raffi schüttelte den Kopf. »*Du* hast doch die Seite rausgerissen!«

»Aber, Raffi, überleg doch mal … Wir rechnen es aus, okay? Es sind … eins, zwei … sechs mal drei sind achtzehn Wörter, plus, Moment, fünf, drei, fünfzehn, also achtzehn plus fünfzehn, ist zwanzig, achtundzwanzig, dreiunddreißig, also insgesamt dreiunddreißig Wörter. Selbst wenn du pro Wort zehn Sekunden brauchst – so lange brauchst du nie im Leben! –, dauert es insgesamt nur dreihundertdreißig Sekunden. Weißt du, wie viel das ist? Eine Minute hat sechzig Sekunden, das heißt, dreihundertdreißig Sekunden sind fünf, na ja, sagen wir: sechs Minuten. Nur sechs Minuten!«

»Nein.« Das unerschütterliche, aus Desillusionierung gespeiste Nein eines Apachenhäuptlings, der von den Weißen einmal zu oft verraten worden ist.

»Acht Minuten, Raffi! Das ist doch nicht viel.«

»Nein.« Ein tränenersticktes Nein, ein Nein, das viel lieber ein Ja gewesen wäre, wenn nur die Umstände anders gewesen wären.

»Das ist weniger als eine *Wickie*-Folge, Raffi. *Viel* weniger. Eine halbe *Wickie*-Folge!«

Raffi hob überrascht den Kopf. »Echt? Nur eine halbe Folge?«

»Ja! Sogar noch weniger! Eine Drittelfolge! Das heißt, während einer Folge könntest du diese Aufgaben *drei Mal* erledigen. Na?«

»Nein, danke.« Raffi verschränkte die Arme vor der Brust.

»Wir bleiben hier sitzen, bis du fertig bist.«

»Haha, da kannst du lange warten.«

»Na gut. Gut, dann – dann gibt es heute eben keinen Nachtisch.«

Strafen waren kein geeignetes Mittel der Kindererziehung. Strafen waren kontraproduktiv, weil sie die Beziehung zwischen Eltern und Kindern zerstörten. Von Strafen konnte man natürliche oder logische Konsequenzen unterscheiden. Eine natürliche Konsequenz trat von selbst als Folge eines bestimmten Verhaltens ein: Wer im Winter keine Jacke anzog, fror; wer bei der gemeinsamen Mahlzeit nichts essen wollte, bekam später höchstwahrscheinlich Hunger. Eine logische Konsequenz musste, um überzeugend zu sein, in einem nachvollziehbaren (»logischen«) Zusammenhang mit der Verfehlung stehen: Wer beim Zähneputzen trödelte, musste auf die Gutenachtgeschichte verzichten (weil es dafür zu spät war), wer sein Zimmer nicht aufräumte, konnte keine Freunde einladen (weil kein Platz für sie war).

Wer seine Hausaufgaben nicht erledigt hatte, bekam keinen Nachtisch, weil …?

Wenn man darüber nachdachte, stellte man schnell fest, dass das gesamte Konzept unklar und widersprüchlich war. Die Abgrenzung zwischen natürlichen und logischen Konsequenzen war völlig willkürlich. Die Natürlichkeit der natürlichen Folgen war ein bloßes Konstrukt: Wer keine Jacke anzog, musste nur dann frieren, wenn niemand ihm die Jacke nachbrachte, wer nichts aß, musste nur dann hungern, wenn jemand den Kühlschrank bis zur nächsten

Mahlzeit verschlossen hielt. Und wenn Eltern ihre Kinder durch ihr Eingreifen vor den negativen Konsequenzen ihres Handelns schützen konnten – ihnen vorlesen konnten, obwohl es spät war, und sie mit ihren Freunden im Wohnzimmer spielen lassen konnten, wenn das Kinderzimmer unbetretbar geworden war –, was war dann das bewusste Eintretenlassen der unerfreulichen Konsequenzen, egal ob natürlich oder logisch, *anderes* als eine Strafe?

Mit dem für sie typischen Scharfsinn hatte Claire diese Zusammenhänge schon ganz am Anfang ihres Elterndaseins aufgedeckt. Deshalb fand bei den von Koppensteins keine Erziehung durch Konsequenzen statt. Stattdessen vertrauten sie als Eltern auf die Kraft vernünftiger Erklärungen und auf den heilsamen Einfluss des guten Beispiels.

Es war immer sehr angenehm gewesen, mit überlegener Milde über die anderen zu lächeln, die ihre Kinder mit Sanktionen aller Art zu steuern versuchten – über Tinchen und Klaus-Werner zum Beispiel, die in Notfällen Heinrich gegenüber die Drohung »Sonst streich ich dir die Sendung!« ausstießen, meistens vergeblich. Der Satz war bei den von Koppensteins schon sprichwörtlich geworden: Claire drohte ihren Kindern (und Niko) öfter im Scherz damit, ihnen »die Sendung« zu streichen, wenn sie nicht taten, was sie wollte. »Dann gibt es heute eben keinen Nachtisch!« fiel in die gleiche Kategorie; es war nicht schwer vorauszusehen, was Claire dazu sagen würde, wenn sie davon erfahren würde.

Aber vielleicht erforderten besondere Umstände ja auch besondere Maßnahmen? (Not kennt kein Gebot.) Vielleicht war es manchmal gerechtfertigt, die eigenen Überzeugungen über Bord zu werfen, um ein übergeordnetes Ziel zu erreichen? (Der Zweck heiligt die Mittel.) Außerdem war es sowieso zu spät für irgendwelche theoretischen Skrupel. Niko hatte seine Drohung bereits ausgesprochen und konnte jetzt nur noch abwarten, wohin der eingeschlagene Weg sie führen würde.

»Wie du meinst«, wiederholte er. »Dann gibt es heute also keinen Nachtisch.«

»Mir doch egal! Ich wollte sowieso keinen.«

In eine Sackgasse, offenbar.

»Ich esse überhaupt keinen Nachtisch mehr. Nie mehr! Ich mag überhaupt keinen Nachtisch. Vor allem Schokopudding. Der sieht aus wie Scheiße. Braune, stinkende Hundescheiße! Bäh!«

Wahrscheinlich hätte er, um überhaupt Aussicht auf Erfolg zu haben, von Anfang an mit dem atomaren Erstschlag drohen müssen, statt nur planlos und panisch auf irgendeinen Grenzposten zu feuern, dachte Niko. Mit Taschengeldentzug oder Hausarrest; davon hätte Raffi sich vielleicht beeindrucken lassen und wäre eingeknickt. Jetzt war der Feind gewarnt und hatte Zeit gehabt, sich mental auf weitere Angriffe vorzubereiten und seine Reserven zu mobilisieren.

Nach einem heftigen Zusammenprall tritt in einem Kampf manchmal eine Phase ein, in der sich die Gegner zurückziehen und für einen Moment innehalten, um ihre Verluste zu bilanzieren und die verbleibenden Kräfte zu sammeln und neu zu formieren. Niko dachte an seine kinderlosen Freunde und Bekannten. Keiner von ihnen, da war er sich sicher, hätte sich auch nur annähernd die Extremsituation ausmalen können, in der er sich befand. Sie waren ahnungslos! Was hier stattfand, war ein Kampf Mann gegen Mann, Wille gegen Wille, ein erbittertes Gerangel am Rande des Abgrunds.

Raffi hatte seinen Kopf in beide Hände gestützt und lugte zwischen den Fingern fremd und böse und hasserfüllt zu ihm hinüber.

Jetzt aufzugeben, einfach vom Wohnzimmertisch aufzustehen, die Sache mit ein paar milden Worten für erledigt zu erklären und wegzugehen, nachdem er so viel Kraft darauf verwendet hatte, sich durchzusetzen – das wäre das Schlimmste gewesen, was er hätte tun können! Eine Niederlage von so ungeheuren Ausmaßen wollte Niko sich nicht einmal vorstellen, geschweige denn über ihre Folgen nachdenken. Die Situation hatte Widerhaken wie eine heimtückische Waffe – wenn man nicht noch mehr Schaden anrichten wollte, gab es nur einen Weg: den Weg nach vorn, so schmerzhaft und verlustbringend dieser auch sein würde.

Raffi sprang auf und stürzte an ihm vorbei in Richtung Tür. Niko schlang seinen Arm um Raffis Oberkörper, um ihn festzuhalten, und kämpfte stumm mit ihm. (War er in ein Paralleluniversum versetzt worden? Oder wie sonst war es möglich, dass er Gewalt anwenden musste, dass er *bereit* war, Gewalt anzuwenden, nur damit sein Sohn ein paar sinnlose Wörter in ein Heft schrieb?)

Raffi gab nicht auf, sondern versuchte, sich aus der Umklammerung zu befreien, und entwickelte dabei unerwartete Kräfte. Er stemmte seine Beinchen in den Boden, warf sich mit seinem ganzen Gewicht nach hinten, wand sich in alle Richtungen und schrie aus Leibeskräften, so schrill, dass es Niko in den Ohren wehtat. Je länger der Kampf sich hinzog, desto ungläubiger verfolgte Niko das unbegreifliche Schauspiel, an dem er offenbar als Hauptdarsteller beteiligt war, ohne dass sich irgendjemand die Mühe gemacht hätte, ihm vorher das Textbuch zuzuschicken.

Dann saß Raffi wieder an seinem Platz. Der Blick, den er Niko zuwarf, war giftiger als Dioxin.

»Warum seid ihr noch da? Wolltet ihr nicht in die Bücherei?« Cordelia hatte aus der Schule eine Freundin mitgebracht, ein Mädchen namens Sonja, das jetzt neben ihr in der Wohnzimmertür stand und verlegen grinste. Beide Mädchen, seine Tochter und das fremde Kind, waren mit

Riesentüchern ausstaffiert, die sie um ihre Hälse gewickelt hatten; im Vergleich zu diesen Stoffbergen sahen ihre Köpfe klein wie Tennisbälle aus.

»Gibst du mir Geld?«, fragte Cordelia.

»Warum?« Niko hielt seinen rechten Arm leicht vom Körper abgespreizt, um Raffi damit zu signalisieren, dass er jederzeit auf einen weiteren Ausbruchsversuch gefasst war.

»Wir wollen Haarkreide kaufen. Was macht ihr hier eigentlich? Warum brüllt er so?«

»Meine Mutter würde meinem Bruder *nie* erlauben, so laut zu schreien«, informierte ihn Sonja. Sie hatte eine Piepsstimme, gerötete Nasenflügel und viele kleine, glänzende Pickelchen auf der Stirn.

»Also, gibst du mir jetzt das Geld oder nicht?«

»Nein.«

»Kannst du mir bitte *Geld* geben?« Cordelia verlagerte ihr Gewicht auf ein Bein und legte den Kopf schief.

»Nein.«

»Und warum nicht?«

»Wirklich, Cordelinchen, du siehst doch, dass wir hier gerade …«

»Warum musst du eigentlich immer so viel Stress machen? Man kann doch auch ohne Hausaufgaben in die Schule gehen.«

Raffi richtete sich auf und nickte und grinste zustimmend, in übertriebener, zähnebleckender Komikermanier, die Niko unangenehm berührte.

»Ich geh voll oft ohne Hausaufgaben«, platzte es aus Sonja heraus, die Niko beim Sprechen vor lauter Verlegenheit nicht ansehen konnte, »vor allem in Mathe!« Dieses Geständnis war Sonja so peinlich, dass sie einen Lachanfall bekam und sich abwenden musste.

Niko belauerte Raffi auf der anderen Seite des Tisches wie ein Tennisspieler seinen Gegner, der vor dem Aufschlag nervenzermürbend lange mit dem Ball herumspielt. Er hob seinen Arm noch etwas höher, damit bei Raffi nicht der Eindruck entstehen konnte, dass seine Wachsamkeit nachgelassen hatte.

»Also, kriegen wir jetzt das Geld oder nicht? Papa?«

»Nein.«

»Alter!« Cordelia drehte sich um und zog mit ihrer Freundin ab. Durch den Glaseinsatz der Wohnzimmertür war zu sehen, wie sie sich Arm in Arm entfernten und sich dabei vor Lachen krümmten.

Während der paar Sekunden, in denen Niko nicht aufgepasst hatte, hatte Raffi den Rand der so mühevoll restaurierten Seite mit einer Reihe schlampig gezeichneter, dreidimensionaler Würfel verziert. Jetzt war er damit beschäftigt, konzentrische, immer größer werdende Ellipsen um die beiden Heftklammern im Mittelknick zu zeichnen.

»Was machst du da? Nein!« Niko entriss Raffi das Heft und schüttelte fassungslos den Kopf. Raffi lehnte sich zurück und fing wieder an, mit den Füßen zu baumeln und dabei mit seinem Schuh in regelmäßigen Abständen gegen das Tischbein zu bollern.

Niko fühlte sich kraftlos, seiner Persönlichkeit entkleidet, wie jemand, der alle Mittel aufgebraucht hat, mit denen er bisher gegen sein Schicksal angekämpft hat. Draußen war es stockfinster. Er verzichtete darauf, auf seine Armbanduhr zu schauen.

»Und was ist … was ist, wenn ich dir Gummibärchen gebe? Ein Gummibärchen für jeden Satz?«

»Für jedes Wort!« Raffis Antwort kam blitzschnell, so als ob sie schon lange in seinem Kopf bereitgelegen hätte.

»Na gut, okay, meinetwegen.«

Belohnungen waren um nichts besser als Strafen. Sie brachten nämlich den Empfänger dazu, eine Sache nicht um ihrer selbst willen zu tun, sondern nur noch aus extrinsischen Gründen, um sich in den Besitz der Belohnung zu bringen. (Es gab sogar ein Buch zu diesem Thema, es hieß *Belohnungen sind schlecht* oder *Belohnungen sind in Wirklichkeit eine Strafe* – irgendwas in der Art, und Claire hatte es gelesen.)

Warum war er nicht schon viel früher auf die Idee mit den Gummibärchen gekommen? Das war die Lösung für ihre Probleme.

»Ein Gummibärchen für jedes Wort, das du schreibst. Aber nur, wenn es richtig ist.«

»Für jeden Buchstaben!«

Woher kam nur diese plötzliche Geschäftstüchtigkeit? Niko stellte im Kopf eine Überschlagsrechnung an.

»Nein, Raffi, das wird zu viel, das geht nicht. So viel kannst du gar nicht essen.«

»Dann mach ich eben gar nichts.« Raffi verschränkte wieder die Arme.

Niko wusste nicht, ob er überhaupt genügend liquide Mittel besaß, um den geforderten Preis zu bezahlen. Wie viele Gummibärchen wohl in einer Tüte waren? Natürlich hätte er unter normalen Umständen nicht erlaubt, dass Raffi eine ganze Packung Süßigkeiten auf einmal in sich hineinstopfte. Andererseits – was war schon groß dabei? Wahrscheinlich war es sowieso besser – cooler! –, solche Dinge nicht immer so spießerhaft eng zu sehen. Es gab mit Sicherheit Kinder, die *jeden Tag* eine Tüte Gummibärchen aßen, ohne irgendeinen Schaden davonzutragen. Raffi würde beim Abendessen nicht mehr viel Appetit haben, aber das konnten sie verkraften.

Außerdem war der heutige Nachmittag eine Ausnahme. Ein Einzelfall, der sich nicht wiederholen würde. Dem er es nicht *gestatten* würde, sich zu wiederholen!

»Okay, einverstanden. Eins für jeden Buchstaben.«

Niko stand auf, um die Tüte mit den Gummibärchen zu holen. Als er zurückkam, hatte Raffi schon angefangen zu schreiben und eine ganze Zeile mit fast fehlerfreien »Eis« gefüllt. Niko atmete auf.

Trotz des exorbitanten Gehalts, das er für sich herausgehandelt hatte, hielt Raffi es immer noch nicht für nötig, sich richtig an den Tisch zu setzen, das Heft in geeignetem Abstand und zweckmäßigem Winkel vor sich hinzulegen, beim Schreiben die Seite festzuhalten, damit sie unter dem Stift nicht hin und her rutschte, darauf zu achten, dass er mit dem Unterarm keine Ecken umknickte, oder gar auf die für ihn offenbar lebenswichtigen, minutenlangen Pausen zu verzichten, in denen er sich zurücklehnte, sich interessiert im Wohnzimmer umsah und taub für jede Ansprache war. Niko beobachtete ihn gequält, wie ein Firmenchef seinen schlampigen, unzuverlässigen Angestellten, der aber, wenn man ihn versehentlich durch Kritik beleidigte, sofort die Arbeit einstellen und dadurch die Einhaltung eines wichtigen Liefertermins unmöglich machen würde, und schluckte die Ermahnungen herunter, die sich ununterbrochen auf seiner Zunge bildeten.

»Das – Ei – ist – im – Nest«, diktierte er und zählte die fälligen Gummibärchen ab. Raffi kaute schreibend und schrieb kauend und schaufelte sich jede neue Zahlung sofort in den Mund, egal ob er die vorherige schon hinuntergeschluckt hatte oder nicht, wie ein Heizer, der ununterbrochen Kohlen in ein Feuerloch schaufelt.

»… im Nest. – Nein, mit t! Mit t, Raffi! *Nest schreibt man mit t!*«

»Punkt.« – »Punkt!« – »*Punkt!*« – »Der Punkt, Raffi, *du musst einen Punkt machen!*«

Raffi hielt die Hand auf: Für Satzzeichen wurde ein übertariflicher Extrazuschlag fällig. Niko blechte ohne Widerrede.

»Die Meise ist am Ast. Die – Meise – ist – am – Ast. Die Meise …«

Niko hatte die Vision einer Gefängniszelle, in der er die nächsten Jahre würde verbringen müssen: Auf der Pritsche lungernd, an die Wand gelehnt, die Füße auf den Tisch gelegt, erwarteten ihn dort seine Zellengenossen, finstere Gestalten mit zusammengewachsenen Augenbrauen und sonderbar geformten Ohrmuscheln. Nest, Meise und Ast, so stellten sie sich vor, und das waren natürlich nicht die Namen, auf die sie einst als unschuldige Kinder von ihren Eltern getauft worden waren: Ast war ein Mörder, der nichts dagegen hatte, gelegentlich an die Tatwaffe erinnert zu werden, Meise ein Totschläger mit eingeschränkter Schuldfähigkeit; nur der kleine, drahtige Nest mit seinem Rattengesicht verweigerte die Auskunft: Man würde noch früh genug erfahren, was es mit seinem Namen auf sich hatte, und vielleicht würde man sich dann wünschen, nie danach gefragt zu haben …

»Ich nehm mir das iPad.« Cordelia hatte ihre Freundin zur U-Bahn gebracht; jetzt war sie zurück, wollte vor dem Abendessen noch ein bisschen Spaß haben und sichergehen, dass ihre engsten Angehörigen davon wussten.

Geistesgegenwärtig genehmigte Niko seinem Angestellten eine gewaltige, unverzüglich fällige Erschwerniszulage und zahlte sie aus, bevor Cordelias Ankündigung ihre störende und unterbrechende Wirkung entfalten konnte.

»Alles klar!«, rief er Cordelia nach und warf dann einen Kontrollblick in Raffis Heft.

Das meiste ist am Ast hatte Raffi geschrieben.

De Eima ist ein Nest stand in der Zeile darüber.

Wie eigenartig! Dabei hatte er Raffis Fortschritte doch so minutiös überwacht und ihm jedes Wort mehrfach vorgesprochen! Niko schüttelte den Kopf, als ob er sich von einem Schwindel oder einem lästigen Druck auf den Ohren befreien wollte, und riss eine Tüte Supertrollis auf, um den fälligen Vorschuss für das nächste Wort bezahlen zu können. (Aufgrund einer galoppierenden Inflation waren die Gummibärchen früher als geplant zu Ende gegangen.)

Das ei ist aus zand glaubte Raffi unerklärlicherweise in sein Heft kritzeln zu müssen, obwohl ihm Niko seiner Ansicht nach etwas ganz anderes diktiert hatte. Immerhin entdeckte Raffi selbst den Fehler im letzten Wort und löschte ihn, indem er das ganze Wort mit einem wilden Gewirr aus Schlaufen und Zickzackstrichen überdeckte. *Sad* verbesserte er sich dann mit einem elegant-triumphierenden Schwung des Handgelenks. Der Punkt, den er nach kurzer Überlegung ans Ende des Satzes malte, hatte einen Durchmesser von mehreren Millimetern und klebte an der darüberliegenden Zeile wie eine spuckedurchweichte Papierkugel, die jemand an die Decke geschossen hat, und bei seinem Anblick gestand sich Niko seine Niederlage ein: Der neue Hefteintrag war genauso falsch wie alles, was davor im Heft gestanden hatte, vielleicht sogar noch falscher. Es hatte auch keinen Sinn, noch einmal etwas daran verbessern zu wollen, denn das, was ihm vor Kurzem noch so einfach erschienen war – Raffi dazu zu bringen, ein paar simple Wörter und Sätze einigermaßen ordentlich in sein Heft zu schreiben –, war in Wirklichkeit unmöglich.

13

Claire hatte zwar gewusst, dass in ihrem Institut zwei Stellen unbesetzt waren, hatte sich allerdings nicht klargemacht, was das für sie bedeutete: dass nämlich alle anfallenden Verwaltungsaufgaben fast allein auf ihren Schultern lasten würden. Die Sekretärin, die ihr von der Personalabteilung zugeteilt worden war – ein menschlicher Wanderpokal, der seit Jahren von Institut zu Institut weitergereicht wurde –, war so unberechenbar wie die Betaversion eines Programms, das menschliche Denkvorgänge simulieren soll, dabei aber ständig absurde und unerwartete Fehler produziert. Claire musste wohl oder übel viele Sekretariatsangelegenheiten selbst übernehmen und darüber hinaus einiges an Zeit und Nerven aufwenden, um die Schnitzer dieser sonderbaren Person auszubessern, die sich gewöhnlich keiner Schuld bewusst war.

Als ahnungslosem Neuankömmling wurden Claire außerdem von überallher unangenehme Zusatzaufgaben zugeschoben, die sie nicht alle ablehnen konnte: der Berichterstatterposten in einem Berufungsverfahren der Sportwissenschaftlichen Fakultät, die Teilnahme an rätselhaften »Begehungen« und Inventurmaßnahmen der Verwaltung, die Organisation von Treffen verschiedener interdisziplinärer Arbeitskreise, die sich mit so schwer fassbaren (und gähnend langweiligen) Themen wie »Materialität« oder »Simulation« befassten, das Erstellen hochkomplexer Studiengangsmatrizen, die aller Voraussicht nach nie von irgendjemandem gelesen werden würden, oder das Ausfüllen mehrseitiger Qualitätsmanagement-Fragebögen, die der Evaluation genau dieser, von ihr selbst erstellten Matrizen dienten. Sie musste deutlich mehr unterrichten als in Maryland, und als ob das alles noch nicht genug gewesen wäre, hatte sie sich auch noch in eine langwierige Fehde mit den Wissenschaftshistorikern verstrickt, die zwei eindeutig und unstreitig Claires Institut zugeordnete Räume heimlich, still und leise mit Werken zur Geschichte der Chirurgie und der Geburtshilfe im achtzehnten Jahrhundert vollgestopft hatten und jetzt auf ihr Gewohnheitsrecht pochten und sich weigerten, die stinkenden Wälzer, für die sich außer ein paar Silberfischchen niemand mehr interessierte, wieder zurückzunehmen. Besprechung folgte auf Besprechung, Telefonat auf Telefonat, und jeden Morgen stellte Claire beim Öffnen ihres Mailprogramms fest, dass in ihrem Posteingang über Nacht schon wieder eine Lawine abgegangen war, die es zügig abzutragen galt, schon allein um eventuell darunter Verschüttete – die wirklich wichtigen Mails, in denen es um fristgebundene Geldmittel, interessante Projekte oder ehrenvolle Vortragseinladungen ging – zu bergen.

Sie war so mit Arbeit überhäuft, dass sie ihre familiären Angelegenheiten vorübergehend aus den Augen verlor. Aus Zeitmangel und Bequemlichkeit unterließ sie es, genauer hinzusehen, und hielt stattdessen an ihrer vorgefassten Meinung fest, dass echte Probleme immer nur bei anderen, nie aber in ihrer eigenen Familie auftraten.

In Wirklichkeit war es längst unübersehbar, dass Raffi litt.

»Heute Schule?«, waren täglich seine ersten, angstvollen Worte. Niko verzog in Erwartung seiner Reaktion das Gesicht, wie bei einer unvermeidlichen häuslichen Operation (dem Aufstechen einer Blase oder der Entfernung eines Spreißels mithilfe einer über einem Streichholz ausgeglühten Stecknadel), wenn er mit »Ja« antworten musste. Raffis verzweifelte Protestschreie und Tränen taten ihm jedes Mal in der Seele weh. Mit den Hausaufgaben gab es ständig großen Ärger, und wenn Raffi nicht gerade deswegen herumwütete und -brüllte, zog er sich in sein Zimmer zurück, wo er apathisch im Bett lag und am Daumen lutschte.

»Du könntest jemanden zum Spielen einladen«, schlug Niko vor, »Luis oder Mehmet oder …« Aber Raffi wollte nicht. Er wollte auch nicht mehr bei den Nachbarskindern klingeln oder Claire am Samstagvormittag zum Bäcker begleiten und sich dort von den kinderlieben Verkäuferinnen saure Colafläschchen schenken lassen oder der süße, gehorsame und *total flauschige* Affendienstbote sein, wenn Cordelia ihre Freundinnen zu Besuch hatte und mit ihnen »Supermodels in Afrika« spielte. Sein neues Schnee-Ufo (»Rasanter Rodelspaß – geht super ab, selbst wenn Frau Holle mal nicht so fleißig war!«) hatte er noch kein einziges Mal angefasst, obwohl es im Dezember schon zwei Mal geschneit hatte.

»Ich hab gar keine Lebensfreude mehr!«, beklagte er sich an seinem nassen, aufgeweichten Daumen vorbei, den er kaum noch aus dem Mund nahm, bevor er sich in seinem Bett wieder mit dem Gesicht zur Wand drehte.

»Raffi, was machst du da?«, fragte Claire spöttisch, wenn sie am späten Nachmittag oder Abend nach Hause kam und ihn so vorfand. »Bist du ein Baby, oder was? Los, raus mit dir, raus aus dem Bett!«

In den Weihnachtsferien fand Raffi vorübergehend zu seiner alten Form zurück. Der Heilige Abend fiel auf einen Dienstag. Schon am Montagnachmittag, nachdem Niko ihn aus der Betreuung abgeholt hatte, war Raffi kaum noch zu bändigen. Er galoppierte wild im Haus herum, redete wie ein Wasserfall, stellte immer fantastischere Mutmaßungen darüber an, was für Geschenke er am nächsten Tag bekommen würde, und wiederholte ekstatisch immer wieder denselben Satz: »Morgen ist Weihnachten! Morgen ist Weihnachten! Morgen ist *Weihnachten!*«

Claire beobachtete das Spektakel mit gemischten Gefühlen. Es war schön, Raffi endlich wieder glücklich und ausgelassen zu sehen, andererseits kam ihr seine Vorfreude übertrieben vor, und sie machte sich Sorgen, dass es am nächsten Tag zum Zusammenbruch kommen würde, wenn sich herausstellte, dass die Wirklichkeit seinen übersteigerten Erwartungen nicht standhielt.

Ihre Besorgnis erwies sich als unbegründet. Am Vierundzwanzigsten freute sich Raffi über alles: über das letzte Adventskalendertürchen und das, was dahinter versteckt war, über ihr ausgedehntes Frühstück im Wohnzimmer, an dessen Vorbereitung er sich mit extravaganten Einfällen beteiligte, über jeden einzelnen Strohstern, jede mexikanische Blechfigur und jede Papiergirlande, die sie an den Zweigen ihres kleinen, krummen Baums befestigten, der eher die Form eines plattgedrückten Krapfens als eines stolzen Nadelgehölzes hatte (»Aber mir gefällt er trotzdem total gut!«), über die Lichterketten und über die bespielbaren Krippenfiguren mit den ausdruckslosen Gesichtern, die noch aus Nikos Waldorfkindheit stammten.

Am frühen Nachmittag kippte Raffis Begeisterung ins Hysterische. Er grölte lauthals deutsche und amerikanische Weihnachtslieder, obwohl alle ihn immer wieder darum baten, damit aufzuhören, und wenn er nicht sang, redete er ohne Punkt und Komma oder sprang wie ein Ziegenbock um sie herum und küsste und umarmte sie abwechselnd.

Endlich wurde es dunkel. Cordelia spielte, halb widerwillig, halb stolz, einen Satz aus der *Pathétique* – die Oma wurde per Skype zugeschaltet –, sie sangen Weihnachtslieder, und Raffi durfte bei Kerzenschein die Weihnachtsgeschichte vorlesen. (»Das hätte ich auch gekonnt!«, maulte Cordelia, die sich dadurch offenbar in ihrer Vormachtstellung bedroht sah.) Danach ging Claire mit den Kindern nach oben, während Niko im Wohnzimmer blieb, um das Christkind willkommen zu heißen.

Im Kinderzimmer setzte Claire sich aufs Bett. Falls Cordelia aufgeregt war, ließ sie sich nichts davon anmerken. Sie legte den Kopf schief, runzelte die Stirn und fuhr mit ihrem Zeigefinger an den Buchrücken im Regal entlang, während Raffi, aufs Höchste erregt, in der Mitte des Zimmers im Kreis herumrannte. Endlich ertönte das Klingeln des Glöckchens; Raffi stürmte die Treppe hinunter.

Claire befürchtete immer noch, dass der Abend in einer Katastrophe enden würde, doch das war nicht der Fall. Raffi war gar nicht dazu in der Lage, sich an diesem Tag über irgendetwas *nicht* zu freuen oder von irgendetwas *nicht* begeistert zu sein. Die Römertunika mit Goldborte, die ihm als Erstes in die Hände fiel, zog er sofort an, bevor er sich über die anderen Päckchen hermachte. Alles, was er auspackte, erregte seine Bewunderung.

Sogar Cordelia war zufrieden mit der gruselig-kitschigen Anziehpuppe mit überdimensioniertem Kopf und spindeldürren Ärmchen, die Claire eigens für sie aus Südkorea hatte kommen lassen. (Sie kannte den Geschmack ihrer Tochter.) Die Puppe hatte am Hinterkopf zwischen den Haaren einen kleinen Hebel, mit dem man ihre Augäpfel bewegen konnte, sodass sie gruselig mit den Augen rollte. »Wah!«, rief Cordelia erfreut, als sie die Wirkweise des Hebels entdeckte.

»Alle meine Geschenke sind so toll«, sagte Raffi spätabends, als er schon im Bett lag und Claire sich in der Dunkelheit über ihn beugte, »vor allem der Heil- und Giftpflanzenatlas, aber was ist mit meinen alten Spielsachen? Ich hab Mitleid mit ihnen, wenn niemand mehr mit ihnen spielt.«

Zwischen den Jahren machte Raffi im Hallenbad sein Seepferdchen, sah sich zusammen mit Niko die Starkstromvorführung im Deutschen Museum an und bedauerte lebhaft, dass er noch nicht alt genug war, um ins Planetarium eingelassen zu werden. Nikos Mutter nahm ihn und Cordelia mit in eine Nationaltheateraufführung der *Zauberflöte*. Das Silvesterfeuerwerk verfolgte Raffi von Claires Schoß aus durch das Wohnzimmerfenster: Er hatte viel zu viel Angst vor den Funken und dem Lärm, um auch nur einen Fuß nach draußen zu setzen.

Am letzten Ferienwochenende bekamen sie Besuch von den Hullemanns. Es war das erste Mal, dass sie die Hullis zu sich nach Hause eingeladen hatten.

Klaus-Werner erschien in einem fast bodenlangen beigen Daunenmantel, der aussah wie ein umgeschneidertes Federbett. Dazu trug er eine dunkelblaue, wattierte Mütze mit Ohrenklappen; Claire erriet sofort, dass Tinchen ihm Mantel und Mütze gekauft hatte, um ihn vor dem Erfrierungstod zu bewahren. Auch Heinrich und Lene waren in dicke Anoraks, Mützen, Schals und Handschuhe eingepackt, obwohl die Hullis mit dem Auto (einem Audi A6 Quattro mit Bordcomputer, Einparkhilfe und Sitzheizung) gekommen waren und bis zu ihrer Haustür nur ein paar Schritte zurücklegen mussten. Ihre Handschuhe hatten lange Stulpen, die fast bis zu den Ellbogen hinaufreichten und verhindern sollten, dass Kälte oder Schnee von unten in die Ärmel eindrangen.

Im Haus nahm Heinrich seine gefütterte Fleecemütze ab; seine dünnen Haare klebten an seinem Kopf, und seine Wangen glühten.

»Du putzt dir bitte sofort die Nase!«, sagte Klaus-Werner streng.

In der Absicht, ihre Gäste zu beeindrucken, hatte Claire Bo Ssam gemacht, ein Gericht, das in Berkeley gelegentlich koreanische Freunde für sie zubereitet hatten. »Oooh!« und »Aaaah!«, riefen die Hullis, als die Platte mit der wie lackiert glänzenden, gerösteten Schweineschulter aufgetragen wurde, und ließen sich von Claire zeigen, wie man das Fleisch, das sich nach acht Stunden im Ofen mit dem Löffel zerteilen ließ, zusammen mit Reis, gehackten Frühlingszwiebeln und verschiedenen selbst angerührten Soßen in ein Salatblatt einrollte.

»Mal was ganz anderes«, sagte Tinchen anerkennend, mit einem ganz leichten Unterton von Zweifel in der Stimme, während Klaus-Werner und die Kinder mit ihrem Besteck schon gierig dem Fleischberg zu Leibe rückten.

»Nicht so viel auf einmal, Heinrich!«

»Vorsicht, Lene, der Reis fällt raus.«

»Nimm die Serviette! Nimm die Serviette!«

»Ich hab doch *gesagt,* nicht so viel!«

Die Gäste waren zu beschäftigt, um das Essen zu loben, aber an der Zeitraffergeschwindigkeit, mit der das Fleisch von der Platte verschwand, erkannte Claire, dass sie einen Treffer gelandet hatte.

Nach dem Essen lud Raffi Heinrich in sein Zimmer ein. Lene hätte gerne mit Cordelia gespielt, doch die saß auf dem Sofa, blätterte in einer Zeitschrift und rührte sich nicht vom Fleck.

»Sollen wir Barbie spielen?«, fragte Lene eifrig und näherte ihr Gesicht dem Cordelias, wie ein spazierwilliger Hund, der sein träges Frauchen freundlich mit der Schnauze anstupst.

»Wenn du willst.« Cordelia sah ungerührt ihre Zeitschrift durch und machte keine Anstalten, sich von ihrem Platz wegzubewegen oder auch nur aufzusehen.

»Oder sollen wir uns lieber verkleiden?«

»Wenn du willst.«

»Wir könnten uns als Elfen verkleiden!«

»Wenn du willst.« Cordelia betrachtete stirnrunzelnd eine mehrseitige Modestrecke.

»Ja, aber hast du *Lust*, dich zu verkleiden?«, rief Lene unglücklich. »Oder sollen wir vielleicht lieber was malen? Wir könnten Elfen malen!«

Cordelia blätterte um. »Wenn du willst.«

Lene flüchtete mit rotem Gesicht auf Tinchens Schoß, brach in Tränen aus und konnte auf die besorgten Nachfragen ihrer Eltern hin nicht erklären, was eigentlich los war.

»Soll ich dich nach oben bringen?«, fragte Claire, die stellvertretend für Cordelia ein schlechtes Gewissen hatte. Lene nickte.

Raffi und Heinrich waren schon völlig in ihr Spiel vertieft. Als Claire mit Lene nach oben kam, saßen sie auf dem Boden, mit dem Rücken gegen den Glaseinsatz der Tür gelehnt, und diskutierten. Raffi hatte seine Kleider gegen die Römertunika eingetauscht, und Heinrich trug ein altes Spiderman-Kostüm von Raffi, das ihm viel zu eng war, vor allem im Schritt.

»Klah kann sie mitspielnh!«, brüllte Heinrich auf Claires Frage hin.

»Wir spielen, dass wir durchsichtige Wesen sind, die aber die Form von Menschen haben«, erklärte Raffi, »und dann sollte einer von uns ein Loch bekommen.«

»Du kannth unsha Hausthia seinh!«

»Ja, aber ein durchsichtiges Haustier«, ergänzte Raffi schnell.

Gegen zehn wollten die Hullemanns nach Hause, doch die Kinder reagierten nicht auf ihre elterlichen Zurufe. Niko musste nach oben gehen, Werner musste ihm nachkommen, und letztendlich mussten sie beide ziemlich laut werden, bevor sich Heinrich, Lene und Raffi dazu bewegen ließen, das Kinderzimmer zu verlassen. Sie spielten auf der Treppe weiter, während die Unterhaltung der Erwachsenen noch einmal neuen Schwung aufnahm, sie spielten auch noch auf dem Weg zum Auto und wollten selbst dann nicht damit aufhören, als Heinrich und Lene schon angeschnallt in ihren Kindersitzen saßen, sodass Niko schließlich nichts anderes übrig blieb, als Raffi auf den Arm zu nehmen, damit Klaus-Werner die Autotür mit Schwung zuwerfen, ihnen über das Autodach hinweg zuwinken, einsteigen und den Wagen starten konnte.

»Das war schön«, seufzte Raffi, nachdem der Audi mit seiner kostbaren Spielgefährtenfracht um die Ecke gebogen war, und krümmte sich genüsslich auf Nikos Arm. »Morgen Schule?«

14

Die erste Schulwoche nach den Ferien war die schlimmste, die sie bisher erlebt hatten. Raffi machte einen so unglücklichen und verzweifelten Eindruck und schrie und weinte morgens und am Nachmittag so viel, dass Niko anfing, nach »Depression Kindesalter«, »Depression Kinder Hilfe« und »Schulkind+depressiv« zu googeln, und Claire erkannte endlich, dass sie etwas unternehmen mussten. Sie hatten viel zu lange gewartet, die Augen vor der Wirklichkeit verschlossen und sich eingeredet, dass sich alles von selbst regeln würde.

Ein Blick in Raffis Hefte genügte Claire, um zu erkennen, wo der Hund begraben lag. »Er ist nicht depressiv«, sagte sie zu Niko. »Er langweilt sich einfach. Er ist total unterfordert. Ich meine – *Die Meise ist am Ast?* Ich bitte dich, was soll er denn daraus lernen? Das ist doch Schwachsinn. Wir müssen mit der Lehrerin reden.«

Das erwies sich als schwieriger als gedacht. Es war lächerlich kompliziert, überhaupt mit Frau Meier Kontakt aufzunehmen. Claires eigene Studentinnen konnten sie problemlos per Mail oder telefonisch im Büro erreichen; sie hatte wöchentliche Sprechzeiten, man konnte sie vor oder nach den Vorlesungen ansprechen oder auf gut Glück an ihre Bürotür klopfen. Wahrscheinlich waren sogar ihre Privatnummer und ihre Privatadresse irgendwo im Netz verzeichnet. Alle ihre Kolleginnen und Kollegen machten es so, und bisher hatte es damit nie irgendwelche Schwierigkeiten gegeben. Sie konnte deshalb auch nicht begreifen, dass sie von Frau Meier weder eine Telefonnummer noch eine Mailadresse bekommen hatten.

»Vielleicht haben wir beim Elternabend bloß nicht richtig aufgepasst?«

»Nein, sie hat *gesagt,* dass sie uns die Nummer nicht gibt«, erklärte Niko, »damit wir sie nicht mitten in der Nacht anrufen.«

Claire versuchte es über Raffi. »Sag ihr bitte, dass ich mit ihr sprechen will. Ich will einen Termin bei ihr. Okay?«

»Sie hat gesagt, du sollst dich bei ihr melden«, richtete Raffi ihr einen Tag später aus.

»Aber *wie?*«, rief Claire unfreundlicher, als Raffi es verdient hatte. »Wie soll ich das bitte schön machen?«

»Ich weiß nicht«, antwortete Raffi traurig, »kannst du sie nicht anrufen?«

Sie versuchte es über das Hausaufgabenheft, das als schulischer Kultgegenstand einer Art religiöser Gesetzgebung unterlag: Die vorgezeichneten Spalten waren jeweils für ein bestimmtes Fach reserviert, und Eintragungen durften nur in genau festgelegter, symbolischer Form vorgenommen werden. (Als Raffi einmal *roTes hefD* neben den stilisierten Bleistift geschrieben hatte, statt dort ein rotes Rechteck einzuzeichnen, hatte Frau Meier den Eintrag durchgestrichen und ein grimmig dreinschauendes Smiley daneben platziert.)

Claire quetschte ihre Anfrage in die mit einem Igel gekennzeichnete HSU-Rubrik für die laufende Woche, aber Raffi brachte es nicht fertig, Frau Meier das Heft vorzulegen. Vielleicht hatte er Angst vor den Folgen des von seiner Mutter begangenen Sakrilegs.

»Ich hab's vergessen«, murmelte er jeden Abend gesenkten Hauptes, »aber morgen denk ich dran. *Wirklich!*«

Claire rief im Sekretariat an.

»Wenn Sie mir das schriftlich geben, dass Sie einen Termin wollen, dann leg ich's der Frau Meier ins Fach«, versprach die Schulsekretärin Frau Schwengel.

»Wie – schriftlich?«

»Na ja, einen Brief zum Beispiel. Den schicken Sie mir geschwind mit der Post und dann –«

»Ist das nicht ziemlich umständlich?«

»Sie können mir den Brief auch faxen, wenn Ihnen das lieber ist.«

Claire, die langsam die Geduld verlor, machte sehr deutlich, was sie von diesem Vorschlag hielt, und schließlich gab Frau Schwengel nach und erklärte sich dazu bereit, Claires Telefonnummer samt Rückrufbitte zu notieren.

»Ich leg's ihr ins Fach!«, versicherte sie Claire genauso eifrig und freundlich wie zu Beginn des Telefonats.

»Und wenn du einfach mal mit in die Schule gehst?«, schlug Niko vor, als sie zwei Tage später immer noch nichts von Frau Meier gehört hatten. »Vielleicht erwischst du sie vor der ersten Stunde?«

Bevor Claire diesen Vorschlag in die Tat umsetzen konnte, kam doch noch eine Rückmeldung von Frau Meier: In Raffis Federmäppchen fand sich ein Zettelchen aus dünnem grauem Umweltschutzpapier, zwei mal drei Zentimeter groß. *Termin: 18.2., 9.30 Uhr!* stand darauf und weiter nichts, in einer sonderbar kleinen, sonderbar unregelmäßigen Schrift, einer Schrift, die einiges verriet über den, der sie schrieb, einer benachteiligten, auf irgendeine Weise zu kurz gekommenen Schrift, einer Schrift, die das gleiche Mitleid erregte wie ein hässliches, unsympathisches Kind.

Raffi schien nicht mehr genau zu wissen, wie und wann das Zettelchen in seinen Besitz gekommen war. »Sie hat es mir gegeben?«, sagte er, aber so zweifelnd, als ob es sich dabei um eine reine Mutmaßung seinerseits handelte.

Schlagartig ging es Raffi besser. Er jammerte und weinte seltener, und seine Wutanfälle ließen nach. »Ich rede bald mit ihr«, tröstete ihn Claire, wenn er sich trotzdem über die Schule beschwerte. Sie ließ sich von Raffi erklären, was ihn an der Schule störte (»Du langweilst dich, oder? Das ist dir alles viel zu einfach«) und welche Veränderungen er sich wünschte (»Dass du endlich mal was Richtiges lernen darfst!«), und legte sich zurecht, was sie Frau Meier sagen wollte.

Sie sah genau voraus, wie das Gespräch ablaufen würde, denn eigentlich war alles ganz einfach: Kinder gingen zur Schule, um zu lernen. Das war der einzige Zweck der Institution Schule. Das musste jeder so sehen, und zwar deshalb, weil man es überhaupt nicht anders sehen *konnte*. Nun verhielt es sich aber so, dass Raffi in der Schule seit dem ersten Schultag nichts dazugelernt hatte und auch weiterhin nichts lernte. Alles, was ihm dort mit großem Aufwand beigebracht werden sollte – Lesen, Schreiben und Rechnen –, beherrschte er bereits. Was man einmal gelernt hatte, konnte man nicht noch einmal lernen, das war eine apriorische Wahrheit. Die logische Folge daraus war, dass der Unterricht, so wie er im Moment stattfand, für Raffi keinen Sinn hatte. Deswegen ging es ihm so schlecht. Und daraus konnte man wiederum nur einen einzigen Schluss ziehen: Der Unterricht musste sich ändern. Das war Frau Meiers Aufgabe. Sobald der Unterricht an Raffis Bedürfnisse angepasst worden war, sobald er in der Schule Gelegenheit bekam, tatsächlich etwas zu lernen, was er noch nicht konnte, würde es ihm sehr schnell besser gehen; davon war Claire überzeugt.

Frau Meier hatte bisher einfach nicht erkannt, wie weit Raffi in seiner Entwicklung bereits fortgeschritten war. Bei Cordelia war das damals anders gewesen: Ihre Lehrer waren von sich aus auf Claire und Niko zugekommen, weil sie sich Sorgen machten, dass Cordelia sich langweilen könnte. Das Gleiche hätte man eigentlich auch von Frau Meier erwarten können, doch dazu war es bisher nicht gekommen. Der Grund dafür war vermutlich, dass Raffi in der Schule einfach nicht zeigte, was er konnte; trotzdem war es ein bisschen enttäuschend, dass seine Lehrerin – als professionelle Pädagogin! – nicht von selbst gemerkt hatte, was los war. Sie musste Frau Meier also die fehlenden Informationen nachliefern, und diese würde darauf auf die einzig sinnvolle Art und Weise reagieren, nämlich, indem sie Raffi anderen, anspruchsvolleren Stoff anbot, der seinem Lernstand und seinen Interessen besser entsprach, Knobelaufgaben zum Beispiel, anspruchsvolle Lektüre oder besondere Rechercheaufträge.

Claire glaubte fest daran, dass sie Frau Meier nur mitteilen musste, was sie falsch machte und wie sie es anders und besser machen konnte, um die von ihr gewünschte Veränderung herbeizuführen. Halb erwartete sie sogar, dass Frau Meier sich freuen und ihr dankbar dafür sein würde, dass sie ihr die Augen öffnete. Sie war davon überzeugt, bei Raffis Lehrerin offene Türen einzurennen. Ein begabtes Kind, das leicht und gerne lernte – das war es doch eigentlich, was Lehrer sich wünschten! Solche Kinder waren die idealen Schüler. Sie musste Frau Meier nur davon überzeugen, dass Raffi genau *so* ein Kind war.

15

Der Februarmorgen war eisig, und Claire zitterte vor Kälte, als sie das Schulhaus erreichte.

Die große Eingangstür war abgeschlossen. Vergeblich zog und drückte Claire am Türgriff herum. Es gab auch nirgendwo in der Nähe etwas, was nach Klingel oder Sprechanlage aussah. Sie musste sich nach einem anderen Eingang umsehen.

Mit eingezogenem Kopf und klappernden Zähnen lief sie am Schulhaus entlang und bog nach links in den Schulhof ein, den sie schon von der Einschulung her kannte, der aber jetzt ganz menschenleer und schneebedeckt war. Auf dieser Seite des Gebäudes gab es zwei weitere Türen: die hohe, alte, hölzerne Flügeltür, durch die sie am ersten Schultag ins Gebäude gekommen waren, und eine offenbar nachträglich eingebaute, viel modernere Tür aus Verbundglas in einem Stahlrahmen. Durch die Glastür sah man auf das untere Ende einer Treppe. Claire rüttelte an dem großen schwarzen Türgriff, ohne dass etwas passierte: Auch diese Tür war abgeschlossen. Sie hielt die Nase ganz dicht an das Glas der Türfüllung, spähte ins düstere Innere und sah gerade noch die hüpfende und tänzelnde Schwanzspitze einer Kinderschlange, bevor diese um eine Ecke glitt und verschwand.

Die große Flügeltür zehn Schritte weiter ließ sich ebenfalls nicht öffnen, und auch hier gab es keinen Klingelknopf. Claire schaute auf ihre Uhr – noch fünf Minuten –, trat ein paar Schritte zurück und sah suchend an der Fassade nach oben.

Alle Fenster waren neonhell erleuchtet und mit gebastelten Dekorationen beklebt. Alle Bastelarbeiten – Luftballons aus Tonpapier, Clownsgesichter mit Luftschlangenhaaren und wattebeklebte Schneemänner – sahen gleich aus, offenbar waren sie nach Schablonen oder Vorlagen angefertigt worden. Alle Kindergesichter hinter den Fenstern zeigten in die gleiche Richtung. Sogar die drei oder vier Lehrerinnen, die Claire wie auf einem Suchbild nach und nach in ihren Klassenzimmern entdeckte, standen und gestikulierten auf ähnliche Weise, und ihre Silhouetten ähnelten sich.

Die unterste Fensterreihe lag zur Hälfte unterhalb des Schulhofniveaus; sie gehörte zu einer Art Tiefparterre. Vor diesen Fenstern wuchsen Sträucher, die die Sicht in die Klassenzimmer versperrten. Nur ein Fenster war frei; dahinter unterrichtete eine korpulente Frau in einer weißen Strickjacke, die ein Stück Kreide in der Hand hielt.

Claire stellte sich vor das Fenster, bückte sich und winkte mit den Händen, um auf sich aufmerksam zu machen. Die Lehrerin hatte sie offenbar schon bemerkt und sah aus den Augenwinkeln zu ihr hin, ohne ihre Körperhaltung mit der bereitgehaltenen Kreide zu ändern oder mit dem Sprechen aufzuhören. Ihr Mund ging auf und zu, während sie immer wieder alarmiert zu Claire hinüberschielte.

Claire zeigte pantomimekünstlerhaft in Richtung Eingangstür.

Die dicke Frau machte ein rat- und hilfloses Gesicht. Von den Kindern im Klassenzimmer sah keines zu Claire hin, obwohl sie wild mit den Armen wedelte.

»Bit-te!«, hauchte Claire mit übertriebenen Mundbewegungen und zeigte wieder auf die Tür. »Bit-te auf-machen!«

Als Antwort setzte die Frau ein starres Nicht-mein-Problem-Gesicht auf, drehte Claire den runden Rücken zu und teilte ihr auf diese Weise mit, dass sie nicht länger belästigt zu werden wünschte: Sie hatte die Aufsichtspflicht und konnte die Kinder nicht allein lassen.

»Das gibt's doch nicht!«, rief Claire in den menschenleeren Schulhof hinein und schüttelte verärgert den Kopf.

»Und seine Mitarbeit ist natürlich auch unter aller Kanone«, erklärte ihr Frau Meier zehn Minuten später und blies sich mit einem Pressluftstoß die Ponyfransen aus dem Gesicht.

Claire hatte es geschafft, ins Schulhaus zu gelangen, indem sie die Schulsekretärin mit dem Handy angerufen und davon überzeugt hatte, sie einzulassen. Jetzt saß sie auf einem Erstklässlerstühlchen vor Frau Meier und versuchte, mit dem Zähneklappern aufzuhören.

»Das kommt davon, wenn man sie einschult, bevor sie so weit sind«, fuhr Frau Meier fort. Sie folgte auch in Elterngesprächen ihrer bewährten Maxime, dass Angriff die beste Verteidigung war. Ihre Strategie bestand darin, den Eltern gleich am Anfang ein ungeschöntes Bild von den Fähigkeiten ihrer Sprösslinge zu vermitteln. Weil dieses Bild meistens völlig anders ausfiel, als die Eltern – vor allem die Mütter – erwartet hatten, wurden die dann meistens so klein mit Hut und vergaßen, worüber sie sich eigentlich hatten beschweren wollen.

»Aber, wie gesagt, vor allem die Heftführung«, wiederholte sie mit Nachdruck. »Und die Schrift! Die Schrift ist wirklich das Allerletzte. So was wie dem seine Schrift hab ich überhaupts noch nie gesehen!«

Das stimmte nicht. »So was wie dem seine Schrift« sah Frau Meier immer wieder, aber das musste sie ja nicht unbedingt der Frau vor ihr auf die Nase binden. Jeden Tag kämpfte sie – wie gegen hartnäckiges Unkraut – gegen das Gekritzel und Gekrakel ihrer Erstis an, gegen die offenbar unausrottbare Angewohnheit, Buchstaben und Zahlen von unten nach oben zu schreiben, gegen Schlamperei beim

Ausmalen, frei gelassene Stellen und rücksichtsloses Über-den-Rand-Malen mit stumpfen Buntstiften in den falschen Farben. Allein die Art, wie manche Kinder den Stift gepackt hielten: mit idiotisch quer über den Zeigefinger gelegten Daumen, mit Fingern, die sinnlos ineinander verknotet waren wie die Bratwürste in einer Metzgertheke! Die Linkshänder waren besonders schlimm, aber es gab auch andere schwere Fälle, und die wenigsten genügten völlig den Anforderungen. An der Schrift – und an der Heftführung – zeigte sich eben, wer ein guter Schüler war, und ein Kandidat wie dieser Raffael, den man nicht davon abbringen konnte, seine Es und Ds und Einsen und Dreien spiegelverkehrt zu schreiben, der seine Achten faul aus zwei Kreisen zusammenschluderte, statt sie zu schlingen, wie es sich gehörte, der auf gut Deutsch gesagt offenbar einfach zu *blöd* dazu war, vier Kästchen von oben und drei Kästchen von links abzuzählen, der statt auf der ersten freien Seite einfach irgendwo mitten im Heft das Schreiben anfing und der – übrigens als Einziger aus ihrer ganzen Klasse! – immer noch regelmäßig *seinen eigenen Namen falsch schrieb,* gehörte mit Sicherheit nicht zu den Überfliegern.

»Weiß er überhaupt, was links und rechts ist? Also, wenn Sie mich fragen, dann ist der Knabe noch gar nicht schulreif.«

Claire, die schon ein paar Mal vergeblich versucht hatte, zu Wort zu kommen, wartete nur auf einen geeigneten Zeitpunkt, um das Gespräch nach dem einleitenden Geplänkel, das sie nicht interessierte, endlich in die richtigen Bahnen zu lenken. Sie musste Frau Meier von dem völlig uninteressanten Heftführungsthema abbringen, damit sie endlich auf die wirklich wichtigen Punkte zu sprechen kommen konnten.

»Es würde nicht schaden, wenn Sie ihm daheim auch mal was vorlesen würden!«, empfahl Frau Meier.

Das war zu viel für Claire. »Raffi kann lesen«, sagte sie sehr laut. »Er liest ...«, sie zuckte mit den Schultern, »na ja, eigentlich liest er wie ein Erwachsener.«

»Davon hab ich bisher aber noch nichts gemerkt.«

»Doch, das stimmt, er –«, Claire wollte fortfahren, aber Frau Meier ließ sich nicht beirren.

»Und es ist ja auch nicht so, als ob wir das nicht jeden Morgen üben würden! Das ist nämlich unser Buchstabenfrühstück. So nennen wir das. Das machen wir jeden Morgen, und da weiß er nie, wo wir grade sind. Da kann man fast wetten darauf! Alle wissen, wo wir sind, nur der kleine Raffael nicht. Das ist schon fast ein bisschen so ein Running Gag bei uns, wir ...«

»Er hört nicht zu, weil er sich langweilt«, unterbrach Claire, »er *kann* es aber! Er *kann* lesen!«

Frau Meier warf die Hände in die Luft. »Ja, dann muss er mir das aber auch *zeigen!* Das ist dann schon auch ein Stück weit seine Verantwortung. Ich meine, es geht ja hier nicht nur um das Buchstabenfrühstück. Wir haben ja auch noch unsere Arbeitsblätter. Und da merkt man das eigentlich immer genau, bei welchem Kind es schon klick gemacht hat oder eben nicht. Da steht dann *Male die Mütze blau,* und je nachdem ist die Mütze halt richtig oder falsch angemalt. Und da hat er dann aber auch massenhaft Fehler drin!«

»Er hat bloß keine Lust, irgendwelche Mützen anzumalen.«

»Wissen Sie, angeblich gibt es ja immer ganz viele, die schon vor der Schule lesen können. Das behaupten ja immer viele ganz gern. Aber es reicht halt nicht, wenn einer einfach nur die Buchstaben irgendwie zusammenzieht. Sondern man muss halt auch *verstehen,* was man da liest. Das muss da oben ankommen, im Kopf! Vielleicht hat Ihr Sohn ja auch mehr eine handwerkliche Begabung?«

»Nein … Nein! *Nein!*«, rief Claire, die verwirrt war, weil das Gespräch ganz und gar nicht so verlief, wie sie es sich vorgestellt hatte. Sie mussten noch einmal ganz von vorne anfangen. Vor allem musste sie verhindern, dass Frau Meier sich noch weiter verrannte und noch weiter vom eigentlichen Thema abkam.

»Frau Meier! Ich bin hier, weil wir ein Problem haben! Wir haben ein echtes Problem … *Raffi* hat ein Problem!« Sie versuchte sich anzulehnen, doch die Rückenlehne ihres Stühlchens war komisch nach vorn gebogen und bohrte sich genau zwischen zwei Wirbeln schmerzhaft in ihren Rücken wie die Finger eines besonders unbegabten Chiropraktikers. Also rückte sie ganz nach vorne an die Stuhlkante, wo ihr, wenn sie nicht zusammengekrümmt und vornübergebeugt dasitzen wollte, nichts anderes übrig blieb, als eine Art Yogaposition mit unnatürlich durchgedrücktem Rücken einzunehmen.

»Er ist sehr unglücklich. Wir machen uns große Sorgen um ihn. Seit der Einschulung hat er sich völlig verändert. Wir erkennen ihn kaum noch wieder … Er sagt von sich, dass er die Schule hasst!«

»Also, das wundert mich jetzt aber wirklich!« Frau Meier presste die Lippen zusammen und drehte abrupt den Kopf zur Seite, sodass ihr Pferdschwanz wild hin und her schwang. »Sonst kenn ich das eher umgekehrt«, sie lachte nervös, »also, zu mir kommen sonst immer die Mütter, die sich beschweren, weil ihre Kinder in den Ferien nur noch davon reden, wann sie wieder in die Schule dürfen.«

»Er weint jeden Morgen, wenn er in die Schule muss.«

»Ja, also das, das«, Frau Meier war fassungslos, »das ist dann aber auch nicht mehr ganz normal!«

»Hm«, sagte Claire. Sie überlegte, wie sie Frau Meier dazu bringen konnte, das zu denken, was (ihrer Meinung nach) jeder vernünftige Mensch in dieser Situation gedacht hätte. »Er ist unglücklich, er weint jeden Morgen«, wiederholte sie, »er sagt, dass er die Schule hasst. Fällt Ihnen dazu irgendwas ein? Was könnte der Grund dafür sein?«

»Nein, also ... nein, was weiß ich, das, wirklich, also, da bin ich überfragt. Da müssen Sie schon jemand andern fragen. Meiner Meinung nach gibt es dafür überhaupt keinen Grund! Höchstens, dass bei Ihnen daheim vielleicht irgendwas war ... Das könnte ich mir noch am ehesten vorstellen.«

»Aber was? Was könnte das gewesen sein?«

»Ja, was weiß denn ich – irgendein Streit? Oder dass er vielleicht irgendein Spielzeug nicht gekriegt hat? Das kann ja alles Mögliche sein, woher soll ich das wissen? Aber meistens liegt es halt doch an den Eltern in solchen Fällen. Oder er ist halt einfach so ein Typ! Es gibt ja solche Leute, denen kann man nie was recht machen.«

»Aber wie soll es denn jetzt weitergehen? Wenn er so unglücklich ist?«

Frau Meier zuckte mit den Schultern. »Also, wenn das bei ihm Typsache ist ...«

»Aber er ist doch erst sechs!«

»Ja, und?«

»In dem Alter soll die Schule doch noch Spaß machen!«

»Normalerweise schon.«

Claire biss sich auf die Lippen und dachte nach. Mit ihrer bisherigen Strategie würde sie nicht weiterkommen, das war klar. Die Frau war ja wie ein Auto mit Anlasserproblemen, das einfach nicht ansprang, egal wie sehr man sich beim Anschieben anstrengte! Ihr Blick fiel auf einen Stapel Kopien, der vor Frau Meier auf dem Pult lag. *Fröhliche Zahlenpurzelei* lautete die Überschrift. Sie legte den Kopf schief, um besser entziffern zu können, was darunterstand:

Ist das ein Gepurzel! Rechne und male die Rechenkügelchen aus! Resi Rechenraupe hilft dir dabei.

1 • 2 = 2 • 1 = _	oo	o o
2 • 1 = _ • _ = _	o o	oo
1 • 3 = _ • _ = _	ooo	o o o
3 • 1 = _ • _ = _	o o o	ooo

Ein mal zwei ist zwei mal eins ist zwei, dachte Claire stirnrunzelnd, zwei mal eins ist ein mal zwei ist, äh, zwei, ein mal drei ist, äh, drei mal eins ist, ist, ist …? – Die Aufgaben waren wie unerwartet niedrige Treppenstufen: Man musste sich höllisch konzentrieren, um nicht darüberzustolpern. Armer Raffi! Die Herausforderung bestand hier eindeutig nicht darin, möglichst hoch zu steigen, sondern darin, auf einer fast ebenen Strecke nicht über die eigenen Füße zu fallen. Gab es überhaupt ein Kind auf der Welt, das aus solchen Übungen etwas lernen konnte?

»Ist das die Hausaufgabe für heute?« Claire sah schon die endlosen, quälenden Kämpfe mit Raffi voraus, der sich mit Händen und Füßen gegen diese sinnlose Pflichtübung wehren würde.

»Natürlich nicht«, beschied sie Frau Meier, »das sind Malaufgaben. Multiplikationsaufgaben!« Und als Claire sie verständnislos anstarrte, schnappte sie: »Multiplikation ist Zweitklassstoff!«

»Das heißt, das kommt erst nächstes Jahr dran?«

»Richtig. Zuerst muss das Operationsverständnis entwickelt werden. Das Operationsverständnis ist das A und B.«

Claire war sprachlos.

»Operationsverständnis, na ja, das ist jetzt natürlich unser Fachausdruck, den wir verwenden«, erläuterte Frau Meier. »Also, das müssen Sie sich so vorstellen: Die Multiplikation, die ist nicht einfach so vom Himmel gefallen. Sondern, da gab es irgendwann mal ein paar Mathematiker, die waren ganz besonders faul. Und um Zeit zu sparen, haben die einfach die Multiplikation erfunden. Stichwort: Multiplikation als verkürzte Addition. Wir nennen das Schnecken- und Mäuseaufgaben. Also, vier plus vier ist zum Beispiel die Schneckenaufgabe. Und die Mäuseaufgabe ist zwei mal vier. Und das muss dann eingeübt werden. Alles ganz spielerisch natürlich. Zum Beispiel mache ich das so, dass ich ein Kind dreimal ins Sekretariat schicke, um ein Stück Kreide zu holen, und dann schauen wir zusammen in aller Ruhe nach: Wie viele Kreiden sind denn das jetzt eigentlich zusammen? Was ist die Schneckenaufgabe, was ist die Mäuseaufgabe? Und dazu nehmen wir die Kreiden auch in die Hand, damit die Kinder das auch ›be-greifen‹ können. Oder wir hängen im Klassenzimmer Socken an einer Wäscheleine auf, und jeder darf ein Paar von daheim mitbringen. Das sieht immer ganz witzig aus, finde ich – wobei, das ist dann schon was für Ende der Zweiten, Anfang der Dritten, das gehört dann schon in den Bereich Einführung von Malreihen.« Sie war erkennbar stolz auf den hohen Füllstand ihrer pädagogischen Trickkiste.

»Und wenn ein Kind das alles schon kann?«

»Sie müssen sich vorstellen, dass die das nach den Sommerferien alles wieder vergessen haben. Weg, alles weg! Da kann man praktisch noch mal ganz von vorn anfangen, und da fragt man sich schon manchmal: Was soll das? Ich meine, warum mach ich das hier überhaupt? Warum tu ich mir das an, warum steh ich hier vorn und rede mir den Mund fusselig?«

»Nein, nein, nein, ich meine – wenn ein Kind schon multiplizieren *kann. Jetzt.* Wenn es jetzt, in der ersten Klasse, schon multiplizieren kann.«

»Also, bis zu den Herbstferien ist eigentlich immer Wiederholung angesagt«, antwortete Frau Meier mit flackerndem Blick.

»Nein, was ich meine, ist … Stellen Sie sich ein Kind vor, das schon im Kindergartenalter angefangen hat zu rechnen. Das mit drei oder vier Jahren plötzlich sieben mal neun rechnet, oder drei mal achtzehn. Ganz von selbst. Was passiert mit diesem Kind?«

»Also, in Wirklichkeit ist das natürlich immer ein längerer Prozess … das geht nicht von heute auf morgen. Das ist nicht so einfach, wie Sie sich das vorstellen. Das ist ein Prozess, der ist dann vielleicht so gegen Mitte, Ende der Dritten abgeschlossen. Und wenn nicht, wenn es bis zum Ende der Grundschulzeit dauert, oder noch länger, tja, dann ist das auch kein Beinbruch! Das kommt sogar öfter vor, als man denkt, nur geredet wird darüber nicht. Das ist wie mit dem Bettnässen. Es gibt ja Kinder, die machen mit zwölf noch ins Bett, aber darüber reden tut keiner! Aber wenn es dann irgendwann ins Landschulheim geht –«

»Frau Meier«, unterbrach Claire ungeduldig, »Raffi kann multiplizieren. Fragen Sie ihn doch einfach mal, was acht mal vier ist oder zwanzig mal dreizehn!«

»Gut, das kann schon sein … das kann schon sein, ich meine, man kann natürlich nicht ausschließen, dass ein Kind auch mal was aufschnappt, grade wenn noch ältere Geschwister da sind. Gibt es Geschwister?«

»Ja, aber …«

»Älter oder jünger?«

»Älter, aber …«

»Eben. Da sehen Sie es. Wobei, in Wirklichkeit stecken ja doch meistens die Eltern dahinter. Da erlebt man ja die tollsten Sachen. Da werden Lernspiele gekauft noch und nöcher, Übungshefte, Computerprogramme und was weiß ich noch alles, bloß damit das eigene Kind die Nase vorn hat. Und dann wundert man sich, wenn das Kind sich langweilt!«

Frau Meier sah auf die Uhr. Die Sprechzeit war fast um. Irgendwo fiel eine Tür ins Schloss, und das Geräusch pflanzte sich hallend durch die Gänge fort. Dann hörte man eine Männerstimme sprechen – das war der Rektor, Herr Dr. Säcklein –, Schritte kamen näher und entfernten sich wieder: lauter Anzeichen dafür, dass bald die Pausenklingel läuten würde.

»Raffi kann lesen, seit er drei ist«, sagte Claire schnell, »auf Englisch und Deutsch! Er liest *Harry Potter!* Er kann mit negativen Zahlen rechnen! Das hat ihm niemand beigebracht.«

Frau Meier kniff die Augen zusammen, wie jemand, dem etwas Verdächtiges aufgefallen ist. Sie versuchte sich vorzustellen, wie der Sohn dieser Frau – einer ihrer begriffsstutzigsten Schüler – sich selbst das Rechnen mit Minuszahlen beibrachte – mit Minuszahlen! –, und plötzlich ging ihr ein Licht auf: Die Frau hatte sie nicht mehr alle. Sie hatte sie nicht mehr alle, sie war gestört – oder sie log.

»Im Moment interessiert er sich für Hieroglyphen. Er hat so ein Buch aus dem Metropolitan Museum of Art, das findet er toll!«

Frau Meier musterte Claire mit scheelem Blick.

»Und Schachspielen! Das hat er auch ganz früh gelernt! Er weiß, was Potenzen sind … er kann Bruchrechnen und …«

Vor der Klassenzimmertür ertönte das Trappeln vieler Füße. Frau Meier fing an, ihre Sachen auf dem Pult zusammenzusuchen. »Das ist ja alles schön und gut«, sagte sie, »aber wenn er das wirklich alles kann, was Sie sagen – warum macht er dann nicht einfach seine Aufgaben? Ich meine, das müsste dann ja alles ein Klacks sein für ihn, oder? Warum macht er es dann nicht einfach? Warum *macht* er es nicht? Hm?«

»Das sind eben die Auswirkungen der Unterforderung, dass …«

»Unterforderung hin oder her, das ist doch egal. Jeder Mensch hat seine Pflichten. Ich kann ja auch nicht einfach sagen, das Korrigieren unterfordert mich, oder daheim das Putzen. Und außerdem«, Frau Meier war noch eine Idee gekommen, »wenn Sie recht haben, wenn er das alles schon kann, dann müsste es für ihn ja sogar leichter sein als für die anderen! Was sollen denn da die anderen sagen, die das alles erst noch lernen müssen? Ich weiß gar nicht, warum er sich überhaupt beklagt. Er kann doch froh sein, dass er sich nicht anstrengen muss! Eigentlich hat er hier in der Schule doch das schönste Leben, oder?« Sie stand auf, nahm ihren Kopienstapel an sich und presste ihn an die Brust.

»Aber … wie verbleiben wir denn jetzt?«, fragte Claire, während sie ihr auf den Gang hinausfolgte. Sie war verwirrt und aufgebracht, weil sie nichts von dem erreicht hatte, was sie hatte erreichen wollen.

»Ich muss jetzt hier zusperren.«

»Könnte er sich denn mit was anderem beschäftigen, während der Rest der Klasse Lesen übt?« Claire lächelte flehend, während sie neben Frau Meier herlief und sie dabei von der Seite her ansah. »Ein eigenes Buch lesen vielleicht? Er könnte ein Buch von zu Hause mitbringen und …«

»Nein, davon halte ich nichts. Das bringt mir nur Unruhe rein. Außerdem, wer garantiert mir, dass er wirklich lesen kann? So, und ich muss jetzt da rein, auf Wiedersehen!« Frau Meier bog ins Lehrerzimmer ab und ließ Claire auf dem Gang stehen.

16

Claire war froh, wieder im Freien zu sein, wo sie die eisige Luft einatmen und ihren erhitzten Kopf abkühlen konnte. Nach ihrem Gespräch mit Frau Meier fühlte sie sich verwirrt, verärgert, frustriert, hilflos und belustigt: verwirrt, weil das Gespräch völlig anders verlaufen war, als sie erwartet hatte, verärgert, weil Frau Meier so engstirnig und beschränkt war, frustriert, weil alle ihre Versuche, sich ihr verständlich zu machen, im Sand verlaufen waren, hilflos, weil sie nichts für Raffi erreicht hatte, und belustigt, einerseits weil sie sich selbst so krass verschätzt hatte, andererseits weil ihr viele von Frau Meiers Äußerungen in ihrer Borniertheit geradezu lachhaft vorkamen. Sie hatte das dringende Bedürfnis, sich mit Niko auszutauschen, doch jetzt musste sie erst einmal in die Fakultätsratssitzung. Sie streifte ihre Fingerhandschuhe über und trat auf den Pausenhof hinaus, auf dem jetzt, nach dem Beginn der Pause, im Unterschied zu vorhin ein unglaubliches Chaos herrschte. Hunderte von Kindern rannten kreischend durcheinander; die Aufsicht führenden Lehrerinnen, die sich paarweise am Rand aufgestellt hatten, betrachteten den Tumult mit der Gleichgültigkeit abgebrühter Gefängnisaufseherinnen und nuckelten geistesabwesend an ihren Tetra-Pak-Strohhalmen.

Um zum Ausgang zu kommen, musste Claire einmal quer über den Hof. Sie ließ einen Jungen passieren, der brüllend, rotgesichtig und mit über dem Kopf erhobener Trinkflasche ein anderes Kind verfolgte, und warf sich ins Getümmel. Irgendwo in diesem Durcheinander musste Raffi sein. Vielleicht ganz in ihrer Nähe? Suchend sah sie sich nach ihm um. Neben der breiten Treppe, die in einen etwas höher gelegenen Teil des Pausenhofs hinaufführte, bearbeiteten viele Kinder einen großen Schneehaufen. Sie traten, stampften und hopsten aus Leibeskräften auf ihm herum oder versuchten mit rotgefrorenen oder in unförmigen Fäustlingen steckenden Händen Schnee- und Eisbrocken herauszubrechen. Raffi war nicht dabei, und sie konnte ihn auch sonst nirgendwo entdecken. Im oberen Pausenhof spielte eine o-beinige Horde Fußball mit einem schmutzigen Eisbrocken, der unter den heftigen Tritten immer kleiner wurde. Claire musste einen großen Bogen um die Fußballer schlagen und zweimal stehen bleiben, um einen Zusammenstoß zu vermeiden, und plötzlich erkannte sie ihn. Da war er ja! Da war Raffi!

Er stand mit leicht gesenktem Kopf völlig bewegungslos in einem Torweg. Aus der Entfernung, im Schatten des trostlosen Durchgangs, sah er anders aus, als Claire ihn in Erinnerung hatte: kleiner, mürrischer und unbedeutender, als ob er sich den anderen, uninteressanten und viel weniger liebenswürdigen Kindern um ihn herum in seinem Erscheinungsbild angepasst hätte.

Claire freute sich unverhältnismäßig darüber, ihn zu sehen – die einzige Person in diesem chaotischen Ameisenhaufen von Pausenhof, für die sie sich interessierte! Sie konnte die kleine Gestalt im hellbraunen Cordmantel nicht einfach so stehen lassen, auch wenn Raffi sie noch gar nicht bemerkt hatte; sie *musste* ihm einfach kurz Hallo sagen.

»Raffi …?« Sie näherte sich ihm langsam, beobachtete ihn und freute sich auf den Moment, in dem er auf sie aufmerksam werden und sie erkennen würde.

Er war tief in Gedanken versunken und schien nichts von dem wahrzunehmen, was um ihn herum vorging. Claire rief noch einmal lauter nach ihm. »Raffi?«

Er hob den Kopf, erkannte sie, und ein strahlendes Lächeln breitete sich auf seinem Gesicht aus. Er stürzte auf sie zu und warf sich mit ausgebreiteten Armen auf sie.

»Mama!«

Claire ging vor ihm in die Hocke, küsste ihn auf die Wange und spürte, wie kalt sein Gesicht und seine Hände waren. Er trug weder Handschuhe noch Mütze, und sein Mantel stand offen. Während sie sich, in ihrer unbequemen Hockstellung leicht schwankend, bemühte, die Reißverschlussenden an seinem Mantel richtig zusammenzustecken, sprach sie mit ihm: »Ist dir nicht kalt? Wo ist deine Mütze? Warum machst du deinen Mantel nicht zu? Warte, ich helfe dir ... Ich war bei Frau Meier. Oje, deine Hände sind auch ganz kalt! Leider muss ich gleich wieder gehen.«

»Nein!« Leidenschaftlich klammerte sich Raffi an ihrer Schulter fest.

»Aber, Raffi, ich muss!« Claire hatte es eilig, ins Institut zu kommen, doch Raffi bettelte so ausdauernd und hartnäckig, er freute sich so offensichtlich über ihre Anwesenheit und hielt sich so wild entschlossen an ihr fest, und seine Freude und Begeisterung waren so beglückend und schmeichelhaft für Claire, dass sie sich erweichen ließ.

»Na gut«, sie sah auf ihre Armbanduhr, »ein paar Minuten noch.« Raffi schmiegte sich an sie, während sie den Reißverschluss seines Mantels vorsichtig, um die weiche Haut unter dem Kinn nicht einzuklemmen, bis ganz nach oben zuzog und die Knebelknöpfe der Reihe nach durch ihre Schlaufen fädelte. Dann stand sie auf und zog einen Handschuh aus, um Raffis eisige kleine Hand mit ihren eigenen Fingern zu wärmen, und so spazierten sie über den Pausenhof.

Viele der Kinder, die ihnen entgegenkamen, starrten sie neugierig an. Claire genoss Raffis Nähe und das Gefühl, seine leichte, kleine, kalte Hand in der ihren zu halten und dabei zu spüren, wie sie sich langsam erwärmte, und Raffi ging völlig in dem unerwarteten Glück auf, seine Mutter getroffen zu haben und jetzt in ihrer Nähe sein zu dürfen. Immer wieder sah er mit einem frohen Lächeln zu ihr auf.

Vier kleine Mädchen kamen ihnen entgegen; sie hatten sich untergehakt und skandierten im Takt ihrer Schritte: »Wir – sind – Mäd – chen! Wir – sind – Mäd – chen!« Raffi und Claire lächelten sich an, weil sie genau dasselbe dachten: dass diese Mädchen sehr süß und sehr lustig waren.

In einer Ecke des Hofes, vor einer Mauer, die mit naiven, offenbar von Kindern angefertigten Malereien bedeckt war, rutschten ein paar Jungen auf einer Eisplatte herum. Einer nach dem anderen nahm Anlauf, sprang auf das Eis und versuchte, weit zurückgelehnt, die Arme ausgebreitet und mit schräg nach vorne gestemmten Beinen, so weit wie möglich, am besten bis ans Ende der Platte, zu schlittern.

»Hast du gesehen? Das war voll weit!«

»Warte, ich kann weiter!«

»Was! Das war fast bis zum Rand, Mann!«

Raffi sah den Kindern fasziniert zu, und nach jedem Versuch trat ein Lächeln auf sein Gesicht, über das Claire selbst unwillkürlich lächeln musste.

»Willst du mitmachen?«, fragte sie schlau und freute sich, dass sie einen Weg gefunden hatte, um Raffi von dem bevorstehenden Abschied abzulenken.

»Nein.«

»Ach komm, probier mal!«

Raffi schüttelte den Kopf und presste sich an ihre Hüfte.

»Komm schon, Raffi! Das ist lustig. Ich muss gleich gehen«, warnte sie.

»Nein!« Schnell griff Raffi mit beiden Händen nach ihrem Handgelenk, um sie festzuhalten.

»Ich muss aber wirklich gehen.«

»Noch fünf Minuten!«, bettelte Raffi, aber Claire schüttelte den Kopf und wollte sich von seinen Fingern losmachen.

»Nein!«

»Doch!« Raffi ließ ihren Arm los und hakte sich stattdessen mit beiden Händen wie mit Karabinerhaken in ihrem Mantelgürtel ein.

»Raffi, ich komme zu spät.« Doch Raffi wollte nicht nachgeben und diskutierte weiter, und Claire ärgerte sich über seine kindische Unvernunft und über sich selbst, weil sie aus kurzsichtigem Egoismus der Versuchung nachgegeben hatte, ihn anzusprechen, obwohl sie hätte wissen müssen, dass das keine gute Idee war.

»Ich muss gehen, lass mich los«, wiederholte sie, als es plötzlich in ihrer unmittelbaren Nähe unangenehm laut und schrill losklingelte. Vor Schreck sprang Raffi senkrecht in die Höhe wie ein von einem Gewehrschuss aufgescheuchtes Reh, flüchtete panisch an ihren Bauch, umklammerte sie mit beiden Armen und brach in Tränen aus, während sich das Klingeln wie eine rostige Metallstange durch die Luft über ihren Köpfen bohrte.

Dann hörte das Geräusch auf, und niemand reagierte. Die Kinder rannten und schrien und kämpften immer noch und arbeiteten sich weiter an den Schneeresten ab; die Lehrerinnen standen paarweise am Rand und unterhielten sich. Claire verstand, dass das Klingeln nur eine Warnung gewesen war. Die Pause war erst in ein paar Minuten zu Ende.

»Puh, was für ein Schreck! Zum Glück war es nur die Pausenklingel. Alles okay, Raffi? Bist du erschrocken?«

Raffi bohrte seinen Kopf noch fester in ihren Bauch und schluchzte.

»Raffi, was ist los? Das war nur die Klingel. Hörst du mich?«

Sie löste sich mühsam aus Raffis Umklammerung und ging in die Hocke, um ihm besser in die Augen sehen zu können, doch er fiel ihr sofort laut aufweinend um den Hals und presste sein tränennasses Gesicht mit Gewalt an ihre Wange. Claire, der es ohnehin schwerfiel, hockend auf ihren Stiefelabsätzen zu balancieren, schwankte und fiel unter seinem Gewicht beinahe um.

»Vorsicht, Raffi, halt, du tust mir weh! Das geht nicht, warte. Nein, bitte!« Sie stand wieder auf, was nicht ganz einfach war, weil Raffi sich mit seinem ganzen Gewicht an sie hängte, und führte ihn wie einen Kranken zu einer Bank in der Nähe. Sie setzte sich, und sofort erkletterte er ihren Schoß wie ein rettendes Ufer und presste sein Gesicht an ihre Schulter. An der Wildheit seiner Bewegungen erkannte Claire, dass er völlig außer sich war. Sie war erschrocken über die Heftigkeit seiner Reaktion, die sie sich nicht erklären konnte.

»Was ist denn los? Ist irgendwas passiert? Ist es wegen der Klingel?«

Raffi lallte etwas Unverständliches und wischte Tränen, Rotz und Spucke an ihrem Mantelkragen ab, indem er sein Gesicht hin und her bewegte.

»Du musst mir sagen, was los ist, Raffi! War es die Klingel oder was anderes?«

Raffi nickte.

»Was meinst du?«

Er starrte vor sich hin ins Leere.

»Raffi, bitte sprich mit mir! Ich muss jetzt *wirklich* gehen!«

»Nein!« Mit einem Aufschluchzen packte Raffi ihren Mantelaufschlag und versenkte sein tränenverschmiertes Gesicht in ihren Schal. »Ni... hihi... u...« Er tauchte aus dem Schal auf und rang gewaltsam nach Luft.

»Okay, okay ... wir gehen ein bisschen rum«, schlug Claire vor. Vielleicht würde etwas Bewegung Raffi dabei helfen, seine Fassung wiederzugewinnen.

Tatsächlich schienen ihn ihr fester Händedruck und das Herumgehen etwas zu trösten, und er holte tief und zittrig Luft, während Claire ihn an der Hand auf dem Hof herumführte. Sie redete beruhigend auf ihn ein und gab ihm Händedrucksignale, während ein anderer, kaltblütigerer Teil von ihr überschlug, wann sie frühestens im Institut sein konnte, wenn sie gleich nach Pausenende von hier wegkam.

»Was ist mit ihm?«

»Ist er krank?«

»Holst du ihn von der Schule ab?«

Claire lächelte und schüttelte den Kopf und versuchte, die lästigen kleinen Fragesteller abzuschütteln und Raffi von ihnen abzuschirmen.

»Nimmst du ihn mit?«

»Holst du ihn ab?«

»Darf er nach Hause?«

Am liebsten hätte sie Raffi die Ohren zugehalten. Schon war nicht mehr zu übersehen, dass er unter Tränen schwach, aber eindeutig in sich hineinlächelte: das zarte, süße Lächeln einer wiederaufkeimenden Hoffnung, eines endlich wieder vorstellbar gewordenen, zukünftigen Glücks. Sie wusste haargenau, was er dachte. Sie konnte es an seinem träumerisch nach innen gerichteten Blick ablesen, und ihr wurde klar, dass sie sich auf dem direkten Weg in ein pädagogisches Katastrophengebiet befanden, für das jeder Erziehungsexperte wahrscheinlich eine dringende Reisewarnung ausgesprochen hätte. Was sollte sie tun, wenn Raffi am Ende der Pause nicht ins Klassenzimmer zurückwollte? Ihn zum Hierbleiben zwingen? Aber wie?

Sie brauchte Hilfe – professionelle Hilfe. Jemand musste ihr aus der Patsche helfen und ihr Raffi abnehmen. Sie steuerte eine Lehrerin an.

»Was ist?«

»Äh …« Claire wusste nicht, wie sie der Frau erklären sollte, was mit Raffi los war, ohne ihn vorzuwarnen oder auf dumme Gedanken zu bringen oder ihn in den dummen Gedanken, die er bereits hatte, zu bestärken.

»Mein Sohn hat, äh … eine kleine Krise, könnten Sie …?« Verlegen lächelte Claire und zeigte der Lehrerin ihre Hand mit der daranhängenden Raffihand, um zu verdeutlichen, was sie meinte.

»Ja?«, fragte die Lehrerin verständnislos.

»Das ist mein Sohn, er …« Sie versuchte, Raffi an der Hand nach vorne zu ziehen, um ihn der Lehrerin zur Begutachtung zu präsentieren. Raffi versteckte sich hinter ihr und hielt sich von hinten an ihrem Mantel fest.

Claire zog und zog; Raffi hielt dagegen. Die Lehrerin wartete, während sie an ihrem Vollkornbrot kaute. Sie trug eine gletscherblaue Goretex-Jacke mit dazu passendem Fleecestirnband, und ihre Füße steckten in atmungsaktiven Stiefeln.

»Er hat plötzlich Angst gekriegt, als es geläutet hat«, fuhr Claire fort und schwankte, weil Raffi ihr von hinten einen Stoß ins Kreuz versetzte, »ich weiß auch nicht, warum.« Sie riss die Augen auf und gab der Lehrerin Signale mit den Augenbrauen, wie jemand, der versucht, sich hinter dem Rücken eines Tobsüchtigen mit dem frisch eingetroffenen Notarzt zu verständigen. Die Lehrerin starrte sie an, ohne etwas zu sagen. Raffi verkroch sich hinter Claires Rücken und gab ihr in unregelmäßigen Abständen heftige Stöße ins Kreuz.

»Und?«

Claire machte den Mund auf, um etwas zu sagen. Im gleichen Moment setzte das zweite Läuten ein.

Diesmal blieb Raffi ruhig. Auf dem Schulhof formierte sich eine Kinderstampede, die bedrohlich kreischend auf das Gebäude und auf sie zuraste. Claire kam ein hoffnungsvoller Gedanke: Vielleicht würde sich Raffi ganz von selbst in den Zug einreihen und ins Schulhaus zurückkehren? Vielleicht würde das Klingelgeräusch verbunden mit den vorbeistürmenden Kindern bei ihm eine Art pawlovschen Reflex auslösen? Sie verhielt sich so ruhig wie möglich, um ihn keinesfalls bei eventuellen Abschiedsvorbereitungen zu stören.

Das Klingeln hörte auf. Die Lehrerin, mit der sie gerade noch geredet hatte, war verschwunden.

»Nimmst du mich jetzt mit nach Hause?«

Raffi sah mit großen braunen Augen voller Vertrauen und Zuversicht zu ihr auf. Tränenspuren glitzerten auf seinen Wangen. Auf seinem Gesicht überlagerten sich die Möglichkeiten: Gehen oder Bleiben, Glück oder Unglück, Erlösung oder Verdammnis.

»Nein«, antwortete Claire, »wir gehen zu Frau Meier.«

17

Raffi hatte vergessen, wo sein Klassenzimmer lag, oder wollte sich nicht mehr daran erinnern. Claire hatte einen miserablen Orientierungssinn, und als die Schulsekretärin sie zu Frau Meier geführt hatte, hatte sie nicht aufgepasst.

Immerhin hatte sie sich gemerkt, dass das Klassenzimmer im dritten oder vierten Stockwerk lag, falls es überhaupt ein viertes Stockwerk gab, auf jeden Fall ziemlich weit oben. Leider endete die Treppe, auf der sie nach oben stiegen, in der ersten Etage. Von hier aus gingen zwei Gänge in verschiedene Richtungen ab. Claire entschied sich für den helleren der beiden, der an der Rückseite des Schulgebäudes entlangführte.

Der Gang schien überhaupt kein Ende zu nehmen; ein Treppenhaus war nirgends in Sicht. Raffi hatte es nicht eilig und ließ sich von ihr ziehen. Claire sah auf die Uhr, rechnete und ärgerte sich über ihre eigene Dummheit.

Sie kamen zu einer Treppe, die aber wieder nur nach unten und nicht nach oben führte. Weil ihnen nichts anderes übrig blieb, kehrten sie ins Erdgeschoss zurück und landeten im Eingangsbereich, der unmittelbar hinter dem Haupteingang lag – eine niedrige und düstere, von schmutzigen, viereckigen Pfeilern gestützte Krypta. An den Wänden hingen verstaubte DIN-A2-Plakafarbenbilder, die sich an den Rändern wellten, und ein großer Glaskasten mit einer Tafel, auf der mit weißen Kunststoff-Steckbuchstaben sämtliche Lehrer, Klassen und Zimmernummern angeschrieben waren. Es dauerte einige Zeit, bis Claire Frau Meiers Namen in dem Buchstabenverhau gefunden hatte.

Ihr Klassenzimmer hatte die Nummer 307. Claire wurde von plötzlicher interkultureller Verwirrung erfasst und wusste nicht mehr, ob in Deutschland das Erdgeschoss als erstes Stockwerk mitzählte oder nicht, konnte das Rätsel aber schließlich lösen, indem sie noch eine halbe Minute länger auf die Tafel starrte.

Von der Eingangshalle ging eine weitere Treppe ab; diesmal war es die richtige. Sie stiegen in den dritten Stock, passierten eine schwere, gläserne Zwischentür und bogen in einen langen Gang ein. Die Stille im Schulhaus hatte etwas Schwüles, Tropisches. Die Kindermassen waren in den Klassenzimmern versickert; unzählige Nanogeräusche durchsetzten die vielfach gebrauchte Luft wie Mikroben. Die Fenster waren von innen beschlagen: Feuchtigkeit aus Hunderten von Lungen, die sich bogenförmig wie Spinnweben oder Sand am kalten Glas angelagert hatte.

»Sagst du ihr, dass wir nach Hause gehen?« Der Widerhall in dem hohen Gang verstärkte und verzerrte Raffis Stimme, sodass sie schmerzhaft durch die empfindliche Stille schnitt wie durch eine dünne, gespannte Haut. »Du musst es ihr sagen!«

»Pssst, nicht so laut! Ah, wir sind da. Schau mal, dein Klassenzimmer.« Claire hatte den monotonen Schwarm gleichfarbiger, gleichförmiger, auf die gleiche Weise lachender Wasserfarbenfische an der Wand über den Garderobenhaken wiedererkannt. Durch die Klassenzimmertür hörte man undeutlich die metallische Stimme von Frau Meier, die mit Nachdruck irgendetwas erklärte.

Claire klopfte an und wartete. Abrupt brach die Erklärung ab; gleich darauf wurde die Tür geöffnet, und auf Klinkenhöhe erschien ein Kinderkopf im Türspalt. Das Kind, ein Mädchen mit unwirklich tizianroten, glänzenden Haaren, sah sie sekundenlang schweigend an, zog dann seinen Kopf zurück und machte die Tür wieder zu.

Claire griff selbst nach der Klinke und fuhr erschrocken zurück, als im selben Moment die Tür von innen mit Schwung aufgestoßen wurde. Frau Meier war nicht weniger erschrocken als sie und außerdem verärgert über die Störung.

»Also, jetzt platzt mir aber gleich die Hutschnur! Was wollen Sie denn jetzt noch? Sie können doch hier nicht einfach so nach Lust und Laune reinschneien!«

»Nein, nein«, wehrte Claire ab und gab durch eine Drehung ihres Körpers den Blick auf Raffi frei, der, wie ein lichtscheues Tierchen, das unter einem aufgehobenen Blumentopf zum Vorschein gekommen ist, so schnell wie möglich wieder hinter ihrem Rücken Schutz suchte.

Frau Meiers Gesichtsausdruck zeigte überdeutlich, dass ihr Raffis Fehlen bisher nicht aufgefallen war.

»Na und?«, sagte sie. »Haben *Sie* erst mal fünfundzwanzig Hanseln in der Klasse! Da können Sie auch nicht ständig hinter jedem einzelnen her sein. Was ist überhaupt los mit ihm, ist er krank oder was?«

»Nein, er …« Claire zögerte, weil ihr schlagartig klar wurde, dass sie mit ihrer Geschichte bei Frau Meier wahrscheinlich nicht auf übermäßiges Verständnis stoßen würden.

»*Was*? Sooo-fort! Sofort wieder rein! Aber sooo-fort!« Ein paar Mädchen aus Frau Meiers Klasse hatten sich auf den Weg zur Tür gemacht, um herauszufinden, was draußen los war, drängelten sich jetzt in der Türöffnung und kicherten durch ihre entzückenden Vierfachzahnlücken. Frau Meier scheuchte sie mit Armwedeln und zischenden Geräuschen wieder ins Klassenzimmer zurück.

»Also, was ist jetzt? Ihm ist schlecht, er hat Fieber oder wie oder was?«, wiederholte sie ungeduldig und blies sich nervös die Haare aus dem Gesicht.

»Wir haben uns auf dem Pausenhof getroffen.«

»Wie bitte? Auf dem Pausenhof getroffen? Das ist doch kein Grund, dem Unterricht fernzubleiben.«

»Er wollte nicht zurück.« Claire sprach mit gedämpfter Stimme, suchte Frau Meiers Blick und sah ihr vielsagend in die Augen. Vielleicht konnte sie mit ihr zu irgendeiner Art von Verständigung kommen, ohne dass Raffi allzu viel davon mitbekam. Vorsichtig lugte sie zu ihm hinunter. Er lehnte mit Kopf und Oberkörper an ihrer Hüfte wie ein völlig erschöpfter Wanderer am Gipfelkreuz und schien nicht mehr genügend Kraft zu haben, um sich überhaupt für ihren Wortwechsel zu interessieren.

»Wie, er wollte nicht zurück?« Frau Meier war fassungslos. »Er hat doch die Klingel gehört, oder? Pssst, pssst! Ja, was ist denn da los?« Das Reden und Kichern in der Klasse hatte überraschend schnell kritische Ausmaße angenommen; schon erklangen erste prärevolutionäre Schreie. »Ja, was ist denn *dasss!*«, entfuhr es Frau Meier unerwartet laut und schneidend. Hornissengleich schoss sie zurück ins Klassenzimmer. »*Hört* ihr auf damit! Aber sooo-fort! Jetzt aber wirklich, so geht das nicht!«

Raffi zupfte Claire am Ärmel.

»Ja, was ist denn?«

Er packte ihren Mantelaufschlag und zog sie, energisch und keinen Widerstand duldend, zu sich herunter. »Sag es ihr!«, flüsterte er leidenschaftlich und blies ihr dabei ein feuchtheißes, unerträglich kitzelndes Gemisch aus Luft und Spucke ins Ohr. »Dass wir heimgehen! Du musst es ihr sagen!«

»Wir reden erst mal mit ihr«, versuchte Claire ihn zu beschwichtigen und Zeit zu gewinnen. »Wir reden mit ihr, und dann sehen wir weiter.«

Als Frau Meier wieder an der Tür erschien, war sie leicht außer Atem. »Also, wie war das jetzt?«, rekapitulierte sie und riss gleich zweimal hintereinander den Kopf zur Seite, um ihre Haare aus dem Gesicht zu bekommen. »Ist er jetzt krank oder nicht?«

»Nein, er ist nicht krank«, widersprach Claire, »wir haben uns getroffen, und dann hat er plötzlich Angst bekommen und wollte nicht reingehen. Ich weiß auch nicht, warum.«

Sie hatte ihr Anliegen vorgebracht; jetzt war Frau Meier am Zug. Raffi war ja wohl nicht das erste oder einzige Kind, das aus der Schule weg- oder gar nicht erst dorthin wollte. Sicher gab es Richtlinien oder Vorkehrungen oder bewährte pädagogische Standardmaßnahmen für solche Fälle.

»Ach so, na ja, ist ja auch wurscht ... jetzt soll er aber endlich mal reinkommen«, sagte Frau Meier, »ich hab auch nicht ewig Zeit!«

Raffi gab einen jämmerlichen Laut von sich und wich einen Schritt zurück.

»Also?«, erkundigte sich Frau Meier.

Raffi starrte schweigend vor sich auf den Boden. Claire ging neben ihm in die Hocke. »Raffi?«, fragte sie, sah ihm von unten ins Gesicht und streichelte seinen Nacken und seine Schulter. »Willst du in deine Klasse zurückgehen?«

»Nein, also, er *muss* schon reinkommen«, mischte sich Frau Meier von oben ein, »ob er will oder nicht. Da hat er gar nix zu entscheiden!«

Raffi wimmerte und machte Anstalten, unter Claires Mantel zu kriechen.

»Nein, stopp, Raffi, hör auf – Frau Meier ...«

»Und wenn er sich auf den Kopf stellt und mit den Beinen wackelt! Das hilft ihm alles nix, das ist hier schließlich keine Spaßveranstaltung.«

Blitzschnell schlüpfte Raffi unter Claires Mantelsaum und versuchte, sich zwischen den Kleiderschichten nach oben durchzuzwängen, wie ein Regenwurm, der im feuchten Erdreich Schutz sucht.

»Nein, nein, halt!« Mit Mühe gelang es Claire, ihren von Raffis Kopf schon ganz ausgebeulten Mantel aufzuknöpfen und den sich windenden Raffi an den Armen festzuhalten.

»Raffi! Raffi, hör zu!« Ihre Mutterinstinkte hatten ihr einen neuen Gedanken eingegeben. »Wie wäre es, wenn ich mit dir reingehe? Wäre es okay, wenn ich mitkomme?«

Raffi schüttelte so wild den Kopf, dass Tränentropfen in alle Richtungen flogen.

»Doch, Raffi, so machen wir es! Ich geh mit rein und setz mich zu dir an den Tisch.«

In Frau Meiers Gesicht war ein kleiner Erdrutsch des Entsetzens im Gang. »Was, wie bitte, also das, nein, das kommt ja überhaupt nicht in die Tüte!«

»Frau Meier, ich glaube, es wäre besser, wenn ich kurz mitkommen könnte.« Claire sah ernst und bittend zu Frau Meier auf.

»Und wie stellen Sie sich das vor? Sollen sich jetzt vielleicht die ganzen Muttis zu mir in meine Heimat- und Sachkundestunde reinhocken? So viele Stühle hab ich ja gar nicht! Ich weiß nämlich schon genau, was dann passiert. Dann schreit nämlich gleich der Nächste, dass seine Mama auch kommen soll, und dann wollen das alle, und dann hab ich den Salat!«

»Nur dieses eine Mal!«

»Und außerdem ist das gegen den Datenschutz, das darf ich Ihnen gar nicht erlauben. Selbst wenn ich wollte. Da brauchen wir gar nicht weiterreden.« Frau Meier verschanzte sich hinter ihren verschränkten Armen wie hinter den Mauern einer Festung.

Zwei Zahnlückenmädchen erschienen im Türspalt.

»Frau Meier, Frau Meier!«, riefen sie mit ihren leiernden Kleinmädchenstimmen und starrten Raffi und Claire neugierig an. Sie strahlten, ohne zu wissen, warum, und platzten beinahe vor Stolz auf ihre Zahnlücken, auf ihre Kleidchen, ihre Spängchen und Zöpfchen und darauf, dass sie brav waren und lesen konnten und zu denen gehörten, die alles richtig machten.

Claire achtete nicht auf sie und hörte auch nicht, was sie mit Frau Meier besprachen. Raffi hielt ihr Handgelenk mit schmerzhafter Entschlossenheit umklammert. Sie brauchte nur einen Blick in sein verstörtes Gesicht zu werfen, um zu wissen, dass er in seinem Zustand weder auf Strenge noch auf gutes Zureden reagieren würde. Doch wenn sie ihn jetzt mitnahm, würde er mit Sicherheit die falschen Schlüsse daraus ziehen, und deshalb durfte sie nicht nachgeben! Nein, sie hatte definitiv keine Ahnung, wie es weitergehen sollte, und deshalb holte sie zittrig Luft und sah Frau Meier, ihre letzte Rettung, Hilfe suchend an. Sie mochte Frau Meier nicht, und ihr heutiges Gespräch mit ihr hatte ihr Verhältnis zueinander nicht verbessert – trotzdem hoffte sie darauf, dass sie von ihr irgendeine Art von Hilfe bekommen würde.

»Bitte, Frau Meier –«

»Nanananananana«, eine Silbenkaskade, gleichmäßig in Vierteltonschritten absinkend, »das kommt überhaupt nicht in die Tüte!« Frau Meier schüttelte so verächtlich den Kopf und sah sie dabei so abschätzig an, dass Claire begriff, dass sie ihre flehenden Blicke auf irgendeine Weise falsch gedeutet haben musste. Das war ihr so unangenehm, und sie fühlte sich dadurch so beschämt, dass sie rot wurde.

»Sich einfach von der Mama mit nach Hause nehmen lassen, bloß weil man keinen Bock auf Schule hat? Das wär ja noch schöner, so fangen wir gar nicht erst an!«

»Nein, das wollte ich … ach, egal, aber … was sollen wir denn jetzt tun?«, fragte Claire mit schwacher Stimme und schämte sich vor den beiden kleinen Mädchen, die den

Wortwechsel mit glänzenden Augen verfolgten, für ihre Hilflosigkeit und dafür, dass sie sich von Frau Meier abkanzeln lassen musste.

»Schulpflicht ist Schulpflicht«, sagte Frau Meier. »So einfach ist das.«

Raffi verschluckte sich. Er lief rot an, japste und hustete dramatisch. Spucke- und Schleimfäden schossen aus seinem Mund. Erschrocken klopfte Claire ihm auf den Rücken und wühlte hektisch in ihrer Handtasche nach Tempos, während Raffi mit rotem Gesicht nach Luft rang. Er würgte mit vor Schreck aufgerissenen Augen; dann entrang sich ihm ein gewaltiger Rülpser. Entsetzt und beschämt hielt er sich die Hand vor den Mund. Claire tupfte ihm das Gesicht ab.

Raffi zitterte jetzt am ganzen Körper; vom Husten hatte er auch noch Schluckauf bekommen. Er hatte Claires Handgelenk gepackt und umklammerte es mit eisernem Griff.

Frau Meier trommelte mit der Fußspitze auf den Boden und hielt demonstrativ die Klassenzimmertür auf. »Also, was ist jetzt? Gedenkt der Herr jetzt vielleicht mal reinzukommen? Ich hab nämlich keine Lust, hier am Gang draußen zu übernachten.« Sie hielt die Tür noch weiter auf und machte eine Kehrbewegung mit dem Kinn, wie um Raffi in die Klasse zurückzufegen.

Mit maskenhaft starrem Gesicht verstärkte Raffi seinen Griff um Claires Handgelenk, wie ein Entführer, der beim Anblick einer Polizeistreife seinem Opfer den unter der Jacke verborgenen Revolverlauf fester in den Rücken rammt. Er hickste einmal laut; gleich darauf schüttelte ein Schauder seinen kleinen Körper.

»Vielleicht …«, sagte Claire langsam, »vielleicht sollten wir uns doch darauf einigen, dass er krank ist? Vielleicht wäre das besser? Was denken Sie?«

»Und das soll ich Ihnen abnehmen? Dass er krank ist? Das kommt jetzt aber ein bisschen plötzlich, oder? Nein, nein, das hätten Sie sich schon früher überlegen müssen.«

»Aber was soll ich denn *tun?*«, fragte Claire und hob anklagend ihr Handgelenk mit der unablösbaren Raffifingermanschette, »sagen Sie mir einfach, was ich tun soll!«

»Sie müssen konsequent sein. Wenn Sie nicht konsequent sind, dann tanzt er Ihnen auf der Nase rum, das ist ja klar.«

»Was –«, Claire presste die Worte gewaltsam heraus, »was – soll – ich – tun?«

»Ja, was weiß denn ich – dann sagen Sie ihm halt«, Frau Meier fuchtelte mit den Händen, wie um auszudrücken, dass schließlich jedes beliebige, aus der Luft gegriffene Argument für diesen Zweck gut genug war, »dann sagen Sie ihm halt, dass ihn sonst die Polizei holt. Ich meine, das stimmt ja auch. Wenn er hier weiter so ein Theater macht, dann kommt die Polizei und holt ihn ab, und seine Eltern auch. Sagen Sie ihm das und fragen Sie ihn, ob ihm das vielleicht lieber ist!«

18

Heute, 21.3., 08:51
Thema: Was können wir tun? (Vorsicht, lang!)
Von: Papahoch2
Beitragszahl: 1

Liebe Forumsmitglieder,

nachdem ich schon seit einiger Zeit still bei euch mitlese, habe ich mich jetzt endlich doch dazu durchgerungen, hier zu posten. Wir haben nämlich ein Riesenproblem mit unserem Sohnemann, und ich hoffe, dass ihr uns helfen könnt!

Unser Sohn R. (6 Jahre) war immer schon ein fixes Kerlchen: Zweiwort-Sätze mit 11 Monaten, Fahrradfahren mit 3, Lesen und Schreiben (nur Großbuchstaben) lange vor dem 4. Geburtstag. Inzwischen wagt er sich auch ans Bruchrechnen, mit negativen Zahlen jongliert er schon seit Jahren etc.
Wir sind deswegen immer wieder von den verschiedensten Leuten (Ärzten, Erzieherinnen, unserer amerikanischen Nanny, Zufallsbekanntschaften aus der Bücherei, Klavierlehrerin der Schwester, zuletzt z. B. von einem alten Schulfreund von mir, der Mediziner ist, und seiner Frau, ebenfalls Naturwissenschaftlerin) darauf angesprochen worden, wie weit unser Sohn für sein Alter ist und dass er unbedingt eine besondere Förderung braucht etc. Als stolzer Vater hört man sowas natürlich gern! ☺

Trotzdem haben wir Kleinsohn nie besonders »gefördert« (im Sinne von Extra-Kursen o. Ä.). Wir haben einfach nur seine Fragen beantwortet und ihn in seinen Interessen unterstützt, ggf. mithilfe von Lexika und/oder Netzseiten, ihn mit Büchern zu allen möglichen Themen versorgt, waren mit beiden Kindern in jedem erreichbaren Museum, im Theater, im Konzert, in der Oper – was man seinen Sprösslingen eben alles so angedeihen lässt in einem typischen bildungsbürgerlich angehauchten Akademikerhaushalt … ☺ Darüber hinaus gab es in unseren Augen keinen Handlungsbedarf, zumal wir von unserer Großen nichts anderes gewohnt waren, und R., verglichen mit ihr, sogar immer etwas hintendran war.

Im Sommer letzten Jahres stand dann unser Umzug aus den USA nach Deutschland an. Im Hinblick auf Sohnemanns doch recht zügiges Entwicklungstempo 😎 setzte meine bessere Hälfte gegenüber der Schule durch, dass er hier im Herbst, also ganz kurz nach unsrem Umzug, mit 5 Jahren eingeschult wurde. Wir waren felsenfest davon überzeugt, dass Sohni mehr oder weniger problemlos durch die ersten Schuljahre flutschen würde, so wie vor ihm schon sein Schwesterherz. Das Gleiche haben uns übrigens ALLE prophezeit, die ihn kennen. Pustekuchen!

Schule war von Anfang an ein einziger Krampf! Sohnis anfängliche Begeisterung hielt gerade mal ein paar Tage. Dann hatte er begriffen, dass für ihn in der ersten Klasse inhaltlich nichts zu holen war, und dementsprechend ging seine Laune in den Keller. Er litt und leidet immer noch ganz immens unter der vormittäglichen Langeweile, und das in einem Ausmaß, für das wir ihn am Nachmittag leider nicht mehr wirklich entschädigen können. Seit Schulbeginn hat er sich extrem verändert. Er ist kaum mehr wiederzuerkennen; man sieht ihm richtig an, wie unglücklich er ist! Dabei war er immer unser Sonnenschein.

Wir (d. h. meine Frau Gemahlin) also zur Lehrerin und von Söhnchens Problem mit der Dauerlangeweile berichtet. Leider war diese Dame ziemlich uneinsichtig. ☹ Wenn meine Frau sie richtig verstanden hat, dann ziehen die da wohl einfach ihren Stiefel durch und das war's. Wir sollen Sohni mit der Polizei drohen, wenn er nicht in die Schule will! 😲

Die Aktion mit der Lehrerin war mithin ein Schuss in den Ofen. 😐 Inzwischen wehrt sich unser Zwerg jeden Morgen dagegen, in die Schule zu gehen. Ihr könnt euch vielleicht vorstellen, was hier beim Frühstück los ist … Beteiligung am Unterricht: Fehlanzeige! Dinge, die er seit Jahren beherrscht, scheint er einfach verlernt zu haben, teilweise kann er nicht mal mehr die einfachsten Fragen beantworten, und an den Hausaufgaben sitzt er oft mehrere Stunden. ☹

Wir sind geschockt, wie sich das alles entwickelt hat, und fühlen uns extrem hilflos. NIE hätte ich mir träumen lassen, dass es für R. in der Schule so schlecht laufen würde! Meine Frau ist beruflich momentan sehr eingespannt, deshalb kriege ich hier zu Hause das tägliche Drama hautnah mit. Jobmäßig bringe ich seit ein paar Wochen kaum noch was auf die Reihe; es geht mir einfach wahnsinnig an die Nieren, den Kleinen derart leiden zu sehen! 😭 Meine Frau ist mit den Nerven auch schon völlig am Ende, verständlicherweise.

Und jetzt meine Frage an euch: Was können wir tun, um Sohnemann zu helfen? Noch mal mit der Lehrerin reden, ihr erklären, wie Sohni so tickt? (Meine Frau hält das für Zeitverschwendung.) Die Schulpsychologin mit ins Boot holen? Uns gleich an die Schulleitung wenden? Oder muss Sohnemann da einfach »durch«? Es wäre wahnsinnig toll, wenn ihr ein paar Tipps für uns auf Lager hättet!

Herzlichen Dank im Voraus sagt
Papahoch2

Edit: Ach ja, falls es irgendwie von Bedeutung sein sollte: Er ist zweisprachig (englisch/deutsch) und spricht/liest/schreibt beide Sprachen fließend.

Achtmal editiert, zuletzt am 21.3. um 09:23 Uhr

Heute, 21.3., 12:07
Thema: Was können wir tun? (Vorsicht, lang!)
Von: Cedr(i8dys
Beitragszahl: 721

Huhu Papamal2 😺😺😺!!!

wow ich sitz hier vor meinem Compi und mri läufts eiskalt den Rücken runter!!! 😱 Schreibst du von meinm Sohn? Wri haben mit ihm GENAU das Gleiche erlebt nur das CEdric sich nicht selber das lesen rechnen usw beibegracht hat. (ZUM!!! GLÜCK!!!) Bloß ddie Probleme hatten wir schon früher da waren. Im Kiga wollte Cedric nie im STuhlkreis mitmachen! Er fand das immer voll langweilig! Er wollte viiiiel lieber mit Wasserfarben oder mit dem Essen experimentieren, lach 😂 .,,,,,,,,, Aber die haben darauf bestanden, dass er trotzdem mitmacht und Cedric ist dann jedesmal voll ausgetickt und musste dann immer allein in der Garderobe sitzen, zur Strafe!!! 😲 Das habenwir leider viel zu spät erst mitgekriegt. BEi den anderen Kindern ist er auch angeeggt,, weil er denen ständig was vom Sonnensystem und den Planeten erklären wollte (sein grooßes Hobby! 😃). das hat die überhaupt nicht interessiert. Zum glück konnten dann den KiGa wechseln, wo er sich endlich ausleben konnte. Die Einschulung von unserem Cedric als Kann-Kind hat auch leider die KiGa-Leitung verhindert! 😟 Die hat bei der Schule nix als Lügen über uns erzählt und wollte ihn in die Behindertenecke stecken! 😣 Nciht mit uns! Bei der Erziehungsberatung hat dann endlich mal einer daran gedacht so einen Test mit ihm zu machen un dDas Ergebnis hat uns voll umgehauen: Überdruchschnittliche Intellegenz!!! Jetzt in der Schule ist es aber leider wiedre das Gleiche. Es ist zum Mäusemelken! Schon wieder soll unser Cedric ausgebremst werden. Wir wollen jetzt auch mal tätig werden für ihn.

Das mit der Polizei ist echt der Brüller! 😆

ganz liebe GGrüße 😘😘😘
Cedr(i8dys
PS: Mein Ceddy geht einmal die Woche zur Ergo und alle zwei Wochen zur Logo vielleicht wär das auch was für euren Kleinen?
PPS: Ein Sache hab ich inzwischen gemerkt: eine höhere Intellegenz ist was tolles einerseits, aber kann auch ein Flcuh sein (BITTE NICHT FALSCH VERSTEHEN!!! Ich finds echt stark,,,,, dass Dein kleiner Sohn so wiff ist! HUT AB! 🤠)
P.SSS: Sorrry ,,, Tastatur,,,,,, spintt ,

,

,,

,Ud auß

* * *

Ein fettes Lächeln ist die coolere Version,
seinen Feinden die Zähne zu zeigen.
Tommy Lehane

Heute, 21.3., 12:08
Thema: Was können wir tun? (Vorsicht, lang!)
Von: Spoatzerlmum
Beitragszahl: 235

Hi Papahoch2,

warum lasst ihr ihn nicht einfach ein Schuljahr überspringen? Unser Püppi ist zum Halbjahr von der Zweiten in die Dritte »gehüpft«, und ich muss gestehen, dass unsere Entscheidung goldrichtig war! Das war das Beste, was wir machen konnten. ☺

Das Vorlernen war überhaupt kein Problem für Püppi! Da ich derzeit »nur« eine Halbtagsstelle habe, konnte ich sie nachmittags natürlich auch optimal unterstützen. Ihre neue Lehrerin, mit der ich erst gestern wieder gesprochen habe, steht auch hundertprozentig hinter uns. Sie ist superfroh darüber, ein Kind wie Püppi in ihrer Klasse zu haben, und hat sie gleich für die Begabtenförderung eingeteilt. Inzwischen ist Püppi laut Lehrerin schon wieder auf dem Weg an die Klassenspitze. Die letzten Arbeiten waren 2- (sie kannte einen Aufgabentyp noch nicht) und 1- (bei einem Klassendurchschnitt von 2,3!!!). Und das nach nur zwei Monaten in der neuen Klasse! Wirklich erstaunlich! 😀 Auch im sozialen Bereich läuft es bei ihr mehr als rund. Das Gute an Püppi ist, dass sie sich nie raushängen lässt, was sie schon alles kann. Deshalb ist sie bei ihren neuen Mitschülerinnen auch unglaublich beliebt! Ihre neue »beste Freundin« (witzigerweise die Tochter des Chefarztes vom hiesigen Klinikum) ist ebenfalls sehr reif für ihr Alter. Die beiden kommen wunderbar miteinander aus. Inzwischen klingeln hier auch fast jeden Nachmittag Kinder aus der neuen Klasse, um Püppi zum Spielen abzuholen. Manchmal wird uns der ganze Troubel schon fast zu viel – immerhin haben wir nachmittags auch noch andere Termine, die wir wahrnehmen müssen (Gardetanz, Keyboard, Soloauftritte).

Die alte Klasse war leider sehr leistungsschwach (viele Kinder von ausländischen Mitbürgern und »sozial Schwache«), sodass Püppi im Unterricht geistig oft nicht richtig ausgelastet war. ☹ Es gab auch viele Problemfälle (Legastheniker, »Zappelphilipp« usw.). Die Lehrerin hatte kaum Zeit für die Förderung der wirklich Guten. Typisch für unsere heutige Zeit und ihre »Neidgesellschaft«! ☹ Für Kinder mit Behinderung/Flüchtlinge oder die verhaltensauffällig sind, gibt es Geld »ohne Ende«, Förderunterricht, Integrationsklassen und sogar extra Einrichtungen, in denen man noch besser auf sie eingehen kann. D. h. für die Schwachen wird total viel getan – aber niemand denkt daran, auch mal was für die Starken zu tun! Im Gegenteil, wenn man besser ist als die anderen, wird man bloß schief angeschaut, das ist jedenfalls unsere Erfahrung. Bei uns ist es so, dass zum Teil nicht einmal die engste Familie mit Püppis Erfolgen umgehen kann. Z. B. meine Schwägerin. Statt sich für uns und für Püppi zu freuen, wie es imho normal wäre, kann sie nichts als alles schlechtmachen, und das nur, weil ihr eigener Sohn nicht so erfolgreich ist wie Püppi. Sie merkt überhaupt nicht, wie viel Unfrieden sie dadurch in die Familie bringt. ☹

lG

Natalie mit Supermaus (8) und Baby Einstein (5)

* * *

Mitleid kriegt man meistens »einfach so«,
aber Neid muss man sich erst mal erarbeiten!
(sinngemäß – weiß den Schriftsteller leider nicht!)

Heute, 21.3., 16:03
Thema: Was können wir tun? (Vorsicht, lang!)
Von: Egregia
Beitragszahl: 4978

Willkommen hier im Forum, Papahoch2!

Eine Frage gleich zu Beginn: Ist Euer Sohn bereits hochbegabt getestet?

Meine drei Kinder waren alle etwa im Alter Deines Sohnes, als wir sie, jeweils auf Anraten der Schule, testen ließen. (Die genauen Werte tun hier nichts zur Sache – wir Eltern wissen seitdem jedenfalls ausnehmend gut über Deckeleffekte und über die oberen Normierungsgrenzen der in Deutschland zugelassenen Testbatterien Bescheid.)

Meine Erfahrung aus den vielen Jahren, in denen ich meine Kinder nun begleite: Hochbegabte Kinder sind anders! Anders als ihre Mitschüler und Mitschülerinnen (mögen diese auch durch ihre teilzeitbeschäftigten Muttis nachmittags bis zum Gehtnichtmehr gefördert werden), anders aber auch als ihre Lehrer. Es ist dieses Anderssein, das ihnen vornehmlich zu schaffen macht. Und trotzdem sind es Kinder – Kinder, die genauso wie alle anderen lachen, spielen und fröhlich sein wollen! Unsere Pflicht als Eltern ist es, ihnen genau dies zu ermöglichen. Eine große Herausforderung, aber wie sagt man so schön: Der Mensch wächst mit seinen Aufgaben.

Auf die Hilfe der Lehrerschaft können wir als Eltern derart außergewöhnlicher Kinder dabei allerdings kaum zählen. Den sog. »Pädagogen« in unseren Schulen fehlt es nämlich in aller Regel an der geistigen Beweglichkeit, die erforderlich wäre, um hochbegabten Kindern gerecht zu werden. Hochbegabte Kinder weisen keine einzige der vielen Schwächen auf, die Lehrkräfte so ungemein gern diagnostizieren. Sie sind ihren Lehrern in jeglicher Hinsicht überlegen und benötigen sie vor allem nicht als Informationsvermittler, weil sie sich den Stoff der ersten Schuljahre meist schon vor dem ersten Schultag selbst ohne jede Mühe angeeignet haben. Dieser simple Sachverhalt übersteigt freilich den Horizont der allermeisten Lehrpersonen hierzulande und kränkt sie gleichzeitig in ihrer Pädagogenehre (welche sie sonderbarerweise nicht im Geringsten daran hindert, ihre eigene Frustration an den ihnen anvertrauten kindlich-verletzlichen Seelen abzureagieren). Hochbegabte Kinder sind für Lehrer schlicht zu anstrengend! Sehr viel lieber beschäftigen diese sich stattdessen mit denjenigen Schülerinnen, deren Potential in erster Linie auf dem Gebiet der Anpassungsfähigkeit zu suchen ist, was aus Lehrersicht ihre »Begabung« beweist und sie zu bevorzugten Adressaten ihrer Förderbemühungen macht (sehr zur Freude ihrer unterbeschäftigten Mütter, die sich durch so viel Aufmerksamkeit natürlich außerordentlich geschmeichelt fühlen).

Herzlich
Egregia

* * *

Nichts ist für ein humoristisch veranlagtes Gemüt vergnüglicher zu beobachten, als Kleinheit, die der Größe ihren Rang streitig machen will.

J. W. v. Goethe

Heute, 21.3., 13:36
Thema: Was können wir tun? (Vorsicht, lang!)
Von: Papahoch2
Beitragszahl: 2

Hallo Cedr(i8dys (ganz schön kompliziert, dein Nick!),

und herzlichen Dank für Deine schnelle Antwort! ☺ Weshalb bekommt denn Dein Cedric die Ergo/Logotherapie? Und wie gefällt es ihm in der Schule? Wie sieht es bei euch mit den Hausaufgaben aus?

Über den Vorschlag der Lehrerin, R. mit der Polizei zu drohen, haben wir uns tatsächlich sehr geärgert. ☹ Wir reden hier über einen Erstklässler! Die Lehrerin konnte allerdings die Empörung meiner Frau nicht nachvollziehen. In ihren Augen geht es nicht darum, irgendjemandem zu »drohen«, sondern darum, Söhnchen die tatsächlichen Konsequenzen seiner Verweigerung möglichst plastisch vor Augen zu führen – als ob der deutsche Staatsapparat und die Polizeibehörden nichts Besseres zu tun hätten, als pädagogische Missgriffe von Lehrerinnen auszubügeln und Grundschulkinder einzuschüchtern! (Wo ist hier der Augenroll-Smiley?)

Herzliche Grüße
Papahoch2

Heute, 21.3., 13:38
Thema: Was können wir tun? (Vorsicht, lang!)
Von: Papahoch2
Beitragszahl: 3

Liebe Egregia,

auch Dir möchte ich für Deine schnelle Antwort danken! Du scheinst in der Materie ja äußerst bewandert zu sein (aus eigener Erfahrung?). Was würdest Du uns in unserer konkreten Situation raten?

Ein Testergebnis von R. werden wir erst in ein paar Wochen, nach unserem Termin beim schulpsychologischen Dienst, in Händen halten. Meine »bessere Hälfte« steht zwar IQ-Tests, wie so vielem anderen auch ☺, eher skeptisch gegenüber und hätte liebend gerne darauf verzichtet; die Schule sieht sich allerdings ohne einen Wisch vom Psychologen nicht in der Lage, etwas für unseren Sohn zu tun. Wir sind natürlich alle schon gespannt, wo R.s besondere Stärken liegen. Großtochter hat derzeit jedenfalls sehr viel Spaß damit, ihrem Brüderlein ein Ergebnis unterhalb des Gefrierpunkts zu prognostizieren … 😂 Ich muss gestehen, dass ich mich fast schon ein bisschen darauf freue, nach dem Test der Lehrerin das Gutachten um die Ohren zu hauen, natürlich nur im übertragenen Sinne. ☺ Keine sehr edle Regung von mir, ich weiß, aber vielleicht verständlich …

Liebe Grüße
Papahoch2

Heute, 21.3., 14:47
Thema: Was können wir tun? (Vorsicht, lang!)
Von: Cedr(i8dys
Beitragszahl: 722

Hi ihr Leutchen, sorry für den Buchstabensalat von grade ben.Jemand (WER WOHL) hat scheins gestern meine Tastatur geschrottet Mal sehen, ob sich da noch was machen lässt, hab mir ejtzt erstmal Gögas Läppi geschnappt

Papa2, unsere Ergotante ist ganz große klasse, Cedric steht voll auf sie! ÜBrigens fand sie es einfach nur zum piepen, dass Ceddy laut diversen Leuten ja »ganz sicher« AdhHS haben soll. Soviel dazu… Mir ist jetzt auch noch was anderes eingefallen: KISS!!!! Habt ihr dass mal abchecken lassen? Meine Mom ist damals, als sie den Stress mit meinem kleinen Bruder hatte, druch unseren Kinderarzt draufgekommen. Sie waren dann bei nem Spezialisten, der hat tatsächlich KISS gefunden, d.h. sein Kopf war irgendwie ausgerengt oder so und daher der ganze ÄRger. Ich kenn auch noch ein paar andere, die auch da drauf schwören. Ein Versuch ist es jedenfalls wert (haha, mein ewiges Mantra!) und vielleicht hilft es deinem Kleinen ja wirklcih? Aber Vorsicht, ich hab mal gehört, dass es die Kasse nicht immer zahlt zaheln soll.Bin ja echt gespannt, was bei Eurer Testerei rauskommt, sicher hat dein Sohni einen total hohen IQ!

Bis bald,
Cedr(i8dys

* * *

Ein fettes Lächeln ist die coolere Version,
seinen Feinden die Zähne zu zeigen.
Tommy Lehane

Heute, 21.3., 15:46
Thema: Was können wir tun? (Vorsicht, lang!)
Von: Papahoch2
Beitragszahl: 4

Liebe Natalie,

entschuldige bitte die verspätete Antwort – dein Beitrag ist mir irgendwie durchgeflutscht, sorry! ☹

Wie schön, dass Püppi in ihrer neuen Klasse so gut zurechtkommt. Meine Frau hat den Gedanken, R. könnte vielleicht in der zweiten Klasse besser aufgehoben sein, neulich schon einmal in einem Gespräch mit der Lehrerin kurz aufs Tapet gebracht, hat damit aber, gelinde gesagt, nicht gerade Begeisterungsstürme ausgelöst … Wir behalten die Möglichkeit aber auf jeden Fall im Auge.

Übrigens, wie war das bei euch mit dem Vorlernen? Unsere Tochter hat damals in den USA auch ein Schuljahr übersprungen, hat dafür aber, soweit ich mich erinnere, nie etwas vor- oder nachgelernt. Ist das hier in Deutschland anders?

Liebe Grüße
Papahoch2

Heute, 21.3., 23:38
Thema: Was können wir tun? (Vorsicht, lang!)
Von: Egregia
Beitragszahl: 4998

Guten Abend!

Ich denke, Ihr werdet wohl nicht darum herumkommen, der Schule nochmals mit Nachdruck einen Klassensprung nahezulegen. Immerhin verkürzt diese Maßnahme die schulische Leidenszeit eines hochbegabten Kindes um ein ganzes Jahr, ein Vorteil, den man keinesfalls gering schätzen sollte!
Uns wurde damals von dem testenden Psychologen (selbst Vater von vier hochbegabten Kindern) nahegelegt, unserem Kind eine »Fürstenerziehung« angedeihen zu lassen. Wir wären auch bereit gewesen, dafür erhebliche Geldmittel aufzuwenden, doch leider ist hierzulande – Schulpflicht sei Dank! – etwas Derartiges nicht möglich.

Was Deine Frage angeht: Ein Vor- oder Nacharbeiten mit Muttihilfe ist bei hochbegabten Kindern selbstverständlich nicht vonnöten, ebenso wenig wie die monatelange Gewöhnung an ominöse »Aufgabentypen« oder das Ausschlagen nachmittäglicher Spielangebote, weil auch noch lange Zeit nach dem Sprung täglich mit Mutti gepaukt werden muss, um in der höheren Klasse mithalten zu können. Hochbegabte Kinder machen nämlich nach einem Sprung einfach weiter wie vorher. Meine Kinder spielen mit jedem, der sie dazu auffordert, denn sie müssen für ihren Schulerfolg nicht arbeiten. Hätte sich bei ihnen nach dem Sprung ein derart übertriebener Unterstützungsbedarf abgezeichnet, hätte ich nicht gezögert, die Maßnahme rückgängig zu machen, denn mir ging es bei ihrer Vorversetzung einzig und allein um das jeweilige Kind und seine Bedürfnisse. Das mag nicht bei allen Müttern so sein; immerhin schmeichelt es ungemein, wenn man z. B. einer

Schwägerin, zu der man in einem höchst ungesunden Konkurrenzverhältnis steht, ein gesprungenes Kind präsentieren kann.

So wie Du Deinen Sohn schilderst, habe ich nicht den geringsten Zweifel, dass Ihr Euch weder über das Ergebnis des IQ-Tests noch über das Gelingen eines Sprungs Gedanken machen müsst.

Grüße
Egregia

* * *

Nichts ist für ein humoristisch veranlagtes Gemüt vergnüglicher zu beobachten, als Kleinheit, die der Größe ihren Rang streitig machen will.
J. W. v. Goethe

Heute, 22.3., 07:09
Thema: Was können wir tun? (Vorsicht, lang!)
Von: Martina74
Beitragszahl: 1201

Hallo,

hab jetzt nicht den ganzen Fred gelesen. Möchte noch gern Winkelfehlsichtigkeit in die Runde werfen. Daswar bei der Tochter meiner Freundin desRätzels Lösung. (Gibt hier irgendwo auch einen Strang dazu, sorry, kann vom Handy aus leider nicht verlinken!)

By the way: Ich find's ja supi, dass sich auch mal ein männliches Wesen hierher verirrt. *gg* Wollt ich nur mal gesagt haben! 😇😂

lg
martina

19

Heute, 11.4., 11:07
Thema: Was können wir tun? (Vorsicht, lang!)
Von: Papahoch2
Beitragszahl: 5

Hallo ihr Lieben,

in die Sache ist jetzt ganz unerwartet Bewegung gekommen: R. sitzt seit gestern in der zweiten Klasse!☺

Der Auslöser war, dass Sohni letzte Woche ein Hausaufgabenblatt verziert hat, indem er lauter kleine Blumen und Herzchen zwischen die einzelnen Buchstaben gezeichnet hat. Er freut sich wie ein Schnitzel auf Ostern und war deshalb seit langem endlich wieder einmal gut gelaunt. Das Blatt bekam er dann vor ein paar Tagen mit folgendem Kommentar der Lehrerin zurück: »R.! Schon wieder hast Du Dich nicht an Arbeitsanweisungen gehalten! Noch mal ohne Gekritzel!« 😲

Darüber hat sich meine Frau so aufgeregt, dass sie am nächsten Morgen bei der Lehrerin aufgeschlagen ist und ultimativ gefordert hat, dass R. sofort in die zweite Klasse vorversetzt wird. Wie nicht anders zu erwarten, war die Lehrerin absolut dagegen. Ihre Begründung (und jetzt haltet euch fest!): Es sei ein »völlig falsches Signal«, R. für seine »Bockigkeit« auch noch zu belohnen, indem man ihn eine Klasse höher schicke. Ob wir ihn dann auch in Zukunft jedes Mal eine Klasse höher schicken wollen, wenn er ein Arbeitsblatt schlampig ausfüllt? Meine Frau war daraufhin erst recht auf hundert, ist ins Rektorat gerauscht und hat dort darauf bestanden, mit dem Schulleiter zu sprechen. Der hat, nachdem meine Frau zu ihm vorgedrungen war, zuerst einmal versucht zu mauern und wollte ihr sogar weismachen, dass »sowas« gar nicht erlaubt sei (wahrscheinlich hat sich der Arme von meiner besseren Hälfte doch »etwas« überrumpelt gefühlt ☺), woraufhin wir den Rest des Tages mit diversen Versuchen verbracht haben, uns im Ministerium zum zuständigen Sachbearbeiter durchzutelefonieren. Gestern ist es meiner Frau dann endlich gelungen, jemanden an die Strippe zu bekommen, der uns, wenngleich ziemlich widerstrebend, bestätigt hat, dass der Schulleiter Blödsinn verzapft hat. Aber das Schärfste kommt noch: Als R. mittags aus der Schule kam, war er völlig aufgelöst – der Rektor hatte ihn nach der Pause persönlich aus seiner Klasse geholt und in die Zweite verfrachtet, mit der Erklärung: »Deine Eltern wollen das so«! Ohne jede Ankündigung oder Absprache mit uns! Meine Frau hat die Vermutung, dass es wohl einen Anruf von »irgendwo da oben« gegeben haben muss. 😀

Naja, und jetzt wissen wir nicht so recht, was wir davon halten sollen. 😐 Mit dem Hauruck-Verfahren des Rektors sind wir natürlich überhaupt nicht glücklich, andererseits entspricht das Ergebnis ja genau dem, was wir erreichen wollten. Also werden wir wohl erstmal die weitere Entwicklung abwarten. Es kann sowieso nur besser werden! R. ist allerdings momentan ziemlich durch den Wind. Die Aktion des Rektors hat ihn kalt erwischt. Noch dazu wurde er auf dem Heimweg gleich von ein paar Zweitklässlern als »daumenlutschender Windelscheißer« und »Kackarsch-Mongole« tituliert, was sich auch nicht gerade positiv auf sein Befinden ausgewirkt hat.

Liebe Grüße
Papahoch2

Heute, 11.4., 16:29
Thema: Was können wir tun? (Vorsicht, lang!)
Von: Cedr(i8dys
Beitragszahl: 776

Hallihallo, bin grade aufm Sprung, muss aber trotzdem noch schnell mitsenfen: HAMMER!!! 😵 Später mehr, hab gleich nen Termin beim Psycho, (wg. Ex)

Ganz liebe Grüße 😘😘😘
Cedr(i8dys

* * *

Ein fettes Lächeln ist die coolere Version,
seinen Feinden die Zähne zu zeigen.
Tommy Lehane

Heute, 11.4., 17:16
Thema: Was können wir tun? (Vorsicht, lang!)
Von: Spoatzerlmum
Beitragszahl: 240

Hallo Papahoch2,

also hier ging die ganze Sprunggeschichte allein von der Schule aus, nicht von uns Eltern. Ich muss sagen, dass ich das auch besser finde! Bei uns war es damals ja so, dass die Lehrerin direkt auf mich zugekommen ist und meinte, dass ihr aufgefallen ist, dass Püppi ständig die Hand oben hat und ganz »wild« auf freiwillige Zusatzaufgaben ist. Sie hat mich dann gefragt, ob es sein kann, dass Püppi ein sehr gutes Allgemeinwissen hat? Das habe ich ihr bestätigt und somit nahm alles seinen Lauf. ☺

Das mit dem Vorlernen war übrigens auch nicht meine Idee, Püppi wollte das unbedingt von sich aus! Schlechte Noten sind für sie der Horror. Und das, obwohl wir ihr immer und immer wieder sagen, dass wir sie lieben, sogar wenn sie mal eine mittelmäßige Note heimbringt! Ich verstehe einfach nicht, wo dieser übertriebene Ehrgeiz bei ihr herkommt? Ich muss aber sagen, dass ich es gar nicht schlecht fand, dass sie zu Hause ein bisschen was zusätzlich tun wollte. Manchmal hatte Madame natürlich auch »null Bock«, aber siehe da, mit ein bisschen »sanftem« Druck ging es dann plötzlich doch … ☺ Ich verstehe überhaupt nicht, was daran auszusetzen sein soll?

@Egregia: Ich muss sagen, diese ewigen Sticheleien und Seitenhiebe von dir geben mir langsam ganz schön zu denken! 😬 Mein Verhältnis zu meiner Schwägerin ist supergut, falls es dich interessiert!!! Von wegen ungesunde Konkurrenz! 😒 Ich weiß echt nicht, was du für ein Bild von unserer Familie hast? Bei uns ist eigentlich alles total harmonisch, abgesehen von ein paar kleineren Reibereien. Die gibt es aber überall, und das ist noch lange kein Grund, uns alles Mögliche zu unterstellen! 😆 Oder ist bei euch zu Hause vielleicht immer alles nur heitel Sonnenschein? Ich glaube kaum!!!

lG

Natalie mit Supermaus (8) und Baby Einstein (5)

* * *

Mitleid kriegt man meistens »einfach so«,
aber Neid muss man sich erst mal »erarbeiten«!
(sinngemäß – weiß den Schriftsteller leider nicht!)

Heute, 12.4., 02:03
Thema: Was können wir tun? (Vorsicht, lang!)
Von: Strulli
Beitragszahl: 13

Was Winkefehlsichtigkeit ist
undwie kann werden Festgestellt?vilenDanke! Strulli

Heute, 12.4., 08:46
Thema: Was können wir tun? (Vorsicht, lang!)
Von: Papahoch2
Beitragszahl: 6

Ihr Lieben,

habt ihr es vorhin poltern hören? Das war das Gebirge, der mir vom Herzen gefallen ist … ☺ Die neue Lehrerin von R. ist eine ganz Liebe! Ich konnte heute Morgen ein paar Takte mit ihr reden, als ich ihn zur Schule gebracht habe. Klar, sie macht sich jetzt noch große Sorgen, ob R. das wirklich alles so schnell schaffen kann. Er hat ja bis jetzt nur Druckschrift gelernt, und in der Zweiten schreiben sie schon alles in Schreibschrift. Ich habe ihr dann klargemacht, dass Mathe und Deutsch gar kein Problem für Sohni sein dürften, weil er den Stoff seit Jahren beherrscht. Sie war sehr beeindruckt (und auch etwas ungläubig). Jedenfalls hat sie großes Interesse daran, was die schulpsychologische Untersuchung letztendlich ergibt. Sie möchte dann auch das Gutachten der Psychologin lesen, damit sie ganz genau weiß, woran sie mit R. ist und wie sie ihn am besten fördern kann. Das klingt doch gut, oder? ☺

Erleichterte Grüße
Papahoch2

Heute, 12.4., 10:09
Thema: Was können wir tun? (Vorsicht, lang?)
Von: Egregia
Beitragszahl: 5007

Grüß Dich Gott, Papahoch2!

Meinen Glückwunsch! Ihr habt Euer Ziel erreicht. Dass der Weg dorthin etwas holprig war, sollte Euch in Zukunft nicht weiter bekümmern. Ihr könnt aufatmen! Dein Sohn hat jetzt die Gelegenheit, sich zu beweisen.

Belaste und bedränge das Kind nur bitte nicht mit Deinen Sorgen oder mit denen der Lehrerin, der es offenbar entweder an Erfahrung oder an gesundem Menschenverstand mangelt. Ich bin sicher, die Umstellung wird Eurem Sohn sehr viel weniger zu schaffen machen, als Ihr im Augenblick noch befürchten zu müssen glaubt. Meine Tochter hat nach ihrem Sprung für den Schreibschriftlehrgang genau zwei Nachmittage benötigt! In Eigenregie, selbstredend – meine Unterstützung war im Alter Deines Sohnes bei ihr schon längst nicht mehr gefragt.

Es ist sogar denkbar, und nicht einmal ganz unwahrscheinlich, dass Euer Junge die Herausforderung, der er sich momentan gegenübersieht, sehr viel schneller meistert, als Ihr Euch vorstellen könnt – ja sogar als Euch lieb sein könnte. Euer Kind ist durch den Sprung nicht dümmer geworden, seine schulische Umgebung im Mittel nicht intelligenter! Dein Sohn wäre nicht der erste und auch nicht der einzige Hochbegabte, bei dem auf den ersten Sprung ein zweiter oder gar ein dritter folgen muss, weil sein Geist seinen Jahren schon viel zu weit vorausgeeilt ist.

Herzlich
Egregia

@Spoatzerlmum: Meine Beiträge sind wohlüberlegt und keineswegs als reine Sticheleien oder Seitenhiebe zu verstehen, auch wenn es Dir so vorkommen mag. Höchstwahrscheinlich hast Du [edit admin. Bitte beachten: Die Nettiquette verbietet pauschale Abwertungen anderer User!]

* * *

Nichts ist für ein humoristisch veranlagtes Gemüt erheiternder,
als Kleinheit, die der Größe ihren Rang streitig machen will.
J. W. v. Goethe

Heute, 12.4., 13:14
Thema: Was können wir tun? (Vorsicht, lang!)
Von: Cedr(i8dys
Beitragszahl: 777

Kackarschmongole? sag mal Geht's noch? 😆 Boar, Papahoch2, ehrlich – diese Assibratzen würde ich mir aber mal sowas von zur Brust nehmen! Nicht, dass das ncoh in mopping ausartet, da kann ich auch nämlich ein lied 😣 davor singenVor ein paar Monaten hatten wir hier ja auch mal sowas ähnliches, da ist so ein pupertärer Quadratarsch aus der FörderE auf die schlaue Idee gekommen, meinen Cedric auf dem Schulweg zu dissen. 😣 So was kann einem doch echt die ganze Schule verleiten. Tja der hatte aber nicht mti mri gerechnet! 😌 Die Mutter von dem war aber auch gut, 24/7 die Fluppe im Gesicht, aber MIR was vonKindesmisshandlung erzählen wollen! Ehrlich, ich kenn die, ich hab die NOCH!!! NIE!!! ohne Glimmstengel gesehen!

Ganz liebe Grüße 😊

Cedr(i8dys

PS: Kopf hoch und Ohren steif, Ihr wredet das Kind schon schaukeln! Lasst Euch blos nicht von dieser Leererin ins Boxhorn jagen. Euer R. ist auf jeden Fall ein ganz toller Knabe!!! Der schafft das ☺
PSS: Meine Tastatur funzt wieder 😃😃😃

* * *

Ein fettes Lächeln ist die coolere Version,
seinen Feinden die Zähne zu zeigen.
Tommy Lehane

Heute, 5.5., 09:10
Thema: Was können wir tun? (Vorsicht, lang!)
Von: Papahoch2
Beitragszahl: 7

Hallo ihr Lieben,

ein kurzer Zwischenbericht von uns: R. geht es in der zweiten Klasse total gut. Er ist richtig aufgeblüht in den letzten drei Wochen! ☺ Wir haben morgens keine Kämpfe mehr, und die Hausaufgaben erledigt er im Handumdrehen – was will man als sorgengeplagter Vater mehr? ☺ Ihr könnt euch vielleicht vorstellen, wie erleichtert wir sind – endlich können wir uns wieder mit anderen Themen beschäftigen und müssen uns nicht ständig über die Schule Gedanken machen. Nur das Schreiben mit dem Füller fällt R. noch etwas schwer, und die Lehrerin sieht manchmal Probleme, wo keine sind. 😐 Aber das kriegen wir schon hin! 😃

Noch mal ganz herzlichen Dank für eure Unterstützung!

Liebe Grüße
Papahoch2

Heute, 5.5., 11:02
Thema: Was können wir tun? (Vorsicht, lang!)
Von: Spoatzerlmum
Beitragszahl: 357

Egregia, dass Du mir sowas unterstellst, ist ja mal wieder allerhand! Du hast Dir ja schon unter Deinem alten Nick ziemlich viel geleistet, aber das ist jetzt zu viel des Guten. Einfach nur bösartig! ☹ Wenn man öffentlich verkündet, dass ein anderer [edit admin: Im eigenen Interesse der Userin entfernt] dann sind für mich die Grenzen des guten Geschmacks überschritten. 😠 Nur, damit du es weißt: Ich habe Dich bei den Admins gemeldet!!!!

lG

Natalie mit Supermaus (8) und Baby Einstein (5)

* * *

Mitleid kriegt man meistens »einfach so«,
aber Neid muss man sich erst mal »erarbeiten«!
(sinngemäß – weiß den Schriftsteller leider nicht!)

Heute, 5.5., 11:08
Thema: Was können wir tun? (Vorsicht, lang!)
Von: Egregia
Beitragszahl: 5024

»unterstellst«? – »Bösartigkeit«? – »Grenzen des guten Geschmacks«?

Natalie, Du vergreifst Dich im Ton. Etwas mehr Abgeklärtheit wäre der Diskussion mit Sicherheit zuträglich.

Ich habe doch gar nicht geschrieben, dass Du [edit admin: Bitte nicht schon wieder!] Wie kommst Du darauf?

@Cedr(i8dys: Ich möchte Dich dringlich bitten, mir keine beleidigenden PNs mehr zukommen zu lassen!

Egregia

* * *

Nichts ist für ein humoristisch veranlagtes Gemüt vergnüglicher zu beobachten, als Kleinheit, die der Größe ihren Rang streitig machen will.
J. W. v. Goethe

Heute, 5.5., 11:23
Thema: Was können wir tun? (Vorsicht, lang!)
Von: Cedr(i8dys
Beitragszahl: 789

Haha, egregia, netter Versuch! 🤣🤣🤣 Ich weiß nix von irgendwelchen PNs das musst du getärumt haben 😜

* * *

Ein fettes Lächeln ist die coolere Version,
seinen Feinden die Zähne zu zeigen.
Tommy Lehane

Heute, 17.5., 03:09
Thema: Was können wir tun? (Vorsicht, lang!)
Von: Strulli
Beitragszahl: 14

Ist Winkefhelsichtigkeit=Schielkrankheit?? Bitte dankescön, Strulli

---

Heute, 18.5., 04:56
Thema: Was können wir tun? (Vorsicht, lang!)
Von: Andrea
Beitragszahl: 36

Gelöscht.

Einmal editiert, zuletzt am 18.5. um 06:09 Uhr

Heute, 22.5., 17:48
Thema: Was können wir tun? (Vorsicht, lang!)
Von: Martina74
Beitragszahl: 1203

????????

Heute, 24.5., 13:09
Thema: Was können wir tun? (Vorsicht, lang!)
Von: Cedr(i8dys
Beitragszahl: 796

Huhu Papahoch2, wie schauts inzwischen aus bei euch? Hat dein Kleiner beim IQ-Test die Skala gesprengt? 😂😂😂

* * *

Ein fettes Lächeln ist die coolere Version,
seinen Feinden die Zähne zu zeigen.
Tommy Lehane

Heute, 26.5., 13:42
Thema: Was können wir tun? (Vorsicht, lang!)
Von: Cedr(i8dys
Beitragszahl: 799

Hey, was ist los mit EuchPapahoch2, muss ich mri sorgen machen????????????? 😟

* * *

Ein fettes Lächeln ist die coolere Version,
seinen Feinden die Zähne zu zeigen.
Tommy Lehane

20

Heute, 28.5., 12:57
Thema: Was können wir tun? (Vorsicht, lang!)
Von: Cedr(i8dys
Beitragszahl: 800

PAPAHOCH2?????
WO STECKST DU? Mach mal Piep! ☺☺☺

* * *

Ein fettes Lächeln ist die coolere Version,
seinen Feinden die Zähne zu zeigen.
Tommy Lehane

Heute, 29.5., 08:42
Thema: Was können wir tun? (Vorsicht, lang!)
Von: Papahoch2
Beitragszahl: 8

Ihr Lieben,

wie nett, dass ihr euch nach uns erkundigt! ☺

Leider gibt es von uns nicht nur Positives zu berichten. Das war auch der Grund dafür, dass ich mich hier längere Zeit nicht zu Wort gemeldet habe. Wenn es euch interessiert, informiere ich euch aber natürlich gern darüber, wie es uns in der Zwischenzeit ergangen ist.

Unglücklicherweise ist die neue Lehrerin Sohni gegenüber weiterhin sehr skeptisch eingestellt. 😟 Inzwischen führen wir fast täglich Telefonate mit ihr, in denen sie sich über R. beklagt. Ihrer Ansicht nach ist er in ihrer Klasse völlig überfordert. Er rechne nicht immer fehlerfrei, er habe eine verkrampfte Stifthaltung, schreibe die Buchstaben nur selten »formgetreu« (was für ein Wort!) und zeige wenig bis kein orthographisches Verständnis (zu Hause kann er aber alles fehlerfrei buchstabieren). Seine Leistungen seien maximal mittelmäßig. (Das würde uns im Moment völlig genügen!) Er verträume den Unterricht, werde typischerweise mit Arbeitsaufträgen erst nach mehrfacher Ermahnung fertig und lege sogar gelegentlich den Kopf auf den Tisch, um zu schlafen. Wir sollen ihn unbedingt früher ins Bett schicken! Dass es ihr Unterricht sein könnte, der eine so einschläfernde Wirkung auf R. hat, ist natürlich das Letzte, was dieser Frau in den Sinn käme … 🙄

Wir haben versucht, ihr ganz neutral zu schildern, mit was R. sich zu Hause beschäftigt, in der Hoffnung, dass sie selbst den richtigen Schluss daraus zieht, nämlich dass R. trotz Sprung schulisch weiterhin unterfordert ist. Leider vergeblich – bei ihr kam es so an, als ob unser Söhnchen den ganzen Tag für die Schule büffeln muss. Sie hat mich gefragt, ob er wenigstens hin und wieder »ganz normal« spielen darf! 😖
Wir wurden jetzt zu einem offiziellen Elterngespräch eingeladen. Vermutlich wird es dabei um Sohnis Verbleib in der Zweiten gehen. Für sein Selbstbewusstsein wäre es katastrophal, wenn er zurückmüsste, und außerdem ist seine alte Lehrerin überhaupt nicht gut auf uns zu sprechen. Sie war ziemlich angesäuert, als meine Frau im März hinter ihrem Rücken zur Schulleitung gegangen ist, und meine Frau traut ihr ohne Weiteres zu, dass sie ihren Ärger an R. auslässt.

Ihr seht schon – die Lage ist »etwas« kompliziert; gedrückte Daumen werden jedenfalls dankend entgegengenommen! ☺

Liebe Grüße
Papahoch2

Heute, 29.5., 10:18
Thema: Was können wir tun? (Vorsicht, lang!)
Von: Egregia
Beitragszahl: 5100

Guten Morgen, Papahoch2!

Schön, dass Du trotz der zwischenzeitlich aufgekommenen Misshelligkeiten wieder ins Forum zurückgefunden hast!

Das, was Du uns zu berichten hast, klingt allerdings weit weniger schön. Das Verhalten der Lehrerin ist unerhört, das muss Dir klar sein! Sie maßt sich an, über ein Kind zu urteilen, das sie kaum kennt und dessen intellektuelle Fähigkeiten sie keineswegs ermessen kann. Solche »Pädagogen« ruinieren unsere Kinder!

Bei meiner Tochter, deren Klassleiterin mit ähnlich profundem Einfühlungsvermögen gesegnet war, hatte die schmerzhafte schulische Unterforderung psychosomatische Beschwerden und Schulverweigerung zur Folge. Nach weniger als einem Jahr Schule hielt sie sich für sehr, sehr dumm. Sie wurde sogar völlig ohne Sinn und Zweck am Blinddarm operiert, weil sich die Ärzte ihre anhaltenden Schmerzen nicht anders als durch eine Entzündung erklären konnten. Auch wir Eltern erkannten nicht rechtzeitig, an was sie in Wahrheit laborierte. Unsere Ehe zerbrach darüber. Seitdem befasse ich mich mit dem Thema Hochbegabung.

Euer Sohn leidet, das steht außer Frage. Er leidet, denn der Geist lässt sich nicht einfach ausknipsen wie eine Taschenlampe, nur weil sich eine erwachsene Frau davon geblendet fühlt. Handelt schnell, bevor es zu spät ist! Das Mindeste ist, dass Ihr der Lehrerin schleunigst das psychologische Gutachten zugänglich macht, in dem seine Hochbegabung betätigt wird. Es ist immerhin nicht vollkommen ausgeschlossen, dass sie sich angesichts der Werte eines Besseren besinnt und ihm, zumindest in Ansätzen, Gerechtigkeit widerfahren lässt.

Herzlich

Egregia

* * *

Nichts ist für ein humoristisch veranlagtes Gemüt vergnüglicher zu beobachten, als Kleinheit, die der Größe ihren Rang streitig machen will.

J. W. v. Goethe

Heute, 29.5., 14:50
Thema: Was können wir tun? (Vorsicht, lang!)
Von: Papahoch2
Beitragszahl: 9

Liebe Egregia,

vielen lieben Dank für Deine Antwort. Es tut mir leid, dass ich offenbar Anlass zu einem Streit hier im Forum gegeben habe, auch wenn ich, ehrlich gesagt, nicht ganz verstehe, um was es bei den »Misshelligkeiten« eigentlich ging. Ist ja auch egal – Hauptsache, ihr vertragt euch wieder! ☺

Was Du mit Deiner Tochter erlebt hast, ist ja wirklich schlimm. Wie alt ist sie jetzt? Habt ihr inzwischen eine Möglichkeit gefunden, sie so zu fördern, dass sie sich wohlfühlt? Oder ist der intellektuelle Abstand zu den anderen Kindern immer noch so riesig, dass das gar nicht möglich ist?

Ich glaube nach wie vor, dass die Lehrerin es eigentlich gut mit R. meint. Sie ist halt nicht mehr die Jüngste und in ihrem Job wohl ziemlich überfordert. Sie nimmt auch alles immer gleich persönlich und hat uns gegenüber sogar angedeutet, dass R. an ihrer Sehnenscheidenentzündung schuld ist, die sie angeblich vom vielen Korrigieren hat. 😮 Gestern hat sie R. einen Haufen »Erstlesebücher in großer Schrift« mit nach Hause gegeben, weil seine derzeitige heimische Lektüre (*Lord of the Rings* – auf Englisch, weil wir das Buch auf Deutsch gar nicht haben) in ihren Augen für Sechsjährige ungeeignet ist. R.s Reaktion darauf war übrigens echt süß: Meine Frau hatte ihm vorgeschlagen, die Bücher einfach nach ein paar Tagen ungelesen wieder zurückzugeben. Das wollte er aber auf keinen Fall – aus Mitleid mit den Büchern, die dann niemand lesen würde! Er hat dann tatsächlich einen Teil seines Nachmittags mit dem Riesenstapel ehrlich gesagt reichlich öder »Ponygeschichten« und »Ballettgeschichten« und »Mutmachgeschichten« verbracht. ☺☺☺

Liebe Grüße
Papahoch2

Dreimal editiert, zuletzt am 29.5. um 15:18 Uhr

Heute, 29.5., 23:51
Thema: Was können wir tun? (Vorsicht, lang!)
Von: Strulli
Beitragszahl: 15

Hallobitte, sehr interessant über Antwort »Winkelsichtigkeit«. JAJAJA! Wosind? Strulli

---

Heute, 30.5., 10:01
Thema: Was können wir tun? (Vorsicht, lang!)
Von: Spoatzerlmum
Beitragszahl: 387

Hallo Papahoch2,

bei Euch scheint da irgendwie »der Wurm« drin zu sein, wenn Du weißt, was ich meine. 😕 Ich kann dazu nur sagen, dass Püppi sich NIE so verhalten hat wie Dein Sohn, weder vorher noch nachher. Bei ihr gab es auch noch nie irgendwelche Klagen von der Lehrerin, im Gegenteil, bisher waren immer alle ganz hin und weg von ihr. Heute hat sie wieder eine glatte 1 (0,5 Fehler, und das nur, weil sie eine Aufgabe in den »falschen Hals« gekriegt hat) nach Hause gebracht. 😃 Auch die Leiterin der Begabtenförderung hat sich neulich extrem positiv über sie geäußert, das war mir fast schon ein bissi peinlich. GsD war niemand in der Nähe, den ich kannte, sonst wäre ich glatt im Erdboden versunken!!! Wer weiß, vielleicht steckt ja doch was Krankhaftes dahinter bei deinem Kind? Ist er wirklich so »begabt«, oder ist es doch was anderes. Wer kann das schon sagen.

Ehrlich gesagt bin ich der Meinung, wenn er so weit hinterher ist, ist er für die ganze Klasse eine Zumutung. Was ist mit den Kindern, die lernen wollen, wenn er immer eine Extrawurst braucht? Die kommen dann wieder einmal viel zu kurz. Die Erfahrung haben wir schon oft gemacht! In Püppis Klasse ist z. B. seit neuestem ein Junge, der leider schon zweimal durchgefallen ist. 😲 Angeblich kann er nicht nochmal durchfallen, deshalb bleibt er uns leider auch in Zukunft »erhalten«. 😬 Ich hab überhaupt nichts gegen den Burschen persönlich, bloß er passt halt leider GAR NICHT zu unseren Kindern, allein schon von der Optik her. Wenn er wenigstens nicht so groß und fett (Entschuldigung, aber anders kann man es wirklich nicht beschreiben!) wäre. Er hat sogar schon einen Schnurrbart – und das in der Dritten!!! Habt Ihr sowas schon mal gesehen? Oder kann es vielleicht daran liegen, dass er eher der dunklere Typ ist?

Dein Sohn sollte besser wieder in seine alte Klasse zurückgehen! Das ist meine Meinung, und das sage ich hier ganz offen. 😛 So, und jetzt könnt Ihr mich meinetwegen tuppern! *Duckundweg*

lG

Natalie mit Supermaus (8) und Baby Einstein (5)

* * *

Mitleid kriegt man meistens »einfach so«,
aber Neid muss man sich erst mal erarbeiten!
(sinngemäß – weiß den Schriftsteller leider nicht!)

Heute, 30.5., 13:40
Thema: Was können wir tun? (Vorsicht, lang!)
Von: Cedr(i8dys
Beitragszahl: 808

MEscnh Papahoch2, du treulose Tomate da bist du ja endlich! 😃 😃 nd ich verrücktes Huhn hab schon gedacht hr seit irgendwo in der Versenkungverschwunden.........

Ach Übrigens bin ich jetzt wirklich paff! Dein kleiner ließt HdR? HUt ab Das hab ich selbst im zarten Alter von 27 nicht fertigbegracht, hehe. Ich hab glaub ich bis Seite 8 druchgehalten, .Muss aber dazusagen, dass ich vom meinem Dad auch ne glitze kleine LEseschwäche geerbt hab. ☺ dein kleiner ist schon ne Marke! Appropo: Was it eigentlich bei der ganzen IQTEsterei damals rausgekommen? Ich schätze mal, volle Punktzahl, oder? 🤣🤣🤣 Warum hälts du das der LEhrein nicht bei dem Gespräch unter die Nase? die wird mit den Ohren schlakern! 😆

Ganz liebe grüße

Cedr(i8dys

PS Daumen und Zehen sind gedrückt!!!!

* * *

Ein fettes Lächeln ist die coolere Version,
seinen Feinden die Zähne zu zeigen.
Tommy Lehane

Heute, 30.5., 16:00
Thema: Was können wir tun? (Vorsicht, lang!)
Von: Egregia
Beitragszahl: 5109

Papahoch2,
wann gedenkt Ihr eigentlich, die Lehrerin in ihre Schranken zu weisen?

Zu Deiner Frage: Mit ihren 11 Jahren besucht unsere Tochter inzwischen die 8. Klasse eines in unserer Gegend als überaus anspruchsvoll verschrienen humanistischen Traditionsgymnasiums. Und nein, sie ist weiterhin nicht angemessen gefordert.

Egregia

* * *

Nichts ist für ein humoristisch veranlagtes Gemüt vergnüglicher zu beobachten, als Kleinheit, die der Größe ihren Rang streitig machen will.

J. W. v. Goethe

Heute, 30.5., 23:05
Thema: Was können wir tun? (Vorsicht, lang!)
Von: Papahoch2
Beitragszahl: 10

Hallo, ihr Lieben,

na, dann muss ich hier wohl doch mal die Katze aus dem Sack lassen. ☺
Sohnemann wurde vor ein paar Wochen von der Schulpsychologin getestet. Laut Test hat er einen Gesamt-IQ von 98, »knapp unterdurchschnittlich, aber noch überhaupt kein Grund, sich Sorgen zu machen«, wie die Psychologin es meiner Frau gegenüber ausgedrückt hat. Allerdings auch nicht gerade ideal, um damit in der Schule Eindruck zu schinden. ☺ Ich stelle mir gerade bildlich vor, wie wir der Lehrerin auseinandersetzen, dass R. ja immerhin *fast* durchschnittlich intelligent ist und deshalb seinen Klassenkameraden um Lichtjahre voraus – nein, besser doch nicht! Ich glaube, das verkneifen wir uns lieber. ☺

Liebe Grüße
Niko

edit: PS: Wir waren natürlich erstmal ziemlich überrascht von dem Ergebnis. Inzwischen können wir es wieder etwas gelassener sehen. Die Testbedingungen waren einfach sehr ungünstig für unseren Lütten. So ist kurz vor dem ersten Termin unmittelbar vor dem Fenster der Psychologin eine Straßenbahn entgleist (!) und musste von der Feuerwehr mittels eines Schwerlastkrans wieder ins Gleisbett gehoben werden. Das war natürlich hochinteressant für einen neugierigen Sechsjährigen – viel interessanter, als Dreiecke zu legen oder Zahlen nachzusprechen … Das kann man auch sehr gut an den Teilergebnissen erkennen: In manchen Untertests hat R. super abgeschnitten, in anderen extrem schlecht – wahrscheinlich, weil ihn die Aufgaben in dem Moment einfach nicht interessiert haben. Offenbar hat die Psychologin es auch nicht geschafft, ihn ausreichend zu motivieren. ☹ Beim zweiten Termin war er dann erkältet und hatte am Abend sogar leichtes Fieber. Deshalb gehen wir inzwischen davon aus, dass die Testwerte alles in allem nicht besonders viel Aussagekraft haben. Genauso werden wir das auch der Lehrerin und der Schulleitung bei dem bevorstehenden Gespräch kommunizieren.

neunmal editiert, zuletzt am 31.5. um 01:23 Uhr

Heute, 31.5., 07:15
Thema: Was können wir tun? (Vorsicht, lang!)
Von: martina74
Beitragszahl: 1204

Tja, dieser Baustellenlärm und die Erkältungen aber auch immer. 😜 Die haben schon so manchem das Testergebnis verhagelt. Klassiker, sozusagen … *flötundaufdiefingersetz* Martina

---

Heute, 5.6., 10:49
Thema: Was können wir tun? (Vorsicht, lang!)
Von: Papahoch2
Beitragszahl: 11

Hallo, ihr Lieben,
nur ganz kurz, weil vom Handy: Komme gerade vom Elterngespräch. Ergebnis: R. wird nach Pfingsten in die Erste zurückgehen! Die Lehrerin hat so viel Druck gemacht, dass meine Frau die Nerven verloren hat und eingeknickt ist. Werden bei R. wohl viel Überzeugungs- und Aufbauarbeit leisten müssen in der nächsten Zeit, aber vl. ist es ja sogar besser so … LG Papahoch2

Heute, 6.6., 03:44
Thema: Was können wir tun? (Vorsicht, lang!)
Von: Strulli
Beitragszahl: 16

kann auch sein hat Junge dasWinkelfehler in die Auge!

21

Der Sommer war kalt und verregnet. Den ganzen Juni über blieb der Himmel grau – telefonanlagengrau, computergehäusegrau, büromöbelgrau – und kam, zuverlässig wie ein Beamter, täglich seinen regnerischen Pflichten nach. Man nahm das trübe Wetter schließlich als etwas Unabänderliches hin und rechnete gar nicht mehr damit, morgens unter etwas anderem als unter einer zähen Wolkendecke aufzuwachen. Niemand benutzte die Schwimmnudeln, Käppis und Sandalen, die Claire im Frühling so hoffnungsfroh angeschafft hatte. Alle Blumen im Garten waren vom Dauerregen niedergedrückt und schwarzfleckig; Pfingstrosen lagen wie Opfer eines Massakers kreuz und quer im Morast der Beete, die schweren Köpfe vollgesogen und angefault, noch bevor sie aufgeblüht waren. Nacktschnecken fielen über die Kübelpflanzen auf der Terrasse her, übten im kalten Sprühregen Felgaufschwünge an wassertriefenden Blattgerippen und rückten über Nacht bis an die Haustür vor. Wenn man etwas Nachgiebiges unter der Schuhsohle spürte, war es schon zu spät: Das fast widerstandslose Zerplatzen, das nicht einmal durch ruckartige Gewichtsverlagerung abzuwenden war, war ein schlechtes Omen für den ganzen Tag.

Kein Wunder, dass die von Koppensteins sich in Italien wie im Paradies fühlten.

In diesem Jahr war Claire als Organisatorin und Dozentin an einer internationalen Sommerakademie beteiligt, die auf einer Insel im Golf von Venedig stattfand. Die Teilnehmer, die preisgünstig in einem Gästehaus der Universität untergebracht waren, durften ihre Familien dorthin mitbringen. Es war eine einmalige Gelegenheit, die man sich nicht entgehen lassen durfte. Die ganze Familie von Koppenstein fieberte dem Aufenthalt seit Monaten entgegen. Nach den Strapazen des vergangenen Jahres hatten sie alle einen Tapetenwechsel dringend nötig, und seit dem unrühmlichen Ende von Raffis Sprungversuch war ihr Erholungsbedürfnis noch größer geworden. Die Kurse starteten Ende Juli, noch vor dem offiziellen Beginn der Sommerferien, und Claire hatte schon im Februar ihre Schlafwagenplätze dementsprechend gebucht, weil sie der Meinung gewesen war, dass Cordelia und Raffi nicht viel versäumen würden, wenn sie in der letzten Schulwoche dem Unterricht fernblieben. Jetzt musste sie jeden Morgen mit ansehen, wie Raffi, der seit Pfingsten wieder in seine alte Klasse ging, sich graugesichtig und resigniert in die Schule schleppte, und war erst recht froh, das Elend wenigstens um ein paar Tag abkürzen zu können.

An einem Montagabend ging es los. Schon lange waren die vier von Koppensteins nicht mehr so ausgelassen und fröhlich gewesen. Noch am Morgen desselben Tages hatte Raffi finster über seiner Cornflakes-Schüssel gebrütet, bevor er sich unter Protest angezogen und unter Protest das Haus verlassen hatte. Jetzt, nur ein paar Stunden später, sprudelte er über vor Fragen und Einfällen, knetete mit seinen warmen, klebrigen Fingern Claires Hand und konnte sich kaum stillhalten vor Begeisterung. Ausgiebig und überschwänglich lobte er die praktische und gemütliche Gestaltung der Schlafwagen und die Freundlichkeit des Schaffners, der sie im Zug begrüßt und ihnen ihre Abteile zugewiesen hatte. Besonders beeindruckt war er davon, dass in den Abteilen für jeden Passagier eine Flasche Mineralwasser bereitstand. »Und vor allem, ohne dass man was dafür bezahlen muss! Das ist doch nett von denen, oder? Ich *weiß*, dass es nur Werbung ist, aber ich finde es trotzdem nett.« Sogar der Samt der Sitzbezüge riss ihn zu Begeisterungsstürmen hin: »Toll, dass die Sitze hier so weich sind!«, rief er und streichelte zärtlich über die Rückenlehne, »fühl mal, wie weich die sind, Mama! Das sind die schönsten Sitze, die ich je gesehen habe!«

Am nächsten Morgen, nach einer unruhigen Nacht im Zug, war die Stimmung gedämpfter. Cordelia verlangte beharrlich und ohne Rücksicht auf die Umstände nach einem Frühstück, und Raffi fing vor Unausgeschlafenheit bei der geringsten Schwierigkeit zu weinen an, zum Beispiel, als er von Niko dazu aufgefordert wurde, sich anzuziehen, und dabei feststellte, dass seine Hose auf links gedreht war. »Das kann ich nicht, das ist zu schwer für mich«, heulte er auf und ließ sich auf die Liege zurückfallen.

In diesem Moment bog der Zug überraschend auf den schmalen Damm ab, der Venedig mit dem Festland verband, und ihr Blick ging plötzlich weit auf das Meer hinaus, das unter dem bedeckten Frühmorgenhimmel in undurchsichtigem Dunkelgrau dalag wie ein unermesslich großer, asphaltierter und völlig leerer Parkplatz.

»Komisch, warum stehen da lauter Laternen im Wasser?«, fragte Raffi.

Sie frühstückten in einer kleinen Bar in Bahnhofsnähe, an einem glänzenden, grau geäderten, weißen Marmortresen. Als sie wenig später ihre Rollkoffer quer durch die noch fast menschenleere Stadt zogen und zerrten, löste sich die dünne Wolkendecke auf, und die Morgensonne tauchte die Fassaden der Palazzi und das Pflaster der Bürgersteige in ein rosiggoldenes Licht. Die Vaporettofahrt durch die aufgewühlte Lagune war dramatisch und eindrucksvoll, und die Insel, auf der sie schließlich mit ihren Koffern landeten, überstieg in ihrer verwunschenen Schönheit die romantischsten Erwartungen.

Sie meldeten sich an der Rezeption des Gästehauses an,

klappten in den ihnen zugeteilten Zimmern die Fensterläden auf und stießen angesichts der Aussicht auf türkise Lagunensegmente zwischen Zedern- und Zypressenwipfeln ein paar ungläubige Rufe des Entzückens aus. Dann brachen sie zu einem ersten Erkundungsspaziergang auf.

Die Insel hatte die Größe eines nicht besonders ausgedehnten Parks und war von einer armdicken Befestigungsmauer umgeben. Sie zu umrunden dauerte weniger als eine halbe Stunde. Durch die Schießscharten in der Mauer sah man nach unten auf die gleißende metallicblaue Wasserfläche der Lagune und auf viele unterschiedliche, im Gegenlicht schwarze Boote und Schiffchen, die teils reglos auf dem Wasser lagen, teils langsam ihre vorherbestimmten Routen abfuhren. Im Inselinneren gab es drei große, von üppigen Blumenrabatten umgebene Gebäude. Verschlungene Kieswege führten zwischen Bäumen hindurch von einem zum anderen. Vor dem Empfangsgebäude, in dem sie ihre Schlüssel bekommen hatten, erhob sich als Wahrzeichen eine majestätische Riesenpalme.

Als sie sich einer großen, mit Tischen und Stühlen möblierten Terrasse näherten, wurden sie von den dort Sitzenden mit lautem Rufen, Winken und Lachen begrüßt. Es handelte sich um Teilnehmer der Sommerakademie, die schon am Vortag angereist waren und Claire aus der Entfernung erkannt hatten.

Die Gruppe saß an einer langen Tafel aus aneinandergeschobenen Bistrotischchen. Alle beeilten sich, Platz für die Neuankömmlinge zu machen, rückten an den Tischen näher zusammen, brachten zusätzliche Stühle und winkten einer Kellnerin, damit die von Koppensteins sich ein zweites Frühstück bestellen konnten.

Zur Frühstücksgesellschaft auf der Terrasse gehörten außer ihnen noch ein älteres Professorenehepaar aus Stuttgart, mehrere Studenten, der pathologisch schüchterne

Hiwi, der Claire bei der Organisation geholfen hatte und der jedes Mal, wenn er angesprochen wurde, kicherte und sich die Hand vors Gesicht hielt, und Olli, ein Kollege aus München, der sein weißes Hemd über seiner fleischigen Brust weit aufgeknöpft hatte. Alle am Tisch waren entspannt und guter Laune; das laute Gelächter der Männer hallte über die Insel. Unter den vanilleeisfarbenen Stoffkuppeln der Sonnenschirme glühte die Luft wie ionisiertes Plasma. Claire nippte an ihrem Espresso, und im grellen Sonnenlicht gab das Espressoschwarz, vom Porzellanweiß des Tässchens streng und feierlich umrahmt, unerwartete, bernsteinfunkelnde Geheimnisse preis.

An ihrem ersten Tag auf der Insel taten sie nicht viel mehr, als die Sonne zu genießen, und zwar so, wie das nur Menschen möglich ist, die gerade erst dem untersten, nässesten Kreis der Regenhölle entkommen sind. Schon der Anblick eines eigentlich unscheinbaren, aber trotzdem herrlich gelb blühenden Bodendeckers im Unterholz beeindruckte sie wie ein unbezahlbarer Luxusgegenstand und bewirkte in ihren Gehirnen kleine, ungläubige Verpuffungen der Freude und des Entzückens. Begeistert starrten sie im Vorbeigehen auf die millimeterkleinen Blüten, die in der Sonne leuchteten, und spürten dabei, wie sich ihre Farb- und Lichtdepots langsam wieder füllten. Die Knallfarbe der Bougainvillea an der sonnenbeschienenen Wand neben dem Eingang der Cafeteria überstieg dann gegen Mittag fast ihr Fassungsvermögen: Das Pink war so hochkonzentriert, dass es nicht an den Blütenblättern haften blieb, sondern sich ablöste und ihnen in einer Art 3-D-Effekt entgegensprang.

Bald hatte die Familie einen festen Lebensrhythmus entwickelt, der den Verpflichtungen, Bedürfnissen und Vorlieben ihrer Mitglieder genau angepasst war. Sie frühstückten auf der Terrasse der Cafeteria unter dem dauerblauen

Himmel zusammen mit allen, die sich zufällig gleichzeitig mit ihnen dort einfanden. Am Vormittag unterrichtete Claire ihr übersichtliches Grüppchen handverlesener Studenten in einem mittelalterlich anmutenden, hohen und kühlen Raum mit weißen Wänden und dunklem Deckengebälk, während Niko den Morgen lesend in einer Hängematte am Inselende (gleich neben dem Tennisplatz) verbrachte. Cordelia, deren neuer Klavierlehrer ein kompliziertes Übeprotokoll für sie erstellt hatte, traktierte abwechselnd den Flügel (einen fast neuen Fazioli, der in einem der Seminarräume herumstand) und Nikos Smartphone, zu dem ihr unter bestimmten, streng definierten Voraussetzungen Zugang gewährt wurde, und Raffi spielte oder las oder trieb sich sonst wo herum, kannte bald alle Insulaner mit Namen und verblüffte sie durch seine in unglaublichem Tempo wachsenden Italienischkenntnisse. Oft verbrachte er halbe Tage in seinem und Cordelias Zimmer, um zu lesen (oder vielmehr Tauchexkursionen in die dicken Wälzer zu unternehmen, die er sich von zu Hause mitgebracht hatte und in denen er die wichtigsten Stellen mit Klopapierstreifen einmerkte), MP3-Hörspiele zu hören oder um aus dem Druckerpapier, das er von der rumänischen Praktikantin im Empfangsgebäude geschenkt bekam, luftzugempfindliche Fantasiefigurentableaus zu basteln und sie auf dem antiken Terrakottaboden aufzubauen.

Das Mittagsmahl auf der Insel hatte nie weniger als drei Gänge. Die Kinder und Niko lernten, dass das, was in Deutschland eine vollwertige Mahlzeit darstellte, im schlaraffischen Italien höchstens als eine von mehreren Vorspeisen durchging, und sogar Cordelia fand meistens etwas, das sie als genießbar einstufen konnte.

An den Nachmittagen hatte Claire frei. Nach einer kurzen Siesta bestiegen sie gemeinsam das Vaporetto, das die Insel im Halbstundentakt anfuhr, und ließen sich, je nachdem, worauf sie mehr Lust hatten, zum Markusplatz oder an den Lido bringen. Vor ihnen thronte Venedig braun und golden auf den Wassern wie das Werk eines stolzen Riesenkonditors: ein Gugelhupf, der nur darauf wartete, von ihnen angeschnitten und verspeist zu werden. Abends, nach einem langen und abwechslungsreichen Sightseeing- oder Badenachmittag, steuerten sie unter der Führung des Stuttgarter Professorenehepaars, das sich als erstaunlich verfressen erwiesen hatte, diverse Geheimtipplokale an, in die sie sich alleine nie hineingewagt hätten. Raffi bezauberte vielköpfige Mehrgenerationen-Wirtsfamilien, ließ sich die Speisekarten übersetzen und stürzte sich voller Begeisterung in ein kulinarisches Abenteuer nach dem anderen, und nachdem sie sich die Bäuche mit italienischen Spezialitäten vollgeschlagen hatten, fuhren sie mit dem vorletzten oder letzten Vaporetto auf die Insel zurück.

Cordelia war die Einzige, die nicht rundherum zufrieden war. Vor allem missfiel ihr, dass es in Venedig sehr viel weniger Wasser gab, als sie erwartet hatte, und dafür total viele langweilige, stinknormale Gehwege und Plätze. Sie war davon ausgegangen, dass man in Venedig überallhin mit der Gondel fuhr. Stattdessen verlangten ihre Eltern ihr ausgedehnte Fußmärsche in der Nachmittagshitze ab oder muteten ihr zu, sich auf dem Canal Grande in mit schwitzenden Touristen überfüllte Vaporettos zu zwängen oder endlose, mit umständlichen Umsteigereien verbundene Umwege von Insel zu öder Insel auf sich zu nehmen.

Trotzdem genoss sie es, von der Terrasse des Guggenheimmuseums aus durch eine von Claire geliehene Sonnenbrille gnädig auf den Kanal hinabzulächeln, und als Claire sie mit Karten für ein Argerich-Konzert im La Fenice überraschte, lauschte sie zwei Mal vierzig Minuten lang aufmerksam und fast reglos, ohne zu blinzeln und ohne ihrem Rücken auch nur einen einzigen Kontakt mit der Sessellehne zu gestatten. Die Musik schlug Cordelia so vollständig in ihren Bann, dass sie nicht einmal merkte, wie Spiegelneuronen die Kontrolle über ihre Finger übernahmen und sie sich komplett lächerlich machte, indem sie im Luftraum vor ihrem Bauch argerichimitierende Klimperbewegungen vollführte. Nach dem Konzert hatte sie nur zwei Dinge an der Argerich auszusetzen, nämlich ihre »voll scheußlichen« Schuhe und dass ihre Haare nicht »realistisch« genug waren.

Auf diese Weise verbrachten sie ihre Tage. Es war ein unerhört privilegiertes Leben, und Claire genoss es in vollen Zügen. Es gab kein glücklicheres, harmonischeres Paar als Niko und sie; es gab keine besseren, hübscheren, intelligenteren, vielversprechenderen oder charmanteren Kinder als die ihren, es gab niemanden, der besser begriffen hatte, wie man das Leben anpacken musste. Nur der Gedanke an das Ende der Ferien trübte das strahlende Bild ein wenig.

22

»Niko? Niko, wach auf!«
Es war zwei Uhr nachts, und Claire hielt es nicht mehr länger aus. Gegen Mitternacht war sie aus dem Schlaf hochgeschreckt; seitdem lag sie wach und grübelte.

Raffi, Raffi, Raffi, Raffi. Wie sollte es mit ihm weitergehen? Konnten sie irgendetwas tun, um ihm zu helfen?

Inzwischen war sie sich fast völlig sicher, dass es falsch gewesen war, dem Abbruch des Sprungversuchs zuzustimmen. Sie hatte einen schweren Fehler gemacht, und sie begriff im Rückblick selbst nicht mehr, wie es dazu hatte kommen können.

Die Lehrerin der zweiten Klasse, Frau Morosoli, war eine gutwillige Frau mit zerrütteten Nerven, die seit Jahrzehnten viel zu hohe Ansprüche an sich und andere stellte und alles perfekt machen wollte und die deswegen in einem Zustand chronischer Überforderung lebte. Sie hatte, vor allem im Gesicht, etwas Totenkopf- oder Gerippeartiges, als ob schon Hunderte von Kindern nach Herzenslust an ihr herumgenagt hätten, und ihr Haar war schaurig stumpf und glanzlos, wie das einer seit Ewigkeiten in einer Museumsvitrine verstaubenden mumifizierten Moorleiche. An dem Tag des Elterngesprächs, zu dem sie sie gebeten hatte, hatte sie besonders knochig und ausgemergelt gewirkt. Von Anfang an hatte sie versucht, Claire und Niko davon zu überzeugen, dass es für alle Beteiligten das Beste wäre, wenn Raffi zurückginge. »Besser ein Ende mit Schrecken als ein Schrecken ohne Ende!«, hatte sie sie beschworen, und irgendwie war es ihr im Verlauf des Gesprächs gelungen, Claire mit ihrer nervösen Sorge anzustecken. Claires überraschender Rückzieher hatte Niko völlig unvorbereitet getroffen, und sie hatten deswegen sogar gestritten, was nur sehr selten vorkam.

In den darauffolgenden Tagen hatte Claire sich selbst jeden Zweifel verboten: Die Entscheidung stand fest; es hatte keinen Sinn, endlos darüber nachzugrübeln. Allerdings wurde ihr nach und nach klar, was infolgedessen alles auf sie zukam. Zum Beispiel hatten sie bereits ihre Verwandten und Bekannten darüber informiert, dass Raffi ein Schuljahr übersprungen hatte, und manchen hatten sie in der Phase der Anfangseuphorie unvorsichtigerweise auch schon davon vorgeschwärmt, wie gut er zurechtkam. Vor allem die Oma war von dieser Entwicklung entzückt gewesen, und Tinchen Hullemann hatte sich am Telefon vor Bewunderung und Ehrfurcht fast nicht mehr eingekriegt. Alle diese Menschen würden nun erfahren, dass Raffi in der zweiten Klasse gescheitert war und zurückgehen musste. Sie mussten Cordelia davon abhalten, Raffi sein Versagen unter die Nase zu reiben, und dann stand ihnen noch das Wiedersehen mit Frau Meier bevor, die sie mit Sicherheit spüren lassen würde, mit wie viel Genugtuung sie Raffis Absturz erfüllte.

Doch das alles war bedeutungslos im Vergleich zu Raffis Reaktion, als Claire ihm die Nachricht überbracht hatte. »Nein!«, hatte er geschrien, »ich geh nicht in diese Scheißklasse zurück! Das mach ich nicht, das kannst du vergessen! Ich geh sowieso überhaupt nie mehr in diese Scheißschule mit ihren Scheißlehrerinnen! Die sind alle gleich beschissen! Das ist mir alles scheißegal, ich bin sowieso der Dümmste und Schlechteste von allen! – *Lass mich!*« Sie hatte versucht, ihn zu beruhigen, doch er hatte sich losgerissen und war kreischend die Treppe hinaufgetrampelt. »Mäusegehirn! Du Mäusegehirn! Du scheißiger Blödian! Du scheißiges Mäusegehirn und Wichser-Babyarsch!« Im obersten Stockwerk hatte er sich in der Toilette eingesperrt; sie war ihm gefolgt und hatte sich bemüht, ihn durch die Klotür hindurch zu besänftigen und zur Vernunft zu bringen, und er hatte, mit einer Stimme, die wie Mausepfeifen klang, durch die Tür zurückgeschrien, er sei sowieso der scheißigste Loser aller Zeiten, und sie solle abhauen. »Hau ab, du Scheiß! Hau ab, du Scheiß! Hau ab, du Scheiß! Hau ab, du Scheiß!« Dann hatte er angefangen zu weinen, in einem ununterbrochenen, hohen Heulton auf u, während sie sich vor der Tür vergeblich bemüht hatte, ihn zu beruhigen.

»Niko?«, sagte Claire jetzt wieder in die Dunkelheit hinein, »bist du wach? Wir müssen noch mal mit der Schule reden.«

»Was?« Schwerfällig wälzte Niko sich auf den Rücken und stöhnte.

»Mit der Schule! Wir müssen noch mal mit der Schule reden!«

»Warum?«, fragte Niko mit dumpfer, unfreundlicher Stimme.

»Es war falsch, den Sprung abzubrechen. Ich will das rückgängig machen.«

»Was?« Ruckartig drehte Niko sich vom Rücken wieder auf die Seite, zu ihr hin.

»Ich will, dass Raffi nach den Ferien in die Dritte kommt.«

»Was? Du willst …? Aber du warst doch einverstanden damit, dass er zurückgeht! Du hast mir doch lang und breit erklärt, dass es keinen Sinn hat, den Sprung mit Gewalt durchzudrücken!«

»Ja, ich war einverstanden, na und? Dann hab ich eben einen Fehler gemacht. Wenn *du* immer so genau weißt, was richtig ist, dann kannst du ja ab jetzt die Entscheidungen bei uns treffen. Viel Spaß!«

»Nein, Claire, ich meine doch nicht, dass … so hab ich das doch nicht gemeint. Ich wollte nur … Meinst du wirklich, dass er in die Dritte soll?«

»Ja.«

»Und zwar – weil …?«

Claire schnaufte aufgeregt, denn in Wirklichkeit verhielt es sich so: Es gab für Raffi keine ideale Lösung, dazu war einfach zu viel passiert, was sich nicht mehr ungeschehen machen ließ. Diese Lage war für sie neuartig und bedrohlich, und deswegen fiel es ihr schwer zu erkennen, was richtig und was falsch war. Wie ein Wanderer, der im Wald von der Dunkelheit überrascht worden ist, musste sie sich zwischen mehreren Wegen entscheiden, die sie nur in Umrissen erahnte und von denen sie nicht wusste, wohin sie führten.

»Weil es so, wie es jetzt ist, einfach Mist ist!«, sagte sie mit Nachdruck. »Soll er nach den Ferien wieder *Mama nagt am Ast* schreiben? Das ist doch Zeitverschwendung!«

»Aber –«

»Ich finde es so schön zu sehen, wie gut es ihm hier geht! Endlich hört man ihn wieder mal lachen. Und weißt du, woran das liegt? Das liegt daran, dass er hier bei uns neue Dinge lernen und sich weiterentwickeln darf! Er *will* lernen, er will nur nicht immer das Gleiche machen müssen. Und das geht in der Dritten besser als bei Frau Meier. Es ist doch nicht unser Problem, wenn die Morosoli mit ihrem Job total überfordert ist. Soll sie doch eine Kur machen, oder was weiß ich!«

»Da ist natürlich was dran, aber –«

»Ich will doch nur, dass Raffi glücklich ist. So wie die anderen Kinder auch! Sogar Heinrich geht gern in die Schule! Ich habe Angst, dass er vollkommen abschaltet und jeden Spaß am Lernen verliert … Oder er weigert sich eines Tages wirklich, aus dem Haus zu gehen. Was machen wir dann?«

»Ja, natürlich, aber –«

»Ja, ja, ich *weiß!* Die werden denken, dass wir spinnen. Dass wir völlig durchgeknallt sind. Aber, weißt du was: Es ist mir *absolut* egal, was diese Leute von mir denken. Wir sind sowieso unten durch bei denen. Mir kommt es darauf an, dass es Raffi gut geht, das ist das Einzige, was für mich zählt!«

»Nein, das ist ja auch richtig, du hast recht, es ist wirklich ganz egal, was die sich denken … Das kann uns wirklich völlig wurscht sein, ich frage mich eben nur …« Niko stützte seinen Kopf auf den Ellbogen. »Ich frage mich halt, ob er … ob Raffi … Vielleicht, ich meine, vielleicht muss er ja erst mal lernen … Wie soll ich das bloß ausdrücken … den *Anforderungen* gerecht zu werden?« Er schnitt eine verlegene Grimasse, weil er vorhersah, dass Claire sowohl seine Formulierung als auch den dahinterliegenden Gedanken peinlich und spießig finden würde.

»Welchen Anforderungen?«

»Na ja, du weißt schon, dass er …« Er stockte. »Diese ganzen Kleinigkeiten eben. Dass er halt einfach auch mal das macht, was man ihm sagt.«

»Aha. Dass er einfach mal das macht, was man ihm sagt. Er soll also zuerst Gehorsam lernen, und dann – *dann* kümmern wir uns irgendwann mal um seine Bedürfnisse? Wenn er gelernt hat zu gehorchen, dann kümmern wir uns darum, dass es ihm gut geht? Ist es das, was du meinst?«

»Nein, das ist doch nicht … Claire – du *weißt* doch, was ich meine, oder?«

»Nein. Ich habe keine Ahnung.«

»Ich denke mir eben, dass er lernen muss – weißt du wirklich nicht, worauf ich rauswill? Na gut, ich denke, er muss lernen, dass es eben nicht nur darauf ankommt, ob man Spaß an etwas hat oder ob man selbst glaubt, dass etwas nützlich ist, sondern darum, eine Aufgabe auch einfach mal zu erledigen! Egal was man selbst davon hält. Einfach mal die Klappe halten und machen, was man gesagt bekommt. Seinen Pflichten nachkommen, wie viele Millionen Menschen auf der ganzen Welt auch. Immer wieder, jeden Tag. Mit Disziplin und Durchhaltevermögen und, ja: mit Demut!« Wieder machte Niko sein verlegenes Ich-weiß-dass-ich-peinlich-bin-Gesicht.

»Demut?«, schnaubte Claire und richtete sich jetzt ebenfalls auf. Sie kannte diese Seite von Niko und wurde normalerweise spielend mit ihr fertig. Seiner Freundlichkeit und Sanftmut und seinen langen, geschwungenen Wimpern zum Trotz war Niko derjenige, der in der Familie für autoritäre Anwandlungen zuständig war. Manchmal packte es ihn, und er begann, mit der sonoren Stimme einer archetypischen Vaterfigur zu sprechen, einer Stimme, in der Härte und Hilflosigkeit sich zu einer spröden und nicht besonders sympathischen Legierung verbanden. Dann rügte er, dass Cordelia das Nutellaglas nicht richtig zugeschraubt hatte oder dass ein Schnürsenkel aus dem Schuhschrank hing oder dass Claire einen leeren Milchproduktebecher in eine unzutreffende Abteilung des Abfalleimers einsortiert hatte oder dass Raffi mit den Fingern in den Gurkensalat gefasst hatte. Er wies Claire auf den Schnürsenkel hin und rief sie sogar im Institut an, um ihr mitzuteilen, dass er eine Aluminiumverschlussfolie im Altpapier gefunden hatte, und er verlangte von Raffi, sofort vom Tisch aufzustehen und sich die Hände zu waschen, aber ein bisschen dalli, bitte!

Normalerweise machte sich Claire in solchen Fällen auf eine besonders unerträgliche, rotes-Tuch-hafte Weise über ihn lustig (manchmal sogar gemeinsam mit den Kindern) und warf ihm soziale Inkompetenz, Pedanterie und peinliches Gebaren vor, doch diesmal fehlten ihr die Worte. Sie konnte einfach nicht fassen, was Niko hier, nur wenige Zentimeter von ihr entfernt, von sich gab.

»Ja, genau, Demut«, wiederholte er, »oder vielleicht besser Pflichtbewusstsein. Nennen wir es Pflichtbewusstsein!« Inzwischen spürte er gar nicht mehr das Bedürfnis, sich für seine Formulierung mimisch zu entschuldigen oder sie in irgendeiner Weise abzuschwächen. »Pflichtbewusstsein, genau, und vielleicht geht das ja besser – vielleicht kann Raffi besser lernen, seine Pflichten zu erfüllen –, wenn er erst mal in seiner Klasse bleibt, bei Frau Meier. Cordelia hat ja auch so ihre Schwierigkeiten damit, zu tun, was man ihr sagt, aber wenigstens weiß sie, wann sie sich zusammenreißen muss. Verstehst du, *ich* kann doch auch nicht … Wenn ein Kunde was von mir will und dafür bezahlt, dann kann ich doch auch nicht einfach sagen, nein, nein, ich programmiere lieber, was weiß ich, ein Spiel oder ganz was anderes. Weil ich darauf mehr Bock habe, oder weiß der Geier, warum. Das kann ich doch auch nicht machen, und genau das Gleiche gilt für Raffi!«

»Das ist doch nicht das Gleiche! Das ist was völlig anderes!«, ereiferte sich Claire. »Du bist erwachsen, wir sind erwachsen, und wir … Das ist was völlig *anderes!* Raffi ist doch kein Zwangsarbeiter. Er ist doch kein Soldat, er ist doch nicht beim Militär, oder … Er sitzt doch nicht im *Gefängnis,* Niko! Er hat niemandem was getan, mal abgesehen davon, dass er schneller lernt als andere Kinder, und dafür kann er nichts. Das hat er sich nicht ausgesucht. Es kann doch in der Schule nicht nur darum gehen, Anweisungen zu befolgen, egal wie idiotisch sie sind!«

»Nein, natürlich nicht! Nicht *nur!* Sicher nicht nur. Aber, Claire, das musst du einfach zugeben: Ein gewisses Maß an Gehorsam, oder nennen wir es Anpassung, ist einfach überall erforderlich. Auch später im Leben! Ohne das geht es nicht, ohne das würde die Gesellschaft überhaupt nicht funktionieren. Du findest das vielleicht spießig oder langweilig oder kleinkariert, aber … wir alle müssen uns anpassen. Sogar *du* musst dich anpassen! Ja, und was das schnellere Lernen angeht – eigentlich wissen wir das gar nicht so genau, oder? Wenn wir ganz ehrlich sind! Ich meine, vielleicht *war* es gar nicht die Straßenbahn oder die Erkältung oder dass er einfach keinen Bock hatte und die Psychologin blöd war, vielleicht sind das nur Ausreden, vielleicht –«

»Ist das dein Ernst?«

»Na gut, okay …«, gerade noch rechtzeitig erkannte Niko, dass er sich auf vermintem Gelände befand, und trat hastig den Rückzug an, »dann gehen wir eben davon aus, dass er sehr intelligent ist. Aber, Claire, das ist doch genau mein *Punkt!* Er muss *trotzdem* lernen, Arbeitsaufträge auszuführen.«

»Du redest genau wie die«, stellte Claire verbittert fest, »genau wie die Meier! Unglaublich. *Er muss lernen, Arbeitsaufträge auszuführen! Er muss lernen, Kröten zu schlucken!* Wie die Meier!« Sie schüttelte den Kopf.

»Ja? Und?« Jetzt fing auch Niko an, ärgerlich zu werden. Er ärgerte sich, weil Claire ihn einfach nicht verstehen wollte und stattdessen persönlich wurde. »Es muss ja auch nicht alles falsch sein, was die Frau von sich gibt. Immerhin kennt sie Raffis Arbeitsweise, und sie hat den Vergleich mit anderen Kindern. Versuch doch einfach mal, dich in ihre Lage zu versetzen: Sie sieht doch nur, dass da ein Kind ist, das die einfachsten Dinge nicht hinbekommt. Was soll sie denn deiner Meinung nach daraus für Schlüsse ziehen?«

»Weil sie sich für was anderes auch gar nicht interessiert«, zischte Claire, »deshalb!«

»Weißt du, was ich komisch finde?«

Claire wollte nicht wissen, was Niko komisch fand. »Wenn sie sich dafür interessieren würde, was Raffi *wirklich* kann, dann könnte sie das ohne Weiteres feststellen. Aber dann müsste sie ja vielleicht was an ihrem Unterricht ändern, und das geht natürlich nicht. Das könnte ja in Arbeit ausarten!«

Niko ließ sich nicht beirren. »Ich finde es komisch, dass *alle* gegen dich sind! Alle, ohne Ausnahme! Die Meier, die Morosoli, Säcklein … Gibt dir das nicht manchmal zu denken?«

Claire machte eine zornige Bewegung mit dem ganzen Körper, sodass die weiche Gästehausmatratze Wellen schlug.

»Vielleicht ist das ja genauso wie in dem Witz mit dem Geisterfahrer, du weißt schon«, fuhr Niko fort und wusste in dem Moment, in dem er das Wort »Geisterfahrer« aussprach, dass er zu weit gegangen war: Er hatte Claire gekränkt. »Dieser uralte Witz«, versuchte er die Beleidigung abzumildern und machte sie dadurch unabsichtlich noch schlimmer, »es gibt doch diesen alten Witz mit dem Geisterfahrer … Den kennst du doch, oder?« Er lachte versöhnlich, aber Claire hatte sich schon von ihm weggedreht und antwortete nicht.

Er wartete. »Claire, Claire …«, murmelte er ratlos und bestürzt, als sie sich nach einer halben Minute immer noch nicht gerührt hatte. Es tat ihm leid, dass er etwas Falsches gesagt hatte; trotzdem war er nicht bereit, ihr zuliebe eine Position aufzugeben, die er für richtig hielt.

Er streckte eine Hand nach Claire aus, um sie zu berühren und auf diese Weise seine Versöhnungsbereitschaft zu demonstrieren, doch sie wehrte ihn mit einem wilden Zucken ihrer Schulter ab.

»Okay, ich nehme es zurück«, sagte er widerstrebend. »Das mit dem Geisterfahrer nehme ich zurück, das war nicht in Ordnung. Das gebe ich zu.«

Dass Claire einfach nicht auf dieses Friedensangebot reagierte, das er sich mühsam abgerungen hatte – dass sie einfach nur dalag und weder etwas sagte noch sich bewegte –, ließ seinen Ärger neu aufflammen. »Das mit dem Geisterfahrer«, präzisierte er, »*das* nehme ich zurück. Das andere, das über Raffi, nicht!«

Claire antwortete nicht. Lange Zeit lagen sie schweigend nebeneinander. Es war unmöglich zu schlafen, solange ihre Differenz weiter bestand, doch keiner von ihnen war bereit, den ersten Schritt zu tun. Deswegen mussten sie wach bleiben und darauf warten, dass der andere sich bewegte, und das machte sie noch wütender. Wegen *dir* muss ich wach bleiben, obwohl ich müde bin, dachte Claire und ballte vor Wut die Fäuste, und Niko dachte über sie das Gleiche.

Als sie fünf Tage später die Heimreise antraten, hatten sie sich darauf geeinigt, noch einmal beim Schulleiter Dr. Säcklein vorstellig zu werden. Entweder würde er sich darauf einlassen, Raffi doch in die Dritte vorrücken zu lassen, oder sie würden sich nach einer anderen Schule umsehen.

23

Im Laufe des vergangenen Jahres hatte Claire sich schon verschiedentlich über Alternativen zur Säckleinschule informiert – immer dann, wenn es Raffi besonders schlecht gegangen war und sie das Bedürfnis gehabt hatte, nach einem Notausgang Ausschau zu halten. Sie wusste bereits, dass ein Schulwechsel hin zu einer anderen öffentlichen Schule schwierig bis unmöglich sein würde – der Sprengelpflicht wegen und weil solche Wechsel grundsätzlich nicht genehmigt wurden. Das hatte ihr die Schulpsychologin ungefragt mitgeteilt (»Und übrigens, wenn Sie an einen Schulwechsel denken, das können Sie vergessen!«), und der Herr von der staatlichen Schulberatungsstelle, mit dem sie telefoniert hatte, hatte es ihr bestätigt.

Blieben die Privatschulen. In ihrem Kopf hatte Claire bei ihren früheren Recherchen eine Art imaginäre Landkarte der örtlichen Privatschulszene erstellt. Gewisse Lehranstalten waren von ihr auf dieser Karte mit roten Fähnchen als »indiskutabel« markiert worden, zum Beispiel die Waldorfschulen – obwohl Niko auf einer Waldorfschule gewesen war, aber Claire konnte und wollte sich einfach nicht mit Ätherleibern und Jahreszeitentischen anfreunden – und einige »freie« Schulen, deren wirre Konzepte nicht einmal auf dem Papier (beziehungsweise dem Notebook-Bildschirm) den Eindruck der Durchführbarkeit erweckten. Es gab Privatschulen, die unbezahlbar, unerreichbar oder beides waren, und Privatschulen, die von vorneherein nicht in Betracht kamen, weil sie von evangelikalen Christen oder orthodoxen Juden betrieben wurden oder aber nach altägyptischen Gottheiten benannt waren, denen Claire sogar noch weniger Vertrauen entgegenbrachte als Säcklein oder der Meier.

Am sympathischsten unter den Privatschulen waren ihr noch die Montessorischulen. Tatsächlich schien deren zentrales Versprechen wie für Raffi und seine Situation gemacht zu sein: Jedes Kind sollte jederzeit das lernen dürfen, was es lernen wollte. Claire konsultierte Wikipedia, bestellte sich zwei Elternratgeber, lud PDF-Files herunter, las sich in Schulkonzepte ein und kam dabei immer mehr zu dem Schluss, dass sie die Lösung für ihre Probleme gefunden hatte. In einer Montessorischule würde Raffi – egal in welcher Klassenstufe – die Gelegenheit gegeben werden, an der Stelle weiterzulernen, an der er sich tatsächlich befand, und niemand würde ihn dazu zwingen, täglich sinnlose Fleißaufgaben abzuarbeiten. Montessorilehrer betrachteten sich nicht als Zuchtmeister, Sklaventreiber oder Selektionsbeamte, sondern als »Lernbegleiter«; sie beobachteten jedes Kind genau und boten ihm dann das Material an, das seinem Lernstand entsprach. Montessorikinder arbeiteten selbstverantwortlich und voller Eifer, in einem permanenten, paradiesischen Flowzustand, ohne dass man den geringsten Druck auf sie ausüben musste. Es klang wie ein Märchen, wurde aber so oft und von so vielen und mit so viel Nachdruck und Ernsthaftigkeit wiederholt, dass es Claire zunehmend schwerfiel, ihre anfängliche Skepsis beizubehalten: So viele Leute konnten sich nicht täuschen, geschweige denn vorsätzlich lügen. Je länger sie sich mit dem Thema auseinandersetzte, desto bekehrungswilliger wurde sie. Ein paar Tage nach ihrer Rückkehr aus Italien erschien ihr die Montessoripädagogik bereits wie das Gelbe vom Ei (oder wie das Ei des Kolumbus), und sie fragte sich, warum sie Raffi eigentlich nicht gleich an einem dieser Wunderinstitute angemeldet hatten.

Ein entscheidender Vorteil aller Privatschulen bestand

darin, dass keine Schulbehörde der Welt ihnen verbieten konnte, Raffi dorthin wechseln zu lassen. Niemand musste den Wechsel genehmigen. Man meldete sein Kind an, reichte die Anmeldebestätigung weiter und fertig.

Ein entscheidender Nachteil der Privatschulen bestand darin, dass es nirgendwo mehr freie Plätze für das bevorstehende Schuljahr gab – nicht einmal das winzigste, unscheinbarste Plätzchen war noch zu ergattern. Bei ihren Telefonaten mit Sekretärinnen, Geschäftsführerinnen und Vorstandsmitgliedern von Trägervereinen wurde Claire mehrfach für ihre Naivität ausgelacht, die sich darin zeigte, dass sie es überhaupt wagte, im August noch um einen Platz für Mitte September anzusuchen. »Da sind Sie ein *kleines* bisschen zu spät dran«, sagte man ihr, »so ein bis zwei Jahre, haha.«

Sie ließ Raffi in mehrere Wartelisten eintragen, die teilweise sogar gebührenpflichtig waren, obwohl ihr niemand die geringste Hoffnung gemacht hatte, dass aus dem Wartelistenplatz noch rechtzeitig ein Schulplatz werden würde. Der Vollständigkeit halber hatten sie sogar bei einigen der Schulen angefragt, die sie aus weltanschaulichen oder sonstigen Gründen eigentlich bereits aussortiert hatten, und dort hatte sich ihnen exakt das gleiche Bild geboten: Nein, es gebe keine freien Plätze mehr für dieses Jahr; es werde auch in absehbarer Zukunft keine Plätze geben, und wenn wider Erwarten doch noch ein Platz frei werden würde, dann werde dieser an Anwärter vergeben, die sich sehr viel früher darum gekümmert hätten, auf die Warteliste zu kommen. Offensichtlich waren sie nicht die Einzigen, die verzweifelt versuchten, dem staatlichen Schulsystem zu entkommen.

Ende August musste Claire für zwei Tage zum Treffen einer interdisziplinären Arbeitsgruppe nach Zürich. In ihrer Abwesenheit ging bei Niko ein Anruf der Geschäftsführerin der von ihnen favorisierten Monteschule ein: Es habe sich jetzt doch noch »etwas getan« (was sich getan hatte, erfuhr Niko nicht), und die Schule sei nunmehr in der glücklichen Lage, zwei weitere Plätze anbieten zu können. Ob die von Koppensteins Interesse daran hätten, an dem in Kürze stattfindenden Vergabeverfahren teilzunehmen? Das Vergabeverfahren bestand aus einem halbtägigen Assessment-Center für die sieben Kinder, die es in die engere Auswahl geschafft hatten; von den Eltern wurde ein Motivationsschreiben verlangt, als Grundlage für das Einzelgespräch, das der Vorstand des Trägervereins mit jedem Elternpaar führen würde, bevor er eine endgültige Entscheidung traf. Die von Koppensteins hatten Interesse, und selbstverständlich waren sie auch bereit, die Teilnahmegebühr in Höhe von 80 Euro zu entrichten. »Aber bitte gleich überweisen, gell?«, mahnte die Geschäftsführerin. »Es ist nicht mehr viel Zeit.«

In der Säckleinschule war im August niemand erreichbar gewesen, und auf die Mail mit der Bitte um einen Gesprächstermin, die Claire noch aus Italien geschickt hatte, hatte sie keine Antwort erhalten. Erst nach ihrer Rückkehr aus Zürich hatte sie Glück und erwischte die Schulsekretärin am Telefon. Frau Schwengel, die über ihren Anruf übermäßig verwundert schien, schlug ihr einen Termin im Oktober vor; Claire lehnte ab und beharrte auf einem früheren Termin. »Ach, wissen Sie was«, sagte Frau Schwengel nach längerem Hin und Her, »wenn Sie kurz warten, dann lauf ich geschwind nach nebenan und frage den Herrn Dr. Säcklein, was er dazu meint.« Als sie wieder zurückkam, teilte sie Claire ganz beseligt mit, dass Herr Dr. Säcklein sogar schon an diesem Vormittag für sie Zeit habe. »Wenn Sie wollen, können Sie jetzt gleich vorbeischauen!«

Diesmal war es kein Problem, ins Schulhaus zu kommen, weil eine Putzfrau die Türklinke der Eingangstür mit einem

Strick an einem Wandhaken festgemacht hatte, damit der frisch gewischte Boden besser trocknen konnte. Die Strahlen der Vormittagssonne fielen durch die Türöffnung und erzeugten auf den nassen Fliesen eine gleißende Bahn.

Auf dem Weg ins Rektorat wies Claire Niko auf die Bilder an den Wänden hin. »Und? Fällt dir was auf?«

Niko schüttelte den Kopf.

»Wie monoton das alles ist! Alle machen das Gleiche. Schau dir das doch mal an – die Bilder unterscheiden sich gar nicht voneinander.«

»Oh, stimmt.« Niko war an den Bildern überhaupt nichts aufgefallen, aber jetzt, nachdem Claire ihm die Augen geöffnet hatte, erkannte er sofort, was sie meinte.

»Und das ist eben der Unterschied«, behauptete Claire, »in einer Monteschule sieht es völlig anders aus. Die legen viel mehr Wert auf Individualität und Kreativität, und – schau mal da vorne, die Fensterdeko, da ist es genauso, und achte mal darauf, wie dreckig die Fenster sind!«

»Es kann aber gut sein, dass wir den Platz nicht kriegen!«

»Jaja, ich weiß.«

Sie meldeten sich bei Frau Schwengel an, die sie freudig begrüßte und gleich ins Rektorat weiterschickte.

Dr. Säcklein saß hinter einem riesigen Schreibtisch und blätterte in einer Akte, als Claire mit Schwung die Tür aufstieß. Er blickte erschrocken hoch, und wie immer fühlte Claire sich bei seinem Anblick vage an ein Ferkel erinnert – an ein freundliches, beflissenes, nicht unsympathisches Comicferkel mit rosigen Bäckchen, das eine blitzblank geputzte, randlose Brille im Gesicht trug. Dr. Säckleins Haare waren akkurat gestutzt, und sein Mund war auffällig rot. Sein Kurzarmhemd hatte Bügelfalten an den Ärmeln; seine Hose war schwarz und hatte ebenfalls Bügelfalten, und unter dem weißen Hemd zeichnete sich doppelt weiß das weiße Unterhemd ab.

Die Akte, die Dr. Säcklein vor sich auf dem Schreibtisch liegen hatte, war Raffis Schulakte. Er hatte sie sich von Frau Schwengel heraussuchen lassen, gleich nachdem diese ihr Telefonat beendet hatte. Die letzten fünfzehn Minuten hatte er damit verbracht, die Akte zu studieren – aus Gründen beruflicher Sorgfalt, aber auch, weil ihn die Aussicht auf ein Gespräch mit diesen Leuten sehr nervös machte und er sichergehen wollte, dass er alle wesentlichen Informationen im Kopf hatte.

Dabei hatte Dr. Säcklein es eigentlich überhaupt nicht nötig, vor irgendjemandem Angst zu haben: Er war einer der jüngsten Rektoren aller Zeiten an einer der größten Schulen der Stadt, er hatte ausgezeichnete Kontakte ins Ministerium und zur lokalen Presse, und im Rennen um den großen Schulpreis der Stadt lag seine Schule – so hatte man ihm bedeutet – ganz weit vorne.

Und trotzdem hatten beim Durchblättern der Akte seine Finger gezittert. Es waren komischerweise immer ganz bestimmte, charmante Kleinigkeiten, die dazu führten, dass er sich zu einer Frau hingezogen fühlte: die Stupsnase, die schiefen Zähnchen oder aber, dass die Haare an einer Seite nicht ganz glatt gekämmt waren, sondern etwas vom Kopf abstanden. Außerdem hatte die Mutter des kleinen Raffael eine unheimliche Ähnlichkeit mit einer bestimmten amerikanischen Schauspielerin, und zwar mit der, die sich in einem Film in einem engen roten Kleid auf einem Flügel rekelte und dabei provozierend in die Kamera lächelte.

In Wirklichkeit hätte er die Akte gar nicht gebraucht. Die ganze unselige und verfahrene Geschichte stand ihm als Abfolge von inneren Bildern vor Augen, die er nach Belieben abrufen konnte: Mutter und Sohn bei der Anmeldung (der Sohn war als Pirat verkleidet gewesen, schon das hätte ihm zu denken geben müssen!), die Mutter in kniehohen

Stiefeln allein bei ihm im Rektorat, Frau Meier und er im Lehrerzimmer, er mit dem kleinen Raffael auf dem Weg zu Frau Morosoli (das war eine Kurzschlusshandlung seinerseits gewesen, nachdem die Mutter sich über ihn im Ministerium beschwert hatte), sein kurzes Gespräch mit Frau Morosoli am Rande einer Dienstbesprechung, ein unangenehmes Zusammentreffen mit Frau Meier auf dem Gang, das bestürzte Gesicht von Frau Schwengel, als sie ihm den Anrufbeantworteraufspruch vorgespielt hatte, in dem die Mutter ihren Sohn für die letzten vier Schultage vor den Sommerferien vom Unterricht »abmeldete«. Statt um eine Befreiung zu *bitten* (die er natürlich nicht erteilt hätte). In einem unerhört schnippischen, rücksichtslosen Ton.

Etwas Vergleichbares war Dr. Säcklein in seiner ganzen bisherigen Laufbahn noch nicht untergekommen und seiner Konrektorin Frau Nöbauer auch nicht. Diese Herrschaften glaubten offenbar, dass sie sich alles erlauben konnten! Ganz eindeutig war hier eine rote Linie überschritten worden, und er hatte sofort die notwendigen Maßnahmen ergriffen und Anzeige beim Kreisverwaltungsreferat erstattet. Deswegen, so seine Vermutung, wollten diese Leute auch so dringend mit ihm sprechen. Am Telefon hatte die Mutter nicht sagen wollen, um was es eigentlich ging, aber es war gut möglich, dass ein Bußgeldbescheid gegen sie ergangen war und dass sie kamen, um sich bei ihm zu beschweren.

Der Moment des ersten Aufeinandertreffens war noch verstörender, als Dr. Säcklein ihn sich ausgemalt hatte: Die Mutter lächelte ihn von der Tür aus verführerisch an, und ohne es zu wollen, stürzte er gewissermaßen in ihren Blick und in ihre großen blauen Augen hinein, die wie zwei Tunnel tief in ihren Kopf hineinführten, in wer weiß was für sumpfige und mückenverseuchte Gebiete. Er musste sich gewaltsam, mit einer unnatürlichen, ruckartigen Kopfbewegung losreißen. Im Wegschauen nahm er aus den Augenwinkeln wahr, dass der Tragegurt ihrer Handtasche sich im Kragen ihrer Bluse verfangen hatte, die aus einem glitschigen elfenbeinfarbenen Stoff bestand, und ihn etwas zur Seite zog. Darunter kam ein zart gebräuntes Schlüsselbein zum Vorschein, um dessen Anblick er, Dr. Säcklein, ganz sicher niemanden gebeten hatte!

Hinter der Mutter war ein gutaussehender, durchtrainierter Mann aufgetaucht, der jetzt auf ihn zukam und ihm seine Hand hinstreckte. Dr. Säcklein nahm die Hand des Vaters und schüttelte sie, aber nur, weil die gesellschaftliche Konvention es verlangte. In Wirklichkeit war ihm absolut nicht danach; er tat es widerstrebend und mit einem abwehrenden, feindseligen Ausdruck im Gesicht.

Er deutete auf die Sitzgruppe in der Ecke, lud die Eltern mit einer Handbewegung dazu ein, sich zu setzen, und schnappte sich die Schulakte vom Schreibtisch, bevor er ebenfalls auf einem Sessel Platz nahm.

Weil er damit rechnete, gleich wegen des Bußgeldbescheids zur Rede gestellt zu werden, schlug er die Akte auf und suchte darin nach dem Zettel, auf dem er sich die einschlägigen Paragrafen notiert hatte und der jetzt unerklärlicherweise verschwunden war. Er bemerkte, dass seine Hände immer noch zitterten, und schämte sich auf schmerzhafte Weise dafür, dass seine Schwäche für alle sichtbar war.

Claire ergriff die Initiative. Sie bedankte sich bei Dr. Säcklein dafür, dass er sich für sie Zeit genommen hatte, lächelte freundlich und wunderte sich, während sie sprach, über Dr. Säckleins Händezittern. Hatte er etwa Angst vor ihnen? Sie sah ihn an und bemühte sich, das entwaffnendste und charmanteste Lächeln zu lächeln, dessen sie fähig war.

»Ich weiß, dass Sie uns jetzt wahrscheinlich gleich für

verrückt erklären werden«, fing sie an, »die Sache ist nämlich die, dass … Wir hätten gerne, dass das Rückgängigmachen des Sprungs rückgängig gemacht wird! Das klingt absurd, ich weiß«, fügte sie schnell hinzu, um Dr. Säcklein den Wind aus den Segeln zu nehmen, »darf ich Ihnen erklären, was unsere Beweggründe sind?«

»Sie wollen – *was?*« Dr. Säcklein blickte überrascht von seiner Akte auf.

Claire versuchte, ihm ihren Standpunkt begreiflich zu machen. »Ich weiß, wir haben Frau Morosoli gegenüber zugestimmt, dass Raffi zurückgeht«, sagte sie. »Aber dann sind wir doch wieder ins Zweifeln gekommen!« Inzwischen hätten sie erkannt, dass sie sich geirrt hätten und dass Raffi in der höheren Klasse doch besser aufgehoben sei. Sein Problem sei nicht Über-, sondern Unterforderung. »Wir sind natürlich ziemlich spät dran, jetzt am Ende der Ferien«, räumte sie zerknirscht ein, das sei ihr klar, andererseits könne es doch wohl nicht sein, dass ein Kind ohne Rücksicht auf sein Wohlergehen für einen Schnitzer bestraft werde, den seine Eltern aus Unwissenheit begangen hätten! Es handele sich ja nicht um ein Versagen aus Nachlässigkeit oder Gleichgültigkeit; sie hätten es sich nicht leicht gemacht, sondern zu jedem Zeitpunkt genau das getan, was sie nach reiflicher Überlegung für gut und richtig befunden hätten, und jetzt hätten sie eben – auf der Grundlage neuer Erkenntnisse und Überlegungen – ihre Meinung geändert! Der Weg, den sie Dr. Säcklein vorschlagen wollten, sei zwar etwas ungewöhnlich, das sei richtig – doch das sei noch lange kein Grund, ihn nicht zu gehen. Es koste weder etwas, Raffi zum zweiten Mal springen zu lassen (beziehungsweise den Abbruch des Sprungversuchs rückgängig zu machen, wenn man es lieber so ausdrücken wolle), noch sei es mit besonderen Mühen oder Anstrengungen für die beteiligten Lehrerinnen verbunden. Und wenn die Sache schiefgehe (wovon nicht auszugehen sei), würden sie und ihr Mann selbstverständlich die Verantwortung übernehmen. »Es spricht also eigentlich nichts dagegen, es so zu machen.« Sie strahlte Dr. Säcklein an.

»Nein«, sagte Dr. Säcklein, der schon während Claires Monolog immer wieder den Kopf geschüttelt hatte. »Das geht nicht. So was machen wir hier nicht. So ein Hin und Her, da machen wir nicht mit. Schon allein wegen den anderen Eltern.«

»Aber *warum* nicht? Ich sehe ein, dass das alles nicht ganz optimal gelaufen ist. Wir hätten uns die Sache früher überlegen müssen. Andererseits – was spricht dagegen, es *doch* so zu machen?« Claire bemühte sich ernsthaft, sich in Dr. Säckleins Lage hineinzuversetzen. »Ich verstehe natürlich, dass es vielleicht organisatorische Schwierigkeiten gibt«, sagte sie. »Als Schulleiter müssen Sie verschiedene Interessen unter einen Hut bringen, das ist klar. Sie müssen das große Ganze im Blick behalten und können nicht –«

»Halt! Stopp!«, unterbrach sie Dr. Säcklein mit heiserer Stimme und richtete sich in seinem Sessel kerzengerade auf, »damit wir uns hier richtig verstehen! Ich habe *immer* nur das Kindeswohl im Blick, bei allen meinen Entscheidungen. Andere Gesichtspunkte spielen für mich keine Rolle – haben für mich nie eine Rolle gespielt. Das lasse ich mir nicht unterstellen! Hier! Bitte!« Mit zitternden Händen schlug er die Schulakte auf, fand aber nicht gleich die richtige Seite. Er blätterte hin und her und wurde dabei immer fahriger. Schließlich begann er, aus der Akte vorzulesen: »*Hinweise zum Arbeits- und Sozialverhalten! Der Schüler,* hmhmhm, blablabla, *arbeitete überwiegend unkonzentriert, zeigte nur geringe Ausdauer, wenig Anstrengungsbereitschaft, seine Arbeiten erledigte er nicht zuverlässig, selten vollständig und nicht sorgfältig genug, der Schüler war nicht in der Lage, gewissenhaft mit Arbeitsma-*

terialien umzugehen, und achtete nur selten auf Vollständigkeit und Sorgfalt. Es fiel ihm schwer, Hefte gewissenhaft zu führen ... setzte sich ungern mit schwierigen Fragestellungen auseinander, nur in seltenen Fällen sinnvolle Lösungsvorschläge, blablabla ... *Der Schüler Raffael kämpfte mit anhaltenden Verständnisschwierigkeiten und benötigte meist besondere Hilfestellungen und wiederholte Erklärungen.* – Wenn ich Ihnen das vielleicht überreichen darf ... Sie haben das wohl noch gar nicht bekommen.« Er nahm den Bogen aus der Akte und beugte sich über den Tisch, um ihn Claire zu übergeben, die mit zusammengezogenen Augenbrauen die Hand danach ausstreckte. Es war Raffis erstes Zeugnis, das Claire und Niko bisher noch nicht kannten, weil Raffi am Tag der Zeugnisausgabe schon nicht mehr in der Schule gewesen war.

Claires Gesicht verfinsterte sich, während ihre Augen über die Zeilen wanderten.

»Darf ich auch mal?« Niko versuchte, über ihre Schulter hinweg mitzulesen.

Triumphierend und verstohlen sah Dr. Säcklein zu Claire hinüber und beobachtete sie, während sie den Text überflog. Er war selbst ein bisschen erschrocken gewesen, als er das Zeugnis zum ersten Mal gesehen hatte. In den unteren Klassen waren sie normalerweise nicht so direkt, um die lieben Kleinen nicht unnötig zu verschrecken. Doch dieser Fall war besonders. Die Eltern waren uneinsichtig; von daher war es vermutlich angebracht, Klartext zu reden, auch wenn Frau Meier möglicherweise ein bisschen übers Ziel hinausgeschossen war. Aber nur deswegen hatte er keine Diskussion mit Frau Meier vom Zaun brechen wollen, die für seinen Geschmack ohnehin viel zu streitlustig war.

Claires Gesicht hatte sich gerötet, und sie bekam große rote Flecken am Hals und im Dekolleté, wie immer, wenn sie sich aufregte, und diese Flecken verschmolzen nach und nach zu einem großen, dunklen Riesenfleck. Nur mit der größten Anstrengung konnte Dr. Säcklein seinen Blick wieder aus ihrem v-förmig zulaufenden Blusenausschnitt befreien.

»Das ist …«, brauste sie auf, versank dann aber wieder in ihrer Lektüre. Das also war Frau Meiers Rache! *»Seit Kurzem ist der Schüler in der Lage, einfache Texte zu erlesen und daraus Informationen zu entnehmen«*?, las sie ungläubig vor. *»Es gelingt ihm jedoch noch zu selten, sich sinnvoll und verständlich zum Inhalt zu äußern«*?

»Genau!«, bestätigte Säcklein. »Sie haben *mir* vorgeworfen, dass ich keine Rücksicht auf das Kindeswohl nehme, aber wenn ich mir dieses Zeugnis hier ansehe, dann frage ich mich«, er schnappte nach Luft, »frage ich mich, *wer* hier eigentlich das Kindeswohl … missachtet. Wenn Sie hier von uns verlangen, dass eine Klasse übersprungen werden soll, von der Eins in die Drei, und wenn man dann dieses Zeugnis hier liest, dann ist wohl eher das Gegenteil der Fall! Und ich betrachte es in solchen Fällen *durchaus* als meine Aufgabe … Es liegt in *meiner* Verantwortung … *meiner* Verantwortung … zu *verhindern,* gerade auch im Interesse des Kindes … Kindeswohls, dass durch den Überehrgeiz mancher Personen –«

Claires Blick fiel wieder auf das Zeugnis, das sie immer noch in der Hand hielt. *Mathematik: teils sichere Orientierung im Zahlenraum bis 20, muss ständig neu motiviert werden,* las sie stumm. *Da der Schüler sich nicht selbstständig bemüht, Fragestellungen zu entwickeln und daraus resultierende Rechnungen zu erhalten, gelingt es ihm in der Regel nicht, Rechengeschichten selbstständig zu bewältigen, langsamer Arbeitsstil; Kunst/Textiles Gestalten: der Schüler bemüht sich nur selten um eine angemessene Ausführung, leider wendet er die erlernten Techniken nicht immer sinnvoll an und kann sie auch mit Hilfe nicht umset-*

zen; Musik: gibt weder Melodien noch Rhythmen richtig wieder; Sachunterricht: Sachunterrichtsmappe nicht vollständig, nicht ordentlich genug und mit zu vielen Fehlern. Der Schüler Raffael stellt nur gelegentlich Bücher und zusätzliche Materialien bereit.

Sie sah von dem Bogen auf. Der rote Riesenfleck an ihrem Hals hatte sich noch weiter ausgebreitet, und dort, wo die Haut rot war, sah sie sonderbar leblos und auf großporige Weise fremd und nichtmenschlich aus, wie die Haut eines Seesterns oder anderen primitiven Meereslebewesens.

Es war eine Sache, die Schwächen des eigenen Kindes zu kennen, und eine andere, sie von dummen, ungerechten, gemeinen und boshaften Menschen mitleidlos um die Ohren gehauen zu bekommen.

»Wir nehmen ihn von der Schule!« Sie starrte Säcklein hasserfüllt an, ohne ihn richtig wahrzunehmen; ihr Gesichtsfeld war von einer Art Dampf oder Rauch erfüllt.

Niko beugte sich besorgt vor.

»Sie wissen hoffentlich, dass Sie an den Schulsprengel gebunden sind«, sagte Dr. Säcklein. »Er kann nicht einfach auf eine andere Schule, wegen dem Sprengel, und übrigens, nur zu Ihrer Information: Es reicht nicht, wenn Sie sich einfach nur zum Schein ummelden. Das brauchen Sie gar nicht zu probieren. Da kommen wir dahinter.«

»Privatschule. Er wechselt auf eine Privatschule.«

»Nun gut, wenn Sie –« Dr. Säcklein ging die Luft aus, bevor er seinen Satz zu Ende gesprochen hatte.

»Eine Montessorischule!«

»Claire –«

»Gut! Wenn Sie glauben, dass Sie ihm damit einen Gefallen tun, dann, äh … nur zu! Nur zu!«

»Eine Schule, die tausendmal besser ist als Ihre! Gott sei Dank haben wir dort einen Platz bekommen.«

Niko erbleichte.

»Nur zu! Nur zu!«, wiederholte Dr. Säcklein mit hoher Stimme, »wenn Sie meinen … Übrigens ist auf dem Gebiet auch nicht alles Gold, was glänzt. Bei Weitem nicht!«

»Keine Sorge, keine Sorge!«

»Nur zu!«

»Keine Sorge!«

»Na gut, wenn Sie meinen … Aber nicht alle diese Schulen sind – und das sage ich nicht nur, weil … das sage ich aus echter … aus echter …«

Claire stand auf und nahm ihre Handtasche. »Ich glaube, dieses Gespräch ist beendet.«

»Genau, dieses Bespräch ist geendet, nein, ist beendet, dieses Gespräch. Ist beendet«, stolperte Dr. Säcklein, der sich ebenfalls von seinem Sessel erhoben hatte, verbal über die eigenen Füße.

Peinlich berührt wandte Niko seinen Blick von dem armen, verstörten Schulleiter ab und folgte Claire nach draußen.

»Ja, ich weiß«, sagte Claire, während sie mit gesenkten Köpfen durch die langen, leeren Korridore zum Ausgang eilten. »Du musst überhaupt nichts sagen.«

24

Der erste Tag des neuen Schuljahres war ein unerwartet warmer Föhntag. Die Sonne brannte vom blauen Himmel, und das herrliche Wetter trug noch zu Claires und Nikos guter Laune bei, während sie in einer Gruppe von Eltern auf einer großen Wiese standen und versuchten, über die Köpfe der Umstehenden hinweg nach vorne zu sehen, um möglichst viel von der Willkommenszeremonie mitzubekommen, die die Montessorischule an diesem Tag für ihre Neuzugänge veranstaltete.

Das Grün der Büsche und Bäume, die bunten Farben der Jacken, Kleider, Rucksäcke und Schultüten, die vom Wind zerzausten Haare und die vielen lachenden und lächelnden Gesichter um sie herum – alles leuchtete unwirklich intensiv im kraftvollen Sonnenlicht.

Wieder war alles gut gegangen – so wie letztlich immer alles gut ging. Sie hatten im Motivationsschreiben und im Gespräch mit dem Vorstand die richtigen Worte gefunden, und Raffi hatte sich am Schnuppervormittag bewährt. Sie hatten nicht nur den Schulplatz bekommen, die Montessorischuloffiziellen hatten sich auch allen ihren Wünschen gegenüber höchst aufgeschlossen gezeigt: Nein, es sei gar kein Problem, Raffi in die dritte Klassenstufe aufzunehmen, und ja, es sei sogar denkbar, ihn nach Absprache den Stoff der vierten bearbeiten zu lassen, wenn sein Lernfortschritt entsprechend sei. Die Jahrgangsmischung machte es möglich, man war schließlich keine Regelschule!

Es war reines Glück gewesen, dass sie für Raffi in letzter Minute noch einen der raren Plätze hatten ergattern können. Claire war zutiefst dankbar dafür und sagte sich, dass es genauso gut auch anders hätte kommen können. Trotzdem konnte sie sich nicht gegen die Empfindung wehren, dass es in Wirklichkeit genau so und nicht anders hatte kommen *müssen*. Obwohl es zwischenzeitlich zappenduster ausgesehen hatte, hatte sie an der Überzeugung festgehalten, dass sich schon noch irgendwo ein Hintertürchen für Raffi auftun würde – und schwupps hatte es sich aufgetan! Vielleicht bestand ja darin das Geheimnis ihres familiären Erfolges, überlegte sie, dass sie an ihren Erfolg *glaubten*? Vielleicht waren sie ja deshalb so vom Glück begünstigt, weil sie sich darauf *verließen*, vom Glück begünstigt zu sein? Und weil sie diesen Zusammenhang instinktiv begriffen – aufgrund ihrer angeborenen Intelligenz – und deshalb nie *aufhörten*, an ihren Erfolg zu glauben?

Claire stellte sich auf die Zehenspitzen, reckte den Hals und hielt nach Raffi Ausschau, der in seiner neuen, auffällig orangeroten Jacke ganz am Rand der Bühne stand und ein so braves und hochaufmerksames Gesicht machte, dass es schon fast zum Lachen war, und auch Niko sah lächelnd und gerührt zu Raffi hin.

Auf der Bühne war Elke Maienreis, die Geschäftsführerin des Trägervereins, zusammen mit der Schulleiterin und ein paar anderen Erwachsenen damit beschäftigt, die Neuankömmlinge der Reihe nach auf die Bühne zu bitten und willkommen zu heißen. Jedes Kind wurde mit Namen aufgerufen, ging nach vorne und bekam dort von der Schulleiterin eine Willkommenssonnenblume überreicht, zusammen mit einem laminierten Umhängenamensschild.

Elke begrüßte die Kinder mit Handschlag und ein paar freundlichen Worten. Manchen streichelte sie über den Kopf oder legte ihnen kurz den Arm um die Schulter und drückte sie an sich, und einen rothaarigen, sommersprossigen Jungen, der sie angrinste und etwas zu ihr sagte, was Claire nicht verstehen konnte, packte sie nach kurzem Zögern am Ohr und zog scherzhaft daran. Sie war eine große, rundliche Frau; wenn sie lächelte, erschienen zwei tiefe Grübchen in ihren Wangen, die an die Löchlein erinnerten, durch die die Aprikosenmarmelade in Faschingskrapfen gefüllt wird, und um ihre Augen breiteten sich radiale Lachfältchen aus wie Sonnenstrahlen. Die Schulleiterin, Frau Bachlhuber-Gruyère, die neben ihr stand und die Sonnenblumen überreichte, trug lila Strumpfhosen und rote Riemchenpumps mit klobigen Absätzen zu ihrem asymmetrisch geschnittenen tannengrünen Leinenkleid. Sie war farbenfroh geschminkt und lächelte ebenfalls viel und ausdauernd.

Weil es sehr viele Neulinge gab – fast mehr als »alte« Kinder –, zog sich die Prozedur endlos hin, und Claire und Niko hatten ausreichend Zeit, sich umzusehen.

Die Feierlichkeiten fanden im Schulgarten statt, der eigentlich kein Garten war, sondern ein langgestrecktes Stück Brachland, das sich an einem Bahndamm entlangzog: ein sonnenbeschienenes Kinderparadies aus Buschverstecken, Brennnesseldickichten, Kletterbäumen, Weidentipis, Trampelpfaden und hüfthohem Gras. Überall fanden sich die Spuren eines glücklichen und naturverbundenen Kinderlebens. Manche Zweige waren mit bunten Schleifen oder Ketten aus Gänseblümchen oder Löwenzahn verziert, es gab Lager aus Brettern, Stöcken, Pappkartons und Stoffresten, rührende kleine Arrangements aus halb verwelkten Blüten und Kieselsteinen auf Baumstümpfen und Steinplatten, eine Feuerstelle und ein offenbar von Kindern (oder von ziemlich unfähigen Erwachsenen) errichtetes Baumhaus, das vier oder fünf Meter über dem Boden schief in einer großen Astgabel hing und von rostigen Zimmermannsnägeln zusammengehalten wurde, deren Spitzen in alle Richtungen aus dem Holz ragten. Mädchen und Jungen aller Altersklassen spazierten frei und ungehindert zwischen den Erwachsenen herum und gingen ihren eigenen Geschäften nach, ohne auf die Vorgänge auf der Bühne zu achten, für die sie sich nicht interessierten. Ein paar größere Kinder spielten im hinteren Teil des Grundstücks Fußball und hatten ihren Ball schon ein paar Mal mit Karacho mitten in die Elternversammlung geschossen.

Zweimal wurde der Ablauf dadurch gestört, dass Kinder sich weigerten, nach vorne zu kommen. Ein magerer Junge mit kurz geschorenen Haaren, dessen linkes Auge mit einem Pflaster abgeklebt war, hatte sich allen Überredungsversuchen widersetzt und war schließlich davongerannt und auf einen Baum geklettert. Mit ausdruckslosem Gesicht blickte er von dort aus durch seine blitzenden Brillengläser auf die Versammlung hinunter.

»Na, aus dem wird ganz sicher mal ein großer Forscher und Entdecker!«, sagte die Schulleiterin dazu, indem sie ihren Mund ganz nahe ans Mikrofon heranbrachte wie ein Conférencier. »Ich bin sicher, Maria hätte ihre Freude an ihm gehabt!« Alle Eltern klatschten Beifall, und eine Frau mit eingefallenen Wangen pfiff zweimal schrill durch die Finger.

Ein anderer, vielleicht sechs- oder siebenjähriger Junge, der von seiner hübschen, dunkelhaarigen Mutter wie ein Kleinkind auf dem Arm getragen wurde, sein Gesicht an ihrem Hals versteckte und dabei ein abgewetztes Plüscheichhörnchen umklammert hielt, ließ sich einfach nicht absetzen. Elke gab der Mutter von der Bühne aus Zeichen: Sie sollte zusammen mit ihrem Sohn nach oben kommen. Die Schulleiterin beugte sich wieder zum Mikrofon hinunter.

»Meine Damen und Herren, hier sieht man es wieder mal sehr schön: Kinder sind verschieden«, sagte sie in den aufkommenden Beifall hinein, »und Verschiedenes muss man verschieden behandeln!« Sie sah zu Elke hinüber, die sich das Mikrofon geben ließ und einen Schritt nach vorne an den Rand der Bühne machte. »Es gibt ein afrikanisches Sprichwort, es lautet: Das Gras wächst nicht schneller, wenn man daran zieht!«, rief Elke, und wieder brauste Beifall auf. »Bei uns darf jedes Kind in seinem eigenen Tempo wachsen. Und wenn das bedeutet, dass die Mama erst mal mit dabei sein muss, dann ist das eben so – egal ob das jetzt ein paar Stunden dauert oder ein paar Monate. Maria wäre da ganz bei uns, da bin ich mir sicher. Lieber Jonas, liebe Mama von Jonas – herzlich willkommen an unserer kleinen, feinen Schule!« Elke hatte ihr Lächeln jetzt bis zum Anschlag aufgedreht: Mehr oder stärker konnte ein Mensch nicht lächeln und die Augen aufreißen, ohne sich wehzutun. Sie war das Herz und die Seele dieser Schule, das war offensichtlich, und drückte allem um sie herum den Stempel ihrer energischen und warmherzigen Persönlichkeit auf.

Wieder gab es Jubel, Pfiffe und begeisterten Applaus. Niko, der Weichherzige, musste sich ein Tränchen aus dem Augenwinkel wischen; Claire klatschte ebenfalls und dachte flüchtig an Frau Meier.

Vorne auf der Bühne verkündete Elke mit lauter Quäkstimme das weitere Programm: »Die neuen Kinder gehen jetzt mit ihren Lehrerinnen in die Klassenzimmer zu den Großen – wenn ich richtig informiert bin, dann wartet dort eine Überraschung auf sie. Ihr Fußballspieler da hinten, ja, genau, ihr seid gemeint: Ab mit euch in eure Klassen! Ja, ihr habt mich richtig verstanden, Aaron. Doch, das kann ich! – Wie bitte? Ach so, natürlich, natürlich dürfen Sie ihn begleiten. – Jonas, die Mama kommt natürlich mit! Die Eltern unserer neuen Kinder bitte ich, in den Speisesaal zu kommen. Für das leibliche Wohl ist gesorgt; darum hat sich wie immer unser Elternbeirat gekümmert – vielen herzlichen Dank dafür! Und Wolfgang, wo ich dich grade da hinten stehen sehe: Wärst du so lieb, gleich noch mal ganz schnell zu mir zu kommen?«

Angeführt von einer jungen Lehrerin, setzte sich die Kinderprozession langsam in Bewegung. Die Lehrerin war barfuß, und in ihr polanges Haar waren Blumen geflochten.

Die Menge der Eltern teilte sich zögernd, und Claire und Niko konnten noch einmal einen Blick auf Raffi werfen, der mit ernstem, feierlichem Gesicht neben einem winzigen Kind mit langer Nase und Little-Lord-Fauntleroy-Haarschnitt hermarschierte. Überhaupt gab es unter den Kindern viele Jungen mit langen oder sehr langen Haaren; manche trugen Haarspängchen oder Nagellack. Auffällig waren die originellen Schultüten, die Fliegenpilze oder Hirsche mit Geweihen aus echten Ästen darstellten oder mit pastelligen Vichy-Karo-Stoffen bezogen waren. Viele Säuglinge und ältere Babys wurden von ihren Müttern oder Vätern in Tragetüchern auf dem Rücken oder vor dem Bauch getragen (die Mütter beugten sich dann manchmal vor, um sanft den aus dem Tuch ragenden, noch fast haarlosen Babykopf zu küssen), und auf der Umrandung einer Kräuterspirale saß eine Frau in der Sonne und stillte ein schon ziemlich großes Kleinkind, während sie sich lebhaft mit den Umstehenden unterhielt.

Über das Gartentürchen, das aus dem Freigelände herausführte, war ein Banner gespannt. »♥-lich willkommen!« stand in großen, unregelmäßigen Buchstaben darauf, von denen jeder eine andere Farbe hatte. Links und rechts waren Trauben von Luftballons daran befestigt, deren knallige Farben sich fröhlich vom blauen Himmel abhoben. Durch diesen improvisierten Torbogen marschierten die Kinder mit ihren Sonnenblumen, ihren Schultüten und ihren langen, ungebändigten Haaren; froh und gerührt sahen ihnen die Erwachsenen dabei zu, und ihre wohlwollenden Gesichter glänzten in der Sonne.

25

»Und dann ist meine Tochter in der Hüpfburg gestürzt, und mein Neffe hat auf sie eingetreten. Im Liegen! Also, meine kleine Tochter, die lag da, in der Hüpfburg, und mein Neffe hat getreten. Immer weiter getreten. Dieser große, große Kerl! Und meine kleine Tochter! Und die anderen Kinder, die riefen in einer Tour: ›Was ist denn mit dem los? Hör auf! Hör auf damit!‹ Und meine Schwägerin danach zu mir nur so: ›Das hat der aus der Schule. Von den anderen. Denen, die vielleicht nicht so einen guten, ich sag mal, Background haben. Das übernimmt der eins zu eins von denen. Früher, da hätte der Maxi so was nie gemacht!‹ Und das war der Moment, da hab ich zu mir gesagt: Alles, nur das nicht. Alles, nur das nicht. Dann schon lieber Montessori!«

Die Montessorischule hatte kein eigenes Gebäude, sondern teilte sich einen Neubau im Gewerbegebiet mit ein paar Irgendwas-mit-Computern-Firmen. Der Speisesaal, in dem auf aneinandergestellten Tischen ein kleines Buffet aufgebaut war, war ein freundlicher, sauberer Raum im zweiten Stock, durch dessen Fensterfront man einen guten Blick auf das Freigelände mit seinem Gewirr aus Trampelpfaden und auf die S-Bahn-Gleise hatte. Der Fußboden unter den Tischen war mit leuchtend gelber Farbe gestrichen, auf der, offenbar von Hand, unzählige bunte Sprenkel aufgebracht worden waren, um ihn weniger schmutzempfindlich zu machen; der Gesamteindruck war der einer sehr fröhlichen Jackson-Pollock-Arbeit. Ein paar Mütter von Kindern, die schon länger an der Schule waren, schenkten Kaffee aus, schnitten Kuchen oder waren damit beschäftigt, immer neue Plastikbecher mit O-Saft, Sekt oder einer Mischung aus beidem zu füllen; zwischen den Kuchenplatten, Tomaten-Mozzarella-Tellern, Obstsalatschüsseln und Körbchen mit halbierten Brezen standen gebastelte Spendenboxen aus Pappe. Die neuen Eltern, die aus dem Schulgarten nach oben geströmt waren, warteten in einer breiten, unordentlichen Schlange, die bis auf den Gang hinausreichte, darauf, ans Buffet vorrücken und sich bedienen zu dürfen. Überall im Raum waren Mütter und Väter in lebhafte Gespräche mit anderen Eltern vertieft, die ihnen bis vor Kurzem völlig unbekannt gewesen waren. Jetzt herrschte bei allen das warme, erleichternde Gefühl vor, sich unter Gleichgesinnten zu befinden, mit denen man im Kampf gegen einen gemeinsamen Feind – die »Regelschule« – vereint war.

Elke, die ebenfalls mit nach oben gekommen war, hielt sich in einer Ecke des Raumes nahe an der Tür auf. Sie war von einer großen Traube aus Interessierten umgeben, die sie mit Fragen bombardierten. Die Eltern standen mit ihren Tellern, Plastikbechern und Kaffeetassen so dicht gedrängt um sie herum, dass man kaum etwas von ihr sah, sondern nur ihre durchdringende, etwas gepresste Stimme hörte.

»Und das bestätigen übrigens auch alle wissenschaftlichen Untersuchungen!«, sagte sie gerade zu einem Mann im eleganten hellgrauen Business-Dreiteiler, der zwischen den Müttern mit ihren mehrfarbigen El-Naturalista-Schuhen und den betont lockeren und entspannten Vätern einen etwas deplatzierten Eindruck machte. »Doch, es funktioniert tatsächlich, unsere Methode funktioniert! Sie sollten mal sehen, mit welcher Begeisterung die Kinder sich hier bei uns jeden Morgen auf ihre Arbeit stürzen. Ehrlich wahr! Und diese natürliche Lernfreude, die wollen wir unseren Kindern so lang wie möglich erhalten.« Es war deutlich zu spüren, wie sehr Elke sich bemühte, den Mann im Anzug auf ihre Seite zu bringen, seine Ansichten Uri-Geller-mäßig in die richtige Richtung zu biegen.

Eine Mutter, die das Gespräch verfolgt hatte, nickte zustimmend, und mehrere umstehende Elternteile gaben Beifallslaute von sich. Sogar Claire, der doch die Skepsis im Blut lag wie anderen Leuten die Musik, hatte, ohne es selbst zu merken, ein zustimmendes Lächeln im Gesicht: Was sie hörte, gefiel ihr ausgezeichnet. Es war einfach zu schön, um *nicht* wahr zu sein! Sie sah Raffi schon vor sich, wie er sich mit Feuereifer und roten Bäckchen in eine herausfordernde Aufgabe vertiefte und (natürlich) ein ausgezeichnetes Ergebnis produzierte, und schüttelte innerlich den Kopf über den Typen im Anzug, der sich – wahrscheinlich aus Borniertheit, oder weil er sich mit dem Thema nicht richtig auseinandergesetzt hatte – anscheinend nicht vorstellen konnte, dass Kinder von sich aus lernen wollten und dass es nur darum ging, ihnen dabei nicht im Weg zu sein.

»Jaja, die Geschichten kenn ich schon«, der Mann winkte ab, »das kenn ich alles von meiner Ex-Frau, aber das überzeugt mich nicht. Ich meine – wer strengt sich schon freiwillig an, wenn er genauso gut faul in der Ecke liegen könnte? Das ist doch bei den Kindern auch nicht anders als bei uns Erwachsenen. Oder?«

»Eben *doch!*«, Elke lehnte sich vor Eifer schräg nach vorn wie ein Skispringer im Flug. »Es ist tatsächlich anders. Und es funktioniert! Wirklich! Ich lade Sie zu uns ein, kommen Sie einfach mal bei uns vorbei, hospitieren Sie in der Klasse Ihres Sohnes. Sie werden erstaunt sein, das garantiere ich Ihnen.«

Sie wandte sich beim Sprechen an den Anzugmenschen, machte aber durch ihren scharfen, überall herumwandernden Blick und durch den Öffentlichkeitston ihrer Stimme deutlich, dass die Umstehenden sich ebenfalls angesprochen fühlen durften und sollten.

»Genau das ist es«, mischte sich eine andere, besonders eifrige Mutter ein, die sich von der Seite her zu Elke hingedrängelt hatte, »Regelschule schwächt – Montessori stärkt!« Und als niemand reagierte, wiederholte sie noch einmal feierlich die Formel, die sie sich offenbar schon im Vorhinein zurechtgelegt hatte: »Regelschule schwächt – Montessori stärkt!«

Auch Claire wäre gerne bis zu Elke vorgedrungen, die ihr als die bei Weitem interessanteste und anziehendste Person im Raum erschien, beschloss dann aber, lieber zu warten, bis sich der erste Ansturm gelegt hatte.

Niko hatte sich inzwischen seinen Teller am Buffet mit Köstlichkeiten vollgeladen. »Ist hier noch frei?«, fragte er einen Mann, der an einem der im Raum verteilten Tische saß. Auf dem Tisch stand, so wie auf allen Tischen, ein Marmeladenglas, das mit Grünzeug aus dem Schulgarten vollstopft war, an dem ein paar winzige, unscheinbare Blüten baumelten.

»Na klar!« Der Mann sah ihn freundlich an – von unkonventionell-liebevollem, in der Erziehung neue Wege suchendem Elternteil zu unkonventionell-liebevollem, in der Erziehung neue Wege suchendem Elternteil – und rückte mit seinem Stuhl etwas zur Seite.

Am Tisch war bereits ein lebhaftes Gespräch im Gang.

»Weil, das *spür* ich einfach!«, rief eine Frau mit blonder Ananasfrisur, die ihnen auf der anderen Tischseite gegenübersaß, »hier!« Sie presste ihre Hand auf ihre linke Brust. »Das hört sich jetzt vielleicht ein bisschen schwülstig an, aber ich hab das einfach im Gefühl, dass das hier genau das Richtige für meinen Benni ist. Ach so, und ich bin übrigens die Diana.«

»Eigentlich wollt ich ja immer selber was gründen für

unsere beiden Muckelmäuse«, sagte die ausgemergelte Frau, die bei der Sonnenblumenzeremonie im Garten so aggressiv gepfiffen hatte, »was Extremeres, so Richtung Anti-Schule. Mit Anti-Lehrern und Anti-Unterricht. So Richtung Summerhill, Wild-Pädagogik und so. Totale Freiheit eben. Bloß, das ist gar nicht so einfach, wenn man keine Kohle hat. Ich hab auch gar nix gegen Monte. Bissi zu mainstreamig für mein' Geschmack, aber trotzdem. Ich stell mir das schon auch irgendwie halbwegs gut vor. Weil, unsere Muckelmäuse, die sind halt erst mal total autonom. Die machen nur das, was sie wollen, erst mal. Schon von Geburt an. Da kommst du nicht an dagegen. Vor allem der Fynn, schon von Anfang an. Aber auch die Ronja. Da hast du keine Chance!«

»Genau wie bei meinem Benni«, rief Diana, »aber eins zu eins! Wenn er nicht will, dann will er nicht.«

»Genau. Die blocken dann. Die blocken dann total.«

»Also, bei unserer Jasmin … ist das ein bisschen anders«, erklärte ein Mann mit zurückweichendem Haaransatz, »weil, unsere Jasmin, die ist ein ganz ein liebes Mädel, bloß, sie ist halt einfach ein bisschen … langsamer, vielleicht, oder … als andere. Und da hoffen wir ebend, dass sie, also dass die Jasmin hier, an der … Monteschule, dass sie ebend auch … genügend Zeit kriegt. Dass sie ebend … die Zeit kriegt, die sie halt auch einfach braucht.«

»Und sehen Sie, das find ich jetzt wirklich interessant, was Sie da sagen«, mischte sich eine Blondine mit einem rosa Pashminaschal ein, »wir haben nämlich genau dasselbe Problem mit unserem Tristan – nur umgekehrt. Der ist nicht langsamer als die anderen, der ist schneller.« Der schalumwickelte Hals der Pashminafrau war außergewöhnlich lang; Claire musste an ein altes Bilderbuch denken, das bei ihnen zu Hause herumlag. Es hieß: *Welches Tier hat sieben Meter Halsweh?*

»Gut – ob man das jetzt immer gleich ›Hochbegabung‹ nennen muss, ist natürlich eine andere Frage«, redete die Pashminafrau weiter; Claire runzelte die Stirn. »Ich spreche ja lieber von ›pfiffig‹. Damit hab ich gute Erfahrungen gemacht, wenn ich sage, dass mein Sohn ein bisschen pfiffiger ist als die meisten.«

»Also, der Benni stellt mir ja auch manchmal so Fragen, wo ich mir einfach nur denke: Wow!«, sagte Diana. »Wirklich wie so ein kleiner Philosoph manchmal, neulich hat er uns, was war das gleich, ich komm jetzt grad nicht mehr drauf, irgendwas mit unserer Omama und wenn die mal tot ist, aber das war richtig philosophisch, die Frage von ihm. Und vor allem, was antwortet man dann eigentlich auf so was?«

»Richtig, und darin sehe ich auch den großen Vorteil von Montessori für uns. Nämlich, dass Tristan nicht ewig darauf warten muss, bis die anderen dann endlich auch mal so weit sind. Weil, ich meine: Was soll ihm das bringen? Das bringt ihm gar nichts! Verstehen Sie? Welchen Benefit sollte er davon schon haben?«

Claire hörte der Pashminafrau mit einer Mischung aus Faszination und Widerwillen zu – sie selbst war doch wohl hoffentlich nicht so! Sie selbst war doch wohl hoffentlich völlig anders! –, als sich der Speisesaal plötzlich mit Kindern füllte, die auf der Suche nach ihren Eltern zwischen den Tischen herumliefen, ungestüm über die Reste des Buffets herfielen und überall halb volle Pappbecher zum Umkippen brachten. »Mama!« – »Papa!« – »Mama, ihr sollt kommen!«, riefen sie. »Soll ich dir zeigen, was ich gemacht habe?« – »Alles klärchen, Bärchen?« – »Na, wie geht's, mein Schatz?« – »Du musst mitkommen, du musst mitkommen!« – »Komm jetzt, Mama!« – »Na gut, aber wohin?« – »Ihr sollt alle in die Klassenzimmer kommen!«

Weil Raffi nicht unter den Kindern war, die in den Speisesaal gelaufen waren, ließen Niko und Claire sich im Gewühl mittreiben und sahen auf der Suche nach ihm in alle Türöffnungen hinein, an denen sie vorbeikamen.

Der fensterlose Korridor mit seinen strahlend weißen Wänden und dem königsblau gemusterten Teppichboden, von dem die Klassenzimmertüren abgingen, war hell erleuchtet. An den Wänden hingen DIN-A2-Fotokartons in kräftigen Farben, darauf in organischem Kurvenschwung Bilderserien von Kindern beim Filzen, beim Bodypainting, beim Mikroskopieren, auf dem Barfuß-Erlebnispfad, zusammen mit einem Imker in weißer Imkerkluft, beim Experimentieren mit Reagenzgläsern und Bunsenbrennern und so weiter. Elke patrouillierte im Korridor hin und her und ermahnte alle, ihre Schuhe auszuziehen, bevor sie die Klassenzimmer betraten; sie erhob mühelos ihre Stimme wie jemand, der daran gewöhnt ist, seine Stimme zu erheben, und weder physische noch psychische Schwierigkeiten damit hat: »Unsere Kinder dürfen sich zum Lernen auf den Boden setzen – und übrigens auch legen, ja! –, und deswegen haben wir unseren Teppich, und der soll auch schön sauber bleiben, im Interesse unserer Kinder. *Im Interesse unserer Kinder! Ohne Schuhe, bitte!* Das gilt auch für die Herren der Schöpfung!« Mit großen, schweren Schritten kam sie Claire und Niko entgegen, und Claire konnte ihr etwas aufgedunsenes Pfannkuchengesicht mit den vielen Lachfältchen um die Augen ganz aus der Nähe betrachten. Elke hatte Grübchen an den Ellbogen und Einschnürungen um ihre Handgelenke, wie fette Säuglinge sie haben, und ihr Mittelscheitel war nicht ganz ordentlich gezogen: Einzelne Haare und ganze Strähnen legten sich in die falsche Richtung, wie bei einem schlampigen kleinen Mädchen. Hatte Claire sich getäuscht, oder hatte sie ihr im Vorübergehen auf eine ganz besondere, vielsagende Art und Weise zugelächelt? Als ob sie genau wüsste, dass Claire unter all den Herumirrenden die Einzige war, die sie verstand und auf die sie sich verlassen konnte.

Vor den Klassenzimmertüren hatten sich bereits große Schuhansammlungen gebildet, die den Vorbeigehenden den Weg versperrten. Claire und Niko kamen an dem Anzugtypen vorbei, der sich im Speisesaal so skeptisch gezeigt hatte und der jetzt auf dem Boden saß und an der Schnürung seiner Eduard-Meier-Halfbrogues herumnestelte. Sie mussten über sein zweites, gerade ausgestrecktes, hellgrau gewandetes Bein steigen, und er sah dabei mit einem entschuldigenden, schiefen Grinsen zu ihnen auf. Anscheinend hatte er sich dazu durchgerungen, sich nicht mehr länger selbst aus der Gemeinschaft der Gläubigen auszuschließen.

Sie fanden Raffi im dritten und letzten Klassenzimmer; er saß allein an einem Tisch vor einem Blatt Papier und hielt einen Stift in der Hand.

»Da bist du ja! Und?«

Ohne große Begeisterung sah er zu ihnen auf. Claire und Niko ließen sich von ihm zeigen, was er gemacht hatte. Sie hatten beide etwas irgendwie Besonderes, Außergewöhnliches erwartet und waren enttäuscht, als sie feststellen mussten, dass es sich bei dem Blatt, an dem Raffi saß, bloß um einen schlecht kopierten, noch nicht einmal vollständig ausgefüllten Steckbrief handelte, auf dem Raffi sich selbst in dem Kästchen rechts oben als einfarbig grünes Strichmännchen ohne Arme, Beine und Ohren gezeichnet und sämtliche Fragen so ökonomisch wie möglich beantwortet hatte (»Was wünschst du dir?« – »Nix« – »Was kannst du gut?« – »Nix« – »Was willst du besser können?« – Pfeil nach oben, zum »Nix« in der Zeile darüber).

Sofort fiel Claire wieder ein, was Elke ihr am Telefon gesagt hatte: Bei Quereinsteigern aus der Regelschule musste man damit rechnen, dass sie die ungewohnte Freiheit erst einmal ausnutzten, um zu faulenzen und nichts zu tun, und diese Phase konnte ziemlich lange dauern. Das war völlig normal und überhaupt kein Grund zur Sorge! Und wahrscheinlich würde es bei Raffi ohnehin sehr viel schneller gehen als bei anderen: Wenn man ihm nur die *richtigen* Angebote machte, würde er loslegen und es allen zeigen. Ihr diesbezügliches Vertrauen in die Monteleute war riesig. Man musste ihnen bloß etwas Zeit geben und durfte nicht gleich am ersten Tag Unmögliches von ihnen erwarten. Auf idiotische Steckbriefe hatte Raffi natürlich keine Lust, aber wahrscheinlich würden ihm schon morgen andere, viel besser geeignete, genau auf seine Fähigkeiten zugeschnittene Angebote gemacht werden; sie mussten bloß ein bisschen Geduld haben.

Was Claire und Niko an Raffis neuem Klassenzimmer vor allem auffiel, war die Sauberkeit. Die großen Fenster waren sauber. Die sauberen Wände waren weiß. Die Luft war auffällig sauber, das heißt, sie stank nicht, sondern roch einfach normal, also so, dass die Nase gar nicht erst in Alarmbereitschaft versetzt wurde. In sauberen Regalen lagen und standen viele verschiedene Dinge in verschiedenen Größen: Karteikästen aus Holz oder Pappe, Boxen, Gläser, Dosen, umgewidmete Zigarrenkistchen und Streichholzschachteln, laminierte Kärtchen, Mappen, Modelle, daumendicke Massivholzspielbretter, Konstruktionen aus Perlen und Draht, deren Sinn und Zweck sich nur Eingeweihten erschloss, und eine alte Balkenwaage mit Gewichten. Alles sehr sauber, und man durfte die Sachen herausnehmen und sie sich ansehen, wenn man sie danach wieder ordentlich an ihren Platz zurückstellte. Eine Leseecke mit einem Sofa, das ebenfalls sauber war, darauf zwei blau-weiße Kissen (Blockstreifen und sauber). Das Leseeckenregal war gut gefüllt. Saubere Tische, saubere Stühle. Sogar der blaue Himmel hinter den Fensterscheiben sah frisch gewaschen aus, und die zarten Wolkenfasern daran erinnerten an Fäden und Flusen von Wischtüchern, die beim Trockenreiben hängengeblieben waren, oder an lange, gebogene Putzstreifen, die in der Sonne glitzerten.

Mitten auf dem sauberen blauen Teppichboden lag ein zweiter, kreisrunder Teppich in Dunkelrot, der langflorig und ebenfalls sehr sauber war und die schuhlosen Füße von Eltern und Kindern beim Darübergehen von unten streichelte. Es war eine Art Flokati aus dicken, weichen Einzelfäden, die kreuz und quer durcheinanderlagen, wie Grashalme nach einem Regenschauer. Zwei kleine Mädchen in identischen Landhausdirndln rollten kichernd in der Mitte des Teppichs herum, und eine sehr gelenkige Frau in Karottenjeans bückte sich mit durchgedrückten Knien, um mit einer Hand ehrfürchtig den hochaufragenden Teppichrand zu streicheln. Auf der anderen Seite des Teppichs hockte die ausgemergelte Frau von vorhin und wachte liebevoll über ein Kind mit schmutzigem Gesicht und strähnigen blonden Haaren, das damit beschäftigt war, Glasfläschchen mit farblich sortierten Perlen auszukippen und die verschiedenfarbigen Perlen sehr gründlich miteinander zu vermischen.

Zusammen mit Raffi gingen sie ein bisschen herum, um sich anzusehen, was die anderen Kinder an diesem Vormittag gearbeitet hatten. Zwei ältere Mädchen waren dabei, aus Wolle einen Bommel herzustellen, in einer Ecke wurde Autoquartett gespielt, und ein Junge blätterte in der Leseecke ein altes Comicheft durch, ohne sich die Mühe zu machen, die Sprechblasen zu entziffern. Auf einem Tisch waren Streifen mit Satzteilen ausgelegt, über denen kleine Holzplättchen in verschiedenen Formen und Farben lagen. Mehrere Kinder und Eltern hatten sich um ein großes, auf dem Boden liegendes Holzbrett versammelt und diskutierten darüber, welches Ziffernkärtchen an welche Stelle des Bretts gehörte.

Es stellte sich heraus, dass Raffis Klasse von der Schulleiterin Frau Bachlhuber-Gruyère geleitet wurde, die in ihrem farbenfrohen Outfit vor den Regalen stand und angestrengt lächelnd Konversation mit den Eltern machte.

»Bitte, was? Nein, da muss ich passen«, antwortete sie auf eine Frage Nikos, der von ihr wissen wollte, wozu ein kleines, quadratisches Nagelbrett gut war, das er aus einem Regal genommen hatte. »Das weiß ich nicht, da müssen Sie Frau« – sie wartete zwei Sekunden ab, ob der fehlende Name ihr vielleicht doch noch von irgendwoher zulaufen würde –, »da müssen Sie meine Kollegin fragen.« Hilfesuchend drehte sie sich um und schien sich nicht ganz sicher zu sein, wer von den Erwachsenen in der Nähe ihre Kollegin war. »Oder natürlich die Kinder – unsere wahren Experten! Du da! Ja, du!«, rief sie schließlich ein Mädchen zu Hilfe, das Niko widerwillig erklärte, um was es sich bei dem Brett handelte: Es diente dazu, verschiedene geometrische Figuren, die auf laminierte Vorlagekärtchen gedruckt waren, mit Gummibändern nachzuspannen.

Von draußen hörte man Elkes durchdringende Stimme; im nächsten Moment erschien sie im Klassenzimmer. Sie hatte einen Profifotografenvater im Schlepptau, der zum Abschluss des ersten Schultages die Klassenfotos machen sollte; ein paar andere Leute begleiteten sie wie eine Entourage und saugten jedes Wort auf, das aus ihrem Mund kam. Ein sehr großer, dürrer Mann mit einem Pferdeschwanz, der besonders entrückt lächelte, ging sogar rückwärts vor ihr her, um nur ja nichts zu verpassen. »Ja, natürlich kann es sein, dass ein Drittklässler bei uns noch nicht lesen kann«, sagte Elke, »und dass seine Eltern deshalb die Krise kriegen. Aber das bedeutet doch nicht, dass unsere Methode nicht funktioniert! Das bedeutet nur, dass diese Eltern unsere Methode einfach nicht *begriffen* haben!«

Es war eine komplizierte und langwierige Angelegenheit, alle Kinder für das Klassenfoto zusammenzubekommen. Immer wieder liefen sie lachend und lärmend auseinander; viele reagierten nicht auf die Rufe der jungen Lehrerin mit den nackten Füßen und mussten einzeln und per Hand eingefangen und an ihren Platz zurückgeführt werden, während andere schon wieder die Geduld verloren hatten und gedankenverloren wegschlenderten. Elke wirkte als Assistentin des Fotografen, indem sie die Kinder dazu animierte, vor jedem Foto »Ameisenscheiße« zu brüllen; und jedes Mal brachen die Kleinen danach in schrilles Jubeln aus und wedelten wie die Wilden mit ihren Armen und Sonnenblumen.

Raffi stand zwischen seinen neuen Klassenkameraden und lächelte. Sein Lächeln war schwach, aber er lächelte; Claire suchte in ihrer Handtasche nach einem Taschentuch, um sich die Augen abzutupfen, und Niko hatte es sogar noch schlimmer erwischt: Beim Trompetenklang seines Schnäuzens zuckten Erwachsene und Kinder zusammen und sahen sich erschrocken nach ihm um.

Zum Abschied gab es Umarmungen und Küsse. Einige Eltern waren schon mit den Lehrerinnen per Du, und Elke, die an der Tür stand, presste alle, die in ihre Nähe kamen, auch Niko und Claire, energisch an ihren prallen Busen.

26

Es wäre übertrieben gewesen, zu behaupten, dass Raffi sich seit seinem Wechsel jeden Morgen auf den Schulbesuch freute, aber wenigstens wehrte er sich nicht mehr mit Händen und Füßen dagegen. Dass es in seiner neuen Schule keine Hausaufgaben gab (nur freiwillige, die Raffi aus freiem Willen allesamt verschmähte), war natürlich eine große Erleichterung für sie alle. Abgesehen davon bekamen Claire und Niko kaum etwas davon mit, was in der Schule passierte, weil Raffi zu Hause nichts erzählte – daran hatte sich nichts geändert – und weil seine Hefte, Blätter und sonstigen Materialien in seinem Fach im Klassenzimmer blieben und sie sie nie zu Gesicht bekamen.

Die Schule war eine Blackbox, in die man nicht hineinsehen konnte. Claire störte sich nicht dran, weil sie Elke voll und ganz vertraute. Sie glaubte zu wissen, dass diese große, dicke Frau zwar ein paar offensichtliche Macken hatte (zum Beispiel eine verblüffende Selbstgefälligkeit und dass sie sich selbst wahnsinnig gern reden hörte), dass sie aber gleichzeitig über Qualitäten verfügte, die diese Macken mehr als ausglichen. Immer und überall verbreitete Elke das beruhigende Gefühl, alles im Griff und für jedes Problem eine Lösung zu haben. Sie war zu allen Bring- und Abholzeiten in den Gängen der Schule präsent, grüßte nach allen Seiten, tauschte Umarmungen und Küsschen, beantwortete Fragen, gab Infos weiter und erteilte Arbeitsaufträge, alles mit ihrer durchdringenden Stimme, die überall gut zu hören und zu verstehen war.

Claire vertraute Elke, das war das eine. Das andere war,

dass sie Elke, die – wie sie nach und nach von ihr erfuhr – schon so oft von uneinsichtigen oder beschränkten Eltern enttäuscht worden war, auf gar keinen Fall selbst enttäuschen wollte. Elke hatte ihnen in einer Notlage die Hand gereicht und ihnen aus der Patsche geholfen, schon dafür verdiente sie ihre uneingeschränkte Dankbarkeit und Loyalität. Außerdem wurde Claire das Gefühl nicht los, dass Elke eine ganz besondere Hochachtung vor ihr, Claire (ihrer Disziplin, ihrer Zuverlässigkeit und ihren intellektuellen Kapazitäten), hatte und sie den meisten anderen Eltern vorzog. Elke hatte sie schon ein paar Mal auf den Fluren der Schule abgefangen und zur Seite genommen, um ihr ganz diskret die eine oder andere Aufgabe zu übertragen, deren Erledigung sie offenbar nur ihr allein zutraute. Der Chaotenanteil unter den Eltern war, so ließ sich Elkes überraschend gehässigen Seitenhieben und zynischen Zwischenbemerkungen entnehmen, außerordentlich hoch und Elke überglücklich darüber, endlich jemanden gefunden zu haben, der in der Lage war, Anweisungen zu verstehen und umzusetzen, und dabei sogar mitdachte und eigene, oft sehr gute und überdenkenswerte Vorschläge machte.

»Und? Haben dir gestern Abend die Ohren geklungen?«, fragte Elke sie einmal, als sie sich zufällig auf dem Parkplatz bei den Mülltonnen über den Weg liefen.

»Wie, warum?«

»Weil wir im Vorstand über dich geredet haben.«

»Wirklich?«

»Ja, wir sind alle ganz begeistert von dir!«

Claire hätte gerne noch etwas mehr über dieses interessante Thema erfahren, doch Elke hatte es wie immer eilig und ließ sie einfach neben den Mülltonnen stehen.

So viel Anerkennung war nicht nur schmeichelhaft, sondern bewies vor allem, dass Elke tatsächlich über ein besonders gut ausgeprägtes Urteilsvermögen verfügte. Umso mehr fühlte Claire sich verpflichtet, sich des in sie gesetzten Vertrauens würdig zu erweisen und Elke ihrerseits noch rückhaltloser zu vertrauen. Der ausgeprägte Ehrgeiz, der tief in Claires Charakter verankert war, hatte ein weiteres Betätigungsfeld gefunden: Sie wollte Elke dadurch beeindrucken, dass sie die gläubigste Montessorijüngerin von allen wurde, und Niko, der es gewohnt war, sich Claire anzuschließen, schloss sich ihr auch in diesem Punkt bereitwillig an.

In den Herbstferien fand – um ein paar Monate verspätet, weil sich im Sommer die Reisepläne der beiden Familien ungünstig überschnitten hatten – das traditionelle Sommertreffen der von Koppensteins mit den Hullemanns statt. Die Hullis hatten ihre Freunde wieder zu sich nach Hause eingeladen. Cordelia war diesmal nicht mit von der Partie, sie wollte lieber üben. Sie hatte einen neuen Klavierlehrer, einen Österreicher, unter dessen Anleitung sie sich auf *Jugend musiziert* vorbereitete.

»Ein irrer Typ«, berichtete Claire, »er hat sie irgendwie bei ihrem Ehrgeiz gepackt.«

»Und dabei war sie im Sommer schon kurz davor, mit Klavier aufzuhören«, ergänzte Niko.

Auch sonst gab es viel zu erzählen. Lene war in die Schule gekommen und fühlte sich dort pudelwohl, und bei Heinrich war im Juli eine Kopfgelenk-induzierte Symmetrie-Störung (KiSS) samt daraus resultierender Kopfgelenk-induzierter Dysgnosie (KiDD) diagnostiziert worden.

»Medizinisch gesehen ist das natürlich der totale Blödsinn«, unterbrach Klaus-Werner Tinchens schüchternen Bericht, »so was gibt es gar nicht. Das ist die reine Geldschneiderei!«

Offenbar hatte sich Klaus-Werner mit seinem Schulmedizinerdünkel nicht durchsetzen können. Tinchen hatte darauf bestanden, Heinrichs KiSS/KiDD in Bielefeld behandeln zu lassen. Seitdem waren seine Paukenergüsse zurückgegangen, er sprach deutlicher, schlief nicht mehr mit offenem Mund und hatte, Tinchens Ansicht nach, ganz allgemein in der Entwicklung aufgeholt.

»Warten wir mal ab, was im Winter ist«, sagte Klaus-Werner, und an seinem Gesichtsausdruck und dem von Tinchen konnte man ablesen, dass dieser Satz zwischen ihnen nicht zum ersten Mal gefallen war.

Zu Ostern hatten sich die Hullis einen Saugroboter gegönnt, den sie Shaun (nach Shaun das Schaf) getauft hatten und den sie den von Koppensteins gerne vorführten. Shaun verfügte über einen Klippendetektor, der ihn vor Abstürzen bewahren sollte; Tinchen blockierte den Treppenabgang sicherheitshalber trotzdem mit einem zur Seite gekippten Stuhl, bevor sie Shaun in Betrieb nahm.

»Seid ihr bereit?«, fragte sie mit vor Stolz und Eifer noch stärker als sonst geröteten Wangen, bückte sich und drückte die Clean-Taste. Shaun tutete gehorsam und setzte sich in Bewegung.

»Er erkennt Hindernisse und umfährt sie weiträumig«, beruhigte sie Werner, während Shaun mit manisch rotierenden Seitenbürsten direkt auf sie zusteuerte.

»Kann der uns irgendwie sehen?«, fragte Raffi, »ich meine, weiß der, dass wir hier sind? Hat er ein *Bewusstsein?*«

Die Anschaffung von Shaun stand in losem Zusammenhang mit einer anderen Entwicklung: Tinchen war von ihrem Arbeitgeber, dem Kräuterquarkhersteller, eine verantwortungsvollere und besser bezahlte Position angeboten worden, die aber eine Aufstockung ihrer Arbeitsstunden notwendig machte. Werner hätte es lieber gesehen, wenn Tinchen das Angebot abgelehnt und ihre Nachmittage weiterhin den Kindern gewidmet hätte – so kannte er es von zu Hause aus seiner Kindheit, von seiner eigenen Mutter, die immer für ihn und seine Geschwister da gewesen war –, wollte die endgültige Entscheidung aber Tinchen selbst überlassen, die deswegen große Gewissensqualen litt.

»Ach so, und Raffi hat die Schule gewechselt. Er geht jetzt auf die Montessorischule.«

Tinchen hörte sehr aufmerksam zu, während Claire sie in Sachen Raffi auf den neuesten Stand brachte. Wie immer, wenn Claire beim Reden in Fahrt geriet, hatte Tinchen das beunruhigende Gefühl, ihr nicht ganz folgen zu können, irgendwie nicht richtig mitzukommen – als ob ihr ein paar wesentliche Informationen abgingen, deren Vorhandensein Claire aber wie selbstverständlich voraussetzte. Den ersten Teil der Geschichte begriff sie, wenn sie ehrlich war, überhaupt nicht. Erstens redete Claire immer so schnell und verwendete so eigenartige Formulierungen, und man konnte nie genau wissen, was von ihr jetzt eigentlich ironisch gemeint war und was nicht, und zweitens war Raffi doch immer ein so *besonderes* Kind mit so vielen ungewöhnlichen Fähigkeiten gewesen! Warum klappte es dann mit ihm in der Schule nicht? Das war komisch, und Tinchen fand keine Erklärung dafür. Heinrich hatte Schulprobleme, weil er sich mit dem Lesen und Schreiben schwertat, aber welche Probleme konnte ein Kind haben, das beides bereits beherrschte? Tinchen konnte einfach nicht glauben, dass es allein an den Lehrerinnen und am Schulleiter gelegen hatte, wie Claire und Niko behaupteten. Sicher hatten diese Leute sich alle bemüht und ihr Bestes gegeben, und trotzdem war Raffi nicht zurechtgekommen. Wie war das möglich?

Als Claire erzählte, wie es in der Montessorischule zuging, fragte Tinchen neugierig nach. Zum ersten Mal in ihrem Leben hörte sie von Hilf-mir-es-selbst-zu-tun und Polarisation der Aufmerksamkeit. Sie fand alles, was Claire und Niko zu berichten hatten, hochinteressant; sie konnte sich allerdings nicht vorstellen, wie das alles in der Praxis funktionieren sollte. Wie sollten es zwei Lehrerinnen schaffen, fünfundzwanzig Kinder jeweils ganz individuell zu unterrichten? Es war schwer genug, *zwei* Kindern mit unterschiedlichen Bedürfnissen gerecht zu werden, das wusste sie aus eigener Erfahrung. Andererseits schienen Claire und Niko fest überzeugt davon zu sein, dass diese Form des Unterrichts nicht nur funktionierte, sondern sogar besser war als alle anderen Unterrichtsformen, und sie zweifelte nicht daran, dass diese beiden ihr geistig haushoch überlegen waren. Sie wusste nicht, was sie davon halten sollte. – »Wenn du mich fragst, ich halte nichts davon«, sagte Klaus-Werner später, als sie wieder alleine waren.

Der Schulbusservice, von dem ihnen Elke bei der Anmeldung vorgeschwärmt hatte, hatte seinen Betrieb noch immer nicht aufgenommen. Deshalb musste Raffi mit dem Auto in die Schule gebracht werden. Am Tag nach den Herbstferien war Niko damit an der Reihe. Er stellte das Auto ab, ließ Raffi aussteigen und folgte ihm mit dem Schulrucksack in der Hand über den großen, mit Rasengittersteinen gepflasterten Parkplatz, auf dem Spatzen und Amseln herumhüpften. Raffi hatte einen Freund getroffen, der neben ihm herging und seinen Arm vertraulich um Raffis Schultern gelegt hatte. Die beiden Jungen steckten die Köpfe zusammen und waren ganz in ihr interessantes Gespräch vertieft; es war eine Freude, ihnen zuzusehen.

Im Foyer des Gebäudes standen viele Eltern in kleinen Grüppchen zusammen. Niko bemühte sich, die Jungen nicht aus den Augen zu verlieren. Auf der Treppe schlug ihm Lärm entgegen, ein gleichmäßiges Dröhnen oder Summen wie von einem abgestürzten Wespennest, und in dem ganzen Bereich zwischen Aufzug und Garderobe hielten sich ungewöhnlich viele Erwachsene und Kinder auf. Raffi und sein Freund waren verschwunden. Niko nickte ein paar Bekannten zu, während er nach ihnen Ausschau hielt. »Ist heute keine Schule?«, erkundigte sich unmittelbar neben ihm eine zum morgendlichen Bringdienst abkommandierte Oma mit überfordertem Ich-bin-hier-nur-die-Oma-Gesicht. »Ich möchte mal wissen, wo die Elke steckt!«, rief jemand weiter hinten. Ein Mann sprach sehr laut und, wie es Niko vorkam, übertrieben ärgerlich in sein Handy, und dann stand er auch schon vor der dunkelblau lasierten Eingangstür, hinter der die Klassenzimmer lagen, drückte die Klinke hinunter und überflog dabei ganz automatisch und ohne sich etwas dabei zu denken die Mitteilung auf dem sehr weißen DIN-A4-Blatt, das jemand mit zwei Stückchen Tesafilm an die Tür geklebt hatte.

Alles hat seine Zeit.
Geboren werden hat seine Zeit, Sterben hat seine Zeit,
Pflanzen hat seine Zeit, Gepflanztes ausreißen hat seine Zeit.

Liebe Kinder, liebe Eltern,

eine wundervolle Zeit geht zu Ende …

Infolge unvorhersehbarer Entwicklungen muss unsere Schule leider ihre Pforten schließen. Der Unterrichtsbetrieb wird **mit sofortiger Wirkung** eingestellt. Wir bedauern dies und bitten um euer Verständnis.

Um die gesetzlich vorgeschriebene Beschulung eurer Kinder sicherzustellen, wendet euch bitte zügig an die für euch zuständige **Regelschule.** Dort wird euch sicherlich gerne und kompetent weitergeholfen.

LG,

Unleserliche Unterschrift mit M
Unleserliche Unterschrift mit B und g
für Vorstand & Lehrerteam

»Tolle Wurst!«, sagte ein sehr großer Mann mit dröhnender Bassstimme, der neben Niko stand und gleichzeitig mit ihm gelesen hatte, was auf dem Zettel stand.

27

Bei dem Krisenelterntreffen, das am Abend darauf in einer düsteren Vereinsgaststätte am Ostpark stattfand, kamen Dinge ans Licht, von denen die meisten Eltern bisher keine Ahnung gehabt hatten.

Vom Vorstand ließ sich, trotz ausdrücklicher Einladung, bei dem Treffen niemand blicken, auch Elke nicht. Allerdings tauchten in der Gaststätte überraschend einige der älteren, alten und sehr alten Hasen auf, die bisher großen Wert darauf gelegt hatten, sich von den Neulingen unter den Eltern möglichst fernzuhalten, und die jetzt, unter dem Eindruck der Ereignisse, offenbar auf einmal doch bereit waren, von ihrer bisherigen, Omertà-artigen Verschwiegenheit abzurücken und aus dem Nähkästchen zu plaudern. Zu dieser Gruppe gehörten ein kerniger Landschaftsarchitekt mit rot verbranntem Winnetou-Gesicht und schulterlangem blondem Haar, eine Frau aus der freien Wirtschaft sowie die alleinerziehende Tochter eines bekannten Fernsehschauspielers, die ihrem Vater wie aus dem Gesicht geschnitten war.

Es war sehr aufschlussreich, was diese Alteingesessenen über die Vorgänge hinter den Kulissen zu berichten hatten. Die »unvorhersehbaren Entwicklungen« waren in ihren Augen alles andere als das. Seit ihrer Gründung vor fünf Jahren hatte sich die Schule offenbar ständig am Rand des Zusammenbruchs befunden, und nach der übereinstimmenden Meinung der Älteren grenzte es fast an ein Wunder, dass sie sich überhaupt so lange hatte halten können.

Auf Elke und den Vorstand waren die alten Hasen überhaupt nicht gut zu sprechen.

»Die haben's verbockt!«, stellte die Schauspielertochter verbittert fest.

»Und das hat mir übrigens damals die Margot schon prophezeit«, fiel der Landschaftsarchitekt ein, »unsere erste Schulleiterin, die ist seinerzeit ja auch von der Elke rausgeekelt worden. Dass diese Schule nämlich nie auf einen grünen Zweig kommen wird, solange die Elke ihre dreckigen Finger im Spiel hat.«

Genau dieselben Leute, die jetzt so hemmungslos über Elke und den Vorstand herzogen, hatten allerdings in den vergangenen Monaten keine Skrupel gehabt, mit den Schuloffiziellen gemeinsame Sache zu machen, als es darum gegangen war, den Neulingen eine heile Welt vorzugaukeln. Sie hatten eine zweifelhafte Rolle gespielt, doch Claire war, genauso wie ihre Leidensgenossinnen und -genossen, so begierig darauf, an ihr interessantes Insiderwissen heranzukommen, dass sie bereit war, darüber hinwegzusehen.

Der Gastraum, in dem sich die Eltern versammelt hatten, war niedrig und schlecht beleuchtet, und es gab außer ihnen keine weiteren Gäste. An der Theke lehnten zwei Kellner in schwarzen Anzügen und führten eine vertrauliche Unterhaltung auf Italienisch, und immer wieder durchquerten ganz in Schwarz gekleidete Männer mit länglichen schwarzen Nylontaschen den Raum, die auf dem Weg zu einem Schießstand im Untergeschoss waren. Claire nippte an ihrer 0,2-Liter-Sprite und hörte sich an, was die anderen zu sagen hatten.

Es wurde viel durcheinandergeredet an diesem Abend. Trotzdem konnte man aus den Klagen, Beschwerden und schockierenden Offenbarungen einen Grundtenor herausfiltern. Er lautete: Es hatte doch nicht funktioniert.

Elke hatte sie alle belogen. »Es« hatte von Anfang an nicht funktioniert, und das war letztendlich der Grund dafür, dass die Schule hatte zumachen müssen. Die Kinder hatten nichts, nicht genug oder nicht das Richtige gelernt, und weil es unterschiedliche, einander teils diametral entgegengesetzte Auffassungen darüber gegeben hatte, was die Ursache dafür war, hatte im Kollegium, zwischen den Eltern und im Vorstand seit Jahren Krieg geherrscht. Die Schließung war offenbar nur das letzte Glied einer langen Kette von Fehden, Intrigen, Schismen und anderen Krisen der Vergangenheit, über die in den letzten Monaten vor allem deswegen der Mantel des Schweigens gebreitet worden war, um die Neulinge nicht vorzeitig zu verschrecken, auf die man aus finanziellen Gründen dringend angewiesen war. (Jede Familie, die neu hinzugekommen war, hatte der Schule laut Schulvertrag ein zinsloses Darlehen in Höhe von mehreren Tausend Euro gewähren müssen, und diese Geldspritzen waren unbedingt erforderlich gewesen, um die Schule am Leben zu erhalten.)

»Mein Sohn ist in der Vierten und kann nicht über den Zehner rechnen«, jammerte die Schauspielertochter und wurde sofort von der Wirtschaftsfrau übertrumpft: »*Mein* Sohn kennt nur drei Buchstaben!«

Bis zu diesem Zeitpunkt waren fast alle Eltern davon überzeugt gewesen, dass ihr eigenes Kind das einzige an der Schule war, das nicht vorwärtskam. Elke und die Lehrerinnen waren ausgesprochen geschickt darin gewesen, diese Illusion aufrechtzuerhalten und den Schwarzen Peter weiterzureichen: Wenn ein Kind nichts lernte, dann war es eben »einfach noch nicht so weit«. Man müsse Geduld haben und ruhig bleiben, dann werde es sich die fehlenden Fähigkeiten zu gegebener Zeit schon von selbst aneignen. Diesen Köder hatten sie alle bereitwillig geschluckt, und – weil es ja doch irgendwie peinlich war, dass ausgerechnet der eigene Sohn/die eigene Tochter zu den Noch-nicht-so-Weiten gehörte, und man das lieber für sich behielt – mit niemandem darüber gesprochen.

Es war ein Kaiser-ohne-Kleider-Moment. Überall am Tisch beklagten sich jetzt Eltern darüber, was alles schiefgelaufen war an Elkes »kleiner, feiner Schule«. Eine Mutter mit beunruhigend tiefem Dekolleté, die Claire gegenübersaß, regte sich über den Lehrer für Natur und Technik auf, der den Kindern beigebracht hatte, dass Essen aus der Mikrowelle giftig war und dass Wasser ein Gedächtnis hatte. Zwei der Lehrerinnen hatten ihr zweites Staatsexamen endgültig nicht bestanden, eine andere war in Wirklichkeit nicht Lehrerin, sondern Erzieherin, ein Junge hatte sich bei einem Sturz aus dem Baumhaus den Arm gebrochen, und an der ganzen Schule gab es niemanden, der eine abgeschlossene Montessori-Ausbildung hatte. Außerdem hatte es fast jede Woche Läusealarm gegeben.

Claire brachte kaum ein Wort heraus, so sehr schämte sie sich für ihre Naivität und Vertrauensseligkeit. Wenn alle, die Elke vertraut hatten, von ihr manipuliert worden waren, dann hieß das nichts anderes, als dass die Person, die ihr am meisten vertraut hatte, sich auch am bereitwilligsten von ihr hatte manipulieren lassen. Demnach hatte sie, Claire, deutlich mehr Grund, sich zu schämen, als alle anderen am Tisch.

Blieb die Frage nach den Ursachen. Die Kinder hatten nichts gelernt, aber warum? Warum gab es so viele Drittklässler, die nicht lesen konnten, warum hatten die Kinder, die in den vergangenen Jahren aus der Schule genommen worden waren, in der Regelschule fast alle eine Klasse wiederholen müssen, warum war den Kindern reihenweise Legasthenie attestiert worden, warum gab es Kinder, die schon in der Zweiten mehrmals in der Woche Nachhilfe bekommen hatten, warum hatte eine (an diesem Abend abwesende) Familie für ihre Tochter sogar eine Privatlehrerin engagiert? (Claire kannte die Familie, von der die Rede war; die Mutter hatte ihr gegenüber nie ein Sterbenswörtchen von der Privatlehrerin verlauten lassen, sondern sich immer voller Begeisterung über die Schule geäußert, und auf die Montessoripädagogik wollte sie überhaupt nichts kommen lassen.)

Stimmte etwas nicht mit der Grundidee, oder war sie nur schlecht ausgeführt worden?

Sofort bildeten sich am Tisch zwei Lager. Die einen glaubten, dass es an der Schule zu wenig Freiheit gegeben hatte. Die Montessori-Idee war gut, die Schule hatte aber nie richtig Ernst damit gemacht, sondern dem Druck überehrgeiziger Eltern nachgegeben und dadurch ihre hohen Ideale verraten.

»Wochenpläne, wenn ich das schon höre!«, brummte der Landschaftsarchitekt, der ein Urgestein der Schule und schon seit Gründungstagen mit dabei war. Nach seiner und der Ansicht einiger anderer hätte man überhaupt nicht in die Arbeit der Kinder eingreifen dürfen; dadurch, dass es immer wieder Versuche gegeben hatte, den Kindern vorzuschreiben, was sie zu tun und zu lassen hatten, hätten diese ganz einfach die Lust am Lernen verloren.

Andere glaubten das Gegenteil, nämlich, dass den Kindern zu viel Freiheit gelassen worden war. Die Montessori-Idee klang zwar ganz nett, war aber nicht mit der menschlichen Natur vereinbar. In Wirklichkeit ging es eben doch nicht ohne Druck, und deshalb hätte man an der Schule die Daumenschrauben fester anziehen müssen. Man hätte nicht nur Wochenpläne einführen, sondern diese auch verpflichtend machen und ihre Durchführung kontrollieren müssen, doch dazu hatte man sich, aus rein ideologischen Gründen, leider nie durchringen können.

Oder vielleicht hatte das Hauptproblem ja auch darin bestanden, überlegte Claire trübsinnig und goss sich den letzten Tropfen Limonade aus ihrem Glas in den Mund, dass an der Schule offenbar jahrelang der immer gleiche

Kampf zwischen diesen beiden Flügeln ausgefochten worden war, und dass in diesen Selbstfindungsprozess so viel Energie geflossen war, dass nicht mehr besonders viel davon für die Kinder und den Unterricht übrig geblieben war. Vielleicht hätte »es« funktioniert, wenn eine der beiden Gruppen es geschafft hätte, sich dauerhaft durchzusetzen. Doch so weit war es nie gekommen. Unter Eltern, Lehrern und Vorstandsmitgliedern hatten sich jedes Jahr miteinander verfeindete Gruppen und Grüppchen herausgebildet, deren Mitglieder einander auf den Schulfluren schon bald nicht mehr grüßten. (»Ich sage nur: Wenn Blicke töten könnten!«) Unzufriedene Eltern speisten provokant formulierte offene Briefe in den allgemeinen Mailverteiler ein, und die daraufhin einberufenen Elternabende verliefen chaotisch und endeten im Eklat. Die Schulleitung wechselte jährlich, und auch sonst herrschte im Kollegium ein reges Kommen und Gehen. Die einen kündigten, weil sie durch die permanenten Einmischungen von Eltern- und Vorstandsseite ihre »pädagogische Freiheit« bedroht sahen, andere mussten wegen »inhaltlicher Differenzen« oder wegen erwiesener Unfähigkeit gehen. Sobald durchsickerte, dass die Schule schon wieder ohne Schulleitung und ohne Lehrkräfte für das kommende Jahr dastand, brach unter den Eltern Panik aus. Es wurde gekündigt, was das Zeug hielt, und das war meistens der Zeitpunkt, an dem eine schon seit Längerem im Geheimen tagende Elterngruppe bekannt gab, nunmehr eine eigene, *richtige* Montessorischule gründen zu wollen (von der man dann später nie mehr etwas hörte). Von Jahr zu Jahr wurde der Schuldenberg des Trägervereins höher, während Elke und der Vorstand auf Infoveranstaltungen und in Zeitungsinterviews einer wohlwollenden und interessierten Öffentlichkeit weiterhin das Bild eines pädagogischen Paradieses auf Erden vorgaukelten, und dann hatte im Oktober der

Hauptsponsor der Schule – ein reicher Unternehmer, der aus irgendeinem Grund »Matratzenkönig« genannt wurde – nach langen Querelen seine finanzielle Unterstützung eingestellt, weil sein Sohn (der sogenannte Matratzenprinz) die Aufnahmeprüfung fürs Gymnasium nicht bestanden hatte.

Das war das Aus gewesen; der Trägerverein war zahlungsunfähig. Wie sollte, wie konnte es weitergehen?

Auch in dieser Hinsicht gingen die Meinungen auseinander. Die einen winkten müde ab: Sie hatten die Nase voll von pädagogischen Experimenten und kein Interesse daran, sich an eventuellen Rettungsmaßnahmen zu beteiligen. Andere – vor allem diejenigen, die für ihre Kinder aufgrund von deren Besonderheiten einfach keine Alternative sahen – beharrten darauf, dass es weitergehen würde, weil es weitergehen *musste*. (»Die Jasmin, die hat doch … nirgendwo sonst eine … Chance.«) Eine Mutter schlug vor, sich an die Presse zu wenden, eine andere, einen Spendenaufruf im Internet zu veröffentlichen. Als die Frage aufkam, ob und in welchem Umfang man bei den Rettungsbemühungen auf die Hilfe Elkes und des Vorstands zurückgreifen sollte, flammte ein Streit zwischen denen auf, die Elke keinen Millimeter mehr über den Weg trauten, und denen, die glaubten, dass es ausgesprochen dumm wäre, auf ihre unbestreitbare Expertise zu verzichten. Irgendwann erhoben sich die Desillusionierten, die sich in der Zwischenzeit über Schulalternativen ausgetauscht und Absprachen zur wechselseitigen Kinderbetreuung getroffen hatten, mehr oder weniger geschlossen vom Tisch und verabschiedeten sich ironisch lächelnd von den Streitenden, und Claire, die rasende Kopfschmerzen hatte, nutzte die Gelegenheit und brach ebenfalls nach Hause auf.

28

Claire und Niko hatten sich in die Küche zurückgezogen, um einen Plan zu machen. Sie hatten die Kinder eindringlich gebeten, sie nicht zu stören, und die Tür zugemacht.

Vorsichtig stellte Niko zwei Tassen auf dem Küchentisch ab, die bis zum Rand mit frischem, heißem Darjeeling gefüllt waren, setzte sich und warf Claire einen besorgten Blick zu.

Man musste kein großer Psychologe sein, um zu sehen, dass sie ziemlich angeschlagen war. Sie saß auf einem Stuhl in der Ecke unter dem Fenster, in der verkrampften Haltung, die sie einnahm, wenn sie unter großem Druck stand, mit übereinandergeschlagenen Beinen, und knetete an ihrer Unterlippe herum. Ihr Stirnrunzeln war spektakulär, vor allem die senkrechte Falte zwischen ihren Augenbrauen.

Niko fasste noch einmal den Stand ihrer Überlegungen für sie zusammen. Es gab zwei Möglichkeiten: Entweder, es ergab sich, dass die Monteschule doch noch auf irgendeinem Weg gerettet und erhalten werden konnte – und das würde sich hoffentlich bald herausstellen, irgendwann im Laufe der nächsten Tage oder Wochen –, oder nicht. Im letzten Fall gab es wieder zwei Möglichkeiten: Raffi in seine alte Schule zurückschicken oder nicht.

Claire lehnte sich vor, griff nach ihrer Tasse und zog sie über die Tischplatte zu sich. Als sie ihre Hand von der Tasse fortnehmen wollte, blieb sie am Henkel hängen und hätte beinahe den Tee verschüttet. Sie musste sich zusammennehmen, und es kostete sie sehr viel Kraft, überhaupt zu begreifen, was Niko sagte. Beide waren sie vom vielen Reden und von zu wenig Schlaf erschöpft und verwirrt, und Claire hatte in dieser und in der vorherigen Nacht noch sehr viel weniger geschlafen als Niko und sehr viel mehr geredet (vor allem am Telefon mit anderen aufgeregten Ex-Montessori-Eltern) und fühlte sich völlig zerschlagen und der Verzweiflung nahe.

»Du würdest ihn am liebsten an Säcklein ausliefern!«, behauptete sie plötzlich, obwohl Niko nichts dergleichen gesagt hatte. Sie glaubte, seine Einstellung aus seinem Gesichtsausdruck, aus seiner steifen Körperhaltung und aus der Art, wie er seine Sätze betonte, herauslesen zu können.

»Nein, natürlich nicht! Es hat doch keinen Sinn, wenn wir uns jetzt verrückt machen. Wir müssen in Ruhe darüber nachdenken, was das Beste ist.« Vor Aufregung und Sorge war Nikos Hals lang und faltig geworden wie der einer Schildkröte. »Wie wahrscheinlich ist es denn, dass die Schule wieder aufmacht?«

»Keine Ahnung.«

»Gibt es schon irgendwas Konkretes? Irgendwelche konkreten Pläne, wie es weitergehen könnte? Hat Diana was am Telefon erzählt? Die hat doch so viele Kontakte.«

Die Tür ging auf, und Raffi steckte den Kopf in die Küche. »Haben wir einen Trekkingrucksack? Mit Trinksystemfach?« Er trug seinen dicken Daunenanorak aus dem vergangenen Winter, den er aus seinem Kleiderschrank gezogen haben musste, und sah darin ganz breit und eckig aus.

»Jetzt nicht!«, sagte Niko, drehte sich auf seinem Stuhl um und drückte gnadenlos die Tür von innen zu, wobei er darauf achtete, keine empfindlichen, kleinen Raffikörperteile einzuklemmen.

»Keine Ahnung«, wiederholte Claire traurig. Die Nachricht von der Schulschließung hatte eine Bresche in die Außenwand ihres Selbstbilds geschlagen, durch die ungehindert schädliches Gedankengut einströmen konnte. Vor allem quälte sie die Erkenntnis, dass *sie selbst* es gewesen war, die den Karren mit Raffi darauf dermaßen tief in den Dreck gefahren hatte, dass es fraglich war, ob sie ihn überhaupt noch einmal flottbekommen würden.

»Hm«, sagte Niko und schenkte Tee nach. Er war ebenfalls besorgt und aufgeregt, aber nicht so besorgt und aufgeregt wie Claire. Er sah Claire an, wie schlecht es ihr ging, und war mehr als bereit, ihr zu helfen, aus Besorgnis und Liebe und Mitgefühl. Er war auf Claire angewiesen wie auf ein Familienauto, mit dem man täglich in die Arbeit, zum Einkaufen und gelegentlich ins Grüne fährt, aber er liebte sie auch. Außerdem war er von Natur aus ein weichherziger, mitfühlender Mensch, der es nur schwer ertragen konnte, andere leiden zu sehen. Er liebte Raffi, und die Sorgen um seine Zukunft machten ihm das Herz schwer, doch er war überzeugt davon, dass er Raffi am besten helfen konnte, wenn er dafür sorgte, dass Claire wieder auf die Beine kam: Sie würde dann schon wissen, was zu tun war, und die richtigen Entscheidungen für sie treffen.

»Gut«, sagte er betont herzhaft und munter, »dann überlegen wir doch mal! Ganz ruhig, eins nach dem anderen. Was würde passieren, wenn –«

»Kann jemand mit mir in den Keller kommen?«, fragte Raffi durch die geschlossene Küchentür hindurch. »Zufällig bin ich auf der Suche nach einem Trekkingrucksack.«

Niko runzelte die Stirn und öffnete die Tür, indem er mit der rechten Hand über die Schulter nach hinten griff. Zu seinem Anorak trug Raffi jetzt noch einen australischen Lederschlapphut.

»Wir haben keinen Trekkingrucksack.«

»Ich will aber Trapper werden, jetzt, wo ich nicht mehr in die Schule muss. Ich brauche einen Rucksack mit Trinksystemfach!«

»Wir haben aber keinen! Raffi! Raffi, Raffi, Raffi, sei doch mal still! Hör auf zu reden! *Raffi!* Erinnerst du dich, um was wir euch vorhin gebeten haben? Mama und ich, wir müssen hier was Wichtiges besprechen.«

»Kannst du trotzdem mit in den Keller kommen?«

»Nein, kann ich nicht. Wie gesagt, wir wollen hier was besprechen. In *Ruhe!*«

»Kann dann vielleicht Mama mitkommen?«

»Nein.«

»Mama, kommst du mit mir in den Keller? Bitte! Ich *weiß,* dass wir keinen Trekkingrucksack mit Trinksystemfach haben, das weiß ich«, bemühte Raffi sich tapfer, seinen Realitätssinn und seine uneingeschränkte Kooperationsbereitschaft unter Beweis zu stellen, um Claire dadurch vielleicht doch noch auf seine Seite zu ziehen, »aber vielleicht finden wir ja trotzdem einen! Ich will jetzt endlich Trapper werden, weil ich nicht mehr in die Schule muss.«

Sein Lächeln unter der breiten Schlapphutkrempe war bis zum Rand mit irrwitziger Hoffnung gefüllt. Nichts interessierte ihn weniger, nichts ging ihn weniger an als das langweilige Thema der langweiligen Erwachsenenunterredung hier in der Küche. Er war seit drei Tagen nicht mehr in der Schule gewesen; Schule existierte nicht mehr für ihn. Er betrachtete das Kapitel als abgeschlossen, und Claire hatte es bisher nicht übers Herz gebracht, ihn über seinen Irrtum aufzuklären; außerdem hätte die Aufgabe Zeit und Nerven erfordert, die sie im Moment nicht erübrigen konnte. Sie mussten das Problem von Raffis galoppierendem Realitätsverlust zu einem späteren Zeitpunkt angehen.

»Bitte? Bittebitte*bitte?*«

»Nein.«

»Ich will wenigstens mal nachschauen!«

»Nein.«

»Bitte!«

»Nein!«

»Ich will aber, dass alles so ist, wie *ich will!*« (In einen Heulton übergehend, bei den letzten beiden Worten mit dem Fuß aufstampfend.) Niko fasste wieder hinter sich, drückte die Tür zu und ließ das Schloss einschnappen. Das Heulen und Stampfen schwoll zuerst an und entfernte sich dann.

»Hm.« Niko stellte fest, dass der kurze Dialog mit Raffi seinen Arbeitsspeicher vollständig geleert hatte. Über was hatten sie gerade eben noch gesprochen?

»Ich hätte alles anders machen müssen«, jammerte Claire unvermittelt los und wiegte den Oberkörper vor und zurück. »Völlig anders! Das ist alles *meine* Schuld!«

Am besten wäre es gewesen, wenn sie sich überhaupt nicht eingemischt hätte. Das wusste sie jetzt, sah es mit unheimlicher Klarheit vor sich. Dann wäre alles gelaufen wie bei anderen Kindern auch! Wie bei normalen Kindern, mit normalen Müttern! (Mütter, die nicht blind waren vor Einbildung, Mütter, die nicht vor lauter Stolz auf ihre und die Intelligenz ihrer Kinder an nichts anderes mehr denken konnten.) Sie fiel noch etwas mehr in sich zusammen und versenkte sich in quälende Vorstellungsbilder von Raffi als problemlosem Musterschüler: Raffi mit dem Schulranzen auf dem Rücken, wie er sich morgens beim Abschied glücklich nach ihr umdrehte; Raffi in der kerzengeraden Haltung eines Klassenprimus, wie er sich voller Eifer auf eine Frage der Lehrerin meldete; Raffi, wie er seinen freien Nachmittag genoss, nachdem er seine Hausaufgaben fehlerfrei und in Rekordzeit erledigt hatte. Und diese Bilder kamen ihr nicht als das vor, was sie waren – unrealistische Hirngespinste –, sondern wie etwas sehr Naheliegendes, etwas, was nur durch ihr schädliches, überflüssiges und *dummes* Eingreifen verhindert worden war. Immer hatte sie die anderen für Dummköpfe gehalten, in Wirklichkeit war *sie* der Dummkopf. Sie dachte an ihren letzten Streit mit Säcklein und an die ganze lange Reihe ihrer peinlichen Auftritte in der Säckleinschule und an ihr peinliches, selbstzufriedenes Vertrauen in Elke und die Monteleute zurück. Immer hatte sie falschgelegen, nie hatte sie auch nur das Geringste für Raffi erreicht, jedes Mal hatte sie die Lage für ihn nur noch schlimmer gemacht! Wenn sie sich bloß nicht eingemischt hätte! Und dabei hatte sie es immer nur gut gemeint. Sie hatte immer nach bestem Wissen und Gewissen gehandelt. Sie hätte gar nicht anders handeln können, als sie gehandelt hatte. Oder etwa doch?

»Ich bin an allem schuld!«

»Nein, du bist nicht schuld«, Niko bemühte sich, seiner Stimme einen besänftigenden Klang zu geben, »und außerdem: Selbst wenn! Selbst wenn du schuld wärst – das spielt doch jetzt überhaupt keine Rolle mehr. Wir können sowieso nichts mehr ändern, wir müssen eine Lösung für die Zukunft finden.«

»Siehst du, siehst du, siehst du? Du denkst also *auch*, dass es meine Schuld war.«

»Nein!«, protestierte Niko, fühlte aber gleichzeitig, dass Claire nicht so unrecht hatte, wie er sie durch seinen Protest glauben machen wollte. In den tiefsten Tiefen seines Herzens hielt er es für denkbar, dass Claire an der Entwicklung wenn nicht schuldig, so doch auch nicht ganz unschuldig war. »Aber Claire, Claire, das ist doch ganz egal jetzt, wir müssen –«

»*Mir* ist das aber nicht egal! Du hast gesagt, ›wenn du schuld wärst‹. Das bedeutet, dass du glaubst, dass ich schuld bin.«

»Nein, so war das nicht gemeint, wirklich nicht!«

»Doch, genau so war das gemeint! Warum gibst du es

nicht einfach zu?« Claire wusste selbst, dass ihr Verhalten destruktiv und kindisch war, schaffte es aber nicht, damit aufzuhören.

Mit einem Knall flog die Küchentür auf. »Kann ich was zu essen?« Cordelia.

»Nein.«

»Warum nicht?«

»Leidest du unter Gedächtnisschwund? Weißt du noch, um was wir euch vor fünf Minuten gebeten haben?«

»Ich habe aber Hunger.«

»Nicht! Jetzt!«

»Wollt ihr mich verhungern lassen?«

»Bist du taub? Ich hab ›Nicht jetzt‹ gesagt.«

»*Einen* Joghurt!«

»Nein.«

»Kann ich den Joghurt dann wenigstens mit in mein Zimmer nehmen?«

»Herrgott noch mal, Cordelia! *Nein!*«

»Warum nicht?«

»Weil …« Beinahe wäre Niko in das ausgelegte Fangeisen getreten; gerade noch rechtzeitig zog er den Fuß zurück: »Raus mit dir! Und zwar ein bisschen plötzlich, Mama und ich müssen was besprechen.«

»Warum macht ihr eigentlich kein Homeschooling? Das wäre doch am praktischsten!« Cordelia schien fest entschlossen zu sein, ihren Platz zu behaupten und sich nicht aus der Küche vertreiben zu lassen.

»Danke, Cordelinchen, aber das hilft uns gerade absolut nicht weiter.«

»Warum nicht? Warum können wir kein Homeschooling machen? Dann müssten wir auch nicht immer so scheiße früh aufstehen.«

»Ja genau! Ich will Homeschooling machen und zu Hause bleiben!«, rief Raffi begeistert und kam in die Küche geschossen. Er hatte ein Beil und verschiedene andere Gerätschaften (ein paar Plastikhandschellen, eine Wasserwaage) an seinem Gürtel befestigt.

»Weil das in Deutschland nicht erlaubt ist.«

»Und warum? Warum nicht? Warum ist das in Deutschland nicht erlaubt? In den USA ist es doch auch erlaubt, warum ist es hier nicht erlaubt?«, steigerte sich Cordelia immer mehr in ihre Rolle der unerschrockenen Bürgerrechtlerin hinein. »Ich kenne sogar Kinder, die Homeschooling machen! Josie macht Homeschooling! Dann muss es hier doch auch erlaubt sein!«

»Das ist nicht hilfreich, Cordelinchen, wirklich …«

»Aber die können uns das doch nicht einfach verbieten. Wenn wir das *wollen?*«

»Bitte geht jetzt in eure Zimmer.«

»Ja, klar!«, rief Cordelia. »Immer wenn *ich* was sage, tut ihr so, als ob ich voll bescheuert wäre, aber wenn *ihr* was sagt, dann ist es natürlich immer richtig! Als ob *ihr* so viel wüsstet. In Wirklichkeit wisst ihr auch nicht mehr!«

»Raus jetzt!«

»Wisst ihr eigentlich, wie bescheuert ihr seid?«

Niko scheuchte Cordelia und Raffi mit einem Handwedeln aus der Küche und schloss die Tür.

»Vielleicht sollten wir ihn einfach noch ein paar Tage daheim behalten und abwarten, was passiert«, sagte er schnell, bevor irgendeine neue Störung den Gedanken wieder aus seinem Kopf vertreiben konnte. »Vielleicht klappt es ja noch mit der Monteschule, vielleicht fällt diesen Leuten noch was ein, und dann –«

»Ja, vielleicht«, antwortete Claire so schwach und traurig und hoffnungslos, dass Niko erschrak.

»Vielleicht regen wir uns ganz umsonst auf.«

»Ja, vielleicht.«

»Du hast doch erzählt, dass so was schon öfter passiert

ist. Die Schule war doch schon ein paar Mal fast pleite, und jedes Mal ist es gut ausgegangen.«

»Ja, vielleicht.«

»Was hat Diana denn genau gesagt? Was sind das für Leute, die die Schule wieder aufmachen wollen? Kennen wir die?«

»Die wollen jetzt erst mal dafür sorgen, dass der Unterricht provisorisch weitergeführt wird. Anscheinend haben sie auch schon was mit dem Vermieter ausgehandelt ... Ach, ich weiß auch nicht. Ich hab Angst, dass Säcklein uns irgendwie dazu zwingen kann, Raffi zu ihm zu schicken. Ich hab Angst, dass er plötzlich, ich weiß nicht – dass er plötzlich hier auftaucht, oder ...« Claire hatte wieder damit angefangen, hektisch an ihrer Ober- und Unterlippe herumzukneten und zu -falten.

»Wer? Säcklein? Das ist doch Unsinn, Claire. Erstens weiß er gar nicht, dass die Schule zu ist, und zweitens, selbst wenn er es wüsste –«

»Und wenn du mit ihm wegfährst?«

»Mit wem?«

»Mit Raffi. Du könntest mit ihm nach Italien fahren. Nur für ein paar Tage, bis sich hier alles geklärt hat. Bis ich eine andere Schule für ihn gefunden habe.«

»Ist das dein Ernst jetzt?«

»Ich weiß nicht, ich – keine Ahnung ... Ich bin schon ganz durcheinander.«

»Ich glaube, man *braucht* in Wirklichkeit gar kein Trinksystemfach. Ich glaube, man kann auch einen ganz normalen Rucksack nehmen«, sagte Raffi unmittelbar neben Nikos Ohr, »wenn er eine Eispickelhalterung hat. Können wir jetzt losfahren?«

»Was, warum losfahren?« Niko starrte Raffi entgeistert an. »Wohin?«

»In den Wald! Zum Campen!«

»Was? Raffi, bitte, wir –«

»Ich will Outdoor-Survival machen! Im Wald! Ich kann doch jetzt im Wald leben, weil ich nicht mehr in die Schule muss.«

»Was kann ich essen?« Cordelia kam lässig in die Küche geschlendert und sah sich um; Niko beachtete sie nicht. Seine geistigen und nervlichen Kapazitäten waren beschränkt, und er musste eine Art Aufmerksamkeitstriage praktizieren.

»Wir können jetzt nicht in den Wald fahren, Raffi. Das geht nicht.«

»Hallo? Papa? Ich hab dich gerade was gefragt!«

Raffis Stimme wechselte ins nächsthöhere Register, das gleichzeitig auch das nächstlautere war. »Das ist gemein! Ich hab extra schon meinen Rucksack gepackt. Wegen dir hab ich meinen Rucksack ganz umsonst gepackt!«

»Wegen mir?« Niko fühlte sich schwindlig; er hätte sich gerne von einer unparteiischen Instanz bestätigen lassen, dass Raffis Vorwurf absurd war, genauso wie sein Plan, im Wald zu leben, doch Claire hatte den Kopf in die Handflächen gestützt, die Augen geschlossen und hielt sich mit den Fingern beider Hände die Ohren zu.

»Weißt du eigentlich, dass es voll unhöflich ist, wenn man auf eine Frage einfach nicht antwortet?«

»Ja, wegen dir! Nur wegen dir! Und jetzt fahren wir in den Wald, du Arsch!«

»Nein, Cordelia, was soll das! Finger weg von der Süßigkeitenschublade! Raffi, das geht heute einfach nicht, tut mir leid. Und ich will nicht, dass du ›Arsch‹ zu mir sagst. Außerdem regnet es draußen, und … wir haben nicht mal ein Zelt! Wie sollen wir ohne Zelt campen?«, versuchte er es mit einer Dosis Vernunft – einem Medikament, auf das Raffi noch nie besonders gut angesprochen hatte – und sah sich wieder Hilfe suchend nach Claire um.

»Das ist gemein! Das hättest du mir ja auch früher sagen können! Bevor ich mir die ganze Mühe mache und meinen Rucksack packe!« Jeder gejaulte Satz bekam ein Ausrufezeichen in Gestalt eines wütenden Aufstampfens. »Du hast gesagt, dass ich Outdoor-Survival machen kann! Doch, das hast du! Das hast du mir gestern versprochen, dass wir heute in den Wald fahren und Campen und Outdoor-Survival machen, und jetzt sagst du wieder morgen und immer so weiter! Das ist total gemein! Gerade jetzt, wo ich endlich auch mal Trapper werden könnte! Wenn ich mich *einmal* auf was freue, dann kommst du und musst es verbieten! Immer!« Das Tränenglitzern in Raffis Augen verriet, dass er die Zone der Ansprechbarkeit längst verlassen hatte: Er war in einen Brunnen gefallen und im Reich einer bösen Hexe gelandet, die seine Gedanken dazu zwang, krumme, verhexte Wege zu nehmen, Wege, die ihn von der Wirklichkeit und dem, was tatsächlich war, weg- und in einen Sumpf aus frei erfundenem Unsinn führten.

»Raffi, hör mir mal bitte zu«, versuchte es Niko trotzdem. Er ging vor Raffi in die Hocke, fasste ihn mit beiden Händen an den Schultern und versuchte, ihm in die Augen zu sehen. »Mama und ich müssen zusammen eine wichtige Entscheidung treffen. Es ist sehr wichtig, dass wir in Ruhe darüber – Cordelia, mach den Kühlschrank zu!«

»Du isst doch auch immer Schokolade in deinem Arbeitszimmer! Der Mülleimer in deinem Arbeitszimmer ist voller Schokopapier. Du denkst wohl, dass wir das nicht merken?«

»Raffi. Es geht darum, dass wir nicht wissen, wo du in Zukunft zur Schule gehen wirst. Verstehst du das? Wir müssen genau überlegen, was das Beste für dich ist. Und deshalb brauchen wir etwas Ruhe. Bitte geh wieder in dein Zimmer zurück. Cordelia, du auch. Bitte!«

»Pech für dich!«, brüllte Raffi. »Dein Pech! Ich geh sowieso nie mehr in die Schule!«

»Warum darfst du essen, was du willst, und wir nicht?«

»Wenn du mit mir in den Wald gefahren wärst, hätte ich dir vielleicht auch einen Gefallen getan. Aber du wolltest ja nicht!«

»Raffi, versuch doch bitte, zu verstehen, dass –«

»Nein! Pech gehabt! Dann tu ich dir eben auch nie mehr einen Gefallen. Du tust mir ja auch keinen Gefallen! Pech für dich, du Arsch!« Vor lauter Hilflosigkeit und Schwäche musste Niko lachen. Wieder sah er zu Claire hinüber, die den Kopf auf die Tischplatte gelegt hatte und sich die Ohren noch fester zuhielt, und versuchte gleichzeitig, Raffi aus der Küche zu schieben; Raffi hielt mit seiner ganzen Kraft dagegen und wiederholte dabei immer wieder sein »Dein Pech! Dein Pech! Pech für dich, du Scheißarsch! Ich geh überhaupt nie mehr in die Schule!«.

Als das Telefon zu klingeln anfing, konnte sich Claire nicht mehr daran erinnern, wo sie es nach dem letzten Telefonat mit Diana hingelegt hatte. Es war nicht möglich, herauszufinden, woher das Klingeln kam. Die Ladestation im Flur produzierte ihren eigenen irreführenden Klingelton, der immer einen Sekundenbruchteil nach dem eigentlichen Telefonklingeln einsetzte, lauter und irgendwie voluminöser, als dieses war, und es überdeckte. Zusätzlich erschwert wurde die Suche dadurch, dass Raffi gar nicht daran dachte, still zu sein – »Pech gehabt, du tust mir ja auch nie einen Gefallen!« –, und dass Cordelia die wenigen, kurzen Pausen, die Raffi zum Luftholen brauchte, geschickt dazu ausnutzte, sie mit ihrer klangvollen Stimme darüber zu informieren, dass das Telefon klingelte.

»Dann mach ich eben Indoor-Survival! Wenn ihr so blöd seid!«

»Wollt ihr nicht mal ans Telefon gehen?«

»Still!«, zischte Niko, doch es war schon wieder zu spät.

Claire überprüfte, einer plötzlichen, irrationalen Eingebung folgend, das Gästeklo: Fehlanzeige. Unter fortdauerndem, quälend unlokalisierbarem Geklingel spurtete sie durchs Haus und stieß dabei fast mit Raffi zusammen, der die Treppe hochgetrampelt kam. Sie traf Niko in der Küche wieder. Das Klingeln hörte auf.

»Ja«, sagte Cordelia im ersten Stock, laut und überdeutlich artikulierend wie immer. »Ja? Nein? Okay?«

Niko sprang in vier Riesensätzen die Treppe hinauf und gab Cordelia mimisch und gestisch zu verstehen, dass er das Telefon haben wollte. Sie schüttelte den Kopf.

»W-E-R?«, wollte Niko lautlos wissen. Cordelia runzelte die Stirn und drehte sich von ihm weg.

Niko versuchte, nach dem Telefon zu greifen; blitzschnell wich Cordelia zur Seite aus und drehte sich mit dem Gesicht zur Wand, um sich von ihm abzuschirmen. Niko sah nur noch ihren Hinterkopf und ihren Rücken mit den sorgfältig darüber ausgebreiteten, schönen, welligen Haaren, die nach unten zu immer heller und goldener wurden und sich an den Enden kräuselten.

»Keine Ahnung?«, sagte Cordelia in den Hörer.

»Cordelia! Gib her!«, fauchte Niko.

Cordelia zuckte ungeduldig und abwehrend mit den Schultern, duckte sich überraschend und schlüpfte an ihm vorbei. Als sie auf einer Höhe mit ihm war, rempelte sie ihn überraschend brutal mit Schulter, Ellbogen und Hüfte an. Es sollte so aussehen, als ob sie sich nur in der Entfernung verschätzt hätte: ein Gewaltakt im Schafspelz eines Missgeschicks.

»Au!«, rief Niko vorwurfsvoll und rieb sich den Arm. Cordelia dachte nicht daran, sich zu entschuldigen. Sie fühlte sich im Recht: Nicht nur, dass sich wieder einmal alles um den kleinen Blödmann drehte, nicht nur, dass ihre Eltern sich inzwischen nicht einmal mehr die Mühe machten, ihre Fragen zu beantworten, nicht nur, dass ihr verboten wurde, zu essen, obwohl sie Hunger hatte, und dass sie gezwungen wurde, fremde Anrufe entgegenzunehmen, nein, man belästigte sie auch noch und stellte sich ihr absichtlich in den Weg und wollte sie nicht vorbeilassen.

»Her damit!« Plötzlich stand Claire vor ihr und streckte gebieterisch die Hand aus.

»Von Koppenstein?« Claire trug das Telefon an ihrem Ohr die Treppe hinunter ins Wohnzimmer.

»Was war denn das jetzt wieder für ein Scheiß?«, wollte Niko von Cordelia wissen. »Kannst du mir vielleicht verraten, was das sollte? Warum gibst du mir das Telefon nicht, wenn ich dich darum bitte?«

Cordelia zuckte mit den Schultern. »Ihr wolltet doch auf keinen Fall gestört werden.«

»Was?«

»Ihr wolltet nicht gestört werden! Weil ihr so was unglaublich ›Wichtiges‹ zu besprechen habt? So ›wichtig‹, dass man nicht mal mehr was essen darf?«

Niko atmete einmal tief ein und wieder aus. »Ehrlich Cordelia, manchmal … Wer war das überhaupt? War das Diana?«

»Keine Ahnung, irgend so ein Typ. Der hat voll komisch geredet. So schleimig irgendwie. Wua-wua-wua. Wie irgend so ein Schwein oder so. Haben wir Pfirsiche?«

»Cordelia!«

»Doch, echt. Der hat in echt so geredet!«

Kopfschüttelnd ging Niko nach unten. Claire hatte sich mit dem Telefon ins Wohnzimmer zurückgezogen und umrundete immer wieder den langen Esstisch. Niko konnte ihrer verzerrten und fragmentierten Silhouette durch den geriffelten Glaseinsatz der Wohnzimmertür dabei zusehen. Ein paar Sekunden lang lauschte er und versuchte zu erraten, wer der Anrufer war, dann gab er auf.

Als Claire in die Küche zurückkam, war sie rot im Gesicht, und ihr Hals war bis in den V-Ausschnitt ihres Pullovers hinein mit großen roten Flecken überzogen. Bei dem Versuch, wieder an ihren Platz am Küchentisch zu gelangen, verschätzte sie sich in den Entfernungen und rammte ihren Oberschenkel versehentlich gegen die Tischkante, so fest, dass der Tisch um ein paar Zentimeter verrutschte, doch wie ein Schlafwandler setzte sie ihren Weg ohne einen Laut der Klage oder des Schmerzes fort und ließ sich auf ihrem Stuhl nieder.

»Das war Säcklein.«

Dr. Säcklein wusste, dass Raffis Schule zugemacht hatte. Er wusste es schon seit Dienstag. Am Dienstagmorgen war eine Ex-Montessori-Mama bei ihm gewesen, um ihren Sohn bei ihm anzumelden. Diese Mama war ziemlich sauer auf die Montessorileute gewesen, die sie von einem Tag auf den anderen vor ein gewaltiges Betreuungsproblem gestellt hatten, und hatte ihm anscheinend bereitwillig ihr Herz ausgeschüttet. Seitdem hatte Dr. Säcklein darauf gewartet, dass die von Koppensteins bei ihm vorstellig werden würden, und jetzt war er mit seiner Geduld am Ende. Als Schulleiter war er verpflichtet, tätig zu werden, um die Einhaltung der Schulpflicht sicherzustellen. Er erwartete, dass Raffi spätestens am nächsten Tag bei ihm in der Schule erschien.

»Und was passiert, wenn wir ihn trotzdem daheim behalten?«, fragte Niko, doch Claire war noch viel zu mitgenommen von der Auseinandersetzung, um auf seine Frage einzugehen. »Der hat mir gar nicht zugehört, das hat den alles überhaupt nicht interessiert, was ich sage. Ich glaube, ich weiß, wer diese Mami war. Ich glaube, das war Irene.«

»Wer ist Irene?«

»Die immer so tiefe Ausschnitte hat. Ihr Sohn heißt Aaron, das ist so ein Kleiner, Dicker.«

»Haben wir Canyonpfeffer?« Raffi kam fröhlich in die Küche gesprungen wie ein Lämmchen, das sich auf einer grünen Wiese im Sonnenschein seines Lebens freut. Er trug auf dem Kopf eine erstaunlich fachmännisch gebundene Beduinenkopfbedeckung, die er aus einem ausgemusterten Schal von Claire fabriziert hatte.

»Cayennepfeffer«, korrigierte Claire automatisch, »nein, haben wir nicht, und jetzt raus.«

»Hast du ihm gesagt, dass wir erst noch die weitere Entwicklung abwarten wollen? Das muss er doch begreifen, dass es Blödsinn ist, wenn ein Kind dann nach ein paar Tagen ohnehin wieder wechseln muss.«

»Haben wir Canyonpfeffer? Haben wir Mehl? Haben wir Kaffeebohnen? Haben wir Speck?«, las Raffi mit leuchtenden Augen aus einem Buch vor, das er aufgeschlagen in der Hand hielt. »Ich will mir mein eigenes Survivalkit zusammenstellen.«

»Hast du ihm das gesagt?«, beharrte Niko. »Dass das letzte Wort noch gar nicht gesprochen ist? Dass die Monteschule vielleicht wieder –«

»Ja, natürlich hab ich ihm das gesagt. Natürlich hab ich ihm gesagt, dass wir noch abwarten wollen. Er meint, das sei vom Gesetz nicht vorgesehen. Was machen wir, wenn er hier auftaucht? Hier, vor unserer Haustür, und verlangt, dass wir Raffi –«

»Säcklein? Nein … Quatsch, das macht der nicht. Wir müssen noch mal mit ihm reden.«

»Mit dem Menschen *kann* man nicht reden!«

»Canyonpfeffer wertet die ewig gleiche Ration Wildbret geschmacklich auf«, las Raffi mit lauter Stimme aus seinem Buch vor. »Beim Speck sollte man ruhig wählerisch sein und bei einem Schlachter nur unverpackte Ware kaufen.«

»Und wenn er uns die Polizei auf den Hals hetzt? Wenn die Raffi mit Gewalt von hier abholen?«

»Das geht doch überhaupt nicht.«

»Und wenn doch? In der Zeitung war ein Bericht darüber. Über Kinder, die von der Polizei abgeholt worden sind. Die sind von der Polizei mit Gewalt in die Schule gebracht worden, im Polizeiauto!«

»Das war sicher ein ganz anderer Fall, das ist doch überhaupt nicht vergleichbar.«

»Kannst du nicht doch mit ihm wegfahren? Dann können sie nicht – ich meine, wenn es wirklich *konkrete* Aussichten gibt, dass die Monteschule –, dann lohnt es sich vielleicht, abzuwarten, oder ich bemühe mich noch mal, eine andere Schule zu finden, aber wenn wir ihn einfach nur zu Hause lassen, dann – die haben ja unsere Adresse!«

»Ich soll mit Raffi wegfahren, damit er nicht von der Polizei abgeholt wird?«

»Die Meier hat uns schon mal mit der Polizei gedroht, weißt du das nicht mehr?«

»Doch, aber –«

»Ich will später mal im Yellowstone-Nationalpark leben«, informierte sie Raffi.

»Kann ich *jetzt* vielleicht Joghurt?«, fragte Cordelia.

»Als Waldläufer.«

»Weißt du, was ich einfach nicht verstehe?« Claire hob den Kopf und sah Niko von ihrem Platz am Küchentisch aus trübselig an. »Wie es so weit kommen konnte. Das kapier ich einfach nicht. Wir machen doch immer alles richtig! Wie konnte uns das passieren?«

29

Auch gute Nacht! ☺ Und mach dir bitte keine Sorgen, wenn du morgen nicht gleich was von uns hörst, das mit dem Kabel kann ein bisschen dauern. Wir müssen uns erstmal orientieren, und mein Italienisch ist nicht das Beste!

Nein, leider nicht. Ich hab zwar mit Diana telefoniert, die wusste aber auch nichts. Hat mir aber ein paar Links zu »wahnsinnig interessanten« Zeitungsartikeln geschickt. ☺ Petra (die mit dem rosa Schal) war am Telefon nicht zu erreichen, hab ihr jetzt mal eine Mail geschrieben ... Übers Wochenende wird sich wohl nicht viel tun, aber am Montag fang ich gleich wieder mit dem Rumtelefonieren an! Ich gehe denen vom Ministerium einfach so lange auf die Nerven, bis ihnen nichts anderes übrig bleibt, als uns zu helfen. 😆 Muss jetzt Schluss machen, weil spät ... Gute Nacht, C

Ganz vergessen: Noch nix Neues von der Schule, oder? Niko

O nein!!!! Was für ein Riesenmist!!!! Auf den Fotos sahen die Zimmer doch eigentlich ganz annehmbar aus ...???!!!

Wg. Ladekabel: Hab gestern beim Packen sogar noch kurz daran gedacht, aber dann hab ich es wieder vergessen. Dürfte aber kein Problem sein, so was in Italien zu kriegen, oder?

Dass du dich beschissen fühlst, ist überhaupt kein Wunder, nach dem Höllentrip, den ihr hinter euch habt. ABER: Das heißt nicht, dass es falsch war, dass ihr gefahren seid! Ich bin heilfroh, dass R erstmal aus der Schusslinie ist. Und es sind ja auch nur ein paar Tage, bis sich die Lage hier geklärt hat … DANKE, dass du das für uns machst!

Kisses, Claire

PS: Jetzt hab ich einen Ohrwurm von dem Reinhard-Mey-Lied. ☺

Mein liebstes Clairchen,
der Typ an der Rezeption ist irgendwie unheimlich, deshalb war ich grade eben so kurz angebunden. Hier im Zimmer ist aber zum Glück Wlan d.h. ich kann mit dem Notebook ins Netz.

Leider ist das Hotel ein Griff ins Klo. Müssen uns morgen gleich auf die Suche nach was Neuem machen. Total dreckig (im Bett war ein Haar!), und die anderen Leute hier sind auch ziemlich naja. Vorhin hat jemand an der Tür gerüttelt und was auf Italienisch geschrien, GsD war abgeschlossen, aber R hat natürlich trotzdem Angst gekriegt.

R schläft schon, der aber auch total erledigt von der Fahrt. Das mit dem Bahnstreik war saublöd. Die haben uns einfach ohne Ankündigung aus dem Zug geschmissen, irgendwo in der Pampa, und dann sind wir ewig da rumgesessen. Saukalt + Regen + dunkel + alles auf Italienisch!

Hatte schon Panik, dass wir in dem Bushäuschen übernachten müssen. Mit dem Bus ist es dann aber total schnell gegangen. Das war nur noch ein ganz kurzes Stück bis nach P, kA warum der Zug nicht einfach bis dahin fahren konnte. 😖

Abendessen: eine halbe Prinzenrolle (zu zweit). Jetzt knurrt mein Magen, und überhaupt fühl ich mich gerade so richtig besch... ☹ ☹ ☹ Ist das wirklich richtig, was wir hier machen? (Vielleicht ist doch des Denkers Plan so gut nicht wie er sagt?)

Richte C bitte ganz liebe Grüße aus + einen dicken, fetten Schmatzer von ihrem Papa! Hat sie noch irgendwas gesagt heute?

Niko

Naja, geht so. R hat ins Bett gemacht. Stumpelnase hat auch was abgekriegt. Weiß noch gar nicht, wie ich das dem Mafioso an der Rezeption erklären soll, hoffentlich kriegen wir keinen Ärger deswegen!

Ziehen jetzt mal los und besorgen uns ein vernünftiges Frühstück. Ich rufe dich an, sobald es geht! N.

Huhu Niko,
wie war die Nacht?
Hier ein paar Links zu Unterkünften, die ich auf die Schnelle gefunden habe:
(...)

Mein Favorit wäre das letzte, aber das zweite ist glaube ich auch ganz o. k. Es scheint auch ziemlich zentral zu liegen. Das ist vielleicht gut, weil ihr dann keine öffentlichen Verkehrsmittel braucht? Zum Einkaufen oder so.

Adresse der Tourist Information:
(...)

Hoffentlich findet Ihr schnell was!
Kisses, Claire

Freu mich schon, wenn wir morgen wieder skypen – sollen wir 17 Uhr sagen?

Wg. Raffi/Langweile: Ich geh noch mal in mich und lass mir was einfallen. Hörspiele aufs Handy? Damit wären dann immerhin schon mal ein paar Stunden abgedeckt.
Kisses, C.

Mein liebes Clairchen,
ja, ich hab leider immer noch kein Kabel. ☹ Heute ist ja Sonntag (hatte ich ganz vergessen), da haben die Geschäfte zu.

Aber: Wir haben (durch Zufall) ein Zimmer gefunden und sind schon eingezogen. ☺ Etwas (viel) zu klein, aber ganz nett. Die Vermieterin heißt Signora Bottoni. Die vermietet wohl sonst an Sprachstudenten. Sie hat mir erzählt, dass in dem Hotel, in dem wir waren, viele Obdachlose untergebracht sind. Deshalb sahen unsere Zimmernachbarn so abgerissen aus! Leider kein Wlan in der Wohnung, aber ganz in der Nähe ist ein Café mit Hotspot. Da sitzen wir jetzt und lassen es uns gut gehen. ☺☺☺

Übrigens fühle ich mich schon wieder viel besser. Mein größtes Problem hier: wie Wie bespaße ich R? Er langweilt sich jetzt schon. Niemand da zum Spielen, Bücher ausgelesen und Fernsehen nur auf Italienisch. Eigentlich wollte ich hier ja arbeiten, aber das kann ich wohl vergessen. lhdl, Niko

> Niko, wo seid Ihr? Alles klar bei euch? Hab schon versucht, dich anzurufen, hat aber nicht geklappt. C.

Huhu Niko,
so was Blödes , hoffentlich ist die Verbindung morgen wieder besser. Du kannst aber Raffi von mir ausrichten, dass alle seine Smileys bei mir angekommen sind. Den Mann mit dem Bierbauch und den Gorilla mag ich am liebsten. 😃

Hast du die Rundmail von Petra gekriegt, die ich an dich weitergleitet habe? Klingt doch eigentlich ganz vielversprechend, oder? Leider geht das alles nicht so schnell, aber wenigstens sind sie an der Sache dran.

Der vom Ministerium, der mir versprochen hat, sich zu kümmern, hat sich nicht mehr gemeldet. Heute war er nicht erreichbar, angeblich bei einer Fortbildung. Gestern hab ich auch wieder damit angefangen, noch mal alle Privatschulen abzutelefonieren, leider bisher ohne Erfolg. Von Säcklein hab ich nichts mehr gehört.

Im Moment bleibt uns wohl nichts anderes übrig, als abzuwarten. ☹☹☹

Wie läuft es bei euch? Ich ärgere mich über mich selbst, weil ich Raffi nicht genügend Pullis mitgegeben habe. Notfalls musst du wärmere Kleider für ihn kaufen – evtl. auch feste Stiefel und Regenzeug?

C redet nicht mehr mit mir und sperrt sich den ganzen Tag über in ihrem Zimmer ein. Wahrscheinlich glaubt sie, dass ich schuld bin, dass du nicht hier sein kannst, und ist deswegen sauer auf mich.

Hoffentlich seid ihr bald wieder zurück – ohne euch ist es hier wirklich nicht sehr schön!

Claire

Was soll ich eigentlich deiner Mutter sagen, wenn sie hier anruft? Die Wahrheit oder tun wir so, als ob nichts wäre?

Wenn du Kleider kaufen willst, nimm bitte welche in Größe 146 (mindestens), dann kann er sie länger tragen.

Mein liebes Clairchen,
puh – jetzt bin ich aber erschrocken, als ich deine Mail gelesen habe! Gut, dass die Frau vom Jugendamt so nett war! Da ist Säcklein ja GsD an die Falsche geraten! Ich glaube, wenn man Pech hat, können die vom Jugendamt einem nämlich auch so richtig Ärger machen.

Wie findest du die Jacke, die wir gekauft haben? ☹ Gestern hatten wir ein übles Erlebnis auf dem Spielplatz. Da waren italienische Kinder, mit denen hätte R gern gespielt. Die haben aber total komisch auf ihn reagiert. Die sind so langsam auf ihn zugekommen und haben mit dem Finger auf ihn gezeigt und dabei laut gezischt. Das war richtig unheimlich! Als sie mich gesehen haben, sind sie weggelaufen. Ich will gar nicht wissen, was die gemacht hätten, wenn ich nicht dagewesen wäre. Raffi war total geschockt und will nie mehr auf diesen Spielplatz. ☹

Hab ich dir schon erzählt, dass mich in Assisi ein Dealer angesprochen hat? Ich glaube, ich hatte mich versehentlich auf die falsche Bank gesetzt. Der hat mir immer wieder die Hand geschüttelt, ich hab überhaupt nicht begriffen, was der von mir wollte.

Ich will nach Hauseeeee!!!! Wir ernähren uns hier praktisch nur von Mozzarella, und der hängt mir schon kilometerweit zum Hals raus! 😝 Niko

(Ich ruf dich so gegen 10 an, wenn R schläft.)

> Huhu Niko,
> ich wollte nicht, dass Raffi das mitkriegt, deshalb hab ich beim Skypen nichts gesagt: WIR HABEN EINEN ANRUF VOM JUGENDAMT GEKRIEGT!
> Die wissen ALLES über uns – an welchen Tagen Raffi gefehlt hat, wie das mit dem Sprung war, was ich irgendwann mal zu irgendwem von der Schule gesagt haben soll – einfach ALLES! Die Jugendamtsfrau wollte mir zwar nicht verraten, von wem sie das haben, aber es ist ja klar, dass es nur Säcklein gewesen sein kann. Ich hatte ja schon so ein komisches Gefühl, nachdem er letzte Woche bei uns angerufen hat. Es war also doch gut, dass ihr gefahren seid, der Typ ist unberechenbar! Wer weiß, was dem noch so alles einfällt.
>
> Die Frau vom Jugendamt war aber wahnsinnig nett. Wir haben länger telefoniert, und sie hat volles Verständnis dafür, dass wir R nicht wieder in die Säckleinschule schi-

cken wollen. Sie hat einen Bruder, der auch nicht so richtig ins System passt, und wir haben gemeinsam über den Sinn der Schulpflicht philosophiert. Außerdem hat sie uns ihre Hilfe angeboten. Zuerst wollte sie einen Hausbesuch machen, um Raffi kennenzulernen und sich selbst ein Bild zu machen. Ich habe ihr dann gesagt, dass das im Moment nicht geht, weil R nicht hier ist. Sie will aber mit mir in Kontakt bleiben und überlegen, ob sie irgendwas für uns tun kann. Wer weiß – vielleicht kann sie ja wirklich irgendwas für Raffi in die Wege leiten?

Überhaupt geht es hier jetzt endlich ein bisschen vorwärts. In 2 Wochen wollen sie vielleicht schon den provisorischen Unterricht wieder aufnehmen. Außerdem habe ich eine Schule in der Nähe von Starnberg gefunden, die vielleicht einen Platz für R hat. Übermorgen Vormittag hab ich einen Termin bei der Schulleiterin. Yeah!!! 😃

Tut mir leid, dass ich C nicht dazu überreden konnte, ans Notebook zu kommen. Sie will weder skypen noch telefonieren. Mit mir spricht sie auch nur das Nötigste. Sie übt sehr viel, aber das arme Klavier tut mir manchmal leid. 🤣

Meine Veranstaltungen für nächste Woche hab ich abgesagt. Ich schaff das einfach nicht mehr! Schläfst du auch so schlecht? Es wird wirklich höchste Zeit, dass ihr beide wieder nach Hause kommt! C.

Lieber Raffi,
vielen Dank für Deine Nachricht!

Ich hab dich auch sehr lieb. 😘 Gestern war ein Igel in unserem Garten. Er hat ganz laut geschmatzt und geschnauft. Ich habe gleich Cordelia geholt, damit sie ihn auch bewundern kann. Ich wollte ihm Milch geben, aber Cordelia hat gesagt, dass man das nicht darf, weil der Igel davon Durchfall bekommt. Schade, dass du nicht hier warst, um ihn zu sehen!

Schreib mir doch mal einen Brief, oder du malst ein paar Bilder für mich. Zum Beispiel ein Bild von eurem Zimmer, damit ich mir vorstellen kann, wo ihr wohnt. Sicher macht ihr bald wieder einen tollen Ausflug!
Bis bald,
deine Mama

> liebemama ich hab dic
> h sooooooo liebRAfi-) ☺☺☺

Hallo Niko, warum ist dien Handy aus? RUF! MICH! AN! Cordelia ist ok, aber ICH MUSS MIT DIR SPRECHEN!!!

> Huhu claire, bist du daheim? Ich kann dich nicht erreichen. Zuerst war besetzt und jetzt heißt es immer, der TEilmmehner ist nicht erreichbar???!!!Was ist los, ist was mit cordelia? Niko

>> Kannst du mitte so schnell wie möglich anrufen? Es ist SEHR WICHTIG!

Das ist die Verbindung, die ihr nehmen müsst: (…) Könnt ihr das schaffen? Weiß icht, wie weiß ihr vom Bahnhof weg seid??? Notfalls Taxi! C

> Ok. sind jetzt im Cafe haben Wlan!!

Hast du es jetzt wieder ausgeschaltet oder was?? Wo bist du RUF BITTE SO SCHNELL WIE MÖGLICH BEI MIR AN!! Pass auf, nur dait du schon mal bescheid weißt: war gerade beim Anwalt wg Haftbefehl. § 171 StGB, Verletzung der Erziehungspflicht , weil wir den Schulbesuch vereitelt haben. Ob die Anzeige von Säcklein oder vom Jugendamt ist, kann er erst sagen, wenn er Akteneinsicht hatte, aber wahrscheinlich JA. Das mit Italien hätten wir nicht machen dürfen, meint er. Das sieht für die Behörden so aus, als ob wir R. absichtlich der Beschulung entziehen wollen. Außerdem kann man damit Fluchtgefahr begründen, das scheint auch irgendwie wichtig zu sein. Er hat mir gaz genau erklärt, was wir jetzt machen müssen. Du musst mich aber anrufen, damit wir die Eizelheiten besprechen können! ES ELT! Calire

30

Claire hatte von dem Haftbefehl erfahren, als zwei Polizeibeamte morgens an der Haustür erschienen waren und sich lustlos nach Niko und Raffi erkundigt hatten. Cordelia war zum Glück schon in der Schule gewesen. Claire hatte den Polizisten gestattet, durchs Haus zu gehen, um sich davon zu überzeugen, dass außer ihr niemand da war. Mit ihren schmutzigen Stiefeln hatten die Polizisten auf dem hellen Teppichboden in den oberen Stockwerken überall dunkle Spuren hinterlassen. Weitere Auskünfte hatte Claire ihnen geistesgegenwärtig verweigert, und sie waren unverrichteter Dinge wieder abgezogen. Als sie sicher sein konnte, dass sie weg waren, hatte sie Niko angerufen, ihn gebeten, ruhig zu bleiben, und war dann hektisch auf Anwaltssuche gegangen.

Ein paar Stunden später hatte sie Niko am Handy erklärt, was der Anwalt ihr geraten hatte. Der Plan des Anwalts sah vor, dass Niko so schnell wie möglich nach Deutschland zurückkehrte, sich dort bei der Polizei stellte und den gesamten Sachverhalt einräumte.

»Dann gibt es keine Fluchtgefahr und keine Verdunkelungsgefahr mehr, und der Haftbefehl muss aufgehoben werden. Das Strafverfahren können wir dann in aller Ruhe auf uns zukommen lassen. Hat er gesagt.«

Niko war einverstanden, schaffte es aber an diesem Tag nicht mehr rechtzeitig mit Raffi zum Zug. Die nächste passende Verbindung ging erst am folgenden Vormittag. Niko rief bei Claire an, gleich nachdem sie in den Zug nach Deutschland eingestiegen waren. Es war jetzt nur noch eine Frage der Zeit, bis er mit Raffi zu Hause sein würde;

am Tag darauf wollte er sich frühmorgens zusammen mit dem Anwalt ins Polizeipräsidium begeben, um sich zu stellen und seine Aussage zu machen. Sie hatten beschlossen, Cordelia von dem Haftbefehl vorläufig nichts zu sagen, um sie nicht unnötig zu beunruhigen.

Claire schaffte es, den Vormittag einigermaßen ruhig und gefasst hinter sich zu bringen und sogar ein paar Stunden zu arbeiten. Um drei Uhr nachmittags kam Cordelia von der Schule nach Hause und verschwand fast sofort wieder, um zur Klavierstunde zu fahren, nachdem sie schweigend und mürrisch den Imbiss verschlungen hatte, den Claire für sie vorbereitet hatte, und ab diesem Zeitpunkt war es mit Claires Selbstbeherrschung vorbei.

Sie machte hinter Cordelia in der Küche sauber und ging in Raffis Zimmer hinauf. Dort lüftete und staubsaugte sie, bezog das Bett neu – mit Raffis Lieblingsbettwäsche – und legte seinen uralten Captain-Jack-Sparrow-Schlafanzug für ihn bereit, der ihm schon viel zu klein war, den er aber trotzdem von allen seinen Schlafanzügen am liebsten mochte, weil er »so schön kuschelig« war. Sie arbeitete unkonzentriert und unsystematisch und sprang ziellos von einer Aufgabe zur anderen, indem sie zum Beispiel das Staubsaugen schon nach ein paar Sekunden unterbrach, um im Schrank nach dem Schlafanzug zu suchen, und dann, nachdem sie das Kopfkissen neu bezogen hatte, wieder mit dem Staubsaugen anfing, nur um fast sofort wieder damit aufzuhören, weil sie gesehen hatte, dass der Papierkorb voll war und sie ihn lieber gleich ausleeren wollte, bevor sie es vergaß. Sie war viel zu unruhig, um länger als eine Minute bei einer Sache zu bleiben. Zwischendurch verbrachte sie immer wieder sehr viel Zeit damit, aus dem Fenster zu starren, sich zu setzen und wieder aufzustehen oder einfach nur so, ohne ein bestimmtes Ziel, durchs Haus zu wandern, und dadurch dauerte alles sehr viel länger, als es normalerweise gedauert hätte. So kannte sie sich überhaupt nicht.

Sie wollte Raffi mit seiner Lieblingsspeise – Pfannkuchen – überraschen, doch irgendwann im Lauf des Nachmittags ging ihr auf, dass sie weder Eier noch Mehl im Haus hatten. Sie fuhr zum Supermarkt, kaufte alles Mögliche ein, was ihr dort zufällig ins Auge fiel – es wurde ein richtiger Großeinkauf –, und merkte erst, als sie wieder zurück war, dass sie die Eier vergessen hatte.

Noch bevor sie sich darüber klar werden konnte, wie sie mit dieser Tatsache umgehen wollte, kam Cordelia nach Hause – aber nur, um ihre Notentasche in ihrem Zimmer zu deponieren und um Claire darüber zu informieren, dass sie gleich noch mal wegwollte, zu einer Freundin.

»Papa und Raffi kommen heute.«

»Und?« Cordelia schien nicht zu verstehen, was das mit ihr zu tun hatte.

»Wann bist du denn wieder zurück?«, fragte Claire, doch Cordelia, die schon auf dem Weg nach draußen gewesen war, tat so, als ob sie die Frage nicht gehört hätte, und warf die Tür hinter sich mit einem Krachen ins Schloss, das das Haus in seinen Grundfesten erschütterte.

Jeden Augenblick musste jetzt der Anruf von Niko kommen. Sie hatten ausgemacht, dass er sich bei Claire melden würde, sobald ihr Zug in München angekommen war. Während Claire den Tisch für das Abendessen deckte, hatte sie eine Idee, die ihr so gut gefiel, dass sie sie sofort in die Tat umsetzen wollte. Sie stieg noch einmal die Treppe hoch und arrangierte in Raffis Zimmer ein paar Kuscheltiere so auf dem Bett, dass sie eine Art Empfangskomitee bildeten. Sie hatte vergessen, das gekippte Fenster zu schließen; das holte sie jetzt nach und drehte außerdem die Heizung auf. Raffi sollte es in dieser ersten Nacht zu Hause besonders warm und gemütlich haben. Unwillkürlich lächelnd betrachtete sie ihr Werk, bevor sie in die Küche zurückkehrte. Als besondere Überraschung hatte sie aus dem Supermarkt eine winzige Schale frische Erdbeeren mit nach Hause gebracht; sie freute sich schon jetzt darauf, wie Raffi und Cordelia voller Heißhunger darüber herfallen würden.

Erst als sie schon mit dem Pfannkuchenteig angefangen hatte, fielen ihr wieder die fehlenden Eier ein. Wenn sie an ihrem Plan festhalten wollte, musste sie sich wohl oder übel noch einmal auf den Weg zum Supermarkt machen. Sie warf einen Blick auf die Digitalanzeige des Elektroherds: noch zwei Minuten bis zur Ankunft des Zuges!

Sie setzte sich auf einen Küchenstuhl, atmete tief durch und bemühte sich, ruhig zu bleiben. Nachdem sie mit Niko gesprochen hatte, würde ihr noch mehr als genug Zeit bleiben, um zum Supermarkt zu fahren. Sie ärgerte sich über sich selbst, weil sie an diesem Tag so ineffektiv gewesen und deshalb nicht rechtzeitig mit ihren Vorbereitungen fertig geworden war.

Warum meldete sich Niko nicht? Sein Anruf war seit mehr als zehn Minuten überfällig! Claire wählte Nikos Nummer; wie üblich war sein Handy ausgeschaltet. Wahrscheinlich hatte der Zug Verspätung, dachte sie. Wie oft habe ich ihm schon gesagt, dass er das Ding eingeschaltet lassen soll! Wahrscheinlich ist es nur eine Verspätung, aber warum ruft er nicht an, um mir Bescheid zu sagen? Er muss doch wissen, dass ich mir Sorgen mache … Nein, ich gehe jetzt, das hat keinen Sinn.

Sie riss sich gewaltsam aus ihrer Grübelei, um endlich die Eier zu besorgen. Diesmal machte sie sich zu Fuß auf den Weg. Draußen war es dunkel und neblig; die Luft war mit feinen, kalten Wassertröpfchen angereichert wie mit Drohungen. Sie war ärgerlich und unzufrieden mit sich selbst und mit Niko, weil der Abend nicht so verlief, wie sie es geplant und sich ausgemalt hatte; außerdem wuchs ihre Angst von Minute zu Minute. Während sie durch die Gänge eilte und in der Schlange vor der Kasse anstand, tastete sie immer wieder nach dem Handy in ihrer Manteltasche, wie nach einem Talisman, um sicherzugehen, dass sie es nicht verloren hatte. Vielleicht waren Niko und Raffi auch schon längst auf dem Weg vom Bahnhof nach Hause? Dann würde sie vielleicht den schönsten Moment von allen verpassen – den Moment von Raffis Ankunft, auf den sie sich am allermeisten freute und den sie unbedingt miterleben wollte! Sie wollte sich zu Raffi hinunterbeugen und ihn in die Arme schließen; sie konnte die Formen seines leichten, kleinen Körpers, die Kälte seiner glatten Wangen und den Druck seiner Ärmchen, die er um sie schlang, fast spüren, wenn sie daran dachte. Gleich, dachte sie, und ihr Herz krampfte sich vor Aufregung und Freude zusammen, gleich werde ich ihn anfassen und seine Stimme hören …

Als sie heimkam, wartete Cordelia vor der Haustür. Sie hatte ihren Schlüssel vergessen und warf Claire einen bitterbösen Blick zu: Wie konnte ihre Mutter es wagen, das Haus zu verlassen, ohne an sie zu denken? Sie hatte in der Dunkelheit gefroren und sich gelangweilt, während sie gewartet hatte. So etwas durfte nicht passieren, und es wäre Claires Pflicht gewesen, es zu verhindern.

Claire murmelte etwas, sperrte die Haustür auf und rannte ins Haus und auf den Anrufbeantworter zu, an dem ein rotes Lämpchen blinkte. Sie hatte gar nicht auf Cordelia geachtet; jetzt hörte sie den Anrufbeantworter ab, auf dem eine Mitarbeiterin der Firma Kompo-Hum einen Werbeaufspruch hinterlassen hatte.

Noch im Mantel begann Claire, den Pfannkuchenteig anzurühren. In der einen Hand hielt sie den Schneebesen, mit der anderen presste sie das Telefon ans Ohr. »The member you are calling is currently not available«, teilte ihr Nikos Mailbox mit. Sie zog sich im Flur Mantel und Schuhe aus und holte eine Pfanne aus der Topfschublade.

Wenn der Zug wirklich verspätet war, dann war es unglaublich rücksichtslos von Niko, sich nicht bei ihr zu melden. Es musste ihm doch klar sein, dass sie sich Sorgen machte!

Mit dem Pfannenwender hob Claire den Pfannkuchen hoch, der in der Pfanne hart wie ein Stück Pappe geworden war, drehte ihn um und stellte fest, dass er auf der Unterseite verbrannt war. Schon wieder hatte sie nicht richtig aufgepasst und sich nicht auf ihre Aufgabe konzentriert. Sie beförderte den Pfannkuchen in den Mülleimer und schöpfte neuen Teig in die Pfanne.

Zwanzig Minuten später war der Teig verbraucht, und Claire stand vor der Frage, was sie tun sollte: warten und die Pfannkuchen warm halten oder doch lieber jetzt schon mit Cordelia essen?

Seit der planmäßigen Ankunft des Zuges in München war mehr als eine Stunde vergangen, und Niko war telefonisch nicht zu erreichen. Konnte ein Zug wirklich so viel Verspätung haben? Ausgeschlossen war es nicht, aber es kam ihr trotzdem unwahrscheinlich vor. Oder war sie vielleicht einfach nur hysterisch? Sie deckte die Pfannkuchen mit einem umgedrehten Teller ab und setzte sich ins Wohnzimmer an den Tisch. Hilfloser Zorn auf Niko wechselte sich mit Aufregung und unerträglicher Sorge ab. Was war wahrscheinlicher: dass der Zug Verspätung hatte, dass es irgendwelche Schwierigkeiten im Zusammenhang mit dem Haftbefehl gegeben hatte – oder dass etwas völlig anderes passiert war? Etwas ganz Unvorhersehbares, mit dem man nicht rechnen konnte? Vielleicht war der Zug irgendwo liegen geblieben, oder das Gleis war durch ein Hindernis blockiert? Zum Beispiel durch einen umgefallenen Baum.

So etwas kam gar nicht so selten vor! Oder ein Luftballon hatte sich in der Oberleitung verfangen!

Wieder verfluchte sie Nikos Angewohnheit, bei jeder Gelegenheit sein Handy auszuschalten. Sie hielt es nicht länger auf dem Stuhl aus, sprang auf und lief im Wohnzimmer auf und ab. Für einen Moment wurde sie so zornig auf Niko, dass sie die Zähne zusammenbiss und die Fäuste ballte.

Das Schlimmste war, dass sie nichts tun konnte, außer zu warten. Sie schaltete das Kindernotebook ein und ging auf die Seite der Deutschen Bahn: keine Informationen, nichts.

Sie stand auf und rief Cordelia zum Essen.

»Warten wir nicht, bis die kommen?«

»Wahrscheinlich hat der Zug Verspätung. Wir fangen schon mal an, bevor alles kalt wird.« Claire deckte den Pfannkuchenstapel ab, spießte den obersten Pfannkuchen mit einer Gabel auf und legte ihn Cordelia auf den Teller.

Wenn die ganze Familie in der Küche versammelt war, gab es beim Pfannkuchenessen fast immer Streit, weil Raffi und Cordelia sich weigerten, ihre Pfannkuchen mit Messer und Gabel aufzurollen, nachdem sie sie mit der Füllung bestrichen hatten, und lieber die Hände zu Hilfe nahmen. Das konnte Niko nicht mit ansehen; er wies sie zurecht, Cordelia beharrte trotzig auf ihrer Methode, und daraus entspannen sich regelmäßig hitzige Diskussionen.

Jetzt war Claire so in Gedanken versunken, dass sie gar nicht darauf achtete, was Cordelia mit ihrem Pfannkuchen anstellte. Cordelia nutzte die Gelegenheit, den Pfannkuchen nicht nur mit den Händen aufzurollen, sondern ihn auch mit den Händen zu essen, und wunderte sich, weil ihre Mutter gar nichts dagegen sagte. Sie nahm einen großen Bissen von dem eingerollten Pfannkuchen, Nutella quoll heraus und tropfte auf ihren rosa Angorapullover, doch Claire reagierte immer noch nicht. Sie saß nur da, starrte ins Leere, hatte die Arme vor der Brust verschränkt und biss auf ihrer Unterlippe herum.

»Isst du nichts?«

Claire schüttelte den Kopf. Plötzlich hatte sie das Gefühl, keine Luft mehr zu bekommen. Sie stand vom Tisch auf und machte sich an der Spüle zu schaffen. Sie stellte die Pfanne in den Geschirrspüler und wischte die Arbeitsplatte ab; hinter ihr begann Cordelia, von der Klavierstunde zu erzählen. »Ich soll dich fragen, ob du damit einverstanden bist, wenn ich ab jetzt zwei Mal in der Woche zu ihm komme. Er will mich besonders fördern, weil ich seine beste Schülerin bin.«

Gleich ruf ich noch mal bei Niko an, überlegte Claire, während sie das Mikrofasertuch ausspülte, vielleicht hab ich ja diesmal Glück. Wie spät ist es eigentlich? Ich darf nicht daran denken, was passiert sein könnte ... Was für ein unerträgliches Gefühl das ist!

»Warum lobst du mich nicht?«

»Ah! Ach so, ja, das ist natürlich super! Das ...« Claire vergaß weiterzusprechen.

»Mama?«

»Ach so, ja! Haha! Was wollte ich sagen? Ich habe vergessen, was ich sagen wollte. Wirklich dumm von mir, oder? Hahaha!«

Das Telefon klingelte; Claire rannte aus der Küche. Sie meldete sich mit ihrem Namen und ging dann ins Wohnzimmer, während sie zuhörte, was die Frau am anderen Ende zu ihr sagte.

Sie zog die Wohnzimmertür ins Schloss. »Aber«, sagte sie in den Hörer und machte einen Schritt von der Tür weg. Was bedeutet das, was diese Frau mir sagt? Niko ist verhaftet worden. Ist das denn wirklich schlimm? Oder ist es vielleicht doch ganz harmlos? Wird sich unser Leben dadurch ändern? Aber wie kann das sein, wenn hier noch alles genauso ist wie immer? Der Parkettboden und der Teppich und dieses Kissen hier … »Kann ich«, stammelte sie, »aber ich … wie … mein … öh, äh …« Sie wollte eine Frage stellen, von der sie glaubte, dass sie sehr wichtig war, konnte aber nicht die passenden Worte finden.

»Und … mein Sohn?«, brachte sie schließlich mühsam heraus. Innerlich war sie bereits fieberhaft damit beschäftigt, die nächsten Minuten zu planen. Sie würde sich sofort ins Auto setzen und losfahren, um Raffi abzuholen. Vielleicht würde Niko auch dort sein, und sie konnten sich sehen und miteinander reden, aber wo hatte sie vorhin den Autoschlüssel hingetan? In Gedanken schlüpfte sie bereits in ihren Mantel und in ihre Schuhe und gab Cordelia Bescheid, um sich so schnell wie möglich ins Auto setzen und losfahren zu können. Wo war er? Wo war Raffi?

»Da kümmert sich jetzt das Jugendamt drum, da müssen Sie erst mal gar nichts machen«, antwortete die Frau in einem Tonfall, der wahrscheinlich beruhigend gemeint war, auf Claire aber genau den gegenteiligen Effekt hatte.

Einmal, vor vielen Jahren, war Cordelia im Kindergarten gegen eine Tischkante gefallen und hatte eine kleine Platzwunde am Kopf davongetragen. In der Notaufnahme hatte ein Arzt die Wunde mit zwei Stichen genäht. Bei dem Anblick, der nichts Ekelhaftes, Furchteinflößendes oder Mitleiderregendes an sich gehabt hatte – Cordelia war ganz ruhig gewesen und hatte aufgrund der örtlichen Betäubung auch keine Schmerzen gehabt – ,war Claire zu ihrer eigenen Überraschung in Sekundenbruchteilen ohnmächtig geworden. Etwas an der Art, wie der Chirurg heftig an dem schwarzen Faden gezerrt hatte, den er zuvor durch den sauberen Wundrand zwischen den dichten braunen Haaren an Cordelias Hinterkopf gefädelt hatte, hatte den Computer in ihrem Kopf zum Abstürzen gebracht. Ihr bewusstes Selbst war daran nicht beteiligt gewesen; unmittelbar vor ihrer Ohnmacht hatte sie nichts besonders Aufregendes oder Beunruhigendes gedacht, sondern sich nur darüber gewundert, wie viel Kraft der Chirurg einsetzen musste, um die Wunde zu schließen, wie sehr sich sein Bizeps dabei wölbte und wie hart und widerstandsfähig Cordelias Kopfhaut sein musste, um diese ruppige Behandlung auszuhalten, ohne einzureißen. Dann war sie umgekippt.

Diesmal konnte sie es sich nicht leisten, umzukippen. »Wo ist er denn, wo ist er, ich muss wissen, wo er ist!«, rief sie. Sie stand mitten im Wohnzimmer und redete in den Hörer, ohne etwas von ihrer Umgebung wahrzunehmen. Ihre ganze Aufmerksamkeit war auf den bloß in ihrer Vorstellung existierenden Raum gerichtet, in dem sich außer ihr nur noch die freundliche, aber unbeteiligte Stimme einer fremden Frau befand.

Die Stimme ließ sich nicht erweichen. »Ich kann Ihnen nichts dazu sagen, wenden Sie sich bitte an das Jugendamt.«

Claires seelische Kräfte, die sie aus einer früheren, glücklicheren Epoche in die grauenhafte Gegenwart hinübergerettet hatte, ließen mit unglaublicher Geschwindigkeit nach; sie strömten gewissermaßen mit Niagara-Gewalt aus ihr heraus, und sie konnte keinen klaren Gedanken mehr fassen.

»Also, ich würd jetzt einfach mal davon ausgehen, dass die auf Sie zukommen«, sagte die Frau, »die vom Jugendamt, meine ich.«

Nach dem Telefonat irrte Claire ziellos im Wohnzimmer umher. Sie konnte nicht begreifen, dass das Gespräch mit der Person, die in diesem Moment ihre einzige Verbindung zu Raffi und Niko darstellte, einfach zu Ende gegangen war, ohne dass sie die lebenswichtigen Informationen bekommen hatte, auf die sie auf jeden Fall Anspruch hatte. War so etwas überhaupt erlaubt? So etwas *konnte* nicht erlaubt sein!

Sie wusste nichts. Sie wusste weder, wie, wo und warum es überhaupt zu der Verhaftung gekommen war, noch, was in diesem Moment mit Raffi und Niko war. Sie wusste nicht einmal, wer die Frau gewesen war, mit der sie gesprochen hatte. Vielleicht war ihr das alles auch gesagt worden, und sie hatte es bloß nicht verstanden, oder wieder vergessen, oder es war irgendwie an ihr vorbeigerauscht, ohne dass sie es mitbekommen hatte. Vor allem wusste sie nicht, wie es weitergehen würde und was sie tun konnte und musste, um Niko und Raffi zu helfen. Sie verstand nicht, was passiert war, und auch nicht, was mit ihr selbst vorging, und erst recht nicht, was aus alldem folgte und was als Nächstes zu tun war. Sie empfand sehr stark, dass dieser Zustand des Unwissens und der Machtlosigkeit, in dem sie sich befand, in dem Universum, das sie bisher bewohnt hatte, nicht vorgesehen war. Die grundlegendsten Naturgesetze schienen auf einmal nicht mehr zu gelten.

Sie konnte nichts für Raffi tun. Sie konnte auch nichts für Niko tun und nicht einmal darüber nachdenken, was sie für Raffi oder Niko unbedingt hätte tun müssen, weil sie einfach keinen klaren Gedanken fassen konnte. Sie hatte die größten Schwierigkeiten, überhaupt irgendeinen Gedanken zu fassen. Sie bewegte sich im Wohnzimmer hin und her und probierte verschiedene Positionen aus, in der Hoffnung, dass ihr Zustand in irgendeiner von ihnen – im Sitzen, Stehen oder Liegen – leichter zu ertragen sein würde.

»Mama?«

Bei Cordelias Eintreten rappelte sie sich hastig vom Sofa auf, auf dem sie gelegen hatte – wie ein Vampir, der sich in seinem Sarg aufsetzt, dachte Cordelia –, und bemühte sich, so zu tun, als ob nichts wäre. Sie sah so eigenartig und verändert aus, dass Cordelia instinktiv ihren Blick abwandte, aus Schreck oder Scham oder Taktgefühl.

»Ich bin fertig«, sagte Cordelia, in einem überkontrollierten, überhöflichen Tonfall, der verbergen sollte, wie sehr sie bei Claires Anblick erschrocken war, »kann ich in mein Zimmer gehen?«

»Ja, natürlich«, antwortete Claire übertrieben fröhlich. Zuerst wirkte es so, als ob sie noch etwas hinzufügen wollte, doch dann nahm ihr Gesicht plötzlich wieder einen sonderbar abwesenden Ausdruck an. Cordelia wartete nicht länger ab, sondern drehte sich um und verließ fluchtartig das Wohnzimmer.

In der Kanzlei ihres Anwalts war niemand mehr zu erreichen. Claire setzte sich an ihr Notebook und fand einen Strafverteidiger, der auf seiner Website eine Notfall-Handynummer angegeben hatte. Sie wählte die Nummer; Erleichterung überflutete sie, als sich tatsächlich eine männliche Stimme meldete. Sie schilderte dem Anwalt ihren Fall – im Hintergrund war der Lärm einer Gaststätte zu hören –, doch es stellte sich heraus, dass er nicht mehr für sie tun konnte, als sie auf den nächsten Morgen zu vertrösten.

In dieser Nacht wurde Claire sehr oft – zehn oder fünfzehn Mal – von einem starken Schmerz in ihrer Brust geweckt, schlief dann aber immer sehr schnell wieder ein. Sie begriff einfach zu wenig, um sich Gedanken über die Vergangenheit oder über die Zukunft machen zu können, die sie dann wach gehalten hätten. Sie hatte keine Ahnung davon gehabt, dass so etwas möglich war: dass man *so* fühlen konnte, dass es solche Seelenzustände gab. Und dabei musste es unzählige Leute überall auf der ganzen Welt geben, die schon einmal so empfunden hatten oder in genau diesem Moment so empfanden! Und mit Sicherheit gab es viele, die sogar noch viel schlimmere Schmerzen über sich ergehen lassen mussten! Das alles hatte sie nicht gewusst, und sie hatte es bis zu diesem Zeitpunkt auch überhaupt nicht wissen können.

31

Cordelia war hochmusikalisch; das erkannte jeder sofort, der sie in der Klavierstunde oder bei einem Vorspiel erlebte. Und das Klavier war *ihr* Instrument, ohne Zweifel: das einzige, bei dem man sich nicht selbst die Finger an Kolophonium oder Kondenswasser schmutzig machen musste, das einzige, bei dem man über ein hundertköpfiges Heer von gebeugten Sklaven gebot, die die Drecksarbeit der Tonerzeugung übernahmen, indem sie ihre filzmützentragenden Köpfchen demütig gegen die harten Saiten schlugen. Wenn Cordelia am Klavier saß, war sie, was sie am liebsten war: Eine Herrscherin, und sie herrschte durch Tastendruck; eine Fingerbewegung genügte.

Trotzdem, und trotz einer Lernkurve, die steiler war als die Eigernordwand, hatte es zwischen Cordelia und dem Klavier von Anfang an Probleme gegeben. Die Probleme waren heftig und charakterbedingt. Cordelia war eine Perfektionistin, und sie wollte sich nichts sagen lassen, wobei der letzte Punkt allerhöchste Priorität genoss: Sich nichts sagen zu lassen, von niemandem, niemals, war ihr wichtiger als fast alles andere.

Claire und Niko hatten lange gebraucht, um zu begreifen, wie Perfektionismus und Eigensinn in Cordelias Persönlichkeit zusammenwirkten: Sie griffen ineinander wie die Zahnräder eines widersinnigen Getriebes, dessen einziger Zweck darin bestand, sich selbst zum Stillstand zu bringen. Cordelias Perfektionismus verlangte von ihr, nur ja keine Fehler zu machen (denn jeder Fehler, und sei er auch noch so klein, war für sie eine schmerzhafte, persönliche Niederlage und unerträglich beschämend). Deshalb weigerte sie sich hartnäckig, irgendetwas – eine neue Fingerübung, ein schwierigeres Stück – auszuprobieren, wenn absehbar war, dass dabei Fehler gemacht werden konnten. Wer sie trotzdem dazu zwang (oder auch nur dazu ermutigte), etwas Neues zu probieren und dadurch Fehler zu riskieren, war ihr Feind, und von einem Feind nahm sie ganz sicher keine guten Ratschläge entgegen – wie etwa den, ihre Daumen beim Spielen vielleicht lieber nicht unter den Handflächen zu verstecken, weil man sie sonst im Bedarfsfall nicht mehr rechtzeitig herausbekam. Lieber tüftelte sie tagelang an daumenfreien Achter-Fingersätzen herum, als einem Todfeind den Gefallen zu tun, nach seiner Pfeife zu tanzen.

Cordelias erste Klavierlehrerin war eine junge Polin mit starkem Akzent und strähnigem Navratilova-Blondhaar gewesen, die als Kind in Polen Turniertennis gespielt hatte und auch das Klavierspielen als eine Art von Leistungssport auffasste, nur dass man dabei mit den Fingern herumrannte und -sprang statt mit den Füßen. Anna hatte die fröhliche Dickfelligkeit und weit überdurchschnittliche Frustrationstoleranz einer Profisportlerin. Das traf sich gut, denn die fünfjährige Cordelia war nicht bereit, sich in ihrer Gegenwart ans Klavier zu setzen. (Wer dem Klavier fernbleibt, kann am Klavier nicht scheitern.) Sie weigerte sich zehn Unterrichtseinheiten à dreißig Minuten lang, bis Anna die pädagogischen Tricks und Tischkanten-Trockenübungen und kindgerechten Konversationsthemen und klavierlosen, musikalischen Beschäftigungsideen ausgingen und Claire sich dazu durchrang, das erste einer ganzen Reihe unangenehmer Telefonate mit designierten Ex-Klavierlehrerinnen ihrer Tochter zu führen.

Anna nahm die Kündigung sportlich. Doch, beharrte Cordelia, sie wolle auf jeden Fall Klavier spielen lernen, diese Lehrerin sei ihr bloß viel zu blöd gewesen.

Auf Anna folgte Miep, Tochter eines niederländischen Musikantenehepaars, die bei ihrer ersten Begegnung mit ihrer anstrengendsten Schülerin noch vollschlank, bei der letzten, einige Jahre später, dann schon ziemlich übergewichtig gewesen war. Vor allem ihr Hinterteil hatte mit den Jahren erheblich an Umfang zugelegt und war zum Schluss so ausladend wie ein Laib Gouda. Claire vermutete einen Hang zum Frustfressen, und Frust gab es für Miep im Hause von Koppenstein reichlich.

Nachdem Miep in der allerersten Stunde mit Methoden, an die sich niemand mehr genau erinnern konnte (wahrscheinlich hatten Engelszungen dabei eine Rolle gespielt), Cordelia dazu gebracht hatte, neben ihr auf der Klavierbank Platz zu nehmen und sogar kurz die Finger auf die Tasten zu legen, zog Cordelia aus Rache alle Register. Bald ging Claire dazu über, vor den Klavierstunden mit Klein-Raffi das Haus zu verlassen, um Einkäufe zu erledigen oder spazieren zu gehen, und das bei jedem Wetter, nur um das schreckliche Schauspiel nicht mit ansehen zu müssen. Nach jeder Stunde musste Niko in langen Gesprächen die aufgelöste Miep beruhigen; Claire dehnte ihre Einkäufe und Spaziergänge noch weiter aus, um nicht in die Therapiesitzungen hineinzuplatzen. »Is it my fault?«, begannen diese Aussprachen meistens, eine Frage, die Niko eindeutig verneinen konnte.

Wenn Miep dann endlich gegangen war – mit dreißig- oder vierzigminütiger Verspätung –, stürzte sich Cordelia auf ihre Notenhefte, radierte Mieps Fingersätze aus, ersetzte sie durch ihre eigenen und ahmte dabei so geschickt Mieps tulpenzwiebelrunde Handschrift nach, dass Miep in der nächsten Stunde beim Anblick der absurden Eintragungen an sich selbst zu zweifeln begann und verwirrt den Kopf schüttelte. Manchmal merkte sie auch gar nichts von den Fälschungen und bescherte Cordelia dadurch einen noch größeren Triumph.

Abends, wenn die Kinder schliefen und Claire und Niko sich erschöpft aufs Sofa fallen ließen, sprachen sie manchmal darüber, ob es nicht moralisch geboten war, Miep eine Art Erschwernis- oder Gefahrenzulage zu zahlen, um sie dafür zu entschädigen, dass Cordelia sie gelegentlich mit dem Bleistift in den gut gepolsterten Handrücken stach oder überraschend mit der Ferse nach ihr ausschlug wie ein Pferd, wenn Miep etwas sagte, was ihr nicht passte.

Wenn Anna eine Leistungssportlerin gewesen war, dann war Miep ein breithüftiges, unendlich gutmütiges und geduldiges Zugtier. Sie hatte mehrere Jahre lang durchgehalten, bis sie sich in einen sehbehinderten Briten verliebte, ihn heiratete und mit ihm bald darauf nach England ging. Zum Abschied schenkte sie Cordelia, die ihr unerklärlicherweise ans Herz gewachsen war, einen kitschigen, grübchenübersäten Kunststeinengel, der von seinem Schöpfer dazu verdammt worden war, in alle Ewigkeit denselben Akkord auf seinem viel zu kurz geratenen Kunststeinflügel anzuschlagen, dazu selbstgebackene Viertel-, Achtel- und Sechzehntelkekse mit Schokoglasur sowie eine spießig-sentimentale Abschiedskarte mit Windmühlenmotiv, die sie liebevoll und tulpenzwiebelig mit Silberstift beschriftet hatte. Niko vertraute sie in einem letzten Vieraugengespräch an, dass sie sich vor jeder Stunde mit Cordelia gefürchtet hatte.

Miep hatte mehrere Nachfolgerinnen, die ihr in puncto Durchhaltevermögen alle nicht das Wasser reichen konnten. Zuerst kam Angela, eine verblüffend ungebildete deutsche Waldorfschulabsolventin, die sich vor allem dadurch ausgezeichnet hatte, dass sie keine Ironie verstand und alles wörtlich nahm, was zwischen ihr und Claire zu unzähligen Missverständnissen führte. Es folgten eine lebenslustige Lettin namens Elvira, die sich von Cordelia bereitwillig dazu verleiten ließ, die Klavierstunden fast vollständig dem

Austausch von Schmink- und Frisiertipps zu widmen, und – Claires schlimmster Fehlgriff – die lesbische Motorradenthusiastin Monica, die, wie sich sehr bald herausstellte, Autodidaktin war und deutlich schlechter Klavier spielte als Cordelia selbst. (Claire hatte sie kaltblütig per SMS abserviert.)

Klavierspielen lernte Cordelia in all den Jahren eher zufällig und nebenher, über nicht dafür vorgesehene Kanäle, wie ein Gefangener im Hungerstreik, der sich weigert, den Mund aufzumachen, und nur durch dünne Schläuche zwangsweise ernährt wird und deswegen auch wesentlich weniger Nährstoffe aufnimmt als ein Normalesser. In Anbetracht ihrer Boykotthaltung war es ein Wunder, dass sie überhaupt etwas lernte.

Trotzdem war sie schon bald eine feste Größe bei den Schulweihnachtskonzerten und den österlichen Kammermusikabenden der Neighbourhood Association, und das, obwohl sie weiterhin auf ihrer persönlichen Art zu »üben« beharrte, die darin bestand, in horowitziöser Höchstgeschwindigkeit durch das jeweilige Stück zu rasen und dabei so lange die immer gleichen Fehler an den immer gleichen Stellen einzubauen, bis ihre Eltern Lust bekamen zu schreien. (Wenn irgendein unbedarfter Naivling oder Niko ihr vorschlug, doch langsamer zu spielen, spielte sie doppelt so schnell, um ihn für seine Dämlichkeit zu bestrafen.)

Der Umzug der Familie nach Deutschland wäre *die* Gelegenheit gewesen, um ohne Gesichtsverlust aus der frustrierenden Klaviernummer herauszukommen, doch Cordelia bestand darauf, ihr Hobby weiterzubetreiben. Claire, die inzwischen verstanden zu haben glaubte, worauf es ankam, organisierte für sie nach schärfster Google- und YouTube-Auslese eine Klavierlehrerin, die keinen Spaß verstand (ihre Netzvideos ließen auf hohen Kalorienverbrauch durch exzessives Üben und Proben schließen) und keine Ausflüchte gelten ließ (die Liste der von ihr absolvierten Meisterkurse und gewonnenen Wettbewerbe strapazierte das Mausrad).

Der Name dieser Lehrerin war Jennifer. Zwei Monate nachdem die von Koppensteins nach Deutschland gekommen waren, fand eine Probestunde statt, in deren Verlauf Jennifer feststellte, dass Cordelia nicht Noten lesen konnte.

Cordelia war Notenanalphabetin. Nach mehr als sechs Unterrichtsjahren (was, wenn man von vierzig Unterrichtswochen pro Jahr ausging, zweihundertvierzig Klavierstunden entsprach, von unzähligen Übestunden ganz zu schweigen) war sie fest davon überzeugt, dass die Notenlinien den schwarzen Tasten entsprachen und die Zwischenräume zwischen den Linien den weißen.

Claire war fassungslos. »Aber es gibt doch viel mehr schwarze Tasten als Striche!«

»Ja, darüber hab ich mich am Anfang auch gewundert. Aber das kann man irgendwie umrechnen.«

»Umrechnen? Das hat doch überhaupt keinen Sinn!«

»Das lernt sie ja jetzt alles bei mir«, versuchte Jennifer die Wogen zu glätten. Ihrem besorgten Gesichtsausdruck nach zu urteilen stand sie unter dem Eindruck, dass hier ein zartes Pflänzchen einem viel zu starken und kalten Missbilligungswind ausgesetzt wurde. Es war ihr erstes Zusammentreffen mit Cordelia.

Dass Cordelia seit vielen Jahren ausschließlich nach Gehör und aus dem Gedächtnis gespielt hatte, dass sie also zum Beispiel in der Lage sein musste, einen Mozart-Sonatenhauptsatz nach ein- oder zweimaligem Hören mehr oder weniger korrekt zu reproduzieren, ließ ihre musikalische Begabung noch einmal in einem völlig neuen Licht erscheinen. »Echt? Alles aus dem Kopf?«, wunderte sich Niko, als Claire ihm von Jennifers Entdeckung berichtete, »also ich könnte das nicht.«

Cordelia war nicht nur musikalisch, sie hatte auch auf dem Gebiet der psychologischen Kriegsführung eine Menge auf dem Kasten. Bei Jennifer, die darauf bestand, Jennifer mit J – nicht mit Tsch – genannt zu werden, probierte sie eine neuartige Strategie subtiler Sabotage aus.

»Ja sicher, I-ennifer«, flötete sie mit hoher, völlig uncharakteristischer Piepsstimme, wenn Jennifer anregte, die Hände vielleicht besser ganz natürlich auf die Tasten fallen zu lassen, statt sie zu verkrampfen wie Halloween-Hexenkrallen, die Schultern nicht ganz so Zwerg-Nase-mäßig hochzuziehen oder den Pianissimo-Lauf im vorvorletzten Takt nicht mit einer Übung im Holzhacken zu verwechseln, und machte es dann exakt so, wie ihre Lehrerin es haben wollte, was sie wenig bis keine Anstrengung kostete.

»So richtig, I-ennifer?«

»Schultern«, mahnte Jennifer mit einer Stimme, die immer erstaunlich heiser und angestrengt klang, wie die Stimme eines Eisenflechters, dessen Kopf vor lauter Anstrengung schon ganz rot angelaufen ist, und klopfte und riss mit ihren harten Eisenflechterhänden an Cordelia herum. »Kopf. Finger.«

»Ach so! Stimmt! Ja!« Cordelia korrigierte bereitwillig die Quasimodo-Haltung ihres Oberkörpers und ließ Jennifer hören, wie viel schöner und flüssiger sie mit entspannten Schultern und Armen spielte. Sie hatte sich von Jennifer sogar eine ganze Unterrichtsstunde lang aufschreiben und ausgiebig erklären lassen, wie man richtig übte:

1. Zuerst rechte, dann linke Hand mit Silben durchsprechen: titi, ta, taha, tahaha, ticketicke usw.

2. Nur rechte Hand:
a) Sehr langsam 4-5 Töne auf einmal üben (je 5x),

dann die nächsten 4-5 Töne (je 5x), usw., dabei Fingersatz überlegen
b) Jetzt 4 Takte auf einmal üben (2x), dann die nächsten 4 Takte usw.

3. Wie 2., aber mit der linken Hand

4. Beide Hände zusammen wie 2. und 3.

5. Schwere Stellen suchen und markieren; Hände getrennt
a) mit Silben durchsprechen (2x), vgl. oben 1.
b) jeden Ton einzeln spielen, sehr langsam ohne Rhythmus/Bindung
c) erst jetzt Stelle durchspielen wie geschrieben
d) Stelle mit beiden Händen spielen

6. Noch mal von vorne anfangen:
a) Dynamik erarbeiten (3x durchspielen)
b) Betonungen erarbeiten (3x durchspielen)
c) Phrasierung erarbeiten, dabei sehr deutlich phrasieren (3x durchspielen)

7. Ganzes Stück sehr, sehr sauber spielen, dabei immer anhalten und verbessern (3x)

»Jetzt haben wir überhaupt nicht Klavier gespielt«, stellte Jennifer am Ende dieser Stunde missvergnügt fest und erwies sich dadurch als bemerkenswert hellsichtig. Allerdings ging ihre Hellsicht nicht so weit, dass sie auf den Gedanken gekommen wäre, dass Cordelia es möglicherweise gerade darauf angelegt hatte.

Sie hätte auch kein Verständnis dafür gehabt. Jennifer war eine leidenschaftliche und opferbereite Musikerin aus einer Familie von leidenschaftlichen, opferbereiten Musikern und hatte nie etwas anderes gewollt, als ihr Leben lang Klavier zu spielen. Die damit verbundenen Entbehrungen nahm sie nicht nur in Kauf, sondern hieß sie als Zeichen ihres Künstlertums willkommen, was sich auch an den Räumlichkeiten zeigte, in denen sie einen Großteil ihrer Tage verbrachte. Ihr sogenanntes »Studio«, in dem sie übte und ihre Schüler empfing, war ein Kellerraum mit vergitterten Fenstern, Neonbeleuchtung und dunkelbraunen, an den Ecken abgerundeten Achtzigerjahre-Lichtschaltern; der gelbwurstfarbene PVC-Boden hatte ein Muster, das an Rinnsale einer verschütteten bräunlichen Flüssigkeit erinnerte, und dass irgendjemand versucht hatte, ihn mit schief zugeschnittenen Stücken einer tiefgaragenbodengrauen Auslegware abzudecken, die nicht ganz bis zu den Wänden reichten und mit silbernem Isolierband notdürftig befestigt waren, machte die Sache auch nicht viel besser. Die »Einrichtung« des »Studios« bestand aus einer Ansammlung sperrmüllreifer Sitzgelegenheiten verschiedener Dekaden des letzten Jahrhunderts, einem kniehohen Tischchen von so grässlicher Gestalt und Färbung, dass sogar Jennifer es für besser hielt, es mit einem alten Samtschal zu verhüllen, dem Hygrostat-gesteuerten Luftentfeuchter Trocktech T401, einem digitalen Korg-Metronom und, natürlich, dem Übeinstrument der Profis, einem Steinway O-180. In der Luft hing der Currygeruch des jeweils letzten Take-away-Mahles und der Bananen, die Jennifer in ihren Zweieinhalbminutenpausen verschlang. Die weißen Kellerwände waren kahl bis auf den Sicherungskasten neben der Tür und ein Schriftstück im staubdichten Goldrahmen: einundzwanzig ermutigende, handgeschriebene Zeilen, die Jennifer mit vierzehn Jahren von der Argerich als Antwort auf eine leidenschaftliche Fanzuschrift empfangen hatte, ein Schlüsselereignis ihrer Biografie. Sie erwähnte diesen »Briefkontakt« mehrfach auf ihrer Homepage und hätte das Schreiben auch als Scan eingestellt, wenn sie mehr Muße (und die dazu erforderlichen technischen Kenntnisse) gehabt hätte.

Und so unterrichtete Jennifer an drei Nachmittagen pro Woche bis in den Abend hinein in ihrem »Studio«, empfing an zwei weiteren, endlos langen Nachmittagen eine Polonaise disziplin- und talentloser Schüler und Schülerinnen in den Räumen einer gemeindefinanzierten Musikschule im erweiterten Speckgürtel Münchens und nutzte, wenn ein Schüler absagte, die frei gewordene Zeit selbstverständlich zum Üben. Dito ihre Vormittage, Abende, Wochenenden und Feiertage, denn da waren ja auch noch die Solokonzerte, die sie auf eigene Rechnung in kleinen Sälen veranstaltete, die Tourneen mit Kammermusikensembles, die Namen trugen wie »Saitenhiebe«, »Die Klaviertuosen« oder »Klavier & Vier«, die Aushilfstätigkeit als Korrepetitorin für schwäbische und ostbayerische Städtetheater und, nicht zu vergessen, die Einspielungen psychotischer »neuer Musik«, die dann in unregelmäßigen Abständen an Werktagen zwischen zwei und drei Uhr nachts von einem Schweizer Klassiksender in den Äther entsandt wurden, zum Schrecken aller Schlaflosen, Brummifahrer und einiger extremer Frühaufsteher, die beim Ins-Bett-Gehen versehentlich an das Sendereinstellrädchen ihres Radioweckers gekommen waren.

Claire genügte zu Hause ein kurzer Blick auf Jennifers drei volle DIN-A4-Seiten umfassende »Richtig üben!«-Anleitung, um zu erkennen, dass es sich dabei um einen klaren Fall von verlorener Liebesmüh handelte: Auf den Tag, an dem sich Cordelia »ticketicke« oder »titi, titi« sagend über eine Partitur beugen oder ein beliebiges Musikstück »5x«, »2x« (oder auch nur 1x!) »sehr langsam« durchspielen würde, konnten sie alle miteinander lange warten.

Tatsächlich blieb Cordelia bei ihrer alten Gewohnheit, sich durch ihre Stücke zu stürzen wie ein schwerer Gegenstand, der durch ein nicht ganz homogenes Medium fällt, und im Anschluss daran so lange »Kannichaufhören? Kannichaufhören? Kannichaufhören? Kannichaufhören?« zu schreien, bis Niko in seinem Arbeitszimmer im zweiten Stock auf sie aufmerksam wurde, die Treppe hinunterkam und sein armes Cordelinchen von der Fron erlöste. In den Klavierstunden mimte sie weiter die tadellose Musterschülerin (»Ach so, I-ennifer!«), nur um unmittelbar im Anschluss daran alles, was Jennifer ihr so eifrig und hoffnungsfroh erklärt hatte, von A bis Z aus ihrem Gedächtnis zu tilgen und am Klavier weiter stur das zu machen, was sie schon immer gemacht hatte. Liebevoll kultivierte sie ihre Fehlhaltungen, setzte sich viel zu nah und nach rechts versetzt ans Klavier, drückte mit den Fingern, statt sie locker fallen zu lassen, und positionierte ihr Handgelenk abwechselnd zu hoch und zu tief. Sie schien tatsächlich zu glauben, dass Jennifers Erklärungen und Hinweise für sie wertlos waren, und verstieg sich Claire gegenüber sogar zu der Behauptung, ja, genau, richtig, sie habe *mehr* Ahnung vom Klavierspielen als ihre Lehrerin. Dass Jennifer eine Leonskaja-Schülerin war, beeindruckte sie wenig: »Na und? Das ist auch nicht die beste Pianistin der Welt!«

Leider war es unmöglich, auf diese Weise weiterzukommen. Über viele Monate hinweg machte Cordelia keinerlei Fortschritte – abgesehen vom Notenlesen, das sie begriffen hatte, bevor sie sich dagegen wehren konnte. Jennifer reagierte mit Unverständnis und offen gezeigter Ungeduld, die sich bald in Abneigung und etwas später sogar in echten Hass verwandelten. (Ihre Gedankenwelt war so eindimensional, dass sie, abgesehen von medizinischen Notfällen oder rein physikalischen Hindernissen, einfach keine guten Gründe dafür kannte, am Klavier nicht alles zu geben.) Cordelia wiederum, der Jennifers zunehmende Feindseligkeit nicht entging, rächte sich an ihr, indem sie ihr Desinteresse geradezu zelebrierte. Wenn Jennifer versuchte, ihr etwas zu erklären, setzte sie jetzt immer öfter einen Ausdruck totaler Verblödung auf und fiel ihr ins Wort, nur um ihr Fragen zu stellen wie: »Wer sagt eigentlich, dass die Tasten schwarz und weiß sein müssen? Die könnten doch auch ganz andere Farben haben!«

Claire, die mit ihrem neuen Job und dem schulisch schnell abbauenden Raffi mehr als ausgelastet war, hatte lange nichts davon mitbekommen, wie die Dinge zwischen Cordelia und Jennifer standen.

Bis an einem Klavierstundendienstag im März die Straßenbahn ausfiel und sie Cordelia mit dem Auto zu Jennifer bringen musste. Im »Studio« nahm sie auf einem von Unkundigen mit einer entstellenden mittelbraunen Lackierung versehenen original Ilmari-Tapiovaara-Fanett-Stuhl von 1955 Platz und wurde dann Zeuge, wie Cordelia die ganze Kraft ihres Verstandes dazu nutzte, sich dumm zu stellen, und wie sie von Jennifer dafür beschimpft wurde. Claire fühlte mit der armen Musikpädagogin; sie konnte sich voll und ganz in Jennifer hineinversetzen, war aber trotzdem erschrocken darüber, wie laut sie kreischte.

Jennifer fiel aus allen Wolken, als Claire sie an diesem Abend anrief. Die Kündigung empfand sie als verbrecherischen Affront, gegen den sie sich wütend zur Wehr setzte. Es war das erste Mal, dass Claire auf Widerstand stieß; Cordelias frühere Lehrerinnen waren alle mehr oder weniger erleichtert gewesen, sie los zu sein.

32

Claire hatte endgültig genug von Cordelias Klaviercapricen und weigerte sich, nach einer neuen Lehrerin für sie zu suchen. Warum sollten sie weiter für etwas bezahlen, was ihre Tochter so offensichtlich nicht zu schätzen wusste?

Doch Cordelias Klavierkarriere war noch nicht zu Ende, obwohl es eine Zeit lang danach ausgesehen hatte.

Zwei Wochen vor dem abrupten Ende ihrer Beziehung zu Jennifer hatte Claire Cordelia noch für einen teuren Klavierferienkurs angemeldet, der in der Woche nach Ostern stattfand. Die Teilnahmegebühr war schon von ihrem Konto abgebucht worden. Deshalb, und weil Cordelia dazu neigte, sich in den Ferien tierisch zu langweilen und dann auf Raffi loszugehen, bestand Claire darauf, dass Cordelia an dem Kurs teilnahm, bevor sie endgültig mit Klavier aufhörte. »Ich hab keinen Bock, ihr könnt mich nicht zwingen!«, protestierte Cordelia, doch Claire blieb hart, und schließlich gab Cordelia nach: »Aber nur, wenn Papa mich mit dem Auto hinbringt!«

Der Kurs fand in einer Privatwohnung im Münchner Westen statt. Beide Gehsteige waren zugeparkt, sodass Niko das Auto in einer Parallelstraße stehen lassen musste. Es nieselte stark, doch Cordelia weigerte sich aus Gründen, die nur sie selbst kannte, ihren Regenschirm aufzuspannen.

Zusammen stiegen sie eine schöne, knarrende Altbautreppe hinauf und kamen zu einer Wohnungstür, die angelehnt war. Aus dem Türspalt drang eine Musik, die sehr viel mehr nach gewaltigen Meereswogen klang als nach Klavier.

Hinter der Tür war die Lage unübersichtlich. Die Wohnung war voller Menschen, die sich unterhielten, in einer Sprache, die Niko nicht verstand – vermutlich war es Ungarisch –, und eine Wand des Eingangsbereichs war vom Fußboden bis zur Decke mit fugenlosem Spiegelglas verkleidet, wahrscheinlich ein Tipp aus einer Einrichtungszeitschrift, Rubrik »Kleine Räume größer machen«, der tatsächlich sehr gut funktionierte, denn Niko begriff beim Hereinkommen nicht gleich, dass er in einen Spiegel schaute und dass die beiden Gestalten, die ihnen gegenüberstanden, er selbst und Cordelia waren.

Er suchte nach einer Ablagemöglichkeit für seinen Regenschirm, aus dem das Regenwasser in durchsichtigen Fäden heraus- und auf den Dielenboden floss. Cordelia war ziemlich durchnässt. Ihre Jeansjacke hatte große, dunkle Flecken, und ihr langes Haar war mit Tausenden von winzigen Tröpfchen besetzt.

Die Ungarn, von denen es doch nicht so viele gab, wie Niko zuerst gedacht hatte, hockten auf Barstühlen hinter einer Art Tresen und schienen sich so wenig für sie zuständig zu fühlen wie Vorortpendler für ein Grüppchen im Zentrum zugestiegener Touristen. Cordelia stand mit erhobenen, abgewinkelten Armen vor dem Flurvergrößerungsspiegel, der so gründlich von Staub und Fingerabdrücken gesäubert worden war, dass Nikos Gehirn ihn immer noch beharrlich als Erweiterung des Raumes deutete, und machte keinerlei Anstalten, etwas gegen die Nässe zu unternehmen, zum Beispiel indem sie ihre durchweichte Jacke auszog oder das Gesicht mit dem Ärmel abwischte. Sie erinnerte an eine Aristokratin, die ohne ihre Kammerzofe einfach aufgeschmissen ist, ein Verhalten, das so typisch für sie war, dass Niko lachen musste.

Er fragte auf Englisch nach der Toilette, beugte sich in das winzige Kämmerchen gleich neben dem Eingang hinein, riss etwas von dem Klopapier ab und hielt es Cordelia hin, damit sie sich das Gesicht abtrocken konnte. Eine ungarisierte Asiatin oder asiatischstämmige Ungarin in einem weit ausgeschnittenen Leopardenmustertop erbarmte sich ihrer und zeigte ihnen, wo sie ihre Jacken aufhängen konnten.

Die Meereswogen donnerten. »You go in!«, sagte die Ungaroasiatin. Niko machte ein zweifelndes Gesicht; er ging voraus und wäre beinahe frontal in den Spiegel hineingelaufen.

In einem kleinen Zimmer mit niedriger Decke waren ein paar Leute um einen Flügel versammelt. Niemand wunderte sich, als Niko mit Cordelia hereinkam, und niemand achtete auf sie. Das Meeresrauschen wurde von einer unscheinbaren jungen Frau mit langen, glatten Haaren produziert, die schwungvoll in die Tasten griff und ihren Blick dabei stoisch und unverwandt auf ein Männchen gerichtet hielt, bei dem es sich wohl um den Kursleiter, einen Herrn László Csévharadszy, Professor an der Spezialschule für Musikalische Talente in Hódmezövásárhely, handeln musste. (Niko hatte gar nicht erst versucht, die Angaben auf dem Kursflyer zu entziffern, den Claire ihm gezeigt hatte, und hatte deshalb nur eine vage, mit Akzenten und unaussprechlichen Konsonantenverbindungen gewürzte Vorstellung davon, mit wem sie es zu tun hatten.)

Sie nahmen an einem wackeligen, runden Biedermeiertisch Platz und hörten dem Mädchen zu. Der Professor stand mit dem Rücken zu ihnen und präsentierte ihnen seine struppigen Hinterkopfhaare, die in seinem Nacken einen Kampf mit dem sehr abgewetzten Hemdkragen ausfochten.

Das Meer kam zur Ruhe. Prof. László parlierte auf Ungarisch und schwenkte feurig seine kurzfingrigen Hände, die rund und dick waren wie Löwentatzen. Ein jüngerer

Mann, dessen langer Hals auffallend elegant aus dem Kragen seines Rollkragenpullis herauswuchs wie aus einer Amphore, übersetzte mit monotoner Stimme und österreichischem Akzent. Das langhaarige Mädchen hörte wie hypnotisiert zu, während es bereits aufstand, sich im Aufstehen nach vorne beugte und dabei sein Notenheft zuklappte.

Der Professor war ein wilder kleiner Mann mit ockerfarbenem Gesicht, Zahnlücke, Goldzahn und plattgehauener Boxernase. Als Cordelia sich an den Flügel setzte, raufte er sich die Haare, rang die nikotinbraunen Hände und hüpfte in gespielter Verzweiflung von einem Bein auf das andere.

»Hat dir jemand gesagt, das so zu machen«, übersetzte der Österreicher mit monotoner Stimme und dem stieren Blick eines spiritistischen Mediums, »hast gelernt du so – so am Klavier du sitzen musst. Wo hast du gelernt dieses – no, er will halt von dir wissen, wo du diese üble Haltung herhast!«

Professor László hüpfte um Cordelia herum wie ein Dekorateur um eine Schaufensterpuppe, bog hier etwas zurecht, zog dort etwas weg, rüttelte an Schultern und Armen und Ellbogen und gab dazu Erklärungen ab.

»Hast zu Hause du eine Katze. Sollst spielen Klavier wie streicheln Katze wie wenn du die Katze streicheln tust – so – *nicht* so. Wenn machst du so – Katze kämpft, kratzt wie Teufel. Kratzt Klavier *auch* wie Teufel!«, übersetzte der Österreicher.

Cordelia spielte aus einem Heft mit Etüden, kam aber nie über die ersten paar Töne hinaus, weil sie jedes Mal sofort wieder von Prof. László unterbrochen wurde. Ihr ursprünglicher Ausdruck gelangweilt-ironischen Über-sich-ergehen-Lassens verschwand; ihr Gesicht wurde durchsichtig wie der Glasboden einer Uhr, durch den man die Arbeit des Uhrwerks, jede kleinste Bewegung der Rädchen und

Federn im Inneren beobachten und mitverfolgen kann. Niko klappte den Buchpreisträgerroman zu, den er sich mitgebracht hatte.

»Àllj!«, rief Professor László.

Er war auffallend klein, aber wenn er sich, so wie jetzt, ans Klavier setzte, verschoben sich die Proportionen auf ganz und gar unerklärliche Weise: Obwohl es offensichtlich war, dass der alte Mann sehr viel weniger Raum einnahm als der Flügel, hatte man trotzdem gleichzeitig den Eindruck, dass er in Wirklichkeit größer war als sein Instrument, dass er nicht *am* Flügel spielte, sondern *mit* ihm wie mit einem Ball oder Kugelschreiber oder einem anderen kleinen Gegenstand, den man in der Hand wiegen, zwischen den Händen hin und her wechseln lassen und sogar in die Luft werfen kann. Er spielte völlig ungerührt, ohne einen Gedanken an den ganzen komplexen Bewegungsablauf zu verschwenden, wie eine Köchin Zwiebeln schneidet und Paprika in ihr Gulasch rührt, ohne sich dabei irgendwie verrenken, überdehnen, krümmen, anspannen, abhetzen, verkrampfen oder sonst wie abquälen zu müssen. Übrigens spielte er nicht perfekt, sondern haute gelegentlich sogar für Nikos Laienohren deutlich hörbar daneben.

»Ìgy!«

Cordelia strengte sich an, um es dem Professor gleichzutun. Sie spielte tastend, viel zu zaghaft, leise und mit zweifelndem Gesichtsausdruck. Sie spielte weder besonders virtuos und sicher noch besonders ausdrucksstark oder klangvoll. Niko fragte sich gerade, wie sie überhaupt jemals darauf gekommen waren, dass Cordelia klaviermäßig besonders begabt sein könnte, als eine Frau um die dreißig, die mit einer großen Kladde auf dem Sofa saß und sich Notizen machte, einen freudigen Ausruf tat, wie eine Pilzsammlerin, die zufällig auf einen ungewöhnlich großen, schneckenfraßfreien Steinpilz gestoßen ist. Der robotergleich simultandolmetschende Österreicher neben ihr erwachte plötzlich zum Leben und sagte auf Ungarisch etwas Zustimmendes zu ihr. Dann konzentrierten sie sich beide wieder auf Cordelia und den Professor.

Cordelia endete, stark verunsichert, auf einem letzten, kaum hörbaren, zarten und fragenden Ton.

Alle lachten laut, vielleicht weil Cordelias Spiel so weit hinter den Erwartungen zurückblieb, vielleicht weil sich ihre Gedanken und Gefühle, ihr Zweifel, ihre Unsicherheit und ihr Unbehagen in ihrem Gesicht so deutlich abzeichneten wie die Organe im Körper eines Glasaals: eine komische, zum Lachen reizende Laune der Natur.

»Bravo!«, rief der Professor und ließ dabei seine Pranken sonderbar gehemmt um Cordelia herumschweben, als ob er sie am liebsten gepackt und geschüttelt hätte.

»Bravo!«, übersetzte der Österreicher, und dann entstand ein Durcheinander, in dem alle gleichzeitig redeten und niemand sich mehr die Mühe machte, irgendetwas zu übersetzen. An den Gesten der jungen Frau mit der Kladde, an der Beweglichkeit und sogar der Form ihrer Finger sah man deutlich, dass sie ebenfalls Pianistin war, so wie man einen Schwimmer an seinen Rochenflügelschultern erkennt oder einen Fußballer an den muskulösen Oberschenkeln, und dass ihre Hände es gewohnt waren, ganz andere Dinge zu vollbringen als die Hände gewöhnlicher Menschen. Sie hatte harte, stark gekräuselte Haare und eine kleine, kugelförmige Warze auf einem Augenlid.

Cordelia, die kein Wort verstand, sah verwirrt von einem zum anderen, und Niko hatte das Bedürfnis, sie gegen die ungerechte Kritik, die er aus dem Stimmengewirr herauszuhören glaubte, zu verteidigen. »Sie hat nicht verstanden, was sie machen soll!«

Der Österreicher warf Niko von der Seite her einen

Blick zu, der so verblüfft und gleichzeitig missbilligend war, als ob sich das Alpenveilchen von der Fensterbank ungebeten ins Gespräch eingemischt hätte, und zwar auf typisch topfblumige, ignorante Weise.

»Natürlich hat sie es verstanden«, sagte er herablassend, »sie ist klug.«

»Probiere jetzt so – spielen jetzt wie Schlange geht – hin und her – immer so – du verstehst – wie Slalomfahrer in Garmisch!«

Die monotonen und dysgrammatischen Übersetzungen des Österreichers waren jedes Mal sehr viel kürzer als das ungarische Original, wie bei einem schlampig untertitelten OmU-Film. Das beunruhigte Cordelia, die in den unübersetzten Teilen Kritik an ihrer Spielweise und an ihrer Person vermutete. Sie spielte; der Österreicher und die Frau lehnten sich nach vorne und sahen gespannt zu, als ob sie auf etwas Bestimmtes warten würden. Noch bevor Cordelia den letzten Ton angeschlagen hatte, brach wieder ein Tumult aus. Der Österreicher schlug mit der flachen Hand auf den Biedermeiertisch. Der Professor packte Cordelia nach kurzem Zögern mit seinen Löwenpranken links und rechts am Kopf, zog sie zu sich und gab ihr einen energischen Kuss auf den Scheitel, und man konnte dabei zusehen, wie Cordelia innerhalb von Sekunden tiefrot anlief. Die junge Frau stand auf und rief etwas durch den Türspalt nach draußen; der Österreicher sprang ebenfalls auf, ging wie von einer Schnur gezogen quer durch den Raum und setzte sich auf einen anderen Stuhl, der näher am Flügel stand.

Jetzt scharten sich die Anwesenden, zuzüglich zweier weiterer Ungarn, die neugierig aus dem Flur hereingekommen waren, um den Flügel wie Archäologen um eine vielversprechende Entdeckung, die einer von ihnen auf dem Ausgrabungsfeld gemacht hat, und versperrten Niko die

Sicht. Professor László dozierte und führte vor, was er meinte, wobei er sich keine übergroße Mühe gab, die richtigen Töne zu erwischen, Cordelia probierte, erduldete Korrekturen, setzte neu an, und auf den anerkennenden Beifall der Umstehenden folgten ausgedehnte, unverständliche Wortwechsel.

»Des Mädl is eine Granate! Wenn *die* einmal hochgeht …!«, sagte der Österreicher anerkennend zu Niko. Niko runzelte die Stirn, weil er nicht wusste, was das bedeuten sollte, als plötzlich aus dem Zentrum der kleinen Menschentraube, die den Flügel umstand, ein Lachen reiner, ungetrübter Freude ertönte, wie Niko es noch nie von Cordelia gehört hatte. Es galt dem ungarischen Professor, der wild in der Gegend herumsprang, um zu illustrieren, dass es beim Klavierspielen darauf ankam, die richtigen Tasten zu finden, ohne hinzusehen, so wie man in seinem eigenen Haus auch bei Dunkelheit auf Anhieb die Lichtschalter findet. Zu diesem Zweck mimte er höchst expressiv einen Menschen, der an der Zimmerdecke, auf dem Boden, in der Luft und in seinem eigenen Gesicht verzweifelt nach einem Lichtschalter tastet. Cordelia lachte laut und ausgelassen, Niko wunderte und freute sich, und dann war die Kursstunde auch schon vorbei, und ein kleiner Junge mit Riesenzähnen und Semmelgesicht wurde von seiner Mutter an der Hand hereingeführt, um Cordelias Platz einzunehmen.

»Hör zu«, sagte der Österreicher kurz darauf vor der Spiegelwand im Flur zu Cordelia und fingerte dabei gierig eine Zigarette aus der Schachtel, »du hast da ein paar Probleme mit dem Klavier. Ganz normale Probleme, wie sie viele haben. Die musst du loswerden, dann wirst du dein Leben lang Klavier spielen – und zwar sehr gut.«

Cordelia antwortete nicht, sondern grub stattdessen in der überquellenden Garderobe herum. »Meine Jacke?«, quäkte sie in einem übertriebenen Panikton. »Meine Jacke! Meine Jacke ist weg!«

Jetzt kamen der kleine ungarische Herr und sein Spiegelbild heran und deuteten eine Doppelverbeugung aus der Hüfte an, wie ein zerrupfter habsburgischer Doppeladler, eine unangezündete Zigarette in jedem seiner beiden Schnäbel.

»Er bedankt sich bei dir«, dolmetschte der Österreicher, »es war ihm ein Vergnügen und eine Ehre. Aha, und jetzt pass auf: Im nächsten Jahr wird er nur herkommen, wenn du auch herkommst. Sonst wird er überhaupt nicht mehr herkommen! Weil, sonst ist es ihm nämlich viel zu fad!«

Der alte Ungar grinste ockergesichtig, zahnlückig und goldbezahnt, bis ihm beinahe die Zigarette aus dem Mund fiel. »Hmhm«, lachte Cordelia in ihre Umhängetasche, in der sie gerade nach etwas Wichtigem suchte, »hmhmhm.« Als sie den Kopf wieder aus der Tasche zog, leuchtete ihr Gesicht sonnenaufgangsrot.

Am Nachmittag dieses Tages setzte sich Cordelia, zum großen Erstaunen ihrer Eltern, ganz von selbst ans Klavier, um zu üben. Manchmal korrigierte sie sich dabei oder spielte eine schwierige Stelle mehrmals hintereinander in gemäßigtem Tempo durch. Das war ein Novum, und es wiederholte sich an den darauffolgenden Tagen.

Am Ende der Osterferien bat sie ihre Eltern, wieder Klavierunterricht nehmen zu dürfen.

»Aber, Cordelia, wenn das dann wieder genauso wird wie mit Jennifer –«

»Nein«, sagte Cordelia, »diesmal ist es anders.« Sie war sich ihrer Sache sicher und hatte sich schon alles genau zurechtgelegt: »Ich will bei dem Österreicher Unterricht haben.«

»Bei welchem Österreicher?«

»Bei dem von dem Kurs. Der da übersetzt hat.«

Der Kursflyer mit der Telefonnummer hing noch an der Küchenpinnwand. Der Österreicher nahm sogar noch ein paar Euro mehr als Jennifer, doch er schien sein Geld wert zu sein, und Cordelia hatte sich diesmal offenbar tatsächlich vorgenommen, ihren früheren Lastern abzuschwören und am Klavier wirklich gut zu werden. Ihr neuer Lehrer wollte sie auf *Jugend musiziert* vorbereiten, und, was noch viel wichtiger war: Cordelia war damit einverstanden und wollte es selbst. Zum ersten Mal in ihrem Leben war sie dazu bereit, in ihrem eigenen Interesse auf das zu hören, was ein anderer ihr sagte.

33

Seit Tagen befand sich Claire in einem seelischen und körperlichen Ausnahmezustand.

Es hatte sich herausgestellt, dass das, was nach ihren bisherigen Vorstellungen nie und nimmer hätte sein dürfen, anscheinend doch sein durfte, und dass es sogar dem ganz gewöhnlichen Lauf der Dinge entsprach, für den sich außer ihr selbst niemand besonders interessierte, den alle außer ihr selbst schulterzuckend als gegeben hinnahmen und genauso wenig hinterfragten wie den wöchentlichen Mülltonnenleerungstermin.

Eineinhalb Wochen lang hatte sie nicht gewusst, wohin Raffi gebracht worden war. Nachdem sie herausgefunden hatte, dass er sich in einer Wohngruppe am anderen Ende der Stadt befand, war ihr verboten worden, ihn zu besuchen oder auf andere Weise mit ihm Kontakt aufzunehmen. Diese Kontaktsperre galt auf unbestimmte Zeit, auf jeden Fall aber bis Mitte/Ende Dezember, und umfasste auch Telefonanrufe. Was danach sein würde, wollte ihr niemand sagen. Auch auf die Frage, wann – oder ob! – und unter welchen Umständen sie Raffi zurückbekommen würde, hatte sie bisher keine Antwort erhalten. Nach Auffassung der Leiterin der Wohngruppe, einer Frau Prahl, sollte Raffi erst einmal zur Ruhe kommen und sich an seine neue Umgebung gewöhnen; danach würde man weitersehen. Diese Regelung war Claire als unumstößliche Tatsache und Selbstverständlichkeit präsentiert worden, und niemand kümmerte sich darum, wie es ihr damit ging.

Ihre Gedanken kreisten unaufhörlich um Raffi, und wenn sie sich zwang, an etwas anderes zu denken, fiel ihr sofort Niko ein, und ihre Gedanken begannen wieder, sich im Kreis zu drehen.

Auch Niko hatte sie seit der Verhaftung noch nicht gesehen und nur einmal am Telefon kurz mit ihm sprechen können. Als U-Häftling durfte er nicht telefonieren, und der Brief, den er ihr versprochen hatte, hing offenbar noch in der Postkontrolle fest. Er war im Zug verhaftet worden, aufgrund eines dummen, überflüssigen Zufalls. Kurz nachdem der Zug die deutsche Grenze passiert hatte, hatte im Bordbistro eine männliche Person um sich geschossen und war dann verschwunden. Weil die Beschreibungen sich widersprachen und weil niemand sagen konnte, wo der Täter sich aufhielt und wie groß die Gefahr war, die von ihm ausging, war der Zug in den nächstgelegenen Bahnhof umgelenkt worden. Niemand durfte aussteigen, bis die Bundespolizei den Zug durchsucht und alle Passagiere einzeln kontrolliert hatte, und dabei war Niko, dessen Name im Fahndungssystem gespeichert gewesen war, aufgeflogen. Die Polizisten hatten ihn und Raffi mitgenommen, zusammen mit einem Pakistani ohne Papiere und einem vorbestraften Schwarzfahrer. Solche Dinge waren also nicht nur möglich – sie geschahen tatsächlich! Am nächsten Morgen war der Anwalt im Stau stecken geblieben und hatte es nicht rechtzeitig zum Vorführtermin geschafft, und die Haftrichterin hatte Nikos Beteuerungen, dass er auf dem Weg nach Hause gewesen sei, um sich freiwillig zu stellen, keinen Glauben geschenkt und ihn zur Sicherheit dabehalten.

Danach war Niko über mehrere Etappen nach München verschubt worden, und jetzt ging es darum, endlich einen Sprechschein für Claire und, was noch viel wichtiger war, einen Haftprüfungstermin zu organisieren. Mit dem Sprechschein in Händen konnte sie Niko besuchen, herausfinden, wie es ihm ging, ihm seelischen Beistand leisten und ihn um Verzeihung bitten, und bei dem Haftprüfungstermin würde der Anwalt hoffentlich zumindest eine Außervollzugsetzung des Haftbefehls erreichen können.

Claire fühlte sich wie ein Mensch, der nach einem schlimmen Sturz noch halb betäubt, blutend und mit zerrissenen Kleidern auf dem Boden liegt, sich umsieht und angestrengt versucht, seine neue Lage zu begreifen, und der dabei erstaunt feststellen muss, dass die Welt für ihn nicht mehr dieselbe ist. Sie sah jetzt erstmals die unlackierte, raue, schmutzige und hässliche Unterseite der Dinge, die sie bisher nicht gekannt hatte, auch wenn sie natürlich über ihre Existenz informiert gewesen war. Sie hatte nur nicht damit gerechnet, mit diesem Teil der Wirklichkeit jemals selbst Bekanntschaft schließen zu müssen.

Es war noch nicht sehr lange her, dass Claire sich den meisten anderen Menschen weit überlegen gefühlt hatte. Sie hatte über Säcklein und Frau Meier den Kopf geschüttelt, sich in Venedig in ihrer eigenen Kultiviertheit gesonnt, Tinchens Naivität belächelt und sich für Elkes rechte Hand gehalten. Jetzt war sie hin- und hergerissen: Sollte sie versuchen, eine Begegnung mit Raffi herbeizuführen, oder nicht? Einerseits sträubte sich alles in ihr gegen den Gedanken, dass ihr eigenes Kind sich an eine Umgebung »gewöhnte«, die sie nicht ausgesucht hatte, über die sie nichts wusste und die ihm auf jeden Fall schaden würde, andererseits wünschte sie sich nichts mehr, als dass es Raffi gut ging. Sie wollte ihn unbedingt sehen, sagte sich aber, dass es unter den gegebenen Umständen vielleicht besser war, wenn sie sich von ihm fernhielt, um ihn nicht unnötig aufzuregen und zu quälen. Vielleicht hatte er sich ja schon eingelebt und vermisste seine Familie überhaupt nicht? Die Vorstellung war schrecklich, aber wenn es tatsächlich so sein sollte, dann war es bestimmt gut, es vorerst dabei zu belassen.

Trotzdem war sie schon zwei Mal mit dem Auto an dem Gebäude vorbeigefahren, in dem Raffi nach ihren Informationen untergebracht war. Sie hatte sich einfach nicht mehr anders zu helfen gewusst. Beide Male hatte sie Raffi nicht zu Gesicht bekommen, obwohl sie im Schneckentempo gefahren war, so lange wie möglich in den Garten und in die Fenster hineingestarrt und überall in der Umgebung nach ihm Ausschau gehalten hatte. Das Haus machte einen einigermaßen freundlichen und gepflegten Eindruck; trotzdem konnte sie sich nicht vorstellen, dass Raffi sich darin wohlfühlte.

Claire war immer ein ungeduldiger, temperamentvoller, schnell aufbrausender Mensch gewesen. Jetzt wurde ihre Geduld auf eine brutale Probe gestellt. Ihre innere Uhr und die Uhren der Welt schienen in dieser Sache sehr unterschiedlich schnell zu laufen: Während es Claire so vorkam, als ob jede einzelne Stunde, Minute und Sekunde zählte und man deshalb so schnell wie möglich handeln musste, war Raffis Fall für die offiziellen Stellen, die damit befasst waren, nur einer unter vielen und ganz sicher keiner von denen, die eine besonders beschleunigte oder bevorzugte Behandlung verdient hatten. Im Geschäftsgang einer Behörde waren zehn Tage so gut wie nichts; Claire kamen sie vor wie zehn Jahre.

Sogar ihr Anwalt schien sie bei aller Gutmütigkeit und Hilfsbereitschaft in diesem Punkt nicht wirklich zu verstehen. Er antwortete oft tagelang nicht auf ihre Rückrufbitten und auf die Mails, in denen sie ihm immer neue Gesichtspunkte unterbreitete und um seine Stellungnahme dazu bat – angeblich, weil »wirklich keine Zeit« gewesen war, wie er sich ihr gegenüber nachträglich mit einer Spur von schlechtem Gewissen zu rechtfertigen versuchte, wenn sie es endlich geschafft hatte, ihn telefonisch zu erreichen. Einmal hatte er ihr fest zugesagt, sich bis zum nächsten

Abend bei ihr zu melden, hatte sich dann aber nicht daran gehalten, sondern mehrere Tage lang überhaupt nichts mehr von sich hören lassen. Dieses Verhalten konnte Claire einfach nicht begreifen. Es *konnte* keinen dringenderen Fall geben als ihren! Und selbst wenn der Anwalt noch andere dringende Fälle zu bearbeiten hatte (woran sie zweifelte) – dann musste er die fünf Minuten für die Beantwortung ihrer Mail eben anderswo abzwacken. Warum tat er es nicht?

Auch den Sprechschein hatte der Anwalt nur beantragt, weil Claire einfach nicht lockergelassen hatte und ihm tagelang damit auf die Nerven gegangen war. Sie wusste nicht, ob das normal war oder ob sie tatsächlich ein besonders nachlässiges oder schlecht organisiertes Exemplar erwischt hatte, und weil niemand aus dem Kreis ihrer Freunde, Verwandten und Bekannten über den Super-GAU Bescheid wusste – sie hatte niemanden darüber informiert, aus Scham und weil sie sich an die Hoffnung klammerte, dass in wenigen Wochen der Normalzustand wiederhergestellt sein würde –, gab es auch niemanden, den sie hätte um Rat fragen können.

Sie ließ sich niemandem gegenüber etwas anmerken. Sie hielt weiter ihre Vorlesungen und Seminare – schon allein, um eine Beschäftigung zu haben und sich nicht rund um die Uhr in sinnlosen Grübeleien verlieren zu müssen, auch wenn ihre Arbeit jetzt jeden Sinn für sie verloren hatte –, stand lächelnd daneben, wenn ihre Kollegen den neuesten Unitratsch austauschten, und stieß bei einer Institutsfeier sogar mit einem Glas Sekt an und lachte dabei besonders fröhlich, während sie gleichzeitig innerlich ganz mit dem Unglück beschäftigt war, das über sie hereingebrochen war. Diese Schauspielerei kostete sie große Anstrengung, und weil sie so abgelenkt war, unterliefen ihr ständig uncharakteristische Fehler: Sie verschusselte Termine, verklickte sich in ihrem Mailprogramm, wodurch vertrauliche Informationen an die falschen Adressaten gelangten, und musste ein Beratungsgespräch, zu dem sie einen Studenten gebeten hatte, abbrechen, weil sie sich beim besten Willen nicht mehr daran erinnern konnte, was sie mit ihm hatte besprechen wollen. »Helfen Sie mir auf die Sprünge«, bat sie den Studenten, einen bärtigen Hipster mit Nerdbrille, »worüber wollte ich mit Ihnen reden?« Der Student sah sie ungläubig an, und als er wenig später ihr Arbeitszimmer verließ, lächelte er geringschätzig in seinen prächtigen Vollbart hinein.

Auch Cordelia hatte sie noch immer nicht gesagt, was passiert war. Als ihre Tochter sich am Abend der Verhaftung bei ihr erkundigt hatte, wo Niko und Raffi blieben, hatte sie spontan gelogen: Niko habe die Heimreise »doch nicht« angetreten, sondern beschlossen, »noch ein bisschen« mit Raffi in Italien zu bleiben. Obwohl diese Lüge lächerlich unglaubwürdig und durchschaubar war, hatte Cordelia nicht weiter nachgefragt und sich so verhalten, als ob sie ihr glaubte. Seitdem hatten sie nicht mehr über das Thema gesprochen. In dem leeren, düsteren Haus gingen sie einander so weit wie möglich aus dem Weg und redeten nur das Nötigste miteinander; manchmal ertappte Claire ihre Tochter dabei, wie sie sie heimlich aus den Augenwinkeln beobachtete.

An dem Samstag, an dem Cordelias Wettbewerbsvorspiel stattfinden sollte, auf das sie sich so eifrig vorbereitet hatte, war Claire sehr nervös, weil sie einen gewagten Plan hatte: Sie wollte zur Wohngruppe fahren und dort ein paar persönliche Sachen für Raffi abgeben, einen Adventskalender und ein paar Kleider für den Winter.

Der Adventskalender war ein Legokalender von vor zwei Jahren, der längst vergriffen war. Nur Claire wusste, dass Raffi sich genau diesen Kalender seit Monaten wünschte. Während sie auf der Suche nach dem Kalender das Internet durchkämmt und schließlich bei eBay einen horrenden Preis für ein Exemplar geboten hatte, das an einer Seite bereits eingedätscht war, hatte sie sich an dem Gedanken, Raffi diese ganz spezielle Freude zu bereiten, gewärmt wie an einem Feuer.

Außerdem wollte sie ihm Schneehose, Handschuhe und Mütze vorbeibringen. Sie hatte die Sachen am Vortag zusammengepackt und sich dabei vorübergehend etwas besser gefühlt.

Schon beim Frühstück war sie wegen ihres Vorhabens sehr aufgeregt. In der Nacht hatte sie lange wach gelegen und über das Für und Wider nachgedacht. Das Einzige, was jetzt zählte, war, Raffi so schnell wie möglich wieder zurückzubekommen; diesem Ziel musste sie alles unterordnen. Sie wusste auch und hatte begriffen – sogar schon bevor der Anwalt ihr noch einmal haarklein alles auseinandergesetzt hatte –, dass das Jugendamt am längeren Hebel saß und dass alles davon abhing, dass sie die Füße stillhielt, sich kooperationsbereit zeigte und exakt das tat, was von ihr verlangt wurde.

Auf der anderen Seite konnte sie den Gedanken nicht ertragen, dass Raffi vielleicht glauben könnte, dass sie ihn im Stich gelassen hatten. Sie hatte keine Ahnung, was die Leute, unter deren Obhut er jetzt stand, ihm über sie erzählt hatten und was in seinem Kopf vorging.

Vielleicht glaubt er, dass wir nichts mehr von ihm wissen wollen? Wenn er die Sachen bekommt, weiß er wenigstens, dass wir an ihn denken. Außerdem hat mir niemand ausdrücklich verboten, ihm Sachen vorbeizubringen. Davon war bisher noch überhaupt keine Rede. Vielleicht ist es sogar umgekehrt: Vielleicht wird es mir als mangelnde Fürsorge ausgelegt, wenn ich ihm nichts vorbeibringe. Vielleicht handelt es sich um eine Art Test. Vielleicht warten sie ab, ob ich ihm etwas bringe oder nicht, und beurteilen mich danach. Eine gute Mutter sorgt für ihr Kind; also könnte es sogar einen schlechten Eindruck machen, wenn ich es nicht tue. Vielleicht hätte ich schon früher –

»Kommst du eigentlich mit heute?«, fragte Cordelia und versuchte dabei, möglichst unbeteiligt zu wirken. Schon seit dem Aufstehen hatte sie mit einem wachsenden Gefühl der Gekränktheit darauf gewartet, dass Claire von selbst auf das Thema zu sprechen kommen würde. Heute war der Tag, auf den sie seit Monaten hingearbeitet hatte! Warum interessierte sich ihre Mutter nicht dafür? Seitdem ihr Vater mit ihrem Bruder weggefahren war, beachtete ihre Mutter sie überhaupt nicht mehr, außer wenn es darum ging, sie für irgendetwas zu kritisieren. Oft machte sie sich nicht einmal mehr die Mühe, sie zu begrüßen, wenn sie aus der Schule kam. Sie führte hektische Telefonate, von denen Cordelia nichts mitbekommen sollte, und wenn sie wegging, sperrte sie das Schlafzimmer zu und nahm den Schlüssel mit. Cordelia nahm alle diese Einzelheiten schweigend zur Kenntnis. Gekränkter Stolz hielt sie davon ab, ihrer Mutter Fragen zu stellen: Sollten sie doch Geheimnisse vor ihr haben, sie interessierte sich ohnehin nicht dafür!

Claire runzelte die Stirn, während sie versuchte zu rekonstruieren, was Cordelia meinte. Es fiel ihr schwer, sich aus dem Strudel ihrer schmerzlichen und sorgenvollen Gedanken zu befreien und an den Frühstückstisch zurückzukehren. Cordelia bezog die senkrechte Falte zwischen den Augenbrauen ihrer Mutter auf sich und fühlte sich dadurch persönlich angegriffen.

»Jugend musiziert?« Sie machte eine Geste mit der Hand, die fassungslose Ungläubigkeit zum Ausdruck brachte.

Warum organisierten Menschen etwas so Sinnloses wie einen Musikwettbewerb? Was konnte daran für irgendjemanden von Interesse sein? Die Welt des Geistes – Kunst,

Literatur, Musik –, in der Claire früher gelebt hatte und die sie immer für wichtiger und aufregender gehalten hatte als das wirkliche Leben, erschien ihr jetzt wie ein Haufen wertloses Gerümpel, und der Gedanke, dass es Leute gab, die ihre Zeit damit verschwendeten, in diesem staubigen Plunder herumzustochern, erfüllte sie mit Gereiztheit und Ungeduld. Andererseits gab es keinen Grund, Cordelia ihre Bitte abzuschlagen; es gab ja nichts, was sie in dieser Zeit für Raffi oder Niko hätte erreichen können.

Sie verabredeten sich für den frühen Nachmittag im Foyer der Musikhochschule. Cordelia wollte vorher noch bei ihrem Klavierlehrer vorbeifahren, um sich letzte Instruktionen abzuholen und sich von ihm mental auf das große Ereignis vorbereiten zu lassen, und Claire wollte den Morgen nutzen, um Raffi die Sachen vorbeizubringen. Cordelia erzählte sie nichts davon.

34

Claire parkte ungeschickt und viel zu weit vom Bordstein entfernt, stieg aus und holte die Tüten vom Beifahrersitz. Gleich ist es so weit!, dachte sie und spürte, wie sich ihr Herzschlag beschleunigte.

Mit den zwei großen, vollgestopften Tüten beladen ging sie auf das Haus zu, das sie bereits von ihren früheren, heimlichen Ausflügen kannte.

Auf dem langen, gepflasterten Zufahrtsweg, der durch den großen Vorgarten zur Garage führte, kam ihr eine ältere Frau mit unnatürlich schwarzen Haaren entgegen. »Wohin wollen Sie?«

Die Frau hatte sich die Augenbrauen ausgezupft und etwas weiter oben mit Augenbrauenstift neu aufgemalt. Ihre Wangen, ihre Augenpartie und ihr ganzes Gesicht waren vom Alter wie deformiert. Sie trug eine rostrote, wattierte Jacke mit einem Rautenmuster und ein gestricktes Stirnband aus flauschiger Wolle in einem rötlich-orangen Farbton, der nicht zu dem der Jacke passte.

»Ich wollte das hier vorbeibringen«, Claire hob ihre Tüten an den Griffen hoch, »für meinen Sohn, Raffael von Koppenstein.« Während sie sprach, sah sie unwillkürlich über den Kopf der Frau hinweg immer wieder zu dem Gebäude mit den weißen Fensterrahmen hin. Sie rechnete jeden Moment damit, dass Raffi von irgendwoher auftauchen könnte; der Gedanke machte sie so zappelig, dass sie nicht stillstehen konnte, sondern von einem Fuß auf den anderen trat.

»Nein«, antwortete die Frau. Hinter ihr trat ein bulliger junger Mann mit kahl rasiertem Kopf und Ziegenbart aus dem Haus; er trug eine große rosa Plastikschüssel in der Hand und sah mit zur Seite gedrehtem Kopf neugierig zu ihnen hinüber.

»Nein, das geht nicht«, wiederholte die Frau und schüttelte den Kopf. Claire war überrascht und erschrocken darüber, wie abweisend sie ihr gegenüber auftrat, ohne ihr überhaupt Zeit zu geben, zu erklären, weshalb sie gekommen war.

»Ich wollte ihm nur diesen –«, fing sie an und lächelte, um die Frau für sich einzunehmen und vielleicht doch noch umzustimmen, als ihr plötzlich etwas klar wurde. »Ach so, wir kennen uns, wir haben miteinander telefoniert! Sie sind Frau Prahl, oder?«

Frau Prahl nickte.

An einem der Fenster im ersten Stock erschien jetzt der Rücken eines Mädchens, das sich auf das Fensterbrett gesetzt hatte und sich von innen gegen die Scheibe lehnte. Es trug ein helles Sweatshirt und bewegte seinen Kopf mit dem langen braunen Pferdeschwanz, während es mit jemandem redete, der sich im gleichen Raum aufhielt. Durch die anderen Fenster konnte man nichts erkennen. An der Haustür hing ein Adventskranz aus Stroh. – Wo war Raffi? War er im gleichen Zimmer wie das Mädchen? Stand er vor ihr und redete mit ihr? War er überhaupt in dem Haus oder –

»Bitte verlassen Sie das Grundstück!« Das große Interesse, das Claire an dem Haus hatte, und ihre neugierigen Blicke hatten bei Frau Prahl die Alarmglocken schrillen lassen, und sie versuchte, sich so zu positionieren, dass sie Claire den Blick auf das Haus versperrte. »Bitte verlassen Sie das Grundstück!« Sie setzte einen Fuß vor den anderen und drängte Claire zurück, bis sie beide auf dem Bürgersteig neben einem Mülltonnenhäuschen aus Waschbeton zu stehen kamen. Claire konnte jetzt nichts mehr von dem

Gebäude sehen, weil eine hohe, sehr buschige Konifere ihr den Blick versperrte.

»Und die Sachen?« Sie hielt die beiden Tüten an den Griffen hoch. Frau Prahl schüttelte den Kopf. Ein Mann in einer schwarzen Lederjacke, der auf der anderen Straßenseite seine dicke, keuchende Bulldogge an der Leine spazieren führte, sah zu ihnen hinüber; die Metallteile an der Leine klingelten leise, und man konnte die Krallen des Tieres auf dem Gehweg kratzen hören.

»Aber …«

»Nein.«

»Aber *warum* kann ich nichts hierlassen? Das sind doch nur ein paar Kleider!« Claires Stimme quäkte so erbärmlich, dass sie sich dafür schämte. Sie versuchte gewaltsam, sich zu beherrschen, um zu zeigen, wie vernünftig und kooperativ sie war, konnte aber nicht verhindern, dass ihre Lippen zitterten und ihr Gesicht sich jämmerlich verzog. »Es wird doch kalt und …«, fuhr sie mit schwacher, weinerlicher Stimme fort.

»Er braucht die Sachen nicht. Wenn er was braucht, bekommt er es von uns. Das kann man alles kaufen.«

»Aber …«

»Nein.«

Claire starrte die Hand an, mit der Frau Prahl den Gurt ihrer Handtasche umklammert hielt. Es war eine zutiefst unsympathische Hand, die Hand einer völlig Fremden, vor der Claire sich ekelte. Die Vorstellung, von dieser Hand angefasst zu werden oder auch nur einen Gegenstand zu berühren, der zuvor von dieser Hand berührt worden war, war ihr zuwider. Niemand, den sie kannte, wirklich niemand, hatte solche bleichen, aufgedunsenen Hände und solche spitz zulaufenden Finger, und diese Hände durften sich jetzt Raffi nähern.

»Bitte –«, stammelte sie, wurde aber von Frau Prahl unterbrochen, die jetzt so nahe an sie herankam, dass Claire den giftigen Nikotingeruch einatmen musste, der von ihr ausging. »Ihr Sohn ist jetzt hier bei uns, das müssen Sie endlich mal in Ihren Kopf reinkriegen. Denken Sie lieber mal darüber nach, wie Sie das Ruder jetzt wieder rumreißen wollen. Wie wollen Sie das Ruder eigentlich jetzt wieder rumreißen, Frau von Koppenstein?«

Hinter der großen Konifere waren Stimmen zu hören. Claire hatte noch nicht begriffen, was das zu bedeuten hatte, als der junge Mann um die Ecke des Mülltonnenhäuschens bog, der vorhin die Schüssel aus dem Haus getragen hatte. Neben ihm ging ein etwa zwölfjähriger Junge mit blonden Schnittlauchhaaren und einer Brille mit glänzendem Metallgestell, der schnell und aufgeregt auf ihn einredete. Der Mann hörte dem Jungen zu und antwortete etwas, während er gleichzeitig zu Claire hinsah und sie aufmerksam betrachtete.

»Oh, wow, hallo«, sagte er zu Frau Prahl, »du bist ja noch da!« Er streifte Claire mit einem unbefangenen, freundlichen Blick, wie um sich bei ihr zu erkundigen, ob er ihr auf irgendeine Weise behilflich sein konnte. Seine Stimme war hell und hatte, genauso wie seine Schritte, etwas Federndes, Unbekümmertes, um das Claire ihn sofort lebhaft beneidete. Trotz der Kälte trug er über seinem T-Shirt nur eine ärmellose Kapuzenweste.

Frau Prahl bewegte vielsagend den Kopf.

»Oh, ach so«, antwortete der junge Mann und sah Claire mit seinen hellen, leuchtenden Augen neugierig und forschend direkt ins Gesicht. Ein Strahlen der Freundlichkeit und des guten Willens ging von ihm aus, das ihn umgab wie eine Aureole. Einen Augenblick lang hoffte Claire, dass er sich einmischen und ihr irgendwie zur Seite springen würde, doch nichts dergleichen geschah.

»Gut, also dann«, rief der junge Mann vergnügt,

»tschautschau!«, winkte seiner Kollegin und ging weiter. Claire war enttäuscht, und dann bog zwischen zwei anderen Kindern Raffi um die Ecke.

Ihr Herz reagierte nicht sofort. Da ist er ja, dachte sie ganz sachlich und nüchtern, lächelte Raffi an und versuchte, so viel Liebe und Zärtlichkeit in dieses Lächeln zu legen wie möglich. Siehst du mich?, dachte sie, hier bin ich!

Raffi hatte sie sofort erkannt, wagte es aber nicht, sie zu begrüßen oder auf irgendeine andere Weise auf ihre Anwesenheit zu reagieren. Sein Gesicht, das viel länger und schmaler geworden war, blieb starr und ernst und unverändert wie das eines exerzierenden Soldaten, dem es bei Strafe verboten ist, sich eine Gemütsregung anmerken zu lassen. Nur an den Bewegungen seiner Augen, die immer wieder unruhig zu ihr hinüberirrten, erkannte Claire, dass er sich ihrer Anwesenheit bewusst war.

Raffi war nicht froh, sie zu sehen. Er war erschrocken und hatte Angst, dass sie nicht verstehen würde, dass er sich hier, in der neuen Umgebung, anders verhalten musste als zu Hause, dass er sich an die Regeln halten musste, die hier seiner Meinung nach galten. Er hatte Angst, dass sie auf ihn zukommen und ihn umarmen oder küssen würde, und dass er dann die Kontrolle über sich verlieren würde. Bleib weg von mir, flehte sein Blick, lass mich! Und Claire begriff, um was er sie bat, und hielt sich daran. Sie blieb stehen, ohne ihn anzusprechen, doch während er an ihr vorbeimarschierte, ließ sie ihn keine Sekunde lang aus den Augen.

Er trug die grellgrüne Softshelljacke, die Niko ihm in Italien gekauft hatte und die für die Jahreszeit zu dünn war. Auf dem Kopf hatte er eine Mütze mit einem großen, starren, weiß-blauen Aufnäher, die Claire noch nie gesehen hatte, und um seinen Hals war ein gestrickter, orange-blau gemusterter Schal gewickelt. Raffi hasste Schals; er hasste das würgende Gefühl der Enge an seinem Hals und hatte sich immer geweigert, einen Schal zu tragen, und jetzt hatte ihn jemand gezwungen, sich einen hässlichen, kratzigen Schal um den Hals zu knoten … Und seine Schuhe waren ihm zu klein geworden, das erkannte Claire an seinem eigenartigen, unbeholfenen, fast stolpernden Gang. Natürlich traute er sich nicht, deswegen etwas zu sagen, und seine Betreuer hatten nichts gemerkt.

Der junge Mann passte auf, dass die Kinder gut über die Straße kamen. Auf der anderen Seite sah Claire Raffi noch einmal kurz im Profil. Er drehte den Kopf nicht zu ihr hin, während er sich von ihr entfernte, schielte aber aus dem äußersten Augenwinkel angestrengt zu ihr hinüber. Dann verschwand er hinter einem Lieferwagen, und dort, wo er gerade eben noch gewesen war, erschien der Mann in der schwarzen Lederjacke, der mit seiner Bulldogge, die wie verrückt an der Leine zerrte, von seiner Gassirunde zurückkam.

Frau Prahl hatte etwas gesagt. Sekundenlang starrte Claire sie an und versuchte zu antworten, doch es ging nicht. Sie drehte sich um, um zu gehen.

»Ihre Tüten!«, rief Frau Prahl ihr nach. »Sie haben Ihre Tüten vergessen!« Mit Tränen in den Augen kehrte Claire noch einmal um und bückte sich, um die Tüten, die umgefallen waren, vom Boden aufzuheben.

Für den Nachhauseweg brauchte sie sehr lange, weil sie zu früh vom Mittleren Ring abbog und daraufhin völlig die Orientierung verlor und ziellos in der Stadt herumkurvte. Daheim blinkte der Anrufbeantworter rot und aufgeregt. Claire kümmerte sich nicht darum, sondern lief an ihm vorbei ins Haus hinein. Ihr kam der Gedanke, dass es falsch gewesen war, Raffi nicht anzusprechen, und dass ihr das vielleicht sogar vorgeworfen werden könnte, doch sie konnte sich nicht darüber aufregen. Sie setzte sich an den

Wohnzimmertisch. Sie konnte nicht weinen; einmal kamen ihr kurz die Tränen, versiegten aber sofort wieder. Die Zeiger ihrer Armbanduhr vollführten große, unerklärliche Sprünge: von der Zwei auf die Sieben auf die Neun und dann auf die Eins. Sie stand gerade vor dem Anrufbeantworter, um ihn abzuhören, als jemand an der Haustür klingelte. »Dreizehn – neue – Nachrichten«, verkündete eine weibliche Stimme vom Band. Claire erkannte Cordelia durch die Glaseinsätze in der Türfüllung an ihrer Größe und an der Farbe ihrer Jacke und erschrak.

Sie öffnete die Tür. »Cordelia –«, fing sie an, doch Cordelia schubste sie mit hasserfülltem Gesicht zur Seite und stürmte, ohne etwas zu sagen, an ihr vorbei und die Treppe hinauf in ihr Zimmer.

35

Ein paar Tage später durfte Claire Niko in der Haftanstalt besuchen. Sie brachte eine Garnitur Wäsche für ihn mit, die sie an der Pforte abgab; bei dieser Gelegenheit steckte sie sich nach kurzem Zögern auch gleich noch das dort ausliegende, eng bedruckte Merkblatt mit den Regelungen für Weihnachtspakete ein, nur für den Fall der Fälle. Bei der Vorstellung, dass es so weit kommen könnte, dass sie Niko – und Raffi! – über Weihnachten möglicherweise nicht bei sich haben würde, stiegen ihr sofort wieder die Tränen in die Augen.

Es war verboten, Jacken, Taschen oder Ähnliches ins Innere der Haftanstalt mitzunehmen. Ein Bediensteter zeigte Claire die Schließfächer, und sie sperrte ihre Sachen in einem der Fächer ein. Nachdem sie eine Sicherheitsschleuse passiert hatte und nach unerlaubten Gegenständen abgetastet worden war, wurde sie von einem anderen Beamten zum Besucherzimmer geführt. In ihrem Kopf vermischten sich die vielen neuen Eindrücke, die von allen Seiten auf sie einströmten, zu einem quälenden, unverständlichen Durcheinander: die hohen und abweisenden Außenmauern des Gefängnisgebäudes, das sonderbar konkave, verunstaltete Gesicht des Pförtners, die Sicherheitsschleuse mit dem Metalldetektor, das Abgetastetwerden durch eine Beamtin, die vielen im Befehlston formulierten Hinweisschilder überall, die gelblich weiß lackierten Gittertüren, die der Reihe nach vor ihr auf- und hinter ihr zugeschlossen wurden, die Gänge und Treppenhäuser mit ihren unterschiedlichen Bodenbelägen, besonders aber der Kontakt mit den JVA-Bediensteten, die sie nicht einschätzen konnte. Manche waren freundlich, manche unfreundlich; den freundlichen war sie übermäßig dankbar für ihre Freundlichkeit, während die Unfreundlichkeit der anderen sie erschreckte.

Das Besucherzimmer war winzig. Die Enge hatte etwas Hämisches, Kränkendes, als ob es sich dabei um eine absichtliche Bösartigkeit der Gesellschaft handelte, die den Häftlingen und ihren Besuchern nicht mehr Raum als unbedingt nötig zugestehen wollte, um ihnen dadurch vor Augen zu führen, wie wenig sie wert waren. Das Zimmer war mit einem hellgrauen Bürotisch und vier hellgrauen Bürostühlen möbliert. Neben der Tür stand ein fünfter, identischer Stuhl für den Beamten, der das Treffen überwachte. Sonst befand sich nichts in dem kleinen, kahlen Raum, kein einziger Gegenstand, nicht einmal ein Bild an der Wand. Das hohe, schmale Fenster war vergittert.

Niko, der bereits auf Claire gewartet hatte, war bei ihrem Eintreten von seinem Stuhl aufgestanden. Er war abgemagert und trug unförmige Häftlingskleidung: ein verwaschenes dunkelgraues Sweatshirt zu einer weiten blauen Arbeitshose und dazu seine eigenen, Claire wohlvertrauten roten Laufschuhe. Es war schrecklich, Niko in Häftlingskleidung und mit faltigem, schlecht rasiertem Gesicht und eingefallenen Schläfen zu sehen; noch schlimmer war der Anblick der Laufschuhe, weil sie Claire daran erinnerten, wie es früher gewesen war.

Der Beamte erlaubte ihnen, sich zur Begrüßung zu umarmen. Mit ausgebreiteten Armen kam Niko um den Tisch herum auf Claire zu, die sofort ihr Gesicht von ihm wegdrehte: Sie hatte eine Herpesinfektion am Mund und wollte es vermeiden, ihn anzustecken. Ohne sich zu küssen, umarmten sie sich unbeholfen; Niko lachte und schnaubte verlegen, weil er nicht wusste, wo er seine Hände und Arme platzieren sollte, um Claire an sich zu ziehen, und Claire hielt ihren Kopf steif zur Seite gebogen, um ihn nicht anzustecken.

Sie setzten sich so, dass der Tisch zwischen ihnen war, und hielten sich dabei immer weiter an den Händen. Mit seinen kalten, feuchten Fingern hielt Niko Claires Hand fest umklammert und sah ihr unverwandt ins Gesicht. Seine sehnsuchtsvollen Blicke waren für Claire, die von Schuldgefühlen erdrückt wurde, kaum auszuhalten.

Die Besuchszeit betrug dreißig Minuten. Es war schwer zu entscheiden, welches Thema wichtig genug war, um in dieser kurzen Zeit besprochen zu werden. Aus diesem Grund, und weil sie sich durch die Umstände und durch die lange Trennung erschreckend fremd geworden waren, wussten sie beide nicht, wie sie das Gespräch anfangen sollten. Außerdem störte sie die Anwesenheit des Beamten, der nur eine Armlänge von Claire entfernt auf seinem Stuhl neben der Tür saß. Verlegen sahen sie sich an und begannen dann beide gleichzeitig zu sprechen.

Niko gab Claire durch eine Geste zu verstehen, dass er ihr den Vortritt lassen wollte. Sie fing an, über Raffi zu reden. Sie schämte sich vor dem Beamten, der alles mithören konnte, außerdem hatte sie Angst, versehentlich etwas preiszugeben, was ihnen schaden konnte. Wieder hatte sie große rote Flecken am Hals und im Gesicht; die geschwollene, verkrustete Stelle an ihrer Oberlippe, die sie mit Lippenstift überschminkt hatte, veränderte den Ausdruck ihres Gesichts, sodass es auf Niko noch fremder wirkte. Sie sprach über die Wohngruppe, über die Kontaktsperre, über ihre Telefonate mit Frau Prahl und Frau Brisch vom Jugendamt, verschwieg aber, was ihr der Anwalt über die Möglichkeit eines Sorgerechtsentzugs und über die Aussichtslosigkeit einer gerichtlichen Auseinandersetzung mit dem Jugendamt gesagt hatte. In der

Aufregung und weil sein Kopf so voller Gedanken war, vergaß Niko das Wichtigste und fragte nicht danach, was das Jugendamt für Raffi plante und wie lange er in der Wohngruppe bleiben musste. Sie unterhielten sich über die bevorstehende Haftprüfung und senkten dabei unwillkürlich ihre Stimmen, weil sie das Gefühl hatten, dass es besser war, wenn ihr Bewacher nicht zu viel davon mitbekam.

Das Gespräch stockte häufig. Hektisch und unkontrolliert sprangen sie von einem Thema zum nächsten, weil sie aufgeregt waren und Angst hatten, die knapp bemessene gemeinsame Zeit nicht gut genug zu nutzen.

Niko erzählte von dem Amoklauf im Zug – sie hatten zum Glück überhaupt nichts davon mitbekommen – und bat Claire, in seinem Namen einige Mails an wichtige Geschäftspartner zu verschicken. Er schilderte ihr ein paar Einzelheiten aus dem Gefängnisalltag und gab sich dabei große Mühe, alles in einem möglichst harmlosen Licht erscheinen zu lassen. Er riss sogar ein paar Witzchen über seinen Zellengenossen Georgios und dessen übernatürlich laute Fürze. Trotzdem konnte Claire es kaum ertragen, zu hören, dass er nach seiner Verhaftung zehn Tage lang nicht hatte duschen können und dass er in der Zugangszelle tagelang allein und ohne Beschäftigung gewesen war. Auch wenn sie es nicht aussprachen, wussten sie beide, wer die Schuld daran trug.

Das Eigengeld, das sie für Niko auf das angegebene JVA-Konto überwiesen hatte, war noch nicht freigegeben worden. Niko konnte nicht am Hauseinkauf teilnehmen und war auf das Anstaltsessen angewiesen, das abscheulicher war als alles, was er kannte. Er bat Claire, ihm an dem Süßigkeitenautomaten, der vor dem Besuchszimmer auf dem Gang stand, Schokolade zu kaufen, doch Claire hatte ihr Geld in ihrer Handtasche im Schließfach gelassen. Es gab auch keine Möglichkeit mehr, es zu holen, weil die Zeit dazu nicht reichte, und der Beamte neben der Tür weigerte sich, ihr etwas auszulegen.

In den letzten Minuten verfiel Claire in Panik. Immer wieder sah sie auf ihre Armbanduhr, auf der der Sekundenzeiger unerbittlich vorrückte. Je weniger gemeinsame Zeit ihnen blieb, desto bedeutsamer musste alles sein, was sie sagte. Sie wollte über Cordelia sprechen, überlegte es sich dann aber anders und schwieg. So verstrichen die letzten, wertvollen Sekunden ungenutzt. Zum Abschied umarmten sie sich noch einmal. Niko küsste Claire vorsichtig auf die gesunde Mundhälfte; dann wurde er abgeführt.

Mitte Dezember wurde ein Haftprüfungstermin anberaumt. Am Abend davor unternahm Claire den Versuch, mit Cordelia zu reden und ihr die Wahrheit zu sagen, bevor Niko nach Hause kam. Sie wollte Cordelia in ihrem Zimmer besuchen, sich vielleicht zu ihr aufs Bett setzen, ihren Arm um sie legen und ihr ruhig und geduldig erklären, was passiert war und wie es dazu hatte kommen können.

Auf ihr Klopfen bekam sie keine Antwort. Als sie vorsichtig die Tür aufmachte und ihren Kopf ins Zimmer steckte, fuhr Cordelia, die lesend auf dem Bett lag, heftig zusammen, als ob Claire sie bei etwas Verbotenem ertappt hätte, und richtete sich sofort angriffslustig auf.

»Was?«, zischte sie.

Das war kein gutes Zeichen. Claire machte zwei zögerliche Schritte in das stickige, ungelüftete Zimmer hinein, aber Cordelia war schon vom Bett aufgesprungen und bewegte sich hastig auf sie zu, offenbar in der Absicht, ihr den Weg zu versperren und sie aus ihrem Zimmer zu vertreiben. Sie hatte sich ein uraltes T-Shirt von Niko übergezogen, das mit braunen Flecken unklarer Herkunft übersät war, ihr Gesicht war voller entzündeter und aufgekratzter Pickel, vor allem um die Nase herum, und ihre Haare hingen ihr wild und ungekämmt ins Gesicht.

»Was?«, wiederholte sie feindselig. Sie war in den letzten Monaten noch einmal in die Höhe geschossen, war jetzt viel größer als Claire und überragte sie deutlich und krümmte, um diesen Makel zu verbergen, beim Gehen und Stehen ihre Schultern nach vorn.

Claire wich instinktiv zurück, als sie Cordelia auf sich zukommen sah. Um nicht in das unangenehme, feindselige Energiefeld zu geraten, das von Cordelia ausging, trat sie in den dunklen, schmalen Flur zurück. Cordelia blieb trotzig in der Türöffnung stehen und hielt ihren Blick auf ihre Mutter gerichtet, wie einen Stock, mit dem man ein gefährliches Tier von sich fernhält. Die körperliche Nähe zu Cordelia, die sie böse und herausfordernd anstarrte, war Claire unangenehm, doch sie konnte in dem engen Flur nicht ausweichen, weil ihr die offen stehende Badtür den Weg versperrte.

Irgendwie, in unklaren, wirren und verschleiernden Formulierungen, übermittelte sie Cordelia die vage Information, dass Niko in nächster Zeit – vielleicht schon am nächsten Tag – nach Hause kommen würde. Die Worte »verhaftet«, »Gefängnis« oder »Haftbefehl«, die ihr dabei ununterbrochen durch den Kopf geisterten, brachte sie nicht über die Lippen, so sehr schämte sie sich, vor Cordelia zuzugeben, wie tief sie gefallen waren. Die ganze Zeit über schien Cordelia, die mit der Hand die Türklinke festhielt, nur ungeduldig darauf zu warten, dass sie endlich verschwinden und sie in Ruhe lassen würde.

»Und Raffi?«

»Ach so, ja, Raffi …« Claire fürchtete sich davor, Cordelia ins Gesicht zu sehen; ihr Blick wurde von einer unwiderstehlichen Kraft mit Gewalt nach unten und zu Boden gedrückt, sodass sie nicht aufsehen konnte. »Der kommt noch nicht heim, der ist im Moment noch … woanders.«

»Woanders?«

»Ja, Raffi ist, der bleibt erst mal … wegen der Schule … und vielleicht … na ja …«, stammelte Claire, »wir wollten das einfach mal ausprobieren!«, ergänzte sie dann schnell im Tonfall einer abschließenden Erklärung, obwohl dieser Satz sinnlos war und überhaupt nichts erklärte.

Cordelia sah ihre Mutter verunsichert an und suchte in ihrem Gesicht nach einem Hinweis darauf, wie sie sich verhalten sollte.

Ihre Blicke begegneten sich. Sofort sahen sie beide wieder weg, so wie man von etwas glühend Heißem, das man versehentlich angefasst hat, erschrocken die Finger wegreißt. Claire drehte sich um und ging. Vorher verabschiedete sie sich noch von Cordelia, auf eine sonderbar förmliche, völlig unpassende Weise, wie von einer Fremden.

Am nächsten Tag wurde Niko freigelassen. Sein Anwalt hatte erreicht, dass der Haftbefehl gegen Meldeauflagen außer Vollzug gesetzt wurde. Vom Handy des Anwalts rief Niko gleich nach dem Haftprüfungstermin bei Claire an, um ihr die gute Nachricht zu überbringen. Er wollte sich ein Taxi bestellen und sich nach Hause bringen lassen, wusste aber nicht, wie lange es dauern würde, bis das Entlassungsprozedere abgeschlossen war und er seine Sachen ausgehändigt bekam. Er fragte nach Cordelia.

»Sie weiß nur, dass du kommst, nicht, wo du warst und wo Raffi ist.«

»Wir müssen ihr die Wahrheit sagen!«

»Ja, aber nicht heute.«

Niko war einverstanden. Als er Stunden später nach Hause kam, seine Reisetasche im Flur abstellte, Claire stürmisch an sich drückte und laut nach seinem Cordelinchen rief, erwähnte er mit keinem Wort, was hinter ihm lag. Cordelia begrüßte ihn nur kurz von der Treppe aus, ohne ihn anzusehen mit einem Winken und einem gemurmelten »Hallo«, kam aber nicht bis ganz nach unten, sondern drehte sich auf der Stelle um und verschwand sofort wieder in ihrem Zimmer.

36

Raffi war seit der letzten Novemberwoche in der Obhut des Jugendamts; Anfang Dezember hatte Claire herausgefunden, wohin er gebracht worden war, und erst kurz vor Weihnachten durften sie und Niko ihn zum ersten Mal in der Wohngruppe besuchen.

Zusammen mit Niko ging Claire den gepflasterten Weg entlang und auf das Haus mit dem Kranz an der Türe zu. Es war ein düsterer Wintertag; in der Nacht hatte es geschneit, aber nur wenig, und der Boden war mit einer hauchdünnen, halbtransparenten Schneeschicht überzogen. Claire spürte, wie ihr Herz sich schmerzhaft zusammenzog, und bemühte sich, ihre Aufregung zu unterdrücken. Je ruhiger und entspannter sie sein würde, desto besser würde das Treffen verlaufen – dieser Gedanke ließ sie erst recht nervös werden. In den Beeten links und rechts neben der Eingangstür wuchsen unansehnliche Cotoneastersträucher, die ohne Rücksicht auf ihre natürliche Form und Wuchsrichtung zurückgeschnitten worden waren, und seit dem letzten Mal war eine weitere Weihnachtsdekoration dazugekommen: eine nicht ganz lebensgroße Weihnachtsmannfigur mit einem Sack auf dem Rücken, die wie ein Einbrecher an einem Seil zu dem holzverkleideten Balkon hinaufstieg.

Niko drückte auf den Klingelknopf. Der breitschultrige junge Mann mit dem Kinnbart, dem Claire schon einmal begegnet war, machte die Tür auf. Er begrüßte sie mit einem strahlenden Lächeln und musterte sie auffallend neugierig mit seinen sehr hellen Augen, während er ihnen nacheinander die Hand schüttelte. Dabei nahm er eine sonderbar gebückte, lakaienhafte Haltung ein; in der gleichen gebückten Körperhaltung bat er sie ins Haus, trat zurück und hielt ihnen die Tür auf.

Im Inneren roch es nach Putzmittel und Tütensuppe. Frau Prahl erwartete sie bereits in ihrem Büro. Claire war so aufgeregt, dass ihr bei der Begrüßung die Stimme versagte und sie Schwierigkeiten hatte, den Satz zu Ende zu bringen, den sie angefangen hatte. Das Denken und Reden fiel ihr schwer, und sie hatte nasse Flecken unter den Armen.

Überall in dem kleinen Büro waren bräunliche Trockenblumengestecke verteilt, und in einer Ecke stand ein auffälliges, kniehohes Objekt: die Skulptur eines Vogels aus Steinen und rostigem Eisenschrott. Der Schnabel des Vogels, die Krallen an seinen Füßen und die Federn, die in drollig gemeinten Winkeln von seinem Steinkopf und seinem Steinbürzel abstanden, bestanden aus verrosteten Stahlarmierungen und wirkten so spitz und bedrohlich wie Dolche.

Frau Prahl nahm an ihrem Schreibtisch Platz und wies ihnen zwei Stühle an. In ihren Gesten und ihrem Tonfall lag etwas Herrisches, übermäßig Dominantes; sie hatte das Auftreten eines Menschen, der sich wie selbstverständlich das Recht herausnimmt, über andere zu bestimmen und ihnen vorzuschreiben, was sie zu tun haben.

Sie begann mit einem kurzen Bericht. Raffael besuche wieder die Schule, und zwar eine Grundschule, die sich in der Vergangenheit schon öfter in der Zusammenarbeit mit ihnen bewährt habe.

Claire beugte sich vor. »Welche Klasse?«

»Er geht in die erste, wo er hingehört.« Frau Prahl, die sich über die Unterbrechung ärgerte, neigte den Kopf, schloss die Augen und legte zur Bestrafung eine kleine Pause ein, bevor sie weitersprach. Claire traute sich nicht, noch mehr zu fragen.

Es müsse mit dem Bus dorthin fahren, weil die Schule etwas weiter entfernt sei, fuhr Frau Prahl fort. Das klappe gut, überhaupt mache Raffael ihnen kaum Schwierigkeiten. Er sei ein sehr pflegeleichtes Kind. Seine Leistungen seien so, wie es unter den Umständen zu erwarten sei.

Claire und Niko hörten Frau Prahl gespannt zu und nickten zu allem, was sie sagte. (Erst in der Nacht, als sie über das Erlebte nachdachte, regte Claire sich auf: Wenn es jetzt so einfach möglich war, Raffi quer durch die Stadt in eine neue Schule zu schicken – warum war es dann früher nicht möglich gewesen? Warum hatten die offiziellen Stellen sich nicht schon viel früher gemeinsam mit ihnen Gedanken darüber gemacht, wo Raffi am besten aufgehoben war? Mehr als ein Jahr lang hatte sich kein Mensch dafür interessiert, wie es Raffi ging – und auf einmal taten alle so, als ob man ihn ausgerechnet vor seinen eigenen Eltern beschützen müsse?)

Frau Prahl betonte, dass es bisher keine Probleme mit dem Schulbesuch gegeben habe. Auf diesen Punkt kam sie immer wieder zurück. Seit Raffael zu ihnen gekommen sei, habe es noch kein einziges Mal Probleme gegeben. Er erledige seine Hausaufgaben widerspruchslos. Auch seine Lehrerin sei zufrieden mit ihm. Ihre Stimme hatte einen triumphierenden Unterton. Da sehen Sie es, sollte dieser Ton ihnen sagen, es hat also *doch* an Ihnen gelegen! Sie haben in der Erziehung versagt! Sie haben es falsch gemacht; wir machen es richtig, und deswegen läuft es bei uns auch wie geschmiert. Na, was sagen Sie dazu?

Claire und Niko sagten nichts dazu, sondern nickten nur stumm und lauschten. Claire wusste schon längst nicht mehr, was sie denken sollte. Vielleicht war es ja wirklich so, wie Frau Prahl glaubte, und sie hatten Raffi in der Vergangenheit ganz einfach falsch behandelt? Vielleicht waren sie nicht konsequent genug gewesen? Vielleicht hatten sie ihm geschadet, indem sie ihm zu viel hatten durchgehen lassen? Oder vielleicht waren sie einfach charakterlich zur Kindererziehung ungeeignet? Aber was *genau* hatten sie falsch gemacht, was *genau* hätten sie tun oder unterlassen sollen? Sie hatten doch alles versucht! Oder war es vielleicht doch so, dass Raffi sich nur deswegen so verhielt, wie Frau Prahl es ihnen geschildert hatte, weil er in der neuen und fremden Umgebung große Angst hatte? Oder wäre gerade *das* die Lösung für ihr Problem gewesen? Hätten sie Raffi Angst machen müssen, damit er tat, was von ihm verlangt wurde? Aber wie hätten sie das anstellen sollen? Sie hatten ihn doch lieb, und er hatte sie lieb!

»Wir löschen seine alte Programmierung und spielen ihm ein neues Programm auf«, verkündete Frau Prahl, und obwohl Claire über diese Aussage entsetzt war, obwohl sie sofort den Impuls hatte, Raffi vor dieser tyrannischen Person zu beschützen, die seine liebenswerte Persönlichkeit umkrempeln wollte, an der nichts falsch war, zweifelte sie die Berechtigung ihrer eigenen Empfindungen sofort wieder an. Vielleicht hatte die Frau ja recht – vielleicht war eine komplette Umprogrammierung genau das, was Raffi brauchte? Es klang grauenhaft, was Frau Prahl vorhatte, aber sie war immerhin vom Fach, eine Expertin für Kindererziehung, die wahrscheinlich sehr viel Erfahrung hatte. War vielleicht jetzt der Zeitpunkt gekommen, auf die Experten zu vertrauen und nicht mehr stur daran festzuhalten, dass sie selbst, Claire, alles besser wusste als die anderen? Die selbstzufriedene Haltung, mit der sie bisher durchs Leben gegangen war, erschien Claire auf einmal wie ein unverzeihlicher Fehler, und sie machte sich bittere Vorwürfe, weil sie so lange die Augen vor ihrer eigenen Unfähigkeit verschlossen hatte.

Ausschlaggebend für die Bindungsqualität, fuhr Frau Prahl fort, sei die Feinfühligkeit der erwachsenen Bezugsperson. – Oder war es vielleicht das, überlegte Claire sofort, waren wir als Eltern nicht feinfühlig genug? Aber was sollte das überhaupt bedeuten?

»Wir treten an die Stelle der Eltern, die versagt haben, und sorgen dafür, dass sich bei den Kindern gesunde Bindungsmuster herausbilden. Wenn ich den Kindern sage, dass der Himmel grün ist«, schloss Frau Prahl triumphierend, »dann glauben die mir das!«

Nein, dachte Claire, das ist Gehirnwäsche; das *kann* nicht richtig sein! Ihr Wunsch, Raffi so schnell wie möglich aus den Klauen dieser herrschsüchtigen Frau zu befreien, wurde übermächtig; trotzdem zwang sie sich zu einem zustimmenden Lächeln und hoffte, dass Frau Prahl nicht auffallen würde, wie starr und unglaubwürdig ihr Gesichtsausdruck war. Ein schweres, kaltes Gefühl von Hilflosigkeit und Verzweiflung stieg in ihr auf wie schmutziges Wasser, das in einen Keller drückt und mit unheimlicher Geschwindigkeit ein Stockwerk nach dem anderen flutet. Sie waren besiegt, und es gab keine Möglichkeit mehr, sich zu wehren. Wenn sie Raffi wiederhaben wollten, mussten sie jede Auseinandersetzung vermeiden. Sie mussten alles tun und mit allem einverstanden sein, was dieser Frau einfiel, ganz egal wie falsch und schädlich es war. Sie konnten nichts unternehmen, um Raffis Rückkehr zu beschleunigen. Sie konnten ihn nicht schützen, sie konnten nur mit in den Schoß gelegten Händen dasitzen und darauf warten, dass die höheren Mächte von sich aus ein Einsehen haben und ihnen Raffi zurückgeben würden.

Ihr Anwalt hatte ihnen genau erklärt, wie die Machtverhältnisse waren. Natürlich hätten sie Raffis Unterbringung in der Wohngruppe widersprechen können; die Sache wäre dann vors Familiengericht gegangen. Doch davon hatte ihnen der Anwalt dringend abgeraten. Vor Gericht würde das Jugendamt alles daransetzen, ihnen Erziehungsunfähigkeit nachzuweisen, um Raffis Inobhutnahme nachträglich zu rechtfertigen und als alternativlos hinzustellen. »Die werden nach Fehlern in Ihrer Erziehung suchen, und die werden sie auch finden, glauben Sie mir. Wenn man erst mal anfängt zu suchen, dann findet man bei jedem was. Oder kennen Sie eine Familie, in der es keine Probleme gibt? Außerdem haben die natürlich auch ihre Hausgutachter, die ihnen das Blaue vom Himmel runterfantasieren. Als Eltern haben Sie da ganz, ganz schlechte Karten. Oder wollen Sie riskieren, dass Ihnen das Sorgerecht entzogen wird?«

»Für mich ist es immer ein klares Anzeichen für eine Bindungsproblematik«, erklärte Frau Prahl, »wenn die Eltern bei den Besuchskontakten nicht wissen, wie sie mit ihren Kindern umgehen sollen. Da entsteht dann oft so ein unbehagliches Schweigen. Wir betrachten das als Warnsignal. Am besten, Sie verhalten sich so wie immer, ganz natürlich. Und vermeiden Sie unbedingt das Thema Rückkehr! Sie machen ihn mir sonst nur rebellisch!«

37

Claire und Niko saßen in einem Raum voller ramponierter Kiefernholzmöbel und warteten auf Raffi. Claire hatte keine Erinnerung mehr daran, wie sie aus Frau Prahls Büro heraus- und hierhergekommen waren, oder woher sie überhaupt wussten, dass Raffi gleich durch diese Tür kommen würde. Abgesehen von der Tür nahm sie fast nichts von ihrer Umgebung wahr.

Irgendwann erschien der junge, freundliche Mann wieder und schob Raffi an der Schulter ins Zimmer.

Sofort richteten Niko und Claire ihre ganze Aufmerksamkeit auf Raffi, der unschlüssig und befangen dastand, das freudige Lächeln, das auf seinem Gesicht erschienen war, so schnell wie möglich wieder unterdrückte, zu Boden schaute und nur manchmal verstohlen zu ihnen hinüberlinste.

Sie sahen ihn an und hatten sich beide, als er den Raum betreten hatte, sofort unwillkürlich in seine Richtung gedreht, wie Sonnenblumen, die sich nach dem Licht ausrichten. Liebe und Sorge sprachen aus ihrer Körperhaltung und aus ihren Gesichtern, vor allem aus ihrem gerührten, angestrengten Lächeln und aus der Art, wie sie beide ihre Köpfe ganz zu Raffi hingewendet hatten und fast zitterten vor lauter Bereitschaft, ihm entgegenzukommen, seine Gedanken und Wünsche zu erraten und alles dafür zu tun, dass er sich wohlfühlte und dass es ihm gut ging.

»Hallo, wie geht's?« Claire lächelte, während sie Raffi aufmerksam ins Gesicht sah und versuchte, seinen Blick aufzufangen.

»Okay.« Raffi zuckte mit den Schultern und bemühte

sich, seiner Stimme einen möglichst tiefen, männlichen Klang zu geben. Zögernd setzte er sich neben Claire auf das kleine Zweisitzersofa, wobei er gewissenhaft darauf achtete, dass zwischen ihnen ein breiter Abstand blieb und ihre Körper sich nicht berührten. Offenbar wagte er es in Gegenwart seines Aufpassers nicht, sein wahres, lebhaftes, liebevolles und zärtliches Wesen zu zeigen, und war ängstlich darauf bedacht, sich nur ja keine Blöße zu geben.

Der Mann, der Raffi zu ihnen gebracht hatte, hatte inzwischen auf einem Schreibtischstuhl mit Rollen Platz genommen, der in einer Ecke des Zimmers neben einem Gummibaum stand. Claire und Niko wussten nicht, wer er war; er hatte sich ihnen weder vorgestellt noch irgendwelche Erklärungen zu seiner Funktion oder Aufgabe abgegeben. Stattdessen lächelte er nur geheimnisvoll, während er mit betont locker vor dem Bauch ineinandergelegten Händen dasaß und schweigend abwartete, was als Nächstes geschehen und wie sie sich verhalten würden. (Später erfuhren sie, dass er Raffis Bezugserzieher war und Jonas hieß.)

Claire war tief erschüttert von Raffis Anblick und von dem Wiedersehen mit ihm. Er war gewachsen, seine Haare waren anders geschnitten als früher, er trug eine Cordhose und Socken mit einem Comicmotiv, die sie nicht kannte, und hatte sich auch sonst verändert, auf erstaunliche und rührende und erschreckende Weise, und sie war fieberhaft damit beschäftigt, ihr altes Bild von ihm Stück für Stück an die neue Realität anzupassen.

Mit unbequem zur Seite gedrehtem Oberkörper saß sie auf dem Sofa und ließ ihre Augen ununterbrochen über Raffis Gesicht und seinen Körper wandern, um so viele Einzelheiten wie möglich in sich aufzunehmen. Sie konnte von seinem Anblick nicht genug bekommen. Die dunkelblonden, lockigen Haare, die auf eine neue, ungewohnte Weise geschnitten waren, die dunklen, großen Augen mit den langen, dichten Wimpern, das Weiche, Glatte seiner Gesichtszüge und sogar seine übergroßen Füße, die in dunkelblauen Mädchenhausschuhen mit Glitzersohle steckten, von denen einer vorne ein kleines Loch hatte – all das war ihr so lieb und vertraut, dass ihr Herz sich aus ihrer Brust losreißen und zu ihm hinfliegen wollte, und gleichzeitig war sie bestürzt darüber, wie fremd sie sich geworden waren. Hatte Raffi sich tatsächlich so verändert, oder waren es nur Angst und Anspannung, die seinem Gesicht einen so verschlossenen und unzugänglichen Ausdruck verliehen? Steckte in diesen fremden Kleidern, hinter dieser verzerrten, angsterfüllten und erstarrten Maske noch irgendwo ihr liebes und vertrautes Kind, das die Arme um sie schlang, sich an sie schmiegte und sein Gesicht in ihrer Halsbeuge vergrub? Nach nichts sehnte Claire sich mehr als danach, ihr kleines Kind, auf das sie schon so lange hatte verzichten müssen, auf den Schoß zu nehmen, es zu küssen und an sich zu drücken. Doch sie spürte auch diesmal wieder, dass Raffi sie innerlich anflehte, ihn nicht bloßzustellen und ihn nicht in eine Lage zu bringen, in der er unweigerlich die Fassung verlieren und in Tränen ausbrechen würde. Deswegen verzichtete sie darauf, ihn zu berühren, und griff stattdessen halb unbewusst nach einem der auf dem Sofa liegenden Kissen und drückte es nervös mit beiden Händen.

Bis zu diesem Zeitpunkt war, abgesehen von der anfänglichen Begrüßung, noch von niemandem ein Wort gesprochen worden. Ihr Bewacher saß aufrecht, mit lässig übereinandergelegten Händen auf seinem Bürostuhl, verzog seinen Mund zu einem Lächeln und ließ sie nicht aus den Augen. Er hatte die Ärmel hochgestreift, sodass man seine stark behaarten, auffällig muskulösen Unterarme sah; um den Hals trug er einen Schal aus seidigem grauem Crinkle-Stoff. Seine schweigende Anwesenheit hatte zur Folge, dass sie sich alle in höchstem Maße unbehaglich und befangen fühlten. Claire spürte von Sekunde zu Sekunde deutlicher, dass es notwendig war, etwas zu sagen, wenn sie einen guten Eindruck hinterlassen wollten, brachte aber kein Wort heraus. Nichts, was sie hätte sagen können, hätte das zum Ausdruck bringen können, was in ihrem Herzen vorging, und an etwas anderes konnte sie nicht denken.

»Hast du hier denn auch – *Kameraden?*«, fragte Niko plötzlich in gespielt herzhaftem Ton, lehnte sich ruckartig vor und bewegte auf sonderbar schildkrötenhafte, ruckende Weise seinen Kopf und Hals. Es war ein verzweifelter Versuch, die Situation zu entspannen und ein Gespräch mit Raffi in Gang zu bringen. Der Erzieher hob erstaunt die Augenbrauen; Claire war fassungslos und peinlich berührt. *Kameraden?* Spinnst du, was ist das denn für eine Ausdrucksweise? Die werden denken, dass du sie nicht mehr alle hast!

»Ja«, antwortete Raffi und verstummte sofort wieder. Der Erzieher bewegte sich auf seinem Stuhl, der unter seinem Gewicht laut knarrte, und schlug seine ausgestreckten Beine übereinander. Dabei lächelte er immer weiter, wie um zum Ausdruck zu bringen, dass die Peinlichkeit und Angespanntheit der Situation ihm als Profi ganz und gar nichts ausmachten, dass er aber genau registrierte, wie gehemmt und unnatürlich sie sich alle benahmen, und seine Schlüsse daraus zog.

»Und hast du – hast du ein eigenes Zimmer hier?«, fragte Niko beharrlich weiter, obwohl er Claires bösen Blick bemerkt hatte und innerlich mit ihr darin übereinstimmte, dass er sich ungeschickt ausgedrückt hatte.

Raffi schüttelte den Kopf.

»Aha! Du bist also mit anderen zusammen!«

»Mhm.«

»Und? Wie ist das?«

»Okay.« Angsterfüllt schoss Raffis Blick zwischen den im Raum anwesenden Erwachsenen hin und her. Er begriff nicht, was vorging und was diese Fragerei sollte. Warum müssen wir mit Jonas im Gemeinschaftsraum sitzen und diese dumme, sinnlose Unterhaltung führen? *Warum fahren wir nicht einfach los?* Er war fest davon überzeugt, dass seine Eltern gekommen waren, um ihn abzuholen – nicht weil ihm das jemand gesagt hätte, sondern weil es einfach überhaupt nicht anders sein konnte. Beim Frühstück hatte Jonas ihm den Besuch angekündigt; von diesem Moment an war für ihn alles klar gewesen, und er hatte Jonas, der weiter auf ihn eingeredet hatte, gar nicht mehr zugehört. Außerdem: Schon sehr bald war Weihnachten, und dass es möglich sein sollte, dass er Weihnachten an einem anderen Ort verbrachte als zu Hause mit seiner Mama und seinem Papa und Cordelia, das überstieg ganz einfach seine Vorstellungkraft. Nein, Mama und Papa waren hergekommen, um ihn mitzunehmen und mit ihm zusammen Weihnachten zu feiern, aber anscheinend war es aus irgendeinem Grund trotzdem notwendig, dass sie vorher noch eine Zeit lang mit Jonas zusammensaßen, auch wenn es langweilig war, keinen Sinn hatte und niemandem Spaß machte.

»Und – wie heißen die Kinder, die mit dir im Zimmer sind?« Niko war unermüdlich.

»Elias … Chibril und –«

»Chibril?«, fragte Niko, wieder in dem dröhnenden Ton von vorhin, und zog übertrieben erstaunt die Augenbrauen hoch.

»Mhm.«

»Das ist ja ein interessanter Name! Ist das – was für ein Name ist das denn?«

Raffi zuckte wieder mit den Schultern. Ist doch egal, was das für ein Name ist, dachte Claire unglücklich und gereizt, und warum redet er so? Das müsste man alles ganz anders machen, viel lockerer und natürlicher.

Der Erzieher lehnte sich auf seinem knarrenden Stuhl zurück, verschränkte die Hände hinter dem Kopf und schien sie aus dieser lässigen Haltung heraus, in der seine beeindruckende Arm- und Schultermuskulatur besonders gut zur Geltung kam, sogar noch mit verstärktem Interesse zu beobachten. Es war unmöglich, unter diesen Umständen – in dieser fremden Umgebung, in Anwesenheit eines Menschen, der ein verlängerter Arm von Frau Prahl war und jede ihrer Regungen überwachte – eine Unterhaltung mit Raffi zu führen oder überhaupt mit ihm in Kontakt zu kommen. Trotzdem mischte Claire sich in das Gespräch ein und versuchte dabei, so fröhlich und unbefangen wie möglich zu wirken. Sie stellte Raffi – mit einem aufmunternden Lächeln, das ihr selbst peinlich und falsch vorkam – ebenfalls ein paar Fragen, auf die sie von ihm nur einsilbige Antworten bekam, bis sie irgendwann begriff, dass es nicht den geringsten Sinn hatte, was sie hier taten, dass sie Raffi durch ihre belanglosen Fragen, auf die sie von ihm ebenso belanglose Antworten erwarteten, nur quälten, und dass sie so schnell wie möglich damit aufhören mussten.

Das Wesentliche konnte zwischen ihnen ohnehin nicht ausgesprochen werden. Sie durften Raffi nichts von dem sagen, was sie in Wirklichkeit dachten und fühlten. Und auch Raffi konnte ihnen nicht die Wahrheit sagen.

Er konnte ihnen nicht erzählen, wie sehr er sie vermisste. Er konnte ihnen nicht erzählen, wie sehr er Tag und Nacht von Heimweh gequält wurde, wie fremd und unangenehm hier alles war, was für gemeine Sachen Frau Prahl und die andern Erwachsenen über seine Familie sagten und wie sehr ihn das verletzte. Er konnte nicht erzählen, dass es ihm vor der fremden, gebrauchten Kleidung ekelte, die man ihm gab, vor allem vor der Unterwäsche, dass er immer etwas vom Essen probieren musste, auch wenn er schon wusste, dass es ihm nicht schmecken würde, dass die Kinder in seinem Zimmer ihn jede Nacht zu Spielen zwangen, mit denen er nicht einverstanden war, dass Marvin ihn fest in den Arm gebissen und Stumpelnases Ohr halb abgerissen hatte, oder dass ihn der Vater von Celine böse auf Türkisch angefahren hatte. Er konnte seine Eltern auch nicht fragen, warum sie ihn nicht abgeholt hatten, nicht am ersten Tag und auch nicht am zweiten und an den folgenden Tagen, warum er so lange nichts von ihnen gehört hatte, warum er überhaupt hier sein musste und was er getan hatte, um eine so schwere Strafe verdient zu haben.

Er wusste genau, was er tun würde, wenn sie endlich zu Hause waren. Er freute sich vor allem auf seine Bücher – drei hohe Regale voll! –, auf den großen Stapel mit den *Asterix*-Heften und darauf, seine Legobausätze durchzusehen und zu ordnen. In der Gruppe gab es nur ganz wenig schlechtes Lego und keine Bücher zu Themen, die ihn interessierten, nur langweilige Kinderbücher über Tierkinder oder die Müllabfuhr und solche Sachen.

»Sollen wir was spielen?«, unterbrach Claire eine langatmige Erzählung Nikos, die sich um eine Streitigkeit drehte, die er mit dem Heizungsmonteur gehabt hatte. Niko, der wusste, wie fehl am Platz die Heizungsgeschichte war, mit der er nur angefangen hatte, weil ihm nichts Besseres eingefallen war, war sofort einverstanden.

»Raffi?«

Raffi dachte darüber nach, wie viele Nächte ihn noch von Weihnachten trennten: drei oder vier? Es macht mir nichts aus, wenn es noch vier sind, dachte er, weil ich in meinem eigenen Bett schlafen kann!

»Raffi?«

»Was?«

»Ob wir ein Spiel spielen sollen.«

»Meinetwegen.«

Neben dem Fernseher stand ein großes Kiefernholzregal voller zerfledderter und abgegriffener Spielekartons. Raffi suchte ein Spiel aus und baute schnell das Brett und die Figuren auf. Er hatte sich damit abgefunden, dass sie offenbar noch einen weiteren, sinnlosen Programmpunkt hinter sich bringen mussten, bevor sie losfahren konnten.

Er erinnerte sich daran, dass er einmal mit seinen Eltern und Cordelia eine alte Frau besucht hatte, die er noch nie zuvor gesehen hatte, die aber irgendwie mit ihnen verwandt war. Diese Frau hatte eine ausgestopfte Katze gehabt; trotzdem hatte er sich an diesem Nachmittag fast totgelangweilt. Das hier schien etwas Ähnliches zu sein. Wahrscheinlich ging es darum, Jonas einen Gefallen zu tun, damit er nicht traurig war, wenn sie wegfuhren, aber warum spielte Jonas dann nicht mit?

Schnell würfelte Raffi und ließ seine Figur vier Schritte machen. Vielleicht darf ich heute bei Mama und Papa schlafen! Und was ist mit meinen Geschenken und mit Cordelia und dem Weihnachtsessen und der Krippe? Und mein Adventskalender ... ich darf ja ganz viele Türchen auf einmal aufmachen, mindestens zwanzig! Sein Herz füllte sich mit Freude wie mit flackernden, leuchtenden Kerzenflammen.

Das Spiel war aus, er hatte gewonnen. Niko fing schon damit an, die Karten und Spielfiguren in den Karton zurückzulegen.

»Gut«, sagte Jonas mit seiner hellen, weichen Stimme, erhob sich langsam von seinem Stuhl und warf dabei einen verstohlenen Blick auf das Smartphone, das er mit einer fließenden Bewegung aus einer Tasche seiner sehr tief sitzenden Cargo-Hose gezogen hatte.

Claire und Niko waren ebenfalls aufgestanden. Jonas

blieb neben ihnen stehen und wartete, während sie nacheinander neben Raffi in die Hocke gingen, ihn drückten und küssten. Sein Blick, mit dem er ihnen zusah, war plötzlich weich und zärtlich und voller Mitgefühl.

Raffi ließ Claires und Nikos Liebkosungen unwillig über sich ergehen; er begriff nicht, was passierte. Jaja, dachte er ungeduldig, aber wir fahren doch jetzt nach Hause! Ihr müsst euch von Jonas verabschieden!

Jonas sprang zur Tür, um sie für Claire und Niko aufzuhalten, und nahm dabei wieder seine vorherige, diensteifrige und gebückte Haltung ein. – Aber wir müssen doch noch meine Sachen holen, dachte Raffi verwirrt, als Niko und Claire im Flur in ihre Mäntel schlüpften, was ist mit meinen Sachen? Ich kann doch Stumpelnase nicht hierlassen! Jonas griff nach seiner Hand und hielt sie fest, wie jemand, der weiß, was gleich passieren wird, und sich davor fürchtet, und wechselte einen langen, ernsten Blick mit Claire, und erst jetzt, beim Anblick von Claires rotem Gesicht, auf dem ein verzerrtes Lächeln klebte wie ein schief sitzendes Hütchen, das seinem Besitzer jeden Moment vom Kopf fallen kann, begriff Raffi, was vorging. Muss ich hierbleiben?, dachte er. Nein, das kann nicht sein … Ich wollte doch in meinem eigenen Bett schlafen! Ich hab mich doch schon so darauf gefreut!

Er schaffte es, seine Tränen zurückzuhalten, bis alles vorbei war und er sich im Klo eingesperrt hatte.

Er weinte lange und verzweifelt. Er schluchzte und versuchte, die Geräusche zu unterdrücken, die dabei aus seinem Hals und Mund kamen. Wenn sie ihn hörten, würden sie kommen, um ihn zu trösten. Er wollte nicht, dass sie kamen; er wollte sich nicht von ihnen trösten lassen, weil er wusste, dass sie keine Menschen waren. Sie waren Monster, die nur äußerlich die Form von Menschen hatten, und er ekelte sich vor ihnen.

38

Das lange, klärende Gespräch zwischen Cordelia und ihren Eltern, in dem sie alles erfahren und in dem alle ihre Fragen beantwortet werden würden, hatte noch immer nicht stattgefunden. Cordelia hatte ein paar Hinweise aufgeschnappt – einen tränenverhangenen Blick, einen mitgehörten, unverständlichen Satz, eine Tür, die sich plötzlich vor ihr schloss –, die sie noch mehr verwirrten, und irgendwann hatte Claire ihr mitgeteilt, dass Raffi wegen seiner Schulprobleme eine Zeit lang mit anderen Kindern zusammenwohnen würde, die ähnliche Schwierigkeiten hatten. Das war am ersten Adventssonntag gewesen. »Aber an Weihnachten kommt er heim, oder?«, hatte Cordelia gerufen. Claire hatte etwas Ausweichendes von »diesmal nicht« und »richtig eingewöhnen« gemurmelt, mit einer flachen, ausdruckslosen Stimme, die nur ein ganz klein bisschen erstickt geklungen hatte, und war dann schnell aufgestanden, um einen benutzten Teller wegzuräumen, den jemand auf der Spüle hatte stehen lassen.

Trotzdem hatte Cordelia verstanden, dass in der Familie ein Satz neuer Regeln in Kraft getreten war. Diese neuen Regeln gehörten einer anderen Kategorie an als die, gegen die sie täglich so lustvoll rebellierte. Es waren Regeln, die niemals ausgesprochen wurden und die – im Unterschied zu den anderen – tatsächlich galten. Dazu gehörte, dass sie sich mit den Informationen begnügte, die sie von ihren Eltern bekommen hatte, dass sie nicht nach Raffi fragte und auch nicht danach, wo ihre Eltern hingingen oder mit wem sie hinter geschlossenen Türen telefonierten, dass sie kommentarlos hinnahm, dass Weihnachten in diesem Jahr ganz anders ablaufen würde als sonst, und dass sie sich selbst auch nicht gestattete, darüber nachzudenken, was hier eigentlich vorging. Sobald ihre Gedanken auch nur minimal vom rechten Weg abirrten, gingen in ihrem Kopf sofort die Alarmsirenen und Warnblinklichter los. Niemand musste sie ermahnen, sich an diese Regeln zu halten; sie erfasste sie instinktiv und auch, dass es gefährlich gewesen wäre, gegen sie zu verstoßen: Diese Regeln waren das Einzige, was zwischen ihnen und dem totalen Zusammenbruch von allem stand. Aber auch daran durfte man nicht denken.

Wie sich zeigte, war es nicht unmöglich, Weihnachten ohne Raffi zu verbringen. Die Welt ging davon nicht unter, und keiner von ihnen starb daran. Auch ohne Raffi waren sie dazu fähig, am Morgen aus ihren Betten aufzustehen und einen ganzen Tag lang bis zum Abend alle Bewegungen auszuführen, die notwendig waren. Sie aßen zusammen, Cordelia freute sich über ihre Geschenke oder tat wenigstens so, und auch der Rest des Abends ging irgendwie vorbei, weil schließlich jeder Abend irgendwie vorbeigeht.

Es gab sogar ein paar Augenblicke – am späten Vormittag des ersten Feiertages, kurz vor dem Mittagessen –, in denen es Claire plötzlich etwas leichter ums Herz wurde. Dieses Gefühl war ihr schon so lange nicht mehr zuteilgeworden, dass es sich für sie wie etwas Fremdes, Neues, von außen Hinzugekommenes anfühlte. Was ist das? Woher kommt das?, fragte sie sich, während sie die Schüsseln mit den Resten ihres Weihnachtsessens aus dem Kühlschrank nahm und auf den Tisch stellte. Warum geht es mir plötzlich so gut?

Hatte sie sich früher immer so gefühlt? Sie wusste es nicht, konnte es sich nicht vorstellen. Und war es möglich, dieses gute Gefühl irgendwie zu konservieren? Wenn sie es schaffte, innerlich völlig ruhig zu bleiben, dann würde dieser Zustand vielleicht einfach immer weiter anhalten. Es war auch nicht unmoralisch oder egoistisch, sich das zu wünschen. Raffi ging es nicht schlechter dadurch, dass es seiner Mutter besser ging. Sich gut zu fühlen, glücklich zu sein, kam Claire auf einmal wie die einfachste Sache der Welt vor. Sie durfte nur nichts an ihrem gegenwärtigen inneren Zustand ändern. In diesem Zustand war nicht mehr ganz so schlimm, dass man ihnen Raffi weggenommen hatte; es war nicht gut, aber aushaltbar, sogar wenn man sich darauf konzentrierte und darüber nachdachte, was er wohl in diesem Moment gerade tat, wie es ihm ging und wer bei ihm war.

Zwei Minuten später, noch bevor sie sich zum Essen hingesetzt hatten, war alles beim Alten. Sie musste sich zu jedem Handgriff zwingen und empfand keinen Funken Freude dabei. Sie hatte wohl irgendetwas falsch gemacht.

Es war klar, dass es in diesem Jahr keine Weihnachtsbesuche geben konnte. Sie mussten die Freunde und Verwandten abwimmeln, die deswegen bei ihnen anriefen. Claires Schwägerin – sie hatten einander noch nie besonders gemocht – ließ lange nicht locker und hakte immer wieder nach, worüber Claire sich ärgerte, und Nikos Mutter, eine selbstbewusste, elegante Dame mit Silberhaar, war schwer enttäuscht, als sie hörte, dass die Familie ihres Sohnes über Weihnachten verreisen wollte und sie sich deswegen in diesem Jahr nicht sehen würden. Es war schwer zu sagen, warum sie auf Nachfragen verzichtete: aus Taktgefühl, weil sie Komplikationen witterte, mit denen sie lieber nichts zu tun haben wollte, oder weil sie die Absage auf sich selbst und ihre Person bezog und deswegen aus Stolz den Anschein erwecken wollte, an einem Treffen gar nicht besonders interessiert zu sein.

Tinchen Hullemann – »Ich hab nämlich entdeckt, dass man mit dem Thermomix auch ganz tolle, herzhafte Brotaufstriche zaubern kann!« – hatte sie zum Weihnachtsbrunch eingeladen, und auch diese Einladung mussten sie ausschlagen. Sie wollten die Hullis weder anlügen noch ihnen die Wahrheit sagen. Sie hatten nichts mehr miteinander zu besprechen; der Abgrund, der sie von ihren alten Freunden trennte, war inzwischen viel zu breit und tief geworden, und nirgendwo war eine Brücke zu sehen, die von der einen auf die andere Seite geführt hätte.

Wenn Claire sich ihre früheren Treffen mit den Hullis in Erinnerung rief, schämte sie sich dafür, wie sie damals geredet und gedacht hatte. Sie war so stolz auf ihre Familie, auf ihre Kinder und sich selbst gewesen und hatte aus ihrer gewaltigen Höhe gnädig auf die armen Hullis herabgeblickt – und jetzt hatte sich herausgestellt, dass ihr Stolz nichts als Verblendung gewesen war. In Wirklichkeit gehörten sie selbst zu genau der Sorte Menschen, denen sie, Claire, sich immer so unendlich überlegen gefühlt und die sie, ohne es sich selbst einzugestehen, verachtet hatte.

Es gab nur einen Ausweg: Sie musste eine andere werden. Wenn sie der Mensch blieb, der sie war – ein Mensch, der voller Geringschätzung auf die Unglücklichen dieser Welt herabblickte und glaubte, dass es sein eigenes Verdienst war, dass er nicht zu ihnen gehörte –, dann musste sie in ihrer gegenwärtigen Lage auf sich selbst herabblicken und sich selbst verachten, und das war unerträglich. Wenn sie es aber irgendwie fertigbrachte, mit allen Unglücklichen auf der ganzen Welt, egal aus welchen Gründen sie unglücklich waren, Mitgefühl zu haben und wirklich, mit dem Herzen, zu begreifen, dass das Unglück, gleich welcher Art, ob selbst verschuldet oder nicht, jeden treffen konnte und jeden gleich hart traf, dann würde dieses Mitgefühl auch ihr selbst und ihrer Familie zugutekommen.

Aber wie sollte das gehen? Wenn Claire am Altglascontainer einem Penner begegnete, der mit einem Stock nach

Pfandflaschen stocherte, empfand sie kein Mitgefühl, sondern Abscheu und den Drang, einen Bogen um ihn zu machen. Alles in ihr sträubte sich gegen den Gedanken, dass sie etwas mit einem solchen Menschen gemein haben könnte, dass es reiner Zufall war, dass er sich in dieser beklagenswerten Lage befand und nicht sie. Der Gedanke war einfach zu deprimierend und furchteinflößend, obwohl sie wusste und sich immer wieder sagte, dass er zutraf.

Ihre Verwandlung hatte gerade erst begonnen. Schon früher hatte sie geahnt, dass ihr Mangel an Empathie, ihre Arroganz und ihre Selbstzufriedenheit Charakterfehler waren, die sie nicht gerade sympathisch machten. Sie war sich darüber im Klaren gewesen, ohne diese Fehler ablegen zu können. Es war einfach viel zu angenehm und viel zu verlockend gewesen, daran festzuhalten. In ihrem sorglosen und erfüllten Leben hatte es weit und breit nichts gegeben, was sie dazu gezwungen hätte, ihre Einstellung aufzugeben, und so war sie, mit schlechtem Gewissen, dabei geblieben. Jetzt musste alles anders werden, damit es weitergehen konnte, und sie fragte sich, ob so etwas überhaupt möglich war: Konnte man sich wirklich selbst auseinandernehmen und neu zusammensetzen wie einen 2-in-1-Lego-Bausatz, aus dem man abwechselnd ein Doppeldeckerflugzeug und ein Motorboot bauen konnte?

Statt mit den Hullis zu brunchen oder sich am großmütterlichen Esstisch zu langweilen, besuchten sie zwischen den Jahren Raffi zum zweiten Mal in der Wohngruppe, diesmal in Begleitung von Cordelia. Inzwischen hatten sie sich alle an das Regime der Unehrlichkeit gewöhnt wie an einen üblen Geruch, den man nach einiger Zeit gar nicht mehr wahrnimmt, und taten untereinander so, als ob ein solcher Besuch beim eigenen kleinen Sohn und Bruder das Normalste von der Welt wäre. Cordelia stellte keine Fragen. Am Anfang sah sie sich zwar überall neugierig um, doch ihr Interesse erlahmte bald, und beim gemeinsamen Kartenspiel ging es ihr schon nur noch darum, zu gewinnen.

Von Frau Prahl hatten sie die Erlaubnis bekommen, Raffi Geschenke mitzubringen – »Aber mit Maß und Ziel!« –, und Raffi hatte auch ein Geschenk für sie: eine schlampig und lieblos ausgeführte, grobe, einfarbige Strichzeichnung von einem Hund mit riesigen Kulleraugen und langen Schlappohren. »froe wahinacHTn!« stand in der Denkblase darüber. Raffis Schmierschrift war unverkennbar, doch Claire hatte nicht gewusst, dass er auf diese Weise – in diesem unkindlichen, erwachsenen Comicstil – zeichnen konnte. Er musste es sich von irgendjemandem abgeschaut haben, den sie nicht kannte, von dem sie überhaupt keine Vorstellung hatte. Überhaupt fielen ihr bei diesem zweiten Besuch viele Veränderungen an Raffi auf, die sie gerne sofort rückgängig gemacht hätte. Von seinem linken oberen Schneidezahn war eine Ecke abgebrochen, und sie musste sich damit abfinden, dass ihr niemand – auch Raffi selbst nicht – sagen konnte, wie es dazu gekommen war. Er pfiff häufig vor sich hin und benutzte neue Wörter und Wendungen, die ihr nicht gefielen, zum Beispiel sagte er jedes Mal »Häh? Lol!«, wenn jemand beim Spielen eine Karte legte oder wenn er eine neu gezogene Karte betrachtete. Wenn ihm etwas nicht gefiel, rief er »Kevin!«, und wenn er beim Reden den Faden verlor, sagte er »Dingsi, äh, du weißt schon«. Das passierte sehr oft. Manchmal legte er mit Zeige- und Mittelfinger auf einen von ihnen an, ahmte einen Pistolenschuss nach und blies dann in den imaginären Lauf seiner Waffe, um sie zu kühlen. Er schien selbstständiger geworden zu sein und hatte ganz allein die Teller und die Kuchengabeln für sie alle aus der Küche geholt, ohne dass ihn jemand dazu aufgefordert hatte. So viel Zielstrebigkeit kannten sie nicht von ihm; es sah aus, als ob er hier regelmäßig solche Pflichten übernahm und schon daran gewöhnt war. Warum hatten sie ihn daheim nie dazu bewegen können, sich am Haushalt zu beteiligen? Vielleicht wäre dann alles anders gekommen.

»Können wir vielleicht mal weiterspielen? Mama, du bist!«, sagte Cordelia, die sich ärgerte, weil sie schlechte Karten hatte.

Ende Januar begegnete Claire auf der Straße zufällig dem Schulleiter Dr. Säcklein. Sie war auf dem Weg zum Bankautomaten, und Dr. Säcklein kam ihr in einem langen, gegürteten, dunkelblauen Wintermantel entgegen. Er hatte einen großen, durchsichtigen Plastiksack dabei, den er vorsichtig über dem angewinkelten Arm trug. Wahrscheinlich hatte er ein Kleidungsstück aus der Reinigung abgeholt, das nicht zerknittern sollte. Obwohl sie noch mehrere Blocks voneinander entfernt waren, erkannte Claire ihn sofort an seinem runden Gesicht, der randlosen Brille und den roten Lippen. Sie erkannte auch, dass er sie ebenfalls gesehen und erkannt hatte und dass er erschrocken war und nicht wusste, wie er sich verhalten sollte. Während sie einander auf dem breiten Bürgersteig entgegenkamen und die Entfernung zwischen ihnen immer kleiner wurde, trafen sich ihre Blicke, erst einmal und gleich darauf noch einmal. Der unsichere und verängstigte Ausdruck auf Dr. Säckleins Gesicht rührte Claire. Er weiß nicht, ob er mich grüßen soll oder nicht, dachte sie, aber warum sollten wir uns eigentlich nicht grüßen? Sie prüfte ihr Herz und stellte voller Freude fest, dass sie keinen Groll mehr gegen Dr. Säcklein hegte. Die Kämpfe, in die sie in der Gegenwart verwickelt war, waren viel ernster und gefährlicher als die, die sie mit ihm ausgefochten hatte, und die Positionen, die sie ihm gegenüber so leidenschaftlich verteidigt hatte, erschienen ihr von ihrem heutigen Standpunkt aus sonderbar und verstiegen. Was habe ich mir nur dabei gedacht? Außerdem hatte sie auf wundersame Weise die Fähigkeit erworben, sich in Dr. Säcklein hineinzuversetzen und seine Gedanken zu lesen. Er fragt sich, ob er so tun soll, als ob er mich nicht kennt; er hat Angst, dass ich ihm eine Szene mache. Wie erschrocken er mich ansieht! Wahrscheinlich hat er immer nur das gemacht, was er für richtig gehalten hat, genauso wie wir alle.

Als sie einander fast erreicht hatten, nickte sie Dr. Säcklein zu und grüßte freundlich, und er grüßte zurück. Er hatte immer noch Angst vor ihr, war aber auch erleichtert. Claire nahm auch wahr, dass er ihr aus nächster Nähe ins Gesicht sah, während sie aneinander vorbeigingen, und erriet erneut, was dabei in ihm vorging. Er war darüber erschrocken, wie sehr sie sich verändert hatte, und sie tat ihm leid.

39

Das Leben der von Koppensteins hatte kaum noch Ähnlichkeiten mit dem Leben, das sie früher geführt hatten.

Alles hatte sich verändert: Sie hatten andere Gedanken und fühlten anders, sie hielten sich an anderen Orten auf, und an die Stelle der Freunde und Bekannten, mit denen sie früher ihre freie Zeit verbracht hatten, waren andere Menschen getreten, die nicht nur deren Platz eingenommen hatten, sondern sogar noch sehr viel wichtiger für sie waren und deren Wort sehr viel mehr Bedeutung für sie hatte: Frau Prahl und das Team der Wohngruppe, der Anwalt, Psychologen und Erziehungsberater und ihre einzelfallzuständige Sachbearbeiterin vom Jugendamt, Frau Brisch.

Im Hilfeplangespräch war festgelegt worden, dass sie Raffi einmal wöchentlich für zwei Stunden unter Aufsicht in der Wohngruppe besuchen durften – nicht öfter oder länger, um den Erfolg der »Maßnahme« nicht zu gefährden. Raffi sollte lernen, den Schulbesuch als etwas Positives wahrzunehmen, und dieser Prozess sollte möglichst wenig durch seine Eltern gestört werden, die schließlich in erster Linie für seine Schulunlust verantwortlich waren und sie durch ihre überzogene und unrealistische Erwartungshaltung überhaupt erst verursacht hatten.

Diese Besuchsnachmittage waren für sie alle mit viel Aufregung und vielen Schmerzen verbunden. Außerdem führten sie Gespräche mit Frau Prahl – eigentlich waren es eher an (oder gegen) sie gerichtete Vorträge –, mit Raffis Bezugserzieher Jonas, mit den anderen Erzieherinnen aus Raffis Gruppe und mit seiner neuen Lehrerin. Sie mussten einer vom Jugendamt beauftragten Psychologin Rede und Antwort stehen, die so dick geschminkt war, dass ihre Wimpern aussahen wie Stöckchen, die aus einem verschlammten Acker ragen. Mit ihrem Anwalt konferierten sie in einem Besprechungszimmer mit ochsenblutfarben gewischten Wänden und der Original-Inneneinrichtung der Achtzigerjahre. Sie nahmen an dem Kurs »Starke Eltern – starke Kinder« teil, um zu beweisen, dass sie bereit waren, an sich zu arbeiten, und Frau Brisch kam, mit Kuli und Klemmbrett bewaffnet, zu ihnen nach Hause, sah sich überall um, stellte unzählige Fragen und füllte die mitgebrachten Prüfbögen zur Erziehungsfähigkeit aus. Sie sah sich auch in Cordelias Zimmer um und führte ein Gespräch mit ihr, das allerdings nicht lange dauerte. Cordelia erzählte ihren Eltern nicht, um was es in dieser Unterredung gegangen war. Sie weigerte sich, Claires Fragen zu beantworten, und kam auch später nie mehr darauf zu sprechen.

Frau Brisch war schlank und sportlich und strahlte geradezu vor Menschenliebe, Mitgefühl und zupackendem Pragmatismus. Helle, gekräuselte Härchen, die sich aus ihrem straff zurückgebundenen Pferdeschwanz befreit hatten, umstanden ihr Gesicht wie ein Heiligenschein. Ihre Wimpern und Augenbrauen waren genauso blond wie ihre Haare, und wenn sie redete, wippte sie manchmal vor Begeisterung auf den Zehenspitzen. Ihr Muskeltonus war ungewöhnlich hoch. Sie machte einen so engagierten, aufrichtigen und gutwilligen Eindruck, dass Claire und Niko sofort von ihr eingenommen waren, obwohl sie inzwischen wussten, dass sie es gewesen war, die bei der Staatsanwaltschaft darauf bestanden hatte, dass gegen Niko Haftbefehl erlassen wurde.

Sie war ein guter Mensch, und sie stand fest auf Raffis Seite; allerdings existierte der Raffi, dem sie so leidenschaftlich Beistand leisten wollte, nur in ihrer Fantasie. Sie hatte das Bild eines Kindes vor Augen, das unter dem Druck seiner verblendeten, unbarmherzig fordernden Eltern fast zusammengebrochen war, und sie war entschlossen, alles in ihrer Macht Stehende zu tun, um diesem Kind zu helfen und es vor seinen Eltern zu schützen, denn sie war selbst ein Kind gewesen, das unter seinen übermächtigen und kaltherzigen Eltern gelitten hatte. Ihre Empörung über das, was diese vorgestellten Eltern ihrem vorgestellten Kind angetan hatten, war so groß, dass sie es nicht immer schaffte, die Verachtung, die sie für Claire und Niko empfand, vor ihnen zu verbergen.

Diese Vorgänge waren kräftezehrend in einem Ausmaß, das Claire bisher nicht gekannt hatte. Nach jedem Besuch bei Raffi, nach den Hilfeplankonferenzen, nach jedem Gespräch, das sie führen mussten, war sie so erschlagen, dass sie Mühe hatte, die Augen offen zu halten, und mehrmals auf dem Nachhauseweg fast in der U-Bahn eingeschlafen wäre.

Sie lebte von Termin zu Termin. Sie hatte alle Termine, die sie Raffis wegen wahrnehmen mussten, auswendig im Kopf; sie waren wichtiger für sie als alle ihre beruflichen oder sonstigen Verpflichtungen, und sie war geistig und seelisch ununterbrochen damit beschäftigt, sich auf die bevorstehenden Begegnungen vorzubereiten und dabei möglichst alle Eventualitäten in Betracht zu ziehen. Sie wollte unbedingt aus dem Topf herausklettern, in den Frau Brisch sie zusammen mit all den anderen unfähigen, fehlgeleiteten oder lieblosen Eltern geworfen hatte, die ihr in ihrem privaten und beruflichen Leben begegnet waren. In dem Versuch, sich irgendeinem der mit ihrem Fall befassten Profis verständlich zu machen, redete Claire sich den Mund fusselig. Sie nahm riesige geistige und seelische Anstrengungen auf sich, um zu erklären, was sie dazu bewogen hatte, so zu handeln, wie sie gehandelt hatten, ohne damit auch nur ein einziges Mal Erfolg zu haben.

Alle Fachleute, mit denen sie es zu tun bekamen, waren überzeugt, mehr über Raffi und über die inneren Mechanismen, die in ihrer Familie wirkten, zu wissen als sie selbst, und das oft schon, bevor sie überhaupt Gelegenheit gehabt hatten, sie kennenzulernen. Die Analysen fielen nicht einheitlich aus: Abwechselnd wurde ihnen Überehrgeiz oder Nachlässigkeit vorgeworfen; ihr Verhältnis zu Raffi war entweder zu eng (»symbiotisch«, wie es die Psychologin mit den Stöckchenwimpern ausdrückte) oder nicht eng genug; man unterstellte ihnen übermäßige Strenge und gleichzeitig verwerfliches Laisser-faire. Oft vertrat ein und dieselbe Person bei verschiedenen Gelegenheiten (oder sogar im Verlauf ein und desselben Gesprächs) verschiedene, einander widersprechende Positionen. Oft schien es mehr darum zu gehen, dass überhaupt irgendetwas gesagt wurde – weil man ja schließlich dafür bezahlt wurde –, als darum, etwas Zutreffendes oder Hilfreiches zu sagen.

Nur in einem Punkt stimmten alle Fachleute überein: Es waren sie, die Eltern, die versagt hatten und die sich jetzt auf unklare Weise bewähren mussten, bevor man überhaupt daran denken konnte, ihnen ihr Kind wieder zurückzugeben. Keiner von ihnen begriff, was der wahre und eigentliche Kern der Angelegenheit war: dass sie, Claire und Niko, es waren, die Raffi am meisten liebten, dass sie es waren, die – trotz aller Fehler, die sie gemacht hatten – immer noch am besten begriffen, was er brauchte, und dass sie als Einzige bereit waren, es ihm zu geben, unbeschränkt, aus vollem Herzen und weit über die Grenzen ihrer Kraft hinaus.

Cordelia hatte aufgehört, Klavier zu spielen. Ihre Noten waren dramatisch abgesackt; immer häufiger kam es zwischen ihr und Niko zum Streit. Niko fing an, sich in ihre Schulangelegenheiten einzumischen, ließ sich von ihr ihre Hefte zeigen, überprüfte Hausaufgaben und setzte Lernzeiten fest. Überhaupt hatte Niko, seitdem er wieder zurück war, das starke Bedürfnis, seine Umgebung zu kontrollieren. Er dachte sich völlig neue Regeln für den Haushalt aus: Auf einmal musste der Deckel der Wäschetonne immer fest verschlossen sein, und es gab nur noch eine einzige richtige Art und Weise, die Geschirrspülmaschine zu bestücken. Er wurde laut und ungehalten, wenn jemand die Gabeln nicht im korrekten Abstand voneinander einsortiert hatte. Claire erschrak manchmal vor der Besessenheit, mit der er sich solchen Fragen widmete.

Die Strafbefehle, die im Frühjahr ergingen, lauteten auf neunzig Tagessätze für Claire und hundertzwanzig Tagessätze für Niko wegen Verletzung der Fürsorge- und Erziehungspflicht, wobei die erlittene U-Haft auf die Geldstrafe angerechnet wurde. Claire und Niko nahmen die Strafbefehle an, wodurch endlich auch der Haftbefehl hinfällig wurde und die demütigende Meldepflicht entfiel. Die Höhe der Geldstrafe fiel bei Claires üppigen Bezügen nicht weiter ins Gewicht, auch wenn Nikos Einkünfte seit der Verhaftung in den Keller gegangen waren, weil er zwei wichtige Deadlines versäumt hatte.

Im März wurden Raffi die ersten Wochenendheimfahrten gestattet. Das bedeutete, dass Claire oder Niko ihn am Freitagabend aus der Wohngruppe abholen durften; das Wochenende verbrachte er bei seiner Familie, und am Sonntagabend musste er wieder in der Wohngruppe abgeliefert werden, damit er am Montag von dort aus zur Schule fahren konnte. Es war ein großer Schritt in Richtung Normalität. Wenn Raffi am Wochenende zu Hause war, konnte man sich fast einreden, dass es sich bei ihrer jetzigen Lebensform um eine Art Internatslösung handelte, für die man sich schließlich auch aus völlig freien Stücken hätte entscheiden können.

So ähnlich stellte Niko die Sache auch einer Nachbarin gegenüber dar, die er auf der Straße getroffen hatte und die ihn nach Raffi gefragt hatte.

Schon seit dem Herbst war der Kontakt der Familie zu den Nachbarn immer spärlicher geworden, und seit dem Winter grüßten die von Koppensteins höchstens nur noch aus der Ferne und suchten dann so schnell wie möglich das Weite. Gerüchte machten die Runde, zum Beispiel war die Rede von einer Krebserkrankung Nikos; andere vermuteten, dass es auf eine Scheidung hinauslief. Die von Koppensteins taten nichts, um diesen Gerüchten entgegenzutreten, sie hatten kein Interesse daran, dass die Wahrheit bekannt wurde.

Frau Brisch vom Jugendamt hatte ihnen genaue Vorgaben gemacht, wie ihre Erziehung in Zukunft auszusehen hatte. Es gab Verstärkerpläne für Raffi mit Sonnen und Wolken und Blitzen und Verstärkerpläne für Cordelia, obwohl die Vorstellung, dass Cordelia sich durch einen mit Edding gemalten Blitz in irgendeiner Weise beeinflussen lassen würde, ziemlich lachhaft war. Trotzdem fügten sie sich, besorgten eine weiße Magnettafel mit Magnetsymbolen (»Die kaufen Sie bitte!«) und hängten sie in der Küche auf. Inzwischen hatten sie Frau Brisch so oft mit ihrer Disziplin und Zuverlässigkeit überrascht, dass diese nach und nach ihre Meinung über sie änderte. Sie glaubte jetzt, dass sie unter ihrer Anleitung dazugelernt und ihren Erziehungsstil geändert hatten. Langsam wurde es Zeit, über das Ende der »Maßnahme« nachzudenken.

Alles in allem ging es also, in Minischritten, aber unverkennbar, bergauf. Nur Claire konnte es einfach nicht so sehen.

Ausgerechnet Claire, die immer so siegesgewiss und zuversichtlich gewesen war und für sich und ihre Familie nur das Beste vorhergesehen hatte! Jetzt hatte sie jedes Selbstvertrauen und jede Zuversicht verloren. Sie konnte weder den Frühling noch das Zusammensein mit ihrer Familie genießen. Dass Cordelia versetzungsgefährdet war, ließ sie kalt. Nur Raffi schaffte es in seiner Unschuld manchmal, ihr Herz zu berühren, wenn er sich eine Panflöte aus leeren Tintenpatronen und Tesafilm baute, oder wenn er sie bat, ihm einen Aktenvernichter zu besorgen, weil er damit »appetitliche Mahlzeiten für papierfressende Wesen« zubereiten wollte.

Es war einmal möglich gewesen, dass der schlimmste Fall eingetreten war, und daraus folgte, dass dieser schlimmste Fall auch in Zukunft immer wieder und jederzeit eintreten konnte. Es war ein Gebot der Vernunft, sich darauf einzustellen. Selbst wenn Raffi bald endgültig nach Hause käme – so wie früher konnte es nie wieder werden.

Ihr altes Familienglück war für immer verloren; wie nach dem Durchzug eines Hurrikans konnten sie nur noch die traurigen und zerrupften Überreste betrachten. Nie wieder würden sie eine glückliche, sorgenfreie Familie mit zwei fröhlichen, originellen, begabten und vielversprechenden Kindern sein. Nie wieder würden sie sich zu den Leuten zählen können, bei denen deshalb alles so gut lief, weil sie alles richtig gemacht hatten. Nie wieder würden sie auf ihre frühere, unbefangene und ungebrochene Weise stolz auf sich selbst und ihre Leistung sein können, nie wieder würden sie ihr frohes und zufriedenes Lächeln von früher lächeln. Ihre und die Lebenslinien ihrer Kinder hatten einen Knick bekommen, der dauerhaft und irreparabel war.

In diese Gedanken, an deren Wahrheit niemand zweifeln konnte, vertiefte Claire sich in dieser Zeit oft so lange, bis die Zukunft in das schwärzeste Schwarz getaucht war und sie jede Hoffnung verloren hatte, dass sich die Dinge für sie alle irgendwann wieder zum Besseren wenden würden. Sie konnte sich nicht einmal mehr vorstellen, worin eine Wendung zum Besseren überhaupt bestehen sollte: Alles, was ihr Leben ausmachte, alles, was vor ihnen lag, alles um sie herum, ja alles überhaupt *Denkbare* schien sich mit einer widerwärtigen, dunklen Flüssigkeit vollgesogen zu haben. Egal woran sie dachte, egal womit sie sich beschäftigte: Es gab nichts, was nicht damit verseucht gewesen wäre. Dass dieses abstoßende und beängstigende Schwarz die eigentliche, wahre Farbe der Welt darstellte, dass also in Wirklichkeit nichts Angenehmes oder Schönes existierte, kam Claire in diesen Wochen offensichtlich vor. Wie sollte man mit diesem Wissen weiterleben? Sie war es einfach nicht gewöhnt, sich unter der Last einer solchen Niedergeschlagenheit zu bewegen. Nichts in ihrem früheren Leben hatte sie darauf vorbereitet; ihr fehlten die psychischen Muskeln dazu. Sie beneidete ihr früheres Ich um die Fähigkeit, vor der Schwärze, die alles durchtränkte, die Augen zu verschließen und sich eine Buntheit vorzugaukeln, die in Wirklichkeit immer schon ein Produkt ihrer Einbildungskraft gewesen war. Diese magische Fähigkeit, die finstere Wahrheit mit fröhlichen Lügen zuzudecken, war ihr abhandengekommen, und es schien keine Möglichkeit zu geben, sie neu zu erlernen.

40

Die Hullemanns gingen weg aus Deutschland. Natürlich wollten sie sich vorher noch ein letztes Mal mit ihren Freunden treffen, und deswegen rief Christine Hullemann an einem Sommerabend bei den von Koppensteins an.

Sie bekam Claire ans Telefon. Sie hatten schon lange nichts mehr voneinander gehört; Claire war nicht mehr auf dem Laufenden und musste sich erst einmal erzählen lassen, was in den letzten Monaten bei den Hullemanns los gewesen war.

Alles hatte damit angefangen, dass Mkhitar »Mickey« Mameghanian, ein greiser Großinvestor, sich Anfang März in München aufgehalten hatte. Nach einem Geschäftsessen im Hotel Vier Jahreszeiten war »dem Herrn Mameghanian« schlecht geworden, und er war ins Krankenhaus gebracht worden. Irgendeine Herz-Kreislauf-Geschichte, aber ungefährlich, und auf der Intensiv war er überhaupt nur gelandet, weil die Leute von der Verwaltung der Meinung gewesen waren, ihn dort besser gegen die Medien abschirmen zu können.

»Aber Werner arbeitet doch gar nicht auf der Intensivstation«, sagte Claire, die gerade dabei war, Risotto zu machen.

»Das war ja gerade der Zufall!« An diesem Abend hätte Klaus-Werner eigentlich sogar freigehabt und war erst in letzter Minute für eine Kollegin eingesprungen, deren Tochter plötzlich krank geworden war. Nur dadurch, dass Klaus-Werner mit der Kollegin die Dienste getauscht hatte, hatte es ihn an diesem Abend überhaupt auf die Intensiv verschlagen.

Auf jeden Fall, irgendwann in dieser Nacht war Klaus-Werner zufällig ein bisschen mit dem Herrn Mameghanian ins Plaudern gekommen, und dabei hatte sich herausgestellt, dass Herr Mameghanian einen Schulfreund hatte, der Medizin-Nobelpreisträger war. Dieser Nobelpreisträger hatte einen Schwiegersohn, und der war ein international bekannter Sportmediziner aus Berkeley.

»Berkeley!«, rief Claire.

»Genau, weil der Klaus-Werner hat auf dem Gebiet doch diese Fortbildungen gemacht, und im Winter hat er ja auch seine beiden Paper dazu veröffentlicht.«

»Das wusste ich ja gar nicht. Auf dem Gebiet der Sportmedizin?«

»Ja, und das hat er dem Herrn Mameghanian gesagt, und der wollte dann gleich seine Mailadresse haben und seine Handynummer. Weil er so zufrieden war mit der Behandlung. Tja, und so ist das gekommen. So ein Angebot kann man nicht ausschlagen, sagt Klaus-Werner. Im März waren wir schon mal kurz drüben, um uns alles anzuschauen, und im September geht es dann richtig los.«

»Das ist ja toll! Wisst ihr schon, wo ihr wohnen werdet?« Claire verrenkte sich den Hals, um das Telefon mit dem Kinn festzuhalten, während sie gleichzeitig den Parmesan rieb, und fragte Tinchen aus. Was wollten sie mit ihrem Haus und den Möbeln machen? Wo würden die Kinder zur Schule gehen? Was war mit Tinchens Job? Etc. pp, und Tinchen antwortete ihr ausführlich und gewissenhaft.

Claire hörte sich Tinchens Stimme an, die dicht an ihrem Ohr erklang, während sie die Petersilie hackte und den Tisch deckte. Die Melodie von Tinchens Sätzen, der lebhafte Klang ihrer Stimme, ihr ungläubiges Lachen und die Art, wie sie eifrig und umständlich jedes Detail ihres bevorstehenden Umzugs nach Kalifornien erörterte, bewiesen ohne jeden Zweifel, dass sie sehr glücklich war.

Claire gönnte ihr ihre Freude, ohne sie nachvollziehen zu können. Warum ist sie denn so froh, und warum erzählt sie mir das alles? Warum macht sie sich die Mühe? Nichts von dem, was Tinchen berichtete, stellte in Claires Augen einen Grund zur Freude dar, nichts davon war berichtenswert. Immerhin bewies Tinchen durch ihre Fröhlichkeit, dass es theoretisch möglich war, sich zu freuen, und dieser Gedanke hatte – theoretisch – etwas Tröstliches. Theoretisch, nicht praktisch: Claire konnte den Trost, der darin lag, nicht fühlen.

»Schon irgendwie komisch, dass ausgerechnet wir, oder?«, fuhr Tinchen fort. »Ich meine, hättest du das vor, sagen wir mal vor einem Jahr – hättest du das vor einem Jahr für möglich gehalten? Oder vor zwei Jahren? Wenn euch so was passiert wäre! Das hätte mich gar nicht gewundert, weil, ihr wart ja immer schon so … besonders, oder, hm, ich weiß gar nicht, wie ich das jetzt ausdrücken soll, hihi, irgendwie so – na ja, du weißt schon. Bei euch läuft doch immer alles wie geschmiert, aber wir? – Schon irgendwie komisch, oder?«

»Ich muss aufhören«, sagte Claire, »mein Risotto ist fertig.« Sie verabschiedete sich von Tinchen und versprach ihr, sich in den nächsten Tagen bei ihr zu melden.

»Cordelia, Raffi! Essen kommen!«

Raffi war wieder zu Hause. Das Hilfeplanverfahren war abgeschlossen, das Jugendamt hatte sich aus ihrem Leben zurückgezogen, und alles war wieder wie früher.

Im Wohnzimmer stritt sich Niko mit Raffi herum, der sich nicht vom Notebook losreißen konnte.

»Gleich!« – »Gleich!« – »Nur noch fünf Minuten!« – »Ja, ja, ich komm ja gleich!« – »Heh, nein! Du bist so blöd, nur wegen dir sind jetzt meine ganzen Schätze weg, die ich gesammelt hab! Du bist *total blöd!*« Im Verlauf einer halben Minute hatte sich Raffi vom Piano zum Fortissimo gesteigert. Als er in die Küche kam – Niko scheuchte ihn mit finsterem Blick vor sich her –, heulte und schrie er immer noch. »Nur wegen dir!« Claire versuchte, ihn zu beruhigen, indem sie ihm mit dem Daumen die Tränen aus dem Gesicht wischte. »Pssss ... psss ...«, machte sie mechanisch, fasste ihn an beiden Schultern an und schob ihn auf seinen Platz.

Als Cordelia in der Küche erschien, erfasste sie die Lage sofort: ihr Vater, der schlechte Laune verbreitete, ihre Mutter, die nichts von ihr wissen wollte, und ihr kleiner Schwachkopf von Bruder, um den sich wieder mal alles drehte. Sie ließ ihren Blick über den gedeckten Tisch wandern und musterte mit unnachahmlichem Widerwillen das Risotto, das inmitten der vier leeren Teller in seinem Topf vor sich hin dampfte. Die Küchenlampe leuchtete von oben weiß in die aufsteigenden Dampfschwaden hinein.

Neben jedem der vier Teller stand ein Glas, und alle vier Gläser waren leer. Schnell, noch bevor sie sich hingesetzt hatte, griff Cordelia nach der Wasserflasche, um sich als Erste von dem Wasser einzuschenken, doch aus der Flasche kam nur ein dünnes Rinnsal, das gleich wieder versiegte.

Sie sah zu Claire hin. Ihre Blicke kreuzten sich, und dort, wo sie aufeinandertrafen, bildete sich, wie jeden Abend, eine Frage heraus, die wie ein böswilliger Geist über dem Tisch schwebte: Wer musste das Wasser holen?

Der Kasten mit den Mineralwasserflaschen stand in der Speisekammer im Keller. Man musste dreizehn Stufen hinuntersteigen, die Kellertür aufmachen, die muffige Kellerluft einatmen, rechts neben der Tür (ungefähr auf Ohrhöhe) nach dem Lichtschalter tasten und das Licht anknipsen, eine weitere Stufe nach unten nehmen, sich von der Dunkelheit im großen Keller und den sich darin abzeichnenden, undeutlichen Formen nicht erschrecken lassen, vor dem Eingang zur Waschküche nach links abbiegen, in der Speisekammer den richtigen Kasten identifizieren, sich bücken und eine Flasche herausziehen. Vielleicht erwischte man zuerst eine leere Flasche (was man in der Regel am Gewicht erkannte sowie daran, dass oben ein scharfkantiger Plastikstreifen vom Verschluss abstand), dann musste man sich noch einmal und vielleicht sogar noch ein drittes Mal zum Kasten hinunterbeugen oder, im allerschlimmsten Fall, ein paar Sekunden vor dem Kasten in die Hocke gehen, wenn schon fast alle Flaschen ausgetrunken waren. Wenn man eine volle Flasche ergattert hatte, spulte man das ganze Programm einfach rückwärts ab: Lichtschalter, Kellertür, Treppenstufen, Küche, fertig. Das war alles und dauerte nicht einmal eine Minute.

Claire fand, dass Cordelia von ihnen allen am wenigsten Grund hatte, sich zu beschweren oder unglücklich zu sein. Sie fand, dass Cordelia sich keinen Zacken aus der Krone brach, wenn sie das Wasser holte – wenn sie ihrer Familie diesen einzigen, kleinen Gefallen tat. Der Blick, den sie Cordelia zuwarf, enthielt eine Aufforderung, die man nicht missverstehen konnte.

Cordelia rückte ihren Stuhl zurecht, warf mit einer geübten Bewegung ihrer rechten Hand und ihres ganzen Rumpfs ihre schönen, welligen Haare über die Schulter zurück und sagte nichts. Vor allem sagte sie nicht das, was ihre Mutter hören wollte. Sie bot nicht an, das Wasser zu holen. Sie fragte nicht, ob sie das Wasser holen sollte. Sie brachte es mühelos fertig, nicht nur zu schweigen und nichts zu sagen, sondern so laut und deutlich zu schweigen und nichts zu sagen, dass nicht einmal Raffi, der sich immer noch lautstark darüber beschwerte, dass Niko ihm »alles kaputt gemacht« habe, es schaffte, sie zu übertönen. Man musste sie bewundern dafür: Sie machte es mit dem Kieselsteinblick ihrer Augen und indem sie ihrem schönen roten Mund einen minimal anderen Schwung verpasste. Das genügte, mehr brauchte sie nicht, um zum Ausdruck zu bringen, was sie zum Ausdruck bringen wollte: Warum ich? Warum nicht er? Raffis Theater von wegen Dicker Arm hielt Cordelia für einen billigen Trick; sie konnte nicht glauben, dass ihre Mutter wirklich so blöd war, darauf reinzufallen.

»Ich hab dir gesagt, dass ich das Notebook ausschalte, wenn du es nicht selber machst!« Schon jetzt neigte sich Nikos Geduld dem Ende zu.

»Na gut«, Raffi schob die Unterlippe vor und verschränkte die Arme vor der Brust, »dann ess ich eben nichts!«

»Ich hab dich drei oder vier Mal gewarnt!«

»Nein! Wenn ihr solche Spielverderber seid, dann bin ich jetzt eben auch ein Spielverderber! Selber schuld!«

Raffi verschränkte die Arme vor der Brust und schüttelte den Kopf. Mit ärgerlichem Gesicht stand Niko von seinem Stuhl auf, um seine Gabel, an der ein Speiserest klebte, gegen eine andere, saubere einzutauschen.

»Wenn ihr solche Spielverderber seid, dann ess ich auch nichts. Nur wegen euch!«

»Raffi, es reicht.«

»Mir doch egal. Nur wegen euch.«

Cordelia sah zuerst ihr leeres Glas an und dann Claire; ihr Laserpointer-Blick ließ an Deutlichkeit nichts zu wünschen übrig.

Claire spürte wieder die bekannte Hilflosigkeit und einen kurzen, schmerzhaften Anflug von Weinenwollen: Sie konnte Raffi doch nicht in den Keller schicken, solange er diese panische Angst vor dem Dicken Arm hatte! Das musste doch jeder einsehen, sogar Cordelia!

Die Angst vor dem Dicken Arm hatte Raffi aus der Wohngruppe mitgebracht. Der Dicke Arm war ein Arm ohne Besitzer, der ein beunruhigendes Eigenleben führte. Aufgrund seiner länglichen Form und seiner beängstigenden Gelenkigkeit konnte er sich überall, auch in den engsten und schmalsten Ritzen und Winkeln verstecken. Dort lauerte er Raffi auf, wobei unklar war, was er von ihm wollte und was er vorhatte, wenn er ihn erst einmal erwischt haben würde.

Raffi hatte keine Angst davor, vom Dicken Arm gepackt oder verletzt oder entführt zu werden. Es war der bloße Anblick des Arms (der sehr muskulös, gebräunt und stark behaart war), vor dem er Angst hatte. Noch grauenhafter war nur die Vorstellung, mit dem Arm auf irgendeine Weise in Berührung zu kommen, und sei es nur mittelbar, weil er sich zum Beispiel irgendwo im Sofa versteckt hatte und man sich auf ihn setzte und er dann unter den Sitzkissen anfing, sich zu bewegen und wild zu zappeln. Der Arm hatte auch eine Hand mit kurzen, breiten, sehr starken Fingern; diese Hand machte Raffi allerdings weniger Sorgen. Der Arm hatte nicht vor, damit nach ihm zu schlagen oder ihn damit zu packen. Er ging auch nicht etwa mithilfe seiner Hand oder der Finger, sondern bewegte sich auf eine Weise fort, bei der das Ellbogengelenk eine wichtige, allerdings unklare und auf unklare Weise grauenerregende Rolle spielte. Raffi hatte für diese Fortbewegungsart des Dicken Arms sogar ein Wort erfunden: Es hieß »schnöllern«. Was Raffi vor allem befürchtete, war, dass sich der Dicke Arm als etwas anderes tarnen und sich dann – durch plötzliches Schnöllern – unvermittelt zu erkennen geben könnte, wenn er, Raffi, am wenigsten damit rechnete. Der Dicke Arm war nämlich sehr wandelbar und konnte die Form von anderen Gegenständen so perfekt annehmen (unter anderem indem er sich am Ellbogengelenk fest zusammenklappte wie ein Regenschirm) und sich so lange vollkommen still verhalten, dass man ihn erst dann erkannte, wenn er selbst das wollte.

Mit einem unheilvollen Leuchten in den Augen stellte Raffi seinen Fuß auf die Querstrebe von Nikos Stuhl. Er wusste, dass er seinen Vater damit ärgern konnte.

»Fuß weg«, sagte Niko und versuchte, seinen Stuhl zurückzuziehen, um sich hinsetzen zu können, doch Raffi ließ seinen Fuß, wo er war.

»Nimm deinen blöden Fuß da weg!«

»Wenn du mich ärgerst, dann ärgere ich dich eben auch!«

Cordelia oder Raffi? – Claire konnte sich einfach nicht entscheiden. Es war klar, dass ein vollgestellter, schlecht ausgeleuchteter Keller ein ideales Biotop für den Dicken Arm darstellte. Es war auch klar, dass Raffi wirkliche, echte Angst davor hatte, allein in den Keller zu gehen. Trotzdem hatte Claire sich in den letzten Wochen schon manchmal dazu durchgerungen, ihn zum Wasserholen zu schicken. Manchmal kam es ihr so vor, als ob sie Raffi vielleicht gar keinen echten Gefallen tat, wenn sie dem Dicken Arm einen zu prominenten Platz in ihrem Familienleben einräumte. Manchmal kam es ihr so vor, als ob ein eingebildeter Dicker Arm und die reale Angst davor ziemlich praktisch waren, wenn es darum ging, sich vor lästigen Aufgaben zu drücken. Manchmal kam es ihr so vor, als ob Raffi sich fast ein wenig zu sehr darauf verließ, dass ein Wink mit dem Dicken Arm genügte, um sie in die eine oder andere Richtung in Bewegung zu setzen. Und manchmal wollte sie auch einfach nur auf formale Weise Gerechtigkeit gegenüber Cordelia und dem Rest der Familie walten lassen.

»Raffi?« Claire versuchte, sich auf das einzustellen, was gleich kommen würde. Sie wusste aus Erfahrung, dass man gute Nerven brauchte und sich seiner Sache hundertprozentig sicher sein musste, wenn man den Weg einschlagen wollte, für den sie sich entschieden hatte. Raffi ging nicht in den Keller, um das Wasser zu holen, nur weil irgendjemand ihn ein-, zwei- oder dreimal dazu aufforderte. Er stellte sich taub, und wenn das nichts half, protestierte er lautstark und leidenschaftlich und stellte sich dann wieder taub, und letztendlich beharrte er auf verschiedenen, umständlichen Hilfestellungen, die zu leisten anstrengender und mühsamer war, als das Wasser selbst zu holen – zum Beispiel musste man das Licht im Flur für ihn anschalten und am oberen Ende der Kellertreppe auf ihn warten und durfte ihn dabei keine Sekunde lang aus den Augen lassen, und in der Mitte der Treppe kehrte er weinend um, weil ihn die Angst vor dem Dicken Arm überwältigt hatte, und musste wortreich beruhigt und wieder nach unten geschickt werden, und schon davor war unfassbar viel Zeit verstrichen, bis man sich mit ihm auf ein Codewort geeinigt hatte, das er rufen wollte, falls im Keller tatsächlich der Dicke Arm irgendwo hervorschnöllern sollte, und das einen dazu verpflichtete, zu ihm hinunterzustürzen, um ihn zu »retten«, und immer rief er dann aus dem Keller tatsächlich das Codewort nach oben (»Ich wollte nur mal sehen, ob du wirklich kommst!«), und die ganze Zeit über brachte Cordelia dadurch, wie sie wartend vor ihrem leeren, glänzenden Teller saß und ihren schönen Mund dazu benutzte, nichts zu sagen, zum Ausdruck, was sie von dem ganzen Theater hielt und welchen Eindruck ihre Mutter auf sie machte.

»Kann ich mir nehmen?« Cordelia griff nach dem Servierlöffel, der im Risotto steckte, ohne auf eine Antwort zu warten und ohne jemanden anzusehen.

»Nein, ich zuerst!«, rief Raffi sofort und versuchte blitzartig, mit seinem eigenen Löffel in den Topf zu gelangen. Der Kampf flammte mit erschreckender Heftigkeit auf. »Lass!«, schrie Raffi. »Ich! Ich!«, und gab unartikulierte Geräusche von sich, wie ein wütendes Kleinkind, nur lauter und schriller: »Eeee-eh! Eeee-eh! Eeee-eh! Mamaha-ha-haaaah!«, während er versuchte, seinen Löffel unter Cordelias Servierlöffel zu schieben, den er auf diese Weise aus dem Topf katapultieren wollte. »Ich zuerst«, zischte Cordelia und drückte mit dem breiten Unterteil ihres Löffels mit aller Kraft gegen Raffis Löffelstiel. Raffis Stimmung schlug um, er kicherte wild vor Vergnügen und versuchte, seinen Löffel mit ruckartigen Bewegungen freizubekommen. Der Topf verrutschte auf seinem Untersetzer aus Metall, der auf vier Füßchen mit Gummikappen stand, kippte zur Seite und knallte gegen ein Trinkglas, das seinerseits wegrutschte, umkippte und mit einem lauten Klirren auf einen Teller fiel; Niko explodierte.

»Was soll das?«, brüllte er. »Könnt ihr euch nicht *ein Mal* benehmen?«

»Wenn er –«

»Nichts ›wenn er‹! Ich will das nicht hören, verstehst du? Immer –«

»Er hat –«

»Das ist mir *scheißegal,* was –«

»Aber er –«

»Sag mal, bist du taub, oder was? Oder bist du irgendwie schwer von Begriff? Das ist mir *so was* von scheißegal, wer angefangen hat! Ich will hier in Ruhe essen und nicht immer dieses *Scheißtheater* haben, verstanden?« Beim letzten Wort kam ein Spucketröpfchen aus Nikos Mund geflogen, leuchtete auf seiner Flugbahn im Licht der Küchenlampe auf und landete irgendwo zwischen den Tellern auf dem Tisch. Seine Stimme hatte einen unangenehm hohen und gepressten Klang; am Ende seiner Tirade war er in eine Art heiseres Kreischen verfallen, doch am schlimmsten war, dass er zwischendurch mit dem Arm ausgeholt hatte, als ob er nach Cordelia schlagen wollte.

41

Alle waren erschrocken, auch Niko selbst. Er atmete schwer, während Claire möglichst geräuschlos auf dem Tisch Ordnung schaffte.

In der Stille, die sich über den Tisch gesenkt hatte, hörten sie alle, wie vor dem gekippten Fenster eine Amsel die ersten zaghaften Töne flötete. Ein Radfahrer bremste scharf, in einem Garten wurde Wasser in eine Gießkanne gefüllt; das Rauschen und Prasseln klang zuerst hell, wurde dann immer dumpfer und verstummte schließlich ganz.

»'Tschuldigung, Papa«, sagte Raffi, »'Tschuldigung, sei nicht böse!« Er hatte sich ängstlich zusammengeduckt und schielte aus seiner geduckten Haltung vorsichtig zu Niko hinüber. »Können wir wieder lieb sein? Bitte!«

Cordelia, die vor Zorn und Scham über die Zurechtweisung rot geworden war, biss die Zähne zusammen und war sehr darauf bedacht, niemanden anzusehen.

»Können wir wieder lieb sein, Papa? Bitte?«

Niko kämpfte mit einer Mischung aus noch nicht ganz verrauchter Wut, Schuldbewusstsein und Mitleid. Sein Gesicht war immer noch finster und verzerrt, gleichzeitig bewegte er unschlüssig seinen Kopf hin und her, wie jemand, der kurz davor ist, nachzugeben.

»Können wir wieder lieb sein, bitte?«

Um die Stimmung aufzulockern, fing Claire an, über die Hullis und über Tinchens Anruf zu reden. Niko hörte mit düsterer Miene zu, während er das Risotto in sich hineinschaufelte.

»Nach Berkeley, im September«, sagte Claire, »und die

Kinder sollen dort in eine Privatschule gehen. Das bekommen sie alles bezahlt, von Werners Arbeitgeber.«

»Ich mag aber keine Erbsen«, sagte Raffi.

»Was? Wieso denn das auf einmal, Raffi? Seit wann magst du keine Erbsen mehr? – Eigentlich hat sie hier angerufen, weil sie sich mit uns treffen wollen.«

»Die nerven so im Mund.«

»Probier sie doch erst mal!«

»Nein! Ich mag keine Erbsen. Die nerven einfach, das weiß ich.«

»Hm.« Niko nahm sich von dem Risotto nach.

»Ist das mit Schinken?« Stirnrunzelnd bohrte Cordelia mit dem Zeigefinger in dem Reishaufen auf ihrem Teller herum.

»Hast du Lust?«

»Worauf?«

»Dich mit ihnen zu treffen.«

»Puh! Nein, eigentlich nicht.«

»Warum nicht?«, hakte Cordelia sofort nach, »warum wollt ihr euch nicht mit ihnen treffen? Ich denke, das sind eure Freunde?«

»Ich mag einfach keine Erbsen!«, jammerte Raffi. »Warum wollt ihr euch nicht mit ihnen treffen? – Moment mal, mit wem überhaupt?«

»Cordelia, kannst du damit aufhören, bitte? Könntest du – *bitte!* – die Finger aus dem Essen nehmen?«

»Raffi, wenn du alle Schinkenstückchen jetzt isst, hast du keine mehr für später«, warnte Claire.

»Na und? Außerdem bin ich sowieso schon satt.«

»Warum wollt ihr euch nicht mit ihnen treffen? Warum nicht? Warum wollt ihr euch nicht mit ihnen treffen?«

»Cordelia –«

Raffi fing an zu pfeifen. Er setzte so unvermittelt mit seinem ersten, durchdringenden Pfeifton ein, dass sie alle zusammenzuckten.

»Hör *auf!*«, fauchte Cordelia, die von dem schrillen Gepfeife aus ihrer Marmorbüstenungerührtheit gerissen worden war, sodass sie kurzfristig die Beherrschung verlor.

»Ja, Raffi, hör bitte auf«, bat Niko, sich mühsam zusammennehmend, aber Raffi pfiff weiter, als ob er nichts gehört hätte, und vielleicht hatte er tatsächlich nichts gehört: Es wirkte jetzt manchmal so, als ob er mit etwas beschäftigt wäre, was sich in einer anderen Welt abspielte, die außer ihm niemand wahrnehmen konnte. Wenigstens wirkte er nicht traurig, solange er pfiff. Er wirkte auf selbstzufriedene Weise gedankenverloren. Es sah fast so aus, als ob er beim Pfeifen *grinste*.

Er pfiff immer wieder die gleiche Tonfolge. Er pfiff unglaublich laut und durchdringend. Der Wunsch, die Pfeiferei abzustellen, wurde bei jedem, der sich in seiner Nähe befand, sehr schnell übermächtig.

»Raffi!«

»Raffi …«

»Raffi, hör auf!«

»Hör! Auf!«

»Häh, was? – Ach so, okay …«

Cordelia senkte den Kopf über ihren Teller; sie hatte einen nicht zu deutenden Ausdruck im Gesicht.

»Raffi!«

»Was?«

»Du pfeifst schon wieder, hör auf!«

»Nein, auch nicht singen.«

»Was?«

»Du sollst auch nicht *singen!*«

Ohne nachzudenken griff Claire nach ihrem Glas. Es war leer. Warum gehe ich eigentlich nicht selbst in den Keller?, dachte sie, das wäre doch das Einfachste! Kurz spielte sie mit dem Gedanken, aufzustehen und selbst das Wasser zu holen, doch ein kleiner, aber zäher und schwer zu überwindender innerer Widerstand hielt sie davon ab: Das konnte ja wohl nicht die Lösung des Problems sein! Außerdem hatte Cordelias unbeherrschtes und hasserfülltes Fauchen sie erschreckt und einen rachsüchtigen Impuls in ihr ausgelöst, der immer noch andauerte. Im Grunde war alles ganz einfach: Niko hatte eingekauft, sie hatte das Essen gekocht, Raffi hatte Angst vor dem Dicken Arm. Also – wer blieb übrig? Sie hatte große Lust, Cordelia dieses einfache Rätsel vorzulegen.

Andererseits hatte sie Angst vor Cordelias Reaktion. Sie wusste, dass ihre Tochter sie wegen der schwerwiegenden und beschämenden Fehler, die sie in der Vergangenheit gemacht hatte, und wegen ihrer andauernden Unfähigkeit, Raffi zu einem vernünftigen Verhalten zu bewegen, verachtete. Sie wusste, dass Cordelia in allem, was sie tat oder nicht tat, nach Beweisen für ihr Versagen suchte und diese Beweise auch überall fand. Cordelia hielt nicht mehr besonders viel von ihr als Mutter, so viel stand fest, und Claire konnte sie verstehen: So vieles, was sie in der Vergangenheit getan und gedacht hatte, war falsch gewesen. Es war schmerzhaft und deprimierend, sich das einzugestehen.

Mit den Fingern holte Cordelia etwas Undefinierbares aus ihrem Reis. Sie versuchte, es am Tellerrand abzustreifen, aber das winzige rosa Teilchen blieb hartnäckig an ihrem Zeigefinger haften.

»Kannst du vielleicht damit aufhören?«

Cordelia warf Niko einen kalten Was-geht-dich-das-an-Blick zu, nahm kommentarlos den Finger von ihrem Teller weg und ließ ihre Hand unter dem Tisch verschwinden. Daran, wie sie ihre Schulter und ihren Arm bewegte, konnte man erkennen, dass sie den Finger unter dem Tisch an irgendeinem Teil ihrer Kleidung, wahrscheinlich am Bund ihres Sweatshirts, abwischte.

»Was soll das?«, brauste Niko auf und begann mit einem

unangenehm lauten und erregten Vortrag darüber, wie unmöglich ihr Verhalten war, wobei er gleich auch noch auf Cordelias Angewohnheit zu sprechen kam, auf Socken im Garten herumzulaufen, und auf ihre Arbeitshaltung, die sich in ihren Noten widerspiegelte.

»Sag mal, interessiert dich das eigentlich überhaupt, was ich sage? Oder ist dir das völlig egal? – Ob dir das egal ist!«

»Nein?« Cordelias Gesicht war eine Maske der Verachtung.

»Nein – was?«

»Nein, ist mir nicht egal?«

Die traurige Wahrheit war, dass es bei ihnen eigentlich schon immer genau so und nicht anders gelaufen war, dachte Claire, auch früher schon, vor der Katastrophe – mit dem Unterschied, dass sie damals die Augen davor verschlossen hatten. Früher hatte sie die Ungezogenheit und Widerspenstigkeit ihrer Kinder für eine unwichtige, vorübergehende Erscheinung gehalten, der man keine besondere Beachtung schenken musste. Jetzt wusste sie, dass alles immer so bleiben würde, dass sie in der Vergangenheit alles falsch gemacht hatte und dass es jetzt viel zu spät war, um noch etwas daran zu ändern.

»Ich wäre froh, wenn ich noch so viel Speck hätte wie du«, sagte Raffi zu Cordelia, die die von ihr aussortierten Speckstückchen auf dem breiten Rand ihres Suppentellers aufgereiht hatte. In dem Licht der Energiesparlampe sahen die Speckwürfel eigentlich nicht besonders appetitlich aus, dunkel verbrannt, von der Hitze der Pfanne asymmetrisch verzogen und fettglänzend, wie sie waren. Raffis Augen waren trotzdem voller Sehnsucht.

»Tja«, antwortete Cordelia, laut und überdeutlich artikulierend wie immer, um nur ja keinen Zweifel an der Bedeutung ihrer Worte aufkommen zu lassen, »hast du aber nicht.«

»Kannst du ihm *bitte* deine Schinkenwürfel geben?«

»Nein, warum sollte ich?«

Nikos hageres Gesicht verzog sich schmerzvoll.

»Ja, dann nimm sie dir aber auch!« Cordelia stieß ihren Teller so heftig in Raffis Richtung, dass ein Teil der Schinkenwürfel durch die Luft flog.

»Cordelia!« Niko sah nach oben an die Decke und atmete durch den Mund; an seinem unrasierten, mageren Hals zeichneten sich scharf die Sehnen ab. Claire sah mit schmerzlicher Klarheit voraus, wie es mit ihnen weitergehen würde: Sie würden beide immer faltiger und dünner und schwächer werden und schließlich sterben. Auch Tinchen und Werner waren dazu verurteilt, zu altern und zu sterben, und dass sie dabei von der Sonne Kaliforniens beschienen werden würden, machte keinen Unterschied. Es war unlogisch und albern, dass sie sie trotzdem glühend beneidete.

42

Niko dachte im Allgemeinen nicht viel über Psychokram nach. Langwierige und tiefschürfende Analysen eigener und fremder Seelenzustände gehörten nicht unbedingt zu seinen Stärken, und er hatte auch kein besonderes Interesse daran. Seiner Meinung nach gab es auf der Welt genügend andere Leute, die anscheinend eine natürliche Affinität zu diesem ganzen Themenfeld hatten und damit sehr viel mehr anfangen konnten als er (damit meinte er Claire), und diesen Leuten wollte er nicht ins Handwerk pfuschen. Er behauptete gern von sich, ein »schlichtes Gemüt« und »einfach gestrickt« zu sein, und glaubte das auch wirklich; das bedeutete in seinen Augen, dass es sich in seinem Fall nicht lohnte, sich über irgendwelche seelischen Vorgänge oder Probleme großartig den Kopf zu zerbrechen. Sein Seelenhaushalt gab einfach nicht genügend her dafür.

Aus ähnlichen Gründen beschäftigte er sich auch nur sehr selten mit der Vergangenheit. Was geschehen war, war geschehen, es lag hinter ihnen – zum Glück! –, und sie konnten wieder einigermaßen sorgenfrei in die Zukunft blicken. Alles war gut ausgegangen. Welchen Sinn sollte es haben, an all das Unangenehme und Unschöne zurückzudenken?

Sie hatten Raffi wieder, und nichts hinderte sie daran, ihr altes Leben wieder aufzunehmen.

Dass der Haussegen bei ihnen immer noch schief hing, lag eindeutig nicht an ihm, sondern an den anderen. Raffi war störrisch und renitent wie nie; Cordelia machte, was sie wollte, und Claire hatte offenbar mit irgendwelchen rätselhaften inneren Schwierigkeiten zu kämpfen, wie sie nur Leute befielen, die nach einem sehr viel komplizierteren Strickmuster gearbeitet waren als er selbst. Es tat Niko leid, zu sehen, dass sie oft traurig war, aber er hatte keine Ahnung, was er daran hätte ändern und wie er ihr aus ihrem Zustand hätte heraushelfen können. Mehrere unbeholfene Versuche in diese Richtung (»Sei nicht traurig!«) waren erfolglos geblieben, und deshalb sah Niko, aus Ratlosigkeit, weil er nicht wusste, wie er anders damit hätte umgehen sollen, einfach so weit wie möglich über Claires Traurigkeit hinweg, in der Hoffnung, dass seine frühere, strahlende, gut gelaunte, mit sich selbst und der Welt zufriedene, weit überdurchschnittlich selbstbewusste Ehefrau irgendwann von selbst wieder zum Vorschein kommen würde.

Nach dem Essen zog er sich so schnell wie möglich in sein Arbeitszimmer zurück. Es gefiel ihm nicht, dass seit Neuestem von ihm erwartet wurde, Raffi bettfertig zu machen. Seitdem Raffi wieder zu Hause war, hatte es sich irgendwie so ergeben, dass diese mühsame Aufgabe fast immer an ihm hängen blieb, doch an diesem Abend hätte er eigentlich Wichtigeres zu tun gehabt. Seine To-do-Liste war lang, und außerdem quälte ihn schon seit dem Nachmittag die Sorge, dass er auf dem Supermarktparkplatz mit seinem Einkaufswagen ein Auto beschädigt haben könnte, und er hätte gerne ausgiebig und in aller Ruhe darüber nachgedacht, um diese beunruhigende Möglichkeit für sich selbst ein für alle Mal auszuschließen.

Sein finsteres Brüten und seine Gereiztheit, die er während des Abendessens an den Tag gelegt hatte, hatten vor allem mit diesem Vorfall zu tun gehabt: Wenn er den Wagen beschädigt hatte und weggegangen war, ohne auf den Fahrer zu warten, handelte es sich dabei möglicherweise um Fahrerflucht. Hatte er sich strafbar gemacht, und, wenn ja, mit welchen Konsequenzen musste er rechnen? Diese Fragen waren äußerst wichtig, und er konnte einfach nicht aufhören, darüber nachzugrübeln, obwohl er wusste, dass an der Geschichte in Wirklichkeit nichts dran war. In Wirklichkeit hatte die Beifahrertür nicht den kleinsten Kratzer abgekriegt. Das wusste er deswegen so genau, weil er es eigens noch mal nachgeprüft hatte. Er war sich nur nicht hundertprozentig sicher, ob er *wirklich* genau genug hingesehen hatte und ob er sich auch *wirklich* richtig erinnerte.

In seinem Arbeitszimmer schaltete er den Computer an. Er wollte ein paar Mails abarbeiten und nebenher im Netz eventuell ein bisschen zum Thema Fahrerflucht recherchieren, bevor Raffi in den oberen Stockwerken erschien und seiner Ruhe ein Ende machte.

Von den Mails in seinem Posteingang berührte ihn eine besonders unangenehm: Ein Mitarbeiter eines Kunden wies ihn darauf hin, dass eines seiner Programme einen schwerwiegenden Fehler enthielt, und obwohl Niko sofort erkannte, dass der Mann unrecht hatte und warum, war er im ersten Moment trotzdem sehr erschrocken.

Mit hochgezogenen, verkrampften Schultern saß er am Rechner und war ganz in seine Arbeit und seine komplizierten Sorgen und Befürchtungen vertieft, als Raffi durchdringend pfeifend die Treppe hochgestampft kam. Der Pfeifton bohrte sich in Nikos Gehirn wie eine Nadel, das Getrampel auf den Treppenstufen fühlte sich an wie Schläge auf den Kopf. »Still!«, brüllte er in einem Akt verzweifelter Notwehr, und das Pfeifen hörte auf. Raffi trottete in sein Zimmer, und Niko wandte sich wieder dem Bildschirm zu.

Erst nachdem er auf »Senden« geklickt hatte und den Kopf hob, um etwas Luft zu schöpfen, wurde ihm bewusst, dass Raffi sich immer noch nicht wieder aus seinem Kinderzimmer hinausgerührt hatte. Es war überhaupt nichts mehr von ihm zu hören; offenbar dachte er nicht einmal daran, von sich aus mit seiner Abendroutine zu beginnen. Verärgert und widerwillig riss Niko sich los – er hatte gerade den Wikipedia-Artikel zum Stichwort »Unfallflucht« aufgerufen – und stand von seinem Stuhl auf, um nach Raffi zu schauen.

Raffi hockte auf dem Boden seines Zimmers und zerschnitt leere Plastikflaschen mit der kleinen Schere seines Taschenmessers.

»Daraus mach ich mir Schuhe, und mit denen kann ich dann auf dem Wasser gehen«, sagte er und sah mit leuchtenden Augen zu Niko auf.

Niko trieb ihn erbarmungslos ins Bad wie ein Bauer ein besonders stures und widerspenstiges Kalb und kehrte dann an seinen Schreibtisch zurück.

Das Gericht mildert in den Fällen der Absätze 1 und 2 die Strafe (§ 49 Abs. I) oder kann von Strafe nach dieser Vorschrift absehen, las er mit vor Konzentration ganz knittriger Stirn, *wenn der Unfallbeteiligte innerhalb von vierundzwanzig Stunden nach einem Unfall außerhalb des fließenden Verkehrs, der ausschließlich nicht bedeutenden Sachschaden zur Folge hat, freiwillig die Feststellung nachträglich ermöglicht (Abs. III).*

Das passte. Er hatte mit seinem Einkaufswagen auf dem Supermarktparkplatz – das hieß »außerhalb des fließenden Verkehrs« – *eventuell* die Beifahrertür eines VW Golf ganz leicht gestreift, weil der verdammte Einkaufswagen einen so starken Rechtsdrall gehabt hatte, dass kein normaler Mensch ihn steuern konnte. Wenn überhaupt ein Schaden entstanden war, dann war dieser »nicht bedeutend« – aber was zum Henker bedeutete »freiwillig die Feststellung nachträglich ermöglicht«?

Er scrollte durch das Dokument und versuchte angestrengt, den verschachtelten Sätzen einen Sinn abzugewinnen. *Der Verpflichtung, die Feststellungen nachträglich zu ermöglichen, genügt der Unfallbeteiligte, wenn er dem Berechtigten (Abs. I 1) oder einer nahe gelegenen Polizeidienststelle mitteilt, dass er an dem Unfall beteiligt gewesen ist, und wenn er seine Anschrift, seinen Aufenthalt sowie das Kennzeichen und den Standort seines Fahrzeugs angibt und dieses zu unverzüglichen Feststellungen für eine ihm zumutbare Zeit zur Verfügung hält. Dies gilt nicht, wenn er durch sein Verhalten die Feststellungen absichtlich vereitelt.*

Niko stöhnte auf. Was sollte das heißen, »die Feststellungen absichtlich vereitelt«? Ich will ja das Richtige tun, aber was *ist* das Richtige? Vielleicht habe ich schon irgendwas »vereitelt«, ohne es zu merken!

Als er zehn Minuten später aus seinem Zimmer kam, um auf die Suche nach Raffi zu gehen, hatte er Sorgenfalten auf der Stirn. Er war zu dem unerwarteten und höchst unerwünschten Schluss gekommen, dass ihm nichts anderes übrig blieb, als sich am nächsten Morgen bei der Polizei zu melden, um »die Feststellungen nachträglich zu ermöglichen«. Das ergab sich eindeutig aus § 142 Absatz IV StGB in Verbindung mit den Absätzen V, I und II.

Oder soll ich vielleicht sogar besser heute noch hinfahren?, überlegte er, während er Richtung Elternschlafzimmer ging. So eine verdammte Scheiße!

»Raffi, wo bist du? Komm, los, ich hab keine Lust, dich zu suchen! – Heh, Raffi, es reicht, wo bist du? – Jetzt komm schon, ich –«

»Wuaaaaah!«

Niko fuhr zusammen. Raffi wälzte sich schadenfroh lachend auf ihrem Bett herum und strampelte dabei wild mit den Beinen. Beim Hochspringen hatte er eine Bettdecke auf den Boden gerissen, und jetzt brachte er mit den Füßen auch noch das restliche Bett durcheinander und drückte die aufgeschüttelten Kissen platt.

»Also ehrlich, Raffi, sag mal, geht's noch? Was soll das, warum bist du noch nicht umgezogen? Ich will, dass du sich jetzt sofort fertigmachst, verstanden? *Du machst das jetzt*«, wiederholte er mit Nachdruck, »und ich gehe solange noch mal kurz nach oben.«

Nein, das hat keinen Sinn!, dachte er ein paar Minuten später und lehnte sich auf seinem Schreibtischstuhl zurück. Es war völlig sinnlos, sich weiter auf der Suche nach Urteilen oder Erklärungen durchs Netz zu klicken, dadurch wurden seine Verwirrung und Panik nur noch größer. – Ich gehe gleich morgen früh hin und bringe es hinter mich, beschloss er. Es lässt mir sonst doch keine Ruhe!

Andererseits ... ist das denn überhaupt *vernünftig*? Vielleicht lenke ich dadurch ja überhaupt erst die Aufmerksamkeit auf mich. Die haben doch gar keine Möglichkeit, rauszufinden, wer die Autotür beschädigt hat – außer natürlich, es gibt eine Kamera auf dem Parkplatz! Wenn sie mich beim Einsteigen gefilmt haben, können sie mich über das Nummernschild identifizieren. Heutzutage sind doch überall Kameras! Das heißt, ich bin ganz sicher gefilmt worden, und das bedeutet, dass ich auf jeden Fall spätestens morgen Vormittag zur Polizei muss.

Gut, gut, aber *eigentlich*, versuchte er sich mühsam zu beruhigen, *eigentlich weiß ich ganz genau, dass nichts an der Tür war.* Oder? Ich erinnere mich genau daran, wie die Tür ausgesehen hat: so und so und so und so. Also ist das lauter Unsinn, und ich mache mich völlig umsonst verrückt! Ich bin ja sogar noch mal umgekehrt, um die Stelle zu untersuchen ... Aber was ist, wenn ich mich getäuscht habe? Wenn ich einer optischen Täuschung zum Opfer gefallen bin, so einer Art ... partieller Blindheit, oder wenn ich an der falschen Stelle geschaut habe? Kann man unabsichtlich Fahrerflucht begehen? Wahrscheinlich nicht, aber wie könnte ich in dem Fall denn überhaupt beweisen, dass ich an der Tür nichts gesehen habe, dass es also unabsichtlich war? Die haben mich ja gefilmt, wie ich neben dem Auto in die Hocke gegangen bin. Schön blöd von mir! – Raffi … ich muss mal wieder nach ihm schauen … – Oder vielleicht hab ich auch was gesehen und erinnere mich jetzt nur falsch, was wäre das? Vorsatz oder Fahrlässigkeit?

Er ging nach unten. Raffi hatte sich nicht umgezogen, sondern ihr Schlafzimmer verwüstet. Alle Kissen und Decken waren zu einem unordentlichen Haufen aufgetürmt. Niko kam gerade dazu, als Raffi mit Anlauf und weit ausgebreiteten Armen über dieses Hindernis hinweg ins Bett hechtete.

»Das macht so Spaß, wenn man sich vorstellt, dass man fliegen kann. Verstehst du, was ich meine? Wenn man gerade in der Luft ist und sich vorstellt, dass man *wirklich fliegt!*«

Niko hörte gar nicht, was Raffi sagte. Er sah nur das zerwühlte Bettzeug, das teilweise auf den Boden herunterhing, und Raffi in seinen Straßenkleidern, der sich darin herumwälzte und sich offenbar keiner Schuld bewusst war, und wusste nicht, was ihn mehr enttäuschte oder tiefer traf: dass Raffi sich offensichtlich einen Dreck um ihn und seine Bitten scherte, dass er ihr ordentlich gemachtes Bett total durcheinandergebracht hatte oder dass ihn nicht einmal seine Anwesenheit dazu brachte, damit aufzuhören.

»Ich bin ein Kondor, der fliegen lernt«, teilte Raffi ihm ungefragt mit, in dem speziellen, leiernden und kindlichen Singsang, der bei ihm für derartige Fantasiespiele reserviert war, und nahm für seinen nächsten Sprung vor dem Schrank Aufstellung. »Ein Kondorküken, das gerade erst geschlüpft ist! Und das ist ein Trainingsgelände für mich, mit Hindernissen, das hast du für mich gebaut, im peruanischen Hochland der Anden, du solltest nämlich ein Ornithologe sein, und –«

»Sei still, halt die Klappe!«, unterbrach ihn Niko und hielt ihn am Arm fest, um den bevorstehenden Take-off zu verhindern. Raffis Einfallsreichtum und seine kindliche Liebenswürdigkeit waren an ihn in seiner gegenwärtigen Verfassung verschwendet.

»Was solltest du machen?«

»Ach so, stimmt!«

Niko hielt Raffi eine Standpauke, die sich gewaschen hatte; das tat ihm gut. »Und das hier, dieser *Saustall* hier«, er machte eine Handbewegung Richtung Bett, »du ziehst dich jetzt um, aber flottikarotti, und danach machst du unser Bett! Ich will, dass es hier wieder genauso aussieht wie vorher. Hast du mich verstanden?«

Raffi nickte reumütig. Niko war zufrieden: Jetzt konnte er es riskieren, noch mal für ein paar Minuten nach oben zu gehen.

Er musste sich neu einloggen, weil sein Computer in der Zwischenzeit auf Stand-by gegangen war. In regelmäßigen Abständen rief er nach Raffi, um sich zu vergewissern, dass er sich an seine Anweisungen hielt. Raffis Antworten (»Ich wollte mir grade die Hose ausziehen!« – »Okay, dann such ich jetzt mal meinen Schlafi!« – »Ich will nur noch … – nein, okay, ich mach's jetzt gleich.«) schienen darauf hinzudeuten, dass es tatsächlich vorwärtsging, auch wenn unerklärlich war, warum sich das alles so endlos lange hinziehen musste und was Raffi zwischendurch eigentlich so Wichtiges zu tun hatte.

Niko stellte sich vor, wie er Claire später am Abend von seinem Parkplatzerlebnis erzählen würde. Sie wird mich auslachen, und zwar zu Recht! Wollte ich wirklich deswegen zur Polizei? Und wie hätte das überhaupt ablaufen sollen? – »Entschuldigung, ich wollte mich bei Ihnen melden, weil ich wahrscheinlich *keinen* Kratzer in ein Auto gemacht habe«? Haha! Weil, an dem Auto war ja nichts! Ich *weiß,* dass an dem Auto nichts war. Um absolut sicherzugehen, stellte er sich noch einmal die staubige Lackfläche vor. Oder war doch etwas an der Tür gewesen? Er konnte sich einfach nicht davon überzeugen, dass das Fahrzeug unbeschädigt gewesen war, andererseits war der Gedanke, deswegen zur Polizei zu gehen, unerträglich.

Warum bin ich so ein verdammter *Idiot?* Er versetzte der Schreibtischplatte einen harten Schlag mit der flachen Hand, so fest, dass seine Handfläche brannte.

Um sich zu beruhigen, atmete er mehrmals tief ein und wieder aus. Was ist denn eigentlich das Schlimmste, was passieren könnte?, überlegte er. Wenn wirklich was an der Tür war, *was könnte mir dann im schlimmsten Fall passieren?*

Das war eine prima Methode, um sich selbst zu beruhigen. Wenn man sich klarmachte, was das Schlimmste war, was passieren konnte, stellte sich in den meisten Fällen raus, dass man sich umsonst aufgeregt hatte, weil das Schlimmste gar nicht so schlimm war, wie man befürchtet hatte.

Schlimmstenfalls werde ich angezeigt, und es gibt ein Strafverfahren, dachte Niko, schlimmstenfalls gibt es eine Meldung ans Jugendamt, schlimmstenfalls kommen sie und nehmen uns Raffi für immer weg.

Um ihn herum wurde es dunkler, wie bei einem Gewitter in den Bergen, wenn in der Hütte die Lampen schwächer werden. – Aber nein, das kann nicht sein, weil, *an der Türe war ja nichts!* Aber was, wenn doch? Und wenn ich noch mal zu dem Parkplatz fahre und nachschaue? Wahrscheinlich ist das Auto schon weg. Aber vielleicht auch nicht, wenn es einem Anwohner gehört! Und überhaupt – was ist denn eigentlich mit dem Einkaufswagen? Der Einkaufswagen ist auf jeden Fall noch da! Ich könnte hinfahren und nachschauen, ob Lackspuren daran sind. Aber wirkt das nicht erst recht verdächtig, wenn ich jetzt noch mal auf dem Parkplatz aufkreuze? Die werden mich ja wieder filmen dabei. Und woran soll ich eigentlich meinen Einkaufswagen erkennen? Und selbst wenn ich nicht gefilmt werde und wenn ich den richtigen Einkaufswagen finde – ist das nicht alles vollkommen *irre?*

Er wollte es jetzt so machen: Raffi schleunigst ins Bett verfrachten und sich dann im Wohnzimmer hinsetzen und noch mal ganz von vorn und zwar ein für alle Mal überlegen, was eigentlich am Nachmittag wirklich passiert war und wie er weiter vorgehen sollte. Wie hoch war die Wahrscheinlichkeit, dass sich das Jugendamt dafür interessierte, ob er mit seinem Einkaufswagen ein Auto gerammt hatte? Andererseits war Unfallflucht eine Straftat, und das Jugendamt würde sich vielleicht fragen, ob man einem Kriminellen ein Kind anvertrauen konnte. Er musste alle Möglichkeiten und Eventualitäten genauestens aufschlüsseln und gegeneinander abwägen.

Wie in Trance erhob er sich von seinem Schreibtischstuhl. Er schlafwandelte die Treppe hinunter und begriff im ersten Moment gar nicht, was im Schlafzimmer los war.

Raffi kniete nackt auf ihrem Bettzeug, das er sorgfältig auf dem Boden vor dem Kleiderschrank ausgebreitet hatte, und strich es mit beiden Händen liebevoll glatt. Überall waren Kleidungsstücke verstreut, eine Nachttischlampe war umgefallen und vielleicht kaputt, eines der Kopfkissen auf dem Boden war halb aus seinem Bezug gerutscht, und unmittelbar an der Tür, Niko direkt zu Füßen, lag Raffis auf links gedrehte Hose, in der noch die ebenfalls auf links gedrehte, alles andere als saubere Unterhose steckte. Raffis mageres, nacktes Hinterteil ragte komisch in die Luft, während er geduldig immer wieder versuchte, mit den Händen die Lücke zu schließen, die zwischen den Bettdeckenrändern klaffte. Er war ganz in sein Spiel vertieft, das seine Aufmerksamkeit vollständig in Anspruch nahm.

Niko wollte nichts davon wissen. Das Einzige, was ihn interessierte, war, dass Raffi noch immer nicht fertig war. Warum nahm niemand Rücksicht darauf, dass er unbedingt eine lebenswichtige Frage klären musste? Der Anblick des aus dem Bezug gerutschten Kopfkissens regte ihn besonders auf und versetzte ihn in hilflose Wut. Schlampig und unansehnlich quoll das fleckige Inlett aus dem gestreiften Bezug heraus. Er musste die Zähne zusammenbeißen und sich gewaltsam zusammennehmen, um nicht wie ein Berserker über Raffi herzufallen. Er bückte sich, packte einen Bettdeckenzipfel und riss daran, um wenigstens die Decke in Sicherheit zu bringen. Raffi sah überrascht hoch und rappelte sich auf; er wich vor Niko zurück und blieb dabei mit dem Fuß ausgerechnet an dem ramponierten Kissen hängen, das daraufhin noch weiter aus seinem Bezug rutschte, bis dieser nur noch wie eine schlaffe Haut an einer Ecke festhing.

»Nein!«, brüllte Niko, »das Kissen! Pass wenigstens auf das verdammte *Kissen* auf!« Primitive Urmenscheninstinkte versuchten, das Kommando über seinen Geist und seinen Körper zu übernehmen. Mit mahlenden Kiefern und geballten Fäusten kämpfte er gegen sie an. Er musste seine gesamte Willenskraft zusammennehmen, um sich zu beherrschen, und war dadurch wie gelähmt, sodass er weder sprechen noch sich bewegen konnte.

Auf einmal war Claire im Zimmer; er hatte sie nicht kommen hören.

»Ich kann hier übernehmen«, bot sie ihm an, »geh du doch schon mal runter.«

Sie musste ihren Vorschlag mehrmals wiederholen, bevor sie zu ihm durchdrang, und selbst dann dauerte es noch eine ganze Weile, bis es Niko gelang, sich aus seiner Wutstarre zu lösen und sich in Bewegung zu setzen.

43

Es war schon nach acht, und Cordelia war immer noch nicht mit ihren Sachen für die Schule fertig.

Sie hockte im Schneidersitz auf ihrem Bett, das Handy griffbereit neben sich, blätterte in einer Zeitschrift und konnte sich einfach nicht dazu aufraffen, aufzustehen und anzufangen, obwohl ihr schlechtes Gewissen ihr von Sekunde zu Sekunde mehr zusetzte.

Sie glaubte, dass ihre Eltern sie wahrscheinlich hassten. Beim Essen hatte ihre Mutter ihr wieder ihren *Blick* zugeworfen. Sie wusste genau, was ihre Mutter dachte, wenn sie sie so ansah; sie konnte die Gedanken, die ihr durch den Kopf gingen, sehen, wie Haie oder Piranhas durch die Glasscheibe eines Aquariums. Und die Gedanken ihrer Mutter waren auch genauso böse und gemein wie Menschenfresserhaie oder Piranhas oder schleimige Tiefseeraubfische mit Nadelzähnen: Sie dachte daran, was sie alles an ihr, Cordelia, nicht mochte, zum Beispiel dass sie hässlich war und sich komisch bewegte, oder dass sie dumm und faul war und deswegen mit Klavier aufgehört hatte und dass sie in der Schule schlecht war.

Ein weiterer Beweis dafür, dass ihre Mutter sie nicht mochte, war, dass sie schon wieder Schinken ins Essen getan hatte, ohne Rücksicht darauf, dass sie, Cordelia, Schinken einfach nur widerlich fand. Sogar wenn man die Schinkenstücke aussortierte, behielt trotzdem alles den ekelhaften Schinkengeschmack, abgesehen davon, dass es total mühsam war und ewig dauerte, bis am Schluss das ganze Essen kalt war und noch schlimmer schmeckte.

Sie hatte nur ein paar Gabeln von dem verseuchten

Risotto runtergebracht. Jetzt hatte sie ziemlich Hunger, wusste aber genau, dass sie nichts davon sagen durfte. Wenn sie sich nach dem Essen darüber beschwerte, dass sie noch nicht satt war, wurden ihre Eltern immer besonders gemein. Ihre Mutter erklärte ihr dann in einem Tonfall, der total bösartig und gehässig war, die Küche habe »bereits geschlossen«, sie betreibe nämlich »kein Restaurant«, und ihr Vater meckerte sie sowieso schon seit Monaten nur noch an und brüllte rum.

Sie bereute es, dass sie nicht wenigstens ein paar von den Chips aufgehoben hatte, die sie sich auf dem Rückweg von der Schule gekauft hatte. Sie hatte sie gleich nach dem Nachhausekommen in sich hineingestopft. Jetzt lag die rot-gelbe Pappröhre vor ihrem Bett auf dem Boden, neben einer aufgerissenen Packung Goji-Beeren, die angeblich (laut einer YouTuberin) megagesund, aber leider total ungenießbar waren. Aus der leeren Chipsröhre roch es supergut nach Paprika. Warum hatte sie es nicht geschafft, rechtzeitig mit dem Chipsessen aufzuhören? Und warum hatte sie nicht schon viel früher angefangen zu lernen oder wenigstens die schriftlichen Hausaufgaben gemacht? Warum stand sie *jetzt*, in genau *diesem* Moment, nicht von ihrem Bett auf und machte etwas – irgendwas?

Schon seit Längerem hatte sie den Verdacht, dass sie unter einem schlimmen Charakterfehler litt – wahrscheinlich war ihr Wille zu schwach! (Dafür sprach auch, dass ihr Kinn nicht besonders ausgeprägt war: Ein fliehendes Kinn deutete auf Willensschwäche hin, das hatte sie gelesen.)

Sie war total unzufrieden mit sich selbst. Jeden Abend, wenn ihr klar wurde, dass sie schon wieder einen Tag sinnlos verplempert hatte, nahm sie sich fest vor, ab dem nächsten Tag alles anders und besser zu machen. Ihre Vorsätze notierte sie in ihrem Tagebuch. Sie wollte eine halbe Stunde früher aufstehen, kalt duschen, zum Frühstück Müsli mit frischem Obst essen (ohne Zucker), nach der Schule ihre Hausaufgaben sofort machen, den verpassten Stoff des letzten Jahres nacharbeiten, freiwillig Mineralwasser/Klopapier aus dem Keller holen, viermal wöchentlich joggen und/oder Yoga machen, sich morgens und abends gründlich das Gesicht waschen, regelmäßig ihr Zimmer aufräumen, keine Chips und Süßigkeiten mehr essen, in Englisch die Aussprache der Lehrerin nicht mehr verbessern, nicht mehr unter der Bank lesen, nie mehr ihre Pickel aufkratzen, sich (eventuell) bei Amnesty International engagieren und wieder mit Klavier anfangen.

Wenn sie sich ausmalte, wie sie ihr zukünftiges Leben gestalten würde, fühlte sie sich immer sehr vorbildlich. Sie war beeindruckt davon, wie viel Selbstdisziplin und Willenskraft sie schon sehr bald aufbringen würde, drückte unwillkürlich den Rücken durch und setzte sich aufrechter hin. Ihre Eltern würden erstaunt sein, was sie alles zustande brachte! Sie würden überraschte und anerkennende Blicke tauschen und sich in Gegenwart von Dritten lobend über sie und ihre Erfolge äußern, so wie früher.

Die Vorstellung war so angenehm, dass es Cordelia ganz ehrfürchtig zumute wurde, wenn sie daran dachte. Sie nahm sich noch einmal ganz fest vor, ab dem nächsten Tag alles definitiv ganz genauso zu machen, wie sie es geplant hatte.

Sie wollte ein neues Leben beginnen. Aber wenn am nächsten Morgen um sechs ihr Handywecker zirpte, war sie jedes Mal noch so müde, dass sie gar nicht anders konnte, als sich auf die andere Seite zu drehen und weiterzuschlafen, bis irgendwann ihr Papa kam, um sie zu wecken, und damit war der Tag praktisch schon gelaufen. Wenn man nicht von Anfang an alles richtig machte, konnte man es gleich vergessen, das wusste jeder.

Sie hatte außerdem eine überraschende Entdeckung gemacht: Am Abend kam einem die Idee, vor dem Frühstück kalt zu duschen, immer richtig toll vor, aber am Morgen war die Idee dann gar nicht mehr toll.

Am frühen Nachmittag, wenn sie von der Schule nach Hause kam, fühlte sie sich meistens so kaputt, gelangweilt und frustriert, dass sie zu nichts mehr zu gebrauchen war. Sie verzog sich in ihr Zimmer, um zu chillen, brachte es dann aber leider nie fertig, rechtzeitig wieder mit dem Chillen aufzuhören. Sie setzte sich ein Zeitlimit nach dem anderen (»Nur noch bis halb!«) und allerallerletzte Deadlines (»Nur noch das Kreuzworträtsel fertig!«), die sie alle überschritt. Immer kam ihr irgendwas dazwischen. Manchmal gab es eine Störung von außen, weil ihre Mama oder ihr Papa oder ihr Bruder irgendwas Blödes von ihr wollten, oder Melina rief an, um was wegen Mathe zu fragen, oder jemand schickte im letzten Moment ein Video aufs Handy, das sechs Minuten und dreiundvierzig Sekunden dauerte. An manchen Tagen schlief sie auf ihrem Bett ein und wachte dann auf und fühlte sich total belämmert und wusste überhaupt nicht mehr, was los war. Und natürlich konnte man auch nicht einfach irgendwann mit der Arbeit anfangen, sondern es musste eine gerade Uhrzeit sein, halb oder drei viertel oder Punkt soundso viel Uhr. Wenn man den richtigen Zeitpunkt auch nur um eine Minute verpasst hatte, blieb einem nichts anderes übrig, als den nächsten passenden Zeitpunkt – vierzehn oder siebenundzwanzig Minuten später – abzuwarten. Bis dahin musste man sich wohl oder übel anderweitig beschäftigen, sogar wenn man eigentlich gar keinen Bock mehr auf bescheuerte Handyspiele hatte und schon mit den Füßen scharrte und geradezu darauf *brannte,* endlich loszulegen.

Sie hörte ein Geräusch vor ihrer Tür und zuckte zusammen – das war ihr Papa. Schnell schob sie das Handy unter ein Kissen, klappte ihre Zeitschrift zu (sie legte die abgerissene Schutzfolie einer Slipeinlage als Einmerker hinein), hob den Kopf und setzte ihr Unschuldslammgesicht auf.

Zum Glück ging ihr Vater vorbei und kam nicht zu ihr rein. Er ging ins Schlafzimmer und schrie dort rum. Raffi hatte wieder mal irgendeinen Mist gebaut, aber wenn ihr Papa zu *ihr* ins Zimmer gekommen wäre und gesehen hätte, wie es hier aussah und was sie machte beziehungsweise nicht machte (nämlich lernen, bis sie tot umfiel), wäre er sicher erst recht ausgerastet.

Eine Sache begriff sie überhaupt nicht: Warum führten ihre schlechten Noten nicht dazu, dass sie sich zusammenriss und endlich mal richtig anstrengte? Wenn man in einem Fach schlechte Noten hatte, setzte man sich normalerweise hin und lernte, damit man besser wurde. Nur dass das in ihrem Fall überhaupt nicht funktionierte. Es war genau umgekehrt: Wenn sie wieder mal eine Fünf oder Sechs kassiert hatte, war sie so fertig, dass sie an dem Tag überhaupt nichts mehr auf die Reihe kriegte. Sie wollte sich dann nur noch die Decke über den Kopf ziehen und Junkfood in sich reinstopfen oder YouTube-Videos glotzen, die absolut hobbylos und öde waren.

In diesem Schuljahr hatte sie schon so viele Fünfen und Sechsen kassiert, dass sie komplett den Überblick verloren hatte. Sie hatte keine Ahnung, wie es notentechnisch bei ihr aussah – ob sie durchfallen würde oder ob sie das Jahr vielleicht gerade noch so schaffen würde. Sie traute sich nicht, auszurechnen, auf was sie in welchem Fach eigentlich stand. Sie wollte auch ihre Lehrer nicht danach fragen, weil das voll blöd und peinlich war und weil sie viel zu viel Angst vor der Antwort hatte.

An das meiste von dem, was im letzten Jahr passiert war, konnte sie sich überhaupt nicht mehr erinnern. Sie wollte nicht mal *versuchen*, sich daran zu erinnern, weil über der ganzen Zeit in ihrem Kopf ein Nebel des Grauens lag, wie in dem einen Horrorfilm, und in dem Nebel waren lauter gruslige Sachen versteckt.

Zum Beispiel die komische blonde Tussi mit dem Klemmbrett, die in ihr Zimmer gekommen war und versucht hatte, sich bei ihr einzuschleimen, und die lauter blöde, unwahre Sachen über ihre Eltern gesagt und ihr lauter peinliche Suggestivfragen gestellt hatte. Oder Weihnachten ohne ihren gestörten kleinen Bruder. Oder ihr Gespräch mit einem schmierigen Psychologen, das gefühlt einen halben Tag gedauert hatte. Der Typ hatte tatsächlich ein Freundschaftsbändchen getragen (wahrscheinlich, um zu vertuschen, dass er überhaupt keine Freunde hatte), und er hatte sich total gefreut, als er es endlich geschafft hatte, sie zum Weinen zu bringen, und dann hatte er sie gefragt, was bei ihnen zu Hause denn so schlimm sei, dass sie deswegen weinen müsse. *Als ob!*

Wieder hörte sie Geräusche vor ihrer Tür. Wieder war es ihr Papa; er sprang die Treppe hoch und nahm dabei immer zwei Stufen auf einmal. Unwillkürlich sah sie wieder seinen gemeinen Gesichtsausdruck vor sich und hörte den kreischenden Ton seiner Stimme, mit der er beim Abendessen auf sie losgegangen war, wegen irgendeiner total unwichtigen Sache, an die sie sich schon gar nicht mehr erinnern konnte, und natürlich hatte er auch wieder mit seiner bescheuerten »Arbeitshaltung« angefangen, obwohl die Sache, um die es gegangen war, gar nichts damit zu tun gehabt hatte.

Es war furchtbar, wenn man seinen Eltern eine schlechte Note beichten musste! Ihre Mama bekam dann immer diese böse Falte zwischen den Augen, und ihr Papa regte sich jedes Mal total auf, und das Schlimmste war, dass er recht hatte! Er machte ihr die gleichen Vorwürfe, die sie sich selber machte.

Deswegen sagte sie den Eltern nur noch selten die Wahrheit, nur wenn es gar nicht mehr anders ging. Zum Glück verlangten viele Lehrer an ihrer Schule keine Unterschriften, oder sie waren zu faul, um darauf zu bestehen, und sammelten die Arbeiten einfach ein, ohne was wegen der Unterschrift zu sagen. Das nutzte sie aus, und einmal hatte sie Nikos Unterschrift gefälscht. Ihre Eltern hatten auch keine Ahnung davon, dass sie ständig nachsitzen musste, weil sie die Hausaufgaben nicht machte, und dass sie schon seit Monaten ihr Sportzeug daheim »vergaß« und deshalb in der letzten Stunde mit »ungenügend« bewertet worden war. Die vielen Lügen waren wie kleine, faulige Flecken auf ihrer Seele, die sie vor den anderen verstecken musste. Manchmal traute sie sich gar nicht mehr, jemandem in die Augen zu schauen.

Man konnte ohne Hausaufgaben und ohne gelernt zu haben in die Schule gehen, aber man fühlte sich scheiße dabei, das wusste sie inzwischen. Nach einiger Zeit fühlte man sich so derart scheiße, dass man gar nicht mehr von seinem Bett aufstehen, sondern am liebsten für immer liegen bleiben wollte. Andererseits hatte ihr die Französischlehrerin für den Fall, dass sie nicht bis morgen ihr Vokalbelheft abgab, einen Verweis angedroht. Nur Loser bekamen Verweise, und außerdem würden ihre Eltern davon erfahren. Warum hatte sie aufgehört, das Vokabelheft zu führen? Warum hatte sie nicht schon vor zwei Wochen damit angefangen, die Eintragungen nachzuholen, gleich nach der Ankündigung der Lehrerin, dass sie die Hefte einsammeln würde? Warum hatte sie nicht vorvorgestern oder vorgestern oder gestern damit angefangen? Warum hatte sie nicht vor zwei Stunden oder vor einer Stunde oder vor einer Minute damit angefangen? Warum fing sie nicht *jetzt* damit an?

Es mussten *Hunderte* von Vokabeln sein, die sie bis morgen abzuschreiben hatte! Und jetzt trampelte *schon wieder* jemand an ihrer Tür vorbei und machte Lärm und störte sie bei der Vorbereitung auf ihre Arbeit! Ausgerechnet jetzt, wo sie fast so weit gewesen war, aufzustehen und sich an den Schreibtisch zu setzen! *Die* sind schuld, wenn ich nicht mit diesen bekackten Vokabeln fertig werde!, dachte Cordelia, warum können sie mich nicht *einmal* in Ruhe lassen?

44

Raffi lag in seinem Zimmer unter der Dachschräge im Bett und konzentrierte sich mit aller Kraft darauf, zu erfassen, was in den anderen Teilen des Hauses vor sich ging. Er lauschte auf die Stimmen und Schritte seiner Eltern, die im Erdgeschoss herumgingen, auf das rhythmische Pumpen der Geschirrspülmaschine in der Küche und auf die Geräusche, die seine Schwester im Bad erzeugte.

Cordelia duschte, bevor sie ins Bett ging. Raffi hörte das Wasser rauschen, dann gab es einen lauten, metallischen Schlag, der sich durch die Wände bis zu ihm hin fortpflanzte. Das Geräusch klang, als ob jemand mit Gewalt etwas zerstörte; in Wirklichkeit hatte Cordelia nur den Hebel der Mischbatterie nach unten gedrückt, um das Duschwasser abzustellen. Wie und warum sie dabei, als Einzige in der Familie, dieses Geräusch hervorbrachte, wusste niemand, aber es passte zu ihr, genauso wie das explosive Rumpeln, mit dem sie Türen aufsprengte.

Raffi mochte Cordelia – sehr sogar. Er sah zu ihr auf und bewunderte alles an ihr, auch ihre Mädchenangewohnheiten, an denen sie ihn teilhaben ließ, wenn sie gerade Lust dazu hatte: die Folgen von *Bibis Beauty Parlour,* die sie ihm auf ihrem Handy zeigte, die Parfümproben, die sie über ihm ausleerte, die ziependen Flechtfrisuren, die sie ihm verpasste, die Stapel zerfledderter Zeitschriften, die sie ihm überließ, wenn sie in ihrem Zimmer Platz schaffen wollte, und die pinken und lila Loomband-Armbänder, die sie ihm schenkte, weil sie sie für sich selbst viel zu hässlich fand, und die er dann, aus tief empfundener, geschwisterlicher Verbundenheit heraus, so lange am Handgelenk trug, bis sie von selbst abfielen. Er war dankbar für jede Minute, die er in Cordelias Nähe verbringen durfte; zu seinen sehnlichsten Wünschen zählte es, dass sie freundlicher zu ihm sein, sich mehr mit ihm beschäftigen und auch mal Lego mit ihm spielen sollte.

Im Erdgeschoss redeten seine Eltern miteinander. Ein Lächeln trat auf Raffis Gesicht, als er die Stimme seiner Mama hörte, und sein kleiner Körper spannte sich unwillkürlich an. Er hatte große Lust, nach seiner Mama zu rufen! Er wollte ihr sagen, dass er nicht schlafen konnte, sie bitten, sich zu ihm ans Bett zu setzen, mit ihr reden und von ihr gedrückt und geküsst werden. Er tat es nicht, weil sie schon zwei Mal bei ihm gewesen war und weil er nicht wollte, dass sie sich über ihn ärgerte oder dass sie seinetwegen traurig oder genervt war.

Es war wirklich schwierig, am Abend einzuschlafen! Meistens wurde es sehr spät, elf oder noch später, bevor er überhaupt *anfing,* sich müde zu fühlen. In der Schule war er immer todmüde und wollte nichts als schlafen, aber jetzt war er hellwach. Und morgen musste er wieder ganz früh aufstehen, weil ein Schultag war! Raffi wusste, dass er keine andere Wahl hatte, als zur Schule zu gehen, hatte es aber schon lange aufgegeben, verstehen zu wollen, warum er dazu gezwungen wurde.

Die Erklärungen der Erwachsenen ergaben einfach keinen Sinn. Angeblich sollte man dort etwas lernen, aber das stimmte nicht. Was Lernen war, wusste er ganz genau: Man lernte etwas, wenn man sich das Kalligrafieren mit dem Schönschreibfüller beibrachte oder wenn man sich YouTube-Videos über Experimente mit glühenden Metallkugeln anschaute oder wenn man versuchte, nach einer Internetanleitung ein Origami-Kaninchen zu falten. Man fühlte sich gut dabei und vergaß alles um sich herum, und danach fühlte man sich noch besser und wollte es immer wieder tun. Was in der Schule passierte, war kein Lernen, sondern etwas völlig anderes, das konnte man schon daran erkennen, dass man sich nie gut dabei fühlte.

Manchmal hatte er im Unterricht das Gefühl, vor Langweile zu sterben. Um nicht ohnmächtig zu werden, zählte er mit der Zunge seine Zähne, oder er zeichnete mit seiner großen Zehe lauter Fragezeichen in seinen Hausschuh. Manchmal stellte er sich vor, dass er ein Stein war, der an einem Strand in der Brandung lag und über den die Wellen hinwegspülten, oder dass er so klein wie sein Radiergummi war und so im Klassenzimmer unter den Tischen herumspazierte. Oft kam er erst wieder zu sich, wenn schon fast alle in der Klasse seinen Namen riefen.

Er drehte sich zur Seite, tastete seine Umgebung ab und erschrak, als er Stumpelnase nicht an ihrem Platz fand. War sie aus dem Bett gefallen und hatte sich wehgetan? Oder hatte der Dicke Arm sie sich geschnappt? Nein, da war sie, sie war nur ein Stückchen zur Seite und nach oben gerutscht. Zum Glück! Raffis Herz klopfte, und sein Atem ging schneller. Er presste die wiedergefundene Stumpelnase an sich und spürte ihr kaltes Glasauge, die harte, kratzige Stelle, an der früher das zweite Auge gesessen hatte, und die Schnauze aus echtem Leder an seiner Wange und an seinem Hals. Er sog auch den Waschmittelgeruch ein, der von ihrem Fell und von ihrem geheimnisvollen Inneren ausging und den er liebte.

In der Wohngruppe hatte er am Anfang zum Einschlafen nur Stumpelnase gehabt und sonst nichts. Er hatte auch nicht genug eigene Kleider gehabt und hatte in einem geliehenen Schlafanzug schlafen und geliehene Unterhosen tragen müssen, die kratzig und ausgeleiert waren und einen komischen Schlitz an der Vorderseite hatten. Er war sehr unglücklich gewesen und hatte sich sehr gefürchtet. Die Kinder waren böse zu ihm gewesen, und vor den Erwachsenen, die ihn betreuten, hatte er so viel Angst gehabt, dass er nichts von dem verstanden hatte, was sie ihm erklärt hatten.

In der Wohngruppe hatte er sich auch eine neue Art ausgedacht, Stumpelnase in seinem Bett zu arrangieren. Er drapierte sie so, dass ihr rechter Arm zur Seite hin ausgestreckt war; auf diese Weise konnte er sich in ihren Arm legen. Stumpelnase hatte früher einmal seiner Mama als Kind gehört und war fast genauso alt wie seine Mama. In Stumpelnases Arm zu liegen war deshalb fast so, wie im Arm seiner Mama zu liegen. Er hatte seine Augen ganz fest zugemacht und sich vorgestellt, dass ihr Arm *wirklich* der Arm seiner Mama war.

So machte er es immer noch, aber jetzt hatte er auf einmal das Gefühl, dass um ihn herum und unter ihm alles durcheinandergeraten war. Um schlafen zu können, musste er alles noch mal neu sortieren.

Alles um ihn herum musste auf eine ganz bestimmte Weise angeordnet sein. Zuerst kam das Kopfkissen. Auf das Kopfkissen kam ein Blatt Karopapier aus einem Collegeblock, das er von seiner Mama bei einem ihrer Besuche in der Wohngruppe bekommen hatte und das er aufbewahrt und mit nach Hause gebracht hatte. Auf das Blatt hatte sie ein magisches Smiley gezeichnet, das spitze Stacheln als Haare hatte, mit denen es schlechte Träume aufspießen und zum Platzen bringen konnte. Das Smiley-Papier war völlig zerknittert und sah aus wie eine flache Schale, weil es sich in vielen Nächten an die Form seines Kopfes angepasst hatte. Auf das Papier kam ein Kissen mit einer Eselapplikation, die einen echten, beweglichen Schwanz aus einem Stück Kordel hatte. Auf das Eselkissen kam Kisschen. Auf Kisschen kam ein kleiner, gestreifter Bär, den Cordelia irgendwann aus zwei übereinandergelegten Stoffstücken genäht hatte. Der Bär war sehr plattgelegen und schmierig, und an den Seiten quoll an einigen Stellen die weiße Füllwatte heraus; man konnte ihn aber nicht waschen, weil sonst wahrscheinlich die Nähte aufgegangen wären. Darauf – auf den platten Bären, damit er nicht fror – kam als oberste Schicht eine kleine Regenbogendecke, die er zusammen mit seiner Mama und Cordelia gefilzt hatte, und darauf bettete er seinen Kopf, wenn er endlich so weit war, sich schlafen zu legen.

Vorher musste er aber noch ein paar andere Sachen erledigen. Zwischen dem Bett und der Wand verlief eine breite Ritze, durch die der Dicke Arm kommen konnte und die deshalb vollständig mit Kuscheltieren verstopft sein musste. Jedes Tier hatte seinen bestimmten, ihm zugewiesenen Platz, auf dem es sich aufhalten musste. Zwischen den Kissen und dem Kopfteil des Bettes saß Wolfi, der ein altes Käppi von Cordelia aufhatte, damit er am Kopf nicht fror. Der Platz neben Wolfi war für Fleischfresser reserviert. Fleischfresser trug rote Puppenschuhe aus Leder, ein Kopftuch, das in Wirklichkeit ein altes, mit Schlümpfen bedrucktes Stofftaschentuch war, und eine kleine, braune, mit Blumen bestickte Einkaufstasche aus Filz über dem angewinkelten rechten Tyrannosaurus-Stummelärmchen. Die Lederschuhe und die Einkaufstasche fielen sehr oft ab und gingen verloren. Auch diesmal hatte Fleischfresser wieder einen seiner Schuhe verloren, außerdem war ihm sein Kopftuch über die Augen gerutscht. Raffi brachte alles gewissenhaft in Ordnung und setzte Fleischfresser auf seinen Platz zurück. Neben Fleischfresser lag Eisbärli, dann kam das namenlose Känguru mit seinem namenlosen Kind, das manchmal (heute glücklicherweise nicht) aus dem Beutel seiner Mama herausfiel und gesucht werden musste.

Mit den Händen tastete Raffi im Bett herum, um weitere, bisher unerkannte Schwachstellen in seiner Befestigung aufzuspüren. Es dauerte sehr lange, bis er mit dem Gesamtaufbau zufrieden war.

Vorsichtig, ganz vorsichtig legte er sich hin. Er war jetzt beinahe fertig, aber noch nicht ganz. Die Decke musste seinen Körper vollständig bedecken und unten umgeschlagen sein, außerdem musste sie links und rechts über Stumpelnase und Eisbärli reichen. Wenn man alleine war und niemanden hatte, der einem half, war es ziemlich schwierig, die Decke so zurechtzuziehen, dass alle Anforderungen erfüllt waren. Mit Armen, Beinen und seinem ganzen Körper fuhrwerkte er unter der Decke herum und stöhnte dabei vor Missmut und Anstrengung, bis er endlich ein zufriedenstellendes Ergebnis erzielt hatte. Der obere Deckenrand reichte bis über seine Ohren, die Füße steckten in einer gemütlich eng anliegenden Umschlagtasche, und von nirgendwoher drang kalte Luft ein.

Er war nicht allein unter der Decke; er hatte Beni und noch ein anderes Tier dabei. Beni durfte immer in seinem Arm schlafen, weil er eine Spieluhr war, und zusätzlich nahm Raffi jeden Abend ein anderes Tier mit sich unter die Decke. Die große Schublade unter seinem Bett war mit Kuscheltieren vollgestopft; es war unmöglich, alle gleichzeitig mit ins Bett zu nehmen. Deswegen, damit sich keines von ihnen unfair behandelt fühlte, mussten sein Papa oder seine Mama – je nachdem, wer ihn gerade ins Bett brachte – jeden Abend in die Schublade hineingreifen und ein Tier für ihn ziehen, wie bei einer Lotterie. Heute hatte seine Mama eine uralte Steiff-Giraffe mit abgeknicktem Hals erwischt, die sich ganz hart und borstig anfühlte. Im Schutz der Decke klemmte Raffi sich die Giraffe unter den Arm, zog an der Schnur, die aus Benis Rücken kam, legte sich noch etwas bequemer hin und steckte den Daumen in den Mund (aber so, dass der Rest der Hand unter der Decke blieb).

Die Spieluhr spielte *Schlaf, Kindlein, schlaf*. Ich rufe nicht nach ihr, nahm er sich vor, ich bleibe einfach liegen und bewege mich nicht und warte, bis ich eingeschlafen bin!

Jetzt kitzelte ihn etwas an der Wange. War das eines seiner Tiere? Oder ein Bettdeckenzipfel? Das Kitzeln wurde stärker. Vorsichtig schob Raffi seine Hand unter der Decke hervor und rieb sich fest die juckende Stelle.

Das Federbett war viel zu dick und warm. Die Hitze fing schon an, ihm unangenehm zu werden, er traute sich aber nicht, die Decke umzuschlagen. Das Kitzeln an seiner Wange kam wieder. Was war das? Es fühlte sich an wie etwas Lebendiges. Er tastete mit den Fingern der Daumenlutschhand über seine heiße Wange, ohne den Daumen aus dem Mund zu nehmen.

Es war sehr heiß unter der Decke, in die er von oben bis unten eingewickelt war. Raffi schwitzte; die Spieluhr wurde langsamer und hörte auf zu spielen, und jetzt spürte er schon wieder etwas an seiner Wange, etwas Lebendiges, Klebriges, etwas, das wie eine *Hand* war – »Mama!«. Er fuhr hoch und strich sich mit beiden Händen wild über das ganze Gesicht, über seinen Oberkörper und die Arme.

»Maaaamaaaaa!«

Seine Mama kam. Sie redete ihm gut zu und führte ihn aufs Klo und machte das große Licht an, um ihm zu zeigen, dass sich nirgendwo der Dicke Arm versteckt hatte, und schüttelte sein Bett auf und half ihm, seine Tiere und Zettel und sonstigen Utensilien wieder in Ordnung zu bringen, und deckte ihn zu und setzte sich zu ihm an den Bettrand und beugte sich zu ihm hinunter, um ihn zu küssen.

Als sie aufstehen wollte, griff er blitzschnell nach ihrem Handgelenk und hielt sie fest. Sie machte sich los. »Nein, Raffi, du musst jetzt schlafen.«

Er griff noch einmal nach ihr; er wollte sie am T-Shirt

packen, aber sie wich ihm geschickt aus und sprang zurück, sodass sie außerhalb seiner Reichweite war. »Gute Nacht«, sagte sie und ging aus dem Zimmer.

»Gute Nacht!«, rief er mit schriller Stimme und wartete angsterfüllt, ob eine Antwort kommen würde.

»Raffi, du musst schlafen.«

»Gute Nacht«, wiederholte er, »gute Nacht!« – »Mama?« – »Gute Nacht!« Bei jeder Wiederholung klang seine Stimme schriller. Er richtete sich auf und merkte nicht einmal, dass ihm die Bettdecke von der Schulter rutschte.

»Na gut, okay, noch *ein* Mal … Gute Nacht! Jetzt ist aber Schluss!«

Raffi ließ sich in seine Kissen zurücksinken. Er fühlte sich einigermaßen beruhigt, doch er wusste, dass er trotzdem noch lange nicht würde einschlafen können. Er war wirklich kein bisschen müde!

Als seine Eltern viel, viel später nach oben kamen, um ins Bett zu gehen, lag er immer noch wach. Inbrünstig lauschte er auf das Summen der elektrischen Zahnbürste im Bad und zog alle paar Sekunden laut die Nase hoch, weil er hoffte, dass seine Mama ihn hören und noch ein letztes Mal nach oben kommen würde, um ihn zu trösten.

45

Claire erwachte nicht mit einem Ruck. Es war auch kein Traum, der sie aufgeweckt hatte. Es dauerte eine ganze Weile, bis sie wirklich wach war – wie lange, war unmöglich zu sagen, weil sie zwischendurch immer wieder wegdämmerte. Sie wollte nicht wach werden und klammerte sich mit aller Macht an ihrem Zustand der Bewusstlosigkeit fest, doch es gab etwas, was sie unbedingt aus ihrem temporären Nirwana herausholen wollte.

Sehr lange verstand sie nicht, was überhaupt von ihr verlangt wurde. Etwas griff nach ihr und zog an ihr, um sie aus dem Tiefschlaf herauszubekommen, und sie spürte das, wehrte sich dagegen und riss sich los, bevor sie vollständig zu Bewusstsein gekommen war. Wieder wurde sie gepackt, und weil das unangenehm war, zappelte sie innerlich wie ein gefangener Fisch und entwischte, ohne wach geworden zu sein. Das Gleiche wiederholte sich in immer kürzeren Abständen, und dieses Hin und Her, das Gepacktwerden, Sich-los-Winden und fast sofort wieder Gepackt- und Hochgerissenwerden, wurde schließlich so scheußlich und quälend, dass sie es nicht mehr länger aushielt und sich zwang, die Augen aufzuschlagen.

Sie erwachte in ihrem Bett unter der Decke, auf der linken Schulter liegend, mit einer Hand unter der Wange. Es war dunkel um sie herum, aber nicht so dunkel, dass man nichts hätte sehen können, wenn man gewusst hätte, was das war und wie das ging: sehen. Doch sie verstand nichts und wusste nichts, nicht einmal, dass es möglich war, sich zu bewegen. Sie lag da, wie sie eben dalag – wie sie im Schlaf zufällig zu liegen gekommen war –, und versuchte so wenig, etwas daran zu ändern, wie ein unbelebter Gegenstand, ein Felsbrocken oder Baumstamm, der keine Vorstellung davon hat, dass es möglich sein könnte, aus eigener Kraft seine Lage zu verändern.

Erst als sie kurz den Kopf anhob, um mit der linken Hand das plattgelegene Kissen unter ihrem Hals und Kinn zusammenzuschieben, so wie man Laub oder Schnee auf einen Haufen schiebt, spürte sie den Druck, der auf ihrem Herzen lastete. Das war das Etwas, das sie geweckt hatte. Von dieser Empfindung war sie wach geworden.

Ach so – das …! Sie war erleichtert. Jetzt wusste sie, mit was sie es zu tun hatte. Seit einiger Zeit hatten ihre Schlafstörungen diese neue, eigenartige Form angenommen: Sie wurde nicht mehr von Angst, Sorge oder Schmerzen geweckt, sondern von einem namenlosen Gefühl der Bedrückung, das aus dem Nichts kam und keine bestimmte Ursache hatte. Vielleicht hatte sich ihr Organismus einfach zu sehr an das nächtliche Wachsein gewöhnt, um von heute auf morgen damit aufhören zu können. Oder handelte es sich bei dem Gefühl um eine Art Abdruck, den Angst, Sorgen und Schmerzen in ihrer Seele hinterlassen hatten?

Sie wusste aus Erfahrung, dass sie auf keinen Fall der Versuchung nachgeben und sich wieder in den Schlaf zurücksinken lassen durfte. Wenn sie jetzt einschlief, würde sie nur wieder in den vorherigen, unerträglichen Kreislauf aus Wegdämmern und Zum-Aufwachen-gezwungen-Werden und erneutem Wegdämmern zurückfallen. Sie musste wach *bleiben,* um weiterschlafen zu können, und dazu musste sie erst einmal völlig wach *werden*.

Als erste Maßnahme zog sie die Augenbrauen hoch und riss ihre Augen in der Dunkelheit so weit wie möglich auf; dann blinzelte sie ein paar Mal, so fest sie konnte. Leider war es nicht möglich, auf diese Weise – indem man die Augenlider auf die unteren Lidränder knallen ließ – echten, hörbaren Lärm zu erzeugen. Nicht einmal ein leises Flattern kam auf diese Weise zustande, das vielleicht verhindert hätte, dass sie schon wieder einnickte.

Der Druck war fürchterlich. Er lastete nicht von außen auf ihrem Brustkorb, sondern griff unmittelbar im Körperinneren an, im Zentrum, genau an der Stelle, an der sie in sich selbst am meisten zu Hause war.

War es etwas Körperliches oder etwas Seelisches? Sie wusste es nicht. Es fühlte sich körperlich an; sie konnte die Stelle, an der die Empfindung saß, ganz genau bezeichnen: zwischen ihren Brüsten, knapp über dem Punkt, an dem, wenn sie einen BH trug, die Bügel aneinanderstießen, und von dort aus ein paar Zentimeter nach innen. Das war der Ort, an dem es wehtat, es drückte oder brannte, und gleichzeitig schien es auch zu reiben, auf eine ganz besonders unangenehme Weise.

Wenn es körperlich war, dann musste es das Herz sein, ein anderes Organ gab es nicht in dieser Gegend. Ein Herzproblem also, das aber komischerweise immer nur nachts auftrat, und zwar immer mehr oder weniger um die gleiche Uhrzeit … Wie spät war es eigentlich? Obwohl sie und Niko im Besitz eines besonderen Kurzsichtigenweckers waren, der die Zeit in roten Riesenziffern an die Decke projizierte, fiel es Claire schwer, die genaue Uhrzeit zu bestimmen. Erstens standen die Ziffern auf dem Kopf, und ihr Gehirn funktionierte noch nicht gut genug, um die erforderliche Drehung vor dem inneren Auge hinzubekommen, und zweitens wurde ein Teil einer Randziffer (der ersten oder der letzten?) von der nach unten abknickenden Schlafzimmerwand abgeschnitten. Zwei Uhr vierundzwanzig, oder zwölf Uhr vierundzwanzig, oder irgendwas mit siebenundzwanzig, oder waren die Dinger, die sie für Zweien hielt, in Wirklichkeit Fünfen, und wie spät war es dann? Je länger sie auf die roten Striche starrte, desto weniger Sinn ergaben sie.

Außerdem fielen ihr ständig die Augen zu. Leider ging dadurch, dass man einfach nur im Bett herumlag und wartete, das scheußliche Gefühl nicht weg, sondern wurde nur stärker. Das einzige Mittel dagegen war, aufzustehen und sich Bewegung zu verschaffen, auch wenn man wirklich keine Lust dazu hatte und unheimlich gerne einfach weitergeschlafen hätte.

Sie setzte sich auf, stellte die Füße auf den Boden und sah sich um. Sie war überrascht von der Helligkeit um sie herum. Durch die Ritzen in den Jalousien quoll Licht von draußen herein, kein Tageslicht, sondern ein geheimnisvolles silbriges Nachtlicht. Der Wecker, der auf Nikos Bettseite stand, warf nicht nur seine riesigen lavaroten Sehbehindertenziffern nach oben an die Decke, sondern hatte auch noch eine blaue Digitalanzeige für die Normalsichtigen, die fast so hell strahlte wie eine kleine Nachttischlampe und ein trapezförmiges Segment des Teppichbodens, der Wand und der Zimmerdecke in ihr bläuliches Licht tauchte. Auch durch die Türöffnung kam eine diffuse Helligkeit, und zwar aus dem obersten Stockwerk, in dem Raffi schlief; die Treppenstufen und das Geländer zeichneten sich dunkel vor diesem schwachen Schimmer ab. Während sie noch auf dem Bettrand saß, veränderte sich plötzlich die Art der Beleuchtung überall im Zimmer: Der Wecker war auf eine andere Ziffernkombination umgesprungen.

Im Bad war es sogar noch heller als im Schlafzimmer, weil eine Straßenlaterne direkt vor dem Fenster stand und hineinleuchtete wie eine Nachbarin, die ihre Nase in Dinge steckt, die sie nichts angehen.

Claire blieb lange auf der Kloschüssel sitzen, auch nachdem sie schon längst fertig war. Als sie ins Schlafzimmer zurückkam, war ihr Kopf völlig klar. Sie war so wach wie am Tag, oder glaubte, es zu sein.

Ihr Bett kam ihr in den Nächten jetzt manchmal vor wie eine andere, niedrigere, breitere und weichere Art von Schreibtisch, an dem sie verschiedene, langwierige, nicht besonders angenehme, aber notwendige Arbeiten zu verrichten hatte, und wenn sie so wie jetzt das Bein anzog, um von der Seite aus hineinzusteigen, sich hinlegte und die Decke über sich ausbreitete, dann fühlte es sich fast so an, als ob sie sich auf den Schreibtischstuhl setzte und sich die erforderlichen Unterlagen zurechtlegte, um eine unfertige Büroarbeit wieder aufzunehmen.

Das nächtliche Grübeln war für sie zu einer festen Angewohnheit geworden, aber wann hatte sie eigentlich damit angefangen? Vor Venedig oder erst danach? In Venedig war sie oft wachgelegen, das wusste sie noch, und hatte Gedanken gewälzt, die ihr damals sehr wichtig und drängend erschienen waren. Später waren diese Gedanken von anderen Gedanken abgelöst worden, die ihr nicht weniger wichtig vorgekommen waren, und bald darauf waren wieder andere Gedanken an deren Stelle getreten.

Die Vergangenheit breitete sich vor ihr aus wie eine nächtliche Landschaft, und sie selbst schien eine Art inneren Aussichtspunkt erreicht zu haben, von dem aus sie einen Panoramablick auf alles hatte, was geschehen war: ihre Ankunft in Deutschland und der Besuch bei den Hullis, die ersten Monate, in denen sie noch nicht geahnt hatten, welches Unheil sich über ihren Köpfen zusammenbraute, Raffis Traurigkeit und die zähen Kämpfe, die sie mit ihm ausgefochten hatten, ihre Versuche, ihm zu helfen, indem sie sich um jeden Preis gegen Frau Meier und Säcklein durchsetzten, der Sprungversuch, Venedig, ihr unseliger Streit mit Säcklein, die Montessoriepisode und ihre verhängnisvolle Fehlentscheidung die Italienreise betreffend –

und dann der wahr gewordene Albtraum, Nikos Verhaftung, das unbegreifliche und grausame Handeln des Jugendamts und die kaum zu ertragende erste Zeit der Trennung, ihre völlige Machtlosigkeit, das erste Wiedersehen mit Raffi, der schwere, zermürbende Kampf um seine Rückkehr und endlich die erlösende Entscheidung …

Seitdem lebten sie wieder wie früher, jedenfalls nach außen hin. Aber wenn sie sich in ihrem Leben umsah, kannte sie sich nicht mehr darin aus: Alles war fremd und unvertraut. Wie durch einen bösen Dschinn waren sie durch die Ereignisse in ein fernes Land verschleppt worden, in dem ein Klima herrschte, auf das sie nicht eingestellt waren, dessen Flora und Fauna ihr unbekannt waren und in dem sogar der Himmel eine andere Farbe hatte. Sie begriff nicht, wo sie gelandet waren und welchen Gesetzen das Leben in dieser Gegend gehorchte. Alle ihre alten Grundsätze, von denen sie früher überzeugt gewesen war, hatten ihre Gültigkeit verloren, und die Vorstellungen und Ideen, die früher ihren Kopf angefüllt und ihr Bewusstsein bestimmt hatten, hatten sich aufgelöst wie Nebel in der Sonne.

Wäre es besser gewesen, wenn das alles nicht passiert wäre?

Neben ihr knirschte Niko im Schlaf mit den Zähnen. Er hatte bisher völlig ruhig geschlafen; jetzt stöhnte er und machte mit seinen Zähnen schreckliche Geräusche. Claire stieß ihn an, und er wälzte sich auf die andere Seite, ohne wach zu werden.

Würde ich das alles rückgängig machen, wenn ich könnte?

Nein, die Antwort war Nein. Eindeutig Nein, auch wenn dieses Nein unwillkommen und schmerzhaft war.

Etwas Schreckliches, Unvorhersehbares war geschehen. Es hatte sie hart getroffen – am härtesten und unverdientesten Raffi, aber auch Niko und Cordelia hatten gelitten, genauso wie sie selbst; das war eine Tatsache. – Wenn ich gewusst hätte, was uns bevorsteht, hätte ich mich anders entschieden. Ich hätte Raffi und Niko nicht nach Italien geschickt. Unser Leben wäre dann anders verlaufen, wir wären nicht die geworden, die wir jetzt sind. Ich habe es aber nicht gewusst, und deshalb ist alles so gekommen, wie es gekommen ist. Deshalb befinden wir uns jetzt hier, an genau diesem Punkt, als diejenigen, zu denen wir geworden sind – *und nicht alles daran ist schlecht.*

Sie war jetzt so wach und konzentriert, dass sie die schwierigsten Gedanken mühelos erfassen konnte. Nicht alles daran ist schlecht, dachte sie und blickte mit weit aufgerissenen Augen in die Dunkelheit, und umgekehrt ist es genauso: Wenn sich nichts geändert hätte, wenn alles geblieben wäre, wie es war, dann hätte uns etwas gefehlt, was wir jetzt haben. Dann wäre *nicht* alles gut gewesen, und wir hätten nicht einmal gewusst, was uns abgeht.

Ihre Augen standen weit offen, und alle Muskeln ihres Körpers waren gleichzeitig entspannt und angespannt, wie bei einem Sportler im entscheidenden Augenblick des Wettkampfs. Die Wahrheit ist, dass wir nicht nur etwas verloren haben, wir haben auch etwas gewonnen. Etwas, was wir auf andere Weise nicht hätten erwerben können. Aber was genau ist das? *Was* haben wir bekommen, und warum ist das gut?, überlegte sie und suchte angestrengt nach einer Antwort, so wie man mit den Händen nach einem Gegenstand tastet, der im schlammigen Wasser verloren gegangen ist.

Könnte es so etwas wie Einsicht sein? – Ich weiß jetzt besser über die Welt und über das Leben Bescheid als früher. Ich weiß, dass meine früheren Ansichten unreif und kindisch waren. Ich urteile nicht mehr über andere; weil es mir so schlecht gegangen ist, fühle ich mich allen Menschen verbunden, denen es ebenfalls schlecht geht. Ich habe Mitgefühl mit denen, denen es noch schlechter geht, *und das ist etwas sehr Gutes.*

Das war eine erhebende Erkenntnis, und Claire lag lange verzückt da und ließ sich von dem grellen, überirdischen Licht bescheinen, das von ihr ausging. Irgendwann fing sie an, sich zu langweilen. Sie wollte schlafen, war aber noch viel zu aufgeregt dafür; deswegen stand sie auf und ging aufs Klo.

46

Was ihre Schlaflosigkeit anging, war diese Nacht eine der schlimmsten seit Langem. Claire war in einen sonderbaren Wachzustand geraten, der sich deutlich vom normalen Wachsein unterschied. Eine unerklärliche Erregung quälte sie, als ob sie innerlich in einen kleinen, engen Hohlraum eingezwängt wäre, aus dem es keinen Ausweg gab. Das Licht in dieser winzigen Zelle war fahl, und es gab auch nicht viel Ablenkung oder Unterhaltung: Weil es zu eng war, um sich zu bewegen, sah man immer nur die gleiche, kahle und leere Ecke vor sich, und die immer gleichen Gedanken prallten von den glatten, harten Wänden ab und sprangen herum wie Gummibälle. Sie glaubte, dass sie nur auf den *richtigen* Gedanken kommen musste, um einschlafen zu können, auf den einen Gedanken, der die Macht besaß, alle anderen Gedanken zur Ruhe zu bringen, doch sie konnte diesen Gedanken einfach nicht finden.

Nach ihrem vierten Ausflug zur Toilette war das Klopapier aufgebraucht. Claire kratzte gerade im Schein der Straßenlaterne das letzte Blatt mit den Fingernägeln von der Rolle, als sie aus Cordelias Zimmer ein elektronisches Zirpen hörte. Darauf folgten weitere Geräusche: Rascheln, trampelnde Schritte, ein Schaben, dann ein leises Klappern. Warum war Cordelia wach?

Cordelia hatte den Glaseinsatz ihrer Zimmertür von innen mit Zeichnungen, Postern und ausgerissenen Bildern aus Zeitschriften abgeklebt. Durch die Ritzen drang gelbes Licht nach draußen. Claire legte die Hand auf die Klinke und zögerte einen Moment; dann öffnete sie die Tür.

Cordelia saß im Nachthemd und mit ausgestreckten

Beinen auf dem Boden und hatte ein aufgeschlagenes Schulbuch auf dem Schoß. Sie hob den Kopf und erkannte Claire, ihr Gesicht verzog sich, ihre Mundwinkel bogen sich nach unten, und sie brach in Tränen aus.

Claire war sofort bei ihr, kniete sich neben sie, legte den Arm um sie und zog sie an sich. Sie war erschrocken und besorgt, aber gleich darauf überrascht und erfreut darüber, dass Cordelia sich nicht von ihr losriss und sie auch nicht zurückstieß, sondern sich wie ein kleines Kind vertrauensvoll an sie schmiegte.

Sie setzte sich auf dem Boden zurecht, lehnte sich mit dem Rücken an das Bücherregal und hielt Cordelia, die schon ihre Erwachsenenstatur hatte und eigentlich viel zu groß und sperrig war, um noch auf diese Weise gehalten und gewiegt zu werden, halb auf dem Schoß, umschlang sie mit ihren Armen und murmelte beruhigend auf sie ein. Mit der Hand wärmte sie ihre kalten Füße und strich über ihre mit aufgekratzten Mückenstichen und blauen Flecken übersäten Schienbeine und Knie, auf denen sich die kleinen Härchen borstig aufrichteten, und Cordelia ließ sich das alles nicht nur gefallen, sondern kuschelte sich sogar noch fester in Claires Arme, bohrte ihr dabei schmerzhaft die Schulter in die Brust und kitzelte sie mit ihren Haaren im Gesicht.

Es war nicht leicht herauszufinden, was überhaupt los war. Ganz gegen ihre sonstige Gewohnheit brachte Cordelia nur unverständliche, genuschelte Satzfetzen hervor, die immer wieder von krampfhaften Schluchzern unterbrochen wurden, und wenn Claire diplomatisch nachfragte, heulte sie wild auf und warf ihren Oberkörper zurück, und Claire musste aufpassen, nicht ihren harten Hinterkopf ins Gesicht zu bekommen.

Nach und nach kam alles ans Licht – die schlechten Noten, die nicht gemachten Hausaufgaben, der drohende Verweis.

Während Claire noch dabei war, sich ein vollständiges Bild der Lage zu machen, flammte zwischen ihnen schon wieder die alte Feindseligkeit auf: Cordelia fühlte sich durch Claires vorsichtiges Nachfragen angegriffen und reagierte aggressiv, und Claire ärgerte sich über Cordelias Widerspenstigkeit und darüber, dass sie sich anscheinend überhaupt keine Mühe gab, sich ihr verständlich zu machen. Claire hatte sogar das Gefühl, dass Cordelia sich absichtlich unklar ausdrückte, ihren Fragen bewusst auswich und sich hinter ihren Tränen und Schluchzern, die ihr übertrieben und aufgesetzt vorkamen, gewissermaßen verschanzte. Sie hatte ein schlechtes Gewissen deswegen und bemühte sich, sich ihre Gereiztheit und ihre Ungeduld nicht anmerken zu lassen.

»Keine Ahnung, vor ein paar Tagen halt oder so … keine *Ahnung?*«, antwortete Cordelia auf eine Frage und warf sich schluchzend nach hinten; Claire konnte gerade noch rechtzeitig ihr Gesicht zur Seite drehen.

Sie tröstete Cordelia so gut sie konnte, sprach ihr Mut zu und blieb danach noch ein paar Minuten an ihrem Bettrand sitzen und strich ihr beruhigend über den Kopf.

Dann stand sie auf und ging nach unten. In der Küche schaltete sie das Licht an, trank ein Glas Wasser und wunderte sich darüber, wie schrill und unschön die Vögel sangen und wie dissonant sich die vielen unterschiedlichen Stimmen aneinander rieben.

Sie wollte schlafen. Im Treppenhaus herrschte schwärzeste Nacht; wie eine Blinde streckte sie ängstlich eine Hand vor und tastete sich mit der anderen an der Wand entlang. Auch im Schlafzimmer war es stockfinster, und außerdem stand das Bett nicht mehr an seinem Platz. Obwohl sie Niko von links her leise schnarchen hörte, fand sie die Einstiegsstelle nicht und schlug sich das Schienbein am Bettrahmen an, der unerwartet vor ihr aufgetaucht war.

Sie beugte sich in die Richtung, in der sie ihr Ziel vermutete, tastete mit der Hand im Dunkeln herum und stieß auf etwas Festes.

Raffi quiekte vor Freude, als er ihre Hand an seiner Schulter spürte. Er hatte sich nach unten geschlichen, war unter ihre Bettdecke gekrochen und hatte dort auf sie gewartet. Er war sich sicher, dass sie nicht schimpfen, sondern froh sein würde, wenn sie ihn fand, und er hatte recht: Claire lächelte, als sie die Situation erfasste. Raffi nahm ihr Lächeln in der Dunkelheit wahr, obwohl er es nicht sehen konnte, und auf die gleiche Weise nahm Claire auch seine Freude wahr, die sich auf seinem Gesicht ausdrückte.

Sie schlüpfte unter die Decke.

»Wie bist du runtergekommen? Hast du keine Angst vor dem Dicken Arm gehabt?« Claire sprach mit gedämpfter Stimme, um Niko nicht zu wecken.

»Doch, aber ich bin ganz schnell runtergeschlichen, so schnell ich konnte. Ich hab Stumpelnase dabei.« Er drehte sich zu ihr um und drückte ihr das kitzelnde Fell ins Gesicht. »Willst du sie auch mal haben? Ich leg sie mal hier zwischen uns, okay? Das ist das allerbeste Kuscheltier, das ich je hatte!«

»Nein, Raffi, warte, das kitzelt – so! Ach, nein, doch nicht … wart mal – so vielleicht. Ja, genau, so.«

»Ich finde es einfach *toll,* dass sie schon so alt ist! So alt und ehrwürdig und weise … Auf jeden Fall … sie war meine *einzige Sache* von zu Hause!«

»Ja. Das war schlimm, oder?«

»Sehr schlimm!«, bestätigte Raffi, und Claire drückte ihn fest an sich. Neben ihnen seufzte Niko, ohne aufzuwachen.

»Mama?«, Raffi zappelte, um sich aus ihrer Umarmung zu befreien, »können wir wieder die ganze Nacht lang labern?«

»Labern!« Claire lachte.

»Ja, so wie in meiner Lieblingsnacht, du weißt schon. Als ich heimgekommen bin. Das war die beste Nacht in meinem ganzen Leben!«

»Wirklich?«

»Ja, und jedenfalls, weißt du was? Wo ist eigentlich mein Bart?«

»Dein Bart? Du meinst den Bart, den du früher hattest?«

»Ja, mein Bart, wo ist der?«

»Keine Ahnung.«

»Ich will aber meinen Bart wiederhaben!«

»Raffi –«

»Ich will – *da, schau schnell!*«

»Was denn?«

»Da! Schnell! Vier Uhr sechsundfünfzig! Hast du es gesehen? Hast du es gesehen? Vier – fünf – sechs. Ich mag solche Uhrzeiten. Aber weißt du, was noch besser ist? Zwölf Uhr vierunddreißig. Du musst dir die Zahlen vorstellen, dann verstehst du es. Hast du es verstanden?«

»Ja.«

»Gut, oder? – Soll ich dir was erzählen?«

»Okay.«

»Okay! Es waren einmal drei kluge Autos. Das erste Auto konnte mit seinen Scheibenwischern Haare schneiden. Das zweite Auto –«

»Was ist das für eine Geschichte?«

»Egal, eine Geschichte halt. Soll ich weitermachen oder nicht?«

»Ja, bitte!«

»Gut, also … das zweite Auto, das konnte mit seinen Reifen Teer auswalzen. Das dritte Auto konnte auf seinem Dach Lasten tragen. Die drei wollten einen Wettbewerb machen, wer das klügste ist. Das erste Auto sagte –«

»Hast du dir die Geschichte selber ausgedacht?«

»Ja. Auf jeden Fall … genau! Sie machen einen Wettbewerb. Das erste Auto sagte: Ich kann Haare schneiden, ich bin das klügste. Es schnitt Haare und schnitt Haare, bis es schließlich ganz von Haaren eingesponnen war. Das zweite Auto sagte: Ich bin das klügste, ich kann Teer auswalzen. Es walzte und walzte und blieb schließlich in dem Teer stecken. Das dritte Auto sagte gar nichts. Es fuhr zum ersten Auto und befreite es von den Haaren. Dann fuhr es zum zweiten Auto und zog es aus dem Teer. Und dann lebten sie alle drei glücklich miteinander.«

»Hast du dir das gerade eben ausgedacht? Wie bist du darauf gekommen?«

»Keine Ahnung. – Mama? Wenn du auf der Seite liegst, klappst du dann dein unteres Ohr nach vorn oder nach hinten? Ich hab es früher immer nach vorn geklappt, aber jetzt nicht mehr, und du?«

»Ich glaube, wir müssen jetzt schlafen.«

»Einmal war mein Ohr die ganze Nacht nach vorn geklappt, und dann, als ich aufgewacht bin, ist es so geblieben. Aber leider nur ganz kurz.«

»Wir müssen schlafen, Raffi.«

»Na gut, meinetwegen …«

Raffi zog und zerrte an der Decke, bis er so viel davon hatte, dass er sich vollständig darin einwickeln konnte. Für Claire blieben nur ein kleiner Rest Decke und ein schmaler Matratzenstreifen übrig; sie musste ganz gerade ausgestreckt auf der Seite liegen, um nicht aus dem Bett zu fallen. Auf der Straße startete jemand einen Lkw und ließ den Motor laufen. Claire lag in ihrer unbequemen Haltung da und wartete auf den Schlaf, der noch immer nicht kommen wollte.

Draußen wurde es schon hell.

*Kate Atkinsons unvergleichlicher Spioninnen-Roman –
Lesevergnügen auf höchstem Niveau*

KATE ATKINSON

Deckname Flamingo

ROMAN

»›Sehen Sie es als Abenteuer‹, hatte Perry ganz am Anfang gesagt. Und so hatte sie den Spionagedienst auch empfunden. Ein Jux, hatte sie gedacht. Das Russische Teehaus, das Etikettenkleben, die Flucht den Wilden Wein hinunter. Aber es war kein Abenteuer. Jemand war gestorben.«

Im Jahr 1940 gerät die 18-jährige Julia Armstrong eher unfreiwillig in die Welt der Spionage. Ihr Auftrag ist, Gesprächsprotokolle von Treffen britischer Nazi-Sympathisanten zu erstellen – Gespräche, die sie heimlich belauschen kann, da ein Agent des MI5 in die Gruppe eingeschleust wurde. Ihre Arbeit ist ebenso Furcht einflößend wie langweilig, und als der 2. Weltkrieg vorbei ist, hofft sie, dass all dies für immer der Geschichte angehört.

Doch zehn Jahre später – Julia ist inzwischen Redakteurin beim BBC-Schulfunk – beginnt ihre Vergangenheit (oder vielmehr: eine Menge alter Bekannter) sie einzuholen. Alte Rechnungen sind zu begleichen, und Julia muss einsehen, dass jede klitzekleine Handlung große Konsequenzen hat.

DROEMER

»Unterhaltungslektüre mit Informationsgehalt«
nrd.de

MECHTILD BORRMANN

Trümmerkind

ROMAN

Steineklopfen, Altmetallsuchen, Schwarzhandel.

Der 14-jährige Hanno Dietz kämpft mit seiner Familie im zerstörten Hamburg der Nachkriegsjahre ums Überleben. Viele Monate ist es bitterkalt, Deutschland erlebt den Jahrhundertwinter 1946/47. Eines Tages entdeckt Hanno in den Trümmern eine nackte Tote – und etwas abseits einen etwa dreijährigen Jungen. Der Kleine wächst bei den Dietzens auf. Monatelang spricht der Junge kein Wort. Und auch Hanno erzählt niemandem von seiner grauenhaften Entdeckung. Doch das Bild der toten Frau verfolgt ihn in seinen Träumen.

Erst viele Jahre später wird das einstige Trümmerkind durch Zufall einem Verbrechen auf die Spur kommen, das auf fatale Weise mit der Geschichte seiner Familie verknüpft ist …

Wenn Recht nicht Gerechtigkeit ist

MECHTILD BORRMANN

Grenzgänger

ROMAN

Wegen Schmuggels an der deutsch-belgischen Grenze und ihrer »krankhaften Verlogenheit« steckt man die siebzehnjährige Henni 1951 in eine Besserungsanstalt.

Doch das ist nur ein Teil der Wahrheit.

Die jüngeren Geschwister, um die Henni sich anstelle der toten Mutter gekümmert hatte, kommen in ein kirchliches Kinderheim, wo der kleine Matthias an Lungenentzündung stirbt.

Auch das ist nur ein Teil der Wahrheit.

Eingebettet in ein düsteres Stück Zeitgeschichte, erzählt *Spiegel*-Bestsellerautorin Mechtild Borrmann mit der ihr eigenen soghaft-präzisen Sprache die Geschichte einer lebenshungrigen Frau, die an Gerechtigkeit glaubt und dafür kämpft, dass die Wahrheit über ihre Familie ans Licht kommt.

»Was für eine starke Frauenfigur.
Was für ein packender Roman.«
Neue Westfälische